Garth Nix

Ashblood
Die Herrin der Engel

GARTH NIX

ASHBLOOD

DIE HERRIN
DER ENGEL

Roman

Deutsch von Tim Straetmann

penhaligon

Die Originalausgabe erschien 2019 unter dem Titel
»Angel Mage« bei Allen & Unwin, Sydney.

Sollte diese Publikation Links auf Webseiten Dritter enthalten,
so übernehmen wir für deren Inhalte keine Haftung,
da wir uns diese nicht zu eigen machen, sondern lediglich
auf deren Stand zum Zeitpunkt der Erstveröffentlichung verweisen.

Penguin Random House Verlagsgruppe FSC® N001967

1. Auflage 2023
Copyright der Originalausgabe © 2019 by Garth Nix
Copyright der deutschsprachigen Ausgabe © 2023 by Penhaligon
in der Penguin Random House Verlagsgruppe GmbH,
Neumarkter Straße 28, 81673 München
Redaktion: Alexander Groß
Umschlaggestaltung: Anke Koopmann | Designomicon
Umschlagmotive: Hintergrund: shutterstock/Kjpargeter – 98866757,
Rahmen: shutterstock/NadezhdaShu – 1718085001,
Flügel: shutterstock/User18576094 – 1629657322,
Degen: shutterstock/Vita Yarmolyuk – 1897307587,
Flüssigkeit: shutterstock/Angelatriks – 1042668004
Karten: Copyright © by Garth Nix 2019
HK · Herstellung: mar
Gesamtherstellung: GGP Media GmbH, Pößneck
Printed in Germany
ISBN 978-3-7645-3250-5

www.penhaligon-verlag.de

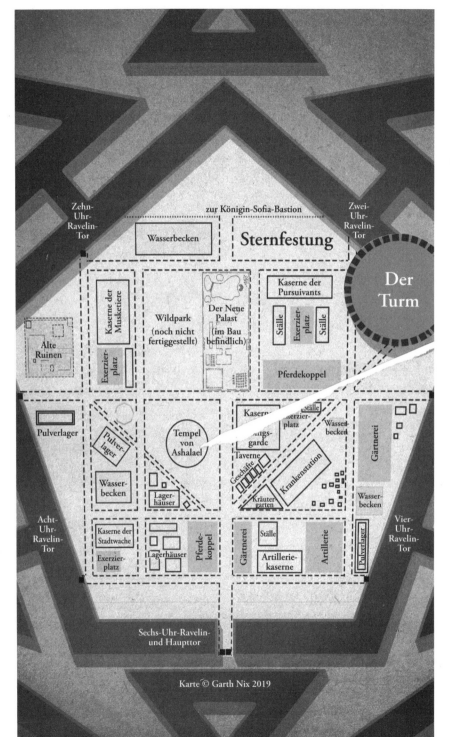

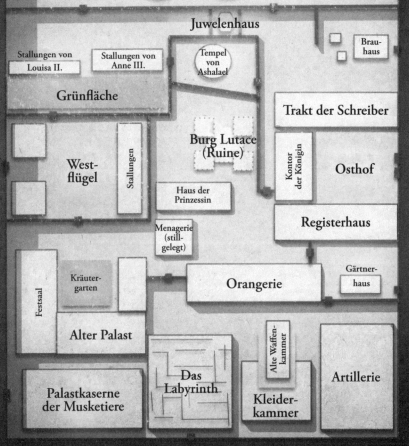

Prolog

»Es sind nur noch elf von uns übrig, Eminenz«, sagte die junge Gardistin. Sie war offensichtlich sehr müde und lehnte sich auf ihren Degen, der vom Heft bis zur Spitze mit grauer Asche verschmiert war. »Ich glaube nicht, dass wir den Turm noch lange halten können.«

»Elf?«, fragte Kardinalin Alsysheron, die viel älter als ihre siebzig Jahre aussah. Sie saß auf dem Sims des großen Bogenfensters, das nach Süden wies, weil es sonst nirgends im Glockenturm eine Möglichkeit gab, sich hinzusetzen, denn der größte Teil des Raums wurde von der großen Glocke von Sankt Desiderus eingenommen. Die gewaltige Bronzeglocke war jetzt stumm. Es war sinnlos, Alarm zu schlagen, und außerdem waren jene, die diese Aufgabe gehabt hatten, längst tot.

Alsysheron hatte die langen Schöße ihrer scharlachroten Robe so zusammengefaltet, dass sie eine Art Kissen auf dem kalten Stein bildeten. Sie trug nur einen Pantoffel, und ihr fast kahl geschorener Kopf war unbedeckt, zum ersten Mal in vielen Jahren ohne Kappe oder Mitra; der feine weiße Flaum hob sich deutlich von ihrer tiefschwarzen Haut ab. Die Kardinalin war in größter Eile aus ihrem Behelfsbett in der großen Halle geflohen, als die Kreaturen es unerwarteterweise geschafft hatten, durch die Keller und die Krypta einzudringen.

»Ich habe nichts von einem weiteren Angriff gehört …«

»Omarten hat das Aschblut erwischt«, antwortete die Gardistin und gab der Plage den neu gefundenen Namen. Sie gehörte noch nicht einmal zum Haushalt der Kardinalin – bis vor zwei Tagen war sie eine sehr neue Rekrutin in der Königlichen Garde gewesen. Doch dann war der Palast an die Mons-

ter gefallen, und sie war mit den Überlebenden den Fluss entlang zur Kathedrale gezogen, die einst eine Festung gewesen war und eine kleine Hoffnung auf Überleben zu bieten schien.
»Wir haben seine Leiche nach draußen geschafft.«
»Das war unnötig«, sagte die Kardinalin. »Wie wir gesehen haben, tritt die Verwandlung nach dem Tod nicht mehr ein.«
»Wir wollten kein Risiko eingehen«, flüsterte die Gardistin und beugte sich vor. Ihre braunen Augen waren plötzlich weit aufgerissen, ihr Blick intensiver, ihre Müdigkeit verschwunden. Sie erschien der Kardinalin sehr jung, zu jung, um eine stählerne Sturmhaube und einen Kürass zu tragen und Pistolen in ihrer einst blauen Schärpe, die jetzt vom Aschblut der Kreaturen graufleckig war. »Eminenz … ist es nicht an der Zeit?«
»An der Zeit wofür, mein Kind?«
»Palleniel zu rufen!« Ihre Stimme war drängend, und sie lehnte sich nicht mehr auf ihren Degen, sondern reckte ihn hoch in die Luft. »Er kann bestimmt alles in Ordnung bringen!«
Die Kardinalin schüttelte langsam den Kopf und sah aus dem Fenster, ließ den Blick über Cadenz schweifen – zumindest über das, was sie unter der gewaltigen, tiefhängenden Wolke aus dichtem schwarzem Rauch von der Stadt sehen konnte. Es gab jetzt viele Brände, nachdem Bäcker und Köche am Aschblut gestorben waren und sich nicht mehr um ihre Feuer kümmern konnten, die schnell außer Kontrolle gerieten, da niemand mehr da war, um sie zu bekämpfen. Die Monster versuchten es ganz gewiss nicht. Tatsächlich war einer der größten Brände von jemandem – wahrscheinlich einem verzweifelten Offizier der Stadtwache – entfacht worden, der gehofft hatte, die Monster dadurch auf dem Nordufer des Flusses zu halten, weil er sich nicht darüber klar gewesen war, dass die Kreaturen keine Invasoren waren, sondern verwandelte Menschen und daher überall auftauchten.
»Magistra Thorran hat vor ihrem Tod einen Bericht ver-

fasst«, sagte die Kardinalin. »Engelsmagie lässt die Opfer zu Monstern werden, während sie noch leben. Als die Plage ausgebrochen ist, haben zu viele Magier und Priesterinnen ihre Engel angerufen, um sich zu heilen, oder auch in dem Versuch, sich zu verteidigen – ich habe es selbst gesehen, wie auch du sicherlich … Tut mir leid, ich habe deinen Namen vergessen.«

»Ilgran, Eminenz. Aber wo die geringeren Engel versagen, wird doch gewiss *Palleniel* …«

Die Erzbischöfin schüttelte den Kopf noch heftiger. »Ich habe lange gebraucht, um die Natur von all dem zu ergründen, Ilgran«, sagte sie. »Vielleicht gelingt es dir schneller, wenn du diese drei Dinge hörst.«

Sie hob die Hand, zählte die Punkte an ihren dünnen alten Fingern ab, an denen sie schwere Symbolringe trug, manchmal sogar zwei oder drei; jeder einzelne repräsentierte einen Engel, den die Kardinalin anrufen konnte. Allerdings war keiner von ihnen so mächtig wie der auf dem schweren Symbol aus gehämmertem Gold, das an einer Halskette aus silbervergoldeten s-förmigen Gliedern um ihren Hals hing.

»Erstens – Esperaviel ist auf mein Geheiß nach Barrona und Tarille und zum Anfang der Landbrücke geflogen: Sie bestätigt, dass die Aschblut-Plage nicht über die Grenzen von Ystara hinausgeht, nicht einen einzigen Schritt. Außerdem konnte sie selbst die Grenze nicht überqueren …«

»Ich bin keine besonders gute Magierin, Eminenz«, sagte Ilgran leicht errötend. Sie war in die Königliche Garde aufgenommen worden, weil ihre Tante eine Leutnantin war, nicht aufgrund ihrer Fechtkunst oder ihrer Fähigkeiten als Magierin. »Ich kenne Esperaviel nicht. Von welchem Orden …«

»Sie ist eines der Fürstentümer unter Palleniel; ihr Wirkungsbereich ist der Himmel über Ystara«, fuhr die Kardinalin fort. »Sie hat mir gesagt, dass die Grenzen von den benachbarten Erzengeln blockiert wurden, im Norden durch die Macht von Ashalael von Sarance und im Süden durch die von Turikishan von Menorco.«

»Sie haben sich versammelt, um uns anzugreifen? Aber warum, das macht …«

»Nein, es ist kein Angriff, nicht von außerhalb. Es sind lediglich für alle himmlischen Wesen die Grenzen geschlossen worden. Alle unsere Grenzen. Hör zu! Die zweite Sache ist, dass Esperaviel gesehen hat, wie die Maid von Ellanda mit vielen Gefolgsleuten die Grenze nach Sarance überquert hat, und drittens …«

Die alte Priesterin machte eine Pause und seufzte schwer. Sie ließ die Hand in den Schoß sinken und hob sie dann wieder, packte Ilgrans linke Hand mit ihren knochigen Fingern, zog sich hoch, um schließlich ein bisschen wacklig dazustehen.

»Und drittens habe ich Palleniel *am ersten Tag* angerufen, als der König angefangen hat, Asche zu bluten. Palleniel hat geantwortet, wollte aber meinen Anordnungen nicht Folge leisten. Er hat gesagt, ihm würde jetzt jemand anders Befehle erteilen.«

»Was? Aber … das ist … wie? Ihr seid die Kardinalin-Erzbischöfin von Ystara! Ihr besitzt das Symbol!«

»Und Palleniel ist der Erzengel von Ystara. Aber mein Symbol – das uralte Symbol von Sankt Desiderus – ist jetzt stumpf und leblos. Hast du es nicht bemerkt? Wäre es noch mächtig, würde das Symbol von Xerreniel, das du auf deinem Helm trägst, klirren und zittern, wenn du so nah bei mir stehst. Ich habe gespürt, wie seine Kraft verblasst ist, als Palleniel sich zurückgezogen hat. Und dann habe ich mich gefragt: Welche Macht könnte diese Aschblut-Plage über unser armes Volk bringen? Welche Macht könnte dafür sorgen, dass alle Einmischungen der geringeren Engel scheitern, dass sie Monster erschaffen, statt zu heilen oder uns zu verteidigen, wie wir es wollten? Wer könnte *in Ystara* so etwas tun?«

»Die anderen Erzengel …«

»Nein«, widersprach die Kardinalin. »Hier in Ystara steht Palleniel an erster Stelle. Ich glaube, die benachbarten Erzengel haben gehandelt, um das Aschblut und die Kreaturen, die es hervorbringt, so gut wie möglich in den irdischen Reichen einzuschränken, die sie beschützen. Ich spüre, dass sie versuchen, mehr zu tun, dass in den Himmeln weitere Kämpfe im Gange sind – gegen Palleniel. Denn diese Plage, die Monster … das muss *Palleniels* Werk sein. Aber wie immer kann kein Engel auf unsere Welt kommen oder hier etwas tun außer auf den Ruf oder die Anweisung eines oder einer Sterblichen hin. Und so fügen sich die Einzelteile zusammen, denn wer hat das Geschick und die Macht, ein *neues* Symbol anzufertigen, um Palleniel zu beschwören? Und wer würde die Arroganz und die Stärke haben, ihn mit dem neuen Symbol zu beschwören und ihn so etwas tun zu lassen?«

Ilgran schüttelte stirnrunzelnd den Kopf, den Mund ungläubig verzogen. »Ich nehme an, das kann nur die Maid von Ellanda sein … Aber warum würde sie … so etwas wollen? Es ist der Tod des Königreichs! Unser aller Tod!«

»Ich glaube nicht, dass sie dies gewollt hat«, sagte die Kardinalin. »Aber wie immer, wenn es um Engel geht, muss man sehr vorsichtig sein. Je größer die Macht, desto größer die Möglichkeit unbeabsichtigten Schadens. Wir hätten die logischen Konsequenzen ihrer Begabung, Symbole zu machen und Engel zu beschwören, sehen sollen. Habe ich Begabung gesagt? Ich meine natürlich, ihres Genies. Aber sie war … sie ist zu jung. Neunzehn ist viel zu jung, um zur Magistra oder zur Bischöfin gemacht zu werden, in den Geheimnissen unterrichtet zu werden oder die Erlaubnis zu bekommen, mit den größeren Orden umzugehen. Obwohl sie ganz offensichtlich weder Unterricht noch die Erlaubnis gebraucht hat …«

»Ich habe sie einmal aus der Ferne gesehen. In ihren Augen war ein Licht, ein Wahnsinn«, sagte Ilgran langsam. Sie blickte nicht die Kardinalin an, sondern hinaus auf die brennende Stadt. »Als sie mit ihren Gefolgsleuten gekommen ist, um den König zu sehen, weil sie eine Gründungsurkunde für ihren Tempel haben wollte. Für Palleniel Erhaben, was auch immer das bedeutet …«

Ilgran sprach geistesabwesend, ihre Gedanken waren anderswo, verdauten das, was die Kardinalin ihr gerade erzählt hatte. Es bedeutete, dass es keine Rettung geben würde; sie würde wahrscheinlich nicht mehr lange genug leben, um einen weiteren Tag heraufdämmern zu sehen. Unten waren viele Monster, und die Kathedrale war mindestens ein Jahrhundert lang keine Festung mehr gewesen. Im Glockenturm gab es kein Wasser, keine Essensvorräte, und außerdem war das Tor unten schwach. Selbst ohne Rammbock würden die größeren Monster es zerschlagen können, wenn sie einen entschlossenen Versuch unternahmen.

»Vielleicht hätten wir ihr diese Urkunde gewähren sollen«, sinnierte die Kardinalin. »Aber ich glaube nicht, dass sie wahnsinnig ist. Auf grausame Weise zielstrebig, zugegeben. Ich habe Mitleid mit ihr.«

»Ihr habt Mitleid mit *Liliath*, Eminenz? Wenn es so ist, wie Ihr vermutet, hat sie irgendwie Palleniel korrumpiert, und sie ist verantwortlich für … Sie hat die Aschblut-Plage über uns gebracht; sie hat meine Eltern getötet und meinen Bruder und meine Schwester in Monster verwandelt. Wenn sie hier wäre, würde ich sie töten und froh sein, wenn Degen oder Pistole vollbringen könnte, was gegen das, was auch immer sie geworden ist, nötig ist!«

»Oh, ich glaube, kalter Stahl oder eine Kugel würde sie erledigen, wenn auch mit gewissen Schwierigkeiten, genau wie das bei den Monstern der Fall ist«, sagte die Kardinalin. »Allerdings würdest du möglicherweise nicht die Gelegenheit bekommen, Degen oder Pistole zu benutzen, wenn Palleniel tatsächlich in ihren Diensten steht. Sie muss auch andere Engel befehligen, mehr, als wir jemals vermutet haben. Aber ich habe Mitleid mit ihr, denn wie ich gesagt habe, kann dies nicht das sein, was sie vorgehabt hat. So jung, so unglaublich begabt und doch so unklug, alles zusammen. Ich frage mich, was sie tatsächlich vorgehabt hat, vielleicht …«

Was auch immer sie sagen wollte, blieb ungesagt, als das

erste der Monster, die die alten, gesprungenen Steine des Glockenturms erklommen hatten, sich über die Brüstung und auf den Rücken der alten Prälatin schwang und ihr mit seinen Krallen die Kehle durchschnitt, noch während es sie zu Boden drückte. Ilgran tötete eines mit einem Degenstoß, bei dem die Waffe im Maul der Kreatur stecken blieb, bevor sie selbst fiel. Im wahrsten Sinne des Wortes, denn als sie sich unter den Rand der großen Glocke duckte, um sich in den offenen Schacht zu stürzen, ging eine der Kreaturen auf sie los, das entsetzliche Maul weit aufgerissen, die krummen Finger ausgestreckt. Die Pistole blieb ungenutzt in Ilgrans Gürtel stecken, wurde nicht abgefeuert, da das Monster sie mit Janeths Augen ansah. Mit den lebendigen grünen Augen ihrer kleinen Schwester.

Die Gardistin sprang, unternahm keinen Versuch, das Glockenseil zu packen. Während sie in den Tod stürzte, konzentrierte Ilgran all ihre Gedanken auf die winzige Hoffnung, die diese Augen in ihr hatten erwachen lassen.

Es *musste* eine Chance geben, dass ein Monster auch wieder menschlich werden konnte.

Erster Teil

LILIATH

Eins

Die junge Frau erwachte in absoluter Dunkelheit auf kaltem Stein, und ihre suchenden Hände spürten auch über ihr und an den Seiten Stein. Doch die Panik, die mit dieser Erkenntnis aufgekommen war, ebbte ab, als sie sich daran erinnerte, warum das so war, und sie verschwand vollständig, als sie die Stimme hörte.

Die Stimme voller Macht und Stärke, die dafür sorgte, dass sie sich vollständig fühlte, sich *lebendig* fühlte. Mit ihr kam die plötzliche, intensive Empfindung, umarmt zu werden, fest und sicher gehalten zu werden. Nicht von menschlichen Armen, sondern von großen Schwingen aus Licht und Macht.

»Das, worauf du gewartet hast, ist geschehen, und daher habe ich dich geweckt, genau wie du es vor langer Zeit befohlen hast.«

»Wie ...?«

Ihre krächzende Stimme versiegte. Sie schluckte, und in ihrem Mund und ihrer Kehle bewegte sich Speichel, zum ersten Mal seit ... wer konnte schon sagen, seit wann.

Sie hatte sich lange Zeit in einem Zustand kurz vor dem Tod befunden, wie sie wusste. Wenn irgendjemand in das Grab hätte schauen können, hätte sie wie tot gewirkt, auch wenn ihr bemerkenswert gut erhaltener Körper jedem Beobachter wohl zu denken gegeben hätte. Doch die Wahrscheinlichkeit, dass irgendjemand sie hätte sehen können, war durch die Wahl ihrer Ruhestätte deutlich verringert worden. Ein großer Steinsarg, bedeckt mit einer gewaltigen Marmorplatte, und alles versiegelt mit Blei.

Es wäre nur natürlich gewesen zu fragen, wie lange sie in dem Sarg gewesen war. Aber das war nicht ihre erste Frage. Sie dachte nur an das, was für ihren alles vereinnahmenden Plan notwendig war.

»Wie viele geeignete Kandidatinnen und Kandidaten sind bereit?«

Ein langes Schweigen folgte. Lange genug, um sie glauben zu machen, die Präsenz sei gegangen. Aber dann ertönte die Stimme wieder.

»Vier.«

»Vier! Aber es sollten *hunderte* ...«

»Vier«, wiederholte die Stimme.

Einen Moment lang durchzuckte sie Wut, extremer Ärger darüber, dass ihre Pläne – ihr Schicksal – schon wieder fehlschlagen sollten. Doch sie unterdrückte den Ärger. Auch wenn sie sich viel mehr mögliche Kandidatinnen und Kandidaten erhofft hatte, um für Irrtümer oder Pech gewappnet zu sein, sollten vier ausreichen. Sogar eine oder einer mochte schon genügen ...

»Wo sind sie?«

»An vier Orten in Sarance, aber sie werden zusammenkommen. Bald.«

»Und der Orden? Besteht er fort? Du hast ihnen die Zeichen meines Erwachens gezeigt?«

»Ich habe die Zeichen gezeigt. Ich weiß nicht, ob irgendjemand überlebt und sie sehen kann oder ob auf sie reagiert worden ist. Wie du weißt, bin ich nicht vollständig, und man widersetzt sich mir heftig ... nur dein Wille verankert mich in deiner Welt. Fast wünsche ich mir, mich *vollständig* aufzulösen ...«

»Du wirst tun, was ich dir befehle!«

Sie sprach drängend, ihre Stimme erfüllt von all ihrer natürlichen Macht und ihrem starken, konzentrierten Willen.

»Ich gehorche. Ich bin gänzlich dein. Ich kann nicht länger sprechen, meine ...«

Die Stimme verstummte. Dieses Mal war die Stille vollständig. Sie wusste, dass es keine weiteren Worte geben würde, keine Wärme, kein Gefühl von umfassender Sicherheit und Liebe. Nicht jetzt. In ihren Augenwinkeln bildeten sich Tränen, aber sie blinzelte sie entschlossen weg. Sie hatte keine Zeit für Tränen. Niemals.

»Ich liebe dich«, flüsterte die junge Frau. Sie fühlte sich besser, als sie die Worte sagte, kam wieder zu sich selbst, zu dem, was sie gewesen war. Ihre Stimme wurde kräftiger, hallte durch den steinernen Sarg. »Ich werde dich immer lieben. Wir werden zusammen sein. *Wir werden zusammen sein!*«

Sie betastete ihre Hände. Ihre Haut hatte immer noch die weiche, samtene Glätte der Jugend. Aber was viel wichtiger war, die Ringe waren alle noch da. Sie berührte sie, einen nach dem anderen, ließ die Macht in ihnen ansteigen, nur ein bisschen, bis sie sich auf den letzten, den neunten Ring, konzentrierte. Den Ring auf ihrem linken Daumen. In dem Metallstreifen aus uraltem Elektrum befand sich ein Oval aus Elfenbein, in das feine, fedrige Schwingen geschnitzt waren, die beinahe ein gemaltes oder vielleicht auch emailliertes menschliches Gesicht mit Augen aus winzigen Rubinen verbargen. Der Heiligenschein über dem fast verborgenen Gesicht war eine goldene Linie von gerade einmal Haaresbreite.

»Mazrathiel«, flüsterte die Frau im Sarg. »Mazrathiel, Mazrathiel, komm und hilf.«

Licht schimmerte aus dem Ring, kalt wie Mondlicht, doch heller. Sie schloss die Augen angesichts der plötzlichen Helligkeit und spürte, wie die geringere Präsenz erschien. Sie kam mit einem Gefühl der Wärme, aber diese war nicht mehr als die willkommene Hitze eines Küchenfeuers an einem kalten Tag, nichts so Bemerkenswertes wie das Gefühl, das ihr ganzes Sein zuvor umschlossen hatte, als sie mit *ihm* gesprochen hatte. Außerdem spürte sie einen Luftzug wie von sich zusammenfaltenden Schwingen und hörte den schwachen, klaren Ton einer einzelnen Harfensaite, die weit entfernt gezupft wurde.

»Mazrathiel ist hier«, ertönte ein schwaches Flüstern, das

nur sie hören konnte. »Was ist dein Wille? Wenn es in meinem Bereich liegt, wird es geschehen.«

Die Frau flüsterte, und Mazrathiel befolgte ihre Anweisungen.

Bruder Delfon hatte die kühle Stille des Heiligengrabs in der tiefsten Gruft unter dem Tempel immer geliebt. Im Winter war es hier sehr kalt, aber er war nicht im Winter hergeschickt worden, um Nachtwache zu halten, nicht mehr, seit er sein sechzigstes Lebensjahr erreicht hatte. Das lag jetzt mehr als ein Jahrzehnt hinter ihm, und wie alle, die Engelsmagie anwandten, war er älter als seine Jahre. Die gebrechlicheren Anhängerinnen und Anhänger von Sankt Marguerite hielten nur im Hochsommer Nachtwache, und tatsächlich wäre Delfon die Aufgabe erspart worden, doch er hatte darauf bestanden. Er fügte sich dem Vorschlag seiner Vorgesetzten, dass er ein Kissen und eine Decke mitbringen und sich auf die Holzbank in der Ecke setzen sollte, auf der sich an den heiligen hohen Tagen müde Pilger und Pilgerinnen ausruhten, wenn ihnen der Besuch der Gruft gestattet wurde.

Er war mittlerweile in sich zusammengesackt und nur noch halb wach. Daher dauerte es mehrere Sekunden, bis er bemerkte, dass er nicht mehr allein war. Eine Schwester stand über ihm und sah ihn mit einem fragenden Gesichtsausdruck an, als wüsste sie nicht so recht, was sie von dem ältlichen Mönch halten sollte.

Eine junge Schwester. Sie trug einen Habit, der seinem stark ähnelte, das Schwarz und Weiß der Anhängerinnen und Anhänger des Erzengels Ashalael, aber es gab Abweichungen im Hinblick auf die Weite der weißen Ärmelmanschetten und den Schnitt der Robe, und selbst das Schwarz des Stoffes sah im Licht von Delfons Laterne ein bisschen anders aus. Langsam wurde ihm klar, dass es vielleicht ein sehr dunkles Blau und gar kein Schwarz war, und die auffällige Plakette auf ihrer Brust zeigte ein Paar goldener siebenspitziger Schwingen – Erzengelschwingen. Aber Ashalaels Schwingen wurden immer in Silber dargestellt, und außerdem wurden diese hier von einer seltsamen, neunzackigen Krone mit einem Heiligenschein überragt, nicht von der Mitra einer Kardinalin oder eines Kardinals …

Andererseits waren seine Augen nicht mehr das, was sie früher einmal gewesen waren, genauso wenig wie seine Ohren. Das Gleiche galt für sein Erinnerungsvermögen, daher rätselte er nicht lange über die Plakette oder warum er diese große, patrizisch aussehende Schwester nicht erkannte. Sie war tatsächlich jung, vielleicht nicht älter als achtzehn oder neunzehn, gewiss eine Novizin. Doch dem stand entgegen, dass ihre Haltung der einer Bischöfin auf Besuch entsprach oder der einer Äbtissin, und er betrachtete ihre nussbraunen Hände und nickte, als er bemerkte, dass sie viele Ringe an ihren Fingern trug, Ringe, in die rechteckige oder ovale Stücke aus bemaltem und vergoldetem Elfenbein oder aus kompliziert gravierter, vergoldeter Bronze eingesetzt waren. Symbole der Engelsmagie, auch wenn er nicht auf Anhieb erkennen konnte, welche Engel sie repräsentierten und welche Kräfte sie beschwören konnten.

»Ich habe gar nicht bemerkt, wie Ihr hereingekommen seid, Euer Gnaden«, sagte er. Ihr Gesicht kam ihm vage vertraut vor. Jung und schön, mit dunklen Augen und mandelfarbener Haut, ihre Haare schwarz wie ein seltenes Stück Jade, das er einst graviert hatte, um ein Symbol von Karazakiel zu erschaffen. Ihr Gesicht war ernst – Delfon wusste nicht, wer sie war, auch wenn sie ihn an jemanden erinnerte …

»Ich wollte auch nicht, dass du es bemerkst«, sagte die merkwürdige junge Schwester. Sie streckte die rechte Hand aus, und Bruder Delfon nahm sie und streifte mehrere Zoll über ihren Fingern mit den Lippen die Luft; seine alten Augen versuchten sich auf das Gesicht des Engels zu konzentrieren, der so schön auf das Elfenbein in den Zacken des auffälligsten und außerordentlich machtvollen Rings aufgemalt war. Er erkannte weder das Gesicht noch den Stil des Malers, was überaus merkwürdig war, denn er war selbst ein bekannter Symbolmacher. Er hatte sein ganzes Leben lang Symbole studiert und viele tausend Engel gemalt, und in seinen besten Zeiten war er in der Lage gewesen, die Macht von nicht weniger als neun sehr nützlichen, wenn auch vergleichsweise rangniederen Engeln in seine Arbeit zu leiten.

Mit so vielen konnte er jetzt nicht mehr umgehen, aber es gab immer noch drei geringere Engel, die ihm antworten und ihre Macht in die Symbole einfließen lassen würden, die er anfertigte und mit seinem eigenen Blut vervollständigte.

»Ich … ich erkenne Eure Plakette und Euren Orden nicht«, murmelte Delfon und ließ die Hand der Bischöfin los, um zittrig auf ihren Habit zu deuten.

»Tut Ihr das nicht?«, fragte die junge Frau. Sie lachte, und in ihren Augen blitzte etwas auf, das zu gleichen Teilen aus Überschwang und Schalk bestand. »Das ist das Wappen von Palleniel Erhaben, was sonst?«

Delfon wich zurück. Bestimmt hatte er sich verhört …

»Palleniel Erhaben«, wiederholte die Frau lauter. Sie schien es zu genießen, den Namen zu sagen, der nicht länger ausgesprochen wurde. Oder an den man sich vielleicht nicht einmal mehr erinnerte, abgesehen von Leuten wie Delfon, die sich ihr ganzes Leben lang mit Katalogen und Listen von Engelswesen beschäftigt hatten. Außerdem hatte er seine Kindheit unweit der Grenze zu Ystara verbracht, dem verlorenen Land, dessen Erzengel Palleniel gewesen war.

»Palleniel? Aber er ist nicht mehr, ist von dieser Welt verschwunden, wurde von den anderen Erzengeln verbannt!«

»Aber seine Erzbischöfin ist hier, und du hast sie gesehen. Nicht alles, was man dir erzählt hat, ist wahr.«

Delfon runzelte die Stirn und wollte etwas sagen, aber in diesem Augenblick bemerkte er etwas hinter ihr, was er eigentlich sofort hätte sehen müssen. Die Worte vertrockneten in seinem Mund, als er sah, dass das Grab der Heiligen, der große steinerne Sarkophag, der das Zentrum dieses runden Raums mit der Kuppeldecke beherrschte, nicht mehr so war wie zuvor. Der bleiversiegelte marmorne Deckel des riesigen Sargs war beiseitegeschoben worden. Er wog mehrere Tonnen und war gewiss ursprünglich nur unter allergrößten Anstrengungen von Ingenieuren, Hebezeug und Seilen dorthin geschafft worden. Oder mit Hilfe eines überaus mächtigen Engels …

Die Frau sah, in welche Richtung sein geplagter Blick ging.

»Du wirkst beunruhigt, Bruder. Aber ich versichere dir, dass Sankt Marguerite nichts dagegen gehabt hat, ihre Gruft mit mir zu teilen. Tatsächlich war nichts darin, als ich hineingekrochen bin, was darauf hindeutet, dass die Vorgänger in deinem Orden im Hinblick auf die Gründung dieses Ortes nicht ganz die Wahrheit gesagt haben.«

»Aber, aber … was …«

Liliath setzte sich neben dem alten Mann auf die Bank und legte ihm einen Arm um die Schultern. Er spannte sich an und versuchte zurückzuweichen, aber sie hielt ihn fest. Sie war beunruhigend stark, und er entschied sich schnell, sich ruhig zu verhalten, wandte allerdings den Blick ab.

»Na, na. Hab keine Angst. Ich würde gerne etwas wissen, das von beachtlicher Tragweite ist. Zumindest für mich, denn ich vermute, es ist eine lange Zeit vergangen.«

»W… w… was?«

»Ich war lange Zeit nicht da«, sagte Liliath. »Ich wusste, dass dem so sein würde, aber nicht genau, wie lange. Wie viele Jahre sind seit dem Untergang von Ystara vergangen?«

»Einhundertund…«, flüsterte Delfon. »Einhundertundsechsunddreißig – nein, einhundertundsiebenunddreißig.«

»Es hat sich nur wie eine ausgedehnte Nachtruhe angefühlt«, sagte Liliath mehr zu sich selbst. »Eine lange Zeit …«

Sie schwieg eine Weile, und ihre schlanken Finger ruhten auf einem der Symbolringe. Delfon saß neben ihr, zitternd; ihm war plötzlich so kalt, wie es ihm in längst vergangenen Tagen in diesem Grab im Winter gewesen war. Er glaubte, das sanfte Rauschen von Engelsschwingen zu hören, eine weitere Beschwörung, aber ganz sicher war er sich nicht. Er hatte Kopfschmerzen, und seine Ohren fühlten sich dumpf und verschlossen an.

»Du bist also Delfon«, sagte Liliath, zwickte ihn ins Kinn und drehte seinen Kopf, sodass er sie ansehen musste. Er zitterte noch heftiger, denn er hatte ihr seinen Namen nicht genannt.

Aus der Nähe wirkte sie sogar noch jünger, und Delfon erinnerte sich schlagartig daran, wo er ihr Gesicht zuvor schon gesehen hatte – oder etwas, das ihm glich. In einem seiner Bücher über die Symbolmacher vergangener Zeiten befand sich am Ende eine handschriftliche Anmerkung mit einer kleinen Zeichnung. Diese junge Frau war die Person in der Zeichnung: Liliath, die Maid von Ellanda. Die Frau, die die einzige organisierte Gruppe Flüchtlinge angeführt hatte und mit ihnen aus dem dem Untergang geweihten Ystara geflohen und dann unter geheimnisvollen Umständen gestorben war, kurz nachdem sie die Grenze nach Sarance überquert hatten.

Gemäß den vielleicht ein Dutzend Zeilen am Ende des Buches war Liliath eine unglaubliche junge Frau gewesen, deren Fähigkeiten, Symbole zu erschaffen und Engel zu beschwören, die Welt seit ihrer Kindheit erstaunt hatten; daher auch ihr Beiname Maid von Ellanda. Ein Name, der vermutlich später ironisch benutzt worden war, als das Gerücht aufkam, dass sie die Geliebte des Königs von Ystara – und anderen – war, auch wenn dies niemals irgendjemand *mit Sicherheit* wusste.

Die Notizen stellten auch das Gerücht in Frage, dass Liliath es auf einzigartige Weise vermeiden konnte, den Preis dafür zu bezahlen, auf Engelskräfte zuzugreifen. Einen Engel zu beschwören kostete Magier oder Magierinnen etwas, indem es ihnen einen Teil ihrer Lebensessenz nahm. Genau wie Priester und Priesterinnen alterten sie rasch, und zwar umso mehr, je öfter sie ihre Kräfte benutzten und je mächtiger die Engel waren, die sie beschworen.

Der große Handuran hatte diesen Verlust in *Der Preis der Macht* quantifiziert. Ein paar Stunden einer Lebensspanne, um einen Seraph zu beschwören, waren natürlich ohne Bedeutung, aber ein Fürstentum anzurufen würde den Beschwörer oder die Beschwörende um ein Jahr altern lassen, und bei einem Erzengel waren es mehrere Jahre. Ein berühmtes Beispiel war Kardinalin Sankt Erharn die Gesegnete, die binnen eines einzigen Tages und einer Nacht von einer vitalen Frau von vierzig zu einer alten runzeligen Vettel geworden war, als sie die Kräfte des Erzengels Ashalael benutzt hatte, um während der Großen Flut von 1309 das Meer zurückzuhalten ...

Delfon stellte fest, dass seine Gedanken abgeschweift waren. Die junge Frau fragte ihn noch einmal etwas. Aber sie konnte nicht die Maid von Ellanda sein. Nein, ganz sicher nicht ...

»Sag mir, bist du ein Symbolmacher?«

»Ja«, murmelte Delfon. Er presste die Hände gegeneinander, als wollte er die Farbe an seinen Fingern verbergen, die getrockneten Flecken aus Eiweiß und Farbpigmenten, die sich hell auf seiner ledrigen braunen Haut abzeichneten. Und das Muster aus kleinen, kreuzweise verlaufenden Narben auf seinen Handrücken, wo sein Blut geflossen war.

»Du beschwörst und malst immer noch?«

»Ja. Nicht oft ...«

»Welche Engel sprechen zu dir? Gehört Foraziel dazu?«

»Ja!«, rief Delfon überrascht. Auch wenn er offensichtlich ein Symbolmacher war, trug er keine Symbole am Gürtelseil seines Habits, hatte keine Ringe, nichts an seinem Hals oder den Handgelenken, was ihr einen Hinweis darauf hätte geben können, welche Engel seine Verbündeten in der Kunst waren. In Anbetracht der Tatsache, dass allein in Ashalaels Heer zehntausend Engel waren, war die Chance, dass sie wusste, welche Engel er kannte ...

»Das habe ich mir gedacht«, sagte Liliath und unterbrach

damit Delfons panikerfüllte Gedanken. »*Er* hat dafür gesorgt, dass du hier bist, für mein Erwachen.«

»Er?«, fragte Delfon. In seine Panik mischte sich Verblüffung. Auch wenn Engel kein Geschlecht im engeren Sinn hatten, wurden die meisten von ihnen traditionell als männlich oder weiblich betrachtet, und Foraziel war traditionell weiblich.

Liliath beachtete die Frage nicht.

»Ich brauche ein Symbol von Foraziel«, sagte sie. »Ich brauche ihre Macht, um zu finden, wonach ich suche, und ich will keine Zeit damit vergeuden, selbst ein Symbol zu machen.«

Delfon nickte dumpf. Foraziels Bereich war es, Dinge oder Personen zu finden, die verschwunden oder vergessen waren. Aber er musste immer wieder auf die merkwürdigen Ringe der jungen Frau starren. In ihnen befanden sich große Engelsmächte. Einer der geringeren – er erschauerte dabei, von ihm als geringer zu denken, und das nur wegen der benachbarten Symbole – zeigte nicht das typische Gesicht und den Heiligenschein eines Engels, sondern ein Rad innerhalb eines Rades, beide mit winzigen Diamantaugen gesäumt. Ein Thron, einer der seltsamen Engel, Höchster der Ersten Sphäre. Höher als alle Engel, die Delfon jemals beschworen hatte, ein Wesen von weit größerer Macht als die kleine Foraziel. Aber die anderen Ringe trugen Symbole, die auf noch bedeutendere Engel hindeuteten …

Liliath krümmte die Finger, und die winzigen Rubin- und Diamantaugen und vergoldeten Heiligenscheine blitzten und glitzerten im Laternenlicht. »Manchmal braucht man eine kleine, bestimmte Macht«, sagte sie und deutete damit den Tenor von Delfons Gedanken richtig. »Nicht die ehrfurchtgebietende Erhabenheit von Fürstentümern oder Erzengeln.«

Delfon neigte den Kopf, und sein Körper zitterte, als hätte er plötzlich Schüttelfrost. Dies alles war zu viel für ihn, diese seltsame Schwester … Bischöfin … Heilige … was auch immer sie war, und die Macht, die sie mitbrachte. Die gemalten

Symbole auf ihren Ringen waren nicht einfach nur Darstellungen von Engeln, sie waren direkte Verbindungen zu großen und schrecklichen Wesen. Und sie mochte sogar irgendwo ein Symbol des Größten verbergen, wenn ihre Behauptung stimmte und sie eine Hohepriesterin von Palleniel war, der den Erzengeln gleichgestellt war, die die größten Länder der Welt beschützten.

Palleniel hatte sein Land allerdings nicht beschützt, sondern dessen Bewohner durch die Aschblut-Plage vernichtet, und daher wurde er jetzt – wenn er denn überhaupt erwähnt wurde – der Gefallene Engel genannt, und sein Name wurde als Fluch benutzt ...

»Gibt es in diesem Tempel ein Symbol von Foraziel?«, fragte Liliath.

Delfon zögerte, aber nur kurz. Wer auch immer diese Frau wirklich war – wahrscheinlich ein Feind aus Albia oder den Sechsundachtzig Königreichen –, sie verfügte über eine Macht, die weit über seine hinausging ... und auch über die von allen anderen in diesem Tempel, einschließlich der Äbtissin. Allerdings überstieg es seinen Horizont, warum sie immer noch so jung war, kein bisschen gealtert durch die Kräfte, die sie in Anspruch nahm ... Er verstand es nicht, und er wusste, dass er keine andere Wahl hatte, als wahrheitsgemäß zu antworten und zu gehorchen.

»Ja«, sagte er. »In der Werkstatt. Ich habe es erst vor ein paar Tagen fertiggestellt.«

»Gut«, erwiderte Liliath. »Du kannst mir den Weg zeigen. Als ich hier ... äh ... hereingekommen bin, hatte ich keine Zeit, mich umzusehen.«

»Ja«, murmelte Delfon, während er langsam aufstand.

»Gut«, sagte die Frau noch einmal. Sie hob eine Hand, berührte einen der Ringe und murmelte dabei leise einen Namen. Delfon hob einen Arm, um seine Augen vor dem Licht zu schützen, das daraufhin zum Vorschein kam, aber er spähte ein bisschen darunter hindurch. Der Engel – welcher auch immer –, den diese Frau beschworen hatte, legte rasch den Sargdeckel zurück an seinen Platz; die Streifen aus gebrochenem Blei hoben sich und bewegten sich an ihren Platz wie Schlangen, die zur Ruhe gerufen wurden. Binnen weniger Augenblicke sah das Grab wieder genauso aus wie zu dem Zeitpunkt, als Delfon seine Nachtwache bei Sonnenuntergang begonnen hatte.

Der alte Mönch lehnte sich an die Wand, musterte die Frau und schloss dabei ein Auge, sodass sein besseres – das rechte – sich besser auf sie fokussieren konnte. Eine Strähne ihrer Haare war weiß geworden, doch noch während er hinsah, floss die Schwärze in sie zurück, wie Wein, der sich mit Wasser mischt. Sie hatte den Preis, den es kostete, einen Engel das Grab schließen zu lassen, nicht bezahlt. Oder nur vorübergehend.

»Ich nehme an, Ihr werdet mich töten, wenn Ihr das Symbol habt«, sagte er langsam. »Damit niemand von … Euch erfahren kann.«

»Ja«, stimmte Liliath ihm zu. »Ich vermute, deswegen hat *er* dich hergerufen, da du ohnehin bald gestorben wärst. Besser als jemand von den Jüngeren. Palleniel ist mitfühlender als ich.«

»Aha«, erwiderte Delfon. Er hatte keine Angst, was er merkwürdig fand. Er war einfach nur neugierig – und sehr müde. Die letzten paar Minuten waren ein bisschen zu aufregend gewesen. Und das verbleibende Licht des Engels hatte seine Augenwinkel bereift, was es für ihn noch schwieriger machte zu sehen. »Palleniel. Plagenbringer. Der Gegenspieler.«

»Palleniel, ja. Diese anderen Namen sind Erfindungen von anderen. Ich habe dir schon gesagt, dass nicht alles, was man dir erzählt hat, wahr ist.«

»Aber wie kann er mich gerufen haben, sodass ich es bin, der heute Nacht hier ist?«, fragte Delfon, wirklich neugierig, selbst mit der Aussicht auf seinen Tod. Einmal ein Engelsmagier, immer ein Engelsmagier, selbst im hohen Alter und in den letzten Stunden.»An diesem Ort von Ashalael, in Sarance? Palleniel hat hier keine Macht. Und Engel agieren nicht aus eigenem Willen.«

»Die Strenggläubigen halten es so«, sagte Liliath. Sie lächelte voller Zufriedenheit über ihr geheimes Wissen.»Aber in Wirklichkeit ist der Umfang dessen, was Engel in dieser Welt tun können, nicht durch *ihre* engen Grenzen festgelegt, sondern durch den langen Gebrauch und die Sitten der *Menschen* definiert, und die können gebeugt werden. Oder – geografisch betrachtet – örtlich durchbrochen. Und einigen kann man Anweisungen geben, nach denen sie handeln, wenn die Zeit reif ist. Vorausgesetzt, man verfügt über den entsprechenden Willen und die Macht.«

Delfon schüttelte den Kopf.

»Ich kann nicht glauben, was Ihr da sagt«, erwiderte er. »Außer Ihr seid tatsächlich Liliath … Ich habe in Decarandals *Leben der Magi* etwas über Euch gelesen. Allerdings war es nicht Decarandal, der auf den letzten Seiten handschriftlich etwas hinzugefügt hat … Wer auch immer das war, hat gesagt, dass Liliath bei Bedarf rasch Symbole erschaffen und Engel beschwören konnte, die zuvor keinem der Tempel bekannt gewesen waren …«

»Sprich weiter«, sagte Liliath.»Ich bin neugierig. Was steht da noch?«

»Ihre Fähigkeiten, Symbole zu erschaffen, waren unvergleichlich. Und dann die Gerüchte, das Gerede, dass sie den Preis für Beschwörungen nicht körperlich zahlen musste … andererseits ist sie jung gestorben, mit neunzehn, und so scheint es, als wäre sie doch gealtert, wenn auch nicht äußerlich. Manche haben es für eine Tragödie gehalten, ein leuchtendes Versprechen, das der Welt verloren gegangen ist.«

»Aber wie du siehst, bin ich nicht gestorben«, sagte Liliath. »Und ich werde meine Versprechen erfüllen. Alle, vor allem aber eines.«

Delfon starrte sie an; er verstand nicht, was sie meinte, erkannte jedoch die Intensität ihrer Gefühle. Er hatte diese Intensität schon früher bei anderen gesehen, bei Pilgerinnen und Pilgern, bei denen, die große Aufgaben auf sich genommen hatten, getrieben von inneren Kräften, die sie oft selbst kaum erkannten. Aber in dieser Frau war diese Intensität tausendfach verstärkt.

»Komm, wir müssen gehen«, befahl Liliath.

»Ihr werdet mich nicht verletzen?«, fragte Delfon zögernd. »Ich meine, bevor …«

»Nein«, erwiderte Liliath nüchtern. »Dein Herz wird einfach aufhören zu schlagen. Ich denke, du bist bereits müde, oder?«

»Ja, ja, das bin ich«, murmelte Delfon. Das Engelslicht um seine Augen breitete sich aus und mit ihm eine willkommene Wärme. Er hatte sich schon seit vielen Jahren innerlich nicht mehr so gelassen gefühlt; sein Puls war langsam und gleichmäßig. Das verschaffte ihm ein sehr gutes Gefühl, als würde seine nahe Zukunft ein außergewöhnlich bequemes Bett für ihn bereithalten, ein Bett, das viel bequemer war als das in seiner Zelle im Tempel über ihnen.

»Noch nicht, Mazrathiel«, flüsterte die Frau. Mazrathiel war eine Herrschaft mit einem weiten Wirkungsbereich, wozu alle Arten von Bewegung gehörten – einschließlich des Herzschlags, auch wenn nur die mächtigsten – und selbstsüchtigsten – Magier einen Engel zwingen konnten, eine Tat zu begehen, die direkt ein Leben kosten würde. »Erst wenn ich das Symbol habe und er sich hinsetzt.«

»Was heißt das?«, fragte Delfon, der wieder ein bisschen mehr zu sich selbst fand.

»Du dienst einer richtigen und edlen Sache, für die zu sterben eine große Ehre ist«, sagte Liliath. Ihre Augen schienen mit einem inneren Licht zu schimmern, während sie das sagte, und um ihren Mund spielte ein Lächeln.

Delfon erschauerte erneut, als er das sah und so viel Macht

und Glaube in dieser jungen Frau spürte. Ja, wirklich, nur eine sehr junge Frau, zumindest wenn man sie ansah – aber eine mit so viel Stärke und Entschlossenheit, so vielen Engeln zu ihrer Verfügung …

Liliath nahm seinen Arm und führte ihn zur Tür, die bereits untypischerweise weit offen stand. »Wohin?«

»Nach links«, antwortete Delfon. »Und dann die Wendeltreppe hoch.«

Er hinkte nach draußen, Liliath an seiner Seite.

»Sag mir, was ist in der Welt geschehen?«, fragte sie. »Wer regiert Sarance?«

Die Tür hinter ihnen schloss sich quietschend und langsam, begleitet vom schwachen Geräusch eines fernen himmlischen Chores, und alles endete gleichzeitig in einer einzelnen, dissonanten Note.

Zwei

Liliath legte Bruder Delfons Leichnam auf den Boden neben dem Arbeitstisch und schloss ihm mit ernsthafter Sanftheit die Augen. Mazrathiel zog sich zurück; er war darauf erpicht zu verschwinden, nachdem er dazu gebracht worden war, widerwillig ein Leben zu beenden, und bei späteren Beschwörungen würde er sich zweifellos noch mehr widersetzen. Nicht dass das Liliath Sorgen bereitet hätte. Wenn sie Mazrathiel brauchte, würde er ihr dienen wie alle Engel, deren Symbole sie angefertigt oder benutzt hatte. Sie würde keinen Ungehorsam dulden.

Das Symbol von Foraziel, das der alte Mann gemacht hatte, lag an einem Ehrenplatz auf seinem Tisch. Es war gute Arbeit, mehr als einfach nur kompetent. Sie konnte die potenzielle Präsenz des Engels in dem Bild spüren, das die bekannteste Darstellung von Foraziel zeigte: eine unscheinbare Frau mittleren Alters, die überrascht davon war, irgendeine gute Sache entdeckt zu haben; nur der dünne Heiligenschein deutete darauf hin, dass sie ein Engel war.

»Ich muss wissen, wer und wo sie sind«, flüsterte die junge Frau. »Nur vier …«

Aber jetzt war keine Zeit, Foraziel anzurufen. Die Morgendämmerung war nahe, und Liliath musste den Tempel verlassen, ehe sie entdeckt wurde. Sie nahm das neue Symbol und steckte es zu einigen anderen in die geheime Tasche im Innern ihres Habits. Für die Suche nach Decarandals Buch über Symbolmacherinnen mit der Zeichnung von ihr, die sie in Delfons Geist gesehen hatte, brauchte sie ein paar Minuten. Sie riss die wichtigen Seiten heraus und stopfte sie ebenfalls in ihre Innentasche, dann verließ sie den Raum und schloss leise die große Eichentür hinter sich.

Obwohl viel Zeit verstrichen war, hatte sich der Tempel seit damals, als sie sich vor hundertsiebenunddreißig Jahren hineingeschlichen hatte, um sich im Grab der Heiligen zu verstecken, kaum verändert. Sie öffnete eine andere Tür und glitt hinaus in den östlichen Kreuzgang. Dort blieb sie stehen und ließ den Blick über den großen gepflasterten Hof schweifen, der vom Licht der Sterne über ihr schwach beleuchtet wurde. Es lagen Gestalten auf dem Boden, und es waren Schnarchgeräusche zu hören, was auf die Anwesenheit von Reisenden hindeutete, die nicht den Status besaßen, um in die Gasträume oder Schlafsäle gelassen zu werden, sondern gerade anständig genug waren, um ihnen Zutritt zum Tempel zu gewähren und ihnen zu erlauben, hier zu ruhen. Merkwürdigerweise trugen sie alle Kleidung in der gleichen hellen Farbe, die im Sternenlicht nur schwer auszumachen war. Vielleicht ein grünliches Blau oder ein Grauton. Wie eine Uniform, wenn auch eine zerschlissene, und sie schienen keine Soldaten zu sein.

Liliath zögerte. Es waren ein Dutzend oder mehr Leute, und das Torhaus lag auf der anderen Seite des Hofes. Es war gut möglich, dass jemand aufwachte und die Dinge verkomplizierte, wenn sie vorbeiging. Auf die eine oder andere Weise.

Noch während sie zögerte, hörte sie hinter sich das leise Geräusch bloßer Füße auf Stein – jemand schlich sich an sie heran. Sie drehte sich um und sah einen grau gekleideten Mann mit Kapuze und erhobenem Dolch. Er stieß nach ihr, aber sie war schneller, wich mit einer fließenden Bewegung seitlich aus, was ihm hätte zu denken geben sollen. Das tat es aber nicht.

»Ich werde dich nicht töten«, flüsterte er, was Liliath verriet, dass die Schlafenden auf dem Hof nicht notwendigerweise seine Verbündeten waren, oder vielleicht fürchtete er auch, die Tempelwachen im Torhaus würden etwas hören und eingreifen. Viele seiner Zähne waren abgebrochen, und sein linker Arm hing dünn und nutzlos an seiner Seite herunter. Aber sein rechter Arm, der das Messer hielt, war sehr stark.

»Nimm einfach die Ringe ab wie ein gutes Mädchen. Und glaube nicht, du könntest einen Engel anrufen; ich würde dich innerhalb eines Augenblicks aufschlitzen. Außerdem würde dir das sowieso nichts nützen, denn ich bin ein Verweigernder.«

»Was glaubst du, wer ich bin?«, fragte Liliath im Plauderton; sie flüsterte nicht, hob aber auch nicht die Stimme. Sie registrierte das Wort »Verweigernder« und den winzigen Funken von Palleniel, der, wie sie spüren konnte, durch das Blut dieses Möchtegerndiebs kreiste. Ganz offensichtlich gab es viele Dinge, nach denen sie Bruder Delfon hätte fragen sollen und die sie jetzt unmittelbarer würde herausfinden müssen.

»Weiß nicht«, erwiderte der Mann und beobachtete sie aufmerksam; sein Dolch war bereit, erneut zuzustoßen. »Die Alte Brill meinte, die Sterne sagen, wir sollen herkommen; wir würden großes Glück haben. Dieses Mal hatte sie recht. Nimm die Ringe ab!«

»Du sagst, du bist ein ›Verweigernder‹«, sagte Liliath. Seine Hautfarbe und die Gesichtszüge verrieten ihr nicht, woher er stammte. Der Mann hatte eschefarbene Haut und grüne Augen, aber daraus konnte niemand etwas schließen. Vor vielen tausend Jahren hatten sich zahlreiche Ahnenstämme in Ystara und Sarance angesiedelt, ihr Blut hatte sich vermischt, und ihre Abkömmlinge hatten alle Farben vom tiefsten Schwarz bis zum hellsten Weiß. Aber das Fünkchen von Palleniel in ihm konnte nur eines bedeuten. »Dann stammst du also von Ystaranern ab?«

»Natürlich«, murmelte der Mann. Er stieß erneut zu, aber Liliath beugte sich unmöglich weit zurück, als wäre ihre Taille ein Gelenk. Der Stoß ging knapp am beabsichtigten Ziel – ihrer Kehle – vorbei. Bevor er das Gleichgewicht vollständig wiederfinden konnte, zuckte sie hoch, ihre Hand schnellte vor und schloss sich um sein Handgelenk, verdrehte ihm den Arm so, dass er sich mitdrehte und auf die Knie fiel.

Für eine so schlanke und junge Frau war sie unfassbar stark.

Der Dieb gab ein glucksendes, tief aus seiner Kehle kommendes Geräusch von sich, und während er sie anstarrte – unfähig zu begreifen, was geschah –, war das Weiße in seinen Augen zu sehen.

»Und aus Ystara zu sein bedeutet, dass Engelsmagie bei dir nicht wirkt?«, fragte Liliath. »Dass die Möglichkeit besteht, dass du zu einer bestialischen Kreatur wirst?«

»Ja, ja«, sagte der Mann. »Versuch es bloß nicht!«

»Denn dann würdest du an der Aschblut-Plage sterben«, vermutete Liliath. Sie konnte hören, wie hinter ihr Schlafende erwachten, daher zog sie den Mann am Handgelenk ein Stück weit herum, sodass sie sehen konnte, ob sich sonst noch jemand näherte, um sie anzugreifen.

»Wahrscheinlicher ist, dass du ein Monster erschaffst«, keuchte der Dieb. »Das *dich* gewiss töten wird.«

Liliath antwortete nicht und griff stattdessen nach dem winzigen Stück von Palleniel in dem Mann.

»Ich glaube, es wird die Plage sein«, sagte sie und zwang dem Splitter von ihm, der auch der Erzengel war, ihren Willen auf.

Eine Sekunde später begannen sich Flecken aus grauer Asche in den Mundwinkeln des Diebes zu bilden. Asche erblühte um seine Augen und fiel ihm aus den Ohren, quoll unter seinen Fingernägeln hervor. Liliath ließ ihn los und trat einen Schritt zurück, als die Asche zu fließen begann, langsam, aber gleichmäßig, wie beinahe geronnenes Blut. Der Mann schaffte es, noch ein paar Sekunden auf den Knien zu bleiben, dann fiel er seitlich um, und die Asche floss weiterhin aus jeder Körperöffnung und Pore und jedem Kratzer, sammelte sich langsam um ihn herum.

Zum Zeitpunkt seines Todes ein paar Minuten später waren alle auf dem Hof wach und starrten Liliath an; mehrere Laternen waren angezündet worden und wurden nun hochgehalten, schufen Teiche aus Licht und viele flackernde Schatten. Sie erwiderte die Blicke und war sich bewusst, dass etwas mit dieser Menge nicht stimmte. Es gab die erwartbaren Unterschiede bezüglich der Hautfarbe, der Haare, der Gesichtszüge. Alle Arten, aber …

Es dauerte einen Moment, bis sie begriff, dass nur sehr wenige dieser Leute sich aufrecht hielten. Die Mehrzahl war gebeugt oder gekrümmt oder stand einfach nur merkwürdig da. Ungleichgewichtig, auf Krücken oder ihre Kameraden und Kameradinnen angewiesen. In den ihr zugewandten Gesichtern fehlten Augen, Nasen, Zähne – die Folgen von Krankheiten und Verletzungen, die ein Engel zumeist leicht hätte heilen können.

Aber ganz offensichtlich hatte keiner dieser Menschen jemals die heilende und reinigende Berührung eines Engels erfahren.

Sie begegnete ihren angstvollen, fragenden, oft feindseligen Blicken, nahm ihre merkwürdigen grauen Kittel und Umhänge wahr, und dann verbeugten sie sich langsam, einer nach dem anderen, senkten die Köpfe, beugten die Knie, bis sie ihr Gehorsam anboten, wie man ihn einem König oder einer Königin anbieten würde. Nur einer senkte den Kopf nicht ganz so tief wie die anderen, sondern blickte nach einem Moment wieder auf und sah Liliath an. Seine Haut war so goldbraun wie Heideblütenhonig, und er wäre eigentlich gut aussehend gewesen, aber tiefe, sichelförmige Narben einer schrecklichen Pockenerkrankung zeichneten sein Gesicht, verschlossen ein Auge und ließen ihn älter wirken, als er war; so kam es Liliath zumindest angesichts seines anderen Auges vor, das jung und leuchtend war. Und seine Stimme klang jugendlich.

»Dann seid Ihr also tatsächlich die wiedergeborene Maid von Ellanda? Genau wie all die Alten es uns erzählt haben? Meine Urgroßmutter wäre begeistert gewesen, Euch zu sehen. Ein Jammer, dass sie letzte Woche gestorben ist.«

»Nicht wiedergeboren«, sagte Liliath ruhig. Der narbige junge Mann war nicht angemessen respektvoll, doch er sprach mit einer gewissen Autorität, als ob er der Anführer dieses schäbigen Haufens wäre. »Nur aufgewacht. Ich gehe davon aus, dass ihr vom Orden von Ystara seid und das Zeichen gesehen habt?«

Während sie sprach, blickte sie zum Himmel empor, auf den rechteckigen Fleck aus Sternen über dem Hof, der auf beiden Seiten von den Gebäuden des Tempels eingefasst wurde. Seit uralten Zeiten wurde darüber debattiert, ob der Nachthimmel die tatsächliche Heimat der Engel war oder nur eine Reflexion oder Repräsentation ihrer Existenz und Macht. Wie auch immer, die Himmel waren ein ziemlich zuverlässiger Hinweis auf den Zustand verschiedener Engelsmächte.

Wie es hier in Sarance zu erwarten war, leuchtete Ashalaels Stern in der Nacht am hellsten. Aber Liliath sah nicht ihn an, sondern suchte weiter Richtung westlichem Horizont und dann ein bisschen südlich. Einst hatte dort Palleniels Stern geleuchtet, außerhalb Ystaras nicht ganz so hell, aber immer noch einer der sieben hellsten Sterne. Jetzt war dort ein Fleck aus Dunkelheit. Doch drei Fingerbreit links von dieser Abwesenheit schimmerte ein sehr blasser, fast violetter Stern. Kaum erkennbar, selbst für Liliath, deren Augen mehr als menschlich waren und die genau wusste, wo sie hinschauen musste. Aber er konnte gesehen, von einem hingebungsvollen nächtlichen Beobachter gefunden werden, der mit einem Teleskop und der Anweisung, sich diesen Teil des Himmels anzusehen, ausgestattet war. Es war Jacqueiriels Stern, ein kleiner Gefährte aus Palleniels Heer, zu dessen Bereich es gehörte, das Gefühl guter Neuigkeiten zu überbringen: von kommenden glücklichen Ereignissen innerhalb der geografischen Grenzen von Ystara. Jacqueiriels Macht war klein, denn er konnte keine Einzelheiten übermitteln und war in den Tagen vor der Plage allgemein von Liebenden benutzt worden, um den Wonneschauer eines Geschenks zu vermitteln, das bald übergeben werden würde.

In diesem Fall war der Stern des Engels ein Vorzeichen von Palleniels Wiederkehr und somit auch Liliaths eigenem Erwachen. Ein sichtbarer Hinweis, dass dem Orden von Ystara – oder seinen Erben und Nachkommen – eine Botschaft geschickt worden war.

»Der Orden?«, fragte der junge Mann mit dem narbigen Gesicht. »Es gibt keinen Orden, kein feines Volk mit geschmückten Wappenröcken, goldenen Ketten und glänzenden Degen. Es gibt nur die Alte Brill, die an Totenbetten sitzt und Geschichten aufschreibt und den Himmel beobachtet. Ihr habt uns zu früh verlassen, um zu sehen, wie die Dinge laufen würden. Uns aus Ystara ist es nicht erlaubt, uns an unser Land zu erinnern, nicht erlaubt, uns überhaupt zu erinnern. Wir werden Verweigernde genannt, denn es muss ja unser eigener Fehler sein und an uns selbst liegen, warum die Engel sich uns verweigern oder uns zum Schlimmsten verändern. Wir müssen Grau tragen, damit keine Unfälle geschehen, keine Bestien entstehen. Und wir dürfen nicht zu sichtbar sein, es sei denn als dienende und arbeitende Kreaturen, damit die anständigen Menschen nicht irgendwie von unserem Unglück angesteckt werden.«

»Ihr gehört immer noch zum Orden, ganz egal, wie eure äußere Erscheinung ist«, sagte Liliath. Sie sprach mit vollkommener Gewissheit. »Und ihr werdet geheilt und erneuert werden, wenn wir nach Ystara zurückkehren und Palleniel wiederkommt.«

Auf ihre Worte folgte Schweigen. Aber kein ehrfürchtiges Schweigen, wie Liliath es erwartet hatte. Eher niedergeschlagene Verdrossenheit.

»Ihr zweifelt an meinen Worten?«, fragte sie. Sie sah den jungen Mann an, sein von den Pocken zerstörtes Gesicht. In ihm war der Funke von Palleniel stärker als bei den anderen. Sein Vorfahr wäre sehr nah an dem dran gewesen, was erwünscht war. Vermutlich hatte das dazu beigetragen, dass er der Anführer dieses abgerissenen Haufens geworden war. »Wie heißt du?«

»Ich werde Bisc genannt. Biscaray, wenn man den ganzen

Namen nimmt. Ich bin der Nachtprinz«, antwortete der junge Mann. »Jetzt der Nachtkönig, nehme ich an, da du Franz Krüppelarm erledigt hast, der unser edelster Anführer war. Es sei denn, jemand will mich herausfordern?«

Er sprach diese Frage laut aus, richtete sie an die Versammelten. Niemand rührte sich, niemand antwortete.

»Der Nachtkönig? Du meinst, du bist der Herr der Bettler und Diebinnen und dergleichen?«, fragte Liliath. »Der Unterwelt von ganz Sarance?«

Der Nachtkönig lachte. »Wohl kaum. Nur in Lutace und nur der König der Verweigernden. Aber da wir keine anderen Möglichkeiten haben, sind wir bei weitem am zahlreichsten, von daher beherrschen wir die Nacht. Wie die Hohen und Mächtigen zu sagen pflegen: ›Nicht alle Diebinnen und Bettler sind Verweigernde, aber alle Verweigernden sind Diebinnen und Bettler.‹«

»Warum seid ihr hierhergekommen, wenn ihr daran zweifelt, dass ich euch zurück zu einem neuen Leben in Ystara führen werde?«

»Franz hat es befohlen«, sagte Bisc schulterzuckend. »Von Zeit zu Zeit liest die Alte Brill nützliche Dinge am Himmel. Unser früherer Nachtkönig hat gedacht, es könnte etwas zu plündern geben oder sonst eine gute Gelegenheit sein, und im schlimmsten Fall wäre es einfach nur ein Ausflug aufs Land.«

»Du hast gesehen, was ich mit ihm gemacht habe«, sagte Liliath und lächelte. Es war ein dünnes, hinterhältiges Lächeln. »Und doch spüre ich immer noch deine Zweifel. Und auch wenn du kniest, spüre ich keinen echten Gehorsam.«

»Plage oder Monster, es könnte einfach nur Zufall gewesen sein«, sagte der Nachtkönig vorsichtig. Er zögerte, und etwas von seinem Selbstvertrauen verschwand aus seiner Stimme. »Aber ich zweifle nicht gänzlich …«

»Du brauchst noch einen weiteren Beweis?«, fragte Liliath. »Soll ich dich ganz machen, deine Haut glatt, dein eines Auge wieder so wie dein anderes?«

45

Dieser nächste Teil würde schwierig sein, vielleicht zu schwierig. Aber wenn sie Erfolg hatte, würde es mehreren Zwecken dienen.

Sie sah, wie er eine schlaue Erwiderung hinunterschluckte.

»Es wäre ein geeigneter Test, oder?«, fragte Liliath.

Biscaray stand ruhig auf und ging zu ihr, blieb zwei Schritte vor ihr stehen. Er kniete sich nicht wieder hin, und seine rechte Hand war dicht beim Heft einer Klinge, die nur teilweise von seinem grauen Umhang verborgen wurde. Obwohl die nächste Laterne hinter ihm war, konnte Liliath die Verwüstungen sehen, die die Pocken angerichtet hatten, die narbigen Überreste einer Krankheit, die seine Haut gezeichnet und sein linkes Auge nicht nur von seinem angestammten Platz verdrängt, sondern auch mit Narbengewebe überzogen hatte.

»Wenn Ihr tun könnt, was Ihr sagt, werde ich anerkennen, dass Ihr diejenige seid, die zu sein Ihr behauptet, und Euch gut dienen«, erklärte er leise. »Versagt Ihr, werde ich Euch ausweiden, oder meine Leute werden es tun.«

»Fürchte dich nicht vor dem, was ich tun werde, und greife mich nicht an«, sagte Liliath. Sie hob die Stimme, richtete ihre nächsten Worte an die Menge hinter ihm. »Dies ist nichts weiter als ein Vorgeschmack auf das, was vor euch liegt, wenn wir nach Ystara zurückkehren.«

Sie hob die rechte Hand und berührte den Symbolring, den sie am linken Daumen trug, behielt den Nachtkönig dabei immer im Blick. Gwethiniel, die große Heilerin. Es gab viele Engel, die heilen konnten, viele geringere, aber nur wenige bedeutendere. Gwethiniel war eine Gewalt, die nicht leichthin beschworen wurde. Die Hand des Mannes zuckte zu seinem Messer, aber er zog es nicht. Liliath wartete, spürte die ferne Präsenz des Engels, beschwor ihn aber noch nicht.

»Bist du tapfer genug?«, flüsterte sie. Unter dem Schleier aus Misstrauen konnte sie ein Fünkchen Hoffnung in seinem Gesicht sehen, auch wenn er versuchte, keinerlei Gefühle zu zeigen.

»Ich habe schon früher mein Leben riskiert«, sagte der Nachtkönig schulterzuckend. »Wenn die Entscheidung erst gefallen ist, was spielt einmal mehr dann noch für eine Rolle?«

Liliath beschwor Gwethiniel im gleichen Moment, in dem sie ihren Willen gegen das Fragment von Palleniel im Innern des Mannes einsetzte, die Essenz des Erzengels zwang, sich zurückzuziehen. Die Essenz kämpfte gegen sie an, und auch Gwethiniel widersetzte sich, wollte auf ihre Beschwörung nicht reagieren.

»Ihr werdet mir gehorchen«, flüsterte Liliath, sprach sowohl zu der hirnlosen Essenz wie auch zu dem sich widersetzenden Engel. »Ihr werdet gehorchen.«

»Ich gehorche«, sagte die Stimme in ihrem Kopf. Gwethiniels Stimme, die normalerweise ruhig und fest war und in der jetzt knirschender, widerwilliger Gehorsam mitschwang. »Was ist dein Wille?«

»Heile ihn«, befahl Liliath, auch wenn sie nur in ihrem Kopf sprach. »Und berühre das Überbleibsel von Palleniel nicht.«

»Mein Bereich ist die Wiederherstellung der natürlichen Ordnung, oft benutzt zur Heilung *menschlichen* Lebens«, sagte Gwethiniel. »Die Präsenz eines anderen behindert meine Arbeit. Gegen einen so Großen kann ich nicht handeln, selbst wenn er nicht völlig präsent ist.«

»Du kannst«, entgegnete Liliath. »Ich werde ihn zurückhalten. Tu, was ich dir befehle.«

»Es besteht große Gefahr«, flüsterte Gwethiniel. »Für alle.«

»Tu, was ich dir befehle!«

Liliath brüllte diese Worte laut heraus, und die Menge zuckte angesichts der in ihnen liegenden Macht zusammen. Hinter ihr flackerte im Pförtnerhäuschen eine Fackel auf. Die Torwache oder einer der Tempelwächter war schließlich aufgewacht.

Über ihnen war das Rauschen großer Schwingen zu hören. Plötzlich erfüllten warmes Licht und der Geruch von Geißblatt den Hof. Der Nachtkönig schrie auf und fiel hin, und Liliath duckte sich unter der Last der Macht, die sie weiterleitete, aber nur einen Moment lang, dann stand sie wieder aufrecht, schüttelte die Last ab. Eine dicke Strähne ihrer Haare wurde weiß, und Falten krochen über ihre Haut, aber das waren vorübergehende Veränderungen, rasch wieder rückgängig gemacht, während der Funke von Palleniel noch wütete und gegen sie kämpfte und sie ihn mit reiner Willenskraft unterdrückte und gleichzeitig Gwethiniel zurückschickte, um die Aufgabe endgültig zu beenden.

»Niemand darf mir gegenüber ungehorsam sein«, fauchte Liliath. »Du wirst tun, was ich befehle.«

Gwethiniels Schwingen schlugen. Donner grollte, aber sie beendete ihre Aufgabe und war im gleichen Augenblick verschwunden, zog sich viel schneller zurück, als sie gekommen war, noch ehe Liliath sie förmlich entließ.

Der Nachtkönig setzte sich auf und betastete sein Gesicht. Die Pockennarben waren verschwunden, seine honigfarbene Haut war glatt und jung, sein Auge am richtigen Platz. Er schob eine Hand unter sein Wams, befühlte auch dort die Haut und machte ein erstauntes Gesicht. Dann stand er auf und drehte sich zu den anderen um; alle Laternen waren auf ihn gerichtet, als er den Kopf hob und das Wams öffnete, um seine glatte Brust zu zeigen.

»Ich … ich bin geheilt!«

Noch während er sprach, eilten alle auf Liliath zu, humpelnd, stockend, mit erhobenen Armen und bettelnd.

»Heilt mich! Heilt mich! Helft uns!«

»Im Moment kann ich nicht noch mehr heilen«, rief Liliath und hob eine Hand. Trotz ihrer unmenschlichen Stärke war sie sehr müde, aber das ließ sie niemanden sehen. Sie konnte nicht wagen, irgendeine Schwäche zu zeigen. Es gab keinerlei sichtbare Anzeichen, dass die Beschwörung sie etwas gekostet hatte, doch sie konnte spüren, wie die Haut ihres Gesichts sich selbst heilte, wie schwache Falten in Ordnung gebracht wurden. Sie lächelte leicht, um der Menge Vertrauen einzuflößen, aber auch, weil sie schon wieder einen Engel dazu gezwungen hatte, ihren Anordnungen Folge zu leisten, und den Preis dafür nicht gezahlt hatte – ihn niemals zahlen würde. »Doch *ihr alle* werdet geheilt werden, wenn wir nach Ystara zurückkehren.«

Sie schoben sich immer noch auf sie zu, eine hirnlose, von einem einzigen Wunsch beseelte Menge. Liliath wich hinter eine der Säulen zurück, machte sich bereit, die Vordersten anzugreifen, denn sie wagte es nicht, jetzt Engelsmagie zu benutzen. Sie war zu müde und konnte das Ergebnis nicht kontrollieren; sollte sich hier jemand in ein Monster verwandeln, würden vermutlich anschließend alle tot sein. Auch sie selbst, obwohl sie nicht so leicht sterben konnte.

Aber Liliath musste nichts tun. Biscaray brüllte auf und schlug die Flut der Verweigernden beiseite, schleuderte die Anführer zurück in die Menge, wobei viele auf die Pflastersteine stürzten. Er behandelte sie wie eine Hundemeute, die nach Fleisch gierte, und als wäre er der Hundeführer, furchtlos trotz ihrer Zahl.

»Zurück! Zurück und runter! Auf den Boden!«

Die Flut ebbte ab, die Verweigernden sanken auf die Knie, der Moment ihres äußersten Begehrens verstrich. Aber Liliath hörte, wie hinter ihnen das Tor, das sie während der Nacht auf dem Hof einsperrte, entriegelt wurde und Bolzen zurückgezogen wurden. In wenigen Augenblicken würde zweifellos die Torwache des Tempels hier sein, begleitet von einer Handvoll weiterer Wachen, alle wütend darüber, noch vor der Morgendämmerung geweckt worden zu sein – erst recht von derart ungewollten Gästen.

»Ich brauche einen Umhang«, sagte Liliath zu Biscaray. »Mit einer Kapuze. Oder einen Hut. Und wir müssen hier so schnell wie möglich weg.«

»Wie Ihr befehlt«, antwortete Biscaray. Er fauchte einer in der Nähe stehenden Verweigernden ein paar Anweisungen zu.

Sie begann sogleich in ihrem Bündel herumzuwühlen, während andere den Leichnam des früheren Nachtkönigs in die dunkelste Ecke des Kreuzgangs zogen. »Das mit dem Vonhier-Verschwinden wird nicht schwierig sein. Sie werden uns rauswerfen, da bin ich mir sicher. Und dann ... dann gehen wir nach Ystara?«

»Nein«, sagte Liliath leise. »Ich brauche Zeit, um zu sehen, was geschehen ist, seit ich mich zur Ruhe begeben habe. Ich hatte nicht erwartet, dass es in Ystara *immer noch* von Scheusalen wimmeln würde. Wir werden eine Armee brauchen, um zurückzukehren.«

»Eine Armee? Sämtliche Verweigernden werden sich um Euer Banner scharen, sobald bekannt wird ...«

»Nein«, unterbrach ihn Liliath. »Wir dürfen nicht zulassen, dass sich die Nachricht von meiner Rückkehr verbreitet, vor allem nicht unter denen, die nicht aus Ystara sind. In Sarance und der weiteren Welt und sogar in den Himmeln gibt es viele, die nicht wollen, dass Ystara wieder aufsteigt. Sowohl Sterbliche als auch Engel werden sich der Rückkehr Palleniels widersetzen, und sie müssen getäuscht und dazu gebracht werden, uns zu helfen. Wir werden ... schlau sein müssen.«

»Das ist der Stil des Nachttrupps. Wir leben von unserer Schläue und unseren listigen Händen«, sagte Biscaray.

»Und euren listigen Zungen, nehme ich an«, erwiderte Liliath. Sie überraschte ihn mit der Andeutung eines lüsternen Zwinkerns. Sie konnte einen einfachen Menschen nicht im eigentlichen Sinne begehren – die Gefühle, die der nun fast gut aussehende Biscaray in ihr weckte, waren nichts im Vergleich zu ihrer alles verzehrenden Liebe zu Palleniel. Aber der körperliche Akt lenkte sie ab, bot eine gewisse Erleichterung angesichts des Ausmaßes und Drucks des Schicksals, auf das sie hinarbeitete.

Liliath beschloss, dass sie Biscaray schon bald in ihr Bett holen würde. Um ihn enger zu binden, wie sie es schon früher sowohl mit Männern als auch mit Frauen gemacht hatte, von denen nicht alle so jung und attraktiv gewesen waren, wie er es jetzt war.

Man reichte ihr einen Umhang. Liliath schlüpfte hinein, schlug die Kapuze hoch und zog ihn eng um sich. Sich tief duckend, glitt sie in die Menge, als das Tor sich ächzend öffnete und die Torwächterin hereinkam, gefolgt von vier gähnenden Wachen, die bereits ihre langen dicken Stöcke schwangen. »Wie könnt ihr es wagen, den Frieden des Tempels zu stören!«, brüllte die Torwächterin lauter als alle anderen. Sie blieb kurz stehen, um zum Himmel aufzublicken, und kniff angesichts der blauschwarzen wolkenlosen Weite die Augen zusammen, denn sie war sich sicher, dass sie Donner gehört hatte. Aber sie hatte tief geschlafen ... Nun, wie auch immer, sie hatte ganz gewiss frevlerisches Gequatsche und Geschrei von diesen widerwärtigen Verweigernden gehört. »Raus! Raus! Ihr habt unsere Gastfreundschaft missachtet! Macht, dass ihr wegkommt!«

Drei

Liliath war niemals in Lutace gewesen, aber die Hauptstadt von Sarance unterschied sich nicht sonderlich von Cadenz, der größten Stadt von Ystara. Auch durch Lutace floss ein Fluss – die Leire –, doch er war nicht so breit wie der Gosse, und die Stadt war größtenteils flach, hatte keine Hügel wie Cadenz.

Lutace hatte eine weit höhere und massivere Stadtmauer als die ystaranische Stadt. Sie war nur ein paar hundert Jahre alt und bestand aus blassgelben Backsteinen, nicht aus dem grauen Stein früherer Zeiten. Doch entweder die Stadt oder die königlichen Autoritäten – oder beide – waren lasch im Hinblick auf die freien Flächen geworden, die für eine vernünftige Verteidigung notwendig waren, wovon die vielen Häuser und Hütten, Buden und Scheunen zeugten, die bis an die Stadtmauer heran und darüber gebaut worden waren.

Einer der vielen Schlupfwinkel des Nachttrupps befand sich im Verweigerndenviertel, einem ausgedehnten Elendsquartier, das im Hafen- und Lagerhausdistrikt begann, sich über die südwestliche Stadtmauer ergoss und sich weiter über das ausbreitete, was ein oder zwei Generationen zuvor noch eine grüne Wiese gewesen war. Biscs Leute hatten zwei Häuser beiderseits der Stadtmauer übernommen, deren obere Stockwerke einander zugeneigt waren, sodass es vom Dachbodenfenster des Hauses auf der Außenseite nur ein Katzensprung zum Fenster des Hauses auf der Innenseite der Mauer war.

Liliath hatte das größte Zimmer des Hauses auf der Stadtseite für sich in Beschlag genommen. Es erstreckte sich über das gesamte fünfte Stockwerk, und ein Teil davon war vorübergehend als Werkstatt einer Symbolmacherin eingerichtet worden, mit einem langen Arbeitstisch, der wegen des natürlichen Lichts vor dem größten Dachfenster stand. Liliath hatte zwar nicht vor, lange in dem Haus zu bleiben, aber es gab doch einiges zu erledigen; sie musste die Symbole restaurieren, die während ihres langen Schlafs ein wenig gelitten hatten – besonders jene, die sie aus dem geheimen Versteck geholt hatte, das ihre Anhänger angelegt hatten, als sie zum ersten Mal nach Lutace gekommen waren. Engel reagierten normalerweise besser auf leuchtende, saubere Repräsentationen.

Ein großes Himmelbett mit Vorhängen aus Goldbrokat belegte die andere Ecke des großen Zimmers. Das Bett war einer Königin würdig und tatsächlich vor einem Jahrhundert ein Hochzeitsgeschenk für irgendeine Prinzessin gewesen, die vor der Hochzeit gestorben war. Es war aus einem der unbedeutenderen, meist unbenutzten königlichen Jagdhäuser außerhalb der Stadt gestohlen, gereinigt und mit einer neuen Federmatratze und feinem Bettzeug ausgestattet worden. Natürlich wusste Liliath, dass Bisc vor allem deshalb so ein imposantes Bett beschafft hatte, weil er hoffte, es mit ihr zu teilen, aber sie hatte es bislang noch nicht dazu kommen lassen. Je größer die Erwartung, desto mehr würde sie ihn beeinflussen können.

Liliath war am Arbeitstisch, aber sie restaurierte kein Symbol. Stattdessen holte sie das wieder heraus, das Bruder Delfon gemacht hatte, und beugte sich darüber, berührte mit ihren schlanken Fingern die vergoldete Oberfläche. Seit sie den Tempel von Sankt Marguerite verlassen hatte, hatte sie zweimal angefangen, Foraziel zu beschwören, war jedoch bei beiden Gelegenheiten unterbrochen worden, und der Engel hatte es zu nutzen gewusst, dass sie ihre Konzentration nicht aufrechterhalten konnte, und sich als unerwartet widerspenstig und schwer fassbar erwiesen.

Jetzt musste sie den Engel also in der Stadt beschwören, wo es viel mehr Menschen gab, die Engelsmagie anwendeten, und viel mehr Engel aktiv beschworen wurden und in der Welt der

Sterblichen präsent waren, sodass ein viel größeres Risiko bestand, entdeckt zu werden oder jemandes Neugier zu erwecken. Liliath war nicht über diese Tatsache an sich besorgt, da sie sehr gut in der Lage war, mit den gewöhnlichen Engeln umzugehen, sollte ein Magier oder eine Magierin einen losschicken, um die Sache zu untersuchen. Doch es bestand das geringe Risiko, dass Kardinalin Duplessis persönlich ausreichend beunruhigt sein würde, um Ashalael zu beschwören. In seinem eigenen Land würde der Erzengel Liliath binnen eines Augenblicks finden, und sie würde rasch überwältigt werden.

Allerdings hielt Liliath das Risiko, dass dies geschehen würde, für sehr gering, denn sie hatte erfahren, dass die gegenwärtige Kardinalin, die das große Symbol von Ashalael besaß, in den späten Vierzigern war, aber aussah wie sechzig oder mehr, da ihre vielen Beschwörungen sie bereits stark hatten altern lassen. Sie würde Ashalael nicht leichtfertig rufen, vermutlich überhaupt nicht, es sei denn in großer Not. Liliath hatte das Gefühl, dass sie ihre kleinen Tätigkeiten und Täuschungen durchführen konnte, ohne die Aufmerksamkeit der Kardinalin zu erwecken.

Natürlich gab es auch noch andere Risiken. Wenngleich die Kardinalin es vielleicht nicht wagen würde, den Patron-Erzengel von Sarance zu beschwören, gab es durchaus die Möglichkeit, dass irdischere Agenten über Liliath stolpern mochten, und sie hatte sich noch keine passende Identität zugelegt, um zu verbergen, wer sie wirklich war. Wenn die Pursuivants der Kardinalin – wie die Soldaten und geheimen Agenten Ihrer Eminenz genannt wurden – Liliath jetzt fanden, in einem Versteck des Nachtkönigs, würde sie kaum entkommen können, ohne ihre wahre Identität zu enthüllen. Allerdings hatte der Prozess, jemand anders zu werden – ein Täuschungsmanöver, um die Aufmerksamkeit normaler Menschen in die falsche Richtung zu lenken –, bereits begonnen. Aber er war noch nicht abgeschlossen.

Doch Liliath kam zu dem Schluss, dass sie Foraziel trotz

der Risiken beschwören musste. Sie konnte es nicht ertragen, noch länger nicht zu wissen, wie die vier Kandidatinnen und Kandidaten hießen und wo sie sich befanden.

Erneut runzelte sie bei dem Gedanken, dass es nur vier waren, die Stirn, doch genauso schnell glättete sie sich wieder, denn sie wusste, dass sie sich mit diesem Rückschlag nicht lange aufhalten durfte.

Mit den Fingerspitzen auf dem Symbol begann Liliath die Beschwörung. Sie setzte dieses Mal nicht auf schiere Willensstärke, um eine sofortige Verbindung zu erzwingen, wie sie es normalerweise tat, sondern baute den Ruf langsam und verstohlener auf, wie man es ihr vor langer Zeit beigebracht hatte, als sie ein altkluges Kind gewesen war, um das ihre Lehrer im Tempel herumscharwenzelt waren und das damals zum ersten Mal die Maid von Ellanda genannt worden war.

Foraziel, Finderin von Dingen.

Foraziel, Sucherin von Geheimnissen.

Foraziel, Foraziel, komm zu mir.

Langsam, ganz langsam spürte Liliath die Präsenz des Engels näher kommen. Foraziel war misstrauisch, wollte nicht beschworen werden, aber sie konnte den Strang der Macht, der von Liliath zum Symbol und weiter zu den von den Engeln bewohnten Himmeln floss, nicht ignorieren.

Und dann war sie gefangen. Gefangen von Liliaths starkem, konzentriertem Willen.

Foraziel. Du wirst meinen Anweisungen Folge leisten. In Lutace gibt es vier Menschen, die die wahre Essenz von Palleniel in sich tragen. Ich muss ihre Namen wissen, ihre Stellung und wo sie sich aufhalten ...

Ich kann nicht. Es ist verboten. Ich ...

Du kannst. Du musst. Wenn du versagst oder dich aus der Welt zurückziehst, bevor diese Aufgabe erledigt ist, wird die nächste Beschwörung stattfinden, um dich zunichtezumachen.

Liliath spürte den Schock und die Überraschung des Engels, als Foraziel klar wurde, dass sie es ernst meinte. Den meisten

Engeln war nicht bewusst, dass es überhaupt möglich war, sie zunichtezumachen, aber Foraziel zweifelte jetzt nicht daran, unfähig, dem bebenden, kristallenen Speer, der Liliaths Wille war, zu entfliehen. Liliath wusste nicht, ob irgendeine andere Magierin, irgendein anderer Magier jemals entdeckt hatte, dass es möglich war, das Dasein von Engeln zu beenden. In Anbetracht der Tatsache, dass sie immer so überrascht waren, bezweifelte sie es.

Möglicherweise wussten die größeren Engel Bescheid. Liliath war sich nicht absolut sicher, ob sie einen von ihnen auslöschen konnte, und wollte es auch nicht riskieren. Selbst einen der Seraphim oder Cherubim zunichtezumachen war eine gewaltige Aufgabe, auch wenn sie es häufig getan und ihre Macht in sich aufgenommen hatte. Anfangs, um mehr als ein Mensch zu werden, dann, um gewisse Fähigkeiten zu verbessern, und schließlich mehrere Male, um sich gegen die Auswirkungen der Zeit zu wappnen, vor ihrem langen Nicht-ganz-tot-Sein.

Ich gehorche, wie ich muss. Es ist in meinem Bereich. Binnen einer Stunde werde ich mit dem Wissen, das du verlangst, zurückkehren.

»Dann geh und enttäusche mich nicht«, sagte Liliath laut; ihre Stimme war hart und kräftig.

Ein Rauschen von Schwingen war zu hören, aber da Foraziel noch immer in der Welt präsent war, behielt Liliath die Finger auf dem Symbol, sodass sie keine Chance haben würde zu entwischen, ohne die Aufgabe zu erfüllen. Sie konnte schwach spüren, wie der Engel über die Stadt flog, erst hierhin, dann dorthin, während er nach den vier Menschen suchte, die sie genannt hatte.

Die nächste Stunde verbrachte Liliath mit angenehmen Vorstellungen über die Zukunft. Obwohl sie darauf achtete, die Finger auf dem Symbol zu lassen, war sie beinahe überrascht, als sie Foraziels unsichtbare Präsenz spürte, da ihre Gedanken abgeschweift waren.

Ich kehre zurück. Ich habe gefunden, was du suchst.

Liliath riss sich aus ihrer Versunkenheit und legte ein Stück dickes, stark leinenhaltiges Papier neben das Symbol.

»Schreib ihre Namen auf!«

Auf dem Papier flackerte ein winziger Funke und begann sich zu bewegen, ließ eine geschwärzte Spur zurück, die sich langsam in einer feinen Handschrift zum Buchstaben »S« formte. Liliath zischte ungeduldig und spürte, wie Foraziel zitterte. Der Engel schrieb schneller, brannte in seiner Eile Löcher in das Papier, musste die winzigen Flammen rasch mit unsichtbaren Händen oder einem Streifen der Schwingen löschen – oder wie auch immer Engel mit der physikalischen Welt interagierten. Dennoch waren die Worte klar, ganz egal, ob die Buchstaben aus verbrannten Löchern oder geschwärzten Linien bestanden.

– Simeon MacNeel. Ein Student der Medizin im Hospital von Sankt Jerahibim dem Ruhigen.
– Agnez Descaray. Eine Kadettin der Musketierinnen der Königin.
– Henri Dupallidin. Ein Schreiber in Diensten der Kardinalin.
– Dorotea Imsel. Eine Symbolmacherin, Studentin an der Belhalle.

Lass mich frei, bettelte Foraziel.

Einen Moment lang huschte ein Ausdruck grausamer Erschöpfung über Liliaths Gesicht. Sie dachte daran, Foraziel zu bestrafen, sie zu tilgen, sie in sich aufzunehmen. Aber das alles hätte gewiss andere Engel alarmiert, sowohl diejenigen, die sich hier manifestiert hatten, wie auch jene in den Himmeln, und auch ihre menschlichen Herren und Herrinnen. Es war verführerisch, aber nicht sinnvoll.

»Geh«, sagte sie und wedelte mit der Hand.

Nachdem Foraziel verschwunden war, legte Liliath das Symbol des Engels in eine der Schubladen des Sekretärs neben dem Arbeitstisch. In der Schublade waren noch viel mehr Symbole, Dutzende, nur ein kleiner Teil von denen, die sie in den speziellen inneren Taschen ihres Habits im Grab der Heiligen getragen hatte.

Liliath musterte die Symbole, dann schob sie die Schublade langsam zu und schloss sie ab. Sie war wie immer versucht, Engel einfach nur deshalb zu beschwören, um ihre Macht über sie zu erproben, ihre Unfähigkeit auszukosten, sich ihren Befehlen zu widersetzen. Einmal mehr zu beweisen, dass sie allein auf der Welt unbeeinflusst blieb, wenn sie Engelsmacht benutzte, indem sie von den Engeln zehrte, die sie in sich aufgenommen hatte, und nicht von ihrem eigenen Fleisch und Blut. Sie würde für immer jung und schön bleiben, ganz egal, was sie tat.

Ein dreimaliges Klopfen, eine Pause und dann ein weiteres Klopfen an der Tür machten sie darauf aufmerksam, dass Biscaray zurückgekehrt war. Er war eifrig bemüht, alles zu tun, was sie wollte, und hatte ihr den gesamten Nachttrupp zu Diensten gemacht: sämtliche Diebe, Bettlerinnen, Kanalratten, Scharlatane, Nachtdiebinnen, Raufbolde und Dachkriecherinnen von Lutace. Dass sie ihn geheilt hatte, hatte ihn zu einem wahren Gläubigen gemacht. Er hatte keinen Zweifel daran, dass Liliath seine Leute zurück nach Ystara führen würde. Er hoffte ganz offensichtlich auch, dass er dort aus den Schatten treten und echte Macht ausüben würde. Sie hegte den Verdacht, dass er davon träumte, tatsächlich König zu werden, sich vorstellte, an ihrer Seite über Ystara zu herrschen.

Nur Bisc und das Dutzend Verweigernde, die mit ihm im Tempel von Sankt Marguerite gewesen waren, wussten, wer Liliath wirklich war. Sie waren zur Verschwiegenheit verpflichtet, und als Gegenleistung hatte Liliath ihnen Heilung und Reichtümer versprochen. Bisc hatte ihnen sogar gedroht, sie zu töten, wenn sie redeten. Dennoch blieben sie eine potenzielle Bedrohung, und deshalb mussten sie in der Nähe bleiben. Niemand von ihnen war zu den vorherigen kriminellen

Aktivitäten zurückgekehrt; sie alle arbeiteten jetzt in dem Haus an der Stadtmauer.

»Komm rein«, sagte Liliath. Sie stand vom Arbeitstisch auf und glättete ihre Tunika und ihre Kniehose. Beides bestand aus dunklem burgunderfarbenem Satin, und die Tunika war weit ausgeschnitten, aber sie hatte einen breiten Kragen aus feiner weißer Spitze, der mit winzigen Diamanten gesäumt war, was den Ausschnitt gleichermaßen sittsamer und verführerischer machte. Die Kniehose betonte ihre Knöchel, und ihre Schuhe mit den goldenen Absätzen unterstrichen den Effekt. Nur ein paar Symbolringe waren noch an ihren Händen verblieben, und ein weiteres Symbol steckte als Brosche an ihrer Kleidung. Ihre langen dunklen Haare lagen unter einer Haube aus Spitze, die ebenfalls mit winzigen Diamanten geschmückt war.

Die Kleider waren mit Geld gekauft worden, das genau wie die Symbole in ihrem Sekretär vor langer Zeit für ihre Rückkehr versteckt worden war. Auch wenn sie nicht erwartet hatte, dass sie so lange schlafen würde – oder dass die Flüchtlinge aus Ystara eine ausgestoßene Unterschicht werden würden –, die erste Generation ihrer Anhängerinnen und Anhänger hatte ihre Anweisungen buchstabengetreu ausgeführt.

Biscaray hatte den Inhalt der beiden wichtigsten Verstecke höchstpersönlich geholt. Sie hatte ihm erlaubt zu sehen, was in den kleinen Kisten war, die er zurückgebracht hatte, hatte ihn über den Reichtum staunen lassen, den ihr Orden mitgebracht hatte, in Symbolen, Juwelen und Münzen, den sagenhaft schweren »Doppeldelfin«-Goldmünzen von Ystara.

Ein besonderer Schatz aus dem Hauptversteck hatte Biscaray vollkommen aus dem Gleichgewicht gebracht. Er hatte sofort erkannt, worum es sich handelte, sowohl aufgrund seines kaum schätzbaren Wertes als auch weil es auf fabelhafte Weise vor hundertachtunddreißig Jahren Königin Anne IV. von Sarance gestohlen worden war: ein wunderbares, mit Edelsteinen besetztes Halsband aus zwölf Symbolen, das als

Halsband der Königin bekannt war oder – in den Geschichten, die sich das Volk nach dem Diebstahl erzählt hatte – als die Zwölf Diamantsymbole, da jede der gravierten Symbolplaketten aus vergoldeter Bronze von vielen Dutzend Diamanten gesäumt war.

Liliath hatte es genossen, sein Erstaunen zu sehen, und großen Spaß an seinem sich sogar noch steigernden Erstaunen gehabt, als sie ihm erzählt hatte, dass sie den Diebstahl arrangiert hatte, weil sie die Symbole studieren musste, die die zwölf unter Ashalael dienenden Fürstentümer darstellten. Noch wichtiger für ihre Ziele war, dass sie von dem berüchtigten Magier Chalconte stammten und der erste Beweis dafür waren, dass gravierte Metallsymbole funktionierten. Mit diesen Symbolen hatte der Abstieg des großen Magiers in die Häresie begonnen, auch wenn sie selbst nicht als häretisch galten.

Liliath hatte Bisc nicht erzählt, was sie jetzt mit dem Halsband zu tun gedachte. Sie war sich selbst nicht sicher, auch wenn sich mehrere Pläne formten; in Gedanken wog sie ständig verschiedene Möglichkeiten gegeneinander ab.

Biscaray trat ein und verbeugte sich tief. Er trug eine schwarze Ledermaske, ein plumpes, schlecht sitzendes Ding, das vortäuschte, die Narben in seinem Gesicht wären immer noch da, mit einem kleineren Loch für sein ehemals missgestaltetes linkes Auge. Niemand durfte wissen, dass er geheilt worden war, denn so etwas war unmöglich.

Wie vom Gesetz verlangt, trug er die Kleidung eines Verweigernden: graues Hemd, Wams, Kniehose und Umhang. Seit sie nach Lutace zurückgekehrt waren, war seine Kleidung allerdings besser geschnitten und hatte jetzt einen schmalen Streifen aus schwarzer Spitze am Kragen und den Manschetten, gerade so viel, wie es einem Flüchtling aus Ystara erlaubt war – oder vielleicht auch ein bisschen mehr.

»Guten Abend, meine Fürstin«, sagte Biscaray. Er warf einen Blick auf das Bett und sah dann wieder weg, als wenn es ganz zufällig geschehen wäre.

»Meine Fürstin?«, fragte Liliath. Sie lächelte und zwirbelte eine Strähne ihrer schwarzen Haare, die unter ihrer Haube herausgerutscht war. »Bin ich jetzt eine Adlige aus Albia geworden?«

»Wenn Ihr es wünscht«, erwiderte Biscaray. Er griff in sein Wams und holte ein paar Papiere heraus. »Ihr habt mich beauftragt, eine passende Frau zu finden, die Ihr werden könnt, von adliger Geburt, aber bei Hofe noch nicht bekannt.«

»Das habe ich«, sagte Liliath und lächelte erneut.

»Ich habe drei gefunden«, erklärte der Nachtkönig. »Aber die aus Albia ist die beste. Äh … ich nehme an, Ihr könnt Albianisch sprechen?«

»Das kann ich«, sagte Liliath auf Albianisch. Sie lächelte, als sie sich daran erinnerte, warum das so war; es war ein grausames Lächeln. Einer der Engel, die sie in sich aufgenommen hatte, hatte zum Heer von Albia gehört.

Biscaray, der den Blick niedergeschlagen hatte, bemerkte das Lächeln nicht.

»Erzähl mir, wer ich sein werde, mein treuer Ritter«, sagte Liliath. Sie durchquerte den Raum und tippte ihm leicht auf die Schulter, als würde sie ihm den Ritterschlag erteilen, ehe sie an ihm vorbeiging, um aus dem Fenster zu blicken. In dem dicken, fehlerhaften, in neun Rechtecke aufgeteilten Glas konnte sie sein verschwommenes Spiegelbild sehen.

»Fürstin Dehiems, eine Witwe, zwanzig Jahre alt«, sagte Biscaray. »Sie ist vor zwei Tagen aus Albia angekommen. Ihre Agenten haben vor einem Monat das Haus des alten Fürsten Demaselle gekauft. Sie ist sehr reich und in Albia in Misskredit geraten; die Familie ihres Mannes glaubt, sie hätte ihn auf irgendeine hinterhältige Weise umgebracht.«

»Und hat sie es getan?«

Biscaray schüttelte den Kopf. »Ich bezweifle es. Er war alt, und sie ist schön.«

Liliath drehte sich um und musterte ihn. Er sah sie einen Moment lang direkt an, denn senkte er den Blick wieder und murmelte:»Nicht so schön wie Ihr. Aber es besteht eine große Ähnlichkeit, ihre Augen und ihre Haut sind dunkel, sie ist ähnlich groß, wenn auch ihre Haare kastanienbraun sind, nicht schwarz ...«

»Das ist leicht zu bewerkstelligen«, sagte Liliath. »Ich kann Froudriel oder Asaravael anrufen, um das zu tun. Oder einfach Rhabarber und Henna benutzen.«

»Sie ist die Beste von denen, die wir bislang gefunden haben. Es ist nicht nur ihr Aussehen. Sie ist reich, hat sich von der Familie ihres Ehemannes und anderen Albianern entfremdet, da die meisten Adligen die Ansicht übernommen haben, dass sie eine Mörderin ist. Politik.«

»Ist sie eine Magierin?«

Biscaray schüttelte den Kopf. »Wenn überhaupt, dann eine vollkommen bedeutungslose. Sie trägt ein altes Symbol, eine Kamee von Fermisiel – das sagt zumindest Erril, ich selbst habe den Engel nicht erkannt ...«

»Erril? Die bucklige Frau? Eine von denen beim Tempel?«

»Ja. Sie ist unsere beste Gelehrte. Wenn sie nicht als Verweigernde geboren worden wäre, hätte sie eine große Magierin werden können, glaube ich.«

»Ja. Ich erinnere mich an sie«, sagte Liliath. »Fermisiel ist nichts. Ihr Bereich ist Farbe, alte Kleider wieder schön zu machen und so etwas. Also, wie viele Personen gibt es im Haushalt dieser Fürstin Dehiems?«

»Den Türwächter, drei Zofen, zwei Knechte, eine Köchin.«

»Sie hat eine Köchin aus Albia mit nach Lutace gebracht?«

Biscaray zuckte mit den Schultern, als wollte er sagen, dass die Albianer, wenn es ums Essen ging, sogar noch unerklärlicher waren als im Hinblick auf ihre sonstigen merkwürdigen Angewohnheiten.

»Hat sie hier irgendwelche Verbindungen? Verwandte? Freunde?«

»Wir haben keine gefunden. Sie stammt ursprünglich aus einem ländlichen Gebiet im Norden von Albia. Eine adlige

Familie, die aber gefallen ist. Nur ihre Schönheit hat ihr eine Hochzeit verschafft.«

»Und du hast sie selbst gesehen? Wir sehen uns tatsächlich ähnlich?«

»Mehr als genug, sobald Ihr Eure Haarfarbe ändert. Außerdem hat sie ihr neues Haus noch nicht verlassen. Seit sie angekommen ist, hat kaum jemand sie gesehen. Es scheint, als wäre sie bei der Überquerung des Golfs krank geworden, und sie neigt dazu, sich elend zu fühlen.«

Liliath dachte einen Augenblick nach. Dies war ein kritischer Punkt, an dem ein Fehler schreckliche Konsequenzen haben könnte. Aber sie musste eine neue Identität annehmen, eine, die es ihr ermöglichen würde, sich frei zu bewegen, zu planen und zu manipulieren, um den großen Plan voranzubringen. Außerdem wollte sie nicht weiterhin in einem einzigen Raum im Schlupfwinkel einer kriminellen Bande leben, auch nicht, wenn es darin ein königliches Bett gab. Ihre Zimmer in ihrem Tempel in Ystara waren so prachtvoll gewesen wie der königliche Palast in Cadenz.

»Möglicherweise werde ich das beibehalten. Eine Frau, die öfter krank ist – das würde meinen Zwecken dienen. Aber wenn es ihr gut geht, würde sie dann bei Hofe empfangen werden?«

»Ja«, erwiderte Biscaray. »Wie ich schon sagte, eine adlige Familie, die in der Vergangenheit Verbindungen zum Königshaus hatte. Und dass sie in Albia unter Mordverdacht steht, wird ihr hier helfen. Der Königin missfällt das albianische Getue, und es geht das Gerücht, dass die Verräterin Deluynes – ihre ehemalige Geliebte – ihre Briefe an den Atheling verkauft hat. Also … muss ein Feind des Atheling ein Freund der Königin sein, oder?«

»Ist sie für die Kardinalin von irgendwelchem Interesse? Haben die Leute Ihrer Eminenz ihr Aufmerksamkeit geschenkt?«

Liliath fragte nicht nach dem König. Niemand kümmerte

sich um König Ferdinand. Königin Sofia XIII. regierte Sarance nominell, aber in den meisten Fällen war ihre Ministerpräsidentin, Kardinalin Duplessis, die tatsächliche Herrscherin des Reiches; die Königin stellte sich nur selten gegen die Anweisungen oder Ratschläge der Kardinalin. Der König intrigierte gegen beide, planlos, was ebenfalls traditionell so war und mehr oder weniger belanglos.

»Ich glaube nicht«, sagte Biscaray. Er klang nicht mehr so selbstsicher wie zuvor. »Wir haben keine Pursuivants der Kardinalin dort gesehen oder welche von den Musketierinnen und Musketieren der Königin oder irgendwelche Agenten, die wir kennen. Aber die Kardinalin neigt dazu, mehr wahrzunehmen, als uns gefällt.«

»Sie darf nichts über diese Sache erfahren!«, blaffte Liliath. »Sie darf nicht von mir erfahren!«

»Nein«, stimmte Biscaray ihr zu. Er trat vor und kniete vor Liliath nieder, die Hände gefaltet, als würde er zu einem Erzengel beten. »Sie wird nichts erfahren. Niemand wird etwas erfahren. Dafür werde ich sorgen.«

»Ich vertraue darauf, dass du das tust, mein Biscaray«, erwiderte Liliath. Sie ließ eine Hand hängen und ihn sie küssen, ehe sie sich wieder zum Fenster begab. »Also gut«, sagte sie. »Heute Nacht.«

»Heute Nacht?«, fragte Biscaray.

»Sind deine Leute bereit?«

Biscaray neigte den Kopf.

»Komm her, wenn es erledigt ist«, sagte Liliath. »Bring ein paar von ihren Kleidern und Juwelen mit.«

»Es wird spät werden. Kurz vor der Morgendämmerung.«

»Ich werde hier sein«, sagte Liliath. Sie warf einen Blick zum Bett, dann wieder zu Biscaray und lächelte erneut. »Das hast du gut gemacht, Biscaray.«

»Danke, Herrin«, sagte er.

»Da ist noch etwas«, sagte Liliath. Sie gab ihm das Papier mit den vier schwarz eingebrannten Namen. »Diese vier. Ich muss alles wissen, was über sie in Erfahrung gebracht werden kann, über ihre Familien, ihre Abstammung, wo sie herkommen. Und sie müssen beobachtet und beschützt werden. Nicht zu auffällig – sie dürfen es nicht merken. Aber sie müssen beschützt werden, vor jedem Unheil sicher sein.«

Biscaray betrachtete die Liste und runzelte dabei erstaunt die Stirn. »Was für eine Bedeutung haben sie?«, fragte er. »Sie scheinen mir eher unwichtig zu sein.«

»Du wirst es im Laufe der Zeit erkennen«, sagte Liliath. »Aber es ist von höchster Wichtigkeit, dass sie beobachtet und gut beschützt werden.«

»Ich werde es unverzüglich befehlen«, erwiderte Biscaray.

Liliath bedeutete ihm mit einer Geste, sich zu erheben, und bot ihm dann ihre Hand, damit er sie noch einmal küssen konnte. Als er sie umdrehte, um die Innenseite ihres Handgelenks zu küssen, zog sie sie nicht weg, sondern berührte ihn leicht oberhalb des Ohrs.

»Wann werdet Ihr mir erzählen, was Ihr vorhabt?«, fragte Biscaray. »Ich verstehe nicht, warum Ihr eine Adlige aus Albia werden wollt, welche Rolle das bei unserer Rückkehr nach Ystara spielt, und diese vier Menschen …«

Er versuchte, sie näher heranzuziehen, aber sie trat einen Schritt zurück und richtete sich auf.

»Ich werde es dir erzählen«, sagte sie sanft und mit verheißungsvoller Stimme. »Zumindest einen Teil von dem, was ich plane. Wenn es an der Zeit ist.«

Zweiter Teil

DIE VIER

Vier

Simeon MacNeel dachte über die Anordnung der Knochen von Daumen und Handgelenk nach, während er eine Hand sezierte, daher hörte er den ersten Versuch des Pagen nicht, der ihm zu sagen versuchte, dass er von Magister Delazan gerufen wurde. Obwohl er selbst nur ein Student im ersten Jahr war, sahen ihm ein paar andere Doktorenneulinge beim Sezieren zu. Was, wie Simeon wusste, nicht daran lag, dass er so sachkundig und schnell sezierte, auch wenn er das tat. Nein, es war darauf zurückzuführen, dass seine körperliche Erscheinung im Widerspruch zu seinen Fähigkeiten zu stehen schien. Er war ein sehr großer junger Mann, mit Fingern, von denen sogar er selbst dachte, dass sie eher wie Blutwürste aussahen. Als er im Hospital angefangen hatte, war er »Ochse« und »Mammut« genannt worden, doch diese Namen waren verklungen, als er in aller Ruhe sein Können gezeigt hatte. Seine Eltern waren bekannte Ärzte in seiner Heimatstadt Loutain in der Provinz Bascony, und da sie seine überraschende Geschicklichkeit, sein hervorragendes Gedächtnis und sein ruhiges Gebaren bemerkt hatten, hatten sie Simeon von Kind an ausgebildet, und er hatte bei so ziemlich jeder vorstellbaren medizinischen Behandlung oder Operation assistiert. Die Ausbildung, die das Hospital Sankt Jerahibim der Ruhige ihm bot, war für ihn mehr eine Formalität als eine Herausforderung.

Gleichwohl konnte Simeon, auch wenn er praktisch bereits ein Arzt war, ohne das offizielle Zertifikat einer Krankenhausausbildung nicht als solcher praktizieren, und er hatte es gelassen hingenommen, dass er sich damit herumschlagen musste, vieles zu wiederholen, was er bereits wusste. Außerdem gab es immer neue Dinge zu lernen oder zu entdecken. Auch wenn dies nur selten in den eigentlichen Unterrichtsstunden geschah.

»Der Magister hat gesagt, dass du unverzüglich zu ihm kommen sollst«, wiederholte der Junge. Simeon kannte den Namen des Pagen nicht, aber er hatte ihn schon früher gelegentlich gesehen und fand, dass er bedrückter als sonst wirkte. Selbst für einen Verweigernden, die üblicherweise alle melancholisch waren.

Einen Moment lang fragte sich Simeon, ob dem Jungen schließlich klar geworden war, was die Zukunft für ihn bereithielt: Knechtschaft und ein Leben, das sehr wahrscheinlich allzu früh enden würde. Als Verweigernder konnte bei ihm keine Engelsmagie angewandt werden, da das entweder die Aschblut-Plage ausbrechen lassen oder ihn in ein Monster verwandeln würde. Der Junge war für immer von den übernatürlichen Heilungen und dem Schutz abgeschnitten, den ebenjenes Hospital bot, in dem er arbeitete – und es war sehr wahrscheinlich, dass er eine der ganz normalen Krankheiten bekam, die sie hier behandelten.

Aber der Grund für die Armesündermiene des Jungen erwies sich als viel naheliegender, wie seine nächsten Worte zeigten. Es war einfach nur ungestillte Neugier.

»Magister Delazan will, dass du ihm hilfst, im alten Tiegelraum ein Spezimen aus einer Kiste herauszunehmen«, sagte der Junge. »*Wir* dürfen nicht mit rein.«

»Im alten Tiegelraum?«, fragte Simeon stirnrunzelnd. »Bist du dir sicher, dass er mich gemeint hat?«

»Er hat gesagt ›der große Schwerfällige‹«, antwortete der Junge feixend.

Simeon nickte, legte seine Zange und sein Skalpell vorsichtig hin, trat einen Schritt zurück und schloss dabei instinktiv die Finger über der Elfenbeinplakette, die er an einem Lederband um den Hals trug. Dann flüsterte er die Aufforderung, die den Engel ruhen lassen würde.

»Wie du willst«, flüsterte eine Stimme in Simeons Kopf, und die Engelspräsenz, die er als leichte Wärme gespürt hatte, verschwand langsam, begleitet von einem sanften Luftzug, als hätten sich Schwingen entfaltet. Das Symbol war das des Seraphs Requaniel, dessen Bereich es war, zu schützen, abzugrenzen, zu verteidigen. Alle Studenten im Hospital bekamen ein solches Symbol und wurden darin unterrichtet, wie sie den Engel anweisen konnten, sie vor den unsichtbaren, aber tödlichen Gasen zu schützen, die von den Kranken und Sterbenden aufstiegen oder beim Sezieren kürzlich Verstorbener auftraten, statt eine Barriere gegen körperliche Attacken zu errichten, was die andere übliche Aufgabe dieses Engels war.

Aber wie alle derart alten und oft benutzten Symbole, die an die Studenten verteilt wurden, stellte auch das von Simeon nur einen engen Kanal für die Macht des Engels bereit und war weder sehr stark, noch hielt es lange durch. Er hatte bereits gespürt, wie Requaniels Präsenz verblasste, und hätte auch ohne die Unterbrechung durch den Pagen bald aufhören müssen. Aber selbst wenn das Symbol stärker gewesen wäre, hätte er vermutlich bald aufhören müssen. Engelsmagie zu benutzen – selbst geringere Engelsmagic –, forderte vom Benutzer oder der Benutzerin ihren Tribut, sowohl auf kurze als auch auf lange Sicht.

»Warum im alten Tiegelraum?«, fragte Simeon und dämpfte ein Gähnen mit einem Ärmel. »Und wer genau darf nicht mit rein?«

»Ich«, sagte der Bote. »Und alle anderen, die Botengänge machen müssen ... und die Trägerinnen und Träger.«

Simeon machte ein erstauntes Gesicht. Er konnte sich nicht erinnern, dass das schon einmal vorgekommen war. Die verschiedenen Spezimina und Leichen, die für private Studien oder die Anatomiestunden benutzt wurden, wurden immer von den Trägern gebracht. Die Studierenden und die Doktor-Magister und -Magistras übernahmen nie die dumpfe, schwere und oft dreckige Aufgabe, diese Dinge hin- und herzuschleppen ... und warum überhaupt der alte Tiegelraum?

Sein Erstaunen verschwand, als ihm schließlich klar wurde, um was für ein Spezimen es sich handeln musste.

Ein Scheusal.

Eine der tödlichen Kreaturen, die ursprünglich im zerstörten Ystara hervorgebracht worden waren, dem Heimatland der Verweigernden. Dem Ystara, um das sich schreckliche Erinnerungen rankten, wo die Aschblut-Plage vor hundertsiebenunddreißig Jahren mindestens zwei Drittel der Bevölkerung getötet, den größten Teil des letzten Drittels verwandelt und einen winzigen Rest übrig gelassen hatte, der in sicherere Länder geflohen war.

Aber selbst die vor der Katastrophe Geflohenen hatten schrecklich gelitten, genau wie ihre Nachkommen, wie der Junge vor ihm, denn sie trugen das Potenzial der Aschblut-Plage in sich.

Die Plage verwandelte das Blut der Opfer in feinen grauen Staub, der sie meistens tötete, aber manchmal auch schreckliche Verwandlungen verursachte. Anfangs hatte es so ausgesehen, als würden die Ystaraner, die früh geflohen waren und überlebt hatten, nicht unter dieser schrecklichen Verwandlung des Blutes leiden – bis Engelsmagie bei ihnen angewandt wurde oder sie selbst sie anzuwenden versuchten; dabei wurde herausgefunden, dass die Krankheit noch immer in ihnen lauerte. Ihr Blut verwandelte sich rasch in Asche, und sie starben entweder oder wurden zu schrecklichen Monstern.

Konsequenterweise trugen Verweigernde immer graue Kleidung, die Farbe feiner Holzasche, um zu zeigen, wer sie waren, und so jeden zufälligen Kontakt mit Magie zu verhindern.

Die meisten Menschen gingen den Verweigernden aus dem Weg, so gut es möglich war, weil sie sich immer noch vor der Aschblut-Plage fürchteten. Dabei waren überhaupt keine Vorfälle verzeichnet, bei denen ein Mensch, der nicht von Ystaranern abstammte, irgendwie betroffen gewesen wäre.

Die Entstehung der Plage lag in ihrem Blut, ein Potenzial, dem man nicht entgehen konnte. Es wurde an die Kinder weitervererbt, selbst wenn sie sich Partner oder Partnerinnen suchten, die nicht aus Ystara stammten. Was verständlicherweise nur sehr selten vorkam.

Simeon hatte keine Angst vor der Aschblut-Plage, aber er hatte Angst vor den Scheusalen. Alle geistig gesunden Menschen hatten das. Die Verweigernden empfanden dies als kleinen Segen im Vergleich zur Furchtsamkeit der Kleingeistigen, die gelegentlich vorschlugen, dass alle Verweigernden getötet werden sollten, um so jegliche Zweifel über sie und ihre Plage für alle Zeiten zu beseitigen. Aber diese Furcht hielt sich die Waage mit einer sogar noch größeren, die der Sorge galt, die Verweigernden könnten Engelsmagie auf sich selbst anwenden, wenn sie angegriffen wurden, und so zu Scheusalen werden.

Die ursprünglichen Scheusale, die in Ystara beim Aufkommen der Plage geschaffen worden waren, waren entweder sehr langlebig, oder sie hatten sich fortgepflanzt, denn das Land war noch immer von ihnen verseucht. Allerdings überquerten sie niemals die Grenzen nach Norden oder Süden. Der Rest der Welt wurde nur dann von einem Scheusal belästigt, wenn eines beim Aufeinandertreffen von Engelsmagie und Verweigernden geschaffen wurde, und das geschah normalerweise zufällig.

Sie wurden immer so schnell wie möglich getötet und dann üblicherweise verbrannt; daher waren entsprechende Spezimina, die man hätte studieren können, sehr selten. Simeon selbst hatte niemals ein Scheusal gesehen, aber er hatte mehrere Bücher über das Sezieren von Scheusalen gelesen, zuletzt das von Magister Delazan persönlich, das seine Studenten und Studentinnen auf sein Verlangen hin kaufen mussten. Es war ein Aufguss früherer Werke, enthielt aber ein halbes Dutzend detaillierter Radierungen der berühmten Katarina Dehallet. Zumindest in den Illustrationen hatten die Kreaturen auf

Simeon sehr real gewirkt, und er war fasziniert davon, wie sehr sie sich im Hinblick auf ihre Gestalt, ihre Größe und ihre Eigenschaften unterschieden.

Scheusale hatten den gleichen merkwürdigen feinen grauen Staub in den Adern wie diejenigen, die an der Aschblut-Plage starben, und Simeon wusste, dass Magister Delazan die Theorie verfolgte, dass Verweigernde möglicherweise *andere* unbekannte Krankheiten von den Scheusalen bekommen konnten. Und er pflegte jedes Mal, wenn er jemanden sezierte, eifrig nach einem Beweis dafür zu suchen.

Dennoch war es vermutlich am besten, vorsichtig zu sein, dachte Simeon. Er erinnerte sich an eine andere von Delazans Theorien, die besagte, dass das Blut der Scheusale ein Katalysator sein könnte, der sogar Nicht-Ystaraner verwandeln mochte … was ein wirklich beunruhigender Gedanke war.

Simeon runzelte die Stirn und berührte sein Symbol von Requaniel. Er konnte die Präsenz des Engels kaum spüren; das Elfenbein war kalt. Das Symbol konnte mehrere Tage lang nicht benutzt werden und würde ihn gewiss nicht vor dem wie auch immer gearteten unsichtbaren Miasma beschützen, das der Leichnam eines Scheusals verströmen mochte.

Simon nahm die Kette ab, an der das Symbol hing, und stopfte sie in die Gürteltasche, die er vor Taschendieben sicher verwahrt unter seinem Studentenkittel trug, einem formlosen, oberschenkellangen Kleidungsstück aus dunkelblauer Wolle, das viele der mehr an Eleganz interessierten Studenten und Studentinnen erschauern ließ. Ein paar der wagemutigeren Studierenden trugen andere Kleidungsstücke und vertrauten darauf, dass der übliche Doktorenmantel sie verbarg, wenn er darüber angezogen wurde, aber Simeon hatte sich um solche Dinge nie geschert.

»Der Magister hat mir gesagt, dass wir uns beeilen sollen«, sagte der Bote argwöhnisch, während er Simeon bei den Vorbereitungen zusah. »›Schick ihn direkt los‹, das hat er zu mir gesagt.«

Simeon nickte, während er ein anderes Symbol aus seiner Gürteltasche zog; es war größer, auf einem beinahe handflächengroßen Stück schwerem Holz aufgemalt und an den Rändern vergoldet, und es hatte auf der Rückseite eine Nadel, sodass es als Brosche getragen werden konnte. Dies war ein Familienerbstück seines Hauses, ein besonders mächtiges Symbol, das angeblich der berühmte Symbolmacher Chalconte vor mehreren Jahrhunderten geschaffen hatte. In all dieser Zeit war seine Macht nicht verblasst, ein Zeugnis von Chalcontes Kunstfertigkeit und seiner Fähigkeiten.

Requaniel war in seiner üblichen Erscheinung dargestellt, als dunkelhäutiger Mann in mittleren Jahren, mit goldenen Augen und einem goldenen Heiligenschein und einer besonders ernsten Miene. Bei den meisten Symbolen blieb es dabei, wurde höchstens noch ein farbiger Hintergrund oder vielleicht die Andeutung von Himmel und Wolken hinzugefügt. Aber bei diesem hatte Chalconte hinter dem Kopf des Engels die Befestigungen einer großen Stadt gemalt, alles hervorragend und detailliert ausgeführt. Simeon hatte es durch ein starkes Vergrößerungsglas betrachtet, eines, das die Studierenden benutzten, um in Wasser oder Blut nach Bakterien zu suchen. Es standen sogar Soldaten auf den Wällen, und es gab Banner und Vögel am Himmel; all diese Dinge konnte man ohne Hilfsmittel nur als Flecken wahrnehmen.

Er hatte keine Ahnung, wie Chalconte es geschafft hatte, diese außerordentlich feinen Details zu malen. Simeon hatte die Grundlagen des Symbolmachens gelernt, als ihm zum ersten Mal Engelsmagie beigebracht worden war, aber diese Seite der Kunst hatte er nicht weiterverfolgt.

»Bitte beeil dich!«, drängte ihn der Botenjunge.

»Das tue ich«, erwiderte Simeon knapp. Er heftete sich das größere Symbol an den Kittel, rief aber Requaniel nicht sofort an. Dieses Symbol war viel mächtiger als das, welches das Hospital zur Verfügung stellte, und bedurfte stärkerer Konzentration und Fokussierung. Er musste sich zuerst beruhigen.

Das Symbol fest angesteckt, winkte er dem Jungen vorauszugehen und folgte ihm etwas langsamer. Am liebsten wäre er allerdings genauso schnell gegangen wie der Verweigernde, und sein Herz schlug rasch bei dem Gedanken, dass er bald ein Scheusal nicht nur sehen, sondern auch in der Lage sein würde, es zu sezieren und festzustellen, wie es sich von einem menschlichen Leichnam unterschied.

Magister Delazan wartete vor dem alten Tiegelraum, begleitet von einem Träger und einer Trägerin, bei denen es sich um Verweigernde handelte. Keine, die Simeon kannte, und er sah sie erstaunt an, da sie nicht typisch für die Verweigernden waren, die ansonsten zum Personal des Hospitals gehörten. Der Mann war groß, sogar größer als Simeon, etwas, das er nur sehr selten sah. Er wirkte wie einer der harten Burschen, die sich in den Hafenanlagen am Fluss herumtrieben und von Diebstählen und Räubereien lebten. Seine Begleiterin war schlank und drahtig, und ihre Blicke huschten pausenlos hierhin und dorthin, nahmen alles in sich auf. Normalerweise verhielten sich Träger und Trägerinnen anders. Sie waren phlegmatisch, geduldig, taten nichts ohne Anweisung und versuchten sich wie die meisten Verweigernden immer im Hintergrund zu halten.

Delazan beachtete die beiden nicht. Er war bereits in den langen schwarzen Mantel gekleidet, den die Ärzte gewöhnlich für blutige Operationen anlegten oder wenn sie Seuchenhäuser besuchten, und er hielt seine Rabenmaske mit den Glasaugen unter einem Arm, deren langer Schnabel zweifellos mit frischer Minze und anderen Kräutern gefüllt war. Er trug mehrere Symbole, die am Brustteil seines Mantels angeheftet waren – der immer präsente Requaniel, begleitet von anderen Engeln, die Simeon nicht sofort erkannte.

Einer der Verweigernden streckte ihm einen Mantel und eine Rabenmaske entgegen. Offensichtlich wollte der Magister kein Risiko eingehen. Selbst bei normalen menschlichen Leichnamen versagte die Engelsmagie manchmal – die Engel zogen ihre Macht zurück, die Symbole wurden plötzlich zu matten, nutzlosen Dingen oder zerfielen sogar zu Staub. Weltliche Schutzmechanismen waren weit schwächer, aber sie sorgten für ein bisschen zusätzliche Sicherheit. Oder zumindest für die Illusion einer solchen, dachte Simeon.

Delazan wirkte ungeduldig, sein Mund war ein dünner Strich, sein spitzes Kinn vorgereckt. Nicht zum ersten Mal fragte sich Simeon, wieso er sich keinen Bart wachsen ließ, um zu verbergen, wie spitz sein Kinn war. Bärte waren in Mode, und die meisten Magister trugen zumindest einen Spitzbart. Bei Delazan würde er außerdem die fehlenden Haare auf seinem Kopf ausgleichen, der zwar nicht vollständig kahl war, aber nur ein paar dünne graue Strähnen aufwies. Delazan war bei weitem nicht der älteste Magister des Hospitals, sah jedoch tatsächlich alt aus. Auf Simeon wirkte er wie jemand aus der Generation seines Großvaters; er wäre schockiert gewesen, hätte er gewusst, dass Delazan ein bisschen jünger als sein eigener Vater war – aber er wäre unverzüglich zu dem richtigen Schluss gekommen, dass dieses vorzeitige Altern die Konsequenz von zu häufiger oder zu ehrgeiziger Nutzung von Engelsmagie war.

»Ich habe mich schon gefragt, ob ich angesichts deines mangelnden Eifers nicht lieber Judith Demansur oder die Denilin-Zwillinge zu der wundervollen Möglichkeit hinzuziehen soll, die hinter dieser Tür liegt«, sagte Magister Delazan, als Simeon bei ihm ankam.

»Nein, Ser, ich bin eifrig«, sagte Simeon, nahm den Mantel und zog ihn sogleich an. »Sogar sehr eifrig. Ist es ein Scheusal?«

»Ja, das haben die … die Leute, die den Leichnam gebracht haben, zumindest gesagt«, erwiderte Delazan. »Ein Unfall in der Nähe von Malarche, ein nicht identifizierter, fast ertrunkener unbekleideter Verweigernder. Ein vorbeikommender Bischof hat versucht, seine Lunge mit Luft zu füllen, aber natürlich ist der Bursche zu einem Scheusal geworden und von den Wachen des Bischofs getötet worden. Glücklicherweise hat ein … ein alter Bekannter von mir Anspruch auf den Leichnam erhoben und angeordnet, dass er in Eis gepackt und in eine mit Stroh gepolsterte Kiste gelegt werden sollte, und er ist in weniger als drei Tagen hierhergebracht worden. Ich hege die Hoffnung, dass es das frischeste Spezimen sein wird, das ich bislang untersucht habe. Setz deine Maske auf. Ist Requaniel mit dir? Das ist ein sehr schönes Symbol. Sehr schön, in der Tat. Keines vom Hospital, nehme ich an?«

»Ein Familienerbstück, Magister«, sagte Simeon. »Es war ursprünglich ein königliches Geschenk.«

Der letzte Teil stimmte nicht; niemand wusste, wie die Familie an das Symbol gekommen war. Simeon sagte es nur zur Sicherheit, denn ihm gefiel Delazans offen begieriger Blick nicht. Sehr alte und mächtige Symbole waren außerordentlich wertvoll, und er hatte sorgsam darauf geachtet, dass nicht bekannt wurde, dass er ein solches besaß. Gerüchte im Hospital besagten, dass der Magister gewaltige Spielschulden hatte, und eine Studentin im zweiten Jahr hatte Simeon hämisch erzählt, dass sie gesehen hatte, wie Delazan tausend Livres auf eine einzige Karte gesetzt und verloren hatte.

Nicht dass er glaubte, der Magister würde das Symbol unverfroren stehlen, aber es war besser, jemanden, der so viel Macht über die Studenten hatte und angeblich so hoch verschuldet war, nicht in Versuchung zu führen.

»Ich werde den Engel jetzt anrufen.«

Simeon berührte das angeheftete Symbol und schloss die Augen. Je machtvoller ein Symbol war und je stärker die Verbindung, die es bot, desto schwieriger war die Beschwörung. Er konzentrierte sich mehrere Sekunden lang, wiederholte den Namen des Engels wieder und wieder in Gedanken, während er versuchte, alles andere um sich herum auszublenden. Als er sich ausreichend zentriert fühlte, begann Simeon zu flüstern – so leise, dass selbst jemand, der direkt neben ihm stand, nicht in der Lage sein würde, ihn zu verstehen.

»Requaniel, Requaniel, komm mir zu Hilfe.«

Der Engel antwortete sofort, reagierte auf die Schönheit und Macht des Symbols. Simeon spürte die Woge aus Wärme, die durch seinen ganzen Körper rauschte und ihm verriet, dass die Verbindung hergestellt worden war. Das Symbol selbst schimmerte in einem kühlen Licht, nur ein kurzes Aufblitzen, das gleich wieder erlosch. Einen Augenblick später hörte er Requaniels flüsternde Stimme.

Requaniel ist hier. Was ist dein Begehr? Wenn es in meinem Bereich liegt, wird es geschehen.

»Beschütze mich vor den unsichtbaren Dingen, die als böse Körpersäfte in der Luft schweben«, flüsterte Simeon, die Worte kaum aussprechend. Es war eher so, dass er sie dachte und seine Lippen bewegte, als würde er sprechen. »Schütze meinen Körper und mich vor Unbill.«

Dein Geheiß ist getan, sagte Requaniel im Kopf des jungen Mannes. *Eine gewisse Zeit lang wirst du keinen Schaden durch die winzigen Feinde erleiden, die für die Augen der Sterblichen unsichtbar sind.*

Die Wärme ebbte ab, aber Simeon spürte die Präsenz des Engels immer noch. Erst wenn dieses behagliche Gefühl seinen Körper verließ und auch das Symbol kalt wurde, würde Requaniels Schutzschild nicht mehr da sein. Er hatte dieses Symbol erst zweimal zuvor benutzt, aber beide Male hatte der Effekt fast einen ganzen Tag angehalten. Viel länger, als wenn er das alte, schwache Symbol nutzte, das das Hospital ihm gegeben hatte.

Nicht zum ersten Mal fragte er sich, wie Requaniel so stark bei ihm sein konnte, wenn der Engel doch außerdem von mindestens einem anderen Dutzend Studenten und Studentinnen im Sezierunterricht in Anspruch genommen wurde. Die übliche Ansicht war, dass die Macht eines jeden Engels gleich blieb, unabhängig vom Symbol oder davon, wie oft sie gleichzeitig beschworen wurde. Aber diese Ansicht fühlte sich nicht richtig an.

Er öffnete die Augen und sah in die Glaslinsen der Rabenmaske, die Delazan gerade aufgesetzt hatte.

»Maske und Handschuhe, Simeon«, sagte Delazan. Seine Stimme klang gedämpft. Er drehte sich zu den Verweigernden um. »Ihr bleibt vor der Tür. Lasst niemanden ohne meine Zustimmung herein. Niemanden! Wenn es jemand ist, den ihr nicht abweisen könnt, klopft, wenn es nicht anders geht.«

»Ja, Magister«, sagte der große Verweigernde. Er hatte eine Narbe im Mundwinkel, die aussah, als würde sie von einer Messerstecherei stammen. Natürlich hatten Verweigernde häufig Narben. Simeon fragte sich, wie es wohl war, unter solchen Wunden und Narben zu leiden, ohne darauf hoffen zu können, dass ein Engel sowohl die Schmerzen als auch die hässlichen Folgen beseitigen würde. Aber der Gedanke währte nur einen Augenblick, er kam und verflog. Wurde von der Aufregung verjagt, die damit verbunden war, zum ersten Mal ein Scheusal-Spezimen zu sezieren.

Delazan öffnete die Tür und bedeutete Simeon mit einer Geste voranzugehen. Drinnen gab es nur ein einziges Fenster weit oben auf einer Seite, durch das nur wenig Licht fiel, daher waren mehrere Laternen entzündet und so verteilt worden, dass sie das Zentrum des Raums beleuchteten. Es war ziemlich schwierig, mit der Rabenmaske etwas zu sehen. Das Glas über den Augenlöchern war weder besonders klar noch gut platziert. Simeon musste den Kopf von einer Seite auf die andere drehen, um sein eingeschränktes Gesichtsfeld auszugleichen.

Leere Regale säumten die Wände, und überall lag Staub. Früher einmal war dies ein Lagerraum für Salben und Medikamente, Kräuter und Heilpflanzen gewesen, und auf den Regalen hatten sich Flaschen und Krüge in allen Größen befunden. Aber für derartige Dinge gab es jetzt einen besseren, größeren Lagerraum weiter unten im Hospital. Dieser hier im dritten Stock war sehr unpraktisch gewesen, und irgendwann vor ein paar Jahren war alles umgeräumt worden.

Eine einzige große Kiste stand mitten im Raum. Sie war mindestens neun Fuß lang und vier Fuß breit und hoch, und sie war mit dicken Seilen verschnürt und zudem noch zugenagelt worden. Wasser sammelte sich unter ihr und floss langsam zum Abfluss in der Ecke.

Warnhinweise auf Zetteln, die auf allen Seiten angebracht waren, wiesen darauf hin, dass die Kiste das Eigentum des Ordens von Ashalael war und sich niemand an ihr zu schaffen machen durfte; auf den Zetteln prangte das Siegel des Fürstbischofs von Malarche, große Kreise aus rotem Wachs, in die sein Wappen geprägt war, eine goldene Meerjungfrau auf blauem Grund, gestützt von silbernen sechsspitzigen Engelsflügeln, das Ganze gekrönt von einer Elfenbeinmitra.

»Äh, Ser, sollten wir nicht jemanden mit der entsprechenden Autorität ... einen Priester Ashalaels ... hier haben, um die Siegel zu entfernen?«, fragte Simeon. Die Maske dämpfte seine Stimme auf eine Weise, dass sie selbst in seinen Ohren fremd klang.

»Mach dir darüber keine Sorgen«, erwiderte Delazan und tat Simeons Frage mit einem Wedeln seiner Hand ab. »Wie ich schon gesagt habe, ist mir das hier von einem Freund geschickt worden.«

Simeon nickte langsam. Das hier war also nichts Offizielles, was kaum überraschend war, da die Leichen von Scheusalen normalerweise verbrannt wurden. Aber niemand würde es wagen, das Siegel des Fürstbischofs zu nutzen, ohne dazu autorisiert zu sein. Oder doch? Das alles kam ihm merkwürdig vor ... aber es sollte ihm egal sein. Er war nur ein Medizinstudent, befolgte lediglich die Anweisungen eines Magisters und Vorgesetzten.

»Nehmen wir den Deckel ab«, sagte Delazan gierig. »Ich werde die Seile durchtrennen. Du nimmst das Werkzeug da und hebelst ihn auf. Mach dir keine Sorgen darüber, die Siegel zu zerbrechen.«

»Ja, Magister«, erwiderte Simon und griff nach einem langen Stemmeisen, während der Magister sich daranmachte, mit einer Knochensäge die Seile zu durchtrennen.

Simeon war ebenfalls aufgeregt; er fragte sich, was für eine Art Scheusal wohl in der Kiste liegen mochte. Gemäß früheren Berichten gab es mindestens zwei Dutzend unterschiedliche Spezimina. Manche hatten fast menschliche Gestalt, doch andere waren Tieren viel ähnlicher oder waren seltsame Mischungen aus Mensch und Tier. Er hoffte, dass das Eis nicht zu sehr geschmolzen und der Leichnam noch relativ frisch war. Es war überaus unangenehm, wassergetränkte menschliche Leichen zu sezieren, und Simeon vermutete, dass das bei Scheusalen nicht anders sein würde.

Das letzte Seil teilte sich mit einem befriedigenden Geräusch. Simeon schob das Stemmeisen unter den Deckel und drückte es kräftig nach unten, hob den Deckel an einer Ecke an, zerriss dabei das mit einer Warnung versehene Papier. Er hatte mit Verwesungsgeruch gerechnet, selbst durch die überdeckenden Kräuter in seiner Maske, doch er roch nur die Minze und den Lavendel, mit denen der Schnabel gefüllt war.

»Die andere Seite, Junge! Schnell!«, rief Delazan. Er war voller fiebriger Erwartung, hüpfte förmlich von einem Bein auf das andere. »Lass uns sehen, was wir hier haben!«

Simeon stemmte die andere Seite auf. Aber der Deckel war immer noch zu fest vernagelt, um ihn öffnen zu können, daher musste er an den Seiten entlanggehen und die Nägel in Abständen von etwa sechs Zoll anheben. Schließlich schien der Deckel frei genug zu sein, um sich bewegen zu lassen. Delazan, der nicht mehr länger warten konnte, packte eine Seite, während Simeon die andere hochwuchtete, und der Deckel kam frei.

Das Innere der Kiste war mit Stroh ausgekleidet, aber von dem Eis waren nur noch ein paar Reste übrig. Nach den feuchten Flecken auf dem Holz zu schließen, musste sie voll mit schweren Eisblöcken gewesen sein. Jetzt waren nur noch kleine Eisbrocken übrig, die in vielleicht drei Zoll hoch stehendem Wasser schwammen.

Das Scheusal lag darin. Eine neun Fuß große, vage menschenähnliche Kreatur, deren ganzer Körper mit dornenähnlichen Stacheln bedeckt war, die an die Jagdspinnen des Südens erinnerten. Ihr einst menschliches Gesicht hatte sich zu einer langen Schnauze verformt, in der eine Doppelreihe kleiner, aber sehr scharfer Zähne prangte; ihre Arme waren kurz, aber sehr dick und muskulös und endeten in Klauen; ein stachliger Schwanz lag über den mit merkwürdigen Gelenken ausgestatteten Beinen, die in gespreizten Füßen mit einem zurückgebogenen Sporn an der Ferse und drei Zehen mit jeweils einer Reißkralle endeten.

Die Augen waren orange, die Pupillen eine gezackte schwarze Linie.

Die Augen bewegten sich.

Delazan und Simeon machten beide einen Satz rückwärts, getroffen von der plötzlichen Erkenntnis, dass dieses Ding lebendig war – und nicht nur lebendig, sondern jetzt auch von nichts mehr zurückgehalten, weder vom Kistendeckel noch von Seilen, Nägeln oder dicht gepacktem Eis.

Delazan griff nach einem der Symbole, die an seiner Robe befestigt waren, vergaß in seiner Panik, dass es ihm gegen eine Kreatur aus Ystara nicht helfen würde. Simeon rannte um die Kiste herum zur Tür.

»Hilfe! Hilfe! Ein Scheusal!«, rief er; seine normalerweise tiefe Stimme klang plötzlich schrill und unter der Maske so gedämpft, dass er davon überzeugt war, dass niemand außerhalb des Raums ihn hören konnte.

Das Scheusal setzte sich auf, Eis fiel von ihm ab, und es packte mit seinen Klauen den Rand der Kiste, riss tiefe Furchen in das Holz. Es öffnete das Maul und stieß einen unglaublich hohen, schrillen Schrei aus, der Krüge überall im Raum zerspringen ließ.

Ein Jagdruf.

Es sprang aus der Kiste und auf seine Beute zu.

Delazan ging kreischend unter ihm zu Boden, versuchte

nutzloserweise immer noch, einen Engel zu seinem Schutz herbeizurufen. Einen Augenblick später war ein schreckliches, reißendes Geräusch zu hören, und das Scheusal hob den Kopf; sein Maul war jetzt blutverschmiert, und es schrie erneut.

Die Tür vor Simeon sprang auf. Die beiden merkwürdigen Verweigernden kamen hereingerannt. Die Frau hielt eine kleine Armbrust in den Händen, die sie auf das Scheusal abfeuerte; der Bolzen grub sich in seine stoppelige Haut, ohne große Wirkung zu erzielen. Der Träger packte Simeon und schleuderte ihn hinaus auf den Korridor, dann zog er ein großes Hackbeil unter seinem Gewand hervor und trat vor die Frau mit der Armbrust, die hektisch einen neuen Bolzen einlegte und die Sehne zurückzog.

»Lauf, Junge!«, brüllte der große Träger.

Simeon brauchte keine weitere Ermutigung. Er rannte, riss sich die Maske vom Gesicht und warf sie beiseite.

»Hilfe! Ein Scheusal! Hilfe!«

Fünf

Das Gelbe Vorzimmer war so ziemlich am weitesten vom Zentrum der Macht entfernt, wie man es im Palast der Kardinalin nur sein konnte. Der kleine, safrangelb tapezierte Raum beherbergte normalerweise vier sehr unbedeutende Schreiberinnen und Schreiber, die nur Dokumente kopierten, statt irgendetwas Bedeutendes zu verfassen, und gewiss hatte niemand von ihnen damit gerechnet, jemals mit der Kardinalin zu sprechen oder auch nur mit jemand Bedeutenderem als dem Dritten Sekretär, der zumindest nominell ihre Arbeit beaufsichtigte.

Henri Dupallidin, der geringste und neueste Schreiber, blickte daher mit großer Überraschung und ziemlich besorgt von seiner Arbeit auf, als die Tür aufgestoßen wurde und er feststellte, dass er allein im Gelben Vorzimmer war und sich Monseigneur Robard gegenübersah. Der mit all der selbstverständlichen Wichtigkeit hereingestürmt kam, die mit seiner Position als Erster Sekretär von Kardinalin Duplessis verbunden war, ihrerseits Hohepriesterin des Ordens von Ashalael, dem Schutzpatron-Erzengel von Sarance – und, vielleicht noch bedeutender, Ministerpräsidentin der Königin und daher allgemein als De-facto-Herrscherin des Reiches anerkannt.

»Äh ... guten Tag, Ser«, sagte Henri und sprang auf. Er stieß seinen Hochstuhl so heftig zurück, dass er ihn beinahe umgeworfen hätte, und verspritzte Tinte auf dem Brief, den er gerade abschrieb.

Robard, prachtvoll herausgeputzt mit scharlachroten Ärmeln und einem goldenen Wams – den Farben der Kardinalin –, sah den jungen, staunenden Henri in seiner armseligen Version eines Schreibergewands, das stumpfrot war und dessen Gelb nur Nachsichtige mit irgendeinem wertvollen Metall in Verbindung bringen würden, finster an.

»Wo sind Dalunzio und Deraner?«, bellte er. »Und ... äh ... die andere?«

»Ser Dalunzio hat die Grippe«, sagte Henri nach einer hastigen Verbeugung, bei der er erneut drohte, mit dem Hinterteil den Hochstuhl umzuwerfen. »Ser Deraner ... Ich bin mir nicht sicher. Sie ist vorhin weggegangen. Äh ... die andere kenne ich nur vom Hörensagen; ich bin Ser Macallone nie begegnet.«

»Und du bist?«

»Henri Dupallidin, zu Euren Diensten, Ser.«

»Wann bist du in die Dienste der Kardinalin getreten?«

»Am letzten Mittwoch, um es genau zu sagen.«

»Ist das da ein Schnurrbart, oder sind das irgendwelche Überreste von deinem Frühstück?«

»Die Anfänge eines Schnurrbarts«, antwortete Henri verteidigend und strich sich über die Oberlippe. Wie so oft wünschte er sich, er wäre nach seiner braunhäutigen Mutter mit ihren üppigen Haaren geraten, aber er war anscheinend das Ebenbild seines Großvaters väterlicherseits, mit blasser Haut, die leicht einen Sonnenbrand bekam, und feinen roten Haaren, die in seinem Gesicht nicht sonderlich gut wuchsen. Er hoffte allerdings, dass sich das mit zunehmendem Alter ändern würde. »Agrippa hat mir versichert, dass er noch dichter werden wird.«

Robards linke Augenbraue hob sich. Agrippa war in dieser Saison der angesagteste Friseur in Lutace, sein Salon wurde von den höchsten Adligen, den bedeutendsten Priesterinnen und Priestern und den reichsten Kaufleuten besucht. Agrippa war ebenfalls ein Verweigernder, was seinen Aufstieg nur noch interessanter machte, da er auf Engelsmagie verzichten musste.

»Nun ja, einer seiner Gehilfen«, räumte Henri ein. »Aber Agrippa hat mir zugenickt, als wir an ihm vorbeigegangen sind.«

86

»Verstehe«, sagte Robard und strich sich dabei über seinen eigenen kurzen und dicht gekräuselten schwarzen Bart. Angesichts der beeindruckenden Lockenpracht, die unter seiner Kappe herausquoll, brauchte er niemals den Zuspruch und die speziellen Öle, von denen Henri hoffte, dass sie ihm eines Tages seinen eigenen haarigen Triumph bringen würden.

Henri errötete, aber Robard klang nicht sarkastisch und schien auch nicht die Absicht zu haben, ihn zu demütigen, wie die anderen im Zimmer es immer getan hatten, seit er hier angekommen war. Er vermutete, dass es einfach üblich war, als Neuer so behandelt zu werden.

»Nun, da du im Gegensatz zu den anderen hier bist, wirst du vielleicht genügen«, sagte Robard. »Henri Dupallidin. Deine Eltern sind …«

»Mein Vater ist Sakristan des Tempels von Huaravael in Adianne«, sagte Henri, während seine Gedanken rasten. Wofür würde er vielleicht genügen? Wie immer bemerkte er das leichte Hochziehen der Braue, als er Adianne erwähnte, das in der Bascony lag, deren Einwohner von vielen anderen Sarancesern für hitzige, bäuerliche Trottel gehalten wurden.

»Meine Mutter ist Ser Perida Dupallidin. Sie besitzt ein Landgut, das sie direkt von der Herzogin von Damerçon erhalten hat, die eine Cousine von ihr ist.« Henri machte eine Pause, und da er zu dem Schluss gelangte, dass es wohl das Beste sein würde, dem obersten Assistenten der Kardinalin gegenüber vollkommen ehrlich zu sein, fügte er anschließend hinzu: »Eine mehrfach entfernte Cousine. Die Herzogin hat mich Ihrer Eminenz für diese Position vorgeschlagen. Aber ich bin ihr tatsächlich nie … äh … begegnet. Der Herzogin, meine ich.«

»Du bist ein zweites oder späteres Kind?«

Ganz offensichtlich war Henri nicht der Erbe seiner Mutter, denn dann hätte seine Familie nicht entfernte Verwandte gebeten, eine Position – irgendeine – für ihn zu finden. Er selbst hatte Soldat werden wollen – oder genauer gesagt Artillerist, da er mathematisch begabt war und eine gute Hand im Umgang mit Neigungswinkeln hatte –, aber um ihm einen Platz in der Loyalen Königlichen Artilleriekompanie zu verschaffen, hatte es sowohl an Geld als auch an geeigneten Beziehungen gemangelt. Und da er von Geburt adelig war – wenn auch verarmt –, konnte er sich nicht irgendeinem geringeren Regiment anschließen.

Die Position eines Schreibers war das Beste, was er sich erhoffen konnte, und er hatte sich damit abgefunden, ein Leben lang in einem schrecklichen Kontor oder als Vogt für einen hinterwäldlerischen Adligen arbeiten zu müssen, doch dann war es seiner Mutter irgendwie gelungen, ihm einen Posten in Lutace zu verschaffen, und nicht nur in Lutace, sondern noch dazu in Diensten der Kardinalin. Das war viel besser als alles, was Henri für sich erwartet hatte.

»Äh … das fünfte«, erwiderte er. Ein in Anbetracht der Familienfinanzen, die bereits in Unordnung gewesen waren, bevor er zur Welt gekommen war, wirtschaftlich riskantes fünftes Kind. Das Landgut seiner Mutter war nicht groß, und die Bezüge seines Vaters als Sakristan eines abgelegenen und sehr kleinen Tempels reichten kaum aus, um ihn über Wasser zu halten, geschweige denn eine Familie. Sein ganzes Leben lang war Henri von seinen älteren Brüdern und Schwestern, wenn nicht sogar von seinen Eltern daran erinnert worden, dass seine Existenz der Grund dafür war, dass es nur an einem von sieben Tagen Wein zum Essen gab.

»Gut genug«, sagte Robard. »Komm mit.«

Henri nickte und griff nach seinem in einer Scheide steckenden Dolch; er fand es unbequem, ihn am Gürtel zu tragen, während er auf dem Hochstuhl saß. An den ersten paar Tagen hatte er seinen Degen mitgebracht, bis ihm aufgefallen war, dass er der Einzige in diesem Zimmer war, der das tat, und die anderen sich hinter seinem Rücken über ihn lustig machten.

»Lass ihn da«, sagte Robard. »Und wisch dir die Krümel vom Wams.«

»Ja, Ser«, antwortete Henri und wischte wild sein Wams ab. Er hatte die Krümel zuvor noch nicht einmal bemerkt, und da war sogar ein Eigelbfleck, der glücklicherweise fast die gleiche Farbe wie sein schreckliches Wams hatte.

»Wohin gehen wir?«, fragte Henri, als er hinter Robard den Korridor entlangstolperte und beinahe in die vergoldeten Sporen des Ersten Sekretärs gelaufen wäre.

»Zu Ihrer Eminenz«, erwiderte Robard über die Schulter. »Sie hat eine Aufgabe für dich. Genauer, sie hatte eine Aufgabe für einen deiner Vorgesetzten, aber sie sind nicht zu finden.«

Henri stolperte, wedelte heftig mit den Armen, um nicht mit Robards Rücken zusammenzustoßen, und erholte sich gerade weit genug, um so zu tun, als sei er nur unglaublich erpicht darauf, sich sofort um das zu kümmern, was auch immer die Kardinalin begehrte.

Innerlich war er ebenso erstarrt wie aufgeregt. Selbst nach seinen wenigen Tagen im Palast wusste er, dass die Kardinalin noch mit niemandem aus seinem Zimmer gesprochen hatte, noch nicht einmal im Vorbeigehen, und dass erst recht niemand von seinen direkten Vorgesetzten jemals zu ihr gerufen worden war. Sie war eine große Macht, die man aus der Ferne sah, ihre Befehle wurden durch eine Reihe geringerer Geschöpfe nach unten zu den allerletzten – von denen Henri einer war – weitergegeben, und es lag Sicherheit darin, so weit weg von solcher Großartigkeit zu sein. Er wollte keine Aufmerksamkeit auf sich lenken, zumindest nicht von so weit oben ... oder besser, er wollte durchaus Aufmerksamkeit, aber nicht, wenn er sein fleckiges Wams anhatte ...

»Hast du irgendwelche Symbole an dir?«

»Äh, nein, Ser«, antwortete Henri. »Ich habe eins in meiner Unterkunft. Es ist nur eins von Huaravael, eines unserer Familiensymbole, ein bisschen alt und abgenutzt. Vater hat mich natürlich Engelsmagie gelehrt; ich bin in kleinem Umfang ein praktizierender Gläubiger. Und ich habe mit *ein paar* anderen Engeln Umgang gehabt ...«

»Hilf mir«, unterbrach ihn Robard. »Was ist Huaravaels Bereich?«

»Äh, hauptsächlich die Eigenschaften der Luft«, sagte Henri. »Rauch vertreiben, solche Sachen. Nicht in großem Umfang und örtlich begrenzt auf Adianne. Sie ist nur ein Seraph.«

»Wenn du erneut zur Kardinalin gerufen wirst, was durchaus der Fall sein kann, darfst du keine Symbole bei dir haben. Sie trägt das Symbol Ashalaels, und angesichts einer so mächtigen Majestät verzagen geringere Engel, selbst wenn sie nicht beschworen werden, und zudem zerbröckeln oder verbrennen oft die Symbole, die sie mit unserer Welt verbinden. Merk dir das.«

»Oh, das werde ich, das werde ich, Ser!«

Robard sagte nichts mehr, sondern beschleunigte seine Schritte noch einmal. Henri galoppierte hinter ihm her, kam sich wie ein besonders dummes Pferd an der Leine vor. Er war größer als Robard, doch das schien undiplomatisch, daher sackte er in sich zusammen, krümmte sich sogar noch mehr, als er sah, dass sie sich auf die große Treppe zubewegten, die vom zentralen Empfangszimmer nach oben führte. Die Treppe war ein riesiges Ding mit vergoldetem Geländer und einem scharlachroten Teppich, auf dessen unteren Stufen sich Hellebarden tragende Mitglieder der Pursuivants der Kardinalin in ihren absurd auf Hochglanz polierten Kürassen über goldenen und scharlachroten Wappenröcken und mit vorspringenden Helmen aus goldgeätztem Stahl drängten.

Unnötig zu sagen, dass Henri der großen Treppe niemals auch nur auf dreißig Schritt näher gekommen war, denn sie war den höchsten Beamten vorbehalten. Alle anderen hatten die normalerweise übervölkerten unwichtigeren Treppen im Ost- und Westflügel des Palastes zu benutzen.

Die Wachen traten beiseite und salutierten mit ihren Hellebarden, als Robard die Stufen hinaufschritt. Henri folgte ihm so dichtauf, wie er es wagte, und schreckte aus seiner gebückten Haltung auf, als er hörte, wie eine der Wachen hinter ihm einer anderen etwas zuflüsterte.

»Wer ist der Bucklige hinter dem Sekretär?«

Robard hörte es ebenfalls. Er blieb stehen, warf Henri – und nicht dem Pursuivant, der wie die anderen Wachen zu den zuverlässigsten und wertvollsten Mitgliedern des Gefolges der Kardinalin gehörte – einen düsteren Blick zu, schüttelte den Kopf und ging weiter.

Henri richtete sich zu seiner vollen Größe auf und wäre beinahe rücklings die Treppe hinuntergefallen, als er es übertrieb; er ging weiter hinter Robard her, die Nackenmuskeln angespannt, da er den Kopf hocherhoben hielt und gleichzeitig gegen den starken Impuls ankämpfte, ihn wieder einzuziehen, um die kleinstmögliche Zielscheibe zu bieten. Das war immer seine Taktik im Umgang mit seinen vier älteren Geschwistern gewesen, aber offensichtlich war es an der Zeit, für die große weite Welt ein paar andere Strategien zu entwickeln.

Er versuchte sich zu beruhigen, als sie die Treppe auf dem zweiten Absatz verließen und mehrere große, prachtvolle Räume durchquerten, in denen sich weitaus besser gekleidete und offensichtlich wichtigere Bedienstete der Kardinalin als Henri ebenso drängten wie wartende Bittstellerinnen und Bittsteller, die zu wichtig waren, um sie unten warten zu lassen. Einige von ihnen versuchten, Robard abzufangen, aber er ging weiter, scheuchte sie wedelnd beiseite. Alle sahen sie Henri an, als wäre er ein streunender Hund, der irgendwie auf den Fersen des Sekretärs hier hereingekommen war.

Schließlich blieb Robard vor zwei mit Schnitzereien verzierten Türen am Ende eines großen, überwölbten Raums stehen. An den Wänden wartete ein Dutzend Schreiber mit tragbaren Schreibpulten, die an Ketten um ihren Hals hingen, sodass sie schreiben konnten, wo immer sie sich gerade befanden. Drei von ihnen waren genau damit eifrig beschäftigt, während Botenjungen bereitstanden, um die Sendschreiben wegzubringen. Die anderen warteten in verschiedenen Haltungen, die alle darauf hindeuteten, dass sie es gewohnt waren, lange geduldig auszuharren, bis es irgendwann wieder zu hektischer Aktivität kommen würde.

Zwei Pursuivants bewachten die Türen, beide in Uniform, aber ohne Kürass, Helm oder Hellebarde; allerdings trugen sie Degen an der Seite, und in ihren Gürteln steckten Pistolen.

»Er sieht Ihre Eminenz das erste Mal«, sagte Robard und deutete auf Henri.

Die Wachen traten vor. Eine nahm Henris bereitwillig hingehaltene Handgelenke und hielt seine Arme hoch, während die andere ihn durchsuchte; kräftige Finger tasteten ihn von den Zehen aufwärts ab, ließen ihn zusammenzucken, als sie seine Lenden und seinen Hintern untersuchten, weiter nach oben und unter sein Wams und das Hemd darunter glitten – das nicht sonderlich sauber war, da er sein Wams hatte, um das zu verbergen – und schließlich seinen Hals abtasteten und wie ein Kamm durch seine Haare fuhren und sie zerzausten.

»Keine Waffen«, sagte die Zerzauserin. »Keine Symbole.«

»Was hätte ich in meinen Haaren haben können?«, fragte Henri, bedauerte es aber augenblicklich, überhaupt etwas gesagt zu haben.

»Würgedraht«, antwortete die Zerzauserin. Henri lächelte schwach, aber sie lächelte nicht zurück.

Robard klopfte an die Tür.

»Herein!«

Robard öffnete die Tür und rauschte nach drinnen. Henri schluckte nervös, zögerte auf der Schwelle, bis die Zerzauserin ihm einen Stoß in den Rücken versetzte und flüsterte: »Geh weiter! Sie isst keine dürren Schreiber!«

Henri fiel fast in den Raum, fing sich allerdings genug, um die Bewegung noch in einen ungeschickten, aber aufrichtigen Kniefall zu verwandeln, und senkte den Kopf fast bis zum Boden. Einen Moment lang betrachtete er intensiv das Muster des dicken Teppichs, so voller Panik, dass er kaum etwas anderes wahrnehmen konnte.

»Also, Robard! Wen habt Ihr mir gebracht? Ich glaube nicht, dass ich diesen Schreiber schon einmal gesehen habe.« Henri hob langsam den Kopf, den Blick immer noch auf den Boden gerichtet. Zuerst sah er nur die reich getäfelten Wände, die verzierten Mahagonibeine mehrerer Lehnstühle, einen Kamin, in dem Holz aufgeschichtet, aber nicht entzündet worden war – es war Sommer, und die Tage waren warm –, und die Ecke eines Schreibtischs: den berühmten, mit Einlegearbeiten aus Elfenbein verzierten Schreibtisch der Kardinalin (obwohl ihre Feinde behaupteten, die Einlegearbeiten würden aus menschlichen Knochen bestehen). Furchtsam den Blick noch ein bisschen mehr hebend, sah er *sie*.

Kardinalin Duplessis war größer und schlanker als Henri, schien ganz aus Knochen zu bestehen. Sie kam ihm riesengroß vor, wie sie da an ihrem Schreibtisch stand, die eine elegante, mit Symbolringen geschmückte Hand auf der Tischoberfläche. Sie trug eine scharlachrote Robe mit einem goldenen Gürtel, und an diesem Gürtel hing ein Symbol, das unverzüglich Henris Aufmerksamkeit auf sich zog – wie es den Blick eines jeden Menschen angezogen hätte. Es war nicht mehr als drei Zoll hoch und zwei Zoll breit, ein kleines Ding aus bemaltem Holz. Es war nicht vergoldet, weder Perlen noch Juwelen schmückten den Rand, und es wies auch keine der Ausschmückungen auf, die auf so vielen Symbolen zu finden waren. Es zeigte einen ... Henri blinzelte, seine Augen tränten ... Er sah es genau an, aber irgendwie konnte er den Blick nicht fokussieren. Er glaubte, ein Gesicht zu erkennen, doch es blieb ihm nicht im Gedächtnis haften. Darüber ein Heiligenschein, heller als die Sonne – aber wie konnte so etwas gemalt werden ...

Dies war natürlich das Symbol von Ashalael. Der Schutzpatron-Erzengel von Sarance, eines der mächtigsten Engelswesen, dessen Bereich nicht auf bestimmte Handlungen, Objekte oder Dinge beschränkt, sondern lediglich geografisch begrenzt war. Wer erfolgreich Ashalael anrufen konnte – was gewaltiger Willenskraft, Konzentration und einer riesigen Erfahrung im Umgang mit Engelsmagie bedurfte –, konnte Wunder vollbringen, da der Bereich des Engels alles umfasste, was sich innerhalb der Grenzen des Königreichs befand.

Natürlich war auch der Preis außerordentlich hoch.

Henri blinzelte noch einmal und sah dann weg, richtete den Blick nach oben, auf das Gesicht der Kardinalin. Sie wirkte erheitert, was ihn beunruhigte, und er bemerkte außerdem, dass sie eine Menge blassroter Schminke trug, die in den Augen- und Mundwinkeln ein wenig aufgeplatzt war und die braune Haut darunter enthüllte. Ihre silbernen Haare waren zurückgekämmt und mit einem scharlachroten Tuch zusammengebunden, das ihr über die Schultern hing. Auf ihrem Kopf saß die blaue Samtkappe mit der Goldborte einer königlichen Herzogin, denn sie hatte auch mehrere weltliche Titel und war immer noch die Ministerpräsidentin der Königin, ganz egal, wie sehr der König auch intrigierte. An der Kappe war ein Symbol befestigt, eines, das Henri tatsächlich ansehen konnte, ein hoher Engel, den er nicht kannte, dargestellt als lächelnde mütterliche Frau, die einen Säugling hielt. Nur dass die Mutter einen Pferdekopf hatte und das Kind den eines Fohlens, auch wenn der restliche Körper menschlich war. Und das Fohlen hatte einen Heiligenschein, die Mutter jedoch nicht, also war das Kind der Engel ...

Obwohl die Schminke ihre Gesichtszüge glättete, wirkte die Kardinalin deutlich älter, als sie war, was zweifellos daher rührte, dass sie häufig hohe Engelsmagie praktizierte. Henri konnte sich nicht genau erinnern, aber er wusste, dass sie ungefähr so alt war wie sein Vater. Der war vierundvierzig; die Kardinalin sah allerdings mindestens wie sechzig aus.

»Henri Dupallidin, vom Adianne-Zweig der Familie, entfernte Verwandte der Damerçons«, sagte Robard. »Hat am letzten Mittwoch bei uns angefangen. Er war der Einzige, der da war. Ich werde Dubarry fragen, warum das so war.«

Dubarry war die Dritte Sekretärin. Henri hatte *sie* gesehen, als er zum ersten Mal hergekommen war. Sie hatte ihm seine

Vollmacht und einen Teil seines ersten Monatsgehalts ausgehändigt – der Rest wurde aus unklaren Gründen zurückgehalten – und ihm gesagt, dass er ins Gelbe Vorzimmer gehen und tun sollte, was auch immer ihm von den sich dort aufhaltenden Personen aufgetragen wurde. Was er getan hatte.

»Dupallidin. Du darfst näher treten.«

Henri floss eher näher, als dass er ging, immer noch tief gebückt. Er küsste der Kardinalin die Hand oder, genauer gesagt, atmete mehrere Zoll über den Symbolringen und zog sich dann wieder in eine kniende Position zurück.

»Steh auf«, sagte die Kardinalin sanft. »Dann bist du also neu in meinen Diensten. Hast du Eide abgelegt?«

»Nur als Laie, Eure E... Em... Eminenz«, stotterte Henri. »Auf Ashalael, als ich hier angefangen habe. Äh ... ich wollte nicht ... ich meine, ich war mir nicht sicher, ob ich ein Priester sein wollte ... es ist eine große Verpflichtung.«

»Sein Vater ist Sakristan in einem Tempel von Huaravael, Eminenz«, murmelte Robard.

»Ah, der Rauchvertreiber in Adianne«, sagte die Kardinalin. »Aber du hast nicht den Wunsch, in die Fußstapfen deines Vaters zu treten?«

»Noch nicht ganz«, antwortete Henri diplomatisch. Allerdings wusste er sicher, dass er nicht als ewig zur Armut verdammter Sakristan eines kleinen Tempels irgendwo im Nirgendwo enden wollte.

»Hmmm«, murmelte die Kardinalin. Sie neigte den Kopf leicht zur Seite, sah Henri an, als würde sie darüber nachdenken, eine bedauerliche Anschaffung zurückzugeben. »Es gibt viele, die mir dienen, Dupallidin. Die Schreiberinnen und Beamten in diesem Palast, meine Pursuivants, andere in Lutace, in ganz Sarance und darüber hinaus. Meine Leute kümmern sich um viele verschiedene Aufgaben, Aufgaben, die zum Wohle der Menschen notwendig sind. Und zum Schutz von Sarance und für den Ruhm von Ashalael, unserem großen Erzengel und Retter.«

Henri nickte eifrig; er wollte, dass sie sah, dass sie voll und ganz seine Unterstützung hatte, wie gering sie auch sein mochte. Genau wie Ashalael natürlich, der höchste aller Engel und unübertreffliche Beschützer aller Saranceser. Doch genau genommen hätte sich jede Person, die bereit war, ihm eine sichere Position anzubieten, seiner vollen Loyalität gewiss sein können ...

»Manchmal sind die Aufgaben, die erfüllt werden müssen, schwierig und gefährlich«, fuhr die Kardinalin fort. »Manchmal sind sie ... in anderer Hinsicht herausfordernd.«

Henri nickte etwas weniger eifrig; er wusste nicht so recht, worauf sie hinauswollte.

»Ich bin mir nicht sicher, ob du die Person bist, die ich für die vorliegende Position brauche«, sagte die Kardinalin, und während sie sprach, spürte Henri die warme Berührung von Engelsmagie, das sanfte Streicheln einer unsichtbaren Schwinge. Er blickte auf und sah, dass Duplessis ein Symbol berührte, das er noch nicht einmal bemerkt hatte, eins von mehreren, die in ein silbernes Armband eingelassen waren, das unter dem Ärmelaufschlag ihrer Robe kaum zu sehen war. Henri wusste nicht, welchen Engel sie gerufen hatte, aber er vermutete, dass es einer der Throne war, die die Wahrheit herausfinden oder einem dabei helfen konnten, oberflächliche Gedanken zu lesen.

»Ich bin willens ... ich *will* Euch dienen, wie auch immer ich kann, Eure Eminenz!«

Die Worte kamen heraus, ohne dass Henri auch nur einen Augenblick über sie nachdachte, überstimmten seinen tieferen gesunden Menschenverstand, der entdeckt hatte, dass die Arbeit, die sie ihm anzubieten hatte – wie auch immer sie aussehen mochte –, irgendwie zweifelhaft war oder dass irgendetwas mit ihr nicht stimmte.

»Das weiß ich, Dupallidin«, sagte die Kardinalin. »Das weiß ich.«

Sie sah auf Henris Gesicht hinab, und wieder spürte er die

Wärme von Engelsmagie als sanften, nicht unwillkommenen Hauch auf seinem Gesicht. Er hörte einen silberhellen Harfenton, wie von einem weit entfernten Ort, sodass seine Ohren ihn gerade noch wahrnehmen konnten. Dann war da plötzlich ein scharfer eisiger Schmerz hinter seinem rechten Auge, und er zuckte zusammen.

»Du kennst die Sternfestung«, sagte die Kardinalin.

»Äh … ja, Euer Eminenz«, murmelte Henri und blinzelte den Schmerz weg. Wer kannte sie nicht?

Die Sternfestung beherrschte die nordöstliche Ecke von Lutace. Seit dreißig Jahren im Bau, wurde sie auf einem und um einen großen Felsklotz herum gebaut, der nicht groß genug war, um als Hügel bezeichnet werden zu können. Jahrhundertelang hatte dort ein einsamer Turm gestanden, der ursprünglich als Beobachtungsposten, aber in späteren Jahrhunderten als berüchtigtes Gefängnis gedient hatte, das alle einfach nur den Turm nannten.

Vor drei Jahrzehnten hatte Königin Henrietta IV. verfügt, dass um den Felsklotz herum eine moderne Festung gebaut werden sollte, und daher war Varianna, die berühmte Ingenieurin des Fürsten von Barogno, angeworben worden. Sie hatte moderne Wälle, Bastionen und Ravelins aus mit Backsteinen verblendeter Erde trassiert, hatte Gräben aus dem Fels hauen und Schleusen einbauen lassen, sodass die Gräben mit Flusswasser geflutet werden konnten. Und sie hatte ein System aus Magazinen, Waffenkammern und Lagerräumen im Felsklotz anlegen oder bereits bestehende Höhlen entsprechend umbauen lassen.

Variannas Plan sah auch den Abriss des Turms vor, da er das Schussfeld der Kanonen der nordöstlichen Bastionen beeinträchtigte. Aber verschiedene politische Kräfte hatten nicht nur dafür gesorgt, dass der Turm blieb, sondern auch andere Änderungen durchgesetzt, die bedeuteten, dass die Sternfestung von Sarance nicht das perfekte Artilleriefort wurde, das Varianna sich vorgestellt hatte.

Diese Unzulänglichkeiten und der unfertige Zustand der Sternfestung waren der Tatsache geschuldet, dass (ebenfalls aufgrund politischer Überlegungen) der Befehl über die Sternfestung und ihren Bau auf die Musketierinnen und Musketiere der Königin, die Königsgarde, die Pursuivants der Kardinalin und die Stadtwache von Lutace aufgeteilt worden war. Jedes Regiment kontrollierte eine der Bastionen und einen Ravelin der Sternfestung vollständig, und alle teilten sich (nicht sehr freudig) die Verantwortung für den Ziffernblattplatz, die Miniaturstadt, die im zentralen Bereich innerhalb der Festungswälle gebaut wurde. Um die Dinge zusätzlich zu verkomplizieren, befanden sich die großen Kanonen und Halbkanonen aus Eisen oder Bronze und ihre kleineren Kameradinnen, die Feldschlangen und Halben Feldschlangen, die Saker und Falken, die die Bastionen und Ravelins sprenkelten, in der Obhut der Loyalen Königlichen Artilleriekompanie.

Obwohl die Sternfestung in erster Linie dazu gedacht war, eine gut zu verteidigende Position in der Hauptstadt zur Verfügung zu stellen, dachten die meisten Leute an diese Art der militärischen Nutzung zuallerletzt. Denn noch immer beherrschte der alte Turm innerhalb der Befestigungsanlagen sowohl den Horizont als auch die Gedanken der Bevölkerung, und die Begriffe »Sternfestung« und »Turm« hatten sich vermischt, daher war das Erste, was einem in den Sinn kam, wenn entweder die eine oder der andere genannt wurde, das Gefängnis.

»Der Posten, den ich für eine deiner Kolleginnen aus dem Gelben Zimmer im Sinn hatte«, sagte Duplessis nachdenklich, »ist im Turm.«

Henri versuchte sich nicht anmerken zu lassen, dass er nicht richtig atmen konnte. Er war so glücklich gewesen, einen Posten bei der Kardinalin zu ergattern. Es schien der erste Schritt auf dem Weg zu finanzieller Sicherheit und einer lebenswerten Zukunft zu sein, beides Dinge, die er niemals gekannt hatte. Und glücklicherweise bot er zudem die Aussicht, in absehbarer Zeit eine andere Position bekommen zu können, vielleicht sogar als Artillerieoffizier. Aber der Gefängnisturm der Sternfestung … dort zu arbeiten würde schrecklich sein.

»Es wird ein zusätzlicher Schreiber benötigt, um das aufzuzeichnen, was meine Fragestellerinnen und Fragesteller von den Gefangenen erfahren«, sagte die Kardinalin. »Es ist ein wichtiger Posten. Zweiter Assistent des Befragungssekretärs.« Henri schluckte. Er wusste, dass die meisten Befragungen mit Engelsmagie durchgeführt wurden. Aber manchmal funktionierte das nicht, und außerdem würde es Gefangene geben, die Verweigernde waren, bei denen also keine Engelsmagie angewendet werden konnte. Was bedeutete, dass dieser Zweite Assistent des Befragungssekretärs bei den Folterungen dabei sein musste. Um niederzuschreiben, was auch immer die Leute kreischten und murmelten, während sie um Gnade bettelten – oder, wenn das nicht klappte, um den Tod.

Aber es war auch ein benannter Posten, ein Amt. Das würde ein weit höheres Gehalt bedeuten, und es würde ein Sprungbrett zu größeren Dingen sein …

»Mit dem Posten ist eine Wohnung verbunden«, fügte Robard hinzu, der Henri genau beobachtete.

»In der Sternfestung«, fügte er nicht hinzu, doch Henri wusste, dass es so sein musste.

Beide sahen ihn an. Die Kardinalin überaus distanziert, ihr Gesicht so unbeweglich, dass er nichts darin lesen konnte. Robard leicht verächtlich, als würde das alles zu lange dauern und als sollte die Kardinalin Henri nicht alles erklären, sondern ihm seinen neuen Posten einfach zuweisen.

»Ich wünsche nur, Eurer Eminenz zu dienen«, sagte Henri. Seine Stimme zitterte, aber er schaffte es, die Worte herauszubringen. »Wie auch immer ich das tun darf.«

Die Kardinalin sah auf ihn herab. Henri versuchte, ihren Gesichtsausdruck einzuschätzen, ohne ihr in die Augen zu blicken, aber er konnte es nicht. Er erschauerte leicht und neigte den Kopf.

»Nein«, sagte die Kardinalin schließlich. Henri spürte erneut, wie die Kälte seinen Schädel durchbohrte, als der Engel seinen Geist berührte und an Duplessis übermittelte, was immer er dort fand. »Nein. Du bist nicht geeignet. Ich denke, wir brauchen jemand …«

»… Älteren, Eminenz?«, fragte Robard, als sie den Satz nicht beendete.

»Verbrauchteren«, antwortete Duplessis. Ihre Stimme war kalt und distanziert. »Nein, ich kann dich nicht gebrauchen, Dupallidin.« Sie wedelte verweigernd mit der Hand, und für Henri hatte die Geste etwas schrecklich Endgültiges.

»Ich bin aus Euren *Diensten* entlassen, Eminenz?«, jammerte Henri. Er bäumte sich auf und starrte zu ihr hoch, machte ein flehendes Gesicht. Er fühlte sich krank und musste die Zähne zusammenbeißen und die Galle hinunterschlucken, die ihm in die Kehle gestiegen war. Entlassen zu werden bedeutete den Ruin. Er würde ein Bettler werden oder bei dem Versuch, zu seiner Familie zurückzukehren, am Straßenrand sterben.

»Nein, nein«, sagte die Kardinalin. Sie lächelte, und auch wenn ihr Lächeln ihren Blick nicht wärmer werden ließ, spürte Henri, wie ihn eine Woge der Erleichterung durchströmte. »Ich werfe eine Klinge nicht beiseite, nur weil sie schlecht gehärtet ist. Ich lasse sie neu schmieden.« Sie runzelte leicht die Stirn und sah Robard an. »Pereastor sagt mir, dass Dupallidin sehr gut mit Zahlen umgehen kann«, erklärte sie. »Vermittle ihn als Zweiten Assistenten an Dutremblay, vielleicht als Kalkulator. Er wird dort nützlicher sein als im Gelben Vorzimmer.«

»Wie Ihr befehlt, Eminenz«, antwortete Robard. Er machte eine für Henri gedachte huschende Bewegung mit der Hand, woraufhin der sogleich begann, sich aus dem Raum zurückzuziehen.

»Finde die anderen Schreiberinnen und Schreiber«, sagte die Kardinalin, während sie hinter den Elfenbeinschreibtisch trat und Papiere zur Hand nahm; ihre Aufmerksamkeit war bereits zur Hälfte woanders. »Ich werde sie mir alle zusammen ansehen und auswählen, wen ich für am geeignetsten halte.«

Robard neigte den Kopf und folgte Henri zur Tür, machte dort kurz halt, um den jungen Mann am Ellbogen zu packen und ihn umzudrehen, sodass er vorwärts aus dem Raum gehen konnte, statt rücklings hinauszukriechen.

Vor dem Zimmer der Kardinalin rief Robard eine der geringeren Schreiberinnen herbei. Sie kam sogleich herangeeilt, öffnete das Schreibpult, das mit einer Kette um ihren Hals befestigt war, hob ihre Feder und schlug den Deckel des Tintenfasses zurück.

»Ihre Eminenz wünscht, dass der hier als Zweiter Assistent zu Dutremblay geschickt wird«, sagte Robard. »Stell ihm eine entsprechende Vollmacht aus.«

Henri hörte die Worte nur halb; er starrte immer noch zurück zu dem Zimmer, das er gerade verlassen hatte. Eine der beiden Wachen winkte ihm zu, aber er bemerkte es nicht. Er war von der unerwarteten Audienz immer noch überwältigt … und von seiner plötzlichen Beförderung.

Auch wenn er nicht wusste, zu was er befördert wurde … oder wohin. Er drehte sich wieder zu Robard um und wartete auf eine Gelegenheit, etwas sagen zu können.

»Er wird nicht zum Gelben Vorzimmer zurückkehren«, fuhr Robard schnell fort. »Oh, sag Dedene, dass sie alle Schreiberinnen und Schreiber, die außer ihm dort eingeteilt sind, finden und zu mir bringen soll. Unverzüglich.«

Die andere Schreiberin verbeugte sich tief, und Henri verbeugte sich ebenfalls. Als er sich wieder aufrichtete, hatte Robard den Raum bereits zur Hälfte durchquert, seine goldenen Sporen glänzten in den Schäften aus Sonnenlicht, die von den hohen Fenstern herunterfielen.

»Zweiter Assistent von Dutremblay«, sagte die Schreiberin, während sie eifrig schrieb. »Beginn heute, zu einem Gehalt von sechzehn Livres pro Monat plus …«

»Sechzehn Livres!«, rief Henri. Das war das Vierfache seines derzeitigen Gehalts.

»Plus die Wohnzulage von achtzehn Livres pro Quartal, im Voraus bezahlt«, erwiderte die Schreiberin. »Nicht dass du so viel brauchen würdest, da dir ein Quartier gestellt wird.«

»Ein Quartier?«, fragte Henri.

»In der Sternfestung«, sagte die Schreiberin.

»Die ...?«

»Die Sternfestung«, wiederholte die Schreiberin. »Du hast Glück, es werden nicht die Kasernen der Pursuivants sein, da es Dutremblay lieber ist, wenn ihr Stab ...«

Sie machte eine Pause. Henri starrte sie an. Er hörte, was sie sagte, aber sein Verstand konnte diese unwillkommenen Neuigkeiten nicht richtig erfassen, die so kurz nach dem Glück seines neuen Reichtums kamen. Relativ gesehen, in Anbetracht seiner vorherigen Mittellosigkeit.

»Die Sternfestung«, wiederholte die Schreiberin. »Dutremblay.«

Henri krächzte etwas. Hatte er seine Befragung komplett missverstanden? War er doch zum Gefängnisturm versetzt worden, um dem Befragungssekretär zu assistieren?

Glücklicherweise war die Schreiberin daran gewöhnt, dass Leute aus Gesprächen mit der Kardinalin gestolpert kamen und um Worte rangen, daher interpretierte sie Henris Frage richtig.

»Dutremblay ist die Architektin der Königin! Sie beaufsichtigt den Bau des neuen Palastes am Ziffernblattplatz. Du wirst dein Zimmer in dem Teil bekommen, der bereits gebaut ist!«

Henri krächzte erneut etwas.

»Der Ziffernblattplatz! Das Zentrum der Sternfestung! Also wirklich – wo kommst du denn her?«

»Damerçon«, murmelte Henri. Er fühlte sich schwindelig, der Raum schwankte ein bisschen, und er musste tief Luft holen, damit es aufhörte.

»Wo?«

»In Adianne.«

»Wo?«

»In der Bascony«, gab Henri zu.

Die Schreiberin schnaubte, schrieb fertig, streute ein bisschen Sand darüber, damit die Tinte trocknete, und reichte Henri zwei Dokumente.

»Da hast du's«, sagte sie. »Deine Vollmacht und einen Wechsel für dein erstes Monatsgehalt und die Zulage. Du kannst ihn nach Belieben beim Schatzmeister einlösen. In Anbetracht der Tatsache, dass es beinahe vier Uhr ist, würde ich allerdings vorschlagen, du machst es sofort, da morgen Sankt Tarhernstag ist und dann nichts erledigt werden wird.«

An diesem Abend war ein müder, aber zufriedener Henri Dupallidin unterwegs zu dem winzigen Zimmer hoch oben im Haus von Mistress Trevier, einer Gewürzhändlerin, die der Herzogin von Damerçon noch einen Gefallen schuldete, der in eine billige Unterkunft für einen entfernten Verwandten umgewandelt worden war.

Henri kam zu dem Schluss, dass es alles in allem ein wunderbarer Tag gewesen war, trotz mehrerer Schreckmomente und der furchtbaren Möglichkeit, in einem Gefängnis eingeschlossen zu werden, um das Gejammer von Folteropfern aufzuzeichnen. Und auch wenn er für die Sternfestung bestimmt war, würde es nicht das Gefängnis sein, und er vermutete, dass er in der Lage sein würde, zu kommen und zu gehen, wie er wollte.

Auch wenn dies vielleicht eine gewagte Vermutung war, dachte Henri plötzlich. Was, wenn er die ganze Zeit in der Festung bleiben musste oder sie nur in bestimmten Abständen verlassen durfte?

Er dachte darüber nach und achtete nicht sonderlich auf seine Umgebung, bis er plötzlich spürte, wie eine Hand an der frisch gefüllten Börse an seinem Gürtel zupfte. Bevor er reagieren konnte, wurde die Kordel, die sie dort hielt, durchgeschnitten – und dann war sie weg. Henri wirbelte herum, griff in die leere Luft und holte tief Luft, um ein nutzloses »Dieb!« zu brüllen, als er ein Kind in den grauen Lumpen der Verweigernden sich unter dem Bauch eines Pferdes ducken und die paar Schritte auf eine enge Gasse zumachen sah, die ihm die Flucht garantieren würde.

Aber Henris Schrei kam ihm niemals über die Lippen. Stattdessen klackten seine Zähne deutlich hörbar aufeinander, als er überrascht den Mund zuklappte. So schnell das diebische Gassenkind auch war, eine vorbeigehende Frau war schneller. Sie packte das Kind, verdrehte ihm den Arm und nahm ihm mit einer raschen Bewegung die Börse ab, und als das Mädchen nach einem Messer griff, verdrehte sie ihm auch das zweite Handgelenk.

»Ich habe sie, Ser!«, rief die Frau, während sie die Börse in die Höhe hielt und das dürre Mädchen mit ein paar gemurmelten Worten und einem Tritt davonschickte. Was auch immer sie gesagt hatte, ließ die Diebin erbleichen, und sie rannte unverzüglich davon, blieb noch nicht einmal stehen, um das kleine Messer aufzuheben, mit dem sie die Kordel durchtrennt hatte und das nun auf den Pflastersteinen lag.

Henri sah sich fassungslos um. Die Menschen um ihn herum wandten den Blick ab und eilten die Straße entlang, was seine Vermutung bestätigte, dass etwas Merkwürdiges im Gange war. Er war noch nicht lange in der Stadt, aber er war nicht dumm. Diebe waren einfach ein Teil des Lebens, und Fremde mischten sich nicht ein, es sei denn, für sie bestand kein Risiko, oder sie waren enge Freunde oder Verwandte der Person, die ausgeraubt wurde. Diese Frau – die an ihrem Umhang und dem Tuch, das sie um den Kopf geschlungen trug, ebenfalls als Verweigernde zu erkennen war – war entweder Teil einer komplizierteren Gaunerei oder eine gefährliche Verrückte.

»Fangt, Ser!«, rief sie und warf ihm die Börse zu. Henri fing sie reflexhaft auf und starrte der Frau hinterher, als sie in der gleichen Gasse verschwand, in die die Diebin hineingerannt war.

»So etwas habe ich noch nie gesehen«, murmelte jemand hinter Henri, aber als er sich umdrehte, konnte er nicht erkennen, wer gesprochen hatte. Der Strom aus Menschen, der gleichmäßig die Gussstraße entlangwogte, bewegte sich wieder, teilte sich um ihn, als wäre er ein verdächtiger Felsen.

Henri umklammerte die Börse fest mit einer Hand und gesellte sich zu dem Strom, konzentrierte sich dieses Mal auf die Menschen um ihn herum, die Löcher in der gepflasterten Straße und all die anderen Dinge, auf die er sich hätte konzentrieren sollen, bevor er ausgeraubt worden war.

Aber ein kleiner Teil seines Verstandes konnte nicht anders, als sich zu fragen, warum eine ältere Verweigernde eingegriffen hatte, um eine jüngere Verweigernde – ein Straßenkind – daran zu hindern, ihn zu bestehlen.

Schließlich kam er darauf, und sein Verstand klärte sich. Auch wenn sein gelbes Wams ein bisschen fleckig und schäbig war, kennzeichnete es ihn doch als einen Bediensteten der Kardinalin. Die Hand Ihrer Eminenz bot in der Tat Schutz. Sogar vor Straßendieben.

Sechs

Agnez versuchte, ihren Griff um das Heft des Rapiers zu lockern, neigte das Handgelenk und löste die Finger. Die Handschuhe, die sie erhalten hatte, bestanden nicht aus dem geschmeidigen Ziegenleder, an das sie gewohnt war, sondern waren Stulpenhandschuhe aus dickem Büffelleder, die ihre Hand klobiger und langsam machten. Auch das Rapier war schwerer und länger als ihr eigenes, ganz zu schweigen davon, dass es absichtlich abgestumpft war, während ihre eigene, gut gepflegte Klinge scharf genug war, um ein fallendes Haar durchtrennen zu können.

Aber diesen Test musste sie mit den Handschuhen und der Waffe überstehen, die ihr zur Verfügung gestellt wurden, und mit ihrer rechten Hand, wo sie doch generell ihre linke bevorzugte. Magische Hilfe war gleichermaßen verboten, daher war das einzige Symbol, das Agnez besaß, in ihr Hutband eingewickelt und lag mit ihrem Degen und ihrem Umhang in einer Ecke des Raums. Dabei war alles, was Jashenael tun konnte, in der Dunkelheit Licht zur Verfügung zu stellen, und auch das nur bei Neumond oder wenn der Mond im ersten oder letzten Viertel war. Er war nur ein Cherub, und seine Macht war auf einen sehr engen Bereich begrenzt.

»Na, komm schon«, rief die Waffenmeisterin und ließ ihre Degenspitze, begleitet vom kreischenden Geräusch von Metall auf Stein, ein paar Zoll über die Pflastersteine des Hofes schleifen. Agnez wusste, dass sie das nur tat, um einen dummen unbesonnenen Angriff herauszufordern. Bei ihrem letzten Besuch in Lutace vor zwei Jahren hatte ihre Mutter sie zu einem der Schaukämpfe von Waffenmeisterin Franzonne mitgenommen, und die Meisterkämpferin der Musketiere der

Königin war zweifellos immer noch so tödlich schnell wie damals.

»Mein Handschuh ist zu groß«, schniefte Agnez, ließ ihre Stimme jämmerlich klingen und gleichzeitig die Klinge sinken, als ob sie sie nicht hochhalten könnte. Doch noch während das letzte Wort ihren Mund verließ, streckte sie sich plötzlich und machte – mit den Füßen heftig aufstampfend – einen Ausfall, der genau auf Franzonnes Herz zielte, und für den winzigen Bruchteil einer Sekunde sah es so aus, als könnte sie es treffen, ehe ihr Rapier heftig beiseitegeschlagen wurde. Agnez wich zurück und parierte, drehte sich verzweifelt zur Seite und hielt sich wenige Sekunden später die geprellte Hand, während ihr schweres Rapier klirrend auf die Pflastersteine prallte.

Dass sie so schnell entwaffnet worden war, verriet Agnez, dass sie in einem echten Duell jetzt auf dem Boden liegen und ihre letzten Atemzüge herauskeuchen würde, während sich auf den Steinen ihr hellrotes Blut ausbreitete.

»Achtzehn Sekunden«, sagte ein außerordentlich großer, ziemlich bärenähnlicher Mann – ein rostbrauner Bär, denn seine Haut war rotbraun, und auch seine Haare und sein Bart, obwohl eigentlich schwarz, hatten einen rötlichen Stich wie die letzte Flamme eines ersterbenden Holzkohlenfeuers. Er trug den gleichen silbern eingefassten Wappenrock wie Franzonne, die Uniform der Musketierinnen und Musketiere der Königin, was in seinem Fall bedeutete, dass die Kleidungsstücke groß genug gewesen wären, um aus ihnen ein Zelt für Agnez zu machen.

»Du hast zu schnell gezählt«, sagte Franzonne. »Obwohl ich dich grundsätzlich zu deiner Leistung beglückwünsche, Sesturo. Ich habe noch nicht einmal gesehen, dass du die Lippen bewegt hast.«

»Ich habe im Kopf gezählt«, sagte der Mann ruhig. »Ich *habe* geübt. Sollen wir dann also zwanzig Sekunden sagen?«

Agnez hielt den Atem an. Dies war der erste Test, den sie

bestehen musste – mindestens eine Drittelminute gegen Waffenmeisterin Franzonne durchzuhalten, Degen gegen Degen.

Franzonne blickte zu Agnez, die versuchte, ihre Miene unter Kontrolle zu bringen, was sie – davon war sie überzeugt – wie ein Hündchen aussehen ließ, das auf einen Happen vom Essen der Waffenmeisterin hoffte.

»Diese Nummer von wegen ›Mein Handschuh ist zu locker‹ war gut«, sagte die Waffenmeisterin.

»Mir hat das auch gefallen«, brummte Sesturo.

»Sie ist sehr jung.«

»Ich bin fast achtzehn!«, platzte Agnez heraus und schob rasch gequält hinterher: »Ich bitte um Entschuldigung, Waffenmeisterin.«

»Impulsiv. Hat bäuerliche Manieren.«

Agnez biss die Zähne zusammen, um nicht zu protestieren. Sie *war* eine Bascon und auf dem Land aufgewachsen, aber ihre Mutter war nicht nur eine ehemalige Musketierin der Königin, sondern auch Baronin Descaray, entstammte einer alten, adligen Familie, deren Oberhaupt das einzigartige Recht besaß, der Königin einmal im Jahr eine schwarze Rose zu schenken und sie im Gegenzug um eine Gunst zu bitten. Auch wenn es keine schwarzen Rosen gab und niemals welche gegeben hatte, war das eine große Ehre.

»Vielleicht die Königsgarde …«, sinnierte Sesturo laut.

Agnez biss sich auf die Lippe, um nicht lauthals protestierend herauszuplatzen. Die Königsgarde! Alle wussten, dass die Musketierinnen und Musketiere der Königin in allen Belangen besser waren, ganz besonders in der Fechtkunst. Wenn Agnez von Franzonne abgewiesen wurde, würde sie sich niemals stattdessen bei der Königsgarde bewerben. Die war nur etwas für adlige Sprösslinge, die sich gerne herausputzten, aber nicht wirklich kämpften.

»Oder die Leute der Kardinalin«, sagte Franzonne.

Agnez widersetzte sich dem Stirnrunzeln, das ihre Stirn in hässliche Falten zu legen drohte. Die Pursuivants der Kardinalin wären sogar noch schlimmer als die Königsgarde! Alle wussten, dass sie keine ehrenhaften Kämpferinnen, sondern Magier und Magierinnen waren, die die Engelsmagie kaltem Stahl stets vorzogen. Sie waren nicht nur die Soldatinnen der Kardinalin, sondern auch ihre Spione und ihre Polizei, und Agnez wollte nichts mit ihnen zu tun haben. Zwar verfügte sie über die entsprechende angeborene Begabung und war im Gebrauch der Symbole unterrichtet worden, doch sie wollte selbst ihr Glück in der Welt machen und nicht auf Engelsschultern in die luftigen Höhen getragen werden, von denen sie träumte.

Generalkapitänin Agnez Descaray von den Musketierinnen und Musketieren der Königin.

Eines Tages würde sie diese Worte hören, und zwar nicht nur so dahingesagt.

Aber wenn sie jetzt von Franzonne abgewiesen wurde ...

Agnez unterdrückte ein Schaudern, versuchte ein so teilnahmsloses Gesicht zu machen wie die Waffenmeisterin. Sie wusste nicht, was sie tun würde, wenn sie keine Musketierin sein konnte. Sterben, vermutlich. Diesen äußeren Hof des Palastes der Königin verlassen und anfangen, die gefährlichsten Kämpfer und Kämpferinnen, die sie finden konnte, zu Duellen herauszufordern. Das würde ihr zumindest ein schnelles Ende bescheren und besser sein als eine unehrenhafte, demütigende Rückkehr nach Hause.

»Nein, sie ist nicht düster genug für die Kardinalin und nicht hübsch genug für die Garde«, sagte Franzonne. »Sie könnten sie für eines von ihren Pferden halten.«

»Das hintere Ende?«, fragte Sesturo. Er sah Agnez mit zusammengekniffenen Augen an und verzog das Gesicht.

Agnez ballte in den dummen, übergroßen Stulpenhandschuhen die Fäuste. Aber sie rührte sich nicht, warf der Waffenmeisterin keinen Handschuh ins Gesicht und ging auch nicht die Fäuste schwingend auf Sesturo los.

Sie wusste, dass sie allgemein weder für hübsch noch für gut aussehend gehalten wurde. Einige mochten ihr Gesicht für lang halten, und ihre braune Haut und ihre schwarzen Haare ähnelten tatsächlich irgendwie den rotbraunen Pferden, die in Sarance mit am meisten verbreitet waren. Aber das war Agnez egal, denn es hatte nichts mit ihren Fähigkeiten zu kämpfen zu tun.

Nicht dass sie zulassen würde, dass irgendjemand sie beleidigte, ganz egal wie, auch nicht hinsichtlich ihres Aussehens. Zumindest normalerweise nicht.

»Nein«, sagte Franzonne. Ein Hauch von etwas, das ein Lächeln sein mochte, huschte kurz über ihr Gesicht, wie eine plötzliche Brise über eine stille Wasserfläche, und war binnen eines Augenblicks wieder verschwunden. »Tatsächlich ist da überhaupt nichts Pferdeähnliches an dir, egal auf welches Ende bezogen. Wir bitten um Entschuldigung, Descaray. Ich habe das nur gesagt, um zu prüfen, ob du in der Lage bist, eine Beleidigung wegzustecken.«

»An diesem Ort, zu diesem Zeitpunkt kann ich es«, sagte Agnez steif. »Unter anderen Umständen nicht.«

»Auch ich bitte um Entschuldigung«, sagte Sesturo förmlich. »Hat deine Mutter dich davor gewarnt, dass wir dich beleidigen würden?«

»Nicht mit vielen Worten«, erwiderte Agnez. Sie zögerte kurz, ehe sie hinzufügte: »Sie hat mir gesagt, ich solle mehr wie Truffo und weniger wie Humboldt sein.«

Sesturo lachte, und über Franzonnes Gesicht huschte erneut ein Lächeln. Truffo und Humboldt waren die wichtigsten Possenreißer des Stücks *Die Rache des Froschkönigs*, einem Klassiker des sarancesischen Theaters. Truffo war der Phlegmatische, Geradlinige der beiden, war ständig die Zielscheibe von Humboldts Witzen und reagierte als Letzter auf das, was auch immer gerade vorging. Humboldt andererseits war überschlau und grundsätzlich der Anlass für ihr andauerndes Chaos und ihre unaufhörlichen Probleme.

»Also«, sagte Franzonne, »die Königin hat dich deiner Mutter zuliebe grundsätzlich akzeptiert. Du bist … mehr als fähig im Umgang mit dem Degen, viel besser als die meisten. Nur ein Test steht noch aus …«

Dieses Mal konnte Agnez ein leichtes Stirnrunzeln nicht verhindern. Noch ein Test? Über *noch einen* Test hatte ihre Mutter ihr nichts gesagt.

»Sesturo?«

Agnez' Stirnrunzeln vertiefte sich, als Franzonne zur Seite des Saales ging und Sesturo sich von seinem Stuhl hochwuchtete und sich ihr näherte. Im Stehen war er sogar noch größer, als sie vermutet hatte, locker einen Fuß größer als sie und viel, viel schwerer. Und er bestand, soweit sie es sagen konnte, aus nichts als Muskeln.

»Kein Kratzen, kein Beißen«, sagte Sesturo. »Schlag mit der flachen Hand auf den Boden, wenn du aufgeben willst.«

»Wir ringen?«, fragte Agnez. Es kam viel piepsiger heraus, als ihr lieb war.

»Ja«, erwiderte Sesturo. »Nur wer es schafft, mich ohne die Hilfe irgendwelcher Waffen auf den Boden zu bringen, darf sich den Musketieren der Königin anschließen.«

»Für wie lange?«, fragte Agnez. Während sie sprach, wich sie ein wenig zurück und sah sich schnell um, hoffte, etwas – irgendetwas – zu entdecken, das ihr vielleicht helfen könnte.

»Oh, einfach nur runter«, sagte Franzonne. »Wir wollen es nicht *unmöglich* machen.«

Agnez umkreiste Sesturo langsam. Vielleicht war er langsam, dachte sie, während sie jede seiner Bewegungen genau beobachtete. Männer seiner Größe waren nur selten schnell. Wenn sie in ihn hineingrätschen, ihre Beine knapp oberhalb seiner Knöchel um ihn schlingen könnte … und dann drehen …

Sesturo war nicht langsam.

Agnez hatte sich gerade erst für den Angriff bereitgemacht, als er vorwärtssprang und seine gewaltige Faust seitlich ihren Schädel erwischte. Das Grätschen geriet zu einem Sturz, doch der riesige Musketier fing die junge Frau gerade noch rechtzeitig auf, ehe sie auf den Steinboden prallen und deutlich mehr Schaden nehmen konnte, als es durch seine Faust bereits geschehen war.

»Sesturo!«, rief Franzonne. »Du hast sie zu hart getroffen.«

»Nein«, brummte der große Mann. Er ließ Agnez sanft auf den Boden sinken, zog ihr die Stulpenhandschuhe aus und legte sie zu einem Kissen für ihren Kopf zusammen. »Sie kommt wieder zu sich.«

Agnez blinzelte und machte mehrere keuchende Atemzüge. Ein paar Sekunden lang konnte sie nicht verstehen, was passiert war. Über ihr stand ein riesiger Musketier, und einen Schritt hinter ihm befand sich eine schlankere Musketierin.

Dann fügte sich langsam alles zusammen. Agnez ächzte und versuchte aufzustehen, aber Franzonne kam näher, beugte sich zu ihr nach unten und drückte sie mit Leichtigkeit wieder zurück.

»Nein. Du musst dich jetzt für den Rest des Tages ausruhen«, sagte sie. »Die Diener werden dich zurück zu deiner Unterkunft bringen.«

Agnez starrte sie an und versuchte noch einmal aufzustehen, aber sie konnte es nicht. Ihr Kopf schmerzte, und sie konnte den Blick nicht fokussieren.

»Ich … Habe ich versagt?«, fragte sie.

»Ich bin nicht am Boden«, sagte Sesturo. In seiner Stimme schwang ein merkwürdiger Unterton mit.

Agnez versuchte nicht noch einmal aufzustehen. Einen Moment lang spürte sie eine Woge aus Niedergeschlagenheit und Verzweiflung über sich hinwegrollen, aber da war noch etwas anderes … eine Andeutung in Sesturos Stimme …

Franzonne und Sesturo sahen sie an. Warteten auf etwas. Agnez spürte, dass sie an einem entscheidenden Punkt war, dass sie etwas tun musste, eine letzte Chance hatte … aber sie konnte sich kaum bewegen und hatte ganz gewiss nicht die geringste Chance, Sesturo zu Boden zu ringen oder zu schlagen. Doch vielleicht war dies in Wirklichkeit gar kein körperlicher Test. Sie hatte nur angenommen, dass es einer wäre, und sich entsprechend verhalten, woraufhin Sesturo auf die gleiche Weise reagiert hatte. Agnez sah Sesturo direkt an, blickte ihm in die Augen, versuchte sich zu konzentrieren und die pochenden Schmerzen in ihrem Kopf zu ignorieren.

»Ser Sesturo, Ihr seht aus, als hätten Euch Eure Anstrengungen erhitzt … möchtet … möchtet Ihr Euch vielleicht ein paar Momente auf diesen Pflastersteinen abkühlen?«, fragte Agnez schwach.

Sesturos Mund zuckte, und er warf einen Blick zur Seite auf Franzonne. Die nickte einmal entschieden.

»Was für eine Schmach!«, rief Sesturo mit seinem tiefen Bass, während er erst ein Knie auf den Boden senkte und dann wie eine Lawine auf den Boden glitt, um schließlich in voller Länge mit ausgestreckten Armen dazuliegen. »Zu Boden gebracht von der geringsten bäuerlichen Rekrutin!«

»Eher von Eurer Höflichkeit«, sagte Agnez leise. Sie legte sich wieder hin und ließ zu, dass sich ein Gefühl der Erleichterung in ihrem Körper ausbreitete. Selbst die Schmerzen in ihrem Kopf wurden schwächer. »Für die ich Euch danke.«

»Willkommen bei den Musketierinnen und Musketieren der Königin, Kadettin Descaray«, sagte Sesturo und stand auf, wobei er einen langen Seufzer ausstieß, als wäre er gewaltsam geweckt worden, um einem ungewollten Tag entgegenzublicken. Er bot Agnez eine Hand, und als sie sie nahm, zog er sie ohne jede Anstrengung hoch.

»Du wirst den Rest des Tages im Bett bleiben müssen«, sagte Franzonne. »Ich schicke eine Nachricht ins Hospital, damit ein Doktor-Magister oder eine Doktor-Magistra vorbeikommt. Selbst Sesturos leichteste Schläge hinterlassen Spuren.« Sie nahm eine Bronzemünze aus dem Aufschlag ihres Handschuhs und steckte sie in Agnez' Börse. »Die Münze wird dir an unserem Wassertor Einlass in die Sternfestung gewähren. Melde dich nach dem Frühstück in der Kaserne, aber nicht zu früh.«

Agnez nickte und spürte sogleich, wie ihr Galle in die Kehle stieg. Sie schluckte sie hinunter und kämpfte gegen das plötzliche Schwindelgefühl an, das sie fast aus dem Gleichgewicht gebracht hätte. Sesturo stützte sie mit einer Hand unter ihrem Ellbogen. Franzonne klatschte zweimal in die Hände; das scharfe Geräusch ließ Agnez zusammenzucken. Die schwere Eichentür öffnete sich ächzend, und vier Bedienstete kamen mit einer Sänfte herein. Wie es bei derart weltlichen Aufgaben üblich war, handelte es sich bei allen um Verweigernde, die die typische graue Kleidung trugen. Sie warnte davor, bei ihnen irgendeine Engelsmagie anzuwenden, da die Folgen wahrscheinlich tödlich sein würden – für die Person, die sie anwandte, für die Verweigernden oder für alle.

»Bringt Ser Descaray zu ihrer Unterkunft«, befahl Franzonne. »Das Gasthaus von Gevatter Hobarne?«

»Ja«, sagte Agnez schwach. Sie kämpfte immer noch gegen den Drang an, sich übergeben zu müssen. »Ja. Hobarnes Gasthaus in der Mauerseglerstraße. Aber ich brauche keine Sänfte.«

Die Verweigernden brachten die Sänfte ein bisschen näher heran, doch Agnez wedelte sie weg. Sie richtete sich ganz auf und entzog sich Sesturos stützender Hand.

»Ich bin voll und ganz in der Lage, zu Fuß zum Greifenkopf zu gehen«, sagte sie und reckte das Kinn. »Und dort werde ich mich nicht ins Bett legen, sondern trinken! Und würfeln!«

»Sehr gut«, sagte Sesturo. »Musketiere sollten arm sein. Es lässt uns härter kämpfen.«

Agnez drehte sich um und sah ihn an, allerdings tat ihr Kopf bei der Bewegung wieder weh. »Ich werde gewinnen«, verkündete sie. »Ich wünsche Euch einen schönen Tag, Ser Sesturo, Ser Franzonne. Bis wir uns morgen früh wiedersehen.«

Sie verbeugte sich tief vor beiden, schwankte beträchtlich, als sie sich wiederaufrichtete, sammelte sich einen Moment und schlurfte dann dorthin, wo ihre Handschuhe, ihr Umhang, ihr Hut und ihr Degen lagen. Sie machte aus den Sachen ein unhandliches Bündel, stapfte los – und lief genau gegen die Mauer neben der Tür, an der sie dann langsam hinunterrutschte, bis sie fast bewusstlos auf dem Fußboden landete.

»Eine bemerkenswerte Leistung«, sagte Sesturo. Er betrachtete seine Faust. »Ich habe wirklich versucht, nicht zu hart zuzuschlagen.«

»Bringt Ser Descaray zu ihrer Unterkunft«, wiederholte Franzonne.

Die Verweigernden nickten gehorsam, hoben das neueste Mitglied der Musketierinnen und Musketiere der Königin hoch und packten sie mitsamt ihrer Ausrüstung gänzlich unzeremoniell in die Sänfte.

»Wie viele warten noch?«, fragte Sesturo.

»Ein Dutzend«, antwortete Franzonne. Sie sah zu, wie Agnez hinausgetragen wurde. »Wahrscheinlich hat niemand von ihnen irgendwelche Aussichten. Aber Descaray ... die hat als Degenkämpferin großes Potenzial.«

Sieben

Die Universität von Belhalle verteilte sich auf viele Dutzend Gebäude, Höfe und Gärten am linken Ufer der Leire. Vor langer Zeit war sie fast eine Stadt für sich gewesen, umgeben von Ackerland und Weideflächen, und die im Norden und Westen gelegene Hauptstadt konnte nur mit dem Boot erreicht werden. Im Laufe der Jahrhunderte waren Brücken gebaut worden, die den Fluss überspannten, Lutace hatte sich ausgebreitet, und jetzt war die Belhalle komplett eingekreist, eingeschlossen in den Grenzen der Stadtmauern.

Von ihren vielen Gebäuden war die Rotunda das bekannteste. Ihre mit erheblicher Unterstützung von Engeln gebaute große Kuppel aus Glas und Kupfer war auf viele Meilen das sichtbarste Wahrzeichen. Sie beherbergte die beste Symbolmacherwerkstatt von Sarance, vielleicht der ganzen bekannten Welt. Im Licht der riesigen Scheiben der Kuppel standen hier von der Mitte bis zum äußersten Rand des Raums Werkbänke in konzentrischen Ringen dicht beieinander, alles in allem mehr als vierhundert. Die im äußeren Ring waren für Studenten vorgesehen; je näher zum Zentrum, desto besser das Licht und desto besser oder zumindest älter der Symbolmacher oder die Symbolmacherin.

Mitten im Zentrum der Rotunda stand eine Werkbank, die als die *Probe* bekannt war. Hier, hundertsechzehn Fuß unter dem Scheitelpunkt der Kuppel, präsentierten die Studentinnen und Studenten ihre Abschlussarbeiten, die ihnen, wie sie hofften, Zugang zu den Reihen der Magister und Magistras gewähren würden. Eine Magistra der Belhalle zu sein hieß, als Engelsmagierin ersten Ranges anerkannt zu sein.

Manchmal versammelte sich die Prominenz der Universität

auch aus anderen Gründen bei der Probe, wobei sie mit Ehrfurcht und manchmal auch einer Mischung aus Zynismus und Groll von den versammelten Studentinnen und Studenten an den äußeren Werkbänken beobachtet wurde.

Aber heute waren keine Studierenden da. Die Rotunda war geschlossen worden, und alle Eingänge wurden von Aufsichtsführenden bewacht. Nur sechs Menschen standen um die Probe herum. Die Rektorin, zwei der vier Prokuratoren, der Scholar-Provost und die Universitätsbischöfin. Die sechste Person war eine fröhlich aussehende kleine junge Frau mit dunkelbrauner Haut und nachdenklichen dunklen Augen, die die blaue Robe einer Studentin über etwas trug, das wie die Ledertunika und die Kniehose einer Pferdepflegerin aussah, nicht gerade die typische Kleidung in der Rotunda. Sie hatte einen Holzkohlestift in der Hand, auf der Werkbank vor ihr lagen ein scharfes Symbolmacherinnenmesser und ein Stück steifes Pergament, daneben ein aufgeschlagenes Exemplar des ersten Bandes des fünfbändigen illustrierten Kompendiums der Engel, Marcews *Die Bewohner des Himmels*, ein unerlässliches Referenzwerk für Symbolmacher.

»Du kennst diesen Engel nicht?«, fragte die Rektorin. Sie war eine ernste Frau in den Sechzigern und trug die lange schwarze, safrangelb gesäumte Robe ihres Amtes, die von einem halben Dutzend Symbolbroschen geschmückt war.

Mit »kennen« war gemeint, dass eine Magierin eine Verbindung zu einem Engel hergestellt und entweder schon ein Symbol gemacht hatte, um ihn zu beschwören, oder gerade dabei war, es zu tun. Diese Ausgangskenntnis über ihn herauszubilden dauerte oft Tage oder Wochen, bei den mächtigeren Engeln manchmal sogar Monate oder Jahre. Einen Engel kennenzulernen war ein altbekannter Prozess, der nicht beschleunigt werden konnte.

Das war den meisten Engelsmagiern zumindest immer gelehrt worden.

»Ich kenne ihn nicht, Euer Gnaden«, sagte die junge Frau,

deren Name Dorotea Imsel war. Sie war erst achtzehn, eine Studentin im ersten Jahr an der Rotunda; allerdings hatte sie zuvor an der unbedeutenderen Universität von Tramereine studiert und dort im zarten Alter von sechzehn Jahren tatsächlich ihren Abschluss gemacht. Sie stand jetzt deshalb hier im Zentrum der Rotunda, umgeben von den Koryphäen der Belhalle, weil eine Begabung – oder, wie manche es nannten, ein Trick – untersucht werden sollte, die sie an der Universität von Tramereine gezeigt hatte.

»Ich habe das Buch mit geschlossenen Augen aufgeschlagen, die Seiten aufgefächert und so losgelassen, wie es jetzt daliegt«, sagte der Scholar-Provost. Er trug ebenfalls seine offizielle schwarze Robe, mit Zobel statt mit Gold verbrämt, und sein einziges sichtbares Symbol war eine kleine, in den Knauf seines Dolches eingelassene Kamee, die durch den seitlichen Schlitz in seiner Robe zu sehen war. »Studentin Imsel war noch nicht hier und kann sich auf keinerlei Weise in den Vorgang eingemischt haben. Ich habe keine Engelspräsenz gleich welcher Art gespürt.«

Die anderen betrachteten die aufgeschlagenen Seiten. Auf der linken Seite war die ganzseitige Abbildung eines Seraphs zu sehen, eine menschliche Gestalt mit fleckiger blauschwarzer Haut, den typischen sechs kleinen Schwingen und einem Heiligenschein, der nicht aus goldenem Licht, sondern aus wie zu einem Lorbeerkranz miteinander verwobenen roten Flammen bestand. Auf der rechten Seite stand ein gedruckter Text, mit handgemalten Buchmalereien in Blattgold und Karminrot, meist um den Namen des Engels und den ersten Großbuchstaben des beschreibenden Textes herum.

Dieser Seraph wurde Kameziel genannt, und ihr Bereich war Ärger. Sie wurde üblicherweise angerufen, um Unruhen zu unterdrücken oder einen mordwilligen Menschen zu beruhigen oder, in seltenen Fällen, um eine melancholische Person aus einem Anfall allzu großer Niedergeschlagenheit herauszuholen.

»Sehr gut«, sagte die Rektorin. »Ein Seraph ... solltest du erfolgreich sein, wird der Preis nicht zu hoch sein. Mach wei...«

Bevor sie das Wort »weiter« beenden konnte, wurde sie von einer Störung an den Haupttüren unterbrochen, wo die Aufsichtsführenden zunächst versuchten, jemanden am Betreten der Rotunda zu hindern, und dann – als sie bemerkten, wer es war – zurückwichen und ihr Einlass gewährten.

Dorotea warf einen Blick zum Eingang und wurde zum ersten Mal aus ihrer inneren Ruhe gerissen. Als die Honoratioren der Universität sie über ihre besondere Begabung befragt und dann gewollt hatten, dass sie sie ihnen zeigte, war sie nicht sonderlich beunruhigt gewesen. Eher überrascht, dass sie etwas davon mitbekommen hatten, aber sie hatte sich keine Sorgen gemacht, dass es irgendwelche Probleme mit sich bringen könnte. Es war einfach etwas, das sie tun konnte, und sie hatte es nie für besonders interessant oder schwierig gehalten. Allerdings hatte einer ihrer alten Lehrer sie ermahnt, die Begabung – und manche anderen Dinge, die sie tun konnte – für sich zu behalten, und das hatte sie größtenteils auch getan. Weniger aus Angst oder Vorsicht, sondern einfach nur, weil es ihr nicht wichtig schien und leicht zu vergessen war.

Alles, was Dorotea wollte, war malen und Symbole machen. Sie hatte wenig Interesse, Engelsmagie tatsächlich anzuwenden, oder überhaupt daran, Engel zu beschwören. Sie schuf einfach gerne Symbole. Tramereine und jetzt die Belhalle waren für sie der Idealzustand von allem, was gut war, weil sie den ganzen Tag damit verbringen konnte, entweder zu untersuchen, wie andere Leute Symbole gemacht hatten, oder selbst welche zu erschaffen. Sie musste noch nicht einmal kochen oder putzen, sondern konnte sich voll und ganz ihrer Kunst widmen.

Doch jetzt wurde Dorotea mit einiger Verzögerung klar, dass ihr gesegnetes Dasein durch dieses neue Interesse an ihrer besonderen Begabung – zumindest an der einen, von der sie wussten – bedroht sein könnte. Die Autoritäten der Universität waren eine Sache. Die Frau, die durch den Gang zwischen den Werkbänken auf sie zugeschritten kam, war eine ganz andere. Selbst das Klirren ihrer Sporen und das Klappern der Scheide ihres Rapiers gegen die Rückseite ihres linken Oberschenkels wirkten bedrohlich.

Sie war sehr groß, und unter dem Hut mit der breiten Krempe und der roten Feder quollen dunkle Haare hervor. Ihr Gesicht war entschlossen, die Augen dunkel und kalt. Eine lange Narbe zog sich von ihrer Stirn bis hinunter zu ihrem Kiefer und teilte ihr linkes Auge – ein Hinweis darauf, dass sie ohne den Eingriff eines Engels ein Auge verloren hätte und eine Augenklappe tragen müsste. Ihre Haut hatte die Farbe einer tiefgoldenen Birne, und die Narbe war eine dünne weiße Linie, als hätte jemand eine solche Frucht aufgeschlitzt und sie dann in einem nicht erfolgreichen Versuch, den Schnitt zu verbergen, wieder zusammengedrückt.

Auch wenn diese gefährlich aussehende Frau nicht den Wappenrock der Pursuivants der Kardinalin mit dem Wappen des Erzengels trug, verrieten ihr scharlachrotes Wams und die Plakette an ihrem Hutband – die Ashalaels goldene Schwingen zeigte, überragt von einer gekrönten Mitra, das Siegel der Kardinalin von Sarance –, wem ihre Loyalität galt. Ihr Rang wurde durch ihre goldene Schärpe angezeigt; ihre Fähigkeiten als Engelsmagierin durch die vielen Symbolringe, die sie trug, unterstützt von anderen in Form von Broschen und Gürtelplaketten, wobei Letztere teilweise von ihrer Schärpe verdeckt wurden.

Dorotea spürte, wie ihre beiden eigenen schwachen Symbole zitterten und bebten, als die Frau näher kam, wie sie es schon bei einem der Symbole der Rektorin getan hatten. Ihre Symbole waren nur die von Dramhiel und Horcinael, beides Seraphim mit einem sehr begrenzten Bereich. Die geringen Fähigkeiten Dramhiels, das Blut zu säubern und zu klären, waren unter anderem nützlich, wenn man einen Kater hatte.

Horcinaels Bereich war die Grenze zwischen flüssig und fest, daher wurde er oft von Symbolmacherinnen und Symbolmachern benutzt, um die Aufbereitung von Oberflächen mit Gesso zu beschleunigen.

Sie würden angesichts von so ziemlich jedem anderen Engel verzagen, aber auch wenn dem so war, vermutete Dorotea, dass diese gerade aufgetauchte Frau in Diensten der Kardinalin Symbole einer Gewalt, wenn nicht gar eines Fürstentums trug. Und in Anbetracht dessen war sie wahrscheinlich nicht in den Dreißigern, wie es den Anschein hatte, sondern jünger, vorzeitig gealtert durch die Macht der Engel, derer sie sich bediente.

Dorotea hatte diese Frau noch nie zuvor gesehen, aber sie wusste genau, wer sie war. Es gab viele Studentinnen und Studenten an der Belhalle, die sie – entsprechend ihren politischen Überzeugungen und Zielen – entweder verehrten oder dämonisierten.

Sie war Rochefort. Kapitänin der Pursuivants in Diensten von Kardinalin Duplessis.

»Ich hoffe, ich komme nicht zu spät«, sagte Rochefort, als sie bei der kleinen Gruppe ankam, den Hut abnahm und sich vor der Rektorin verbeugte.

»Nein«, erwiderte die Rektorin knapp und neigte leicht den Kopf, während die anderen sich verbeugten. Dorotea war sorgsam darauf bedacht, sich sehr tief zu verbeugen. »Das hängt davon ab, warum Ihr hier seid, Kapitänin. Wünscht die Kardinalin meine Anwesenheit?«

Rochefort setzte den Hut wieder auf und strich die Krempe glatt. »Nein, Madame Rektorin«, antwortete sie. »Ich bin genau wie Ihr hier, um den Trick – so wurde es zumindest bezeichnet, wie ich glaube – einer neuen Symbolmacherin zu beobachten. Du bist Dorotea Imsel, nehme ich an? Ehemals an der Universität von Tramereine und davor Darroze? Tochter von Genia Imsel, der Vater offiziell unbekannt, aber inoffiziell und im Distrikt wohlbekannt als Destrange, Graf von Darroze?«

»Das bin ich, Ser«, antwortete Dorotea und verbeugte sich erneut. »In allen Einzelheiten.«

»Deine Mutter ist als Symbolmacherin erster Ordnung bekannt«, sagte Rochefort kalt – die Höflichkeit, die in ihren Worten mitzuschwingen schien, zeigte sich nicht in ihrem Tonfall. Was sich bestätigte, als sie fortfuhr: »Wohingegen dein Vater es nicht ist.«

Dorotea runzelte die Stirn; sie war sich nicht sicher, ob das als Beleidigung gedacht war. Ihr Vater genoss trotz seines Titels kein hohes Ansehen, wurde bestenfalls als freundlicher, gut aussehender Idiot betrachtet. Sogar von Dorotea und ihren Halbgeschwistern. Ihre Mutter lachte nur, wenn Dorotea sie fragte, wie es dazu gekommen war, dass sie ein Kind von Destrange bekommen hatte, und sagte, sie könne es sich selbst nicht erklären. Sie hatte eine Vorliebe für gut aussehende, nicht allzu kluge Männer, hatte aber mit keinem von den anderen ein Kind oder eine längere Beziehung gehabt.

»Bitte fahr fort, Studentin Imsel«, sagte die Rektorin, die sich in ihrer Universität nicht einschüchtern lassen wollte, noch nicht einmal von der Frau, die die rechte Hand der Kardinalin war.

»Ich werde es versuchen, Ser«, antwortete Dorotea schulterzuckend. Die Mahnung ihres alten Lehrers war in ihren Gedanken jetzt sehr präsent. »Es … Ich kann es nicht immer tun.«

»Fang an«, kommandierte die Rektorin.

Dorotea nickte und starrte die Illustration an, ließ ihre Augen den Fokus verlieren und versuchte, das Bild in seiner Gänze aufzunehmen, mehr das Gefühl als die eigentliche visuelle Darstellung. Zur gleichen Zeit begann sie den Namen des Engels zu denken, aber auf die besondere Weise, die sie entwickelt hatte, bei der es sich anfühlte, als ob jemand anderes ihn rief und sie lediglich wiederholte, was diese unsichtbare Präsenz sagte. Es war ein bisschen verrückt, das wusste sie, und möglicherweise ein Anzeichen eines aufkommenden größeren

Wahnsinns, allerdings war es eine Technik, ein Trick, den sie kontrollierte. Es geschah niemals ohne ihre bewusste Anweisung, und es funktionierte auch nicht ohne visuelle Darstellung.

»Kameziel. Kameziel. Kameziel.«

Sie spürte die beginnende Manifestation eines Engels dicht bei ihr, das Schwirren von sechs Schwingen, eine warme Brise, die in ihrem Gesicht prickelte. Die anderen spürten es auch und wechselten rasche Blicke; einige waren beeindruckt, andere besorgt.

Dorotea gab nicht zu erkennen, dass sie den Engel tatsächlich gewissermaßen *sehen* konnte, genauso wie sie seine Präsenz hören und spüren konnte. Dies war noch etwas, das – wie sie vor langer Zeit gelernt hatte – nicht üblich war und daher am besten geheim bleiben sollte. Ihre Hand zuckte, und sie begann zu zeichnen, der Holzkohlestift bewegte sich rasch über das Papier, sein leises Kratzen das einzige Geräusch. Die Umstehenden verhielten sich vollkommen still. Sie konnten die Immanenz des Engels ebenfalls spüren, obwohl Dorotea kein Symbol berührt hatte.

Die Präsenz wurde aber nicht zu einer vollständigen Manifestation. Doroteas Zeichnung zeigte erkennbar Kameziel oder zumindest eine schnell gezeichnete Kopie der weit besser umgesetzten üblichen Darstellung im Buch. Auch wenn dies ganz und gar nicht das war, was Dorotea sah.

Sie ließ den Holzkohlestift los, nahm das Messer und schnitt eine kleine Kerbe in ihren Handrücken, dicht bei den vielen kleinen weißen Narben von den früheren Schnitten. Blut quoll heraus, und genauso schnell, wie sie den Holzkohlestift benutzt hatte, zeichnete Dorotea das Symbol erneut, dieses Mal mit einem feinen Pinsel, malte Blut über die Linien aus Holzkohle, das Schwarz trank das Rot.

Um ein Symbol zu fixieren, wurde Blut benötigt.

Und die ganze Zeit rief sie in ihrem Kopf den Namen des Engels.

Kameziel. Kameziel. Kameziel. Kameziel.
Da war ein Schlagen vieler Schwingen, das Geräusch einer angeschlagenen Harfe, und Kameziel zeigte ihre Zustimmung, bevor sie verschwand. Obwohl Doroteas Symbol viel gröber war, als ein Symbol jemals sein sollte, und auch viel hastiger gemacht, wurde es als gelungen beurteilt, und der Engel würde darauf antworten.

Dorotea sank keuchend zu Boden und drückte ihren Zeigefinger auf den Schnitt, um die Blutung zu stillen. Sie blickte auf und sah, dass die anderen ihr Werk inspizierten. Alle runzelten die Stirn, aber Rochefort runzelte sie am stärksten, wobei sich die Narbe auf ihrem Gesicht nicht bewegte, wenn sich ihre Stirn in Falten legte.

»Ihre Eminenz hat mich instruiert, dass Studentin Imsel, sollte sie ihre ... Begabung beweisen ... zu ihrem eigenen Schutz in die Sternfestung gebracht werden soll.«

Sie griff in den Ärmel ihres Mantels, zog eine eng zusammengerollte Pergamentrolle heraus und überreichte sie der Rektorin, die sie zögernd entrollte und dann rasch las.

»Es tut mir leid«, sagte sie und reichte Dorotea das Papier. »Es ist ein bestätigter Haftbrief.«

»Ein was?«, fragte Dorotea.

»Du wirst Gast Ihrer Eminenz sein«, erklärte Rochefort.

»Ich verstehe nicht«, sagte Dorotea. Sie mühte sich auf die Beine, hielt sich am Tisch fest; in ihrem Kopf drehte sich alles. »Es ist einfach nur ein Trick, Ser. Oft funktioniert es nicht. Dies ist erst das vierte ... fünfte Mal, dass ich es geschafft habe. Was haben Kuriositäten beim Symbolmachen mit der Kardinalin zu tun?«

»Wie ich sehe, bist du keine Geschichtsstudentin, noch nicht einmal auf deinem eigenen Gebiet«, sagte Rochefort. Mit einer in einem scharlachroten Lederhandschuh steckenden Hand deutete sie auf die Haupttür. »Eine Kutsche wartet auf uns.«

»Meine Arbeit ... meine Pinsel und Werkzeuge, meine Bücher, meine Kleider ...«

»Alles Notwendige wird beschafft werden«, sagte Rochefort. »Komm. Auf mich warten noch andere Aufgaben.«

»Was meint Ihr damit, dass ich keine Geschichtsstudentin bin?«, fragte Dorotea. Sie ließ den Tisch los und machte ein paar vorsichtige Schritte in Richtung Tür. Rochefort antwortete nicht, schritt davon, wobei die Scheide wieder gegen ihren Oberschenkel schlug und die Sporen klirrten. Dorotea warf dem Stab der Universität einen flehenden Blick zu.

Alle außer der Rektorin sahen weg.

»Du bist nicht die erste Person, die diese … äh … diese Begabung zeigt«, sagte die Rektorin. Sie zögerte. »Jene, die sie in der Vergangenheit gezeigt haben, haben nicht … haben sie nicht immer klug genutzt, und manchmal ist es das erste Anzeichen von anderen Fähigkeiten gewesen, die auch am besten nicht benutzt werden. Aber ich bin mir sicher, alles wird gut, Kind, und du wirst beizeiten zu uns zurückkehren.«

Sie klang, als versuchte sie, sich selbst zu überzeugen. Dorotea überzeugten ihre Worte jedenfalls nicht. Sie nickte und ging weiter, konzentrierte sich darauf, einen Fuß vor den anderen zu setzen und das Gleichgewicht nicht zu verlieren. Das grobe Symbol zu zeichnen hatte sie wie immer erschöpft, aber sie war auch damit beschäftigt, diese unerwartete Veränderung ihrer Situation zu verarbeiten und was das alles für ihre verschiedenen in Arbeit befindlichen Sachen bedeuten würde. Sie hatte mehrere teilweise vollständige Symbole und half auch ein paar Mitstudentinnen bei ihren Arbeiten. Was würde mit ihnen geschehen?

»Komm, Mädchen! Schneller!«, rief Rochefort vom Eingang. Die Aufsichtsführenden hielten die Türen auf, und Dorotea konnte sehen, dass draußen andere Leute warteten, in scharlachroten Wappenröcken und mit scharlachroten Hüten mit roten Federn; das Licht spiegelte sich in Rapiergriffen und silbern ziselierten Pistolen. Es schien, als wartete da draußen ein ganzer Trupp Pursuivants, Dutzende von ihnen.

Immer noch erschöpft, stolperte Dorotea zur Tür. Sobald

sie nach draußen trat und ins Sonnenlicht blinzelte, schlossen die Aufsichtsführenden die großen, eisenbeschlagenen Eichentüren hinter ihr, als wollten sie ihre Verbannung damit zusätzlich betonen. Pursuivants packten ihre Arme. Eine zupfte die Symbolbrosche von ihrer Robe, zog ihr den Ring mit der Kamee von Horcinael vom Finger und ihr Essmesser aus der Scheide. Sie machte es geschickt, ohne Gewalt, aber es war trotzdem beängstigend.

»Eine Vorsichtsmaßnahme, weiter nichts«, sagte Rochefort. Aber sie sah Dorotea nicht an. Stattdessen glitt ihr kalter Blick über die Menge aus Studierenden, Gelehrten und Bediensteten der Universität sowie anderen, die auf der Südseite der breiten Durchgangsstraße herumlungerten, die von der Rotunda zurück zur Derrecault-Brücke führte. Die Leute waren natürlich neugierig und wollten sehen, was nicht nur die Pursuivants hergeführt hatte, sondern auch eine der roten, gelbrädrigen Kutschen der Kardinalin, die von sechs grauen Pferden mit scharlachroten Geschirren gezogen wurde. Und auch Rochefort …

Inmitten der blauen Roben von Gelehrten und Studierenden und der dunkleren Farbtöne der Kleidung der gewöhnlichen Dienerschaft befand sich ein Klumpen Grau – eine Gruppe aus vier Verweigernden, die umso mehr auffielen, da niemand dicht bei ihnen stehen wollte. Es war ungewöhnlich, Verweigernde zu sehen, die einfach nur irgendwo herumstanden und zuschauten; normalerweise huschten sie beständig hin und her, um ihre ausnahmslos untergeordneten Aufgaben zu erledigen.

Dorotea besaß das Auge einer Künstlerin und erkannte die Verweigernden sofort, konnte ihre Züge trotz ihrer Kapuzen und Kappen und einer Halbmaske ausmachen, wobei Letztere zweifellos irgendwelche Entstellungen verbergen sollte. Die vier da drüben hatten die ganze Woche lang die Hecken außerhalb ihrer Räume gestutzt, aus der Arbeit vielleicht mehr als nötig gemacht. Und obwohl es entlang der Durchgangsstraße keine Hecken gab – eigentlich nirgends in der Nähe der Rotunda –, trugen sie immer noch ihre langen Heckenmesser. Ein anderer Pursuivant neben Rochefort sah, dass sie die Verweigernden anstarrte. Auf ein Fingerschnippen der Kapitänin hin begann er auf die Gärtner zuzugehen, die Hand am Degengriff. Aber noch ehe er drei Schritte gemacht hatte, hatten sie sich abgewandt, gingen anfangs nur rasch und rannten dann, mischten sich unter die Studierenden und empörten Magister und Magistras, hielten auf die Gasse zwischen dem Torhaus der Sankt-Antony-Fakultät und den Stallgebäuden der Universität zu.

»Stehen geblieben, im Namen der Kardinalin!«, brüllte der Pursuivant und zog eine langläufige Pistole. Aber er schoss nicht, denn die Verweigernden waren schon zu tief in die Menge eingetaucht. Binnen Sekunden waren sie außer Sicht.

»Sollen wir sie verfolgen?«, fragte der Pursuivant drängend. »Reiter zum Gelände hinter Sankt Antonys schicken?«

»Nein«, sagte Rochefort. »Mach den Scholar-Provost darauf aufmerksam, dass sich hier ein paar Leute des Nachtkönigs herumgetrieben haben. Die zweifellos einen Raub oder etwas in der Art geplant haben. Die Große ... trotz der Kapuze ... war ziemlich sicher Griselda, die die Bettlerinnen und Taschendiebe am Demarten-Platz beaufsichtigt. Benachrichtige Debepreval und die anderen Leutnants der Wache; sie sollen sie festnehmen, wenn sie dort auftaucht, und mir Bericht erstatten.«

»Ja, Ser.«

Rochefort richtete ihre Aufmerksamkeit wieder auf Dorotea. »Komm. Unsere Kutsche wartet. Und hör auf zu zittern.«

»Ich zittere nicht vor *Angst*«, sagte Dorotea überrascht. »Es kommt nur vom Symbolmachen. Es zehrt viel mehr an mir als eine Beschwörung. Wenn auch nur vorübergehend. Es scheint nicht die gleichen Langzeiteffekte zu haben ...«

Rochefort sah sie mit verengten Augen an.

Dorotea erwiderte den Blick nicht. Sie dachte über die Auswirkungen des Symbolzeichnens nach, wie sie den Prozess nannte. Er brachte sie dazu, sich unverzüglich müde zu fühlen, aber es gab keinerlei Hinweise darauf, dass er sie auf die gleiche Weise altern ließ, wie eine Beschwörung es tun würde. Obwohl sie es noch nicht mit einem mächtigen Engel versucht hatte. Wie auch immer, es war vermutlich am besten, wenn sie die Technik nicht wiederholte, es sei denn, es wäre absolut notwendig.

»Du bist ungewöhnlich«, sagte Rochefort schließlich. »Die meisten Menschen, die ich zum Turm der Sternfestung mitnehme, zittern nicht nur.«

»Hmmm, was war das?«, fragte Dorotea, die geistesabwesend gewesen war. Sie hatte nur das Wort »Sternfestung« gehört.

Sie versuchte, sich daran zu erinnern, was sie über die Sternfestung gehört hatte. Der Begriff war ein paarmal in Gesprächen aufgetaucht, als sie anfangs nach Lutace gekommen war, aber Dorotea hatte dem Thema keine Aufmerksamkeit geschenkt. Auch wenn sie sich schlagartig an das Wesentliche erinnerte: Gefangene, die in die Sternfestung gingen, kehrten niemals wieder zurück.

»Ich habe gesagt, die meisten Menschen, die ich zur Sternfestung mitnehme, zittern nicht nur«, sagte Rochefort. »Vor allem diejenigen, die in den eigentlichen Turm kommen.«

»Oh«, bemerkte Dorotea. »Das nehme ich an. Deluynes ist dort hingebracht worden, oder?«

Averil Deluynes war die Favoritin der Königin gewesen, aber sie war von der Kardinalin als jemand entlarvt worden, der im Sold des Atheling von Albia stand, dem sie viele private Briefe der Königin verkauft hatte.

»Eine Zeit lang«, antwortete Rochefort.

Dorotea erinnerte sich jetzt. Tief im Innern des Felsens, auf dem der Turm erbaut worden war, gab es eine Höhle, in der sich ein Henkersblock befand. Ein uralter Baumstumpf aus Eiche, von Engelsmagie so gehärtet, dass er wie Eisen war. So mancher Hals hatte dort geruht und auf den Hieb der Axt gewartet.

Oder eines Schwertes, wenn man wie Deluynes adlig war. Obwohl es hieß, sie hätte den Kopf gehoben und nicht nur kopflos geendet, sondern auch in mehreren Teilen, da der Henker die Fassung verloren und wild drauflosgehackt hatte.

»Ich verstehe wirklich nicht, *aus welchem Grund* ich verhaftet werde«, sagte Dorotea stirnrunzelnd. »Das alles kommt mir sehr willkürlich vor.«

»Die Kardinalin ist natürlich besorgt über alle, die eine Begabung aufweisen, wie du sie gezeigt hast«, erwiderte Rochefort, die Dorotea am Ellbogen packte, um sie in die Kutsche zu dirigieren. Ihr Griff war hart, stark genug, um blaue Flecken zu hinterlassen, aber sie ließ nicht locker. »Du wirst zu deinem eigenen Schutz festgehalten. Du bist nicht verhaftet.«

»Das ist sicher so ziemlich das Gleiche«, sagte Dorotea, als sie auf dem Sitz Platz nahm, dankbar dafür, dass er ein bisschen gepolstert war, im Gegensatz zu den nackten Brettern des Fuhrwerks, das sie auf dem ganzen Weg von Tramereine bis Lutace durchgeschüttelt hatte. »Diese Kutsche ist sehr bequem.«

Rochefort sah sie misstrauisch an, als vermutete sie, dass ihre Aussage sarkastisch gemeint war.

»Mir ist gerade klar geworden, dass ich die Sternfestung noch nie aus der Nähe gesehen habe«, fügte Dorotea hinzu. »Natürlich, ich habe den Turm aus der Ferne gesehen. Als ich hier angekommen bin, habe ich mir einen halben Tag freigenommen, um die Sehenswürdigkeiten zu besichtigen. Auf einer Rundfahrt für neue Studentinnen und Studenten. Aber wir sind nicht nördlich der Mutterbrücke gewesen. Wir haben Ashalaels Tempel gesehen, den Palast der Königin und das Haus des Königs, das Stadtgefängnis … ich vergesse immer, wie es genannt wird …«

»Flussrand«, half Rochefort ihr aus. Sie sah Dorotea immer noch an, wirkte jetzt aber eher verwirrt als misstrauisch.

»Ja, Flussrand. Ich habe mir gedacht, dass es ziemlich feucht aussieht.«

»Das ist es«, sagte Rochefort. »Aber die meisten Menschen würden es dennoch vorziehen, dort und nicht im Turm zu sein.« Sie schlug mit der flachen Hand gegen das Dach der Kutsche. Einen Augenblick später rollte das Gefährt los.

Dorotea gähnte. Das Symbol zu skizzieren hatte sogar noch mehr von ihr gefordert, als sie gedacht hatte. Sie rollte sich in einer Ecke zusammen und schlief sofort ein.

Rochefort schüttelte leicht den Kopf, als könnte sie nicht glauben, was sie sah. Eine Gefangene, die mittels eines Haftbriefs zum Turm der Sternfestung gebracht wurde – was bedeutete, dass es keine Gerichtsverhandlung geben würde, aber möglicherweise lebenslänglich Gefängnis –, schlief einfach ein, als würde sie nichts auf der Welt kümmern!

Acht

»Du sagst, die Trägerin im Hospital hatte eine kleine Armbrust?«, fragte die Leutnantin der Stadtwache, eine hartgesottene, blässliche Frau mit misstrauischen Augen; ihr geschwärzter Kürass war verbeult, und ihre blaue und cremefarbene Jacke und die ebenso gefärbte Kniehose zeigten ebenfalls deutliche Anzeichen von Verschleiß. Sie hatte ihre Halbhellebarde an die Wand gelehnt, tätschelte aber immer wieder den Schaft, als wollte sie sich vergewissern, dass sie auch tatsächlich bei der Hand war.

»Ja ... ja, das stimmt«, antwortete Simeon. »Der andere hatte ein Hackbeil. Sie haben mir gesagt, ich soll wegrennen. Ich bin aus der Tür, und dann habe ich hinter mir Schreie gehört ... ich bin mir nicht sicher, ob es jemand von ihnen ... oder ... oder das Scheusal war.«

»Das Scheusal, das in einer Kiste mit Eis war, die von Malarche hierhergeschickt wurde?«

»Ja«, antwortete Simeon. »Das hat der Magister mir zumindest erzählt. Und das Eis war geschmolzen und das Scheusal nicht tot.«

»In dem Raum war keine Kiste«, sagte die Leutnantin. »Kein Scheusal, keine merkwürdigen Krankenhausträger mit oder ohne Armbrust. Kein Magister Delazan. Nur eine Menge Blut auf dem Boden und das hier.«

Sie hielt die beiden Hälften des Papiers hoch, das erklärte, dass die Kiste das Eigentum des Ordens von Ashalael war und ohne die Erlaubnis des Prinzbischofs von Malarche, dessen Wachssiegel auf der unteren Hälfte prangte, nicht geöffnet werden durfte. Das Siegel war zersprungen und gebrochen.

»Du hast gesagt, du hast die Kiste aufgemacht?«, fragte die Leutnantin.

»Ja«, antwortete Simeon – und fügte, als er die Falle bemerkte, schnell hinzu: »Auf direkte Anweisung von Magister Delazan. Ich habe ihn gefragt, ob wir nicht einen Geistlichen von Ashalael holen sollten …«

»Aber du hast sie aufgemacht?«

»Ja«, antwortete Simeon. »Wie ich gesagt habe, erst als Magister …«

»Da dies das einzige Verbrechen ist, das ich durch dein eigenes Geständnis definitiv beweisen kann, verhafte ich dich, Simeon MacNeel, wegen Entwürdigung eines offiziellen Dokuments und auch um im Hinblick auf den möglichen Mord an Magister Delazan befragt zu werden …«

»Was?«, brüllte Simeon. Er richtete sich zu seiner vollen, beeindruckenden Größe auf. »Ich habe Euch gesagt, was passiert ist!«

Die Leutnantin machte einen Schritt zurück, schnappte sich ihre Halbhellebarde. Ihr Sergeant stand näher bei Simeon und hob seine eigene Hellebarde, die nicht die goldenen Quasten aufwies, mit denen die kleinere Waffe der Leutnantin geschmückt war.

Simeon warf einen Blick auf die lange, rostige Klinge der großen Hellebarde und setzte sich wieder auf seine Bank. Er war seit fünf Stunden in dieser Zelle – einer von mehreren, die das Hospital für widerspenstige Patientinnen oder Patienten benutzte –, und in dieser Zeit war alles nur immer schlimmer geworden.

»Lass mich das abschließen«, sagte die Leutnantin gereizt. »Da das durch dein Geständnis bewiesene Vergehen gegen den Orden von Ashalael gerichtet war, ist es Sache des Tempels. Wir werden dich den Pursuivants der Kardinalin übergeben, und *sie* werden den Rest deiner Geschichte klären, und das gilt auch für den Mord an Magister Delazan – oder was auch immer sonst mit ihm passiert sein mag. Ich habe keinen

132

Zweifel daran, dass deine Geschichte von vorne bis hinten erlogen ist, aber glücklicherweise brauche ich sie nicht weiter zu untersuchen.«

Mit diesen Worten setzte sie ihren Helm wieder auf und verließ die Zelle; ihr Sergeant zog sich vorsichtiger zurück, behielt Simeon dabei die ganze Zeit im Auge. Erst als er im Eingang war und Simeon immer noch auf seiner Bank hockte, drehte er sich um und schoss nach draußen, schloss die schwere Eichentür hinter sich und legte den Riegel vor.

Ein paar Minuten später hörte Simeon, wie der Riegel wieder gehoben wurde. Er drückte den Rücken gegen die Wand und streckte die Beine aus, wollte deutlich machen, dass er trotz seiner Größe keine Bedrohung war. Er wollte mit den Pursuivants der Kardinalin keinen Ärger haben.

Allerdings kam keine Offizierin und kein Beamter der Kardinalin herein, sondern der alte Magister Foxe, der Dekan, der für alle Studenten im ersten Jahr im Hospital zuständig war. Er stammte aus Albia, war aber vor so langer Zeit nach Sarance gekommen, dass es leicht war, seine Herkunft zu vergessen, abgesehen davon, dass er gelegentlich in seine Muttersprache verfiel, wenn er aufgeregt oder aufgebracht war.

Auch jetzt murmelte er etwas, das Simeon nicht verstand, fuchtelte dabei wild mit den Armen – entweder vor Wut oder vor Aufregung – und zerrte an seinem Bart, der zwar lang, aber dünn und schäbig war. Schließlich wurde Foxe klar, was er da machte, und er wechselte zurück zu Sarancesisch.

»Ist dir klar, was du getan hast, MacNeel?«

»Nein, Ser«, erwiderte Simeon. »Ich habe lediglich Magister Delazan gehorcht, so wie Ihr es uns immer aufgetragen habt.«

»Sei nicht unverschämt«, blaffte Foxe. »Du hast die Aufmerksamkeit der Kardinalin auf das Hospital gelenkt, und das ist etwas, das wir nicht wollen. Wir wollen es nicht, hörst du?«

»Ich will es auch nicht«, sagte Simeon. »Aber wirklich, Magister, ich habe nichts …«

»Still!«, brüllte Foxe. »Hör zu. Sprich nicht. Das ist auch etwas, das ich euch Studenten andauernd sage. Hör zu!«

»Ich höre zu, aber ...«

»Hör zu! Wir wollen die Aufmerksamkeit der Kardinalin nicht.«

»Das habt Ihr bereits gesagt ...«

»Wir wollen sie nicht. Und wir werden sie auch nicht haben, denn ab diesem Augenblick bist du kein Student des Hospitals mehr. Nein, seit gestern. Ich werde die Akten entsprechend korrigieren.«

»Aber das könnt Ihr nicht tun«, protestierte Simeon. »Ich *bin* ein Student! Ich habe eine Kopie meines Ausbildungsvertrags; meine Eltern haben die Gebühren bezahlt ...«

»Kein Student!«, brüllte Foxe. »Keiner von uns! Wir werden das Geld deinen Eltern zurückgeben. Der Vertrag wird zerrissen werden!«

»Ihr könnt noch nicht einmal das tun«, sagte Simeon. »Das ist der Grund, warum wir beide eine Kopie davon haben. Und warum wollt Ihr das überhaupt tun? Die Pursuivants werden mich freilassen. Alles, was ich der Leutnantin der Wache gesagt habe, ist wahr.«

»Du bist ein Störenfried! Ein ganz schlauer, und Delazan war ein Idiot. Es ist am besten, wenn wir euch beide los sind. Ich habe den Rückhalt der Versammlung der Magister und Magistras. Ich werde nicht weiter darüber diskutieren. Du musst das Hospital unverzüglich verlassen!«

»Ich bin ein Gefangener, Schwachkopf!«, rief Simeon. »Und ich warte darauf, von den Leuten der Kardinalin abgeholt zu werden!«

Simeon war jetzt furchtbar wütend und stand auf. Das reichte, um Foxe zum Eingang zurücktrippeln zu lassen, wo er beinahe mit einer sehr großen, dunkelhaarigen Frau mit narbigem Gesicht zusammenstieß, die ihn mit Leichtigkeit mit einer in einem scharlachroten Handschuh steckenden Hand beiseiteschob. Foxe kreischte auf und öffnete schon den Mund zu einer scharfen Entgegnung, doch dann schloss er ihn wieder und verbeugte sich unbeholfen.

Auch Simeon verbeugte sich, sowohl vor dem scharlachroten Wappenrock, der goldenen Schärpe und der Plakette am roten Hut als auch vor der Frau, die diese Sachen trug. Er wusste, dass sie eine hohe Offizierin der Kardinalin sein musste. Ganz zu schweigen von der bedrohlichen Atmosphäre, die sie umgab, der Art und Weise, wie ihre langen, in rotes Leder gehüllten Finger – einige davon mit Kamee-Symbolringen geschmückt – leicht das Heft ihres Degens streichelten. Diese Frau würde die lange Klinge binnen eines Augenblicks ziehen und jemandem ins Herz stoßen, wenn sie das für notwendig hielt, dessen war Simeon sich sicher. Und dann waren da ja noch die beiden silbern ziselierten Pistolen in ihrem Gürtel und ihre Symbole …

»Oh, Kapitänin Rochefort!«, sagte Foxe und verbeugte sich erneut. »Ich bin Doktor-Magister Foxe, und ich versichere Euch, dieser Mann ist *keiner* von unseren Studenten. Was auch immer er getan haben mag, hat er auf eigene Faust getan.«

»Das habe ich gehört«, erwiderte Rochefort. »Aber Eure Aussage wird durch die Tatsache widerlegt, dass er ein Student *ist*, Magister. Ihre Eminenz sucht nach Wahrheiten, nicht nach Fantasien. Wir wünschen, dass dieser junge Mann mit uns kommt und uns seine Geschichte erzählt, und wir werden sie überprüfen. Sollte sich herausstellen, dass er die Wahrheit sagt – was, wie ich vermute, der Fall sein wird –, was dann?«

»Was?«, rief Foxe. »Dieser ganze Unsinn über ein Scheusal und Krankenhausträger mit Armbrüsten, ohne dass irgendetwas davon gefunden wurde … und Delazans Verschwinden?«

»Die ziemlich unzureichend aufgewischten Flecken auf dem Boden des … äh … alten Tiegelraums sind eine Mischung aus dem besonderen Aschblut eines Scheusals, vermengt mit einem ziemlich großen Anteil von menschlichem Blut des inzwischen zweifellos toten und möglicherweise nicht sonderlich betrauerten Delazan«, sagte Rochefort. Sie drehte ihre Hand, inspizierte einen der Symbolringe und achtete nicht weiter auf Foxe. »Man sollte meinen, dass ein ganzes Krankenhaus voller Doktor-Magister und -Magistras das bemerkt hätte.«

Foxe schluckte, und seine Lippen zitterten.

Rochefort wandte sich an Simeon. »Kommt, Doktor Simeon MacNeel. Wir müssen das genauer untersuchen, aber ich gehe fest davon aus, dass Ihr am morgigen Tag wieder hierher zurückgekehrt sein werdet. Unbeschadet.«

»Davon bin ich ebenfalls ausgegangen«, sagte Simeon, was nicht unbedingt der Wahrheit entsprach.

Er strich seinen langen Mantel glatt, reckte das Kinn und folgte Rochefort aus der Zelle; Foxe, der immer noch schluckte, weil er fürchtete, sonst die boshaften Worte auszuspucken, die sich zweifellos in seiner Kehle formten, blieb hinter ihnen zurück.

Unweit des Haupttors des Hospitals warteten mehrere Pursuivants, aber Rochefort trat nicht auf die breite, nach der Königin benannte Straße hinaus. Stattdessen führte sie Simeon den Pfad an der Krankenhausmauer entlang, der hinunter zum Fluss führte. Die Pursuivants schlossen sich ihnen an.

»Gehen wir nicht zum Palast der Kardinalin?«, fragte Simeon. Der Palast war nicht weit entfernt, zu Fuß vielleicht zwanzig Minuten, wenn man flott ging und auf den Straßen nicht allzu viel los war.

»Nein«, antwortete Rochefort. »Wir gehen zur Sternfestung.«

»Oh«, murmelte Simeon. Er hatte plötzlich ein flaues Gefühl im Magen.

»Ich habe gemeint, was ich gesagt habe«, fügte Rochefort hinzu. »Eure Geschichte klingt in Anbetracht dessen, was wir über Delazan und seine Spielschulden wissen, plausibel. Es ist zwar ungewöhnlich, ein Scheusal zu benutzen, um ihn zu töten, aber keineswegs beispiellos. Der Trick besteht darin, einen Verweigernden in eine Kiste zu packen, einen Engel dazu zu zwingen, auf ihn einzuwirken – was nicht einfach ist –, und zu hoffen, dass am Ende ein Scheusal und nicht ein Haufen Asche dabei herauskommt. Das ist schwierig und teuer und wird wahrscheinlich mehrere Male fehlschlagen, bis es klappt – aber heilsam. Überall, wo Delazan sich gerne aufgehalten hat, hat die Geschichte sich bereits herumgesprochen, und ich bin mir sicher, dass ein paar andere überfällige Schulden plötzlich bezahlt worden sind. Ich bin mir noch nicht ganz sicher, was der als Trägerin und Träger maskierte Nachttrupp damit zu tun hat oder warum sie Euch hätten retten sollen. Vielleicht haben zwei von Delazans Gläubigern unabhängig voneinander geplant, ihn zu töten, der eine auf eine etwas raffiniertere Weise, und die beiden Pläne haben sich überschnitten.«

Sie gingen einige Minuten schweigend weiter, verließen den an der Mauer entlangführenden Pfad und nahmen die Treppe hinunter zur Anlegestelle des Hospitals, einem ziemlich wackligen Steg, der hinaus in die Leire ragte. Dort lag eins der Prunkschiffe der Kardinalin, ein langes, schweres Boot, das auf beiden Seiten von einem Dutzend scharlachrot gekleideter Matrosen gerudert wurde. Zwei weitere Pursuivants warteten auf dem Steg, beobachteten den Verkehr auf dem Fluss, und nochmals zwei befanden sich an Bord des Prunkschiffes.

Mit einer Gefangenen, wie Simeon klar wurde – einer großen blassen Frau mit übel aussehenden Sonnenflecken im ganzen Gesicht. Sie trug den formlosen Kittel der Verweigernden und war bereits in Ketten; man hatte ihr Hand- und Fußschellen angelegt. Die Frau saß ruhig auf einer Ruderbank und hob nicht einmal den Kopf, als Simeon an Bord kletterte. Er versuchte, nicht allzu offensichtlich zu ihr hinzusehen; die Hand- und Fußschellen verunsicherten ihn noch mehr, was sein eigenes Schicksal anging. Sie mochte zehn Jahre älter als er sein, und abgesehen von ihrer Verweigerndenkleidung konnte er nicht einschätzen, was sie für einen Beruf hatte oder warum sie hier war.

»Setzt Euch auf die zweite Ruderbank«, wies Rochefort ihn
an. »Hinter die Gefangene.«

Die Frau hob den Kopf, als Rochefort sprach, sagte aber
kein Wort.

»Ihr seid kein Gefangener«, fügte Rochefort an Simeon gewandt hinzu. »Nur ein nützlicher Zeuge. Mit der Hilfe von
Larquiniel oder Pereastor werden wir herausfinden, ob Eure
Geschichte wahr ist.« Sie sah die Gefangene an, und ihr Gesicht veränderte sich; die vernarbte Haut um ihr Auge spannte
sich an, ihre Lippen kräuselten sich. »Im Gegensatz zu dieser
Verweigernden, die nicht so sanft befragt werden kann. Für
dich werden es die heißen Eisen sein, Griselda.«

Simeon zuckte zusammen, als Rochefort der Frau so unver-
mittelt mit Folter drohte, aber die Verweigernde wirkte unge-
rührt. Sie starrte ihrerseits Rochefort mürrisch an, die ein finsteres Gesicht machte und der Bootsmannschaft winkte.

»Legt ab!«

Ruderblätter tauchten in den Fluss. Das Prunkschiff verließ
schwerfällig den Steg und wandte sich nach Steuerbord. Die
Sternfestung lag flussaufwärts, und obwohl der Wasserstand
der Leire niedrig war, bevor der Herbstregen einsetzte, war
die Strömung dennoch stark. Vierundzwanzig scharlachrote
Rücken hoben und senkten sich, die langen Ruder bewegten
sich in perfektem Einklang.

Wenn ihr Ziel nicht die Sternfestung und das Prunkschiff
nicht das der Kardinalin gewesen wäre, hätte es tatsächlich ein
sehr angenehmer Nachmittag auf dem Fluss sein können,
dachte Simeon. Er trug noch immer seinen Doktorenmantel,
und ihm war ein bisschen warm, aber er hieß die Sonne, die
ihm ins Gesicht schien, dennoch willkommen. In den letzten
Monaten hatte er so viel Zeit im Hospital verbracht, dass er
vollkommen vergessen hatte, wie gut sich Sonnenschein und
frische Luft anfühlten.

Vor ihnen lag die felsige Drei-Tannen-Insel (die Bäume waren schon längst gefällt worden), überspannt von der Mutter-

und-Tochter-Brücke, sechs Bögen auf der Nordseite der Insel und drei auf der Südseite. Das Prunkschiff wandte sich leicht nach Backbord, in Richtung auf den weitesten der Mutterbögen, der für große Schiffe am leichtesten zu passieren war.

Simeon sah interessiert zu. Er war schon ein paarmal auf dem Fluss gewesen, aber meist nur, um vom linken zum rechten Ufer überzusetzen, wenn die Königinbrücke – die dem Hospital am nächsten lag – zu bevölkert war und es schneller ging, wenn man einen halben Livre für eine Bootsfahrt opferte.

Die Mutter war aus großen Blöcken aus weißem Stein gebaut, und die Bögen waren mindestens vierzig Fuß breit und zwanzig Fuß über dem derzeitigen Wasserstand der Leire. Sie musste mit der Hilfe eines Engels – oder auch mehrerer – erbaut worden sein, denn die gewaltigen Steinblöcke waren überaus präzise zusammengefügt.

In der Mitte der Mutterbrücke befand sich eine Statue von Ashalael, die den Erzengel in der vertrauten Gestalt einer patrizisch aussehenden Frau in klassischen Roben mit um sich gefalteten Schwingen zeigte. Sie hielt einen Säugling in den Armen, der das Volk von Sarance repräsentierte.

Im Laufe der Jahrhunderte waren die Hände des Säuglings durch Wind und Wetter allerdings eher zu Klauen geworden, und Ashalaels Gesicht war nur noch ein glattes Oval ohne jedweden Gesichtszug. Es kam Simeon merkwürdig vor, dass man sich nicht besser um die Statue kümmerte oder sie ersetzte.

Er fragte sich gerade, ob es wohl ungefährlich wäre, Rochefort danach zu fragen, oder ob es als Beleidigung des Erzengels betrachtet werden könnte, als er sah, wie sich eine vermummte Gestalt aus der Menschenmenge löste, die die Brücke überquerte, sich über die steinerne Brüstung lehnte und eine lange Pistole auf das Prunkschiff richtete – wie es schien, genau auf ihn!

Rochefort sah es ebenfalls. Plötzlich hatte sie eine der kleinen Pistolen mit den silbernen Einlegearbeiten in der Hand. Sie und der Attentäter auf der Brücke feuerten zur gleichen Zeit. Simeon duckte sich, als die Pistolenschüsse nachhallten und ihm scharfer Pulverdampf ins Gesicht wehte, der ihn die Augen zukneifen ließ. Ein paar Sekunden später folgten weitere Schüsse, als andere Pursuivants schossen, und deutlich mehr weißer Pulverdampf, der zum Husten reizte, begleitet von Rufen. Rochefort übertönte jedoch alles, als sie der Steuerfrau den Befehl gab, das Prunkschiff ans Ufer zu lenken.

Simeon spürte keine Schmerzen. Er machte vorsichtig die Augen auf und holte tief Luft. Er war unverletzt. Als er sich umschaute, sah er durch die Pulverdampfschwaden Rochefort am Heck stehen; sie berührte einen Symbolring und flüsterte. Eine Sekunde später spürte er den Luftzug, der das Vorbeirauschen von Engelsschwingen kennzeichnete, und den leisen Ton einer gezupften Harfensaite.

»Vorsichtig, Kapitänin«, rief ein Pursuivant. »Es war ein Verweigernder, der geschossen hat.«

»Pelastriel beobachtet und folgt nur«, sagte Rochefort ruhig. »Ich bin mir sicher, dass ich den Mann getroffen habe; er flieht. Nimm Dubois und Depernon und hol dir noch ein paar Leute vom Posten der Wache am Nordende der Brücke. Pelastriel wird euch zu dem Übeltäter führen. Ich will ihn lebendig.«

Das Prunkschiff erzitterte, als es am Ufer auflief. Ruderer sprangen über die hölzerne Ufersicherung, um das Boot festzuhalten, während drei Pursuivants von Bord gingen und losrannten, um den Attentäter zu verfolgen.

Simeon wischte sich die Augen und blickte sich um. Anfangs dachte er, niemand an Bord wäre von dem Schuss getroffen worden. Dann sah er die Verweigernde, die auf dem Boden des Prunkschiffes lag; ihr grauer Kittel war dunkel von Blut.

Schnell drehte Simeon sie um, sodass er sehen konnte, wo sie verwundet worden war. Die Kugel hatte ihren rechten Arm getroffen, ziemlich weit oben, und eine schlimme Wunde hinterlassen. Als Simeon den Ärmel ihres Kittels abriss, sah er arterielles Blut ausströmen und presste seine großen Daumen auf den Blutstrom. Aber es war sinnlos. Die Wunde war riesig, und die Frau hatte bereits viel Blut verloren. Ohne seine Ausrüstung konnte er die Arterie nicht abbinden. Er konnte nicht verhindern, dass sie verblutete.

Es sei denn …

»Ein Symbol von Beherael! Hat jemand eins?«

Beheraels Bereich war, Dinge zu verschließen. Der Schließer der Wege wurde er genannt. Eine Tür, die Beherael verschlossen hatte, konnte nicht gewaltsam geöffnet werden, außer von einem höheren Engel mit passendem Bereich (denn er war schließlich nur ein Seraph). Aber er konnte auch ein Leck in einer Leitung abdichten, egal, ob es eine aus Blei oder Kupfer oder ein zerstörtes Blutgefäß war.

Niemand von den Pursuivants achtete auch nur im Geringsten auf Simeon.

»Irgendjemand! Ein Symbol von Beherael!«

Rochefort, die zur Brücke gestarrt hatte, die Finger an ihrem Symbolring, um die Verbindung mit Pelastriel zu halten, der dem Übeltäter folgte, sah Simeon an. »Seid nicht dumm, Junge!«, rief sie. »Sie ist eine Verweigernde! Tu dein Bestes, um sie am Leben zu erhalten!«

Simeon schüttelte den Kopf; er konnte nicht glauben, was er fast getan hätte. Wenn er ein Symbol gehabt hätte, hätte er Beherael beschworen, und dann wäre ein Scheusal an Bord gewesen, oder die Verweigernde wäre rasch und sicher an der Aschblut-Plage gestorben.

Er war es einfach nicht gewohnt, Verweigernde zu behandeln, sagte er sich. Oder es war der Schock. Denn obwohl er viele Schuss- und Stichwunden behandelt hatte, sah er normalerweise nur die Auswirkungen von Kämpfen. Und nicht Menschen, auf die vor seinen Augen geschossen wurde.

Er versuchte, mit einer Hand weiter Druck auf die Wunde auszuüben, während er den zerrissenen Ärmel oberhalb davon verknotete, um einen Druckverband herzustellen. Aber es war nutzlos. Denn wie er jetzt sah, war die Kugel bis in die Achselhöhle gedrungen und hatte wahrscheinlich die Lunge beschädigt, vielleicht sogar das Herz.

Die Verweigernde keuchte etwas. Simeon beugte sich näher zu ihr und schaffte es gerade noch, das letzte Wort mitzubekommen.

»Ystara!«

Ein paar Augenblicke später erschauerte sie und starb; auf ihrem Gesicht lag unerklärlicherweise ein triumphierender Ausdruck.

Simeon lehnte sich auf der Ruderbank zurück und seufzte. Er hatte schon früher Patienten verloren, aber selten auf so eine Weise. Wenn er doch nur sein Operationsbesteck hätte! Dann wäre er vielleicht in der Lage gewesen, auch ohne Engelsmagie etwas zu tun ...

Plötzlich fluchte Rochefort und stampfte mit ihren Stiefeln mit den roten Absätzen heftig auf dem Deck auf. Wieder hörte Simeon das Rauschen von Schwingen, als Pelastriel berichtete. Er kannte den Engel nicht, nahm aber an, dass sein oder ihr Bereich etwas mit Beobachtung oder Verfolgung zu tun hatte.

»Verflucht sollen sie sein! Ich habe lebendig gesagt!«

Sie stapfte zu Simeon und starrte finster auf die feuchte, blutige Bescherung, die noch vor kurzer Zeit ein lebender Mensch gewesen war.

»Verweigernde! Warum werde ich jetzt so von Verweigernden geplagt?«

»Ich habe mein Bestes getan, Ser«, sagte Simeon. Er gestikulierte. »Aber wie Ihr seht ...«

Rochefort starrte ihn finster an; das Narbengewebe über und unter ihrem Auge war plötzlich viel blasser und auffälliger.

»Ich mag es nicht, wenn diejenigen, die ich befragen will, sterben, bevor sie antworten können«, sagte sie. In ihrer Stimme schwang eine unverhüllte Drohung mit. »Merkt Euch das. *Doktor.*«

Simeon sagte nichts. Das hier war ganz und gar nicht die scheinbar freundliche Offizierin, die ihm versichert hatte, dass ihm kein Schaden zugefügt werden würde. Er versuchte, sich so klein wie möglich zu machen, schob sich zwischen zwei Ruderern ans Dollbord und beugte sich nach vorn, um sich die blutigen Hände im Fluss zu waschen.

»Werft das über Bord«, befahl Rochefort den nächsten Ruderern und deutete auf die Leiche. »Und dann weiter zur Sternfestung.«

»Warten wir auf Dubois und die anderen, Kapitänin?«, fragte die Steuerfrau hölzern. Rocheforts Wut schien sie nicht sonderlich zu beunruhigen, aber Simeon bemerkte, dass ihre Stimme zwar gleichgültig klang, sie den Blick aber weiterhin unverwandt auf die Offizierin der Pursuivants richtete, so wie jemand einen wohlbekannten, aber generell sehr gefährlichen Hund im Auge behalten würde.

»Sie können laufen«, sagte Rochefort. »Das wird ihnen Zeit verschaffen, sich Entschuldigungen auszudenken, warum sie mich enttäuscht haben.«

Simeon wusch sich die Hände noch intensiver, und er wünschte, er hätte es geschafft, das Leben der Verweigernden zu retten – fast so sehr um seiner selbst willen wie um ihrer willen.

Neun

Agnez trank nicht und würfelte nicht, nachdem sie zum Greifenkopf zurückgetragen worden war. Stattdessen fiel sie in einen unruhigen Schlaf, aus dem sie von einem Doktor-Magister geweckt wurde, der ihren Kopf untersuchte und sagte, der blaue Fleck würde bereits verblassen und hätte keine Bedeutung. Sie heilte überraschend schnell. Es war kein Eingreifen eines Engels erforderlich. Sie sollte sich einfach nur ausruhen, unterstützt von einem oder zwei Schlucken eines bitteren Stärkungsmittels, das der Doktor aus einer schwarzen Glasflasche goss.

Als Agnez das nächste Mal erwachte, war es helllichter Tag, vielleicht schon kurz vor Mittag. Ihre Kopfschmerzen waren weg, stattdessen stieg Aufregung in ihr Bewusstsein wie ein hungriger Fisch zum Köder. Sie sprang aus dem Bett, um sich zu waschen, anzuziehen und ein rasches Frühstück aus wenig verlockendem Haferschleim aus dem Gemeinschaftstopf zu sich zu nehmen. Dann bewaffnete sie sich mit dem Degen, zwei Pistolen und jeweils einem Dolch in den Stiefeln und stolzierte auf die Straße hinaus, wo sich die Menge teilte, um dieser ganz offensichtlich gefährlichen Meuchelmörderin zu ermöglichen, rasch entlang der Sichel zum Pier der Königin zu marschieren, um von dort ein Boot zur Sternfestung zu nehmen.

»Wollt Ihr zur Königin-Ansgarde-Bastion oder zur Königin-Sofia-Bastion?«, fragte die Schifferin stirnrunzelnd, während sie energisch am Heck wriggte; graue Lumpen hüpften um ihre kräftigen, muskulösen Arme. Genau wie die Mehrzahl all derer, die gelegentlich am oder auf dem Fluss arbeiteten, war sie natürlich eine Verweigernde.

»Zur Musketier-Bastion«, antwortete Agnez knapp, da sie die Antwort auf die Frage nicht kannte. Sie wusste, dass die fünf Bastionen und die fünf Ravelins – kleinere Befestigungen – jeweils eine Garnison aus einem der unterschiedlichen Regimenter der Armee der Königin beherbergten und dass die Pursuivants der Kardinalin das Kommando über den alten Gefängnisturm hatten, aber das war auch alles.

»Die Königin-Ansgarde-Bastion«, grummelte die Schifferin. »Ohne die Tagesparole werden sie mich nicht anlegen lassen.«

»Ich bin eine Musketierin«, fauchte Agnez kalt.

Die Schifferin schnaubte und bedachte Agnez' ziemlich provinzielle Kleidung – komplett aus Wildleder und strapazierfähigen Stoffen in leicht unterschiedlichen trüben Brauntönen – mit einem bedeutungsvollen Blick. Aber in Anbetracht der offensichtlich sehr gut gepflegten Waffen, die Agnez' gesamte Erscheinung vervollständigten, wagte sie es nicht, etwas zu sagen.

Agnez ihrerseits tastete noch einmal nach der Bronzemünze, die Franzonne ihr gegeben hatte, und war erleichtert, als sie sie fand. Sie nahm sie aus ihrer Börse und hielt sie hoch, sodass die von einem königlichen Diadem gekrönten gekreuzten Degen – das Wappen der Musketierinnen und Musketiere der Königin – auf der Bildseite für die Schifferin deutlich zu sehen waren. Die Verweigernde schnaubte erneut, wriggte aber noch eifriger; sie musste hart gegen die Strömung ankämpfen, die schneller wurde, als sie sich den Bögen der Mutterbrücke näherten.

Auf der Brücke herrschte irgendein Tumult, an dem auch Mitglieder der Stadtwache beteiligt waren, wie ein Geraschel cremefarben-blauer Vögel. Agnez konnte nicht erkennen, was die Wachen aufgescheucht hatte, aber es liefen etwa zwanzig oder mehr von ihnen herum, riefen einander etwas zu und versuchten die Menge, die die Brücke überquerte, mit Geschiebe und Gestoße auf der nördlichen Seite zu halten.

Ein Prunkschiff in Rot und Gold mit Ruderern in der gleichen Livree war kurz vor Agnez' Boot, manövrierte, um gegen die Strömung durch den mittleren Bogen zu kommen. Nahe beim Heck drehte sich eine Pursuivant der Kardinalin mit der goldenen Schärpe einer höheren Offizierin langsam um, starrte alles und jeden finster an. Agnez bereitete sich darauf vor zurückzustarren, doch der Blick der Offizierin verweilte nicht auf ihr. Wonach auch immer sie suchte, in Agnez und ihrem Boot sah sie es nicht.

Vor der Offizierin saß ein großer junger Mann in der schwarzen Robe eines Doktors, die fast die gleiche Farbe wie seine Haut hatte, und ließ seine Hände über die Bordwand hängen, wusch ... Blut von ihnen ab. Agnez starrte ihn an, denn sie durchzuckte das Gefühl, dass sie ihn schon früher gesehen hatte. Nach einem Moment schaute er zurück – und runzelte die Stirn, als würde er Agnez ebenfalls erkennen. Aber dann verschwand das Prunkschiff unter der Brücke, im Schatten des Bogens.

Agnez' Boot wurde langsamer, schnitt die Strömung beinahe, während das Prunkschiff vorwärtsschoss.

»He! Lass jetzt nicht nach!«, rief Agnez.

»Ich will *ihr* nicht zu nahe kommen.« Die Schifferin spuckte die Worte förmlich aus.

»Wem?«, fragte Agnez. »Ah, der Pursuivant. Wer ist sie?«

Dies brachte ihr den verächtlichen Blick ein, den eine Stadtgeborene für eine aus den Provinzen übrighatte.

»Rochefort«, sagte die Schifferin. »Kapitänin der Pursuivants. Bringt den armen jungen Doktor garantiert in den Turm.«

»Weißt du, wer er ist?«, fragte Agnez.

»Ein Student aus dem Hospital, schätze ich«, sagte die Schifferin. »Oder das war er zumindest. Ich glaube nicht, dass er dorthin zurückkehren wird.«

»Er hat nicht wie ein Gefangener ausgesehen«, sagte Agnez nachdenklich. »Er war nicht gefesselt.«

»Sie hat es nicht nötig, ihre Gefangenen zu fesseln«, erwiderte die Schifferin. »Sie ist wie eine Schlange, mit Degen oder Pistole. Oder mit Magie.« Die Schifferin spuckte erneut aus und fügte böswillig hinzu: »Dachte, Ihr würdet sie kennen. Hat ihren gerechten Anteil an Musketieren und Musketierinnen der Königin getötet, oh ja, das hat sie.«

Agnez versteifte sich wie ein Hund, der Witterung aufnimmt. »Sie hat Musketiere *getötet*?«

»In Duellen. *Sie* bekommt nie Schwierigkeiten, wenn sie die Edikte bricht«, sagte die Schifferin. »*Ihr* lässt die Kardinalin alles durchgehen – und sie kämpft immer bis zum Tod.«

Es gab mehrere Edikte, die schon seit vielen Jahren die Praxis des Duellierens verboten, einschließlich des letzten, das Königin Sofia XIII. höchstpersönlich proklamiert hatte. Aber Agnez wusste, dass die Praxis in Lutace genauso andauerte wie zu Hause in Descaray, und sie hatte tatsächlich von ihrer Mutter den Rat bekommen, dass bei einer ausreichend großen Provokation eine Herausforderung ausgesprochen oder angenommen werden musste, ungeachtet aller gesetzlichen Verbote.

»Eine Musketierin beginnt keinen Kampf ohne einen guten Grund«, hatte ihre Mutter gesagt. »Aber wenn du einen guten Grund hast, dann kämpfe. Und gewinne natürlich.«

Da die Konzepte von Agnez' Mutter im Hinblick auf ausreichend große Provokationen und einen guten Grund sehr weit gefasst waren, war Agnez innerlich darauf vorbereitet, sich mit jedem und jeder zu duellieren. Oft.

Sie befingerte das Heft ihres Degens und dachte darüber nach, Pursuivants der Kardinalin abzuschlachten. Sie wusste, dass die Musketiere der Königin, die Pursuivants der Kardinalin und die Königsgarde miteinander rivalisierten. Sie spiegelten den politischen Kampf zwischen diesen drei Quellen der Macht und duellierten sich, wann immer es möglich war, ohne dass es zu unverfroren wirkte.

Aber bis zum Tod … das entsprach *nicht* den Duellen zu Hause.

Dort wurden Duelle immer nur bis zum ersten Blut gefochten. Gewiss, dann und wann wurde jemand durch einen Unfall getötet, aber die meiste Zeit endeten solche Angelegenheiten mit ein paar Kratzern, ein paar leichten Wunden, für die eine Doktor-Magistra und vielleicht die heilende Berührung eines Engels notwendig waren. Ein Finger mochte verloren werden, oder es gab eine andere kleine Unannehmlichkeit, aber das war alles.

Ganz offensichtlich lagen hier die Dinge anders.

Falls sich die Gelegenheit ergab, tagträumte Agnez, könnte sie durchaus diejenige sein, die dieser Rochefort, dieser Mörderin von Musketieren, eine angemessene letzte Lektion erteilte ...

Henri Dupallidin hatte sich in den Tunneln des großen Felsens verirrt, auf dem die Sternfestung erbaut worden war, und das nicht zum ersten Mal. Er war erst seit zwei Tagen hier, aber es kam ihm so vor, als hätte er einen großen Teil dieser Zeit damit verbracht, sich in den unterirdischen Gängen zu verlaufen und dann herauszufinden, wo er war, und an einen Ort zurückzugelangen, den er kannte.

Anfangs hatte es so ausgesehen, als wäre es vergleichsweise leicht, sich in der Festung zurechtzufinden. Er war der Straße, die sich um die südlichste vorgeschobene Verteidigungsanlage – den Sechs-Uhr-Ravelin – wand, zu dem langen Damm gefolgt, der über den sehr breiten Graben verlief, der, falls erforderlich, mit dem Wasser der Leire geflutet werden konnte.

Nachdem er seine Vollmacht gezeigt hatte, war ihm erlaubt worden weiterzugehen; allerdings war er erneut angehalten worden, wo der Damm auf den südlichen Wall stieß, der zwischen der Königin-Beatrude-Bastion und der Königin-Louisa-Bastion verlief, in denen jeweils die Stadtwache stationiert war.

Vier der fünf Bastionen waren nach früheren Königinnen

oder Königen benannt. Die fünfte und nördlichste trug stolz den Namen der gegenwärtigen Monarchin (die allerdings bereits die dreizehnte mit diesem Namen war). Die kleineren Ravelins zwischen den Bastionen, aber außerhalb des breiten Grabens waren nach den Abschnitten eines Ziffernblatts benannt.

Das alles schien hinreichend unkompliziert, doch nachdem Henri durch das Tor gegangen war, stellte er fest, dass der Durchgang durch den aus Erde und Stein bestehenden Wall abwärtsführte, und statt aus mit Backsteinen verblendeter Erde waren die Wände, der Boden und die Decke hier aus hartem Granit und an manchen Stellen unglaublich glatt, ein Beweis für die Hilfe eines oder mehrerer Engel.

Henri war nicht vorgewarnt worden, dass die Wälle und Bastionen der Sternfestung auf einem gewaltigen Steinhügel – und um ihn herum – gebaut worden waren, der viele Jahrhunderte lang ausgehöhlt und auf dem viele Male gebaut worden war, vor allem in den Tagen des alten Reiches, auch wenn von diesen alten Bauwerken kaum noch etwas übrig war.

Obwohl viele Soldaten und Arbeiter hier waren, musste Henri feststellen, dass sie alle gleichermaßen Spaß daran hatten, ihm entweder nicht zu sagen, in welche Richtung er gehen musste, oder ihm unsinnige Hinweise zu geben, und die Verwirrung eines Neuankömmlings war ein großer Quell der Freude für alle, die sich bereits in der Festung befanden.

Dadurch, dass Henri seine Schritte zählte und sich eine auf diesen Messungen basierende geistige Landkarte konstruierte, war er schließlich in der Lage, den Weg nach oben und draußen zu der sehr großen freien Fläche zu finden, die von den Wällen der Festung umgeben war. Sie war als Ziffernblattplatz bekannt.

Henri wusste, dass es hier ein paar Gebäude gab; schließlich hatte man ihm von der Kaserne der Pursuivants erzählt und vom Neuen Palast, den zu bauen er helfen würde. Doch während er mehrere Stunden herumwanderte, entdeckte er eine perfekt angelegte Stadt in Miniaturform: ein System aus gut gepflasterten und entwässerten Straßen; fünf große Backsteinkasernen mit ganz in der Nähe gelegenen, von Mauern umgebenen Exerzierplätzen; es gab ein Krankenhaus, typischerweise weiß getüncht und mit vielen Fenstern; zwei aufgeschüttete Felder für Gemüseanbau, deren fruchtbare Erde von hölzernen Verkleidungen eingefasst war; zwei große Teiche oder Wasserbecken; eine Reihe langer, niedriger Proviantlager; einen Ashalael-Schrein mit einer sehr prachtvollen Turmspitze aus Kupferschindeln; ein Gasthaus, aus dessen Türen viele Uniformierte strömten, die sich um mehrere leere Fässer stellten und tranken; außerdem mehrere Ladenreihen.

Der wichtigste Ort auf dem Ziffernblattplatz war dort, wo sich die Anfänge des Neuen Palastes und des ihn umgebenden Parks befanden. Von einer niedrigen Mauer in verschiedenen Bauphasen begrenzt, war der Park ganz der gegenwärtigen Mode entsprechend als gepflegte ländliche Szenerie angelegt. Es gab eine Modellmolkerei; eine Kuhweide; eine Wildblumenwiese; ein Übungsfeld zum Bogenschießen mit Zielen aus Strohballen; und einen Apfelgarten, in dem vielleicht zehn der letztendlich hundert oder mehr vorgesehenen Bäume bereits an Ort und Stelle waren sowie die Löcher für die fast ausgewachsenen Bäume, die noch in Kübeln hierhertransportiert werden sollten. Außerdem wurde ein Hügel aus scheinbar wirr übereinandergeworfenen, tatsächlich aber kunstvoll aufgeschichteten Steinen gebaut, in dem die Höhle eines Eremiten Platz finden sollte, und es gab mehrere Seen, die von Kies gesäumt waren, damit das Wasser klar blieb.

In der Mitte des teilweise fertiggestellten Parks erhob sich der Neue Palast. Zumindest gab es jede Menge Gerüste, ein Durcheinander aus Leitern und etliche Kräne, die mittels menschlicher Kraft betrieben wurden, nämlich von Verweigernden, die im Innern großer Räder marschierten. Das alles umgab ein Labyrinth aus Backsteinmauern, die größtenteils erst ein Stockwerk hoch waren, auch wenn irgendein Enthusiast dafür gesorgt hatte, dass die Kamine bereits ihre volle Höhe erreicht hatten.

Der Neue Palast, in dem Henri arbeiten und leben sollte. Er sah nicht so aus, als ob irgendetwas dort schon bewohnbar wäre, und dass auf dem Gelände etliche Zelte aufgebaut waren, wirkte nicht gerade vielversprechend. Aber wie sich herausstellte, wurde ihm ein Zimmer in einem Teil des Neuen Palastes gegeben, der bereits fertig war.

Dabei handelte es sich nicht im engeren Sinn um ein Zimmer, denn der Raum sollte später einmal als einer der Ställe für die Pferde der Königin dienen, genau wie die anderen zwanzig, die sich in einer Reihe in diesem Teil der Stallungen befanden und alle vom Stab der Architektin belegt wurden. In dem Zimmer gab es ein schmales Bett, einen Schreibtisch, einen Stuhl und eine Truhe. Ganz zu schweigen von täglich frischem Stroh auf dem Fußboden, da die Verweigernden, die als Pferdeknechte arbeiten sollten, bereits eingestellt worden waren, auch wenn die Pferde voraussichtlich erst in sechs Monaten kommen würden.

Aber was besonders wichtig war: Es lag nicht im Turm.

Henri wurde andauernd an ihn erinnert, wo auch immer er hinging. Die Bastionen waren zwar vierzig Fuß hoch, die Wälle zwischen ihnen dreißig, doch der Turm ragte mindestens neunzig Fuß in die Höhe, und sein fahlgrauer Stein unterschied sich deutlich von den rostbraunen Backsteinen und den mit blassweißen Bruchsteinen verblendeten Spitzen der Bastionen und Ravelins.

Der alte Gefängnisturm. Der Turm von Lutace.

Auch wenn Henri ihn die ganze Zeit sehen konnte, versuchte er, ihn aus seinen Gedanken zu verbannen, und zum größten Teil gelang ihm das auch, weil er sich unverzüglich an die Arbeit machen musste.

Dutremblay, die Architektin der Königin, brauchte weder einen Vermesser noch einen Kontorschreiber. Aber sie brauchte einen Boten, der ihre Wünsche in der ganzen Sternfestung und den unterirdischen Regionen überallhin übermittelte, und das wurde augenblicklich Henris Aufgabe. Unglücklicherweise brauchte Dutremblay deshalb einen Boten dafür, weil die Garnisonen darin so unabhängig und störrisch waren.

Henri hatte keine Probleme, sich auf dem Ziffernblattplatz zurechtzufinden, aber in dem ausgehöhlten Felsen darunter gab es mehr Durchgänge, Räume, Treppen, Entwässerungskanäle und einfach nur leere Löcher und ungeplante Spalten und Höhlen, als Henri sich jemals vorgestellt hatte. Trotzdem musste er sich dort zurechtfinden, denn die Architektin schickte ihre Botschaften wirklich überallhin – in der vergeblichen Hoffnung, die Ressourcen und Arbeitskräfte zu bekommen, die es ermöglichen würden, den Neuen Palast nur zwei oder drei Jahre später als geplant fertigzustellen.

Die Musketiere und Musketierinnen der Königin leiteten die Königin-Ansgarde-Bastion und die benachbarten Ravelins. Die Pursuivants der Kardinalin besetzten die Königin-Sofia-Bastion, den Zwei-Uhr-Ravelin und den Turm. Die Königsgarde konnte in der König-Denis-Bastion und im Vier-Uhr-Ravelin gefunden werden. Die meist herabgewürdigte Stadtwache hockte in der Königin-Louisa- und der Königin-Beatrude-Bastion und im Sechs-Uhr-Ravelin.

Die Artilleristinnen und Artilleristen der Loyalen Königlichen Artilleriekompanie waren überall in den Befestigungsanlagen verteilt, da sie auf alten Vorrechten hinsichtlich ihrer Waffen beharrten.

Die kommandierenden Offizierinnen und Offiziere aller Regimenter trafen gemeinsam Entscheidungen, die den Ziffernblattplatz betrafen, wo sämtliche Regimenter ihre Haupt-Truppenunterkünfte besaßen, und sollten gleichermaßen zum fortschreitenden Bau des Neuen Palastes beitragen. Doch auch wenn das Projekt von der Architektin der Königin geleitet wurde, wussten alle, dass es in Wirklichkeit das der Kardinalin war. Konsequenterweise arbeiteten Generalkapitänin

Dartagnan von den Musketieren, Generalkapitän Dessarts von der Königsgarde, Chapelain, die stellvertretende Bürgermeisterin der Stadtwache, und Oberstwerkmeister Creon von der Artilleriekompanie nicht zusammen, auch wenn sie so taten, als würden sie es tun.

Infolgedessen jagte Dutremblay daher immer sachkundigen Handwerkern, Geldern, Baumaterialien oder Arbeitsgruppen aus Verweigernden hinterher, die die anderen Regimenter ihr eigentlich zur Verfügung stellen sollten. Jeden Morgen pflegte sie ihren Boten und Botinnen ein Bündel Botschaften in die Hände zu drücken und sie mit diesen »Gesuchen« zu den Offizierinnen und Offizieren zu schicken, die theoretisch dafür verantwortlich waren zu beschaffen, was erforderlich war. Allerdings ließen sich die Betreffenden entweder nicht finden oder konnten eine plausible Entschuldigung vorbringen, warum sie nicht der Lage waren, das zu tun, was auch immer die Architektin von ihnen wünschte.

Kurz vor seiner jüngsten geografischen Verwirrung hatte Henri zwei Stunden damit verbracht, eine Gruppe Steinmetze aufzustöbern, die bei den Musketieren der Königin angestellt waren und diese Woche am Neuen Palast arbeiten sollten. Er hatte sie zwar gefunden – sie schlugen in einem dunklen, tropfenden Keller unter der Kaserne der Musketiere Stufen aus dem Fels –, sich dann jedoch kurzfristig ablenken lassen, sodass er sich auf seinem Weg nach draußen umgedreht hatte und dann in die Irre gegangen war.

Jetzt befand er sich in einem Tunnel, der nur breit genug für eine Person und nicht höher als seine Hutspitze war, daher musste er sich bücken. Die Wachskerze, die er hielt, war so weit heruntergebrannt, dass das schmelzende Wachs direkt auf seine Finger lief. Und Henri war sich jetzt sicher, dass er sich *nicht* in einem der Botentunnel befand, die ihn rasch wieder an die Oberfläche und zum Ziffernblattplatz führen würden.

Um die Lage noch zu verschlimmern, kam ihm anscheinend

jemand entgegen, oder zumindest näherte sich von vorn ein schwaches Schimmern, ein fahles Flackern, das darauf hindeutete, dass eine andere der allgegenwärtigen Wachskerzen herumgetragen wurde.

»He!«

Es war die Stimme einer jungen Frau, die angesichts der Umstände ein bisschen zu übermütig klang, dachte Henri. Er blieb stehen und hob seine Wachskerze so hoch, wie es angesichts der niedrigen Decke möglich war, um den Gang vor ihm auszuleuchten.

Überrascht und leicht beunruhigt, sah er eine junge Frau mit einem Degen an der Seite und Pistolen in ihrem Gürtel vor sich, allerdings trug sie keine Uniform. Er hatte noch nie jemanden in der Sternfestung gesehen, der nicht zu einem Regiment gehörte, aber vollständig bewaffnet war.

So schwierig es auch war, sich in diesem engen Tunnel vorwärtszubewegen, schaffte sie es, dies mit einem selbstbewussten, stolzierenden Gang zu tun, der nahelegte, dass sie absoluten Vorrang hatte. Henri sank das Herz, als er darüber nachdachte, dass er möglicherweise vor ihr zurückweichen musste und sich dann vermutlich noch mehr verirren würde, als er es bereits getan hatte.

Dann war sie nahe genug, um ihn zu sehen. Sofort zuckte ihre Hand zum Degen und zog ihn ebenso geschmeidig wie schnell aus der Scheide, ohne eine der Wände zu berühren.

»Du wolltest mich reinlegen, was? Dafür wirst du bezahlen!«

Henri ließ seine Wachskerze fallen, die sofort erlosch, und zog den Dolch an seiner Seite. Er schaffte es, den halb gesehenen Stoß zu parieren, der sich auf ihn zuschlängelte, stieß die Klinge beiseite, die sich ansonsten in seinen Arm gebohrt hätte, aber er wusste, dass er mit nur einem Dolch nicht einmal eine bloß einigermaßen fähige Degenfechterin abwehren konnte, und die hier war deutlich mehr als nur fähig. Als sie ihren Degen zurückzog, um erneut zuzustoßen, wich Henri den Gang entlang zurück und sprach dabei so rasch und laut, wie er konnte.

»Haltet ein! Ich habe Euch nicht reingelegt! Ich weiß noch nicht einmal, wer Ihr seid!«

Der Degen zitterte in der Luft.

»Bist du nicht der Schreiber von der Ansgarde-Anlegestelle?«

»Nein! Ich bin einer der Assistenten der Architektin! Der Architektin der Königin! Dutremblay!«

Der Degen wurde gesenkt, und die Frau hob ihre Kerze, sodass der Lichtschein auf Henris Gesicht fiel.

»Hmmm. Tut mir leid, Schreiber. Das ist ein Schnurrbart ... und Ihr habt rote Haare.«

»Es ist mir bewusst, dass ich rote Haare habe«, sagte Henri steif. »Ich glaube allerdings nicht, dass das eine Entschuldigung dafür ist, einen Fremden zu durchbohren. Ich habe einen Degen in meiner Unterkunft, wenn Ihr mir erlaubt, ihn zu holen ...«

»Nein, nein, ich bitte Euch wirklich um Entschuldigung. Der Schreiber, der gefeixt hat, als er mir den Weg beschrieben hat, hatte braune Haare. Im Dunkeln habe ich Euch in Eurer Schreibertracht für ihn gehalten.«

»Es stimmt, dass ich einstweilen ein Schreiber bin, aber lasst Euch davon nicht erschrecken«, sagte Henri. Die plötzliche Attacke hatte ihm nicht nur Angst eingejagt, sondern ihn auch wütend gemacht. »Wie ich schon gesagt habe, ich hole gern meinen Degen, und wir können diese Unterredung an einem geeigneteren Ort fortsetzen. Ich habe gehört, unter der Brücke soll es einen Teil des Grabens geben, wo ...«

»Ihr seid nicht der Schreiber von der Landungsstelle, aber wir sind uns schon früher begegnet, oder?«, unterbrach ihn die Frau. Sie hielt ihre Kerze immer noch hoch und betrachtete aufmerksam Henris Gesicht.

»Das glaube ich nicht«, sagte Henri. »Noch habe ich den Wunsch, Euch kennenzulernen ...«

Er verstummte, als er sie ansah. Sie war ihm tatsächlich vertraut, jetzt, da er sie aus der Nähe betrachtete. Aber er konnte ihrem Gesicht keinen Namen zuordnen. Es war mehr ein Gefühl als eine Erinnerung ...

»Normalerweise entschuldige ich mich nicht, aber *Euch* bitte ich jetzt um Entschuldigung«, sagte die junge Frau. »Könntet Ihr so gut sein und mir den Weg zum Ziffernblattplatz und zur Kaserne der Musketiere zeigen?«

»Wenn ich wüsste, wie, wären wir beide besser dran«, sagte er. »Wer seid Ihr eigentlich?«

Die junge Frau schob ihren Degen mit einem Lachen in die Scheide zurück, lüftete ihren Hut und streifte dabei die Decke. Sie verbeugte sich tiefer und streckte ihren Fuß aus, um in dem engen Tunnel eine möglichst elegante Verbeugung hinzulegen.

»Nun, dann finden wir ja vielleicht zusammen einen Weg nach draußen. Ich bin Agnez Descaray, eine neue Kadettin der Musketierinnen der Königin.«

Henri antwortete seinerseits mit einer etwas vorsichtigeren Verbeugung. Sie wirkte so vertraut – es war ein großes Rätsel ...

»Ich bin Henri Dupallidin«, erwiderte er. Die Animosität zwischen den Musketieren der Königin und den Pursuivants der Kardinalin war ihm sehr wohl bewusst, und er vermutete, dass diese sich auch auf alle anderen in Diensten der Kardinalin erstreckte. Allerdings nahm er an, dass das Schwarz der Schreiber, das Dutremblay dem Rot und Gelb der Kardinalin vorzog, ihn jetzt aus genau den Schwierigkeiten heraushalten würde, in die es ihn ein paar Minuten zuvor noch beinahe gebracht hatte. »Ich bin ein Assistent der Architektin der Königin. Ein ziemlich neuer: Ich bin erst vorgestern hier angekommen. Weshalb ich auch keine Ahnung habe, wo wir gerade sind. Ich bin in die falsche Richtung gegangen, als ich aus einem der Keller hochgestiegen bin. Wo kommt Ihr her?«

»Von der Anlegestelle an der Ansgarde-Bastion«, erwiderte Agnez. »Die Musketierinnen und Musketiere dort haben mich zwar durchgelassen, mir aber nicht den Weg beschrieben. Ein Schreiber hat meinen Eintritt erfasst … er hat gemeint, dass es leicht wäre, den Weg zum Ziffernblattplatz zu finden und mich dort in der Kaserne zu melden. Ich müsste nur an jeder Kreuzung abwechselnd nach links und rechts abzweigen. Aber ich irre schon seit Stunden in diesem Labyrinth herum.«

Henri nickte. »Sie machen sich alle einen Spaß daraus, den Neuankömmlingen falsche Wegbeschreibungen zu geben«, sagte er. »Ich frage inzwischen nicht einmal mehr. Außer es ist jemand von den Verweigernden. Ich denke, die haben Angst, nicht die Wahrheit zu sagen.«

»Ich habe aus der Ferne ein paar Verweigernde gesehen, aber wenn ich dort angekommen bin, wo sie vorher waren, waren sie immer schon weg.«

»Hier arbeiten hunderte; es ist erstaunlich, wie viel körperliche Arbeit hier noch erledigt werden muss«, sagte Henri. »Sie sind überall. Habt Ihr unterwegs irgendwelche Stufen gesehen, die nach oben führen?«

»Mehrmals«, antwortete Agnez. »Aber ich bin immer auf der gleichen Ebene geblieben, wie es dieser Witzbold von Schreiber mir gesagt hat. Bin nur nach links und rechts abgebogen …«

»Wenn wir den Weg zurückgehen, den ich gekommen bin«, sagte Henri, »weiß ich jetzt – glaube ich zumindest –, wo ich falsch abgebogen bin.«

Er glaubte es nicht nur – er war sich dessen sicher. Auf dem Weg nach unten in den Keller hatte er die Stufen und Abzweigungen gezählt, aber dann hatte er sich von der Missmutigkeit der Arbeiter dort ablenken lassen und deshalb beim Verlassen des Kellers die falsche Tür genommen. Er hatte es vermieden zurückzugehen, weil er ihnen nicht noch einmal begegnen wollte, aber jetzt hatte er eine Entschuldigung: Er würde dieser verirrten Musketierin den Weg zeigen. Er bezweifelte, dass sie ihr gegenüber die gleiche dumme Unverschämtheit an den

Tag legen würden, wie er sie erlebt hatte. Sie sah aus, als wäre sie nur zu bereit, alle ihre verschiedenen Waffen zu benutzen.

»Der Plan ist so gut wie jeder andere«, erwiderte Agnez. Sie neigte den Kopf und sah Henri an. »Ich bin mir sicher, dass wir uns schon einmal begegnet sind ... aber nicht in Lutace. Angesichts Eurer roten Haare und Eures Akzents würde ich sagen ...«

»Ich bin ein Bascon, das stimmt«, sagte Henri und reckte sich, legte dabei die Hand an den Griff seines Dolches. »Wollt Ihr eine Bemerkung über ...«

»Wartet, Ihr Streithahn!«, rief Agnez. »Seid Ihr Euch sicher, dass Ihr ein Schreiber seid? Ihr scheint mir so wild auf einen Streit aus zu sein wie ein Musketier!«

»Ich werde Soldat werden«, sagte Henri. »Ein Artillerist, freiwillig. Ich bin nur einstweilen ein Schreiber.«

»Ich bin auch eine Bascon«, erklärte Agnez. »Descaray ist nur etwas mehr als zehn Wegstunden von Farroze entfernt.«

»Oh«, sagte Henri. »Nun, mein Vater ist Sakristan des Tempels von Huaravael ... Wart Ihr schon einmal dort?«

»Noch nie!«, rief Agnez.

»Ich dachte, Ihr wärt es vielleicht gewesen, weil auch ich das Gefühl habe, als wären wir uns schon einmal begegnet«, gab Henri zu. »Aber ich bin erst seit ... kurzer Zeit in Lutace, und bevor ich hierhergekommen bin, habe ich Huaravael nie verlassen.«

»Vielleicht sind wir Seelenverwandte!«, rief Agnez. »Ich werde Euch noch viel mehr mögen, wenn Ihr mir – sobald wir aus diesen Gängen rauskommen – zeigen könnt, wo ich eine Flasche Wein trinken kann! Meine Kehle ist so trocken wie der Ziegelstaub, den meine Stiefel in den letzten paar Stunden aufgewirbelt haben.«

»Auf dem Platz ist ein Gasthaus«, sagte Henri. »Aber Soldaten dürfen da nur an bestimmten Tagen rein, abhängig von ihrem Regiment. Ich glaube, die Musketierinnen und Musketiere haben Mittwoch und Freitag ... und heute ist Dienstag.«

»Ich kann nicht glauben, dass irgendjemand von uns das akzeptieren würde!«, rief Agnez. »Wir trinken, wo und wann wir wollen!«

»Erst müssen wir nach draußen finden«, sagte Henri. »Folgt mir.«

Er bückte sich, um seine Kerze aufzuheben, musste aber feststellen, dass entweder er oder Agnez auf sie getreten war; das Wachs war zermatscht, der Docht abgebrochen. Im gleichen Moment wechselte Agnez ihre Kerze etwas zu enthusiastisch von der linken in die rechte Hand, und sie ging ebenfalls aus.

Es war augenblicklich sehr, sehr dunkel. Henri dachte an all die Stufen, die man hinunterfallen konnte, die Löcher, wo Abflusskanäle noch nicht abgedeckt worden waren, die Grube, die er – zugegebenermaßen in einer anderen Bastion – auf einer behelfsmäßigen Bretterbrücke überquert hatte …

»Habt Ihr eine Zündschnur oder Feuerstein und Stahl?«, fragte Henri. Zufrieden stellte er fest, dass seine Stimme ruhig klang. »Ich nicht.«

»Haben wir Neumond … oder steht der Mond im ersten Viertel?«, fragte Agnez.

»Was?«

»Ist nicht wichtig, ich werde es so oder so versuchen«, sagte Agnez.

An ihrem Hutband erschien ein schwaches Glimmen, beleuchtete die beiden Finger, die sie gegen ein Symbol drückte, das sie dort als Plakette trug. Henri hörte sie einen Namen flüstern, bei dem sich ihm die Nackenhaare aufstellten, ein üblicher Nebeneffekt einer Engelsbeschwörung.

»Jashenael, Jashenael, gib mir dein Licht!«

Zehn

Alles in allem war die Zelle eine der besten im Turm. Sie war weit oben und hatte tatsächlich ein Fenster, auch wenn es nur eine Schießscharte war, die irgendwann einmal mit tief eingelassenen Eisenstäben kreuz und quer vergittert worden war. Aber sie ließ Luft und Licht herein, etwas, das den Zellen weiter unten vollkommen fehlte. Also war das ja wohl besser als nichts.

Das hatte die Schließerin, die »Mutter« genannt werden wollte, Dorotea zumindest erzählt. Sie war eine dürre, rotgesichtige Frau in mittleren Jahren mit scharf geschnittenen Gesichtszügen und sehnigen Händen, und sie trug einen Schurz, der voller Flecken war, die wie alte Blutflecken aussahen. Sie war ausgiebig auf den verhältnismäßigen Vorzügen der Zelle herumgeritten und hatte Dorotea erzählt, wie glücklich sie sich doch schätzen konnte, Gast der Kardinalin und keine richtige Gefangene zu sein.

Mutter hatte auch angemerkt, dass Rochefort ihr höchstpersönlich eine Börse für Doroteas Mahlzeiten und Annehmlichkeiten überreicht hatte. Wenn niemand bezahlte, hatte Mutter der jungen Studentin erklärt, würde sie statt des schlichten, aber genießbaren Essens nur altes Brot und Wasser bekommen, und die beiden kratzigen Wolldecken und die Strohmatratze würden verschwinden.

Und dann war da noch das Fenster. Es gewährte einen begrenzten Blick in Richtung Südosten, daher war von der Sternfestung nicht viel zu sehen, abgesehen von der Spitze der König-Denis-Bastion und dem Vier-Uhr-Ravelin. Sie konnte auch nicht viel von der Stadt sehen, nur einige außerhalb gelegene Häuser und ein paar von den näheren Dörfern mit Feldern und Weiden sowie einen langen, bewaldeten Hügel, der alles, was hinter ihm lag, verdeckte.

Aber sie konnte den Himmel sehen, mit all seiner Herrlichkeit und seinen Wundern, den Vögeln und den Wolken. Und nachts waren die Sterne da und mit ihnen die Einblicke in die Engelshimmel, welche auch immer sie gewährten.

Dorotea sah gerne aus dem schmalen Fenster. Sie konnte auch nichts anderes tun. Man hatte ihr keinerlei Materialien zum Schreiben oder Zeichnen gestattet und auch keine Bücher. Abgesehen von den Decken und der Strohmatratze bestand die Ausstattung ihrer Zelle nur noch aus einem hölzernen Löffel und einer hölzernen Schale. Eine schmale Abflussrinne auf der linken Seite diente als Toilette. Morgens und abends, wenn es dämmerte, brachte Mutter einen Eimer mit Wasser, sowohl um die Abflussrinne zu spülen als auch um sich damit zu waschen oder es zu trinken. Das Wasser war immer braun und voller winziger Insekten, aber es schmeckte gut genug.

Dorotea war zwei Tage da und hatte sich an die Abläufe angepasst, als sie sich plötzlich änderten. Mutter schloss ihre Zelle um die Mittagszeit herum auf, während sie sonst immer nur während der Dämmerung mit ihrem Eimer aufgetaucht war.

»Man hat dir die Erlaubnis gewährt, auf dem Platz herumzugehen«, verkündete die Schließerin und verzog das Gesicht, was darauf hindeutete, dass sie das überhaupt nicht guthieß. Sie klopfte mit dem Daumen gegen die Tür hinter ihr. »Bei Dunkelheit musst du wieder drin sein, und du darfst nichts mit zurückbringen. Du wirst durchsucht werden.«

Dorotea rührte sich nicht. Ihr Blick wurde von einer besonderen, von der Schießscharte eingerahmten Komposition aus Himmel und einer einsamen Wolke gefesselt. Das Bild würde einen hervorragenden Hintergrund für ein Symbol des Engels Lailaraille abgeben, dessen Bereich die Luft war und der oft von Leuten benutzt wurde, die etwa beim Schwammtauchen und Ähnlichem länger unter Wasser bleiben wollten.

»Hast du mich gehört?«, blaffte Mutter. »Du kannst rausgehen! Mach schon, los!«

Dorotea antwortete immer noch nicht, bis die Schließerin kam und ihr hart auf die Schulter klopfte.

»Was? Oh, ja«, antwortete Dorotea. Sie lächelte Mutter an. »Tut mir leid, ich war in Gedanken. Ich werde in einer Minute zu einem Spaziergang aufbrechen.«

»Du bist ja eine ganz Komische, das ist mal sicher«, grummelte Mutter. »Bist du irgendwie mit Rochefort verwandt?«

»Hmmm?«, fragte Dorotea. Sie riss sich vom Fenster los. Die Wolke hatte sich aufgelöst, und der Himmel an sich war weit weniger interessant. »Nein, ich habe in Lutace keine Familie.«

»Besondere Privilegien«, grummelte Mutter. »Diese ganzen ›Gäste‹ und ›vorübergehenden Besucherinnen‹. Ist nicht mehr wie in den alten Tagen. Früher wurde man zum Turm geschickt. Dann also los mit dir! Kann sein, dass dir nicht noch einmal erlaubt wird rauszugehen, Kapitänin Rochefort hin oder her!«

»Danke«, sagte Dorotea. Sie blieb kurz stehen, um Mutter einen flüchtigen Kuss auf die Stirn zu drücken. Die Schließerin wich zurück und hätte sie fast geschlagen, weil sie vermutete, dass Dorotea sich über sie lustig machte, aber dann zögerte sie. Rochefort *hatte* besondere Privilegien für die hier verfügt, und Mutter wusste nicht, warum. Es war das Beste, sie sehr vorsichtig zu behandeln. Außerdem hatte der Kuss wirklich unschuldig gewirkt.

»Äh ... wie komme ich nach draußen?«, fragte Dorotea. »Als ich hier reingebracht wurde, habe ich nicht auf den Weg geachtet.«

Mutter schüttelte den Kopf und schob sich an der jungen Scholarin vorbei. »Keine Ahnung, was mit der Welt los ist«, murmelte sie. »Folge mir!«

Sie führte Dorotea zu der Wendeltreppe in der südwestlichen Ecke, fünf Stockwerke nach unten und hinaus durch die Wachstube, wo ihr Gefährte, der merkwürdigerweise allen als

Onkel bekannt war, ihr einen wissenden Blick zuwarf. Zwei Pursuivants der Kardinalin unterbrachen kurz ihr Würfelspiel, um sie ebenfalls zu mustern, aber sie ließen sich nicht zu einer Bemerkung herab. Mutter bemerkte, dass sie Dorotea fest im Blick hatten. Das hier war wirklich ein ganz besonderer Gast der Kardinalin.

Jenseits der Wachstube überquerten sie die Zugbrücke zu einer provisorischen Holztreppe, die vor fünfzehn Jahren gebaut worden war und jetzt jeden Tag von einer aus Stein ersetzt werden sollte.

Dorotea blieb stehen und blinzelte ins Sonnenlicht, das sie nun einhüllte und so viel wärmer und heller war als der schmale Lichtstreifen, der durch die Schießscharte in ihre Zelle dringen konnte. Wie die meisten ihrer Zunft arbeitete sie gern bei natürlichem Licht und war von den Werkstätten der Belhalle begeistert gewesen, wo Glas, das von Engeln vervollkommnet worden war, das Gefühl vermittelte, als wäre man nicht drinnen, sondern draußen.

»Die Stufen runter«, sagte Mutter. »Wenn irgendjemand dich belästigt, sag, dass du im Turm als Gast Ihrer Eminenz bist. Sei zurück, wenn der Abend dämmert.«

»Ich kann einfach weggehen?«, fragte Dorotea. »Ich bin verwirrt, dass ich ein Gast bin und keine richtige Gefangene.«

»Ich auch«, sagte Mutter. Sie hustete einen Schleimklumpen aus und spuckte ihn über das Geländer.

»Ich könnte einfach immer weitergehen«, sinnierte Dorotea. »Zurück zur Belhalle, zurück zu meiner Arbeit.«

»Du bist immer noch in der Sternfestung«, sagte Mutter und schüttelte den Kopf. »Du kannst nicht raus. Selbst wenn du könntest, würdest du gefangen genommen … ich meine, eingeladen werden zurückzukommen.«

»Ich mache nur Symbole«, sagte Dorotea. »Ich verstehe das alles nicht.«

»Das tut nie jemand«, erwiderte Mutter und spuckte noch einmal aus.

Dorotea blickte auf den Platz hinaus. Die Seite des Turms versperrte größtenteils die Sicht, doch sie konnte mehrere Gebäude erkennen und einen erhöhten Gemüsegarten, in dem etliche Verweigernde arbeiteten. Zu ihrer Rechten ragte die vorgestreckte Pfeilspitze des Zwei-Uhr-Ravelins nur ein wenig über den Wall hinaus, aber dahinter befand sich die klotzige Königin-Sofia-Bastion, eine massige Präsenz aus von Steinen umhüllter Erde. Soldaten schritten oben auf ihr entlang, tauchten von einer nicht sichtbaren Treppe oder aus einem Durchgang auf und verschwanden wieder, nachdem sie ungefähr eine Minute ihr Blickfeld durchquert hatten.

»Geh«, sagte Mutter.

Dorotea nickte gehorsam und begann, die Treppe hinunterzusteigen. Sie spürte, dass ihre Finger prickelten, ein Gefühl, das sie immer dann hatte, wenn sie einen Tag oder länger nicht in der Lage war, zu zeichnen oder zu malen oder etwas anzufertigen. Nicht notwendigerweise ein Symbol, auch wenn sie das am liebsten machte. Doch sie war ähnlich glücklich, wenn sie bildhauerte oder mit gefundenen Objekten herumspielte und irgendetwas aus ihnen herstellte. Engelsmagie war immer faszinierend, aber sie stellte nur einen Aspekt ihrer kreativen Sehnsüchte dar.

Ihre Schritte wurden schneller, je stärker ihre Hände prickelten. Niemand hatte sich zum Zeichnen oder Malen *außerhalb* des Gefängnisses geäußert. Vorausgesetzt, sie schuf keine Symbole, dann war es doch gewiss erlaubt? Sie hatte ein paar Livres in ihrer Börse, genug, um ein bisschen Papier und ein paar Holzkohlestifte zu kaufen. Irgendjemand hier würde so etwas haben, eine Architektin oder ein Konstrukteur oder vielleicht ein Artillerist oder eine Möchtegerndichterin. Sie könnte Karikaturen zeichnen und verkaufen, genau wie sie es in Tramereine gemacht hatte, um mehr Geld für Papier und vielleicht auch Farbe und Pinsel zu verdienen.

Dorotea eilte weiter. Zeichenmaterialien lockten. Schon bald würde sie wieder an der Arbeit sein.

Sie bemerkte nicht, dass ein Verweigernder – ein Junge, der am Fuß der Treppe herumgelungert hatte – ihr folgte; er hüpfte zur Seite, ließ sich zurückfallen, war anscheinend mit einem Spiel beschäftigt. Aber letztlich war er immer wieder ein Dutzend Schritte hinter Dorotea und ging in die gleiche Richtung.

Simeon wurde nicht zum Turm gebracht, sondern in ein gemütlich möbliertes Zimmer irgendwo tief unter der Kaserne der Pursuivants auf dem Ziffernblattplatz. Dort saß er dann auf einem gepolsterten Lehnstuhl, das Gesicht von einem enormen Kandelaber mit zwanzig oder dreißig großen roten Kerzen auf dem angrenzenden Tisch hell angeleuchtet, und wurde von einem müden Magister befragt, dessen vorzeitig weiß gewordene Haare einen scharfen Kontrast zu seiner dunklen mahagonifarbenen Haut bildeten, die nur wenige Falten aufwies. Der Magister benutzte ein Symbol, das er an einer schlecht vergoldeten Kette um den Hals trug, um einen Engel zu beschwören, dessen Präsenz Simeon als kalten Griff an seinen Schläfen spürte, begleitet von sehr tiefen Basstönen, die so ganz anders klangen als die hellen Harfentöne, die die meisten Engel hervorriefen.

Ein weiteres Mal beschrieb Simeon die Ereignisse des vergangenen Tages.

»Er spricht die Wahrheit, so wie er sie kennt«, verkündete der Magister an Rochefort gewandt, die entspannt in der Nähe saß und Wein aus einem Krug trank, der eigentlich für Bier gedacht war. »Wenn nicht ein mächtigerer Engel seine Erinnerungen beeinflusst hat – wovon Larquiniel keine Spur sehen kann –, ist das, was seiner Aussage nach passiert ist, tatsächlich passiert.« Der Magister zögerte, berührte dann den Deckel eines geschlossenen Symbols, das er als Brosche trug, und fügte hinzu: »Wollt Ihr, dass ich Pereastor beschwöre, um tiefergehende Nachforschungen anzustellen?«

Simeon wusste nicht, wer Larquiniel war, vermutlich nur ein Seraph oder Cherub, aber Pereastor gehörte zu den Herrschaften. Ein Engel, der nicht leichthin beschworen wurde, denn der Preis würde mindestens einen Monat der Lebensspanne dieses Magisters betragen.

»Das wird nicht nötig sein«, sagte Rochefort und stellte ihren Krug beiseite. »Auch wenn es praktischer wäre, wenn er tatsächlich gelogen hätte. Deraner, du hast alles mitgeschrieben?«

Eine Schreiberin mit sauertöpfischem Gesicht, die am Schreibtisch in der Ecke saß, nickte und beendete im gleichen Augenblick die Aufzeichnungen in einem Buch, das mit einer Kette an ihrem Gürtel befestigt war. Sie streute Sand über die Seite, damit die Tinte schneller trocknete, und schloss das Buch.

»Ich danke Euch, Ser Habil«, sagte Rochefort zu dem Magister. Der Angesprochene verbeugte sich und winkte der Schreiberin. Die nickte erneut und folgte dem Magister nach draußen.

Simeon schluckte eine Frage hinunter, die ihm auf der Zunge brannte, da er zu dem Schluss kam, dass es besser war, dem Beispiel der Schreiberin zu folgen und stumm zu bleiben. Aber Rochefort hatte die nervöse Bewegung gesehen.

»Es gibt da ein Geheimnis in Bezug auf Euch, das mir nicht gefällt, Doktor MacNeel«, sagte sie. »Dass auf Magister Delazan ein Scheusal angesetzt wurde, kann ich angesichts seiner Schulden und seiner Feinde verstehen. Das ist zwar ungewöhnlich, aber nicht vollkommen unwahrscheinlich. Doch warum sollten diese Verweigernden Euch retten? Zumindest einer ist mit Delazan gestorben, wie man an den Blutflecken erkennen kann, auch wenn die hastig aufgewischt wurden. Aber *wer* hat sie aufgewischt? Warum waren die Verweigernden da? Warum haben sie die Leichen mitgenommen? Diese Art Geheimnisse mögen weder Ihre Eminenz noch ich.«

»Ich weiß es nicht, Ser«, sagte Simeon.

»Ich denke, ich muss Euch beobachten lassen«, sinnierte Rochefort. »Um zu sehen, was passiert.«

Simeon nickte zerstreut. Beobachtet zu werden schien ihm das geringste seiner derzeitigen Probleme zu sein. Seit Magister Foxes Ausbruch hatte er pausenlos über seine Zukunft nachgedacht. Zwar war der Dekan ein Angeber und Feigling, aber er war auch ziemlich vorsichtig. Vermutlich besaß er die Rückendeckung der Versammlung der Magister und Magistras, und es würde einer größeren Autorität bedürfen, dass Simeon seinen Platz im Hospital zurückbekam.

Aber Simeon wollte gar nicht zurück ins Hospital.

»Es wäre sicher leichter, mich ... oder die Menschen um mich herum ... an einem Ort wie diesem zu beobachten, oder nicht, Ser?«, fragte er.

Rochefort kniff die Augen zusammen.

»Ich weiß, dass es in der Sternfestung ein Krankenhaus gibt«, fuhr Simeon rasch fort. »Von Zeit zu Zeit arbeiten einige von den Magistern und Magistras aus dem Hospital hier. Ich habe mich gefragt, ob ich vielleicht ...«

»Oh, ich verstehe«, sagte Rochefort. »Magister Foxes Aussage, dass Ihr kein Student mehr seid. Aber das spielt keine Rolle. Ihr könnt ins Hospital zurückkehren.«

»Ich will nicht zurück«, erklärte Simeon. »Ich war darauf vorbereitet, dort meine Zeit zu vertrödeln, denn sie lehren ohnehin nur wenig, was etwas wert wäre. Außerdem habe ich gehört, dass das Krankenhaus hier von Doktor-Magistra Hazurain geleitet wird ...«

»Ah, der Nebel hebt sich vollständig«, sagte Rochefort.

Doktor-Magistra Hazurain war die Ärztin der Königin und vermutlich die berühmteste Ärztin in ganz Sarance, auch wenn sie ursprünglich aus Dahazaran stammte.

»Was würdet Ihr tun, wenn man Euch nicht erlaubt, am hiesigen Krankenhaus zu arbeiten und zu studieren?«, fragte Rochefort. »Und Ihr auch nicht ins Hospital zurückkönnt?«

»Ich vermute ... ich würde nach Loutain zurückkehren müssen«, sagte Simeon. Er gab sich alle Mühe, es nicht zu zeigen, doch die Aussicht bedrückte ihn. Eigentlich brauchte er die Ausbildung überhaupt nicht, die ihm das Hospital bot, aber er brauchte die Bestätigung, dass er dort studiert hatte. Viele Patientinnen und Patienten bestanden darauf, von einem »richtigen Arzt aus Lutace« behandelt zu werden. Aber wenn er sagen könnte, dass er von der Ärztin der Königin, Doktor-Magistra Hazurain, ausgebildet worden war ...

»Manchmal verbinden sich die Bedürfnisse des Staates mit persönlichen Zielen«, sinnierte Rochefort. Sie ging zum Schreibtisch und schrieb rasch etwas auf ein Stück dickes Papier, unterzeichnete das Schreiben und versiegelte es nachlässig mit Kerzenwachs und dem geprägten Knauf ihres Dolches. »Bringt dies dem Oberbeamten des Krankenhauses«, sagte sie und überreichte Simeon das Schriftstück. »Es ist ein Empfehlungsschreiben an Doktor-Magistra Hazurain mit dem Vorschlag, dass Ihr dort Eure Studien unter ihrer Leitung fortsetzt und im Krankenhaus assistiert, mit dem Gehalt, das sie ihren Doktorenanfängern dort üblicherweise zahlen.«

»Oh ... ich danke Euch«, stammelte Simeon, während er den zusammengefalteten Brief entgegennahm.

»Ihre Eminenz wird meine Entscheidung prüfen«, warnte ihn Rochefort. »Es ist möglich, dass sie widerrufen oder geändert wird.«

Simeon nickte, aber die Worte kamen nicht wirklich bei ihm an. Dies war viel mehr, als er jemals erwartet hatte. Er hatte zugesehen, wie Hazurain erfolgreich eine Impressionsfraktur am Schädel operiert hatte, als er im Hospital angekommen war – und das *ohne* die Unterstützung eines Engels. Dass er einmal einer ihrer Studenten werden könnte, hätte er sich niemals träumen lassen. Sie befand sich so hoch über den normalen Doktor-Magistras des Hospitals wie der Turm über dem Graben der Sternfestung. Und dafür bezahlt zu werden, im Krankenhaus zu arbeiten! Im Hospital war er nicht bezahlt worden. Er hatte nur Kost und Logis erhalten.

»Vielleicht könnt Ihr auch mir helfen«, sagte Rochefort fast wie nebenbei. »Ihr könntet mich wissen lassen, wenn irgendetwas Seltsames passiert … so etwas wie die Sache mit den beiden Verweigernden, die Euch vor dem Scheusal gerettet haben. Ich will es sofort wissen, zu jeder Zeit. Nehmt diese Münze.«

»Ja, Ser«, sagte Simeon. Er griff nicht nach der Münze, auch wenn er sofort verstand. Dies war der Preis, den er zu zahlen hatte, um die Stelle bei Hazurain zu bekommen. Wenn er ihn akzeptierte, akzeptierte er damit auch, dass er eine Art Informant für Rochefort war. Das fühlte sich instinktiv widerlich an, aber er zwang sich, die Angelegenheit emotionslos zu betrachten. Er schuldete niemandem sonst eine spezielle Loyalität. Rochefort war eine Offizierin der Kardinalin, die Kardinalin war Ministerpräsidentin der Königin. Wenn die Königin ihm sagte, dass er für den Staat spionieren musste, würde er die Anweisung akzeptieren. Das hier war nichts anderes.

Aber es fühlte sich dennoch ein bisschen an, wie gekauft und verkauft zu werden …

»Nun?«, fragte Rochefort.

Simeon nahm die kleine silberne Münze, die Rochefort ihm hinhielt. Sie trug das Wappen der Kardinalin auf der einen Seite und eine stilisierte Darstellung Ashalaels auf der anderen.

»Zeigt das irgendeinem von meinen Pursuivants, und sie werden mir die Nachricht übermitteln. Eure Symbole, Eure medizinische Ausrüstung und Eure anderen Besitztümer werden Euch gebracht werden«, erklärte Rochefort. »Im Krankenhaus gibt es Zimmer für das medizinische Personal. Sagt dem Beamten, dass Ihr auf meinen Wunsch eins der besseren bekommen sollt.«

»Ja, Ser.«

Simeon stand auf, stellte fest, dass er Rochefort weit überragte, und verbeugte sich hastig. Einmal mehr musste er seine Ansichten über die Anführerin der Pursuivants ändern. Anfangs hatte sie freundlich gewirkt, dann hatte sie ihm auf dem Prunkschiff Angst eingejagt, und jetzt war sie fast so etwas wie eine Wohltäterin. Aber keine, die vollkommen uneigennützig handelte.

Simeon hoffte, dass er Rochefort niemals etwas würde berichten müssen.

Die Anführerin der Pursuivants wedelte nachlässig mit einer Hand, die wie immer in einem scharlachroten Handschuh steckte. Simeon verbeugte sich erneut und verließ das Zimmer. Kaum hatte er die Schwelle überschritten, zögerte er. Er stand in einem dunklen Korridor, der sich nach links und rechts erstreckte, und vor ihm lag ein Treppenhaus; zu seiner Rechten befand sich eine weitere schwere Eisentür.

»Da lang«, sagte eine von den Pursuivants, die mit auf dem Prunkschiff gewesen waren. Sie war nicht viel älter als er, aber unendlich viel selbstbeherrschter, eine Art Rochefort im Entstehen. Sie griff nach einer Blendlaterne und schickte einen schmalen Lichtstrahl den Korridor entlang. »Ich werde Euch zum Tor bringen, welches auf den Ziffernblattplatz hinausführt, und Euch das Krankenhaus zeigen.«

»Danke«, murmelte Simeon. Er folgte ihr in ein gut beleuchtetes Zimmer, in dem es von Schreibern und Schreiberinnen wimmelte, die auf rätselhafte Weise Papiere sortierten; weiter eine lange Treppe hinauf, die aus dem Felsen geschlagen worden war; dann durch einen Wachraum, wo einige Pursuivants eine kleine Armbrust abfeuerten – eine wie die, die die Verweigernde im Hospital gegen das Scheusal benutzt hatte; sie schossen alle der Reihe nach auf einen kleinen Kürbis, der auf einer Kommode platziert war.

Hinter dem Wachraum gingen sie durch ein Tor, unter Mörderlöchern und hochgezogenen Fallgittern hindurch und an weiteren Pursuivants vorbei, die Wache standen. Sie überquerten eine Brücke und schritten dann eine rechtwinklige offene Treppe zu dem riesigen Platz namens Ziffernblattplatz hinunter, der eine Miniaturstadt war.

»Seht Ihr die kupferne Turmspitze des Tempels?«, fragte die Pursuivant. Sie musste nicht sagen, dass es ein Ashalael-

Tempel war, denn ganz besonders hier konnte es gar nichts anderes sein.

Simeon nickte.

»Geht in diese Richtung. Das Krankenhaus liegt leicht östlich davon, es ist das weiß getünchte Gebäude direkt gegenüber vom Gasthaus.«

»Nochmals danke«, sagte Simeon.

»Flickt mich irgendwann mal zusammen«, erwiderte die Pursuivant mit einem Zwinkern. Simeon wusste zwar nicht so recht, was sie meinte, aber er lächelte. Er war von dem Zwinkern überrascht, denn die Pursuivants hatten den Ruf, puritanisch zölibatär zu leben. Ganz im Gegensatz zur Königsgarde oder auch den Musketieren der Königin.

»Gern«, murmelte er. »Das heißt, eigentlich hoffe ich, dass das nicht nötig sein wird.«

»Früher oder später ist es das immer«, sagte die Pursuivant. Sie zwinkerte ihm erneut zu und machte dann auf dem Absatz kehrt; ihre Degenscheide klapperte gegen ihr wohlgeformtes Bein.

Simeon starrte ihr einen Moment nach, errötete und drehte sich um, richtete den Blick auf die Turmspitze des Tempels. Dann marschierte er los.

Elf

Das Gasthaus war eins der ältesten Gebäude auf dem Ziffernblattplatz, das Eckhaus einer Reihe aus sechs Häusern, die
noch vor dem Bau der Sternfestung errichtet worden waren.
Angesichts der großen Fässer, die vor der Vordertür standen,
war leicht zu erkennen, wozu es diente; zwei davon waren
gegenwärtig als behelfsmäßige Tische in Gebrauch, an einem
standen zwei staubige Steinmetze mit einer ebenso staubigen
Kollegin, am anderen ein Trio aus der Königsgarde, Überzäh-
lige ihrer deutlich zahlreicheren Regimentsbrüder und
-schwestern drinnen. Die Mitglieder der Königsgarde waren
leicht als solche zu erkennen mit ihren dunkelgrünen Wäm-
sern und blassgrünen Hemden und Kniehosen sowie den
Wappenröcken in einem weiteren Grünton, die ihr Wappen
zeigten: eine mit einem Schwert verzierte Krone mit fünf Zacken in Gold. Während die Steinmetze Bier aus hölzernen
Krügen tranken, hielten die Mitglieder der Garde sich an Fla-
schenwein. Beide Gruppen wurden von hin und her huschen-
den jungen Verweigernden – Mädchen und Jungen – in grauen
Kitteln und mit grauen Kappen bedient.

Aus den zwar offenen, aber schwer vergitterten Fenstern
drang gewaltiger Lärm von Soldatinnen und Soldaten, die miteinander tranken, würfelten, stritten und lachten. Über der
Tür des Gasthauses hing an einer eisernen Stange ein großes
Schild, das so verblasst war, dass die ursprünglichen sechs goldenen Becher nur noch wie formloses farbiges Geschmiere
aussahen.

Jetzt wurde das Zeichen endlich neu gemalt. Eine Künstlerin im Gewand einer Belhalle-Scholarin hockte hoch oben auf
der Leiter, die an einem der größeren Fässer festgebunden war,

damit die Malerin nicht heruntergestoßen werden konnte, eine sehr notwendige Vorsichtsmaßnahme, zu der sich auch noch ein Verweigernder – einer der Schankjungen – gesellte, der am Fuß der Leiter stand und »Passt auf, wo ihr hingeht!« und »Achtet auf die Leiter!« quiekte.

»Es ist voll«, sagte Henri, der sehr zufrieden mit sich war, weil er den Weg aus den Tunneln unter der Kaserne der Musketiere gefunden hatte, auch wenn er Agnez gegenüber nicht zugab, dass sie ganz woanders herausgekommen waren, als er erwartet hatte, nämlich im Kräutergarten des Krankenhauses, der auf der anderen Straßenseite vom Weinladen lag und gut zweihundert Schritte von der Kaserne der Musketiere entfernt war. »Das sind alles Mitglieder der Königsgarde.«

»Die meisten von ihnen sind drinnen«, sagte Agnez und deutete dann mit dem Finger. »Um das dritte Fass herum ist Platz, neben der Steinmetzin und ihren Kollegen. Die belästigt niemand. Ihr müsst doch bestimmt auch den Staub runterspülen? Meine Kehle fühlt sich wie Teerpappe an.«

»Müsstet Ihr Euch nicht in der Kaserne melden?«, fragte Henri. Sie hatten sich unterhalten, während sie Treppen hinauf- und hinunter- und durch Gänge gegangen waren und ihnen Agnez' Symbol den Weg geleuchtet hatte. Es fiel ihm leicht, sich mit Agnez zu unterhalten, auch wenn sie sehr feste Ansichten hatte. Er machte sich bereits Sorgen, was geschehen würde, wenn sie herausfand, dass er tatsächlich in den Diensten der Kardinalin stand und nicht in denen der Königin. Er wollte es ihr sagen, um es hinter sich zu bringen, aber er musste die passende Gelegenheit finden. Oder vielleicht auch den Mut.

»Oh, ich habe noch Zeit für eine Flasche Wein«, verkündete Agnez fröhlich. »Franzonne hat gesagt, ich soll mich nicht zu früh melden.«

»Franzonne? Die Meisterkämpferin der Königin?«, fragte Henri. »Ihr seid ihr begegnet?«

»Ich habe gegen sie gekämpft«, erklärte Agnez. »So habe ich mir den Platz als Kadettin erkämpft.«

»Ihr musstet *Franzonne* besiegen?«, fragte Henri, während sie auf eine Lücke im Menschenstrom warteten. Ein Dutzend Gärtner in rostbraunen Kitteln und mit breitkrempigen Hüten, von denen jeder einen kleinen Baum in einem Kübel trug, gingen an ihnen vorbei, dicht gefolgt von einer großen Gruppe Verweigernder, die einen niedrigen Karren zogen, auf dem sich ein einzelner Eichenstamm befand, der ziemlich sicher für den Neuen Palast bestimmt war. Dies sorgte dafür, dass Henri sich leicht schuldig fühlte, denn er hätte längst zurück bei der Architektin sein und ihr Bericht erstatten müssen, aber seine Schuldgefühle waren nicht groß genug, um ihnen zu folgen.

»Es war ein Unentschieden«, sagte Agnez, als sie über die Straße flitzten und sich an das einzige Fass stellten, das noch nicht als Tisch benutzt wurde. »Im Grunde. He, Schankjunge! Zwei Flaschen von eurem besten Wein.«

Ihre klare, selbstbewusste Stimme übertönte das Gemurmel der Menge, und mehrere Leute drehten den Kopf, um zu ihr hinzusehen. Unter anderem die Mitglieder der Königsgarde. Bereits betrunken, starrten sie Agnez und Henri an, als sei ihnen plötzlich etwas höchst Widerwärtiges vor die Augen gekommen. Zwei von ihnen, ein Mann mit zerschlagenem Gesicht und kleinen Augen und eine größere dunkle Frau mit höhnisch verzogenem Mund, näherten sich den Neuankömmlingen.

»Heute ist Dienstag«, sagte der Mann mit dem zerschlagenen Gesicht und starrte Agnez finster an. Er war ziemlich betrunken und schwankte im Stehen.

»Und ich habe mich noch gefragt«, erwiderte Agnez. »Es hat sich zwar wie Montag angefühlt, aber da war so ein nagender Zweifel …«

»Am Dienstag trinkt hier die Königsgarde«, fügte der Mann hinzu und machte eine wegscheuchende Bewegung. »Keine Banditinnen vom Land und … und Schreiber mit Tinte an den Fingern.«

Agnez sah an ihren unscheinbaren Lederklamotten hinunter und zog eine Augenbraue hoch, während Henri mit den Fingern wedelte, um zu zeigen, dass sich keine Tintenflecken an ihnen befanden. Der rotgesichtige Mann wurde noch röter, und das höhnische Grinsen der Frau vertiefte sich. »Mitglieder der Garde?«, fragte Agnez. »Ich habe Euch angesichts des ganzen Grüns für Gärtner gehalten, wie die Burschen mit den Bäumen …«

Sie duckte sich unter einem weiten Schwinger hinweg, machte einen Schritt zurück und lachte, als der Mann sich vom eigenen Schwung mitgerissen um sich selbst drehte. Bevor er sich erholen konnte, trat sie ihm in die Kniekehle, und er stürzte mit einem schmerzerfüllten, wütenden Schrei zu Boden. Die Frau hinter ihm griff nach ihrem Degen, aber die Steinmetzin stand plötzlich auf und packte sie in einer Bärenumarmung.

»Nein«, sagte die Steinmetzin, deren kräftige Arme voller Steinstaub waren, in dem sich ihre Muskeln wie Eisenbänder abzeichneten. »Keine Klingen.«

»Garde! Zu mir!«, kreischte die Frau und kämpfte gegen die Umklammerung an.

Der dritte Gardist, ein zurückhaltender Bursche, seufzte und stand auf, ließ aber seine Weinflasche nicht los. Der fröhliche Lärm im Innern des Gasthauses endete plötzlich – eine Art Ruhe vor dem Sturm –, und dann war zu hören, wie Stühle und Hocker zurückgeschoben wurden, als die Gardisten sich nach draußen aufmachen wollten.

Aber bevor sie das tun konnten, fiel plötzlich die Leiter um, auf der die Künstlerin stand, verkeilte sich zwischen zwei großen Fässern und lag quer vor der Tür. Da diese sich nach außen öffnete, war der Weg nun blockiert. Die Scholarin von der Belhalle, die auf der Leiter gestanden hatte, hielt sich noch einen Augenblick am Schild fest und ließ sich dann fallen.

Sie landete, als der erste Gardist sich gerade wieder aufgerappelt hatte und erneut einen Schwinger gegen Agnez versuchte. Da sie vom Fall der Leiter abgelenkt war, hätte er vielleicht sogar getroffen, doch Henri trat vor, schnappte sich den Arm des Mannes und warf ihn über seine Hüfte, eine auf dem Land beim Ringkampf beliebte Bewegung, die seine älteren Geschwister oft bei ihm angewendet hatten, bis er selbst sehr gut darin geworden war. Der Gardist stürzte schwer zu Boden, und dieses Mal stand er nicht wieder auf.

Die Gardistin, die von der Steinmetzin festgehalten wurde, versuchte erneut zu rufen und musste feststellen, dass sie so stark gedrückt wurde, dass sie kaum noch Luft bekam; anfangs machte sie ein überraschtes Gesicht, dann stand Panik darin. Die Steinmetzin wartete geduldig, während die Bewegungen der Gardistin erst verzweifelter und dann langsamer wurden. Als sie bewusstlos wurde, legte sie die Frau sanft neben ihrem Kameraden auf den Boden.

Ein Gebrüll von drinnen, ein Stoß, der die Tür erzittern ließ, und das Ächzen der Leiter verkündeten, dass die Gardisten etwas gefunden hatten, das sie als Rammbock verwenden konnten.

Statt anzugreifen, schlenderte der dritte Gardist dorthin, wo sein Kamerad und seine Kameradin bewusstlos lagen, und nahm dabei einen tiefen Schluck aus seiner Flasche.

»Ihr scholltet gehn«, murmelte er und wedelte so heftig mit einer Hand, dass er hinfiel und schließlich mit dem Rücken an ein Fass gelehnt dasaß; erstaunlicherweise hatte er die Weinflasche noch immer in der Hand. »Die an'ern wür'n es nich' verstehn.«

»Was verstehen?«, fragte Agnez. »Ich bin sehr gut auf einen Kampf vorbereitet, ganz egal, wie viele …«

»Nein, nein«, sagte die stämmige Steinmetzin. Sie winkte ihren Kameraden, die ihre Werkzeuge und Schürzen zusammensuchten. »Lasst es, Jungspund. Sie haben den ganzen Nachmittag getrunken. Es würde Tote geben, nicht nur eine Schlägerei. Am besten, wir verschwinden.«

Mit diesen Worten stapften die drei davon. Ein weiterer Rums und ein Krachen waren zu hören und dann triumphierendes Geschrei, als die Leiter splitterte, allerdings noch nicht vollständig zerbrach.

»Sie hat recht«, sagte Henri. Er schaute sich um. Wenn sie die Straße entlanggingen – egal, in welche Richtung –, würden sie schnell entdeckt und verfolgt werden. Aber die Männer und Frauen der Königsgarde würden sicher auch in die nahegelegenen Läden schauen, etwas, das auch den Ladenbesitzern offensichtlich klar war, die bereits anfingen, Türen und Fenster zu verbarrikadieren.

Aber es gab ein offenes Tor, genau gegenüber auf der anderen Straßenseite.

»Das Krankenhaus«, sagte er und deutete in die entsprechende Richtung. Er ging los, blieb jedoch stehen, als sich weder Agnez noch die Künstlerin rührten. Sie sahen einander an; Agnez beschattete die Augen mit einer Hand, die Scholarin erwiderte ihren Blick mit einem freundlichen, aber verwirrten Lächeln.

»Kommt schon!«

Die beiden Frauen reagierten, entweder auf Henris Ruf oder auf das Geräusch der jetzt doch durchbrechenden Leiter und der aufspringenden Gasthaustür, und alle drei rannten über die Straße. Unglücklicherweise bedeuteten selbst diese wenigen Sekunden Verzögerung, dass die ersten Gardisten, die aus der Tür stürmten, sie sahen und mitbekamen, wo sie hinrannten. Ein großes Geschrei und Gezeter erhob sich, und etliche Mitglieder der Königsgarde fielen übereinander, als sie betrunken auf die Straße hinausschossen.

Irgendwo begann eine Glocke zu läuten, rief vielleicht nach Verstärkung, auch wenn Henri keine Ahnung hatte, für wen. Was passierte, wenn die Königsgarde randalierte? Wer würde sie wieder gefügig machen?

Sie erreichten das Tor ein gutes Dutzend Schritte vor ihren Verfolgern, schlugen es hinter sich zu und legten gerade noch rechtzeitig den Riegel vor. Agnez sah nach rechts und links und dann die Mauer hoch.

Das Tor dröhnte, als jemand dagegen prallte, begleitet von einem Schmerzensschrei. Die Mitglieder der Königsgarde warfen sich gegen das schwere Eichentor.

»Wenn sie Fässer hier rüberrollen, um auf sie draufzusteigen, oder eine andere Leiter finden, werden sie in einer Minute über die Mauer kommen«, sagte Agnez.

»Dafür sind sie zu betrunken«, erwiderte Henri, aber er sah sich auf dem Hof bereits nach einem Ausweg um. Das eigentliche Krankenhaus war ein beeindruckendes, weiß getünchtes Gebäude mit großen Bogenfenstern. Es gab ein weiteres, halb offenes Tor, von dem Henri vermutete, dass es zu dem Kräutergarten führte, in dem er und Agnez aus den Tiefen wieder ans Licht gestiegen waren. Wenn sie dorthin gelangten, würden sie …

»Sie sind nicht alle zu betrunken«, sagte Agnez und deutete auf die Mauer, wo jetzt zwei Mitglieder der Königsgarde – ein Mann und eine Frau – aufgetaucht waren. Als sie ihre vermeintlichen Feinde entdeckten, sprangen sie von der Mauer und zogen unverzüglich ihre Degen, was durchaus etwas Komödiantisches hatte, da sie im Gegensatz zu dem, was Agnez gesagt hatte, sehr betrunken waren.

Agnez zog ihren eigenen Degen und trat vor Henri und die Künstlerin.

»Nur eine von ihnen hat einen Degen«, sagte die große junge Frau mit den roten Haaren, die sich gelöst hatten und ihr jetzt ins Gesicht fielen, da sie beim Sprung von der Mauer ihren Hut verloren hatte.

»Eine«, stimmte der andere Gardist ihr zu, dessen sorgfältig gepflegter Schnurr- und Kinnbart die Tatsache, dass er kaum existierte, nur noch mehr unterstrich. Seine glatte, safrangelbe Haut deutete darauf hin, dass er kaum älter als siebzehn sein konnte. »Äh … ist das wichtig?«

»Zwei können nicht gegen eine kämpfen«, sagte die Frau und blieb schwankend stehen; sie senkte den Degen, bis die Spitze die Bodenplatten berührte. »Das tut man nicht.«

»Nein«, stimmte der Mann ihr zu.

»Muss mit einem nach der anderen kämpfen ...«, nuschelte die Frau. Sie sah Agnez an und fügte hinzu: »Die Sache ist nur ... bin mir nicht sicher, ob Ihr eine vornehme Dame seid. Ich bin Debeuil, Kadettin in der Königsgarde. Ich kann nicht einfach so gegen jeden und jede kämpfen.«

»Ich heiße Descaray und bin Kadettin der Musketierinnen und Musketiere der Königin«, sagte Agnez. »Aber ich habe meine Uniform noch nicht bekommen.«

»Oh, eine Musketierin!«, sagte die Frau. »Dann ist es in Ordnung. Ich werde Euch gleich angreifen. Ich muss nur ...« Ihr Blick schweifte plötzlich ab, und sie starrte an Agnez vorbei, die versuchte, nicht zu lächeln. Sie hatte noch nie jemanden gesehen, der so betrunken war und immer noch aufrecht stand. Auch wenn das Stehen in diesem Fall mehr ein kreisförmiges Schlenkern mit der Hüfte war.

»Ich bitte um Entschuldigung«, sagte Henri sanft und trat vor. »Aber ich frage mich, ob ich vielleicht eine Lösung für das Problem vorschlagen dürfte, dass nur eine von uns einen Degen hat.«

»Wer seid Ihr?«, fragte der Gardist. Er versuchte, seinen Degen wieder in die Scheide zu stecken, und fummelte damit herum, drehte sich dabei im Kreis wie ein Hund, der seinen eigenen Schwanz jagte. »Ich bin Demaugiron. Nicht die Marquis, das ist meine Schwester.«

»Ich bin Dupallidin, ein Assistent der Architektin der Königin«, sagte Henri. »Nun ja, wenn Ihr mir Euren Degen leiht, dann haben zwei von uns Degen.«

»Oh ja, gute Idee«, sagte der Mann. Er versuchte nicht weiter, seinen Degen in die Scheide zu schieben, sondern packte ihn knapp unter der Parierstange und präsentierte Henri das Heft, der es nahm und zurücktrat.

»Ich werde Euch gleich angreifen«, sagte die Frau und blinzelte. »Sagt Ihr mir noch mal, warum wir eigentlich kämpfen?«

»Wir können nicht kämpfen«, sagte Henri. »Nur eine von Euch hat eine Waffe, und zwei von uns haben Degen.«

»Ihr habt recht!«, rief der Mann. Er dachte kurz nach. »Vielleicht könntet Ihr mir Euren leihen?«

»Natürlich«, sagte Henri. »Aber die Arithmetik bleibt gleich, nur unter anderen Vorzeichen. Unter diesen Bedingungen können wir nicht kämpfen.«

»Können wir nicht?«, fragte die Frau.

Henri, Agnez und die Künstlerin schüttelten alle langsam den Kopf.

»Wegen der 'rithmetik«, sagte der Mann und nickte weise. Er stand relativ still, als Henri für ihn den Degen in die Scheide schob. »Tja, das war's dann. Wo sind wir?«

»Ihr seid im Hof meines Krankenhauses«, sagte eine strenge Stimme, die einer stirnrunzelnden Doktor-Magistra gehörte. Einer offensichtlich sehr wichtigen Doktor-Magistra, einer Frau von vielleicht fünfzig Jahren oder eher von vierzig – sie schien durch den Gebrauch von Engelsmagie vorzeitig gealtert. Ihre schwarze Robe war goldgesäumt, und sie trug eine burgunderfarbene Samtkappe mit einer goldenen Quaste auf den weißblonden Haaren, die zurückgekämmt und mit einem juwelenbesetzten Tuch zusammengebunden waren. Sie hatte eine Symbolplakette an der Kappe, mehrere Symbolbroschen an ihrer Robe und vier Symbolringe.

Ihre Autorität ausstrahlende Stimme und Erscheinung reichten aus, dass alle Eindringlinge sich umdrehten und sich verbeugten. Die beiden Mitglieder der Königsgarde fielen dabei um und versuchten mühsam, sich wieder aufzurappeln.

Der Doktor-Magistra folgte ein weit jüngerer Arzt. Er war in so ziemlich jeder Hinsicht körperlich ihr genaues Gegenteil: ein sehr dunkelhäutiger junger Mann, der mindestens anderthalb Fuß größer und zwei- oder dreimal so breit war wie sie. Seine Robe war schlicht, und auf den Ärmeln befanden sich getrocknete Blutflecken.

»Was ist da los?«, fragte die ältere Doktor-Magistra ungeduldig, als das Tor wieder lautstark erbebte. »Dieser Lärm ist schlecht für meine Patientinnen und Patienten.«

»Betrunkene Soldaten, Ser«, berichtete Agnez und stand stramm. Das Tor wurde erneut bestürmt, gefolgt vom Geräusch brechender Knochen und einem Schmerzensschrei.

»Hmpf. Sie versuchen es einzutreten und verletzen sich dabei selbst. Das können wir nicht zulassen.«

Die Magistra legte die Hände aneinander; zwei Finger ihrer linken Hand ruhten auf einem der Symbolringe, die sie an der rechten Hand trug. Sie holte tief Luft und begann zu flüstern. »Oh«, sagte die Künstlerin. »Dramhiel. Kopfschmerzen allerorten.«

Zum ersten Mal sah Henri diese zierliche Scholarin richtig an, und zum zweiten Mal an diesem Tag hatte er schlagartig das Gefühl, als wäre er jemandem schon einmal begegnet. Obwohl sie ganz anders als Agnez aussah – sie war schlanker, und ihre Haare und ihre Haut waren viel dunkler, ihre lebhaften Augen fast schwarz –, hatte er das Gefühl, als würde er sie ebenfalls kennen und hätte sie schon immer gekannt. Aber er wusste nicht, wer sie war, was lächerlich war.

»Äh … kenne ich Euch?«, fragte er. Er sah zu Agnez, die Stirn tief gerunzelt, doch sie starrte den jungen Doktor an, der seinerseits zurückstarrte, und zum *dritten* Mal hatte Henri das Gefühl einer unerwarteten Vertrautheit und dass er diesen großen jungen Mann kannte oder ihn gekannt und irgendwie vergessen hatte.

Das Rauschen von Engelsschwingen war zu hören und ein weit entfernter Trompetenton. Henri spürte schlagartig Schmerzen hinter den Augen, die sofort wieder verschwunden waren, aber offensichtlich nicht so schnell bei den Gardisten und Gardistinnen auf der anderen Seite der Mauer oder den beiden, die ganz in der Nähe auf dem Boden hockten. Ein großes Geächze und Gestöhne waren zu hören, gedämpfte Bemerkungen wie »Oh, mein Kopf«, »Meine Augen« und »Was für Schmerzen«.

»Ich wusste gar nicht, dass Dramhiel so viele auf einmal läutern kann«, sagte die Künstlerin.

»Nicht Dramhiel«, blaffte die Doktor-Magistra. »Sein Oberer, der Thron Azhakiel. Ein häufiger Irrtum angesichts ihres fast identischen Bereichs. Kommt, MacNeel, ich möchte hören, was Ihr zu unserem Patienten mit der offenen Kniescheibe sagt.«

Sie drehte sich auf dem Absatz um – einem rot bemalten Absatz, der auf eine hohe Stellung am Hof hindeutete – und schritt davon.

Der große junge Doktor sah ihr nervös nach, dann blickte er wieder die anderen drei an. »Ich muss gehen«, sagte er. »Ich heiße Simeon MacNeel. Wir müssen uns treffen. Da ist etwas ... ich verstehe nicht ...«

»Ja«, sagte Agnez. Sie erkannte in ihm den Gefangenen, den sie auf dem Prunkschiff der Kardinalin gesehen hatte, und empfand jetzt aus der Nähe die gleiche merkwürdige Vertrautheit, die sie auch mit Henri erlebte. »Wo? Wo sollen wir uns treffen?«

»Hier?«, schlug Simeon vor. »In der Abenddämmerung oder kurz danach.«

»Zu nah beim Gasthaus. Die Königsgarde ...«, sagte Henri und deutete auf die beiden, die über die Mauer geklettert und jetzt bewusstlos waren und schnarchten. »Es ist immer noch Dienstag, ihr Tag ...«

»Oh, der ganze Haufen wird bewusstlos sein oder einen furchtbaren Kater haben«, sagte Simeon. Er sah die Künstlerin an. »Dramhiel ... oder Azhakiel, wie auch ich gerade gelernt habe ... reinigt den Körper, aber man bezahlt einen heftigen Preis dafür, schlagartig wieder nüchtern zu sein. Ich denke, ich sollte ein paar meiner Leute die beiden nach drinnen bringen lassen. Die werden jetzt bis Sonnenuntergang schlafen.«

Er winkte in Richtung der Stufen zum Krankenhaus, und ein Verweigernder, der dort gestanden hatte, nickte und rannte herbei.

»Unabhängig von der Königsgarde, es wäre vernünftiger, wir würden uns an einem weniger öffentlichen Ort treffen«, sagte Henri. »Ich habe ein Zimmer im Neuen Palast – nun ja, einen Stall dort, wo einmal die Stallungen hinkommen werden. Ich bin Henri Dupallidin, Assistent der Architektin der Königin.«

»Also gut«, sagte Simeon. »Dann also im Neuen Palast, Henri. Und ...«

»Agnez Descaray«, sagte Agnez. »Kadettin der Musketierinnen und Musketiere der Königin.«

Sie drehte sich zu der Künstlerin um, die freundlich lächelte, aber nichts sagte.

»Und wer seid Ihr?«, fragten die anderen drei gleichzeitig.

»Oh, ich bin Dorotea Imsel. Ich bin eine Symbolmacherin und Scholarin an der Belhalle ... hmmm ... ich nehme an, im Moment eher nicht, denn ich bin ›Gast‹ der Kardinalin. Im Turm.« Sie machte eine Pause, sah, dass die drei sie voller Mitgefühl und Entsetzen anstarrten. »Oh, ich bin noch nicht sehr lange dort. Und ich darf tagsüber nach draußen. Aber nachts werde ich eingesperrt. Deshalb kann ich mich auch nicht in der Abenddämmerung mit Euch treffen.«

»Morgen um diese Zeit?«, fragte Simeon drängend. Noch während die anderen nickten, schritt er davon, blieb kurz stehen, um mit dem Verweigernden zu sprechen, der losging, um mehr von seinesgleichen zu holen, die die beiden Bewusstlosen auf Krankentragen nach drinnen bringen sollten.

»Ich muss zurück zum Neuen Palast«, sagte Henri, aber er rührte sich nicht vom Fleck.

»Und ich muss zur Kaserne der Musketiere«, sagte Agnez. Aber auch sie bewegte sich nicht. »Es ist so merkwürdig ... wie kann ich das *Gefühl* haben, ich würde Euch alle kennen, ohne *dass* ich Euch kenne? Und gibt es noch *mehr* von uns?«

»Hmmm?«, fragte Dorotea. Sie konnten fast sehen, wie ihre Gedanken von irgendwo anders zurückkamen. »Oh, das ist leicht. Nun ja, es ist nicht leicht. Unkompliziert, nehme ich an.«

183

»Was?«, fragte Henri.

»Das geschieht, wenn Menschen in nächster Nähe binnen kurzer Zeit den gleichen Engel beschworen haben«, erklärte Dorotea. »Das Gefühl kommt von dem Engel, den wir teilen. Auch wenn ich neugierig bin, welchen Engel eine Musketierin, ein Schreiber und ein Doktor wohl anrufen würden. Und ich bin zwar eine Symbolmacherin, habe aber in letzter Zeit sehr wenig Engelsmagie angewendet ... ich vermute, am häufigsten ...«

»Ich habe seit sechs Monaten keinen Engel mehr beschworen«, unterbrach Agnez sie. »Ich vertraue auf meinen Degen, nicht auf Magie.«

»Und ich auch nicht«, erklärte Henri. »Ich bin kein großer Magier, und ich habe nur ein altes, abgenutztes Symbol. Ich wage es nicht, Huaravael anzurufen, es sei denn in größter Not – was das sein sollte, kann ich mir nicht vorstellen –, denn das Symbol wird vermutlich zerbrechen.«

»Ich kenne Huaravael nicht«, sinnierte Dorotea; ihre Gesichtszüge wirkten geschärft, ihre Gedanken wieder vollkommen präsent. »Ich nehme es zurück.«

»Was nehmt Ihr zurück?«, fragte Agnez.

»Die Sache mit dieser Vertrautheit, die wir gemeinsam haben«, sagte Dorotea, »ist weder einfach noch unkompliziert. Wir müssen mehr wissen. Ich werde heute Nacht darüber nachdenken.«

»Wartet! Was habt Ihr vor?«, fragte Henri, als Dorotea zum Tor trat und den Riegel anheben wollte.

»Ich muss das Schild fertig malen, sonst erlaubt mir der Gastwirt nicht, meine neuen Farben bei ihm zu lassen«, sagte Dorotea. »Ich darf solche Sachen nicht mit in den Turm nehmen.«

»Aber die Königsgarde ... Ihr habt die Leiter umgeworfen ...«, begann Agnez.

»Oh, ich denke, die sind im besten Fall davongestolpert, um sich ins Bett zu legen, oder dort umgefallen, wo sie getrunken haben … wie die beiden, die über die Mauer geklettert sind«, sagte Dorotea ruhig. »Außerdem habe ich die Leiter nicht umgeworfen.«

»Nicht?«

»Das war der Junge, der Verweigernde, der sie festgehalten hat. Aber ich war froh, dass er es getan hat.«

»Warum?«, fragte Henri.

»Er hat mir schon den ganzen Morgen geholfen«, erwiderte Dorotea. »Ich nehme an, manche Leute sind einfach so …«

»Nein, warum wart Ihr froh?«

»Weil es dafür gesorgt hat, dass ich nach unten geschaut und Euch beide gesehen habe, und ich dachte … nein, ich habe *gewusst*, dass ich mit Euch sprechen muss«, sagte Dorotea. »Was sehr interessant ist. Wir sehen uns morgen.« Sie hob den Riegel, öffnete das Tor einen Spalt, um nach draußen zu spähen, schien zufrieden mit dem, was sie sah, und schlüpfte durch die Öffnung.

Einen Augenblick später streckte Agnez den Kopf nach draußen, die Hand am Degengriff. »Sie hat recht«, sagte sie. »Sie sind weg. Ich sollte jetzt besser zur Kaserne gehen.«

»Und ich zum Neuen Palast«, sagte Henri. Er streckte die Hand aus. Agnez nahm sie, und sie schüttelten sich energisch die Hände.

Die Kadettin der Musketierinnen lächelte. »Wir haben ein Abenteuer gefunden! Schönen Tag, Bruder Schreiber!«

»Ich bin nur vorübergehend ein Schr…« Henris Stimme versiegte, als Agnez durch das Tor schlüpfte und verschwand. Er konnte sie auf der anderen Seite der Mauer pfeifen hören, während sie davonmarschierte.

Abenteuer. Er wollte kein Abenteuer; er wollte Stabilität und finanzielle Sicherheit. Einen zuverlässigen Arbeitsplatz. Und er wollte auch nicht Teil einer geheimnisvollen Verwandtschaft mit einer Musketierin, einem Doktor-Magister und einer Symbolmacherin sein, die als »Gast« der Kardinalin im Turm saß.

Er verzog leicht den Mund, als er sich daran erinnerte, dass Agnez ihn »Bruder« genannt hatte, und zum ersten Mal wurde ihm klar, dass er von ihr von Anfang an als Schwester gedacht hatte. Sie war eine attraktive Frau in ungefähr seinem Alter, wenn auch eine, die ein bisschen furchteinflößend war, aber er hatte nicht einen Augenblick etwas anderes als brüderliches Interesse ihr gegenüber empfunden.

Agnez war bereits jetzt genauso eine Schwester für ihn wie seine richtigen Schwestern. Vielleicht sogar noch mehr, da Letztere bedeutend älter waren als er und ihn grundsätzlich leicht verächtlich behandelten.

Dann war da noch Dorotea, die Symbolmacherin. Sie war ebenfalls eine sehr attraktive junge Frau, wenn auch auf ganz andere Weise als Agnez. Aber auch sie erweckte in ihm ausschließlich brüderliche Gefühle. Er hatte das Empfinden, als hätte er sie ebenfalls schon immer gekannt, ohne dass er irgendetwas über sie wusste.

Als ob sie tatsächlich Geschwister und miteinander aufgewachsen wären und er nur irgendwie alle Einzelheiten vergessen hätte.

Es war sehr seltsam.

Beunruhigt spähte Henri aus dem Tor, ehe er sich hindurchschob, während seine Blicke wild umherhuschten. Er spürte, dass er nicht einfach nur nach wütenden Mitgliedern der Königsgarde Ausschau hielt, sondern auch nach anderen Gefahren.

Er wusste nur nicht, was für welche das waren.

Dritter Teil

DIE GRUBE

Zwölf

Haus Demaselle stellte eine gewaltige Verbesserung gegenüber dem heruntergekommenen Hauptquartier des Nachtkönigs an der Stadtmauer dar. Zum einen lag es in einem weit gesünderen Viertel von Lutace, zum anderen war Liliaths Schlafzimmer dreimal so groß wie zuvor und hatte große Fenster, die ihr nicht nur einen Blick auf die Stadt gewährten, sondern auch auf einen ummauerten Garten, der dafür sorgte, dass sich das ganze Anwesen wie eine Art Minilandgut im Herzen der Stadt anfühlte.

Der Wechsel war problemlos vonstattengegangen. Zumindest für Liliath. Die frühere Fürstin Dehiems und ihr ganzes Personal außer den Kindern weilten nicht mehr auf dieser Welt. Ihre Leichen waren – wie in der Unterwelt üblich – in Säcke gesteckt, mit Steinen beschwert und durch die Abwasserkanäle in den Fluss geschafft worden. Sie würden nicht treiben, sondern von der raschen Strömung über den Grund gerollt werden, und in der Leire gab es jede Menge hungrige Aale.

Jetzt war Liliath Fürstin Dehiems. Eine junge, schöne Witwe, die sich für krank hielt, da sie nichts Besseres zu tun hatte, und daher auch ihr Haus oder ihr Grundstück niemals verließ. Ihr umfangreiches Personal bestand fast ausschließlich aus Verweigernden, was ein bisschen exzentrisch, aber keineswegs einzigartig war, vor allem bei strengen oder geizigen Dienstherren. Schließlich war es leichter, Verweigernde schlecht zu behandeln und ihnen weniger zu bezahlen als Sarancesern mit der gleichen Erfahrung.

Sie war erfreut, dass sie jetzt eine persönliche Dienerin hatte – eine junge Frau namens Hatty, die zwar eine Verweigernde war, aber nicht zu den Leuten des Nachtkönigs gehörte. Oder, genauer gesagt, sie war bislang keine kriminelle Einwohnerin von Lutace gewesen, obwohl sie zweifellos wusste, wer ihre wirkliche Dienstherrin war und was von ihr erwartet wurde. Biscaray hatte sie, den Koch und die Pagen von anderen Häusern angeheuert. Aber diejenigen, die sich um den Garten und irgendwelche schweren Lasten kümmerten, waren allesamt ausgewachsene Diebinnen und Halsabschneider; dazu gehörten auch alle, die im Tempel von Sankt Marguerite dabei gewesen waren und daher wussten, wer Liliath wirklich war; den wenigen, die es nicht wussten, hatte man einfach erzählt, dass sie eine sehr wichtige Verbündete von Biscaray war, die an einer Betrügerei beteiligt war, die sich enorm lohnen würde und deren Gewinn sie sich teilen würden.

Abgesehen von der Sache mit dem Teilen stimmte das sogar, dachte Liliath, während sie auf den Garten hinaussah. Sie hatte angeordnet, Laternen mit farbigem Glas an die Spalierobstbäume zu hängen und entlang der niedrigen Mauer des Küchengartens aufzustellen. Die Laternen waren hübsch, dienten aber auch dem praktischen Zweck, dass sie die Zugänge zum Haus erleuchteten, die am ehesten von sich anschleichenden Feinden benutzt werden würden.

An diesem Morgen war ihr früheres königliches Bett in das neue Haus gebracht worden. Liliath hatte es immer noch nicht mit Biscaray geteilt, ihm nur an dem kühlen Morgen, als er ihr die Kleider und Juwelen von Fürstin Dehiems gebracht hatte, einen tiefen Kuss gegeben. Sie hatte den Kuss genossen, ohne auch nur einen Moment mehr als das gleiche leise Vergnügen zu empfinden, das ihr ein Glas besonders guter Wein bescherte oder unerwarteter Sonnenschein an einem kalten Morgen. Sie glaubte, dass er mehr empfunden hatte, und genau so sollte es auch sein.

Jetzt hatte Biscaray sich verspätet. Sie erwartete ihn bereits seit mehreren Stunden, und inzwischen war es fast Mitternacht.

Er hatte viel zu berichten, vor allem hinsichtlich der Aufenthaltsorte und Aktivitäten der vier, auch wenn sie ihm nicht zu erkennen gegeben hatte, was sie vorrangig interessierte. Descaray. Dupallidin. Imsel. MacNeel.

Stirnrunzelnd wandte sich Liliath vom Fenster ab und ging zu ihrer Frisierkommode, um nach einer Handglocke zu greifen. Sie schüttelte sie mehrmals heftig, und die Reaktion erfolgte fast noch, ehe sie die Glocke wieder abgestellt hatte. Ihre neue Dienerin öffnete leise die Tür ihres angrenzenden Zimmers. Hatty war klein und schlank, dunkelhäutig mit blassblauen Augen, und ihr Kopf war geschoren, wie es derzeit bei Dienerinnen aus dem Kreis der Verweigernden Mode war. Sie trug eine schlichte, aber elegante dunkelgraue Kniehose, ein dunkelgraues Wams über einem taubengrauen Hemd mit weißem Schalkragen und Samtpantoffeln mit Korksohlen, sodass sie lautlos herumgehen konnte und ihre adlige Herrin nicht störte, wenn sie sich um ihre Aufgaben kümmerte.

»Ihr habt geläutet, Herrin?«

»Ich erwarte Biscaray jetzt bereits seit einigen Stunden«, sagte Liliath. »Ich habe etwas Geschäftliches mit ihm zu besprechen. Erkundige dich, ob … nein, frag Sevrin, ob sie irgendetwas von ihm gehört hat. Nein, noch besser – Sevrin soll zu mir hochkommen.«

Sevrin war die Anführerin der Meuchelmörderinnen des Nachttrupps; derzeit gab sie sich als Türwächterin des großen Hauses aus und hatte – mit Ausnahme von denen, die in der Küche arbeiteten und sich gegenüber dem Koch verantworten mussten – das Sagen über das Personal. Überraschenderweise war sie eine gute Türwächterin, was wohl damit zu tun hatte, dass sie jahrelang in die Häuser von Adligen eingedrungen war, um sie auszurauben.

Hatty verbeugte sich und schlüpfte aus dem Zimmer.

Wenige Minuten später tauchte Sevrin auf. Sie hatte offensichtlich gerade aufbrechen wollen, denn sie trug nicht die Kleidung einer ranghohen Dienerin, sondern die Ausrüstung des Nachttrupps: schwere Stiefel, eine weiche Lederkniehose und ein ebensolches Wams; ihre Arme waren – abgesehen von stählernen Handgelenkschonern – nackt. In ihrem Gürtel steckte ein langer Dolch mit einer ziemlich stark zerkratzten Parierstange aus ineinander verschlungenen Bronzeschlangen. »Ja, Herrin?«, fragte Sevrin. Sie verbeugte sich linkisch, denn sie war in Liliaths Gegenwart nervös. Im Gegensatz zu den meisten Verweigernden hatte sie keine sichtbaren Narben. Ihre braune Haut war glatt und rein, ihre dunklen Augen glänzten, und sie wirkte kerngesund.

»Wo ist Biscaray?«, fragte Liliath.

»Äh«, sagte Sevrin, »er ist … na ja … es gibt da eine Herausforderung …«

Liliath runzelte die Stirn. »Was soll das heißen?«

»Bisc wollte nicht, dass wir Euch damit belästigen«, antwortete Sevrin nervös.

»Erzähl es mir«, befahl Liliath. Sie spürte, wie Ärger in ihr aufstieg – Ärger darüber, dass irgendwelche unerwähnten Schwierigkeiten ihre Pläne verzögern könnten.

»Einigen im Nachttrupp hat nicht gefallen, dass Bisc Nachtkönig geworden ist«, sagte Sevrin. »Ein paar von denen, die mit Franz Krüppelarm dick befreundet waren. Ich meine, wir konnten ihnen ja nicht sagen, was wirklich mit Franz passiert ist. Also hat es geheißen, Bisc und Franz haben gekämpft, und Bisc hat gewonnen. Nur dass ein paar – diejenigen, die nicht dabei waren – gesagt haben, dass es nicht richtig war, wie es gelaufen ist, und Bisc deshalb nicht der wahre Nachtkönig ist.«

»Also, was ist passiert?«, fragte Liliath verärgert, die Stirn immer noch in Falten. Wenn Bisc ersetzt oder sogar getötet wurde, würde sie mit seinem Nachfolger oder seiner Nachfolgerin neu anfangen müssen. Sie brauchte den Nachttrupp. »Wer ist der neue Nachtkönig?«

»Nein, nein«, sagte Sevrin. »Bisc ist immer noch König. Im Moment. Er ist gerade erst vom Wurm herausgefordert worden.«

»Wer … oder was ist der Wurm?«

»Sie ist die Anführerin der Kanalratten … das sind die, die in den Abwasserkanälen nach verwertbaren Dingen suchen«, antwortete Sevrin. »Deshalb findet jetzt ein Schurkengericht statt, um zu entscheiden, ob Bisc wirklich der König ist oder nicht. Nur hätte der Wurm ihn niemals herausgefordert, wenn sie nicht glauben würde, dass sie genügend Unterstützer hat oder das Gericht schnell genug abhalten kann, bevor wir alle erfahren, wo es tagt. Damit entschieden wird, dass Bisc *nicht* der König ist, und er für seine Anmaßung getötet wird. Es sei denn, wir kriegen genügend von unseren Leuten dorthin, um dagegen zu stimmen.«

»Wo ist dieses Schurkengericht?«, fragte Liliath.

»Ich warte darauf, es zu erfahren«, sagte Sevrin. »Der Wurm hat die Herausforderung heute Abend gestellt. Bisc musste direkt dorthin, und die ersten beiden Boten haben sie sich geschnappt. Aber es gibt noch andere, und das Gericht tritt nie vor Mitternacht zusammen. Wir sollten bald hören, wo es ist.«

»Ich bin äußerst verärgert darüber, das alles erst jetzt zu erfahren«, sagte Liliath kalt. »Wer geht mit dir zu diesem Schurkengericht?«

»Äh … alle außer Karabin und Hänschen«, stammelte Sevrin. »Sie bleiben hier, um … um Euch zu beschützen, Herrin.«

»Sie können hierbleiben, um das Haus zu bewachen«, sagte Liliath. »Ich werde mit dir kommen.«

Sie ging zu einem der Schränke und riss ihn auf, nahm einen grauen Kittel im Stil der Verweigernden und einen ebensolchen Umhang heraus, dazu Stiefel mit flachen Absätzen, eine dicke Lederweste und eine der gepolsterten Kapuzen, mit denen sich die Eisträger vor der Kälte der Eisblöcke schützten, die sie auf dem Kopf trugen.

»Aber … Herrin!«, protestierte Sevrin. »Es wird bestimmt gekämpft werden. Und Bisc hat uns gesagt, dass Ihr in der Stadt keine Magie riskieren könnt …«

»Du hast gesehen, wie ich kämpfe«, sagte Liliath, während sie rasch ihren blassblauen Hausmantel ablegte und dann ebenso rasch den Kittel und die Weste anzog und die Kapuze aufsetzte und festband; von ihrem Gesicht war jetzt nur noch ein kleines Oval um die Augen und den Mund zu sehen. Sie griff erneut in den Schrank und zog einen schwarzen Nietengürtel heraus, an dem zwei in Scheiden steckende Dolche befestigt waren – fast schon kleine Degen, so lang wie ihr Unterarm vom Ellbogen bis zu den ausgestreckten Fingern. Sie legte sich den Gürtel um und zog die Dolche, inspizierte den Damaszenerstahl und schob sie dann wieder in die Scheiden.

»Du hast gesehen, wie ich kämpfe«, wiederholte sie. »Du hast gesehen, was ich mit Franz Krüppelarm gemacht habe.«

»Ja, Herrin«, antwortete Sevrin mit gebeugtem Kopf. »Aber ich dachte, das war ... irgendein Engel ... den Ihr gerufen habt, damit er Euch hilft.«

»Nein«, sagte Liliath. Sie bewegte sich plötzlich so rasch, dass Sevrin keuchte, als Liliath plötzlich neben ihr stand, die Hand bereits am Heft des Dolches der Verweigernden. »Ich brauchte keinen Engel zu rufen, damit er mir hilft *zu kämpfen*«, erklärte sie. »Ich bin ... was ich bin. Was dieser Wurm auch noch feststellen ... und bedauern wird.«

»Ja, Herrin«, flüsterte Sevrin. »Ich ... Inzwischen wird jemand mit der Nachricht gekommen sein. Ich sollte nach unten gehen ...«

»Ja«, sagte Liliath. »Je eher wir zu diesem Schurkengericht gelangen, desto besser.«

Als sie unten ankamen, war tatsächlich gerade eine Botin erschienen, ein einbeiniges Mädchen, eine der Bettlerinnen vom Demarten-Platz. Das gesamte Personal des Haushalts war beim Seiteneingang für die Dienerschaft versammelt und bereit, nach draußen zu gehen.

Das Mädchen, das immer noch keuchte, weil es so schnell auf seinen Krücken hierhergehumpelt war, rief, sobald es Sevrin sah: »Die Grube! Es ist die Statuen-Grube. Rabb und

Alizon T haben eine von den Kanalratten erwischt, und wir haben es aus dem Kerl rausgekriegt.«

»Habt ihr es den anderen gesagt?«, fragte Sevrin.

»Ja, sie verbreiten die Nachricht«, antwortete das Mädchen aufgeregt. »Alizon T ist in die Gärten gegangen, Rabb zum Alten Dock, Jast zum Neuen und Klein Jast zurück zum Demarten…«

»In Ordnung«, unterbrach Sevrin sie. »Das hast du gut gemacht. Geh zu Pieter im Mauerhaus und sag ihm, dass er alle mitbringen soll, die er erübrigen kann.«

»Kann ich auch mit?«, fragte das Mädchen hoffnungsvoll.

Sevrin nickte. Die Bettlerin wirbelte auf ihren Krücken herum und eilte durch die offene Tür nach draußen.

»Was ist diese Statuen-Grube?«, fragte Liliath.

»Eine alte Kiesgrube gleich im Süden der Stadt, hinter der Nepkreuzung«, sagte Sevrin. »Wo sie alle die unheimlichen Engelsstatuen von diesem Was-weiß-ich-wie-er-heißt hinschaffen.«

»*Wessen* Statuen?«

Sevrin zuckte mit den Schultern, aber Errin, die bucklige Scholarin, meldete sich zu Wort.

»Der Magier, der versucht hat, Statuen zu machen, die man als Symbole zur Beschwörung von Engeln nutzen kann. Das ist lange her. Die Saranceser haben Angst vor den Statuen, deshalb gehen sie da nicht hin. Sein Name war …«

»Chalconte«, sagte Liliath langsam. »Ich kenne Chalcontes Arbeiten. Es gibt keine besseren.«

Chalconte war, zehn Jahre nachdem er die zwölf Diamantsymbole geschaffen hatte, wegen zahlreicher Häresien auf dem Scheiterhaufen verbrannt worden. Das war jetzt ungefähr hundert – nein, sie musste die Jahre hinzuzählen, die sie geschlafen hatte –, das war jetzt mehr als zweihundert Jahre her. Liliath hatte ihren eigenen Weg zu einem nicht geringen Teil aufgrund einer verbotenen Kopie von Chalcontes Arbeitsbuch eingeschlagen, in dem alles beschrieben stand, angefangen von seiner erstaunlich schnellen Technik, Symbole zu skizzieren, die er anfertigen wollte, bis hin zu seinen Experimenten, Engel mit Hilfe von Statuen und anderen dreidimensionalen Objekten zu beschwören. Und dann waren da schließlich die sogar noch gefährlicheren Techniken, mit denen er versucht hatte, »lebendige Symbole« zu erschaffen.

»Ich dachte, diese Statuen sind zerstört«, fügte Liliath hinzu. »Ich würde sie gerne sehen.«

»Das ist einer der Gründe, warum die Saranceser sie fürchten«, sagte Erril. »Die aus Marmor können nicht zertrümmert und die aus Bronze nicht geschmolzen werden. Darum wurden sie in die alte Grube gebracht und vergraben. Aber in einem nassen Winter spült das Hochwasser die Grube durch. Anschließend gibt es große Streitereien darüber, wer dafür verantwortlich ist, sie wieder zu vergraben – die Stadt oder die Tempel oder die Königin. Dieses Mal ist die Grube schon seit mehr als fünf Jahren offen.«

»Wir müssen gehen, Herrin«, sagte Sevrin drängend. »Wir werden eine Stunde brauchen, um zur Grube zu gelangen, und wir *müssen* so viele von unseren Leuten wie möglich vor Mitternacht dort haben!«

Liliath neigte zustimmend den Kopf und führte ihren kleinen Trupp aus Verweigernden nach draußen. Die Stufen des Dienstboteneingangs führten in einen Hof, von dem es nach links zu den Stallungen ging; außerdem gab es ein Tor zur Straße, das bis auf ein kleines Ausfallstor geschlossen war, welches von Karabin offen gelassen wurde, bei dem Hänschen – der ein ungeschlachter Riese war – mit seiner großen Keule stand.

»Lasst niemanden außer mir rein«, sagte Liliath zu den beiden, die hierbleiben würden. »Niemanden. Habt ihr verstanden?«

»Ja, Herrin«, antwortete Hänschen, während Karabin mit einem Nicken des Kopfes zeigte, dass sie verstanden hatte. Sie konnte nicht sprechen und trug eine Maske unterhalb der

Nase, um irgendeine schreckliche Verletzung ihres Kiefers oder Mundes zu verbergen.

»Wir können nicht als Gruppe die Straßen entlanggehen, Herrin«, sagte Sevrin zögernd. »Die Wache wird sonst ganz sicher auf uns losgehen ...«

»Macht es so, wie ihr es normalerweise machen würdet«, sagte Liliath. »Ich werde euch unauffällig folgen.«

»Ja, Herrin«, erwiderte Sevrin. Sie gab ein Zeichen, und einer nach dem anderen schlüpften die übrigen acht Verweigernden in kurzen Abständen auf die Delorde Avenue hinaus, um sich den Massen aus Arbeiterinnen und Arbeitern anzuschließen, die nach Hause gingen – und denen, die ihre nächtliche Arbeit begannen; den Straßenverkäuferinnen, die Pasteten oder Aal in Aspik feilboten, Feuerholz oder Hüte, Blumen oder Eisenwaren; den Soldatinnen und Kahnführern und Kontoristinnen und Scholaren, die in Weinhandlungen und Gasthäuser hinein- und wieder heraustaumelten; den Verweigernden, die Pferdemist einsammelten und Abfälle wegkarrten und sich als Taschendiebe betätigten; den Mitgliedern der Wache, die herummarschierten – einfach der ganzen großen emsigen Menschenmenge von Lutace.

Dorotea schaute von ihrem Raum im Turm aus durch die Schießscharte nach draußen. Von der langsam dunkler werdenden Stadt konnte sie nur einen schmalen Streifen der Ostseite sehen, aber es machte ihr Spaß, die winzigen Lichtfunken oder die hellen Flecken zu beobachten, die dort entstanden, wo es viele Fackeln oder ein reiches Haus gab, in dem jede Nacht viele Kerzen brannten. Es gab auch ein paar kleine Oasen, die beinahe taghell und das Werk von Engelsmagie waren. Typischerweise das eines Seraphs – oder auch mehrerer Seraphim –, dessen Bereich irgendetwas mit Licht zu tun hatte, oder des oft beschworenen Cherubs Ximithael, dessen Bereich Feuer war.

Es klopfte an der Tür, was überraschend war, denn Mutter

war bereits da gewesen, um Dorotea ihr Abendessen und den Wassereimer zu bringen. Außerdem klopfte Mutter nicht an; sie klapperte einfach nur mit ihren Schlüsseln, ehe sie die Tür öffnete.

Das Schlüsselgeklapper ertönte, aber die Tür öffnete sich nicht sofort. Ein weiteres Klopfen war zu hören, und Dorotea sagte reflexhaft: »Herein.«

Mutter öffnete die Tür, doch herein kam Rochefort. Sie trug ihren Degen, hatte aber keine Pistolen im Gürtel stecken und keine Handschuhe an den Händen. Sie nahm den Hut ab und verbeugte sich. Dorotea nickte leicht abwesend zurück; ihre Aufmerksamkeit galt immer noch halb dem Blick durch die Schießscharte, und ein Großteil ihrer Gedanken kreiste um das Rätsel der Begegnung mit den anderen drei jungen Leuten an diesem Nachmittag. Auf irgendeine Weise waren sie durch einen Engel miteinander verbunden, dessen war sie sich sicher. Sie hatte es gespürt oder zumindest gedacht, sie hätte es gespürt. Aber die anderen waren keine richtigen Magier, und es gab keine kürzlich erfolgte Beschwörung, die sie gemeinsam hatten ...

Rochefort sagte etwas, und das holte Doroteas Gedanken in die Gegenwart zurück.

»Ich habe Wein mitgebracht«, sagte Rochefort und hielt eine Flasche und zwei Zinnbecher hoch.

»Warum?«, fragte Dorotea.

Rochefort antwortete nicht sofort. Sie setzte sich auf den Strohsack und lehnte sich mit dem Rücken gegen die Mauer, streckte die langen Beine aus; dabei kratzten ihre Sporen leicht über den Boden. Dann stellte sie die Flasche und die Becher ab.

»Ich will mit dir sprechen, Dorotea«, sagte sie schließlich.

»Warum?«

»Weil du keine Angst vor mir hast.«

Dorotea zog die Brauen hoch. Jetzt galt ihre ganze Aufmerksamkeit Rochefort, und sie sah die Offizierin der Kardinalin genauer an – die Narbe, die durch ihr Gesicht verlief, die Falten in den Mundwinkeln, die Hände. Rochefort schaute nicht zu ihr hin, sondern füllte stattdessen sorgsam die beiden Becher aus der Flasche.

»Es gibt nur sehr wenige Menschen, die keine Angst vor mir haben«, sagte Rochefort und hielt Dorotea einen Becher hin. »Das erfüllt seinen Zweck, aber manchmal … würde selbst ich gerne andere Gefühle in denen sehen, die um mich herum sind.«

Dorotea nahm den Becher und setzte sich neben Rochefort. Sie trank einen Schluck Wein. Der Wein war gut, aus Barolle, viel besser als das süße, leicht schimmlig schmeckende Zeug, das der Gastwirt ihr als einen Teil der Bezahlung für die Auffrischung des Schildes gegeben hatte.

»Als ich Euch das erste Mal gesehen habe, habe ich Euch für viel älter gehalten«, sagte Dorotea. »Ihr habt zu viel von Euch verbraucht, indem Ihr Engel beschworen habt.«

»Die Kardinalin schont sich nicht, und wir als ihre Pursuivants folgen ihrem Beispiel und tun, was für Sarance, Ashalael und die Königin getan werden muss«, antwortete Rochefort. Sie trank einen Schluck Wein und fuhr fort: »Zufällig werde ich morgen siebenundzwanzig.«

Dorotea nickte freundlich, auch wenn sie ein bisschen überrascht war, dass Rochefort noch nicht einmal dreißig war und bereits so viel von sich verbraucht hatte. Sie sah mindestens zehn Jahre älter als siebenundzwanzig aus.

Alle Engelsmagier kannten den Preis ihrer Arbeit. Manche horteten ihre Lebensjahre, beschworen niemals einen Engel, der bedeutender als ein Thron war. Manche spielten ein kompliziertes Spiel der Balance, beschworen Engel (oder ließen sie von anderen beschwören), um Anzeichen des Alterns zu beheben und versagende Körper wieder mit frischem Leben zu erfüllen. Allerdings war das eine Strategie, der enge Grenzen gesetzt waren, da Engel das Werk anderer Engel nur sehr ungern beseitigten, ganz egal, ob es dabei um den direkten Effekt oder einen Nebeneffekt ging, und daher musste in jedem Fall ein höherrangiges Wesen eingesetzt werden.

»Ich werde nächsten Monat neunzehn«, sagte Dorotea. »Ich frage mich, ob ich dann immer noch eine Gefangene sein werde.«

»Du bist ein Gast«, erwiderte Rochefort hastig. »Ich habe versucht, dafür zu sorgen, dass du so angenehm beherbergt wirst, wie es an diesem Ort möglich ist.«

»Ich denke, ich bin eine Gefangene«, sagte Dorotea leise. »Und ich verstehe nicht, warum. Vielleicht könnt Ihr es mir sagen?«

Rochefort sah sie mit einem scharfen Blick an, ehe sie ihn wieder auf den Becher richtete, den sie mit beiden Händen umfasste. Ihre Finger waren lang und elegant, die Handgelenke sehnig und muskulös. Die Hände einer Duellantin.

»Deine Begabung, dieses Zeichnen von Symbolen, ist schon früher vorgekommen. Viele in den Tempeln betrachten es als den ersten Schritt zu anderen Dingen, die zu einer gewissen Häresie führen.«

»Wer hat so etwas schon früher getan?«, fragte Dorotea. »Ich dachte, ich hätte die Technik selbst entdeckt, aber ich nehme an, ich sollte nicht überrascht sein. Engel werden schon seit sehr langer Zeit beschworen.«

»Chalconte war so jemand. Und die Ystarane. Die Maid von Ellanda. In gewissen Kreisen erinnert man sich an die beiden noch sehr gut.«

»Chalconte hat Statuen gemacht, oder?«, fragte Dorotea. »Die als Symbole dienen sollten. Aber er ist gescheitert.«

Über Chalcontes Arbeiten wurde zwar nicht oft gesprochen, aber sie hatte in einigen Standardwerken des Symbolmachens Verweise auf ihn gefunden. Und im grünen Lesesaal der Degrandin-Bibliothek der Belhalle waren mehrere Symbole ausgestellt, die er gemacht hatte, besonders fein gearbeitete Symbole, die Dorotea bewundert hatte, so gut sie das durch das dicke Glas des abgeschlossenen Schaukastens konnte.

»Die Statuen waren nur ein Teil von Chalcontes Häresien.«

»Und ich dachte, die Maid von Ellanda war eine Heldin, die viele aus ihrem Volk gerettet hat, als Palleniel wahnsinnig geworden ist. Oder was auch immer sonst mit ihm war.«

»Niemand weiß, was in Ystara geschehen ist, außer dass Palleniel es getan hat«, sagte Rochefort. »Oder wenn sie es wissen, haben sie dieses Wissen für sich behalten. Wie auch immer, Liliath steht im Verdacht, irgendwie in das verwickelt zu sein, was auch immer passiert ist. Sie war die Anführerin eines merkwürdigen Kults, der Palleniel gewidmet war. Palleniel Erhaben haben sie ihn genannt.« Sie warf Dorotea einen Blick zu, sah dann wieder ihren Becher an, als könnte sie möglicherweise etwas in dem dunklen Wein sehen. »Liliath hat viele tausend rausgebracht, aber kurz danach ist sie unter mysteriösen Umständen verschwunden. Sie wurde vermutlich von jemandem getötet, der sie für die Aschblut-Plage verantwortlich gemacht hat ... wegen dieses Kults Palleniel Erhaben, der gerade erst für abtrünnig befunden worden war und aufgelöst werden sollte. Andererseits war sie auch in rein weltliche politische Machenschaften und Intrigen verwickelt, von daher ...«

»Und sie hat Symbole gezeichnet«, sagte Dorotea, als Rochefort verstummte.

»Ja, sie war berühmt dafür«, bestätigte Rochefort ernst. Sie blickte Dorotea erneut an und dann rasch wieder weg.

»Was seht Ihr?«, fragte Dorotea. »Ihr schaut weg, als wenn ich zu hell wäre wie die Sonne nach dem Nebel. Oder als wenn Ihr Euch schämen würdet und mir nicht ins Gesicht sehen könnt.«

Rochefort trank einen weiteren Schluck Wein. »Da ... ist etwas an dir, das mich an jemanden erinnert, auch wenn du nicht wie sie aussiehst«, flüsterte sie. »Eine Frau, die ich geliebt habe. Auch sie habe ich in den Turm gebracht. Diesen Turm.«

»Aus gutem Grund?«, fragte Dorotea.

»Ja«, sagte Rochefort ernst. »Ja. Sie hat die Königin verraten, sie hat Sarance verraten … und sogar mich.«

»Sie ist hier nicht mehr rausgekommen?«

»Nicht lebendig.«

Dorotea dachte eine Weile über das Gehörte nach. Rochefort sah sie nicht wieder an, sondern trank, füllte ihren Becher erneut.

»Ich nehme an, Ihr seid so etwas wie ein Engel und müsst daher innerhalb Eures Bereichs arbeiten – und der bedeutet, den Anordnungen der Kardinalin Folge zu leisten«, sagte Dorotea. »Aber ich glaube nicht, dass Ihre Eminenz einen guten Grund hatte, mich hierherbringen zu lassen.«

»Menschen sind komplizierter als Engel«, sagte Rochefort.

Dorotea nickte, als würde sie dem zustimmen, aber das war reine Höflichkeit. Sie war sich nicht sicher, ob Engel tatsächlich unkomplizierter als Menschen waren. Das Konzept des Bereichs war schließlich eine menschliche Erfindung, und im Laufe der Zeit hatten Engelsmagierinnen und -magier gelernt, Engel viele verschiedene Dinge tun zu lassen, die anfangs nicht in ihrem historisch definierten Bereich gelegen hatten, was die Frage aufwarf, ob der Bereich überhaupt irgendetwas zu sagen hatte.

Sie saßen mehrere Minuten schweigend da und tranken, ehe Rochefort wieder etwas sagte.

»Es tut mir leid, dass ich dich hierhergebracht habe.«

»Ich bin niemand, der sich allzu viele Sorgen darüber macht, was geschehen ist oder geschehen könnte«, sagte Dorotea. Sie betrachtete ihren Fuß und wackelte mit den Zehen. »In dieser Hinsicht komme ich wahrscheinlich nach meiner Mutter. Wir machen beide das Beste daraus, ganz egal, in welcher Situation wir uns auch befinden. Wir gehen im Sand, schauen nicht zurück, um zu sehen, wie unsere Spuren weggeschwemmt werden. Wir erfreuen uns am Spiel der Wellen um unsere Füße und an den Muscheln, die wir aufheben. Und wir schauen auch nicht zu weit nach vorn.«

»Ich muss gehen«, sagte Rochefort, aber sie ging nicht.

»Glaubt Ihr, dass Ihre Eminenz mich freilassen würde, wenn ich sie darum bitten würde?«, fragte Dorotea.

»Nein«, antwortete Rochefort. »Aber … sie würde es vielleicht tun, wenn ich sie bitten würde.«

Dorotea sah sie an, und dieses Mal erwiderte Rochefort ihren Blick.

»Wollt Ihr dafür eine Gegenleistung?«, fragte Dorotea leise. »Ich komme zwar nach meiner Mutter *und* nach meinem Vater, wenn es darum geht, dass ich mir leicht jemanden in mein Bett hole, aber das geschieht immer nur, weil ich einfach Liebe mit ihnen machen will. Nicht um Vorteile zu erringen und niemals als Reaktion auf Drohungen.«

Rochefort antwortete nicht, aber sie bewegte sich plötzlich, sprang von dem Strohsack auf. Sie ließ den Wein und die Becher stehen, hob ihren Hut auf und ging zur Tür. Dort verharrte sie, griff nach dem Ring, um sie zu öffnen, und sagte sehr leise, fast als würde sie zu den von Eisenbändern zusammengehaltenen Holzbalken und nicht zu Dorotea sprechen, die zu ihr hochstarrte: »Ich hoffe, du hast niemals Veranlassung, Angst vor mir zu bekommen, Dorotea.«

Dann war sie weg, und die Schlüssel klapperten, als die Tür abgeschlossen wurde.

Dreizehn

Als Liliath die eigentliche Stadt hinter sich ließ, begann es mehrere Male zu regnen und hörte genauso oft wieder auf. Eine, vielleicht auch zwei Minuten fielen große, prasselnde Tropfen und spritzten und trommelten, bis der Wind diese spezielle Wolke weiterblies und der Mond wieder herauskam – zumindest bis zur nächsten Wolke und dem nächsten kurzen Regenschauer.

Anfangs waren die Verweigernden einfach nur ein Teil des Gedränges auf den Straßen, aber ab der Nepkreuzung änderte sich das; für ehrliches Volk war es bereits zu spät, um noch unterwegs zu sein. Ein steter Strom aus grau gekleideten Diebinnen, Straßenräubern, Bettlerinnen, Kanalratten, Trickbetrügern und Schwindlern, das ganze vielfältig prachtvolle Volk des Nachttrupps strömte aus der Nepkreuzung und nahm die schmale Straße in Richtung der Kiesgrube, die sich die niedrigen Hügel im Osten hochwand.

Als Liliath und die Verweigernden ihr Ziel kurz vor Mitternacht erreichten, blies der Wind eine Regenwolke davon, aus der es gerade nicht regnete, und als der Himmel kurz klar wurde, fiel das volle Licht des Mondes herunter, sodass Liliath erkennen konnte, dass die Grube aus drei riesigen Grabungen in Form konzentrischer Kreise bestand, die jeweils die nächste, noch tiefere Grube enthielten. Ein Pfad wand sich gegen den Uhrzeigersinn am Rand der äußeren Grube hinunter, dann im Uhrzeigersinn am Rand der nächsten, dann wieder gegen den Uhrzeigersinn und viel steiler am Rand der letzten, wo er in hölzernen Treppen und Laufstegen und letztlich einer sehr langen Leiter endete, die hinunter in völlige Dunkelheit geführt hätte, wären dort nicht mehrere hundert Verweigernde des Nachttrupps versammelt gewesen, von denen die meisten eine brennende Fackel oder manchmal auch eine Laterne hielten.

Überall zwischen den in der Düsternis nur als graue Masse wahrnehmbaren Verweigernden standen Statuen – helle aus Marmor, dunkle aus Granit und glänzende aus Bronze. Einige ragten über der Menge auf, waren geflügelt und acht oder neun Fuß hoch. Andere waren menschengroß oder kleiner, auch wenn nicht alle Menschengestalt besaßen. Manche stellten Throne dar, merkwürdige geometrische Gebilde aus Ringen, Schwingen und Kronen; andere erinnerten an Scheusale, doch mit Schwingen und Heiligenscheinen als Hinweis darauf, dass sie eine Art Engel waren.

Noch ehe Liliath sich inmitten einer langen Reihe aus Verweigernden an den Abstieg in die Tiefe machte, spürte sie die Präsenz von Chalcontes Statuen. Sie war erschrocken über das Gefühl potenzieller Engelspräsenzen, denn Chalcontes Arbeit mit den Statuen war gemäß allem, was sie gelesen hatte, ein vollkommener Fehlschlag gewesen.

Es *war* ein Fehlschlag, dachte sie, aber nur um Haaresbreite. Chalconte hatte versucht, Symbole zu erschaffen, die Höhe, Breite und Gewicht besaßen, denn er verfolgte die Theorie, dass dies die Beschwörungen leichter machen würde, da der Engel sicherer in der Welt der Sterblichen verankert war, was wiederum den Preis für die Beschwörenden in Bezug auf ihre Lebensessenz verringern würde.

Er hatte keinen Erfolg gehabt. Die Statuen hatten als Symbole nicht funktioniert, aber bei jedem Schritt spürte Liliath die nachklingende restliche Präsenz vieler Engel. Chalconte war es gelungen, einen Funken der individuellen Essenz eines jeden Engels in Stein und Bronze einzufangen.

Liliath lächelte und zeigte dabei ihre kleinen, sehr weißen Zähne wie eine Katze, die sich darüber freut, eine in die Enge getriebene Maus zu finden. Chalconte, der berühmte Magier und Häretiker, hatte wieder und wieder, Statue um Statue versucht, etwas zu tun, was sie bereits früh gemeistert hatte – und worüber sie weit hinausgegangen war.

Und was noch besser war – sie konnte tatsächlich auf die winzigen Partikel aus Engelsmacht zugreifen, die in den Statuen gefangen waren. Obwohl sie das nur tun würde, wenn es absolut notwendig werden sollte, denn die Magierinnen und Magier in der nahegelegenen Stadt einschließlich der Kardinalin würden es spüren …

»Sieht so aus, als ob genügend von uns die Botschaft erhalten haben«, flüsterte Sevrin, als der lange schlurfende Marsch den Holzsteg hinunter zum Stillstand kam, um es jemandem, der ausgerutscht war, zu ermöglichen, wieder aufzustehen. Sie deutete nach unten in die Grube. »Unsere sind rechts – Bisc steht dort, dicht bei der fetten Statue –, der Wurm und seine Leute sind links.«

»Welche ist der Wurm?«, fragte Liliath.

»Die Frau neben dem großen Laternenträger«, sagte Sevrin. »Seht Ihr den Stock, den sie in der Hand hat? Das ist eine Kanalrattenstange, die hat einen scharfen Haken am Ende. Damit ziehen sie Zeug aus den Abwasserkanälen – ist aber auch eine gute Waffe.«

»Sie ist alt«, sagte Liliath. Die Frau, die Wurm genannt wurde, sah aus, als wäre sie deutlich über sechzig, und sich ständig gebückt durch die Abwasserkanäle bewegen zu müssen hatte sie gebeugt. Sie hatte ein Ohr verloren – es schien, als wäre es abgebissen worden –, und ihre Haare bestanden nur noch aus ein paar Strähnen, die in engen Windungen über ihren blassen Schädel gelegt waren, was vielleicht ein Grund für ihren Namen war. »Ich hatte eine junge Herausforderin erwartet.«

»Für den Nachttrupp ist Gerissenheit wichtiger als alles andere«, erwiderte Sevrin. »Wichtiger als Jugend oder Kraft oder was auch immer. Und der Wurm ist sehr gerissen. Wir hätten beinahe nichts von dieser Herausforderung mitbekommen. Und selbst jetzt bin ich mir nicht ganz sicher …«

Sevrin hörte auf zu sprechen, als die Reihe aus Menschen sich wieder in Bewegung setzte. Im gleichen Moment schaute Bisc auf und sah erst Sevrin und dann Liliath. Obwohl er wie immer maskiert und es dunkel war, konnte Liliath daran, wie er sich plötzlich aufrichtete, erkennen, dass ihre Anwesenheit eine unwillkommene Überraschung war. Er wollte nicht, dass sie hier war.

Sie lächelte erneut, wohlüberlegt, zwang sich, die Wut, die in ihr brodelte, nicht zu zeigen. Das hier war alles unnötig, und es könnte ihre Pläne durchaus stören. Das konnte sie nicht zulassen.

Als sie den Grund der Grube erreichten, wandten sich die Leute vor ihr entweder zur einen oder zur anderen Seite, der Biscarays oder der des Wurms. Zwischen den beiden großen Gruppen befand sich eine Lücke, und nun, da sie näher heran waren, sah Liliath, dass sich dort eine weitere Grube befand, die die Grenze zwischen den beiden Parteien markierte. Eigentlich eher ein Loch mit nicht mehr als dreißig Fuß Durchmesser, aber sie konnte nicht erkennen, wie tief es war, was darauf hindeutete, dass es sehr tief sein musste. Auf beiden Seiten befand sich jeweils eine Leiter, grob zusammengezurrte Dinger, die im Gegensatz zu den robusteren Treppen und Stegen so aussahen, als wären sie nur für diesen Abend gebaut worden.

Als sie um den Rand dieser letzten Grube herumgingen, kam Biscaray ihnen entgegen, um sie zu begrüßen. Hier in der Öffentlichkeit verbeugte er sich nicht vor Liliath und schenkte ihr auch sonst keine besondere Aufmerksamkeit, sondern begrüßte Sevrin und die anderen alle zusammen. Aber als sie sich in die Mitte der Menge begaben, beugte er sich dicht zu Liliath und flüsterte ihr etwas zu, das nur für ihre Ohren bestimmt war.

»Herrin! Ihr solltet nicht hier sein.«

»Du könntest vielleicht meine Hilfe brauchen«, sagte Liliath. Sie warf einen Blick über die Grube. »Die beiden Gruppen sind etwa gleich groß. Wann beginnt der Kampf, und wer sollte zuerst sterben? Der Wurm?«

»Es wird keinen allgemeinen Kampf geben«, erwiderte Biscaray. »Die Gruppen sind zahlenmäßig zu ausgeglichen. Der Wurm hat gehofft, das Treffen geheim halten und mich aus dem Weg räumen zu können. Aber da das nicht funktioniert hat, wird sie keinen allgemeinen Kampf anfangen.«

»Dann gehen wir also alle zur Stadt zurück?«

»Nein. Es wird einen Zweikampf geben. Unten im Loch.«

»Du gegen die alte Frau?«, fragte Liliath. Ihr Stirnrunzeln war unter der eng anliegenden Eisträger-Kapuze nicht zu sehen, aber man konnte es daran erkennen, wie ihre Nase sich kräuselte.

»Gegen ihre Meisterkämpferin«, sagte Biscaray. »Katie Sonnlos, die Frau neben ihr. Sie kommt praktisch nie aus den Abwasserkanälen heraus, es sei denn, der Wurm will, dass jemand ermordet wird. Natürlich nachts oder irgendwo unterirdisch. Es heißt, sie kann in der Dunkelheit sehen. Darum wollten sie natürlich auch, dass das Gericht hier stattfindet.«

Liliath neigte den Kopf zur Seite, betrachtete die größere, jüngere und bedeutend muskulösere Katie neben dem Wurm. Sie trug die zerschlissenen Überreste von einem halben Dutzend verschiedener Kleidungsstücke der Verweigernden, die willkürlich zusammengenäht, aber eng anliegend waren, und ihre Haut war – wo sie wie an den Händen und im Gesicht zu sehen war – mit Kringeln aus Lehm oder dunkelgrauer Farbe beschmiert. Sie wandte sich von dem Lichtschein ab, den die vorbeigetragenen Laternen und Fackeln erzeugten, und ihr leicht geöffneter Mund gab den Blick auf schwarz bemalte, zugespitzte Zähne frei.

»Was für Waffen benutzt sie?«, fragte Liliath, denn sie konnte keine sehen.

»In der Herausforderungsgrube sind keine Waffen erlaubt«, sagte Biscaray leise. »Deshalb hat der Wurm sie ausgesucht.

Würde der Kampf an einem unserer anderen Orte stattfinden – sagen wir in Bogners Mühle –, wäre ich im Vorteil. Aber hier, im Dunkel der Grube und ohne Waffen ... Ich werde mein Bestes tun, Herrin, aber es könnte sein, dass Ihr Euch einen neuen Diener suchen müsst.«

»Ich glaube nicht ...«, begann Liliath, wurde aber von plötzlichen Rufen unterbrochen, die rasch von den Gruppen auf beiden Seiten aufgenommen und wiederholt wurden.

»Eine Herausforderung! Eine Herausforderung! Wer ist der Nachtkönig? Wer ist der Nachtkönig?«

Der Wurm antwortete zuerst. Die alte Frau stand jetzt auf den Schultern einer Statue Jeravaels und reckte ihre Kanalrattenstange in die Luft. Langsam erstarben die Rufe, auch auf Biscarays Seite, und in der Grube wurde es still, abgesehen vom Zischen und Knacken der Fackeln und einem gelegentlichen gedämpften Husten oder Füßescharren.

»Franz Krüppelarm war der Nachtkönig«, rief sie. Ihre Stimme war tief und nachhallend, sollte weit tragen. Sie wusste, wie man mit einer Menge umging. »Aber er wurde getötet, weit von hier entfernt und unter merkwürdigen Umständen. Biscaray nennt sich Nachtkönig, aber er ist es nicht. Er ist nicht anerkannt worden, er hat sich der Herausforderung nicht gestellt. Bis jetzt, denn ich fordere ihn heraus. Ich bin der Wurm, und ich bin die wahre Nachtkönigin!«

Jubel und Geschrei und »Wurm! Wurm! Wurm!«-Rufe antworteten ihr auf ihrer Seite des Loches. Biscarays Leute standen stumm da, viele hielten ihre Waffen in der Hand und wirkten wie auf dem Sprung und zu allem bereit.

Langsam verebbte das Jubelgeschrei. Biscaray nickte und kletterte auf die große Bronzestatue eines Throns, stellte die Füße auf die Flügelspitzen. Er hob die Hand, ohne sie zur Faust zu schließen, als würde er Freunden und Freundinnen zuwinken.

»Ich *bin* der Nachtkönig«, sagte er. Er rief nicht, und seine Stimme wurde ein wenig von der Maske gedämpft, die er immer trug und die jetzt die Tatsache verbarg, dass er gar keine Narben mehr hatte. Aber das sorgte nur dafür, dass alle aufmerksamer zuhörten. »Du forderst mich also heraus, Wurm? Wie soll die Entscheidung fallen – durch Zuruf oder im Zweikampf?«

Die Augen des Wurms blitzten im Laternenlicht, als sie nach links und rechts schaute, ein letztes Mal die Stärke der beiden Seiten einschätzte. Doch es war offensichtlich, dass sie ungefähr gleich groß waren; Biscaray mochte sogar ein paar Leute mehr haben. Außerdem stiegen immer noch Verweigernde die Treppen und Stege herunter, und die meisten von denen, die spät ankamen, würden wahrscheinlich eher Biscaray als den Wurm unterstützen. Bei einer Entscheidung durch Zuruf wäre Biscaray im Vorteil.

»Im Zweikampf«, sagte sie.

»Du wagst es, gegen mich anzutreten?«, fragte Biscaray. »Du bist sehr mutig.«

Sogar auf der Seite des Wurms kicherte jemand bei diesen Worten.

»Meine Meisterkämpferin«, sagte der Wurm, ohne sich zu einer wütenden Antwort hinreißen zu lassen. Sie deutete nach unten auf Katie Sonnlos, die zu ihr hochgrinste wie ein Hund zu seinem Herrchen. »Unten in der Grube, wie die Tradition es verlangt«, fuhr der Wurm fort. »Eine Tradition, die du umgehen wolltest, Bisc! Du hast gedacht, du stößt Franz ein Messer in den Rücken und alles ist gut, aber jetzt musst du runter ins Loch.«

»Ich habe Franz das Messer nicht in den Rücken gestoßen«, erklärte Bisc wahrheitsgemäß. Aber bevor er noch mehr sagen konnte, war Liliath oben auf der Statue neben ihm, balancierte leicht auf der ausgestreckten Schwinge und packte Biscaray an der Schulter, als wollte sie so ihr Gleichgewicht stabilisieren, doch das musste sie nicht. Stattdessen drückte sie mit den Fingern zu, unterband, was immer er hatte sagen wollen.

»Ich bin Biscarays Meisterkämpferin«, rief sie. »Der Nachtkönig muss sich die Hände nicht mit euresgleichen beschmutzen.«

Der Wurm starrte sie an; alte, scharfe Augen glänzten rot im Fackellicht. »Und wer bist du?«, fragte sie. »Eine Assassine, da bin ich mir sicher; das kostet Jung-Bisc ein hübsches Sümmchen. Aber du kannst diese Klingen in der Grube nicht benutzen. Du musst den alten Traditionen folgen, unseren Traditionen.«

Liliath zuckte theatralisch mit den Schultern, zog ihre Dolche und überreichte sie mit den Griffen voran Sevrin. Sie konnte spüren, wie Biscaray sich unter ihrer Hand anspannte, etwas sagen oder tun wollte, aber er gehorchte weiter dem Druck ihrer Finger.

»Ich habe noch niemals eine Klinge gebraucht, um auf einen Wurm zu treten«, rief Liliath. »Oder den Abklatsch eines Wurms unter meinen Stiefeln zu zermalmen.«

Katie Sonnlos zischte, bleckte ihre scharfen Zähne.

»Unten im Dunkel, da herrschen die Würmer«, sagte der Wurm. »Am Ende sind es die Würmer, die alles fressen.«

»Kann nicht behaupten, jemals gehört zu haben, dass sie *zuerst* jemanden töten«, sagte Liliath. »Biscaray ist der Nachtkönig. Lasst uns das beweisen, und zwar rasch. Wer geht als Erste ins Loch?«

»Ihr geht zusammen«, antwortete der Wurm. »Wie es Brauch ist und immer war. Du solltest das wissen. Wie ist dein Name? Damit man sich an ihn erinnern kann, wenn du tot bist.«

»Ich glaube, du wirst dich so oder so an mich erinnern«, sagte Liliath ernst. »Für kurze Zeit zumindest, die Zeit, die dir noch bleibt. Aber da ich es mit einem Wurm zu tun habe, warum nicht … Biscarays Schlange?«

Die alte Frau zuckte die Achseln. »Nenn dich, wie du willst. Es spielt keine Rolle. Töte sie für mich, Katie.«

Katie Sonnlos grinste und ging zu der Leiter auf ihrer Seite des Loches. Sie bewegte sich merkwürdig, leicht vornübergebeugt, aber flink wie ein Affe. Sie neigte den Kopf nicht, sondern reckte das Kinn, behielt Liliath im Auge.

Biscaray beugte sich dicht zu Liliath. »Ihr könnt zurücktreten«, flüsterte er drängend. »Glaubt nicht, dass Ihr sie mit der Aschblut-Plage töten könnt wie bei Franz. Das wird nur noch mehr Probleme verursachen.«

»Ich werde sie einfach nur töten«, flüsterte Liliath zurück. »Und diese Ablenkung beenden. Du hättest mir schon viel früher davon erzählen müssen, lange bevor es zu dem hier gekommen ist.«

»Ich … ich habe keine Herausforderung erwartet«, stotterte Biscaray. »Aber Ihr dürft Euch nicht in Gefahr bringen. Katie Sonnlos ist tödlich …«

»Du meinst tot, oder sie wird es bald sein«, unterbrach ihn Liliath. Sie kletterte von der Statue, und die Menge teilte sich, um ihr zu ermöglichen, zur Leiter auf ihrer Seite des Loches zu gehen.

Ihr gegenüber spuckte Katie Sonnlos in die Tiefe und rannte dann plötzlich zur Leiter, rutschte sie eher hinunter, als dass sie die Sprossen benutzte. Aber Liliath war genauso schnell, wandte die gleiche Technik an. Das raue Holz stach durch das weiche Leder ihrer Handschuhe, doch sie achtete nicht darauf, drückte die Seiten ihrer Stiefel gegen die Holme, um langsamer zu werden, sodass sie nach unten sehen und abschätzen konnte, wie weit es noch war.

Liliath konnte im Dunkeln sehen. All ihre Sinne waren geschärft. Sie war auch stärker und schneller als alle Sterblichen und fürchtete daher nichts und niemanden.

Dieses übermäßige Selbstbewusstsein wäre ihr fast zum Verhängnis geworden. Denn als sie sich dem Grund näherte, bereits mindestens sechzig Fuß tief unten war und noch zwanzig Fuß vor sich hatte, wurde ihr klar, dass der Wurm ein falsches Spiel spielte. Da unten waren Menschen, für sie als vage Silhouetten erkennbar, die glaubten, sie seien in völliger Dunkelheit verborgen. Nach den Geräuschen zu urteilen, warteten sie mit einem beschwerten Netz am Ende der Leiter auf sie.

Ein Dutzend Fuß über dem Boden, von wo Liliath mit ihrer überlegenen Sicht die schwachen Umrisse und das Weiße in den Augen derer, die auf sie lauerten, erkennen konnte, sprang sie. Die dort unten schwangen das Netz in die Höhe, aber zu langsam. Sie spürte, wie der beschwerte Rand an ihrem Rücken entlangstrich, als sie auf einem der Netzwerfer landete, ihn zu Boden schleuderte und damit ihren Sturz abfederte. Sie schlug ihm gegen die Kehle, zerschmetterte ihm den Kehlkopf und sprang fast im gleichen Moment zur Seite, bewegte sich dann rasch von ihm weg.

Es gab noch zwei andere, und Katie Sonnlos war irgendwo auf der anderen Seite. Der Boden des Loches war auch keine freie Fläche, wie Liliath es – erneut zu selbstsicher – erwartet hatte. Sie konnte große Silhouetten ausmachen, Gebilde aus intensiverer Dunkelheit. Das Loch war mit großen Felsblöcken übersät, und mehrere Statuen waren hineingefallen, zwei ungefähr menschengroße geflügelte Engel und ein Thron, der bestimmt doppelt so groß war.

Die verbliebenen Netzwerfer sammelten leise ihr Netz für einen weiteren Wurf. An ihren Bewegungen und der Art, wie sie verharrten, konnte Liliath erkennen, dass sie sie nicht sehen konnten. Aber sie waren Kanalratten, daran gewöhnt, in den dunklen Kanälen und Katakomben unter der Stadt nach Schätzen, Menschen und Ratten zu jagen, und sie konnten selbst die geringsten Geräusche hören. Sie lauschten vermutlich auf ihre Atemzüge, das Keuchen, das mit Angst oder plötzlicher Anstrengung – wie etwa bei einem Kampf – einherging.

Unglücklicherweise für sie hatte Liliath ihren Atem längst wieder unter Kontrolle gebracht und kauerte jetzt in absoluter Stille, lauschte ihrerseits.

Die Verweigernden mit dem Netz näherten sich langsam gemeinsam, eine tippte mit einem Finger eine Botschaft auf den Handrücken des anderen. Dann bewegten sie sich gleichzeitig, warfen das Netz dorthin, wo ihr Kamerad gefallen war; ihr Ziel waren die Geräusche, die der Sterbende im Todeskampf machte.

Liliath griff an, als sie sich vorwärtsbewegten, um zu ertasten, was sie gefangen hatten. Sie trat dem Ersten in die Leiste, zwang ihn zu Boden und drehte seinen Kopf um zweihundertsiebzig Grad; das Knacken hallte durch das Loch. Dann packte sie den fallenden Leichnam unter den Armen und schleuderte ihn auf seine Begleiterin, die zu Boden ging. Noch während diese versuchte, sich frei zu machen, fand Liliath das Messer am Gürtel des Mannes und stieß zweimal zu.

Aber noch während sie das tat, pfiff etwas durch die Luft; Liliath schrie auf – mehr aus Wut als aus Schmerz –, als ein Armbrustbolzen die rechte Seite ihres Brustkorbs unterhalb des Schulterblatts und oberhalb ihrer Brust durchbohrte.

Katie Sonnlos war da, ließ eine der kleinen Armbrüste der Verweigernden aus der rechten Hand fallen; in der linken hielt sie eine winzige Kerzenstummellaterne, die abgeblendet war, sodass nur ein schmaler Lichtstrahl herausfiel, der zum Zielen reichte. Sie zog einen Dolch aus dem Gürtel, als Liliath ihr Messer warf, das sich ins linke Auge der Kanalratte grub.

Katie Sonnlos fiel ohne jeden Laut, abgesehen von dem dumpfen Geräusch, mit dem sie auf den Boden prallte.

Liliath stand vollkommen still und lauschte. Sie konnte das dumpfe Gemurmel der Menge weit über ihr hören, aber nichts mehr im Loch.

Sie betastete den Bolzen und zuckte zusammen, als er sich leicht bewegte. Dann griff sie über ihre Schulter und berührte mit den Fingern die Spitze. Er war direkt durchgegangen, und wenn sie ausatmete, blubberte Blut auf ihren Lippen. Seltsam leuchtendes Blut, das in einem eigenen silbrigen Licht schimmerte.

Liliath wusste, dass der Bolzen ihre Lunge verletzt hatte. Jeder normale Mensch wäre längst zusammengebrochen, dem

Tode nahe. Und auch wenn sie verändert war, würde sie letztlich in ihrem eigenen Blut ertrinken, wenn sie nicht mit Engelsmagie geheilt wurde.

Sie hatte keine Symbole bei sich; dieses Risiko war sie eingegangen für den Fall, dass sie durchsucht oder ihre Identität als eine vom Nachttrupp der Verweigernden auf irgendeine andere Weise in Frage gestellt werden sollte. Kein Gwethiniel, um sie ganz zu machen, oder Beherael, um die Blutung zu stoppen, oder Herreculiel, um die Bluterneuerung zu beschleunigen.

Wut stieg in Liliath auf, drängte den Schmerz in den Hintergrund. Sie durfte nicht sterben. Sie hatte eine Bestimmung, an der einfache Sterbliche und Armbrustbolzen nichts ändern konnten.

Sie hatte keine Symbole. Aber da waren die merkwürdigen abgetrennten Stückchen Engelsmacht in den Statuen unweit von ihr – und in denen oben –, und Liliath war die Einzige in der Welt der Sterblichen, die wusste, wie sie auf sie zugreifen und sich ihre rohe Macht einverleiben konnte.

Tatsächlich hatte Chalconte es ihr einfacher gemacht, denn normalerweise würde sie den Engel erst beschwören und beherrschen müssen und ihm dann langsam seine Macht entreißen. Aber das hatte der häretische Magier bereits alles getan. Er hatte nur nicht gewusst, was genau ihm gelungen war oder wie die Macht, die er in die Statuen gezogen hatte, benutzt werden könnte.

Liliath packte die Befiederung des Bolzens mit der rechten Hand und griff um ihren Rücken, um mit der linken das andere Ende gleich hinter der Spitze zu packen. Es war nicht leicht, aber sie bekam den Bolzen schließlich richtig zu fassen und brach ihn ab.

Sie versuchte erst gar nicht, ihren Schrei zu unterdrücken, der zu gleichen Teilen ein Schmerzens- und ein Wutschrei war. Er hallte bis nach oben, und sie hörte, wie die Menge still wurde, und sah Lichtschimmer näher kommen, als die Verweigernden an den Rand des Loches traten, nach unten schauten und erfolglos zu sehen versuchten, was passiert war.

Den Bolzen abzubrechen hatte die Wunde deutlich verschlimmert. Liliath sah ihr silbriges, leuchtendes Blut über ihre Finger strömen, und es war schwer, auf den Beinen zu bleiben, trotz der Engelsmacht, die sie vor langer Zeit in sich aufgenommen hatte.

Diese Macht musste gesteigert werden, und zwar schnell. Liliath griff mit ihrem Geist aus, spürte die Präsenzen in den herabgefallenen Statuen dicht bei ihr, hier unten, am Boden der Grube. Sie kannte sie, nahm ihre Namen in sich auf trotz ihres schwachen Widerstands; die Engel waren immer noch mit ihrem größeren Selbst in den Himmeln verbunden. Sie ignorierte die flehenden Schreie in ihrem Kopf, als die zersplitterten Engel versuchten, sich den Banden zu entziehen, in die Chalconte sie geschlagen hatte. Verzweifelt kämpften sie darum, ihren marmornen oder bronzenen Gefängnissen zu entfliehen, um nicht so benutzt zu werden.

Doch wie immer war Liliaths Wille stärker. Sie obsiegte, nahm ihre Macht in sich auf und machte sie zu ihrer eigenen.

Der Schmerz ebbte ab, war aber immer noch da. Sie holte tief und langsam Luft. Kein Blut blubberte mehr aus ihrem Mund. Die Ränder der zerklüfteten Wunde in ihrer Brust näherten sich einander, schlossen sich aber noch nicht ganz.

Sie hatte nicht genug rohe Engelsmacht genommen, um sich voll und ganz selbst heilen zu können.

Liliath blickte nach oben, zum etwas helleren, rötlich getönten Himmel über dem Loch und um es herum, wo die Verweigernden ihre Fackeln hielten.

Es war ein größeres Risiko, aber sie musste es tun. Sie konnte nicht verwundet bleiben. Außerdem bestand für sie keine direkte Gefahr, nur für die Verweigernden dort oben. Alle, die eine Statue berührten, aus der sie den Engel zog, würden entweder der Aschblut-Plage zum Opfer fallen oder zu Scheusalen werden …

Liliath griff erneut aus, forschte geistig nach den Statuen, spürte nach den stärksten Überresten, erkundete ihre Namen und ihre Natur. Sie konnte sie alle in ihrem Geist spüren, all diese armseligen Stummel aus Engelsmacht, eingeschlossen in Stein oder Bronze.

Zwei waren sehr viel stärker als die anderen, vermutlich Mächte oder sogar Gewalten. Einer war auf Biscs Seite des Loches, der andere auf der Seite des Wurms.

Liliath lächelte erneut und konzentrierte ihren Willen auf Darshentiel, den auf der Seite des Wurms. Sie spürte den Überrest in alle Richtungen flattern und huschen, verzweifelt nach einer Fluchtmöglichkeit suchend. Aber sie nahm ihn ganz, genoss ihre Macht und Überlegenheit.

Ihre Wunde schloss sich vollständig, ihre Atemzüge wurden tief und gleichmäßig. Sie fühlte sich wachsam und gestärkt, alle ihre Sinne scharf wie Klingen.

Sie ging zu einer der Leichen und riss einen Streifen ihrer Kleidung ab, benutzte ihn, um sich den Mund und ihre Kleider abzuwischen, die Flecken ihres merkwürdigen, schimmernden Bluts zu entfernen. Es wäre nicht gut, wenn irgendjemand das sehen würde. Aber sie konnte nicht alles entfernen. Lichtsprengsel hingen an ihren Kleidern, bis sie den Lumpen in das Blut des Verweigernden tauchte und es über ihrem eigenen verschmierte.

Nachdem das erledigt war, ging sie zur Leiter und begann hochzusteigen, flink wie eine Spinne, während oben die Schreie begannen. Das überraschte sie zwar nicht, aber sie stieg noch schneller hoch, berührte mit Händen und Füßen kaum noch die Sprossen, als die Schreie identifizierbar wurden, vermischt mit dem Knallen von Pistolenschüssen und Musketenfeuer, dem Surren von Armbrustsehnen und, natürlich, den Rufen.

»Ein Scheusal! Vorsicht, ein Scheusal!«

Vierzehn

Kardinalin Duplessis schreckte aus dem Schlaf hoch. Einen Moment lang war sie unsicher, was sie geweckt hatte, bis sie das Geräusch erneut hörte. Sie sah durch die halb geschlossenen Vorhänge ihres riesigen Bettes mit den vier vergoldeten Bettpfosten. Ihr Zimmer war still, die Läden fest geschlossen, die Tür zu. Die große Uhr auf dem Kaminsims tickte, wie sie immer tickte, die Zeiger auf zwei und drei. Was sie geweckt hatte, war ein leises Geräusch, ein sehr leises tiefes Summen, das sie gut kannte, auch wenn sie es viele Jahre lang nicht gehört hatte.

»Anton!«, rief sie, während sie sich aus dem Bett schwang und die Füße in die pelzbesetzten Pantoffeln schob. »Anton!«

Die Tür schwang auf, und Anton, ihr Nachtschreiber, kam herein, eine Laterne in der Hand, deren Licht das von den Kerzenstummeln in dem Kandelaber auf ihrem Schreibtisch ergänzte. Hinter ihm stand eine Pursuivant mit bereits blankgezogenem Degen. Aber es war kein Feind da, kein Assassine kam den Schornstein herunter oder durch das Fenster im vierten Stock. Die Kardinalin zog eine scharlachrote Robe über ihr Nachtgewand, als sie zu dem Sekretär eilte, in den sie ihre wichtigsten Symbole gelegt hatte, Halsketten, Broschen und Ringe – und, einzeln auf dem obersten Brett, getrennt von allen anderen, das kleinste und doch mächtigste, das Symbol von Ashalael.

»Ja, Eminenz?«

»Ruf Kapitänin Rochefort. Verdoppelt die Wachen hier und sorgt dafür, dass die Kompanien in der Sternfestung gewarnt werden und auf Posten sind. Alle Stadttore sollen geschlossen werden. Warnt Dartagnan im Palast der Königin …

Sagt ihnen, dass eine Gefahr kommt, auch wenn ich noch nicht weiß, welche …«

»Sofort, Eminenz.«

Er verschwand, rief nach rangniederen Schreibern, die wie er die ganze Nacht arbeiteten, um all das festzuhalten, was die Kardinalin tagsüber angeordnet hatte, und um für ihre schlaflosen Nächte bereit zu sein. Die Pursuivant steckte ihren Degen in die Scheide und stellte sich in den Türrahmen, während die Tür offen stand.

Die Kardinalin beugte sich über ihren Sekretär. Alle Symbole zitterten, vibrierten auf der auf Hochglanz polierten Tischplatte, ruckelten näher zum Symbol von Ashalael auf dem Brett darüber. Sie machten auch jenes Geräusch, das wie eine langsam gezupfte Basssaite einer Harfe klang und von irgendwo sehr weit entfernt kam. Etwas hatte sie durcheinandergebracht, irgendein großes oder ungewöhnliches Wirken von Engelsmagie in nicht allzu großer Entfernung.

Andrea Duplessis starrte die Symbole an und fragte sich, ob die Zeit gekommen war, Ashalael zu beschwören, etwas, das sie ebenso sehr wünschte wie fürchtete. Dreimal hatte sie den Erzengel beschworen und den Preis bezahlt. Eine weitere Beschwörung wäre wahrscheinlich ihr Ende, und bis jetzt gab es niemanden, der an ihre Stelle treten konnte. Zumindest niemanden, den sie der schrecklichen Verantwortung als würdig erachtete, Kardinalin von Sarance und Beschwörerin von Ashalael zu sein. Schlimmer noch, die Königin war von so vielen schlechten Ratgebern umgeben, dass das, was das Reich am dringendsten benötigte, noch nicht einmal die Magie des Erzengels war, sondern die sichere Hand der Kardinalin am Ruder des Staatsschiffes.

Zumindest sagte sie sich das.

Aber statt Ashalael zu beschwören, konnte sie mit ihm auch zu einem geringeren Preis kommunizieren – wenn auch trotzdem zu einem nicht unerheblichen. Allerdings antwortete er manchmal auf so distanzierte und mysteriöse Weise, dass die Kommunikation wertlos war, zu abseitig, um sie zu verstehen.

Aber sie musste es tun.

Die Kardinalin legte einen Finger auf Ashalaels Symbol. Augenblicklich wurden alle anderen Symbole still. Sie holte tief Luft und lenkte ihren Willen, um sich mit dem Engel in den Himmeln zu verbinden, ohne dabei laut zu sprechen.

Ashalael! Ashalael! Ich beschwöre dich nicht, sondern will nur Worte. Was rührt sich im Königreich von Sarance, das die Himmel so beunruhigt?

Anfangs kam keine Antwort. Aber sie spürte eine Präsenz, ein großes Gewicht am fernen Ende einer dünnen Schnur, als würde sie in tiefem Wasser fischen und den ersten Biss von etwas Großem und Fernem spüren.

Ashalael! Ashalael! Ich beschwöre dich nicht, sondern will nur Worte.

Ihre rechte Hand begann zu zittern, als sie spürte, wie der Engel näher kam. Sie umfasste ihr Handgelenk mit der linken, um es ruhig zu halten, und holte erneut tief Luft.

Plötzlich begann die Uhr auf dem Kaminsims zu schlagen, und die Zeiger liefen rückwärts. Im Kamin erwachten kleine, funkensprühende Wirbelwinde, hüpften und tanzten. Von den anderen Symbolen kam ein Geklimper aus Harfenklängen, als ob jemand, der vom Wahnsinn befallen war, versuchen würde, vier Harfen gleichzeitig mit Händen und Füßen zu spielen. Die Pursuivant im Türrahmen machte einen Schritt nach hinten und wurde sehr still.

Die Kardinalin spürte den Schatten gewaltiger Schwingen auf sich fallen, und im Zimmer wurde es kalt. Sie erschauerte unter ihrer mit Marderpelz verbrämten Robe und sprach zum dritten Mal.

Ashalael! Ashalael!

Worte wie Eiszapfen durchbohrten ihr Gehirn. Nicht gesprochen, nur empfunden.

Ich bin hier.

Duplessis bemühte sich, ihre Frage herauszubringen.

Was bringt das Königreich durcheinander? Wer? Wo?

Ashalael antwortete, gewissermaßen.

Das Gewicht seiner Stimme ließ die Kardinalin erschlaffen und zu Boden sinken, aber irgendwie gelang es ihr, genug Kraft zu sammeln, um ihre Hand von dem Symbol wegzuziehen und die heraufdämmernde Präsenz Ashalaels dorthin zurückzuschicken, von wo sie gekommen war, als der Erzengel, obwohl anfangs so zögerlich, wieder Interesse an der Welt der Sterblichen zeigte und wünschte, sich ganz zu manifestieren.

Was – dessen war sie sich nun sicher – sie töten würde. Diese letzte Beschwörung musste für etwas von allergrößter Notwendigkeit aufgespart werden, für etwas, das ohne jede Frage von höchster Bedeutung für das Königreich war.

»Eminenz, braucht Ihr Hilfe?«

»Nein, nein«, krächzte die Kardinalin. Sie stemmte sich hoch, hielt sich an dem Sekretär fest. Ashalaels Antwort dräute riesig in ihrem Geist. Sie flüsterte vor sich hin, was er gesagt hatte, versuchte herauszufinden, was der Erzengel genau meinte.

Die tödliche Magierin erntet die Überbleibsel von Engeln in der tiefen Wunde im Stein.

»Die tödliche Magierin«, wiederholte die Kardinalin. Sie runzelte die Stirn und zuckte zusammen, als sich die Kopfschmerzen, die sich rasch hinter ihren Augen ausbreiteten, dabei verschlimmerten. Sie hatte Ashalael diesen Ausdruck noch nie zuvor benutzen gehört, und sie hatte ihn auch nicht in den Berichten früherer Kardinalinnen und Kardinäle gelesen. Aber vielleicht war es eine Beschreibung, kein Name … eine Magierin, die Menschen tötete. Es war sehr schwierig, Engel dazu zu bringen, jemanden direkt zu töten, doch es war möglich. Normalerweise konnte es allerdings indirekt arrangiert werden, sodass der Engel nicht wirklich etwas davon mitbekam, dass seine Taten zum Tod eines Menschen führen würden.

Ja, eine mörderische Magierin. Eine tödliche Magierin. Das war einigermaßen klar.

»Die Überbleibsel von Engeln …« Damit konnte sie nicht viel anfangen, auch wenn sie sich vage erinnerte, dass sie diesen Begriff schon einmal irgendwo gesehen hatte. Aber ihr Kopf platzte jetzt fast; es war schwierig zu denken. Sie wandte sich von dem Sekretär ab und stolperte zu einem Stuhl, ließ sich darauf fallen. »Anton!«, rief sie und hielt sich die zitternde, runzlige Hand vor die Augen. »Den Ingwerwein und eine Kompresse für meine Augen!«

»Jawohl, Eminenz, sofort. Und Doktor Degarnier? Oder soll ich vielleicht doch lieber nach Magistra Hazurain in der Festung schicken?«

»Ja, Degarnier«, murmelte die Kardinalin. Ihr Kopf und ihre Augen schmerzten schrecklich, und sie hatte plötzlich Angst, dass das auf Hirnblutungen hinweisen könnte. Ein Schlag, der zum Tod oder zu Schädigungen führte, wenn dies nicht durch eine Heilung mittels Engelsmagie abgewendet wurde. »Beeil dich!«

Doch trotz der Schmerzen versuchte sie, einen Weg durch das Rätsel von Ashalaels Antwort zu finden. »Die tiefe Wunde im Stein …« Das war ebenfalls ein Ausdruck, den sie irgendwo gelesen oder gehört hatte. Sie konzentrierte sich, zwang ihren vortrefflichen Willen, die Schmerzen ebenso zu ignorieren wie die Übelkeit, die in ihr aufstieg, trennte ihren Verstand von ihrem Körper.

Langsam verbanden sich Erinnerungen und Gedanken, gesellten sich zu neuen Gedanken, fügten sich zusammen.

Wunde im Stein … eine Kluft … ein Spalt … eine Schlucht … ein Steinbruch … die gewaltige Kiesgrube südlich der Stadt, sechsmal aufgefüllt, vom Hochwasser wieder geöffnet, benutzt, um Chalcontes Statuen zu vergraben, die sich falsch anfühlten, keine Symbole, aber da war etwas … übrig … Überbleibsel …

»Rochefort! Ist Rochefort schon hier?«

»Noch nicht, Eminenz. Sie ist nicht im Palast. Es sind Boten zu ihrem Haus und zur Sternfestung geschickt worden.«

»Schick mehr Boten«, murmelte die Kardinalin. Sie konnte den Schreiber nicht ansehen. Obwohl sie die Augen geschlossen hatte, blitzten hinter ihren Augenlidern Lichter, hell wie Feuerwerk. »Sag ihr, sie soll zwei ... nein, drei ... Trupps Pursuivants mit zur alten Kiesgrube nahe der Nepkreuzung nehmen. Nach einer Magierin Ausschau halten ... gefangen nehmen ... Gefahr.«

Die Lichter wurden noch heller, und schließlich ergab die Kardinalin sich ihnen und dem Schmerz und versank in die Dunkelheit der Bewusstlosigkeit.

Agnez wurde von lautem, eindringlichem Getrommel geweckt. Unverzüglich sprang sie aus dem Bett und beeilte sich, Kniehose und Wams anzulegen, denn sie hatte in Hemd und Unterwäsche geschlafen. Sie hatte noch keine volle Musketier-Uniform, aber sie legte den schwarz-silbernen Wappenrock an, als hätte sie ihn schon tausendmal getragen, und sie setzte sich den unverwechselbaren schwarzen Hut mit der silbernen Hutfeder auf, während sie sich hinhockte, um ihre Stiefel anzuziehen.

Die anderen drei in ihrem Zimmer waren weder so schnell noch so sicher in ihren Bewegungen, und das einzige Licht kam von der verhängten Nachtlaterne, die über der Tür hing. Grummelnd und sich die Augen reibend, waren sie noch immer in verschiedenen Stadien des Halb-angekleidet-Seins, als Agnez bereits komplett fertig war, mit dem Degen und den Pistolen im Gürtel, der Muskete in der Hand und dem Patronengurt über der Schulter.

Als sie die Schnalle des Patronengurts überprüfte und sicherstellte, dass die Patronen ordentlich hingen, wurde die Tür aufgerissen, und eine große Gestalt bückte sich, um einzutreten; dabei streifte die Krempe ihres Huts die Laterne, obwohl die mindestens acht Fuß über dem Boden hing.

223

»Ho!«, rief Sesturo. »Eine von den Jungen ist nicht so schläfrig! Komm mit, Descaray. Ihr anderen, meldet euch bei Grupp, wenn ihr damit fertig seid, euch hübsch zu machen.«

Grupp war die Ausbilderin, eine düstere, ältere Frau, ganz Härte und Muskelstränge und eine Stimme, die einen undurchdringlichen Kürass durchbohren konnte. Wie so viele andere Musketierinnen und Musketiere hatte sie sich ihren Namen ausgedacht, genau wie Franzonne und Sesturo. Es war für jene von höchster Geburt eine lange Tradition, beim Eintritt in diese Truppe den Namen und jegliches Erbe aufzugeben und sich ganz dem Dienst für die Königin zu widmen. Was Grupp anbelangte, deutete eine sich in ihrer spitzen Nase äußernde bemerkenswerte Ähnlichkeit mit Königin Sofia darauf hin, dass sie in der Tat von höchster Geburt war.

Agnez folgte Sesturo nach draußen, verharrte nur kurz, um ihren Zimmergenossinnen zuzulächeln und zu winken, von denen eine ihr halbherzig einen Stiefel hinterherwarf. Sie hatte sie erst am vergangenen Nachmittag kennengelernt, aber sie hatten bereits in Übungskämpfen miteinander gefochten, und Agnez hatte gewonnen und dann die Hälfte ihres Bargelds verloren, indem sie Dreizehn mit ihnen gespielt hatte. Auf diese Weise hatte sie in jeder Hinsicht freundliche Beziehungen zu ihnen hergestellt.

Als sie die Kaserne verließen und hinaus auf den Exerzierplatz marschierten, hörte das Getrommel auf; die drei Trommlerinnen und ein Trommler rannten zu ihrer Position am hinteren Ende. Ein paar Nachzügler – alles Veteraninnen und Veteranen – eilten ebenfalls noch nach draußen, um sich der Kompanie anzuschließen. Während die meisten Musketierinnen und Musketiere in der Stadt in ihren eigenen Quartieren lebten, musste eine der vier Kompanien des Regiments immer in der Kaserne in der Sternfestung oder in der beim Palast der Königin bleiben. Genau wie die Kadettinnen und Kadetten, von denen es im Moment aber nur acht gab, die in Agnez' Zimmer und die in dem daneben. Auch sie waren offensichtlich für Sesturo nicht schnell genug aufgewacht, denn niemand von ihnen war hier.

Die Sonne ging gerade auf, war aber noch nicht hoch genug, um genug Licht zu spenden, vor allem angesichts der dräuenden Regenwolken, die in großer Zahl vorhanden waren und deren dunkle Unterseiten die Dämmerung mit blass rötlichen Streifen sprenkelten.

»Bleib bei mir«, grummelte Sesturo, als er am Ende der ersten Reihe an seinen Platz glitt. Agnez stand neben ihm, ahmte die Haltung der anderen nach, eine Art entspannter Habtachtstellung, die höfliche Körperhaltung von vornehmen Leuten, die wichtige Neuigkeiten erwarteten, nicht die von überdisziplinierten Hunden, die Angst vor einer Tracht Prügel haben.

»Was ist los?«, fragte Agnez.

»Wer weiß?«, erwiderte Sesturo und lächelte. Er schlug seine übergroßen Handschuhe zusammen. »Wenn wir Glück haben, steht uns ein Kampf bevor. Da ist Decastries; sie wird uns sagen, was los ist.«

Bei ihm klang das so, als wäre Decastries irgendeine einfache Botin, wohingegen sie doch tatsächlich die Leutnantin war, die die Kompanie kommandierte. Decastries sah nach nichts aus, dachte Agnez – eine mittelgroße schwarze Frau mittleren Alters in einer normalen Musketier-Uniform und mit silbernen Haaren, die sie in einem langen Zopf unter ihrem Hut trug. Das einzige Zeichen ihres Ranges war eine schmale goldene Schärpe über ihrer Schulter statt des Patronengurts, und sie trug keine Muskete.

Decastries wurde von mehreren anderen Musketierinnen und Musketieren sowie einer Botin in der scharlachrot-goldenen Uniform der Kardinalin begleitet. Die Botin schien unbeeindruckt von der Tatsache, sich inmitten von Musketieren zu befinden, und hielt sich dicht bei Decastries Ellbogen. Agnez machte Sesturo gegenüber eine entsprechende Bemerkung.

»Im Dienst oder wenn wir Befehle befolgen, besteht keine Rivalität zwischen uns«, sagte Sesturo. Er sah auf Agnez herab. »Dann und wann müssen wir zusammen kämpfen. Merk dir das.«

»Das werde ich«, versprach Agnez.

»Musketierinnen und Musketiere!«, röhrte Decastries, und Agnez stellte fest, dass sie unwillkürlich eine strammere Haltung annahm. Die Leutnantin mochte nicht beeindruckend aussehen, aber ihre Stimme sorgte dafür, dass ihr alle aufmerksam zuhörten.

»Ihre Eminenz, die Kardinalin, hat mit dem Erzengel Ashalael über eine Bedrohung für Sarance und Ihre Majestät, die Königin, gesprochen!«

Agnez war überrascht, dass dies nicht sonderlich ernst genommen zu werden schien. Sesturo schnaubte leicht, und sie sah, dass die Musketierin hinter ihm die Augen verdrehte.

Decastries wartete, bis die Welle leichten Argwohns abgeebbt war, ehe sie fortfuhr. »Die genaue Art der Bedrohung ist noch nicht bekannt, aber wir sollen uns in unserer Bastion und unserem Ravelin bereithalten, und Patrouillen sollen ausgeschickt werden. Die Dritte Kompanie bleibt beim Palast, die Zweite und Vierte werden dort ebenfalls zusammengerufen. Begebt euch auf eure Posten!«

Die angetretene Kompanie explodierte wie Sporen von einem Bovist, dem man einen Tritt versetzt hatte; Musketierinnen und Musketiere bewegten sich in alle Richtungen, eilten zum Tor, das sich zum Ziffernblattplatz öffnete, zum Tunnel, der zur Bastion führte, zurück in die Kaserne, um vergessene Musketen oder andere Ausrüstungsgegenstände zu holen, und außerdem zu den Ställen, zum Zeughaus, zum Speisesaal.

Agnez folgte Sesturo und fühlte sich wie ein Jungtier, das hinter einem elterlichen Bären herrannte. Der große Musketier ging nicht zum Tor oder zum Tunnel, sondern zu Decastries, die einen tragbaren, von einer Dienerin gehaltenen Schreibtisch benutzte, um eine Botschaft zu schreiben, die sie der Botin der Kardinalin aushändigte.

»Decastries!«, rief Sesturo. »Erlaubt mir und diesem Welpen zum Palast zu gehen, um zu sehen, ob die Kapitänin oder Franzonne wissen, was los ist.«

Decastries sah sie beide an, bedachte Agnez mit einem abwägenden Blick. »Du bist …?«, fragte sie kurz angebunden.

»Agnez Descaray, Ser«, antwortete Agnez. »Gestern eingetreten.«

»Geh mit Sesturo«, blaffte Decastries, die sich bereits abund einem anderen Musketier zuwandte. »Franico, nimm dir ein Dutzend Leute und geh zur Alten Neuen Brücke. Dort soll ein Trupp der Stadtwache sein. Die müssen sich natürlich deinem Kommando unterstellen.«

»Komm«, sagte Sesturo und tippte Agnez auf die Schulter; zweifellos hielt er es für eine sanfte Berührung. Agnez unterdrückte ein Stöhnen und folgte ihm, lockerte den Degen in der Scheide.

»Wir gehen zum Palast der Königin?«, fragte sie und trabte dabei neben ihm her, um mit seinen langen Schritten mitzuhalten. Sie waren in Richtung der Treppe zum Tunnel unterwegs, der zur Königin-Ansgarde-Bastion führte. Als sie das Tor zum Tunnel erreichten, bemerkte sie, dass es im Gegensatz zu gestern, als es von gerade einmal zwei Dame spielenden Musketierinnen bewacht worden war, jetzt von rund zwei Dutzend gesichert wurde und die Fallgitter halb heruntergelassen waren. »Um die Kapitänin zu sehen?«

Sie war der legendären Kapitänin der Musketierinnen und Musketiere bis jetzt noch nicht begegnet. Dartagnan war inzwischen ziemlich alt, vielleicht sogar schon fünfzig, aber immer noch eine sagenhafte Fechterin. Sie war einst die Meisterkämpferin von Königin Henrietta IV. gewesen und war eine der engsten Vertrauten der derzeitigen Königin, auch wenn sie im Gegensatz zur Kardinalin nicht versuchte, die Regierung von Sarance zu leiten.

»Dann und wann sieht die Kardinalin Gespenster«, erklärte Sesturo. Er blieb stehen, um eine Hand so vor eine der Fackeln in den Wandhalterungen des Tunnels zu halten, dass sie einen Entenschnabelschatten an die Wand warf. »Auch dieses Mal ist es vielleicht nicht mehr als das. Aber die Kapitänin wird wissen, was auch immer es zu wissen gibt. Könnte sein, dass wir sogar die Königin sehen.«

Agnez nickte; sie konnte nicht sprechen.

Sesturo sah sie an, und sein Gesicht war unergründlich. »Kennst du den speziellen königlichen Gruß? Wenn du eine Uniform trägst und eine Muskete dabeihast?«

»Was?«, quietschte Agnez. »Was?«

Sesturo lachte, und das viel länger, als Agnez es für nötig hielt, während sie durch den Tunnel in die Bastion marschierten und weiter durch mehrere Tore und bewachte Türen bis hinunter zur Anlegestelle, um dort ein Boot zu nehmen, das sie flussabwärts zum Palast bringen würde.

Auch Dorotea wurde von den Trommeln geweckt, nicht nur von denen aus der Kaserne der Musketiere, sondern auch von denen aus den Kasernen der Pursuivants, der Königsgarde und der Artilleristen. Allerdings wurden die Bewohner von mindestens einem dieser Orte auch noch von Trompeten geweckt.

Sie trat zu ihrem schmalen Fenster, doch es gab wenig zu sehen. Die ersten schwachen Anzeichen der Morgendämmerung, ein rotes Schimmern unter den Regenwolken – aber es schien nichts Bedeutungsvolles vor sich zu gehen, zumindest nicht in ihrem begrenzten Blickfeld. Wenn der Himmel klar gewesen wäre, hätte sie zu ihm und der verblassenden Nacht hochgeschaut, auch wenn sie nicht besonders erfahren darin war, die Anzeichen von Bewegungen von Engeln an den Sternen zu erkennen. Eines Tages, so hoffte sie, würde sie es sein.

Falls sie jemals zur Belhalle zurückkehren sollte, um ihr Studium fortzusetzen …

Über Nacht hatte es heftig geregnet, wie Dorotea bemerkte, und auf dem Fenstersims stand eine Pfütze mit rosthaltigem

Wasser, in die immer noch Tropfen fielen, die die Eisenstäbe noch mehr verrosten lassen würden. Träge steckte sie einen Finger in die Pfütze und rührte darin herum, vermischte die Farbe. Die Flüssigkeit war überraschend trüb, enthielt viel mehr Rost, als sie erwartet hatte.

Dorotea zog ihren Finger heraus und betrachtete die rote Kuppe. Sie lachte und skizzierte auf einem der glatteren Steine der Mauer neben dem Fenster mit schnellen Strichen eine Gestalt. Die rostige Behelfsfarbe hielt überraschend gut, und Dorotea konnte nicht anders, als noch ein bisschen mehr zu zeichnen und mit Einzelheiten aufzufüllen. Erst der gespitzte Mund, dann der Atemhauch, dann der perfekte Kreis eines Heiligenscheins in einer einzigen raschen Bewegung.

Sie zeichnete Zamriniel, einen Engel, den sie sehr gut kannte, denn er war einer der ersten, für den sie ein Symbol gemacht und den sie viele Male beschworen hatte. Zamriniel war nur ein Seraph, aber ein sehr nützlicher – ihr Bereich war, ähnliche Dinge zu vereinigen, vorausgesetzt, sie waren nicht allzu groß oder schwer. So konnte Zamriniel beispielsweise sämtlichen Staub in einem Raum auf einem Haufen versammeln. Sie war einer der besten Engel, die man für diese Art von Säuberung benutzen konnte, auch wenn viele Magier und Priester dachten, einen Engel für häusliche Arbeiten zu benutzen wäre fast schon Häresie – es sei denn, es ging um einen Raum in ihrem Tempel oder ihrer Akademie und jemand anders zahlte den Preis für die Beschwörung.

In der Zelle gab es ziemlich viel alten, sehr alten Staub. In den Winkeln, zwischen den Steinplatten des Fußbodens, festgebacken in den Ecken der Decke. Frisch gefegt wäre es hier viel netter, und Zamriniel könnte den Staub säuberlich aufhäufen, sodass Dorotea ihn aus dem Fenster werfen könnte. Und der Preis, einen Seraph zu beschwören, war wirklich gering …

Die Kruste der Wunde auf ihrem Handrücken, aus der sie sich für die Demonstration des Symbolmachens in der Belhalle ein paar Blutstropfen geholt hatte, war schnell aufgekratzt. Doch als Dorotea einen Finger in das Blut tauchte und ihr Geist sich auf Zamriniel konzentrierte, schaffte sie es, innezuhalten und ihn zurückzuziehen.

»Oh, du Närrin«, flüsterte sie. Sie wischte sich das Blut am Saum ihres Gewandes ab, nahm dann ein bisschen von dem Rost enthaltenen Wasser und schmierte es über ihre Zeichnung, sodass sie danach nur noch ein Fleck auf dem Stein war.

Es war schwer, das zu tun. Sie hatte das Gefühl, ihr ganzer Körper schmerzte vor Verlangen, einen Engel – irgendeinen – zu beschwören. Es ging niemanden etwas an. Die Befriedigung, ein gelungenes Symbol zu schaffen und einen Engel zu beschwören, war etwas sehr Persönliches …

Nur dass es das nicht war. Das hatte Rochefort deutlich gemacht. Ein gezeichnetes Symbol zu erschaffen und einen Engel zu beschwören … das war nichts, was man leichthin machte – wenn überhaupt. Vielleicht nur dann, wenn sie fliehen musste. Vielleicht noch nicht einmal dann.

Dorotea kehrte zu ihrer strohgefüllten Matratze zurück, zog die Decke hoch – ganz hoch, bis über den Kopf. Im Gegensatz zu dem, was sie Rochefort erzählt hatte, war sie nicht vollkommen in der Lage, die Zukunft zu ignorieren. Es stimmte in einem gewissen Ausmaß, aber dann und wann war sogar ihr naturgegebener Optimismus überfordert, zumindest zeitweise.

Aber unter der Decke, wo die Welt nicht hinkam, schien alles ein bisschen besser. Und dann hatte Dorotea kein Problem mehr, wieder einzuschlafen, wie sie es schon immer getan hatte, seit sie ein Kind war und vor Problemen flüchten musste, und alles war gut.

Im Krankenhaus wurde Simeon nicht von den Trommeln geweckt, weil er bereits bei der Arbeit war und das gebrochene Bein einer Artilleristin richtete, die auf einer der regennassen Treppen der Wälle ausgerutscht war. Sie hatte sehr viel Glück gehabt, dass sie überhaupt noch am Leben und es ein glatter

Bruch war, sodass Simeon keine Unterstützung durch einen Engel brauchte. Die Frau war eine Stoikerin, und sein größtes Problem war, ihre drei enthusiastischen Freundinnen abzuwehren, die helfen, zusehen oder kommentieren wollten.

Aber die Freundinnen verschwanden, sobald die Trommeln und Trompeten ertönten, sodass Simeon mit Hilfe einer Stationshelferin – einer Verweigernden – das gebrochene Bein schienen konnte. Nachdem sie das geschafft und ihre Patientin in ein Bett verfrachtet hatten, fragte Simeon die Helferin, was das Getrommel und die Trompetenstöße von den Kasernen und Bastionen zu bedeuten hatten, vor allem da noch nicht einmal die Morgendämmerung angebrochen war.

»Das passiert von Zeit zu Zeit«, sagte die Verweigernde und gähnte. Sie hatte die ganze Nacht Dienst gehabt. »Gerüchte von einem Krieg oder Ärger in der Stadt, ich weiß es nicht. Es ist, wie in einem Ameisenhaufen herumzustochern – sofort schwärmen die Soldaten alle aus. Braucht Ihr noch etwas, Doktor? Sobald Darben hier ist, werde ich weg sein, was hoffentlich schon bald sein wird.«

»Nein«, sagte Simeon. »Ich denke auch nur noch an mein Bett. Die Magistra will, dass ich ihr um zehn Uhr bei der Entfernung eines Steins assistiere.«

»Tatsächlich«, fragte die Helferin. Sie war gesprächiger als die meisten Verweigernden, mit denen Simeon im Hospital von Sankt Jerahibim gearbeitet hatte; allerdings hatte er bereits bemerkt, dass es in diesem Krankenhaus generell entspannter zuging. »Schon? Ihr müsst gut sein, Doktor. Es gibt hier ein paar, die würden sie noch nicht einmal auf ein Dutzend Schritte an einen so komplizierten Fall herankommen lassen. Viel Glück.«

Simeon stellte fest, dass er ziemlich dümmlich grinste, als er zurück in sein Zimmer ging, weil er sich zufrieden fühlte. Er spürte, dass er seinen Platz in der Welt gefunden hatte, und von nun an würde er in seinem Leben sicherlich nur noch in eine Richtung fortschreiten: nach oben.

Henri verschlief die ganze Sache. Er wachte kurz auf, dachte zunächst, das Getrommel käme von Hagel oder Regen, wunderte sich ein bisschen über die gelegentlichen Trompetenstöße, aber da sich in den benachbarten Ställen nichts rührte, entschied er benommen, dass nichts davon etwas mit ihm zu tun hatte, drehte sich auf die andere Seite und schlief wieder ein.

Fünfzehn

Als Liliath aus der Grube auftauchte, fand sie sich am Rande eines wilden Handgemenges wieder, da die meisten Verweigernden verzweifelt versuchten, zum Steg zu gelangen, während ziemlich nah bei ihr mindestens ein Dutzend kämpferischer veranlagte Verweigernde ein – durch ihre Anwendung von Engelsmagie – frisch geborenes Scheusal bekämpften. Das Monster war immer noch vage menschenähnlich, aber es war viel größer und schlanker als der Mensch, der es gewesen war – vielleicht doppelt so groß –, und hatte zwei Paar Arme mit Klauen und lange Hinterbeine, die sich zusammenfalten ließen wie die von Grashüpfern, und seine Haut glänzte wie Chitin.

Jetzt richtete das Scheusal seine roten Augen auf Liliath, starrte sie unverwandt an, ohne noch auf die Kämpfer direkt vor ihm zu achten. Es griff sofort an, senkte die boshaft scharfen Hörner, die bereits voller Blut waren. Mehrere Armbrustbolzen steckten in seiner insektenähnlichen Haut von matter Farbe, und es blutete grauen Staub aus mehreren anderen Wunden, aber keine davon hatte es langsamer werden lassen.

Das helle Lodern und der schreckliche Knall einer alten und sehr großen Arkebuse zu ihrer Rechten ließen Liliath zur Seite springen; die schwere Kugel traf das Scheusal mit einem Geräusch in den Kopf, als ob eines der Stadttore zugeschlagen würde.

Trotzdem stapfte es weiter, zertrampelte mehrere Verweigernde, zerfetzte sie mit den Krallen und Dornen an seinen Füßen und Beinen. Sein Kopf ruckte herum, um einen anderen Verweigernden aufzuspießen, der versucht hatte, mit einem Dolch auf es einzustechen. Eine Armbrust klackte, ein weiterer Bolzen bohrte sich in die Flanke des Dings, und immer noch stolperte es vorwärts, die roten Augen ausschließlich auf Liliath gerichtet. Sie machte einen Satz über mehrere Tote oder Sterbende hinweg und kletterte auf eine der größeren Statuen. Es handelte sich um eine der üblichen Darstellungen von Harekiel als muskulöse Frau in der Tunika einer Turnerin, mit über dem Kopf ausgestreckten Armen, als würde sie gleich vorwärtsschnellen, die großen Schwingen hinter dem Rücken gefaltet. Dieser Versuch von Chalconte, ein Symbol zu erschaffen, war keine winzige Plakette oder Kamee, sondern eine achtzehn Fuß hohe, aus einem einzigen Marmorblock gehauene Statue.

Das Scheusal rammte den Fuß der Statue, erschütterte sie leicht. Aber selbst für das Monster war sie zu schwer, als dass es sie hätte bewegen können. Als das Scheusal zurückwich und vor Schmerz aufheulte, schwang eine stämmige Verweigernde eine Axt, deren Klinge sich tief in den Schädel des Scheusals grub. Sie blieb stecken, und die Frau ließ den Stiel klugerweise los, als das Scheusal aufheulte und in heftigen Todeszuckungen noch mehrmals auf die Statue einschlug, ehe es endlich starb.

Liliath sah von ihrem erhöhten Standort aus zu, wie die Frau mit der Axt – angesichts ihrer breiten Lederschürze und ihrer Lederarmschützer vermutlich die Dienerin eines Schlachters – sich über die Leiche des Scheusals stellte und ihre Axt herauszog, wobei Aschblut aus der Wunde strömte.

Zwanzig oder mehr Verweigernde lagen tot oder sterbend um die Stelle herum, wo eine Frau oder ein Mann zu dem Scheusal geworden war, darunter auch eine junge Frau, die über ihren Krücken zusammengebrochen war – die Botin, die die Nachricht vom Schurkengericht zum Haus Demaselle gebracht hatte.

Der Wurm war nicht unter den Toten, und Liliath konnte die alte Frau auch sonst nirgendwo sehen. Es brannten jetzt weit weniger Laternen und Fackeln, und eine gewaltige dunkle

Masse aus Verweigernden versuchte, auf den Steg und weiter nach oben zu kommen. Nur die obersten Bereiche, wo die schnellsten Fliehenden bereits davonrannten, waren einigermaßen frei.

Bisc kletterte zu ihr hoch. Auf seinem spitzenbesetzten Wams war Blut, aber es war nicht sein eigenes.

»Es war eine Falle«, sagte Liliath. »Der Wurm hatte schon drei Leute unten, mit einem Netz und Waffen. Und Katie Sonnlos hatte eine Armbrust.«

»Aber Ihr habt sie getötet«, sagte Bisc. »Seid Ihr verletzt?«

»Nein. Das Blut stammt nicht von mir. Wo ist der Wurm?«

Bisc deutete auf ein paar Verweigernde, die teilweise von der Statue des Throns verdeckt wurden. Eine hatte einen Mantel über dem Kopf und war mit einem Seil gefesselt.

»Wir haben sie. Wenn die Panik nachlässt, werden wir sie in die Grube werfen.«

»Nein«, sagte Liliath. »Ich habe Verwendung für sie.«

Bisc erwiderte nichts darauf.

»Sie wird immer noch sterben«, erklärte Liliath. »Nur auf eine nützlichere Weise.«

»Wie Ihr wünscht«, sagte Bisc.

»Die ganzen Toten und das Sterben ringsum scheinen dich nicht allzu sehr zu beunruhigen«, sagte Liliath und deutete dorthin, wo Laternen- und Fackellicht auf Blutpfützen und zerquetschte und zerfetzte Leichen und auf schrecklich zugerichtete Verwundete fiel, die in die Nacht starrten, ohne etwas zu sehen oder zu verstehen, was mit ihnen geschehen war.

»Tod und Sterben sind das Schicksal der Verweigernden«, sagte Bisc schulterzuckend. »Das lernen wir früh. Ich war acht, als ich die Pocken bekommen habe. Meine Eltern waren nicht beim Nachttrupp, sie haben als Bedienstete bei einem Gewürzhändler gearbeitet … ich habe mit den Kindern des Kaufmanns gespielt. Florenz und Elen. Auch sie haben die Pocken bekommen, aber ein Doktor-Magister ist gekommen und hat sie geheilt. Aber ich ... ich konnte nicht verstehen, warum *sie* plötzlich von der Hitze, den unerträglichen Schmerzen und dem Gefühl von Falschheit in meinem Körper erlöst waren ... und ich nicht. Als sich herausgestellt hat, dass ich überleben würde, wurde ich für zu hässlich gehalten, zu entsetzlich für meine früheren Spielkameraden. Meine Eltern sind nicht viel später gestorben, an irgendeiner anderen Krankheit, die Engel bei richtigen Sarancesern geheilt haben. Ich konnte nirgendwohin außer zum Nachttrupp, und bei *uns* mangelt es nie an Tod und Sterben. Ich habe als Bettler angefangen, mein hässliches Gesicht gezeigt ...« Er sah zu dem Scheusal hinunter und fügte hinzu: »Was Scheusale angeht ... ich habe sie töten sehen. Ich habe sogar gesehen, wie eins gemacht wurde. Franz Krüppelarm hat es organisiert, mit einem Magier, der zu dumm war, um zu erkennen, dass er getötet werden würde, sobald er seine Arbeit getan hatte. Ich habe damals gehört, dass wir unser Grau eigentlich gar nicht tragen müssen. Die Engel wissen, wer wir sind, und weigern sich, ihre Kräfte bei uns anzuwenden. Der Magier hat gesagt, dass Engel dazu gezwungen werden müssen, ihre Macht bei einem Verweigernden zu benutzen. Stimmt das?«

»Ja, das stimmt. Die Engel erkennen jene aus Ystara, und sie scheuen vor ihnen zurück, genauso wie sie sich widersetzen, Menschen offensichtlichen Schaden zuzufügen«, sagte Liliath. »Aber sie können gezwungen werden, wenn die Beschwörerin über genügend Willensstärke verfügt. Gibt es noch einen anderen Weg hier hinaus?«

Sie deutete auf das Gedränge, das noch immer auf den Stegen und Treppen herrschte. In genau diesem Augenblick wurde jemand über die Seite gestoßen, aus Versehen oder mit Absicht. Eine gebrechliche Bettlerin, die kaum in der Lage war zu gehen. Ihre grauen Lumpen flatterten hinter ihr her, als sie schreiend in die Tiefe stürzte.

»Den gibt es«, gestand Bisc. »Aber er ist nicht leicht. Warum sollten wir uns beeilen? Der Wurm ist besiegt. Ihre Leute sind entweder auf der Flucht oder zu mir übergelaufen. Es gibt keinen Grund für übergroße Eile.«

»Dass durch die Nutzung der verbliebenen Macht in einer von Chalcontes Statuen ein Scheusal erschaffen wurde, hat die Himmel beunruhigt«, erklärte Liliath. »Die Kardinalin wird schon bald wissen, dass *etwas* passiert ist und auch *wo*. Ich gehe davon aus, dass bereits Pursuivants hierher unterwegs sind. Deshalb müssen wir jetzt hier weg.«

»Auf der Südseite gibt es Strickleitern«, sagte Bisc. »Aber der Aufstieg ist lang. Und es können immer nur höchstens sechs Leute zur gleichen Zeit auf einer Leiter sein …«

»Vorausgesetzt, dass wir zu diesen sechs dazugehören, scheint mir das nicht weiter wichtig zu sein«, sagte Liliath.

Bisc blickte sie scharf an, dann sah er weg und nickte langsam. »Wir können auch nicht in die Stadt zurückkehren – nicht wenn bereits Pursuivants unterwegs sind … wir werden die Zuflucht an der Nepkreuzung aufsuchen müssen oder eine von denen in den Wäldern oberhalb davon.«

»Je eher wir gehen, desto besser«, sagte Liliath. Sie konnte das ferne unruhige Gemurmel der Engel spüren wie das Donnern der Brandung, das von einem starken Wind ins Landesinnere getragen wurde.

Bisc kletterte nach unten, erteilte bereits Befehle.

Liliath folgte ihm langsamer und nahm von einer schweigenden Sevrin ihre Dolche entgegen.

Fünf Minuten später kletterten sie die Strickleitern hoch. Sie hatten den Wurm dabei; die alte Frau wurde gut verschnürt an einem Seil hochgezogen wie ein Haufen Feuerholz zu einem Leuchtfeuer. Auf der anderen Seite der Grube ging das Gedränge weiter, wobei die Stärksten und Gesündesten die Schwächeren beiseiteschoben, oft über den Rand.

Der Nachtkönig und seine Offizierinnen und Offiziere hätten Ordnung schaffen können, wenn sie geblieben wären. Aber Bisc war der Erste, der die Strickleitern hochkletterte, und er schaute nicht zurück.

237

Hundertzwanzig in Scharlachrot gekleidete Pursuivants preschten auf schwarzen Pferden über die Nepkreuzung, als wären sie zu einer Schlacht unterwegs und spät dran; ohne größere Anstrengung drängten sie alle anderen beiseite, gerade als es auf der Straße geschäftig zuzugehen begann, die Stadt und das Land darum herum vor der Morgendämmerung erwachten. Sofern ihnen unterwegs die überraschend hohe Zahl von Verweigernden auffiel, machten sie jedenfalls nicht halt, um sie zu befragen; die Vorreiter riefen nur samt und sonders allen zu, zur Seite zu gehen, und sie verliehen ihren Anweisungen mit Peitschenhieben Nachdruck, manchmal auch auf tödliche Weise durch die eisernen Hufe ihrer Pferde.

Durch ein winziges Fenster auf dem Dachboden des Zufluchtshauses an der Nepkreuzung beobachtete Liliath, wie die Pursuivants vorbeiritten; das Haus war eines von vielen, über die Biscs Leute in der Stadt und um sie herum verfügten. Der Nachtkönig war dicht bei ihr und spähte ebenfalls aus dem Fenster. Hinter ihm waren Sevrin und Erril und ein vierter Verweigernder, den Liliath nicht kannte, ein kleiner stiller Mann, der hinkte.

»Drei komplette Trupps, angeführt von Kapitänin Rochefort«, sagte Bisc leise. »Wir haben Glück gehabt, dass wir rechtzeitig aus dem Steinbruch weggekommen sind … und was ist, wenn die Kardinalin Ashalael beschwört?«

»Sie hat Ashalael nicht beschworen, und sie wird es auch nicht tun«, sagte Liliath zuversichtlich. »Sie ist alt und ängstlich und wird den Erzengel nicht anrufen, wenn sie nicht muss. Aber im Lauf einer langen Verbindung entwickeln Beschwörende eine gewisse Verbundenheit mit ihren vertrauten Engeln. Es ist möglich, mit ihnen zu sprechen, ohne sie voll und ganz zu beschwören. Ich bin mir sicher, dass Ashalael der Kardinalin erzählt hat, dass im Steinbruch etwas passiert ist, aber nicht, was oder wer daran beteiligt war. Deshalb hat sie ihre Pursuivants losgeschickt, um es herauszufinden. Aber sie wird nichts Nützliches entdecken.«

»Ich kann ihre Neugier verstehen«, sagte Bisc mit einem schiefen Lächeln.

Nach diesen Worten herrschte einen Moment lang Stille, abgesehen vom Hufgetrappel draußen auf der gepflasterten Straße, wo die Nachhut der Pursuivants mit deutlich weniger Elan als die vorherigen vorbeiritt.

»Ich nehme an, vor Einbruch der Nacht können wir nicht zurück«, sagte Liliath. »Ich werde mein Bett vermissen.«

Sie berührte leicht Biscs Handrücken, als sie das sagte, aber er reagierte nur mit einem Nicken.

»Es wäre am besten, wenn wir hierbleiben, Herrin. Was auch immer Rochefort sonst noch beim Steinbruch finden wird – sie wird auf alle Fälle unsere toten Leute finden, und dann werden sie alle Verweigernden befragen wollen, von denen sie glauben, dass sie zum Nachttrupp gehören könnten.«

»Also gut«, sagte Liliath. Sie ging zu einer Truhe mit einem eingeschlagenen Deckel, die in der Ecke stand, und setzte sich darauf; selbst dieses ruinierte Möbelstück wirkte dadurch fast wie ein Thron. »Wir haben jetzt Zeit genug, dass du mir die Neuigkeiten mitteilen kannst, die ich schon letzte Nacht erwartet und nicht bekommen habe.«

»Die Neuigkeiten?«, fragte Bisc erschöpft. Er kratzte sich am Kopf. »Ich … Als ich gehört habe, dass der Wurm mich herausfordert …«

»Über die vier!«, blaffte Liliath, die nicht mehr in der Lage war, ihre Ungeduld zu verbergen, ihr Verlangen, Bescheid zu wissen. Sie hatte schon zu lange warten müssen. »Was ist mit den vier, die deine Leute beobachten und beschützen sollen?«

»Schon gut«, sagte Bisc. »Auch wenn ich wünschte, ich würde verstehen …«

»Wenn du es wissen musst, werde ich es dir sagen«, erklärte Liliath wegwerfend. »Doch noch ist es nicht so weit.« Sie nahm ihre Kappe ab und schüttelte den Kopf, bis die Haare frei herunterfielen. »Aber ich habe mich für einen Plan entschieden. In deinem früheren Bericht hast du gesagt, dass alle vier in der Sternfestung sind, aber nur Dorotea auf gewisse Weise eine Gefangene ist?«

Bisc nickte. »Sie ist am schwierigsten zu beobachten und zu beschützen«, sagte er. »Im Turm selbst sind keine Verweigernden. Überall sonst ist es leicht – die Dienerschaft der Architektin im Neuen Palast, die Putzenden in der Kaserne der Musketiere, die Krankenträger im Krankenhaus, und überall laufen viele von unseren Kindern herum und verrichten merkwürdige Arbeiten. Ich habe versucht, Leute zu benutzen, die die Pursuivants wahrscheinlich nicht kennen, allerdings haben wir ... habe ich ... schon mit einer einen Fehler gemacht, als Dorotea noch an der Belhalle war. Er wurde korrigiert.«

»Sind die vier sich schon begegnet?«, fragte Liliath. »Sie müssten sich zueinander hingezogen fühlen.«

»Ja, das ist so«, bestätigte Bisc; er versuchte, kein allzu neugieriges Gesicht zu machen. »Sie haben vor, sich wieder zu treffen, morgen ... nein, heute Nachmittag. Beim Neuen Palast.«

»Das ist vielleicht zu früh«, sagte Liliath. »Bist du dir sicher, dass wir noch nicht wieder in die Stadt können?«

»Es ist nicht unmöglich«, gab Bisc zu. »Aber gefährlich. Ich würde es vorziehen, es nicht ...«

»Ich muss drei von den Diamantsymbolen holen, und wir werden auch den Wurm brauchen, vorläufig noch lebendig«, sagte Liliath. »Und ein halbes Dutzend von deinen vertrauenswürdigsten Leuten. Die heimlich in die Sternfestung eindringen müssen. Mit dem Wurm.«

»Das ist alles machbar«, sagte Bisc. »Was habt Ihr vor?«

»Dies ist der Anfang«, erklärte Liliath. Ihre Stimme war voller Verheißung und Autorität. »Ich habe gesagt, dass wir eine Armee brauchen, die uns hilft, nach Ystara zurückzukehren. Wenn alles so läuft wie geplant – wovon ich fest ausgehe –, werden die Saranceser sie uns zur Verfügung stellen.«

»Was sollen meine Leute mit dem Wurm machen?«, fragte Bisc. »Und warum drei von den Diamantsymbolen?«

»Ich werde es dir erklären«, sagte Liliath und bedeutete ihm mit einem Wink, näher zu kommen; sie hielt den Mund dicht an sein Ohr, und ihre Zunge zuckte heraus, um zu flüstern und ihn zärtlich zu berühren.

Vierter Teil

Die Diamantsymbole

Sechzehn

Am späten Nachmittag hatten sich Gerüchte über das, was im Steinbruch passiert war, in der ganzen Stadt verbreitet, sich vermischt und neu ausgebreitet, waren zerlegt und neu erfunden und generell noch unheilvoller gemacht worden. Als Agnez vom Palast der Königin zur Kaserne zurückkehrte, stellte sie fest, dass diejenigen, mit denen sie das Zimmer teilte, keineswegs immun dagegen waren, sich an den Gerüchten zu beteiligen, und nachdem sie entdeckt hatten, dass Agnez entweder keine vertraulichen Neuigkeiten zu erzählen hatte oder sie ihnen nicht erzählen wollte, zögerten sie nicht, ihr ihre eigenen Erkenntnisse mitzuteilen.

»Mehrere hundert tote Verweigernde«, sagte der aufgeblasene Paradiesvogel namens Gretel Delamapan, deren Bett dem von Agnez gegenüberstand. »Das habe ich gehört. Die meisten davon im Steinbruch, aber ein paar wurden in einem Rückzugsgefecht mit der Stadtwache getötet und von Rocheforts Haufen endgültig erledigt.«

»Ein abtrünniger Magier hat ein Dutzend von ihnen zu Scheusalen gemacht«, fügte Devan Derangue hinzu, der etwas älter und düsterer war. Er war ein Jahr lang in einem unbedeutenderen Regiment gewesen und hielt sich für einen erfahrenen Soldaten und schlauer als die anderen. »Einfach so, damit sie gegeneinander kämpfen, und die, die zugesehen haben, haben Wetten auf die Sieger abgeschlossen. Aber die Scheusale sind ausgebrochen, und die Menge ist in Panik geraten.«

»Unmöglich!«, schnaubte Delamapan, die nicht nur die am besten geschnittene Kleidung besaß, sondern sich auch für eine kompetentere Magierin als die anderen hielt. »Ein Scheusal ... vielleicht. Ein Dutzend? Unmöglich!«

Agnez beteiligte sich nicht an der Gerüchtemacherei, sondern hörte einfach nur zu, während sie ihr Hemd wechselte; sie ließ das verschmutzte auf den Boden fallen, wo der für das Zimmer zuständige Verweigernde es aufheben und zum Waschen wegbringen würde. Nachdem sie ihr Wams wieder zugeknöpft und ihren kostbaren Wappenrock erneut angelegt hatte, strich sie sich die Hutfeder glatt, setzte sich den Hut in einem verwegenen Winkel auf den Kopf und ging zur Tür.

»He, wo gehst du hin, Descaray?«, rief Delamapan. »Hast du wieder Sonderdienst mit diesem großen Tölpel Sesturo?«

»Ich werde Ser Sesturo deinen Gruß in genau diesen Worten überbringen, Delamapan«, sagte Agnez ernst. »Auch wenn ich ihn einige Zeit lang nicht sehen dürfte, da ich nur mit ein paar Freunden Wein trinken werde, ein Zeitvertreib, mit dem du nicht sonderlich vertraut bist, wie ich allmählich vermute.«

»Oh, nun ja, ich habe nur einen Witz gemacht ...«, begann Delamapan nervös; ihr gehetzter Blick war ein Indiz dafür, dass sie sich gerade Sesturos Reaktion vorstellte oder vielleicht auch seine Fäuste. Aber als Agnez zu lachen begann, stöhnte die andere Kadettin und fügte hinzu: »Und obwohl ich weiß, dass du Ser Sesturo nichts sagen wirst, werde ich in Zukunft meine Zunge sorgsamer hüten.«

»Eine kluge Idee«, erwiderte Agnez ernst. Sie verbeugte sich vor den anderen, ohne den Hut abzunehmen, und sie riefen ihr freundliche Beschimpfungen hinterher, achteten allerdings darauf, ihre Bezeichnungen nur auf sie und nicht auf irgendwelche vorgesetzten Musketiere zu münzen.

Zur vereinbarten Stunde saß Henri am Hauptsüdtor des Neuen Palastes auf einem Steinblock und wartete. Das Torhaus war bereits gebaut worden, die angrenzenden Mauern an beiden Seiten hingegen noch nicht, sodass das Ganze ziemlich seltsam aussah. Vor allem da die Torflügel zwar fertig, aber noch nicht an den massiven eisernen Getrieberädern im Ein-

gang befestigt waren und direkt hinter dem Tor flach auf dem
Boden lagen, dicht neben einem ziemlich großen Stapel Ziegelsteine. Eine Gruppe Verweigernde nahm langsam Steine
von der einen Seite des Stapels und stapelte sie ohne offensichtlichen Grund auf der anderen Seite wieder auf.

Agnez kam als Erste, spazierte mitten auf der Straße, als
würde sie ihr gehören. Henri sprang auf, und sie verbeugten
sich voreinander, wobei Agnez es irgendwie schaffte, die Tatsache zu betonen, dass sie ihren neuen Wappenrock trug.

»Ja, sehr schön, Ihr seid eine richtige Musketierin«, sagte
Henri.

»Das bin ich in der Tat, und Ihr solltet das nicht vergessen«,
erwiderte Agnez und klopfte ihm auf die Schulter. Sie sah in
ihm bereits einen kleinen Bruder, auch wenn sie im gleichen
Alter waren. Ein kluger kleiner Bruder. Gut im Umgang mit
Zahlen, aber vermutlich in einem Kampf nicht sonderlich von
Nutzen. »Ich habe heute sogar der Königin salutiert, als sie
vorbeigegangen ist.«

»Ihr habt sie gesehen?«, fragte Henri beeindruckt. »Sieht sie
so aus wie auf den Münzen?«

»Eigentlich nicht«, antwortete Agnez. »Sie ist … älter. Die
Kardinalin war da und hat ihr ins Ohr geflüstert.«

»Oh, ich bin der Kardinalin begegnet«, sagte Henri spon-
tan, ohne auf den Tonfall von Agnez' Stimme zu achten. Sie
hatte so gesprochen, als ob die Kardinalin irgendeine Art von
Verführerin und das Flüstern unerlaubt wäre.

»Ihr seid der Kardinalin begegnet! Wie habt Ihr das … ich
meine, ich will nicht respektlos sein, Henri, aber …«

»Na ja, ich hatte es Euch eigentlich schon erzählen wollen,
als wir uns im Tunnel zum ersten Mal über den Weg gelaufen
sind …«

»Was?«

»Aber dann habe ich gesehen, wie wild Ihr darauf wart,
mich aufzuspießen … und da Ihr eine Musketierin der Königin seid, habe ich gezögert …«

»Was?«

»Ich bin zwar ein Assistent der Architektin der *Königin*, aber den Posten hat mir die Kardinalin gegeben ...«

»Was?«

»Nun ja, die Kardinalin ist die Ministerpräsidentin; sie verfügt so ziemlich alle Anstellungen, die Königin ist nur ganz selten ...«

»Das weiß ich! Warum hat die Kardinalin Euch den Posten gegeben?«

»Nun ja, ich war bereits einer der Schreiber Ihrer Eminenz ...«

»Ihr seid einer der Schreiber der Kardinalin!«

»Nun ja, nur vorübergehend. Ich möchte Artillerist werden, aber meine Familie hatte nicht das Geld, mir ein Offizierspatent im Loyalen Königlichen ...«

»Ihr seid einer der Schreiber der Kardinalin!«

»Ja«, antwortete Henri steif. Er holte tief Luft und fragte: »Soll ich gehen und meinen Degen holen?«

Agnez lachte und schlug ihm auf den Rücken. »Nein! Wenn Ihr ein Pursuivant wärt, vielleicht ... aber ich bin inzwischen schon ein bisschen länger Musketierin und habe erfahren, dass die Rivalität zwischen unseren Regimentern zu- und abnimmt, und im Moment nimmt sie gerade ab, denn wir müssen bereit sein, gemeinsam zu kämpfen. Wenn jemand von den Verantwortlichen herausfindet, gegen wen wir kämpfen müssen. Ich denke, wir sind wie Brüder und Schwestern, die miteinander raufen, aber sich gegen alle wenden, die sich irgendwie einmischen.«

»Oh, gut«, sagte Henri. »Ich meine, ich habe immer gedacht, dass die Kardinalin nur tun will, was das Beste ist, und sie ist die fähigste ...«

»Reden wir nicht über Politik«, sagte Agnez. »Sonst werden wir uns ganz sicher noch streiten, es sei denn, Ihr erkennt grundsätzlich das essenzielle Prinzip an, dass die Königin ihre eigene Ministerpräsidentin sein sollte.«

»Ich würde genauso grundsätzlich anerkennen, dass der König in dieser Position angestellt sein sollte«, sagte Henri.

»Nun, dann sind wir uns darin einig«, erwiderte Agnez. »Wenn die Königin die Kardinalin als Ministerpräsidentin anstellt und ihr vertraut, bedeutet das doch sicherlich, dass Ihr Musketierinnen und Musketiere die Entscheidung Ihrer Majestät unterstützen und daher auch die Kardinalin unterstützen solltet?«

»Aalglattes Geschwätz!«, rief Agnez. »Keine Politik, habe ich gesagt. Jedenfalls weiß ich nur, dass ich als Musketierin meinen Vorgesetzten gehorche, die wiederum der Königin gehorchen. Ihr scheint mir in einer komplizierteren Lage zu sein, da Ihr zwar ein Mann der Kardinalin seid, aber für die Königin arbeitet.«

»Ich würde sagen, dass ich dadurch, dass ich für die Kardinalin arbeite, auch für die Königin arbeite …«, begann Henri.

»Wer arbeitet für die Kardinalin?«, unterbrach ihn Simeon, der jetzt hinter Henri auffragte. Er trug wie üblich einen langen Doktorenmantel, aber dieser war sauber. Dazu hatte er sich einen Hut mit einer sehr großen Krone aufgesetzt, aber er war so groß, dass die Krempe kleiner aussah, als sie sein sollte, und alles wirkte seltsam unproportioniert. Über der Schulter trug er eine Ledertasche, und an seinem Gürtel hing ein langes, schmales Chirurgenmesser statt eines Dolches.

»Ich«, sagte Henri und warf Agnez einen Blick zu. »Ich bin ein Assistent der Architektin der Königin, wurde aber von Ihrer Eminenz eingestellt. Und vorher war ich einer ihrer Schreiber. Der Kardinalin, meine ich. Ein paar Tage lang. Eine meiner Cousinen hat mir den Posten verschafft, und ich war ihr sehr dankbar dafür. Wir haben kein Geld, versteht Ihr? Ich meine, wir haben weniger als kein Geld, da meine Eltern beide seit Ewigkeiten verschuldet sind.«

»Ich nehme an, in gewisser Weise arbeite ich ebenfalls für die Kardinalin«, sagte Simeon.

»Was?«, rief Agnez, und Henri wirkte überrascht.

249

»Was denn, Agnez? Ich weiß, dass die Musketierinnen und Musketiere in schöner Regelmäßigkeit gegen Pursuivants kämpfen und ihr alle euch gegenseitig immer wieder aufschlitzt, denn ich habe im Hospital genug von euch wieder zusammengeflickt. Aber Ihr müsst erkennen, dass die Kardinalin tatsächlich alle Autorität in Sarance ausübt …«

»Die Königin hat sich entschieden, ihre Autorität an die Kardinalin zu delegieren!«, unterbrach ihn Agnez.

»Nun, vielleicht«, erwiderte Simeon in versöhnlichem Ton. »Wie auch immer, wie ich gesagt habe, verdanke auch ich meinen gegenwärtigen Posten der Kardinalin. Oder genauer, ihrer Kapitänin Rochefort …«

»Kapitänin Rochefort? Mit ihr hatte ich letzte Nacht ein seltsames Gespräch.«

Die drei drehten sich bei dieser neuerlichen Unterbrechung um, alle gleichermaßen überrascht. Dorotea lächelte und verbeugte sich, sorgsam darauf bedacht, den Papierblock und die Schachtel mit Holzkohlestiften, die sie unter dem Arm trug, nicht fallen zu lassen.

»Warum habt Ihr …«, fing Henri an, hielt dann aber inne.

Die Verweigernden, die damit beschäftigt waren, Ziegelsteine aufzustapeln, sahen zu ihnen herüber, und außerdem strömten jetzt ununterbrochen andere Leute herbei. Arbeiter, Botinnen, Gärtner und alle möglichen Schreiberinnen gingen durch das Torhaus oder darum herum, da das genauso leicht war, und es war gut möglich, dass jemand von ihnen nach ihm Ausschau hielt, um ihm eine Aufgabe von der Architektin der Königin zu überbringen.

Schlimmer noch, die Architektin könnte sogar höchstpersönlich hier auftauchen.

»Wir können nicht hierbleiben, sonst gibt mir noch jemand einen Auftrag. Als wir uns gestern unterhalten haben, habe ich an mein Zimmer gedacht, aber das ist wirklich nur ein Pferdestall, und wenn welche von den anderen Schreibern da sein sollten, würde das stören … aber ich habe eine abgeschiedene

Stelle gefunden. Ich habe vorhin ein bisschen Wein hingebracht, damit er kühl wird.«

»Führt uns dorthin«, sagte Agnez, deren Miene sich aufhellte.

Sie hatten ein bisschen Mühe, Dorotea dazu zu bringen, mit ihnen zu kommen, da sie angefangen hatte, das Torhaus und die Verweigernden mit ihrem Ziegelsteinstapel zu zeichnen; Henri löste das Problem schließlich, indem er ihr versprach, dass er ihr einen noch viel malerischeren Anblick zeigen würde. Anschließend führte er sie durch das Torhaus den teilweise gepflasterten Kutschenweg entlang, um das Ende eines Teiches herum – in dem noch kein Wasser war und der mit besonders schönen, gleichmäßig glasierten Backsteinen eingefasst war – und über das, was eines Tages eine Wiese sein würde, vorbei an einer viel kleineren, aber architektonisch exakten Kopie des Ashalael-Tempels auf der Garteninsel in der Leire, der auch noch im Bau war, und schließlich zu einem schlammigen, halb leeren See und einem Haufen umgestürzter Steine an dessen südlichem Ende.

»Dies ist die dekorative Seite des Parks«, sagte Henri. »Auf der westlichen Seite gibt es eine Obstwiese, eine Modellmolkerei und so weiter.«

»Setzen wir uns auf einen Stein?«, fragte Agnez stirnrunzelnd, als sie näher herankamen. »Warum sind die alle hier hingeworfen worden?«

»Nicht hingeworfen. In Wirklichkeit sind die alle höchst sorgsam arrangiert«, erklärte Henri. »Sie werden zu gegebener Zeit mit Erde bedeckt und mit Rasen bepflanzt werden. Kommt mit zur anderen Seite, da werdet Ihr es sehen.«

Sie gingen um den wirren Steinhaufen herum und bemerkten, dass die Steine auf der dem See zugewandten Seite so angelegt worden waren, dass sie eine Höhle bildeten, die innen bereits gegipste Wände, einen gepflasterten Boden und einen eisernen Ofen hatte, dessen Kamin geschickt getarnt war und zwischen den höheren Steinen herausragte. Sie war auch möbliert, in gewisser Weise, insofern als Stühle aus kleineren Steinblöcken herausgeschlagen und um einen rechteckigen Steintisch aufgestellt worden waren. Henri hatte sich zuvor einen Stapel vollkommen neue Pferdedecken ausgeliehen und als Polster platziert. Er hatte auch den Weinladen besucht und mehrere Flaschen Weißwein aus Jureau gekauft, dem die geringere Temperatur in der kühlsten Ecke der Höhle zugutekam. Darüber hinaus hatte er persönliche Abmachungen mit den Köchen und Köchinnen im Krankenhaus getroffen, und daher gab es nicht nur Wein, sondern auch mehrere frische Brotlaibe, drei Sorten Käse (zwei hart, einer weich, aus der Bascony und Flarieu) und ein Dutzend kleine, süße Äpfel aus dem Norden, die das Angebot vervollständigten.

»Die Höhle des Eremiten«, verkündete er. »Ein sehr romantischer Bau, außer wenn es regnet und der Wind von irgendwo aus dem Norden kommt, denn dann wird es hier drinnen so nass wie der See draußen.«

»Das Torhaus war ein besseres Motiv zum Zeichnen«, sagte Dorotea. »Mir gefallen diese falschen Sachen nicht. Das Torhaus erfüllt einen Zweck, und die heimatlosen Tore, die bei ihm gelegen haben, waren in ihrer Symmetrie perfekt.«

»Was ist mit einer Zeichnung des Sees?«, schlug Simeon vor. »Die Verweigernden, die da drüben fischen oder was auch immer sonst machen, geben ein schönes Motiv ab.«

Etwa fünfzig Schritte entfernt wateten ein halbes Dutzend Verweigernde in einer Reihe durch den See; das schlammige Wasser reichte ihnen bis zu den Oberschenkeln. Sie sahen alle nach unten, bückten sich manchmal, um mit den Händen zu wühlen oder mit kurzen Stöcken zu stochern.

Henri musterte sie scharf und kratzte sich unter dem Hut am Kopf, schob ihn dabei so zur Seite, dass die Krempe fast seine Schulter berührte. »Ich glaube, sie tun nur so, als würden sie etwas tun, während sie sich in Wirklichkeit vor der Arbeit drücken«, sagte er. »So zu tun, als hätte man gerade etwas wirklich Wichtiges zu erledigen, ist die hauptsächliche Beschäftigung von so ziemlich jedem Arbeiter und jeder Arbeiterin hier, egal, ob Verweigernde oder nicht. Ich sollte vermutlich hingehen und es herausfinden, aber andererseits bin ich selbst erpicht darauf, der Arbeit aus dem Weg zu gehen. Und daher werde ich mich nicht um sie kümmern.«

Er setzte sich ans obere Ende des Tisches, auf den größten Stuhl, der zweifellos eines Tages für die Königin oder die Kardinalin bestimmt sein würde, auch wenn es in jener Zukunft viele feine Kissen geben würde und nicht nur ein paar zusammengelegte Pferdedecken, die verhindern sollten, dass man direkt auf dem kalten Stein saß.

Agnez zog den Stöpsel aus einer der Weinflaschen und ließ sich erst ein paar Schlucke in die Kehle rinnen, um ihren unmittelbaren Durst zu stillen, ehe sie die schlichten Holzbecher füllte, die alles waren, was Henri sich aus der provisorischen Küche hatte »ausleihen« können, die sämtliche Arbeiterinnen und Arbeiter am Palast versorgte. Besagte Küche war ein großes, undichtes Zelt, das dort aufgeschlagen worden war, wo einmal ein ummauerter Kräutergarten sein würde, auch wenn dieser im Moment nur als ein Muster aus eingeschlagenen Pfählen und dauernd erneuerten Kalklinien existierte.

»Also, Dorotea, Ihr habt gesagt, dass Ihr Euch letzte Nacht mit Kapitänin Rochefort unterhalten habt«, sagte ·Agnez, nachdem sich alle gesetzt und einen Becher vor sich stehen hatten und Dorotea davon hatten abbringen können, einfach wegzugehen, um etwas Interessanteres zum Zeichnen zu suchen.

»Ja, sie ist zu mir in meine Zelle im Turm gekommen«, sagte Dorotea. »Ich glaube, sie hat versucht, mich zu umwerben …«

Simeon verschluckte sich an seinem Wein, Agnez senkte ihren Becher, und Henri tat so, als wäre das etwas, das er bereits wusste.

»Weil ich sie an eine Frau erinnere, die sie geliebt hat«, fuhr Dorotea fort. Sie runzelte die Stirn. »Ich glaube nicht, dass es ihr um mich geht.«

»Ich dachte, sie ist *alt*«, sagte Agnez.

»Sie ist jünger, als sie aussieht«, erklärte Dorotea. »Der Preis von Engelsmagie natürlich. Sie hat mir gesagt, dass sie erst siebenundzwanzig ist …«

»Das ist ziemlich alt«, sagte Agnez.

Dies führte zu einem Gespräch, bei dem sie feststellten, dass sie die Jüngste von ihnen war, drei Monate jünger als die anderen. Simeon war mit seinen achtzehn Jahren und zwei Monaten der Nächstjüngste, dann kam Henri mit achtzehneinhalb Jahren und schließlich Dorotea als die Älteste; sie würde in wenigen Wochen neunzehn werden.

»Tatsächlich hat Rochefort heute Geburtstag«, sinnierte Dorotea. »Und in gewisser Weise ist sie schön.«

»Wie ein wilder Falke«, stimmte Simeon ihr zu. »Aber zu schön, um ungefährlich zu sein. Ich kann gut verstehen, dass sie älter aussieht, in Anbetracht ihres Umgangs mit Magie. Ich habe gesehen, wie sie einen Engel beschworen hat, ohne sonderlich viel Konzentration oder Anstrengung … oder auch nur über den Preis nachzudenken. Sie hat ihn losgeschickt, um einen Assassinen zu verfolgen – einen Verweigernden –, der auf dem Fluss auf sie geschossen hat.«

Fragen flogen hin und her, und Simeon musste alles erklären: die Sache mit dem Scheusal und Magister Delazan und seine nachfolgende Gefangenschaft und seine Reise zur Sternfestung und das Glück, das er gehabt hatte, seinen neuen Posten zu bekommen. Er erzählte ihnen nicht, dass er eingewilligt hatte, Rochefort über alles Interessante, was sich ereignete, zu informieren, obwohl er mehrere Male den starken Drang verspürte, es sie wissen zu lassen.

Simeons Geschichte führte natürlicherweise zu Henris, wobei alle sehr daran interessiert waren zu hören, wie die Kardinalin in persona war. Und dann waren sie enttäuscht, als Henri erklärte, dass er sie gar nicht richtig angesehen hatte und dass alles, woran er sich erinnern konnte, die dick aufgetragene scharlachrote Schminke in ihrem Gesicht war. Und wie Rochefort sah sie älter aus, als sie war, und beschwor ebenfalls bereitwillig Engel. Einschließlich dem, der ihr geholfen hatte, seine Nützlichkeit einzuschätzen.

»Der Engel hat *in* Euren Kopf geschaut?«, fragte Agnez. »Konntet Ihr es spüren?«

»Ich bin mir nicht ganz sicher, ob er das wirklich getan hat«, sagte Henri. »Es hat nicht wehgetan … Ich habe nur so etwas wie eine kalte Präsenz in meinem Geist gespürt … und dann hat die Kardinalin Dinge über mich gewusst, wie etwa, dass ich gut mit Zahlen umgehen kann, was wirklich stimmt, und dass ich einen schrecklichen Folterknechtgehilfen abgeben würde; sie hat gewusst, dass ich nicht im Turm arbeiten könnte …«

Seine Stimme verklang, während alle Dorotea ansahen.

»Niemand hat mich gefoltert«, sagte sie. »Bis jetzt.«

»Warum seid Ihr denn eine Gefangene?«, fragte Simeon. »Und wenn dem so ist, warum erlaubt man Euch, tagsüber nach draußen zu gehen?«

»Ich bin ein ›Gast‹«, antwortete Dorotea. Sie erklärte, wie sie ihre Begabung, Symbole rasch skizzieren zu können, in der Belhalle vorgeführt und dies letztlich dazu geführt hatte, dass sie in den Turm gebracht worden war, und wie Rochefort ihr später erklärt hatte, dass dies deshalb geschehen war, weil Chalconte und die Maid von Ellanda beide ebenfalls auf diese Weise hatten Symbole zeichnen können und man den Verdacht hatte, dass dies zu ausgewachsener Häresie führte. Zumindest im Fall Chalcontes. Was Liliath anging, war die Sache weniger klar.

»Das scheint mir übermäßige Vorsicht zu sein«, sagte Simeon. »Nur weil Ihr Symbole auf eine andere Weise erschaffen könnt, bedeutet das nicht, dass Ihr irgendwann anfangen werdet, unheimliche Statuen zu machen und zu behaupten, die Menschen würden die Bereiche der Engel definieren und diese Bereiche seien nicht unveränderlich.«

»Hat Chalconte das getan?«, fragte Agnez. »Gestern habe

ich im Palast Leute über Chalcontes Statuen sprechen hören – im Palast der Königin, dem richtigen, nicht dem hier ...«

»Dies ist ein richtiger Palast, oder er wird es sein«, protestierte Henri.

Agnez verdrehte die Augen und sprach weiter. »Also Franzonne, das ist die Meisterkämpferin der Königin, die ich gut kenne, hat gesagt, der Alarm heute Morgen hatte damit zu tun, dass eine ganze Menge Verweigernde umgebracht worden sind und zumindest eine oder einer in ein Scheusal verwandelt wurde. In dem Steinbruch, in dem Chalcontes Statuen eigentlich vergraben sein sollten, allerdings vom Hochwasser immer wieder freigespült werden. Aber ich habe nicht gewusst, wer Chalconte war, und es war nicht angemessen zu fragen, da die Königin kurz davor war, an mir vorbeizugehen. Habe ich schon erwähnt, dass ich heute die Königin gesehen habe?«

»Es dürfte bereits fünf oder sechs Mal zur Sprache gekommen sein«, sagte Henri. »Aber wer ist oder war Chalconte? Und was ist mit diesen Statuen?«

»Chalconte war ein häretischer Symbolmacher, der wahnsinnig geworden ist«, erklärte Simeon. »Eine seiner vielen Häresien war die Überzeugung, dass die Engel machtvoller in der Welt der Sterblichen verankert werden könnten, wenn es ihm gelingen würde, Statuen herzustellen, die als Beschwörungssymbole funktionieren. Die durch die Statuen repräsentierten Engel würden länger verweilen, und man könnte mehr mit ihnen tun. Er ist natürlich gescheitert, aber er hat jahrelang weiter Statuen angefertigt, bevor man dahintergekommen ist und ihn hingerichtet hat.«

»Wie kommt es, dass Ihr das alles wisst?«, fragte Henri und warf dabei einen Blick auf Dorotea, die auf seine Frage nach Chalconte nicht geantwortet hatte, auch wenn er vermutete, dass sie die Antwort kannte. Aber sie war nicht richtig bei der Sache.

»Ich habe über ihn gelesen, denn er hat ein Symbol von

Requaniel gemacht, das im Besitz meiner Familie ist und jetzt mir gehört.«

»Ein Symbol, das Chalconte gemacht hat?«, fragte Dorotea, die plötzlich aufhörte, zum See und den Verweigernden zu blicken. Sie richtete ihre Aufmerksamkeit jetzt vollständig auf Simeon. »Habt Ihr es dabei? Darf ich es sehen?«

»Ja«, sagte Simeon. Er zögerte und griff dann unter seinen Mantel. »Aber es ist merkwürdig, dass ich das Gefühl habe, ich würde Euch schon gut genug kennen, um so etwas zu tun. Das Symbol ist bei weitem das Kostbarste, was meine Familie besitzt ... Normalerweise würde ich es nicht aus der Hand geben ...«

Dorotea nahm das Symbol ehrerbietig und drehte es, sodass das Licht vom Höhleneingang darauf fiel. »Unsere ... Verbindung ... ist mysteriös«, sagte sie abwesend, hielt sich das Symbol dicht vors Auge und bewegte es dann langsam wieder weg. »Ich dachte zuerst, wir kennen vielleicht alle den gleichen Engel, den wir einmal beschworen haben. Aber das hat sich als falsch herausgestellt. Also müssen wir uns fragen, was es sonst sein könnte. Es ist interessant, dass wir alle in einem ähnlichen Alter sind und alle Bascons. Dies ist ein überaus ungewöhnliches Symbol ... Ich kann mir nicht vorstellen, wie diese feine Arbeit gemacht wurde, es sei denn, durch einen anderen Engel ... aber mir wurde immer gesagt, dass Engelsmagie nicht zum Erschaffen von Symbolen eingesetzt werden kann.«

»Wir *alle* sind Bascons«, sagte Agnez. Sie blickte die um den Tisch Versammelten an; den großen, schwarzhäutigen Simeon, die kleine, dunkle Dorotea, den blassen, rothaarigen Henri, und dann sah sie hinunter auf ihre eigenen braunen Hände. »Und ihr fühlt euch für mich wie ... wie Familie an. Aber wir können sicherlich nicht verwandt sein. Wir sehen uns noch nicht einmal ähnlich.«

»Ich habe mich gefragt, ob wir vielleicht zumindest den gleichen Vater haben, da wir als beinahe Gleichaltrige nicht die gleiche Mutter haben können«, sagte Dorotea und gab Simeon das Symbol zurück. »Aber das scheint mir aus mehreren Gründen sehr unwahrscheinlich. Selbst wenn *meine* Eltern generell ziemlich gedankenlos sind, wenn es darum geht, mit jemandem das Bett zu teilen.«

»Unmöglich«, sagte Henri. Er machte eine kurze Pause. »Nun ja … sehr unwahrscheinlich. Mein Vater hat Huaravael nie verlassen. Er würde wegen seiner Schulden verhaftet werden, wenn er die Umgebung seines Tempels verlässt, versteht Ihr? Und ich glaube nicht, dass er fremdgehen würde.«

»Ich denke, meine Eltern hätten es mir einfach erzählt, wenn ich irgendwelche Geschwister hätte, Halbgeschwister oder andere«, sagte Simeon. »Mein Vater ist ein Doktor-Magister, meine Mutter eine Doktor-Magistra, und beide sind sehr … direkt … was solche Dinge angeht. Zum vierzehnten Geburtstag haben sie mir Janossas *Wege der Liebe* geschenkt und darauf *bestanden*, mit mir über einige von den zweihundert handgefärbten Illustrationen zu sprechen …«

»Habt Ihr das noch?«, fragte Henri.

»Zu Hause in Adianne«, antwortete Simeon.

»Wir vier unterscheiden uns in so ziemlich allen Einzelheiten«, sagte Agnez. »Und ich bezweifle ebenfalls, dass mein Vater ein anderes Kind gezeugt haben könnte. Meine Mutter würde ihn umbringen, was er sehr wohl weiß.«

»Ich vermute, Ihr kommt nach Eurer Mutter?«, fragte Henri.

»Sie war eine Musketierin der Königin«, sagte Agnez stolz. »Sie hat mir alles beigebracht, was ich über den Umgang mit dem Degen weiß.«

»Ich wünschte, ich wäre in Eure Familie hineingeboren worden«, sagte Henri. Er sah Simeon an. »Oder in Eure. Meine hat einfach zu viele andere Kinder und überhaupt kein Geld. Sind Eure Eltern reich, Dorotea?«

»Meine Mutter ist es wahrscheinlich, auch wenn es schwer zu sagen ist. Sie liebt das einfache Leben«, sinnierte Dorotea. Sie sah wieder zu den Verweigernden. »Mein Vater ist offiziell nicht mein Vater. Er ist ziemlich exzentrisch und hat mehrere Vermögen verloren und gemacht.«

»Wie macht man ein Vermögen?«, fragte Henri. »Das würde ich wirklich gerne wissen.«

»In seinem Fall heißt das, wenn er Geld hat, gibt er es anderen«, sagte Dorotea. Sie starrte nach draußen, konzentrierte sich auf die Leute im Wasser. »Manchmal wird es klug eingesetzt, und sie geben ihm mehr zurück. Einer von den Verweigernden da ist der Junge, der gestern die Leiter umgeworfen hat. Er trägt heute andere Sachen und eine Mütze, aber er ist es.«

»Wir sollten ihm etwas schenken«, sagte Agnez. Sie stand vom Tisch auf und trat vor, um ebenfalls nach draußen zu sehen. »Was *tun* die da?«

Eine der Verweigernden hatte eine lange Stange mit einem scharfen, gekrümmten Haken aus dem Wasser gehoben, einen grausamen Hirtenstab. Sie sagte nichts, aber die anderen Verweigernden liefen zu ihr. Ein paar schauten kurz zur Höhle und dann wieder weg, als hätten sie eigentlich gar nicht hergesehen.

»Sie suchen nach etwas«, sagte Agnez.

»Das ist eine Kanalrattenstange«, erklärte Simeon. »Die Jäger in den Abwasserkanälen … Ich habe sie rein- und rausgehen sehen, wo einer der großen Kanäle unweit des Hospitals in die Leire mündet.«

»Ich glaube nicht, dass hier irgendwo in der Nähe ein Abwasserkanal ist«, sagte Henri, der sich intensiv mit den Plänen des Neuen Palastes hatte befassen müssen. »Auch wenn dieser Felsen von Tunneln durchlöchert ist … was haben sie vor?«

Wie zufällig formierten vier Verweigernde sich erneut in einer Reihe, sodass sie den Blick von der Höhlenöffnung aus auf die anderen beiden versperrten. Diese wiederum krochen fast durchs Wasser, schwenkten die Arme von einer Seite zur anderen.

»Sie wollen nicht, dass wir mitbekommen, wonach sie suchen«, sagte Agnez. Ihre Hand fiel auf den Griff ihres Degens. »Oder was sie gefunden haben.«

»Spielt das eine Rolle?«, fragte Dorotea. Sie hatte ihren Holzkohlestift wieder in die Hand genommen und war eifrig mit Zeichnen beschäftigt, fing mit ein paar raschen Strichen das Wesentliche der Szene ein: diejenigen, die aufrecht standen, und die anderen, die vornübergebeugt durch den See wateten, und dann noch die Kräuselungen der Wasseroberfläche.

»Ich sollte lieber gehen und es herausfinden«, seufzte Henri. »Wenn es irgendetwas Wichtiges ist und Dutremblay erfährt, dass ich hier war und nichts getan habe …«

Er beugte sich vor, um sich die Stiefel auszuziehen, aber noch während er das tat, ertönte ein Pistolenschuss vom See. Einer der Verweigernden taumelte zurück und rannte weg, warf sich durch das Wasser. Eine andere verfolgte ihn, eine Pistole in der Hand. Die übrigen hatten plötzlich Dolche in den Händen und gingen in einem Wirbel aus Stößen und Paraden aufeinander los – und dann ertönte ein Schmerzensschrei.

Agnez stürmte mitsamt Stiefeln ins Wasser, den Degen in der Hand. »Aufhören, im Namen der Königin!«

Siebzehn

Henri folgte Agnez einen Augenblick später; er hüpfte, weil er den Stiefel wieder anzuziehen versuchte, den er schon fast ausgezogen hatte.

Simeon schnappte sich rasch seine Tasche und rannte am Rand des Sees hinter dem fliehenden Verweigernden, auf den geschossen worden war, und seiner Verfolgerin her, die unterwegs zu der Zierbrücke waren, die die nördliche Engstelle überspannte.

Die anderen Verweigernden hörten auf zu kämpfen und wateten davon, zwei in Richtung des westlichen Ufers; ihr Ziel waren offensichtlich die dicht beieinanderstehenden Holzstapel auf dem zukünftigen Turnierplatz im Westen, wo die für den Hauptpalast vorgesehenen Balken ein regelrechtes Labyrinth bildeten. Die anderen beiden bewegten sich geradewegs auf das östliche Ufer zu und rannten, sobald sie es erreicht hatten, weiter zu dem Loch in der östlichen Begrenzungsmauer, das dort klaffte, wo sich eines Tages ein weiteres beeindruckendes Torhaus erheben würde.

Dorotea verharrte im Höhleneingang und zeichnete das Geschehen.

Es wurde rasch offensichtlich, dass Agnez und Henri einen Fehler gemacht hatten, als sie in den See gestürmt waren; sie waren darin sehr viel langsamer als die Verweigernden, die nicht von allzu viel Kleidung – ganz zu schweigen von Stiefeln oder Schuhen – behindert wurden. Daher waren sie schnell am Ufer und rannten von dort aus zu dem Labyrinth aus Stämmen. Und der »angeschossene« Verweigernde war entweder unverletzt, oder die Angst verlieh ihm Flügel, denn er erreichte die Brücke und verschwand unter ihr, was darauf hindeutete, dass es dort einen verborgenen Durchgang gab. Nur wenig später folgte ihm seine Verfolgerin.

Simeon, der sah, dass seine Dienste nicht erforderlich waren, kehrte um, während Agnez und Henri die Stelle erreichten, wo die Verweigernden irgendetwas gesucht hatten, bevor sie angefangen hatten, gegeneinander zu kämpfen.

Von den Verweigernden war weit und breit nichts mehr zu sehen, und niemand sonst schenkte dem See die geringste Aufmerksamkeit. Ein einzelner Schuss reichte offensichtlich nicht aus, das Interesse irgendwelcher Arbeiter zu wecken. Eigentlich sollten überall Wachen sein, aber wie üblich bedeutete der geteilte Oberbefehl, dass, egal welches Regiment die Soldaten zur Verfügung stellen sollte, dies niemals geschah, es sei denn, sie wurden auf Anweisung der Architektin geholt, normalerweise durch eine Botschaft, die von Henri oder jemandem in der gleichen Position überbracht wurde. Was in Anbetracht der Tatsache, dass der Neue Palast sich mitten in der Sternfestung befand, nur selten der Fall war. Welche Feinde sollte es hier geben, vor denen man sich schützen musste?

Das, wonach die Verweigernden gesucht und worum sie gekämpft hatten, als sie es gefunden hatten, war eine Leiche. Merkwürdigerweise trieb sie nicht mit dem Gesicht nach unten im Wasser, sondern saß zusammengesackt da. Agnez und Henri zögerten, als sie dicht herankamen, und beide hielten sich einen Arm vor die Nase.

»Oh, dieser Gestank!«, rief Henri.

»Ich habe nicht gewusst, dass eine Leiche so widerlich riechen kann«, sagte Agnez.

»Sollen wir sie rausziehen?«, fragte Henri. »Ich frage mich, warum sie um eine Leiche gekämpft haben …«

Agnez schüttelte den Kopf, die Nase tief im Ärmel vergraben. »Ich bin eine Musketierin«, sagte sie. »Keine Totengräberin oder Leichenräuberin – erst recht nicht, wenn die Leiche schlimmer stinkt als alles, was ich jemals gerochen habe.«

»Dann lassen wir sie also einfach, wo sie ist?«

»Es geht uns nichts an«, sagte Agnez.

»Mich wird es aber vermutlich bald etwas angehen«, erwiderte Henri düster. »In diesem Gerippe von einem Palast kriege ich immer die ganzen miesen Aufgaben.«

»Ich werde sie rausholen«, verkündete Simeon, der zu ihnen heranplatschte. Er rümpfte die Nase, tat sonst aber nichts. »Dieser Gestank ist kein Leichengeruch. Das ist der Gestank der Abwasserkanäle; dies muss in der Tat die Leiche einer Kanalratte sein. Doch wie immer bei solcherart Gerüchen oder Gifthauch besteht das Risiko einer Infektion. Ihr habt sie nicht angefasst, oder?«

Agnez und Henri wichen mehrere Schritte zurück und schüttelten beide den Kopf.

»Geht und holt eine von den Decken aus der Höhle und breitet sie am Ufer aus«, wies Simeon sie an. »Ich werde sie dort hinlegen.«

»Ich sehe nach, wo die beiden, die unter der Brücke verschwunden sind, hingegangen sind«, sagte Agnez. Sie zog eine Pistole aus dem Gürtel und machte sie mit Pulver aus der Flasche an ihrem Patronengurt demonstrativ schussbereit. »Wenn sie noch da rumlungern, werde ich sie aufscheuchen.«

»Vermutlich ist da doch ein Tunnel«, sagte Henri und seufzte. »Die gibt's hier sonst auch überall. Ich werde die Decke holen.«

Er watete zur Höhle zurück, während Agnez in die entgegengesetzte Richtung ging. Simeon befestigte das Symbol von Requaniel sorgfältig an seinem Mantel und legte die Finger darauf. Ganz ungewöhnlich war, dass es sofort unter seinen Fingern vibrierte, als ob der Engel, mit dem es verbunden war, darauf erpicht wäre, sich zu manifestieren. Dies war noch nie zuvor geschehen, und Simeon hätte fast die Hand zurückgezogen. Aber dann wurde das Vibrieren schwächer und hörte schließlich ganz auf.

»Requaniel, Requaniel, komm und hilf.«

Der Engel manifestierte sich schlagartig; Simeon spürte es

als plötzliche Wärme im ganzen Körper, und er hörte das Säuseln vieler Harfensaiten.

Requaniel ist hier. Was ist dein Wille? Wenn es in meinem Bereich liegt, wird es geschehen.

»Beschütze mich vor den unsichtbaren Dingen, die als böse Körpersäfte in der Luft schweben«, flüsterte Simeon die auswendig gelernte Beschwörung. »Schütze meinen Körper und mich vor Unbill.«

Es ist geschehen, antwortete Requaniel. *Bis ich weggeschickt oder dieser Welt müde werde.*

Simeon zog langsam die Finger von dem Symbol zurück. Noch nie zuvor hatte Requaniel so präsent gewirkt, noch nie so markant und individuell. Tatsächlich konnte sich Simeon nicht erinnern, dass der Engel jemals seine Antworten abgewandelt hatte, wie er es gerade getan hatte.

Er beugte sich über die Leiche und hielt den Atem an. Als Erstes betrachtete er sie genauer, ohne sie zu berühren, ehe er sie sanft von einer Seite zur anderen kippte, um mehr herauszufinden. Es handelte sich um eine Frau, sehr blass, ziemlich alt, vielleicht sechzig oder siebzig. Er registrierte ihre dünnen Haare, die in sechs oder sieben eng gekräuselten Strähnen an ihre Kopfhaut geklebt oder sonst wie befestigt waren; er hatte diesen Stil schon zuvor gesehen, aber nicht bei älteren Frauen. Sie hatte auch etliche Narben am Kopf, fahle Linien in der dunkleren Haut. Aber die Narben waren alt und hatten nichts mit ihrem Tod zu tun.

Das Gesicht abwendend und durch den Mund atmend, griff Simeon ins Wasser, schob die Hände unter die Achselhöhlen der Leiche und hob sie sanft hoch. Sie war viel schwerer, als er erwartet hatte, was, wie er sah, daran lag, dass sie eine vollgestopfte Tasche aus eingeöltem Leder umklammerte, die zusätzlich durch den Riemen an Ort und Stelle gehalten wurde, der immer noch um ihren Hals lag.

Vor Anstrengung ächzend, zog Simeon die Leiche und die an ihr hängende Tasche durch das Wasser. Als er das nächstgelegene Ufer erreichte, war Henri mit einer Decke zurückgekommen, die er am Rand ausbreitete. Simeon legte die alte Frau ab und arrangierte ihre Beine und ihren grauen Kittel so, dass es ein bisschen mehr danach aussah, als wäre sie gerade eingeschlafen – allerdings wirklich nur ein bisschen, denn sie zeigte bereits die Blässe und Leere des Todes. Er hatte mehr Schwierigkeiten, ihre Arme zu bewegen, da die Totenstarre eingesetzt hatte und ihre Hände um die Tasche verschränkt waren.

»Sie ist heute gestorben, irgendwann früher am Tag«, sagte er zu Henri, der weiterhin auf Abstand bedacht war und sich einen Arm vors Gesicht hielt, aber immer wieder einen Blick zu der Tasche warf.

»Ertrunken?«, fragte Henri.

Simeon schüttelte den Kopf und ließ sich auf ein Knie sinken, um die Seite der Frau zu untersuchen. Ihr Gewand war dort zerrissen, und durch das Loch war farbloses Fleisch zu sehen. Er zog den Stoff beiseite und enthüllte eine tiefe Stichwunde.

»Sie hat einen Stich verpasst bekommen und versucht wegzulaufen, ist dann aber verblutet, als sie den See durchqueren wollte, würde ich sagen. Ziemlich früh heute Morgen. Was seltsam ist. Sie muss mit dem Gesicht nach unten im See gelegen haben, bis diese Verweigernden sie aufgesetzt haben, denn sonst hätten wir sie eher bemerkt ... Ich frage mich, wo sie hergekommen ist und wo sie wohl hinwollte. Und wie sie überhaupt in die Sternfestung reingekommen ist.«

»Ich frage mich, was in ihrer Tasche ist«, sagte Henri.

»Sie ist sehr schwer, das ist schon mal sicher«, erklärte Simeon.

»Sie haben ein hartes Leben ... und einen harten Tod«, sagte Dorotea, die leise zu ihnen getreten war; ihre Holzkohlstifte und ihr Papier hatte sie in der Höhle gelassen.

»Das stimmt«, sagte Simeon. »Ich habe es immer als schwierig empfunden, dass wir so wenig tun können, wenn sie krank werden oder sich verletzen. Und das gilt auch für die im Hospital oder hier im Krankenhaus, für unsere eigenen Träger und Dienerinnen und ihre Familien.« Er untersuchte die Wunde erneut, deutete auf das geronnene dunkelrote Blut. »Verweigernde sind genau wie wir, es sei denn, sie kommen mit Engelsmagie in Berührung«, fuhr er fort. »Seht, ihr Blut ist rot. Niemand kann erklären, warum Engelsmagie es zu grauem Staub werden lässt oder sie in Scheusale verwandelt. Soweit ich weiß, hinterfragen sie das Ganze noch nicht einmal selbst.«

»Sie haben die Himmel verschmäht und wurden von ihrem eigenen Erzengel für ihre Sünden verflucht«, sagte Henri. »Alle wissen, dass die Verweigernden sich ihr Schicksal selbst geschaffen haben.«

»Das ist nicht wahr. Niemand weiß, was wirklich geschehen ist«, sagte Dorotea; ihr Tonfall war ungewöhnlich hart. »Ich bezweifle, dass sie irgendetwas damit zu tun hatten. Sie leiden nur unter den Folgen.«

»Was für Folgen?«, fragte Agnez, die zurückgekommen war, wie immer in ihrem üblichen Tempo, das irgendwo zwischen schnellem Gehen und Rennen lag. Sie wartete die Antwort nicht ab. »Unter der Brücke ist tatsächlich ein Tunnel, mit einem Gitter, das mit einem Vorhängeschloss verschlossen ist. Ich vermute, die zweite Verweigernde hat es zugemacht. Das Ding ist halb überflutet, von daher ist es vielleicht auch eher ein Entwässerungskanal.«

»Oh«, sagte Henri. »Ja. Es gibt eine Zuleitung vom Fluss; das muss eine Zweigleitung sein. Dafür gibt es einen eigenen Plan. Nur um alle zu verwirren. Ich vermute, wenn der Fluss nicht zu viel Wasser führt, *könnte* man auf diesem Weg in die Festung gelangen. Ich sollte besser Bericht erstatten.«

»Also, was hatten sie vor?«, fragte Agnez. »Wer ist das? Was ist in ihrer Tasche?«

»Schauen wir nach«, sagte Simeon. Er machte den Tragriemen los, nahm die Tasche und trug sie ein paar Schritte in Windrichtung von der Leiche weg, ehe er sie wieder abstellte und mit seinen langen, geschickten Fingern an den Riemen zupfte, sie rasch aus den Schnallen zog, obwohl das Leder vom Seewasser aufgequollen war.

In der Tasche befand sich ein eng in Öltuch gewickeltes Päckchen, das mehrere Male mit einer gewachsten Schnur umwickelt war. Simeon nahm das Päckchen heraus – es war schwer, wie man seinem Ächzen entnehmen konnte – und legte es hin. Aber als er sich näher heranbeugte, erschauerte das am Vorderteil seines Mantels befestigte Symbol und fing wieder an zu zittern, und er hörte Requaniels unverkennbare Stimme rufen, wie voller Angst oder vielleicht auch voller Ehrfurcht ...

Simeon wich rasch zurück, während Dorotea sich gleichzeitig vorbeugte.

Sie sprachen fast gleichzeitig.

»Da drin ist ein mächtiges Symbol ...«

»Engelsmagie ...«

Henri blickte sich um. Ihnen am nächsten war eine Gruppe Verweigernde, denen ein Aufseher aus dem Stab der Architektin Anweisungen erteilte; sie standen auf einem der Holzstapel auf dem zukünftigen Turnierplatz um einen Hebebock herum, alle darauf konzentriert, einen der wirklich großen Balken zum Boden hinunterzulassen. Aus dieser Entfernung irgendwelche Einzelheiten zu erkennen wäre ziemlich schwierig. Aber es könnte jemand dabei sein, der besonders scharfe Augen hatte oder neugierig genug war, um einfach zu ihnen herüberzuwandern ...

»Wir sollten das Päckchen in die Höhle bringen«, sagte Henri. »Und dort aufmachen.«

»Wenn Ihr irgendwelche Symbole bei Euch habt, wäre es sicherer, sie draußen zu lassen«, erklärte Dorotea. »Was auch immer da drin ist, ist sehr mächtig. Ich kann es spüren.«

»Könnt Ihr das?«, fragte Simeon. Er berührte sein Symbol und entließ Requaniel, ehe er die Brosche wieder in die Gürteltasche steckte, die er unter seinem Mantel trug. Danach hob er vorsichtig das Bündel auf und hielt es so weit von sich weg, wie er konnte. Für seine Größe war es extrem schwer, als wäre sein Inhalt aus Blei.

Oder Gold, was ganz offensichtlich Henri dachte, der den Blick nicht von dem Bündel losreißen konnte.

Dorotea nickte. »Das ist eine Fähigkeit, die einige wenige Symbolmacherinnen entwickeln. Wir werden sensibel für die Präsenz sogar nicht beschworener Engel. Wenn sie zu den mächtigsten Rängen gehören.«

Sie sagte dies voller Überzeugung, doch in Wirklichkeit wusste sie nur, dass *sie* so sensibel auf mächtige Symbole reagierte. Niemand sonst hatte ihr gegenüber jemals etwas von einer derartigen Fähigkeit erwähnt.

»Wir können die Leiche nicht einfach dort liegen lassen«, sagte Agnez.

»Deckt sie mit der Decke zu«, sagte Simeon. »Im Krankenhaus gibt es Leichenträger; ich werde welche losschicken.«

»Was machen sie dort mit toten Verweigernden?«, fragte Agnez.

Simeon zögerte. Den meisten Menschen gegenüber hätte er gelogen, aber er hatte das Gefühl, dass er das in diesem Kreis nicht tun konnte. »Wir ... äh ... schneiden die, die noch in gutem Zustand sind, auf, um mehr darüber zu erfahren, wie der menschliche Körper zusammengesetzt ist«, sagte er. »Aber die hier ist bereits zu lange im Wasser gewesen. Sie wird in die Gebeingruben südlich der Stadt wandern.«

»Was ist mit ihrer Familie oder ihren Freunden?«, fragte Dorotea. »Es wird doch gewiss jemand Anspruch auf die Leiche erheben?«

»Ich glaube nicht, dass irgendjemand etwas tun wird, um ... äh ... den Angehörigen Bescheid zu geben, wenn die nicht direkt beim Tod dabei waren«, sagte Simeon unbehaglich. »Und Verweigernde enden so oder so in den Gebeingruben. Sie dürfen nicht auf einem der Friedhöfe begraben werden. Und natürlich auch nicht von Ximithael verbrannt werden.«

»Warum?«, fragte Dorotea. »Wenn sie tot sind, können sie keine Scheusale mehr werden, und die Aschblut-Plage kann denen, die bereits tot sind, nicht mehr schaden.«

»Gewohnheit, nehme ich an«, erwiderte Simeon. »So ist es eben.«

»Hmmm«, brummte Dorotea.

»Macht schon«, sagte Henri. »Lasst uns sehen, was in dem Päckchen ist. Wenn es ein mächtiges Symbol ist, muss es wertvoll sein, richtig? Und es ist so schwer …«

»Wir sollten irgendjemanden mit Autorität informieren«, sagte Agnez, als sie zusammen zurück zur Höhle gingen. »Es ist sehr seltsam, Verweigernde so offen streiten zu sehen. Und es ist ihnen verboten, Pistolen oder Musketen zu haben – ganz zu schweigen davon, sie zu benutzen.«

»Warten wir doch erst mal ab, was da drin ist«, sagte Henri.

Sie alle wurden spürbar schneller, als sie sich der Höhle näherten; am Ende rannten sie fast hinein.

Simeon legte das Päckchen auf den Steintisch. Dann trat er zurück, öffnete den Mantel, nahm seine Gürteltasche ab und legte sie sorgfältig in der kühlen Ecke der Höhle beim Wein auf den Fußboden. »Hat sonst noch jemand irgendwelche Symbole?«, fragte er.

»Meine hat Rochefort«, antwortete Dorotea. »Oder irgendeine Untergebene hat sie irgendwo in eine Schachtel gelegt, wie ich vermute.«

»Ich habe nur Jashenael in meiner Truhe in der Kaserne«, sagte Agnez.

»Bei mir ist es ähnlich, mein altes Symbol von Huaravael ist in meinem Zimmer«, erklärte Henri.

»Nun, dann können wir weitermachen«, sagte Simeon. Alle versammelten sich um ihn, als er sein Skalpell an der Schnur ansetzte und jedes Band mit einer kleinen, entschlossenen Bewegung durchtrennte. Bei der letzten Schnur legte er das Skalpell hin, wartete einen Moment, öffnete dann seine Tasche und holte eine hölzerne Zange heraus.

»Oh, macht schon«, drängte Henri. »Macht einfach weiter.« Simeon trat ein Stück zurück, streckte den Arm fast ganz aus und benutzte die Zange, um den Ölpapierumschlag festzuhalten, während er die letzte Schnur durchschnitt. »Wenn das ein Schatz ist, könnte er mit einem Schutzmechanismus versehen sein«, sagte er. »Habt Ihr Deflambards *Merkwürdigkeiten und Mechanismen* gelesen?«

»Nein«, war die einhellige Antwort.

»Deflambard hat ausgeklügelte Mechanismen und Ähnliches gesammelt«, erklärte Simeon. »Einer davon war eine giftgefüllte Ampulle unter Federspannung, die in genau so einem eng eingewickelten Päckchen wie dem hier enthalten war. Die Idee war, dass sie in dem Moment, wenn die letzte Schnur durchgeschnitten wird, zerplatzt und vergiftete Glassplitter gegen alle schleudert, die dicht dabeistehen. Geht zurück und wendet den Blick ab.«

Er machte es ebenfalls, so gut er konnte, bevor er die Zange öffnete. Das Päckchen platzte nicht schlagartig auf, und es gab keine giftigen Glassplitter. Simeon zuckte mit den Schultern und wickelte das Ölpapier mit Hilfe der Zange ab, woraufhin eine weitere Lage zum Vorschein kam.

»Sehr gut vor Wasser geschützt«, sagte er. »Interessant.«

Immer noch mit der Zange klappte er die innere Schicht nach hinten und enthüllte ein kleines Bronzekästchen, das achtzehn Zoll lang, zehn Zoll breit und zwölf Zoll hoch war. An seinen Kanten hatte sich ein wenig Grünspan gebildet. Es hatte einen Riegel, aber kein Schloss.

Dorotea senkte den Kopf, als wenn ihr plötzlich schwindlig wäre, und trat zurück, hielt sich mit beiden Händen am Tisch fest. »Es ist zumindest ein *sehr* mächtiges Symbol in diesem Kästchen«, flüsterte sie.

Alle schwiegen, von dem kleinen Bronzekästchen vollkommen bezaubert. Aus der hinteren Ecke der Höhle kam ein Geräusch, es klang wie ein Bienenschwarm. Das tiefe Summen von Simeons Symbol in seiner abgelegten Gürteltasche.

Er nahm wieder die Zange, machte den Riegel los und hob den Deckel.

Das Kästchen war vollständig mit säuberlich aufgestapelten Goldmünzen gefüllt.

»Gold«, sagte Henri. »Gold!«

»Unter dem Gold befindet sich ein schrecklich mächtiges Symbol«, sagte Dorotea mit Gewissheit.

»Ystaranische Doppeldelfine!«, rief Henri, der eine Münze aus dem Kästchen genommen hatte und sie auf der Handfläche balancierte. »Die jeweils sechsundneunzig Livres wert sind! In jedem Stapel müssen zehn sein, und es sind vierundzwanzig Stapel, süße Gnade, das sind dreiundzwanzigtausendundvierzig Livres ...«

Er nahm noch ein paar mehr heraus, wog sie in der Hand und lachte vor Freude. In der Lücke, die dadurch entstanden war, war jetzt die Ecke eines Papiers zu sehen, das unter der obersten Münzschicht verborgen gewesen war.

»Was ist das?«, fragte Simeon und deutete darauf.

Ihre Köpfe stießen zusammen, als sie sich alle gleichzeitig vorbeugten, um es sich aus der Nähe anzusehen.

»Ein Brief«, sagte Dorotea.

»Wir sollten nichts davon anfassen«, sagte Simeon nervös. »Das gehört gewiss jemandem ...«

»Uns!«, rief Henri aufgedreht und nahm noch mehr Münzen heraus, enthüllte den zusammengefalteten Brief darunter. Er trug ein gebrochenes Siegel, von dem nur noch die Hälfte da war, die einen Teil der siebenspitzigen Schwingen eines Engels zeigte sowie den oberen Teil eines heraldischen Schildes, der so gesprungen und zerbrochen war, dass es unmöglich war, das Wappen zu identifizieren.

»Sieben Spitzen, also ein Erzengel ... das ist normalerweise das Siegel einer Kardinalin oder eines Kardinals«, sagte Dorotea und deutete auf den zerbrochenen Wachsabdruck. »Aber es ist anders ... da müssten die Zacken einer gekrönten Mitra zu sehen sein ... also ist es vielleicht nicht ...«

»Wir müssen die zuständigen Autoritäten informieren«, sagte Simeon unbehaglich.

»Wer würde das sein?«, fragte Agnez. »Lasst uns zuerst den Brief anschauen.«

»Das Papier sieht alt aus«, sagte Simeon. »Es könnte zerfallen. Wir sollten das ...«

»Es ist Pergament, kein Papier«, erklärte Dorotea. »Und sehr gut erhalten.«

»Es könnte wichtig sein«, sagte Agnez.

Sie alle sahen erst einander und dann Simeon an, der widerstrebend nickte, um die unausgesprochene Übereinkunft zu bestätigen.

Dorotea holte den Brief vorsichtig heraus und legte ihn auf den Tisch, ehe sie ihn auseinanderfaltete. Das Pergament war noch in gutem Zustand, aber die Schrift war im Laufe der Zeit verblasst. Sie war immer noch lesbar, allerdings nützte das nicht viel.

»Das ergibt keinen Sinn«, sagte Dorotea. Sie fing an, laut vorzulesen: »Glh yhuhlqeduxqj kdw vlfk dxi dooh vbperoh ehcrjhq ...«

»Ein Code«, sagte Agnez.

»Ein einfacher«, sagte Henri, der Dorotea über die Schulter blickte. »Mal sehen ... es ist eine Drei-Buchstaben-Verschiebung.« Die anderen starrten Henri an, der die Achseln zuckte. »Ich habe schon immer gut mit Zahlen umgehen können. Mal sehen ... kann ich mir Eure Holzkohlestifte und ein Blatt Papier leihen?«

Dorotea riss ein Blatt von ihrem Block ab und reichte es ihm und dazu einen Stift. Henri schrieb rasch das Alphabet und den jeweils zugeordneten Code-Buchstaben auf. Dann ging er durch die Nachricht auf dem Pergamentblatt, wobei er mit dem Holzkohlestift auf die Buchstaben tippte.

»Also gut, da steht: ›Die Vereinbarung hat sich auf alle Symbole bezogen. Um die volle Bezahlung zu erhalten, müsst Ihr die restlichen drei persönlich überbringen. Vielleicht wisst Ihr nicht, dass Eure Schwester sich mir angeschlossen hat? Wir haben Cadenz verlassen; geht nicht dorthin. Bringt mir die Symbole in meinen neuen Tempel von Palleniel Erhaben, beim Zwillingsgipfel drei Wegstunden nördlich von Baranais. Enttäuscht mich nicht noch einmal, und versucht auch nicht, irgendetwas zurückzuhalten. Liliath.‹«

»Wo ist Baranais?«, fragte Henri. Die Antwort bestand in einem mehrfachen Schulterzucken. Niemand wusste es.

»Wieder Liliath«, sagte Dorotea. »Und ich bin mir sicher, dass sich unter dem Gold ein sehr mächtiges Symbol befindet.«

»Nun, wollen wir doch mal sehen«, sagte Henri. Er holte mehr Münzen heraus, stapelte sie fein säuberlich auf. Als das Kästchen halb leer war, kam in der Mitte ein dickes, gefaltetes Stück Stoff zum Vorschein. Henri zögerte und sah Simeon an.

»Ich kenne keine Fallen oder Vorrichtungen, die in einem gefalteten Stück Stoff dieser Größe enthalten sein könnten«, sagte Simeon.

»Seid Ihr Euch sicher?«, fragte Henri.

Während er noch zögerte, beugte sich Agnez vor und schlug den Stoff zurück, enthüllte drei rechteckige Symbole, die durch s-förmige goldene Kettenglieder miteinander verbunden waren. Sie waren alle ungefähr handflächengroß. Jemand von wahrer Meisterschaft musste die vergoldeten Bronzeplaketten graviert haben, deren Ränder mit in Gold eingefassten Diamanten besetzt waren. Drei Reihen Diamanten, große am äußeren Rand, dann mittlere und eine Myriade winziger Diamanten innen.

Die dargestellten Engel waren im Wesentlichen menschlich, hatten allerdings gewaltige Schwingen mit sechs Spitzen, wobei diese Schwingen vier- oder fünfmal so groß wie ihre Körper waren. Einer trug ein Schwert, einer einen Schild und einer eine Trompete. Gesicht und Hände des ersten waren aus Gagat, die des zweiten aus roter Bronze und die des dritten aus gelber Jade.

»Yamatriel, Samhazael, Triphiniel«, flüsterte Dorotea. »Drei der zwölf Fürstentümer Ashalaels. Auch wenn nur Samhazael ein aktives Symbol ist …«

»Ihr wisst, was sie sind?«, fragte Simeon. Das war eine rhetorische Frage; offensichtlich wusste Dorotea es. Genau wie er sie unverzüglich erkannt hatte, aus einem Dutzend Büchern und Referenzen.

»Wie könnte ich nicht?«

»Was sind sie?«, fragten Agnez und Henri gleichzeitig.

»Abgesehen von einem wahrhaft fantastischen Haufen Diamanten!«, fügte Henri selbstgefällig hinzu.

»Drei der Diamantsymbole von Königin Anne«, sagte Simeon. »Teil des sagenhaften Halsbands der Königin.«

Agnez zuckte mit den Schultern. Henri schaute verständnislos drein.

»Sehr berühmte Symbole«, sagte Dorotea.

»Die vor einem Jahrhundert aus dem Schatzhaus des Palastes gestohlen wurden«, fügte Simeon hinzu. »*Persönlicher Besitz der Königin.*«

»Oh«, sagte Henri, in dessen Stimme nun, da die Aussicht, auf diesen sagenhaften Reichtum Anspruch erheben zu können, schlagartig verschwunden war, nichts mehr von der vorherigen Begeisterung zu hören war. »Nun ja, vielleicht wird es eine Belohnung geben …«

»Die Königin muss unverzüglich informiert werden«, sagte Agnez. »Ich werde gehen … nein, Augenblick … ich sollte besser hierbleiben und unseren Fund bewachen. Könnte sein, dass die Verweigernden zurückkommen.«

»Ich nehme an, wir müssen es jemandem erzählen«, sagte Henri langsam. »Ich meine, ganz gewiss das mit den Symbolen … aber was ist mit dem Gold?«

»Wir müssen ihnen von allem erzählen«, erwiderte Simeon. »Den Symbolen, dem Gold, dem Brief. Ich bin bereits von den Leuten der Kardinalin befragt worden, und ich möchte diese Erfahrung nicht noch einmal machen … Überhaupt wird auch die Kardinalin es erfahren müssen ... sie müssen beide informiert werden. Aber unauffällig. Je weniger Leute hiervon wissen, desto besser. Vor allem, dass wir irgendetwas damit zu tun haben.«

»Aber es wird eine Belohnung geben!«, protestierte Henri. »Oder nicht?«

»Ich werde das Kästchen bewachen«, sagte Agnez, ohne auf die Frage einzugehen. »Henri, Ihr seid Sesturo schon begegnet, oder? Wenn Ihr Botschaften herumgetragen habt?«

»Dem riesigen Musketier? Ich weiß, wer er ist.«

»Er müsste in unserer Kaserne sein. Geht zu ihm, erzählt ihm, was wir gefunden haben, und bittet ihn, hierherzukommen und eine Nachricht an Franzonne zu schicken; sie kann der Königin direkt eine Nachricht überbringen.«

»Ich nehme an, das kann ich tun«, sagte Henri langsam. Er dachte darüber nach, unter welchen Umständen es vielleicht tatsächlich eine Belohnung geben würde – und von wem sie sie am ehesten bekommen könnten. »Ihr wisst, dass ich eigentlich ein Mann der Kardinalin bin. Ich sollte es dem Monseigneur erzählen. Dann müsste ich allerdings ein Boot nehmen, um zum Palast der Kardinalin zu kommen ...«

»Wer ist der Monseigneur?«, fragte Agnez.

»Robard. Der Oberste Schreiber Ihrer Eminenz.«

»Ich kann der Kardinalin wahrscheinlich schneller eine Nachricht zukommen lassen«, sagte Simeon ein wenig unbehaglich. »Nachdem ich befragt wurde, hat Rochefort mir eine Münze gegeben. Wenn ich die irgendwem von ihren Pursuivants zeige, werden die ihr unverzüglich Bescheid geben.«

»Warum hat sie Euch das gegeben?«, fragte Dorotea.

»Misstrauen«, antwortete Simeon ernst. »Ganz generell, denke ich. Sie hat mir aufgetragen, ihr alles Merkwürdige zu berichten ... beispielsweise, dass die Verweigernden mich vor dem Scheusal gerettet haben. Das ist wirklich seltsam.«

Dorotea nickte, und ihr linkes Auge schloss sich ein bisschen, ein typisches Zeichen, dass sie intensiv nachdachte.

275

»Schon wieder Verweigernde«, sagte sie. »Chalconte. Liliath. Verweigernde. Ich habe das Gefühl, als müsste das alles irgendwie zusammenhängen ... aber nicht unbedingt auf gute Weise.«

»Ihr meint, dass es möglicherweise keine Belohnung gibt?«, fragte Henri traurig.

»Ich bin mir ganz sicher, dass es irgendeine Belohnung geben wird«, sagte Agnez ungeduldig. »Von der Königin *und* von der Kardinalin. Das ist gut, oder?«

»Vielleicht auch nicht«, erwiderte Dorotea skeptisch.

Die anderen sahen sie an.

»Ich bin mir nicht sicher, ob das Ganze für mich vorteilhaft ist«, sagte sie. »Aber ich könnte mir denken, dass es unmöglich ist, mich außen vor zu lassen.«

»Warum würdet Ihr außen vor gelassen werden wollen?«, fragte Henri.

»Diese Symbole«, sagte Dorotea. »Die wurden von Chalconte dem Häretiker gemacht. Und ich stehe im Verdacht, zu solchen Dingen irgendeine Verbindung zu haben ... und dann tauchen sie plötzlich wieder auf. Und zwei von ihnen sind nicht mehr mit Macht getränkt, aber auch nicht zerstört. Was nicht möglich sein sollte. Und dann noch der Brief von Liliath, mit der auf die eine oder andere Weise verbunden zu sein man mich auch verdächtigt, wobei sich bislang niemand dazu herabgelassen hat, mir das genauer zu erklären.«

»Vielleicht könnten wir es einfach unterlassen, Euch zu erwähnen ...«, begann Henri, aber er wurde von Simeon unterbrochen.

»Nein«, sagte der große Doktor. »Ich habe Euch gesagt, dass wir sehr wahrscheinlich befragt werden.«

»Aber wir haben nichts Falsches getan!«, protestierte Henri.

»Das hat die Kardinalin nicht daran gehindert, mich in den Turm zu stecken«, erwiderte Dorotea.

Einen Moment lang sagte niemand etwas.

»Und ich habe gedacht, ich würde endlich reich werden«, grummelte Henri.

»Packen wir alles wieder in das Kästchen zurück«, sagte Simeon. »Wir geben zu, dass wir reingesehen haben, aber sobald wir die Symbole entdeckt haben, haben wir eine Nachricht an die Königin und die Kardinalin geschickt. Den Brief erwähnen wir nicht, es sei denn, wir werden direkt danach gefragt. Und da ist noch etwas ...«

»Was?«, fragte Agnez ungeduldig.

»Diese Verbindung, die wir zueinander spüren«, sagte Simeon. »Als ob wir uns alle schon lange kennen würden. Was Dorotea anfangs für eine Folge davon gehalten hat, dass wir alle häufig den gleichen Engel beschworen haben. Wir sollten das niemals erwähnen, es sei denn, es geht nicht anders.«

Er sah die anderen drei der Reihe nach an, und sie alle nickten ernst. Es war klar, dass, was auch immer sie zusammengebracht hatte, zumindest von der Kardinalin mit Misstrauen betrachtet werden würde.

»Wir sind möglicherweise nicht in der Lage, das geheim zu halten«, sagte Simeon, »aber wir müssen es versuchen. Ich gehe jetzt los und überbringe Rochefort die Nachricht. Je länger es dauert, bis sie davon hören, desto verdächtiger wird es wirken.«

»Wenn Ihr es so darstellt ...«, sagte Henri. »Ich werde zu Sesturo gehen.«

»Sagt ihm, dass er sich beeilen soll«, betonte Agnez. Sie zog ihren Degen und stellte sich drohend in den Höhleneingang, warf finstere Blicke in alle Richtungen, als Henri an ihr vorbeihastete. Simeon nahm seine Gürteltasche wieder an sich und folgte ihm dicht auf den Fersen. Hinter ihnen ließ Dorotea das Kinn auf die gefalteten Hände sinken und lenkte ihre Gedanken erneut auf die drei erstaunlichen Symbole, widerstand aber dem brennenden Verlangen, das Kästchen zu öffnen und sie sich noch einmal anzusehen.

Achtzehn

»Man hat mir gesagt, dass die gestohlenen Gegenstände ziemlich sicher verloren sind«, sagte Liliath und reichte der Offizierin der Stadtwache ein akribisch beschriebenes Pergament. »Aber wenn auch nur die kleinste Chance besteht, sie zurückzubekommen, muss ich sie nutzen. Sie haben meiner Ururur... oh ... einer sehr entfernten ... Großmutter gehört und sind daher von großem persönlichem Wert, zusätzlich zu ihrem Wert in Gold und Juwelen.«

»Eine Belohnung von zehntausend Livres!«, bemerkte die Leutnantin, eine Frau mit blassem, zerfurchtem Gesicht, deren von Dellen übersäte Sturmhaube darauf hindeutete, dass sie sich mehr zu Tavernenschlägereien hingezogen fühlte als dazu, Verbrechen aufzuklären. »Herrin, die gesamte Stadtwache von Lutace wird sämtliche Pfandhäuser, Räuberhöhlen, Schmieden und Juwelierläden in der Stadt auf den Kopf stellen!«

»Das ist meine Hoffnung«, sagte Liliath. »Auf der zweiten Seite sind die Symbole beschrieben, und auch die Münzen sind unverwechselbar ... es sind goldene Doppeldelfine aus Ystara.«

»Hmmm, ›drei alte Symbole, vergoldete Bronze und Gold, mit Diamanträndern‹«, las die Leutnantin. »Ihr wisst nicht, welche Engel dargestellt sind? Es würde helfen.«

»Ich habe sie nicht mehr angesehen, seit ich ein Kind war«, sagte Liliath. »Es waren zumindest keine in Albia geläufigen Engel. Und ich bin keine Magierin.«

»Nun, die Diamanten würden sie unverwechselbar machen«, sagte die Leutnantin. »Obwohl die inzwischen wahrscheinlich herausgebrochen und getrennt verkauft wurden.

Dann also diese drei und das Gold – ich habe nicht viel Hoffnung, irgendwas davon wiederzufinden; es wird eingeschmolzen werden, und ohnehin sind alte Münzen aus Ystara so selten auch wieder nicht – und dann, mal sehen, ein silbernes Damespiel in einer Sandelholzschachtel; in die Spielsteine sind die Porträts von albianischen Königinnen und Athelings eingraviert. Das wird leicht zu finden sein, wenn jemand versucht, es zu verkaufen. Und Ihr sagt, das war alles zusammen?«

»Ich bedaure, das ist meine Nachlässigkeit, Kapitänin«, sagte Liliath. »Die meisten meiner Wertsachen sind in den Tresor im Obergeschoss gekommen, aber ein kleines Bronzekästchen und die Schachtel mit dem Damespiel sind in einer Reisekiste vergessen worden, die im Keller gelagert war. Ich hatte keine Ahnung, dass diese … diese üblen Verbrecher … sich von irgendeinem Abwasserkanal da durchgraben könnten!«

»Kanalratten«, sagte die Leutnantin und machte ein finsteres Gesicht. »Die schlimmsten von den Verweigernden. Diebinnen und Halsabschneider alle miteinander, jede Frau, jeder Mann, jedes Kind.« Sie zögerte und fügte dann hinzu: »Es gibt eine Möglichkeit, dass eine direkte Kontaktaufnahme mit dem Nachtkönig …«

»Dem Nachtkönig?«

»Selbst ernannt, natürlich«, beeilte die Leutnantin sich zu sagen. »Der Anführer der Verbrecherbanden. Hauptsächlich Verweigernde. Wenn ihm … oder ihr … über Mittelsleute, die wir kennen … eine Belohnung angeboten würde …«

»Was?«, fragte Liliath und richtete sich in voller albianischer Gekränktheit auf. »Wollt Ihr mir etwa vorschlagen, ausgerechnet die Diebe zu bezahlen, die meine geschätzten Besitztümer gestohlen haben?«

»Äh … nein«, murmelte die Leutnantin.

»Ich werde die Belohnung auf zwanzigtausend Livres erhöhen, wenn die Schuldigen erwischt und exekutiert werden … vorausgesetzt, meine Besitztümer werden mir zurückgegeben«, sagte Liliath kalt. »Ihr könnt gehen.«

»Ja, Fürstin«, krächzte die Leutnantin. Sie verbeugte sich tief und ging, ziemlich aus der Fassung gebracht.

Bisc kam hinter dem Wandschirm hervor; er runzelte die Stirn. »Wird das nicht genau die Aufmerksamkeit der Kardinalin erregen, die Ihr vermeiden wolltet?«

»Es wird ihre Aufmerksamkeit auf eine albianische Vertriebene lenken«, sagte Liliath. »Sie werden eifrig damit beschäftigt sein, meine vermuteten Verbindungen mit Albia zu untersuchen. Und es wird mir Zutritt zur Königin verschaffen. Was wiederum den Grundstein für die Armee legen wird, die uns zurück nach Ystara bringen wird.«

»Wenn alles so klappt, wie Ihr es plant«, sagte Bisc.

»Wenn *das meiste* davon klappt«, entgegnete Liliath. »Es muss nicht *alles* klappen. Hast du etwas von den Leuten gehört, die den Wurm weggeschafft haben?«

Bisc runzelte die Stirn. »Heshino hat mir vor ein paar Minuten Bericht erstattet, aber die anderen sind noch nicht zurück, was merkwürdig ist. Wie auch immer, nach dem, was Heshino gesagt hat, sieht es so aus, als ob zumindest die Schauspielerei am See wie geplant gelaufen ist. Die vier haben etwas von der Leiche mit in die Zierhöhle genommen; das müsste das Kästchen gewesen sein. Und ein paar Minuten später sind Dupallidin und MacNeel wieder herausgekommen und eilends zum Südtor gelaufen. Ab da werden sie verfolgt werden.«

»Hmm. Die sind beide bis zu einem bestimmten Grad Männer der Kardinalin«, sagte Liliath. »Ich hätte erwartet, dass zumindest die Musketierin zur Königin geht. Es sollte aber immer noch funktionieren; ich kann mir nicht vorstellen, dass Duplessis diese Sache vor Sofia verheimlichen wird. Aber wenn sie es doch tut, können wir dafür sorgen, dass die Königin trotzdem davon hört. Und auch der König. Wir müssen sicherstellen, dass sie alle es wissen und so in Versuchung geführt werden.«

»Was tun wir, wenn die Dinge nicht wie erwartet laufen?«,

fragte Bisc. »Was, wenn Ihr verhaftet und in den Turm gebracht werdet?«

»Dann musst du mich retten, teurer Bisc«, sagte Liliath und zog ihn zu sich heran, um ihm einen Kuss auf die Stirn zu hauchen.

Agnez entdeckte sie, sobald sie unter der Brücke herauskamen. Erst einer, dann noch einer, bis schließlich vier Verweigernde aufgetaucht waren, alle mit Kanalrattenstangen mit Haken, die im Licht des Nachmittags gefährlich schimmerten. Dann kamen noch zwei weitere Verweigernde heraus, ganz offensichtlich Gefangene, da ihnen die Hände auf den Rücken gefesselt waren. Agnez war sich nicht ganz sicher, aber sie glaubte, dass es die beiden waren, die zuvor in diese Richtung geflohen waren.

»Was …?«, murmelte sie vor sich hin.

Weitere vier mit Kanalrattenstangen bewaffnete Verweigernde kamen heraus. Sie begannen, in südliche Richtung zu gehen, stießen dabei die beiden Gefangenen vor sich her.

Acht zu eins war etwas mehr als das Verhältnis, von dem sie dachte, dass sie damit klarkommen würde. Drei zu eins gewiss. Vier zu eins vielleicht. Sie hatte zwei Pistolen und konnte sich aus der Distanz um zwei Feinde kümmern … auch wenn die auf eine ähnliche Weise bewaffnet sein könnten; immerhin hatte heute bereits eine Verweigernde das Gesetz gebrochen, das ihresgleichen die Benutzung von Feuerwaffen verbot. Mindestens zwei weitere mit ihrem Degen – aber damit blieben immer noch vier, bewaffnet mit diesen langen, mit einem Haken versehenen Stangen, die eine große Reichweite hatten …

»Dorotea!«, rief sie. »Könnt Ihr kämpfen?«

»Was?«, kam die Antwort aus dem Innern der Höhle.

»Könnt Ihr kämpfen?«

»Habt Ihr jemals einen Aufstand der Scholare und Scholarinnen der Belhalle gesehen?«, fragte Dorotea; sie trat aus der Höhle und stellte sich neben Agnez, blinzelte im Sonnenschein.

»Nein, und das beantwortet auch meine Frage nicht«, sagte Agnez, die immer noch die Verweigernden beobachtete. Sie waren stehen geblieben, zwangen die Gefangenen auf die Knie, tief im Wasser, und standen jetzt im Kreis um sie herum.

»Ich kann kämpfen«, erklärte Dorotea. »Auch wenn ich es lieber nicht tue. Und ich habe nur mein Essmesser. Ich denke, ich könnte ein paar Steine sammeln. Ich habe einen guten Wurfarm, und ich kann ordentlich mit einer Pistole umgehen, wenn Ihr …«

»Ich bin eine *sehr gute* Schützin, deshalb werde ich die Pistolen behalten«, sagte Agnez.

Plötzlich hackten die acht Verweigernden mit ihren Stangen wild auf die Gefangenen ein, fast wie im Rausch.

»Was …?«, setzte Dorotea an.

Agnez holte tief Luft, machte sich zum Kämpfen bereit, falls sie herkommen sollten. Aber schlagartig hörten die Verweigernden mit ihrem wilden Herumhacken auf, und dann zogen sie sich wieder unter die Brücke zurück, verschwanden aus dem Blickfeld; der Letzte verharrte noch kurz, um auf die Leichen zu spucken.

»… war das denn?«, beendete Dorotea ihre Frage.

»Ich weiß es nicht … aber es scheint, als wären sie nicht darauf aus, sich den Schatz zurückzuholen«, sagte Agnez. »Was gut ist, denn es waren zu viele.«

»Wir können immer noch weglaufen, wenn sie wiederkommen«, sagte Dorotea. »Sogar mit dem Kästchen.«

»Musketierinnen laufen nicht weg.«

»Sollen wir hingehen und nachsehen?«, fragte Dorotea. »Sehen, wer getötet wurde?«

»Nein«, antwortete Agnez. »Es könnte sein, dass diese Kanalratten einfach nur im Tunnel hocken, im Hinterhalt. Am besten, wir warten auf Verstärkung.«

»Ich dachte, Musketierinnen laufen nicht weg«, sagte Dorotea.

»Tun wir auch nicht«, entgegnete Agnez. »Aber wir müssen

auch nicht dumm sein, wenn es darum geht, wann und wo wir angreifen ... Ich höre ein Pferd.«

Dorotea neigte den Kopf zur Seite, hörte Hufgetrappel auf der nackten Erde, wo eines Tages Rasen sein würde, begleitet vom Geklimper von Zaumzeug. Ein paar Augenblicke später kam ein einzelner Reiter um die Seite des künstlichen Hügels herumgetrabt – oder genauer, eine Reiterin in prachtvollem Scharlachrot mit einer goldenen Schärpe und einer roten Feder am Hut.

»Rochefort«, sagte Dorotea. Sie lächelte leicht, ohne dass es ihr bewusst war.

»Ich hatte gehofft, Sesturo und ein paar Musketierinnen würden zuerst hier sein«, murmelte Agnez, hob den Degen und ließ die Klinge auf ihrer Schulter ruhen. Sie erinnerte sich an ihre Tagträume, als sie zum ersten Mal von Rochefort gehört hatte, die in dem Ruf stand, Musketierinnen und Musketiere zu töten ... und dass eines Tages sie, Agnez Descaray, die Pursuivant für ihre Morde bezahlen lassen würde. Und dann war da noch die Art und Weise, wie Rochefort Dorotea und Simeon behandelt hatte; die eine hatte sie eingesperrt, den anderen zur Befragung mitgenommen.

Sie machte aus ihrem Gesicht eine harte Maske und starrte geradeaus.

Rochefort zügelte kurz vor dem Höhleneingang ihr Pferd und wirbelte dabei eine beträchtliche Menge Staub auf. Dorotea hustete, aber Agnez ignorierte es, stand unbekümmert da und schaute zu Rochefort hoch, als würde diese Reiterin, die plötzlich aufgetaucht war, gleich nach dem Weg zu einer Blumenhändlerin oder etwas in der Art fragen.

»Doktor MacNeel hat mir eine Nachricht über eine Entdeckung geschickt«, sagte Rochefort. Der Blick aus ihren grimmigen kalten Augen huschte von Agnez zu Dorotea. »Wo ist er?«

»Noch nicht zurück vom Benachrichtigen«, sagte Agnez gedehnt. »Nehme ich zumindest an.«

»Und die Entdeckung?«

»Ist da drin«, antwortete Agnez. »Wie Ihr sehen könnt, unter Bewachung der Musketierinnen und Musketiere der Königin. Und geht Euch daher nichts an.«

»Agnez!«, zischte Dorotea.

»Ihr seid unverschämt«, sagte Rochefort. »Selbst für eine Musketierin. Auch wenn es mir nicht allzu sehr gefällt, die Lehrerin zu spielen, scheint mir, dass wieder einmal eine Musketierin eine Lektion in Benehmen benötigt. Habe ich recht mit dieser Annahme?«

Agnez zuckte aufreizend langsam mit den Schultern, ihr Blick immer noch unverschämt.

Rochefort seufzte, hob ein Bein und glitt von ihrem Wallach. Sie tippte ihm sanft mit zwei Fingern an den Hals, und er ging gehorsam ein paar Schritte davon, schaute zurück und senkte dann den Kopf, um an einem der traurigen Grasbüschel zu zupfen, die hier und da am Seeufer wuchsen. Rochefort klopfte sich ein bisschen Staub von der Kniehose, bewegte die Finger und zog ihren Degen.

»Ich nehme an, ich sollte Euch nach Eurem Namen fragen«, sagte sie. »Für den Grabstein.«

»Für das hier besteht keine Notwendigkeit«, sagte Dorotea ungehalten. »Wir haben sowohl an die Pursuivants als auch an die Musketiere eine Nachricht geschickt, um genau so etwas zu vermeiden! Agnez, benehmt Euch! Rochefort, Ihr könnt doch sicher nicht eine neue Kadettin töten wollen …«

»Ich heiße Descaray«, sagte Agnez wutentbrannt, ohne auf Dorotea zu achten. »Ich kann mir nicht vorstellen, dass eine Pursuivant der Kardinalin einer Musketierin etwas beibringen kann, ganz gewiss nicht in Fragen des Benehmens.«

»Eine Bascon, nehme ich an«, sagte Rochefort gedehnt. »Nach dem Geprahle und dem Gestank nach Stall zu urteilen …«

»Ich bin auch eine Bascon!«, protestierte Dorotea, doch keine der beiden Kämpferinnen hörte sie; beide bewegten sich

284

zur gleichen Zeit. Rocheforts Degen zuckte vor, zielte genau auf Agnez' Herz. Sie parierte den Stoß, setzte sofort zu einer Riposte gegen Rocheforts Kopf an, aber die duckte sich in einer schnellen, fließenden Bewegung zur Seite und schlug die Klinge der Musketierin nach unten, während sie gleichzeitig ihren langen linken Arm ausstreckte und Agnez am Vorderteil ihres Wappenrocks packte, daran zog und sie dadurch aus dem Gleichgewicht brachte.

Agnez folgte der Bewegung, flog vorwärts. Ihr Wappenrock rutschte ihr über den Kopf, nahm ihren Hut mit, machte sie für einen Augenblick blind. Eine schreckliche Sekunde lang erwartete sie den raschen, heißen Schmerz eines tödlichen Stoßes in den Rücken. Aber ihre Bewegung hatte sie weit genug getragen, um eine sofortige Attacke zu vermeiden – oder Rochefort hatte sich entschlossen, keine auszuführen –, und sie wirbelte gerade noch rechtzeitig herum, um mehrere heftige Hiebe und Stöße zu parieren, wobei sie immer weiter zurückwich.

Doch so schnell sie auch zurückwich, so schnell war Rochefort wieder heran. Die Klinge der Pursuivant zuckte vor, brannte oberhalb des Ellbogens eine Linie in Agnez' rechten Arm. Ein Schnitt, nicht unmittelbar gefährlich, da sie mit der Linken focht, aber ein Vorbote dessen, was kommen würde. Agnez' Welt verengte sich angesichts der Erkenntnis, dass Rochefort eine bessere Fechterin als sie war und sie in den nächsten Sekunden töten würde. Aber im gleichen Augenblick zuckte ihr der Ratschlag ihrer Mutter für so eine Situation durch den Kopf, wenn sie einer überlegenen Gegnerin gegenüberstand.

»Wenn du sonst nichts ändern kannst, ändere den Kampfplatz.«

Sie parierte erneut, aber dieses Mal machte sie keinen Schritt zurück, sondern warf sich zur Seite, rannte vier Schritte und sprang auf den nächsten großen Steinblock, den Rand des künstlichen Hügels. Von dort sprang sie auf einen höheren

Felsen, wo sie sich umdrehte und für Rocheforts nächsten Angriff bereitmachte, ohne auf das Blut zu achten, das langsam in den Falten ihres Ärmels herunterrann.

Der Angriff kam nicht. Rochefort stand da und starrte wütend zu Agnez hoch, aber Dorotea war vor die Pursuivant getreten, die Arme weit ausgebreitet.

»Das reicht«, sagte Dorotea leise.

»Was bedeutet dir diese Musketierin?«, fragte Rochefort; die Narbe über ihrem Auge war so hell wie Tünche, und ihre Mundwinkel zuckten vor unterdrückter Wut.

»Sie ist eine Freundin«, sagte Dorotea ruhig. »Ich denke, Ihr tötet Menschen zu leicht, Camille.«

Rocheforts Degen senkte sich leicht. »Woher kennst du meinen Namen? Und wie kannst du es wagen, mich so zu nennen?«

»Ich habe Mutter gefragt, im Turm«, sagte Dorotea. »Und Ihr habt mich Dorotea genannt.«

Agnez öffnete den Mund, um eine höhnische Bemerkung von sich zu geben und das Duell fortzusetzen, schloss ihn dann aber entschieden; es gelang ihrem eher begrenzten Vorrat an gesundem Menschenverstand, unterstützt davon, dass sie plötzlich die Schmerzen in ihrem Arm wahrnahm, ihren streitlustigen Überschwang im Zaum zu halten, vielleicht zum ersten Mal überhaupt. Agnez wusste, dass sie Rochefort vielleicht eines Tages besiegen könnte, aber zuvor musste sie schneller und erfahrener werden. Sie zweifelte nicht daran, dass das geschehen würde, aber dafür musste sie zunächst mal am Leben bleiben.

Rochefort war die schwache Bewegung von Agnez' Mund nicht entgangen, das Klacken, mit dem er sich wieder geschlossen hatte.

»Ihr wolltet etwas sagen, Musketierin?«

»Nein«, antwortete Agnez, jetzt wahrheitsgemäß. Sie deutete auf den Schnitt an ihrem Arm. »Ihr habt das erste Blut genommen, Ser. Reicht das nicht?«

286

Rochefort schüttelte langsam den Kopf.

»Kommt und seht, was wir gefunden haben«, sagte Dorotea. Sie streckte den Arm aus und griff nach Rocheforts linker Hand. Die Pursuivant schüttelte sie ab, den Blick immer noch auf Agnez gerichtet, aber Dorotea bewegte ihre Hand immer wieder aufs Neue nach vorn, bis sich Rocheforts Finger schließlich langsam um die von Dorotea schlossen. Einen Augenblick später wandte die Pursuivant den Blick von Agnez ab, als hätte sie ihre Opponentin vollkommen vergessen. Sie steckte ihren Degen in die Scheide und erlaubte Dorotea, sie zum Eingang der Höhle zu führen. Dort blieben sie einen Moment stehen, und Dorotea flüsterte etwas, und als sie ins Innere gingen, streifte Rochefort sich die Symbolringe von den Fingern.

Agnez steckte ihren Degen ebenfalls wieder in die Scheide und setzte sich auf den Steinblock, legte den Kopf auf die Arme und atmete schwer. Sie fühlte sich, als würde sie nicht genug Luft bekommen, und ihre Arme und Beine brannten, und dazu kam noch der pulsierende Schmerz der Schnittwunde in ihrem Arm. Die Anstrengung, sich schnell genug zu bewegen, um Rocheforts Angriffen auch nur ausweichen zu können, ohne die Chance zu haben, sie zu erwidern, hatte sie mehr mitgenommen als jeder Übungskampf zuvor.

»Sich zu duellieren ist gegen die Erlasse!«

Agnez richtete sich blitzartig auf und nahm Haltung an. Sie kannte diese dröhnende Stimme.

Sesturo und – was für Agnez noch viel schlimmer war – Franzonne standen unten vor dem Hügel, begleitet von zwölf Musketierinnen und Musketieren, während Henri die Nachhut anführte. Er winkte und wirkte besorgt, aber Agnez hatte nur Augen für ihre beiden Vorgesetzten.

»Wir haben gesehen, wie du mit Rochefort die Degen gekreuzt hast«, sagte Sesturo. »Ich bin sehr überrascht, dass du noch atmest und nur ein kleines bisschen blutest. Wer war die junge Frau, die der Kapitänin Ihrer Eminenz entgegengetreten ist, noch dazu unbewaffnet?«

»Dorotea Imsel. Eine Scholarin von der Belhalle.«

»Sie ist mutig«, sagte Franzonne.

»Das ist sie«, bestätigte Agnez. »Aber ich hätte es geschafft.« Sie hüpfte von den Steinblöcken herunter und hob ihren Hut und ihren Wappenrock auf.

Franzonne und Sesturo wechselten einen Blick.

»Nein, das hättest du nicht«, sagte Franzonne. »Du kannst sehr gut mit einer Klinge umgehen, Descaray, aber sie ist noch nicht zu der notwendigen Perfektion geschärft, um dich jemandem wie Rochefort entgegenzustellen. Wir werden mehr miteinander üben.«

»Wenn du gegen ein Hornissennest treten musst«, sagte Sesturo, »dann solltest du besser darauf vorbereitet sein, mit Hornissen umzugehen.«

»Sie hat mich beleidigt«, erwiderte Agnez steif. »Und die Musketierinnen und Musketiere der Königin.«

»Wenn du tot bist, bist du Ihrer Majestät nicht von Nutzen. Vielleicht solltest du mehr deinen Verstand benutzen und weniger deinen Degen«, sagte Franzonne. »Was hat deine Mutter immer zu dir gesagt?«

»Mehr Truffo, weniger Humboldt«, antwortete Agnez, während ihre Wangen sich röteten. Das war ein Rüffel, ganz egal, wie freundlich er erteilt worden war.

»Ein guter Rat«, brummte Sesturo. »Also, dieser Assistent der Architektin der Königin sagt, du … und deine Freunde, ihr hättet etwas von großer Bedeutung gefunden. Dürfen wir es sehen?«

»Natürlich«, antwortete Agnez, nahm ihren Hut ab und deutete auf den Höhleneingang. »Da drin, auf dem Tisch. Eigentum Ihrer Majestät, lange verschollen.«

»Das haben wir gehört«, sagte Franzonne. »Und da dies so ist, glaube ich, dass noch mehr Gäste zu dem Fest kommen, um sein Wiederauftauchen zu feiern. Lasst uns reingehen, bevor eure Höhle zu voll wird.«

»Ihr werdet alle Symbole, die Ihr bei Euch tragt, am Höhleneingang zurücklassen müssen«, sagte Henri. »Damit sie keinen Schaden durch das Symbol des Fürstentums da drin erleiden.«

Franzonne blinzelte mehrere Male, lüpfte den Hut zum Dank an Henri und gestikulierte mit ihm, deutete einen Halbkreis außerhalb der Höhle an und dann auf die Leiche unter der Pferdedecke, die ein Stück entfernt lag.

»Gatesby, steht hier Wache und lasst Degraben und Hroth über die tote Verweigernde da drüben wachen. Niemand außer Offizieren darf sich nähern. Schickt sie rein ... äh ... und warnt sie hinsichtlich ihrer Symbole.«

Henri hustete und bewegte seine Hand, die er ein gutes Stück über seinen Kopf hielt.

»Oh, lasst auch den großen Doktor rein, als einen der Finder«, fügte Franzonne hinzu. Sie deutete auf Agnez' Arm. »Ich könnte mir denken, dass er den Kratzer da verbinden wird.«

Agnez sah an dem Haufen Musketiere vorbei. Ein Dutzend Pursuivants der Kardinalin näherte sich, und bei ihnen war Simeon, dessen Kopf selbst die Hutfeder der größten überragte. Er sah sie, tippte sich auf den Arm und hielt seine Tasche hoch, was darauf hindeutete, dass er sich tatsächlich um ihre Degenwunde kümmern würde. Er hatte sogar für ein bisschen Blut ein Auge, dachte sie, und dann schaute sie nach unten und sah, dass es gar nicht so wenig war. Ihr Ärmel war jetzt blutgetränkt, und auf dem hellen Felsen war dort, wo sie sich hochgedrückt hatte, ein blutiger Handabdruck.

Hinter Simeon jagte eine Pursuivant Rocheforts Pferd, das davongaloppiert war, als das Duell begonnen hatte, und hinter ihnen war eine Schar von der Stadtwache zu sehen, die von einer Leutnantin mit einer von Dellen übersäten Sturmhaube angeführt wurde; dahinter kamen noch mehrere Mitglieder der Königsgarde, zwischen die sich ein paar orange gekleideten Artilleristen mischten, einige Steinmetze und Zimmerleute in Weiß und Blau; und schließlich ein trostloser grauer Hau-

fen – ein paar Dutzend Verweigernde, die die Nachhut bildeten.

»Worte reisen rasch«, flüsterte Henri, als er dicht an Agnez
herantrat. »Zumindest, wenn das Wort ›Schatz‹ lautet. Was hat
Euch nur dazu gebracht, gegen Rochefort zu kämpfen? Simeon! Simeon! Sie wird ohnmächtig!«

»Werde ich nicht«, sagte Agnez ungehalten, auch wenn sie
ein bisschen gegen den Schreiber gesunken war. »Ich bin nur
müde.«

Neunzehn

»Die sind definitiv Eigentum der Königin?«, fragte die Leutnantin der Wache, während sie auf die Symbole hinunterblickte, die zusammen mit den aufgeschichteten Münzstapeln und dem Brief wieder offen auf dem Tisch lagen; das Kästchen war geleert und auf Geheimfächer untersucht worden. »Aber eine Adlige aus Albia hat uns gemeldet, dass ihr genau solche Symbole mit Diamanträndern gestohlen wurden, und es gibt eine Belohnung. Zw... das heißt zehn... zehntausend Livres!« In der Höhle war überraschtes Gemurmel zu hören, das von Rocheforts autoritärer Stimme zerteilt wurde. »Eine Adlige aus Albia? Wie heißt sie, und wann habt Ihr diese Nachricht erhalten?«

»Fürstin Dehiems«, sagte die Leutnantin und kratzte sich unter dem eingedellten Helm am Kopf. Sie sah erst Rochefort und dann Simeon an, der in Erinnerung an ihr letztes Zusammentreffen eine Augenbraue hochzog. »Sie hat den Diebstahl heute Morgen gemeldet. Die Sachen gehören ihrer Urur-was-weiß-ich-Großmutter, hat sie gesagt. Diese drei Symbole mit den Diamanten und ein Damespiel – hat das jemand gesehen? Nein? Nun ja, und das Gold, das scheint alles da zu sein. Sie hat Haus Demaselle gekauft, vom alten Fürsten Demaselle. In ihrem Keller wurde eingebrochen, von den Abwasserkanälen her ... das waren Kanalratten, daran gibt es jetzt keinen Zweifel mehr. Die Tote beim See, die das Kästchen bei sich hatte ... wisst Ihr, wer sie war?«

»Nein«, erwiderten Rochefort und Franzonne gleichzeitig.

»Sie wurde der Wurm genannt«, sagte die Leutnantin und rümpfte verächtlich die Nase. »War im Nachttrupp ziemlich weit oben. Vielleicht war sie sogar die Nachtkönigin, wir haben das nie genau rausgekriegt. Und die anderen beiden Wasserleichen? Mitglieder des Nachttrupps, aber keine Kanalratten; ein Dieb und eine Diebin aus der Bande vom Demarten-Platz. Man kann das gut erkennen, weil bei echten Kanalratten die Haut an den Beinen immer irgendwie nass ist, wie alter Haferbrei, gleichzeitig irgendwie krustig und schwabbelig …«

»Das reicht!«, fauchte Rochefort.

»Ich will damit einfach nur sagen, dass zwei Arten Verweigernde an der Sache beteiligt waren«, erklärte die Leutnantin. »Die dann aufeinander losgegangen sind. Die einen hatten die Beute, die anderen haben versucht, sie sich zu schnappen.«

»Ich habe noch nie von dieser Adligen aus Albia gehört«, sagte Franzonne.

Die Leutnantin bekam einen verträumten Blick. »Sie ist außerordentlich schön, sogar mit Witwenhaube …«

»Ich bin nicht sonderlich daran interessiert, wie sie aussieht«, unterbrach Franzonne sie. »Wieso habe ich noch nie etwas von ihr gehört?«

»Sie ist erst kürzlich nach Lutace gekommen. Ich habe ein bisschen rumgefragt. Sie hatte in Albia einen Ehemann – der viel älter war als sie und gestorben ist. Ein paar Leute da drüben glauben, dass sie ihn getötet oder sein Ende beschleunigt hat, und er war ein Verwandter des Atheling. Deshalb musste sie weg. Sie ist *sehr* reich und sehr schön. Aber ich verstehe nicht, wie sie diese Symbole haben konnte, wenn sie der Königin gehören …«

»Sie haben Königin *Anne* gehört«, sagte Franzonne. »Habt Ihr noch nie etwas von den Diamantsymbolen gehört? Vom Halsband der Königin? Das vor hundertachtunddreißig Jahren gestohlen wurde?«

»Nein«, antwortete die Leutnantin der Stadtwache unerschütterlich. »War vor meiner Zeit.«

»Das muss alles untersucht werden«, sagte Rochefort ungeduldig. »Ich werde das Kästchen und seinen Inhalt zu Ihrer Eminenz, der Kardinalin, mitnehmen …«

»Es ist Eigentum der Königin und muss zur Königin gebracht werden«, unterbrach Franzonne sie.

»Zwei der Symbole sind irgendwie von ihren Engeln ... getrennt ... worden, aber trotzdem nicht zerbröckelt oder zu Staub zerfallen«, sagte Rochefort. »Ganz offensichtlich ist dies eine Angelegenheit des Tempels. Und was den Brief angeht, denkt Ihr doch gewiss nicht, dass jemand besser mit einem Code umgehen könnte als die Schreiber im Schattenzimmer Ihrer Eminenz? Ich werde alles mitnehmen.«

»Und was ist mit dem Gold?«, fragte die Leutnantin. »Ich sollte es in Verwahrung nehmen und es Fürstin Dehiems zurückgeben.«

»Zweifellos, um die Belohnung zu kassieren«, spottete Rochefort. »Wenn es das Gold überhaupt zu ihr schafft, ohne vorher an Euren Fingern kleben zu bleiben. Wie ich schon gesagt habe, das alles muss untersucht werden. Ich werde alles mitnehmen.«

»Das werdet Ihr nicht«, sagte Franzonne. »Die Symbole sind Eigentum der Königin, auch wenn sie lange verlegt waren.«

Rocheforts Hand fiel auf ihren Degengriff. Franzonnes Zeigefinger ruhte sanft auf der Parierstange ihres Degens, und die übrigen Finger waren leicht ausgestreckt, um schnellstmöglich blankziehen zu können. Alle Anwesenden spürten die Anspannung in der Höhle, die sich augenblicklich auf die Truppen draußen ausweitete, die sich zu einheitlichen Gruppen zusammenscharten und ihre Waffen bereitmachten.

Sesturo fing an zu lachen, ein dröhnendes Geräusch, das in der Höhle nachhallte und dadurch ein bisschen wie Kanonendonner klang. »Seht uns an ... wie Hunde, die sich um ein Stück Hammelfleisch streiten«, sagte er. »Lasst uns eine Nachricht an Ihre Majestät *und* an Ihre Eminenz schicken, mit der Bitte um Befehle, und unsere trockenen Kehlen mit dem Wein anfeuchten, den ich da in der Ecke sehe.«

Rochefort zögerte, ehe sie langsam zustimmend nickte. »Also gut«, sagte sie. Sie winkte eine Pursuivant herbei, die sich dicht zu ihr beugte, als die Kapitänin ihr die Botschaft zuflüsterte, die sie der Kardinalin übermitteln wollte. Franzonne rief eine Musketierin zu sich, die das Gleiche tun sollte, nur war dieses Mal die Königin die Adressatin der Botschaft.

»Seid Ihr Euch sicher, dass dies die Diamantsymbole sind, die der Königin gehören?«, fragte die Leutnantin der Wache in klagendem Tonfall, während Henri den Offizierinnen und Offizieren Wein einschenkte. Simeon, Agnez und Dorotea standen so weit wie möglich abseits, und sie protestierten nicht, dass man sich ihrer Stühle und Becher bemächtigt hatte. Sie mussten nicht darüber diskutieren, um zu wissen, dass sie in dieser Situation nichts Besseres tun konnten, als sich, so gut es ging, im Hintergrund zu halten.

Die Leutnantin der Wache hatte ganz offensichtlich Probleme, die Belohnung sausen zu lassen, die sie sich bereits zugewiesen hatte. »Könnten es nicht irgendwelche anderen Symbole sein, die jede Menge Diamanten am Rand haben?«

»Das sind definitiv drei der zwölf Symbole vom Halsband der Königin«, sagte Dorotea und trat vor, auch wenn Simeon noch versuchte, sie festzuhalten und zum Schweigen zu bringen. »Da bin ich mir sicher. Könnt Ihr nicht sehen, dass das Metall graviert und nicht bemalt ist? Außerdem ist Chalcontes Arbeit absolut unverwechselbar, selbst ohne die Diamanten.«

Simeon, der Rochefort so verstohlen beobachtete, wie er es wagte, bemerkte, dass sich bei der Erwähnung von Chalconte die Augen der Pursuivant verengten.

»Ah, die mutige Scholarin«, sagte Franzonne. Sie ging zu ihr und verbeugte sich leicht über ihre Hand. »Wir haben gesehen, wie Ihr Rocheforts Degen entgegengetreten seid. Nur wenige Menschen würde das tun.«

»Tatsächlich?«, fragte Dorotea. »Es schien mir in diesem Moment das Einzige zu sein, was ich tun konnte. Ich wollte nicht, dass sie Agnez tötet. Außerdem war ich nicht wirklich in Gefahr, da Kapitänin Rochefort gewissermaßen für mich verantwortlich ist.«

»Wie meint Ihr das?«

»Ich bin Gast der Kardinalin«, antwortete Dorotea. »Im Turm.«

»Tatsächlich?«, fragte Franzonne mit einem raschen Seitenblick zu Rochefort. »Eine Scholarin der Belhalle als Gefangene im Turm? Warum?«

»Sie ist keine Gefangene«, warf Rochefort ein. »Sie ist Gast Ihrer Eminenz. Deshalb konnte sie auch frei hier herumlaufen … mit diebischen Verweigernden und … dergleichen.« Sie machte eine Pause und sah die vier jungen Leute an; Dorotea stand einen Schritt vor den drei anderen. »Auch wenn ich mich frage, was ihr vier gemeinsam habt.«

»Wir sind alle Bascons, Kapitänin Rochefort«, sagte Simeon schnell. »Wie Ihr bereits bemerkt habt. Wir fühlen uns wohl, wenn wir vertraute Stimmen hören und über unsere Heimat sprechen können.«

»Dann ist das also keine Verschwörung«, sagte Rochefort mit aalglatter Stimme.

»Vier Bascons in einer trockenen Höhle, mit etwas zu essen und zu trinken«, sagte Franzonne, die selbst aus der Bascony stammte. »Zu Hause würden wir das ein Fest nennen. Außerdem … in was für eine Verschwörung könnten diese vier jungen Leute verwickelt sein, vor allem da eine von ihnen eine Musketierin der Königin ist?«

»Ich sagte ›keine Verschwörung‹«, bemerkte Rochefort, aber sie sah die vier weiter an, wobei ihr Blick vor allem auf Dorotea verweilte, die davon – im Gegensatz zu allen anderen – nichts zu bemerken schien.

Ein oder zwei Minuten lang herrschte ein unbehagliches Schweigen. Die Offizierinnen und Offiziere tranken langsam, alle offenbar mit eigenen Gedanken beschäftigt. Sesturo war zwar kein Offizier, aber er benahm sich immer so, als wäre er einer, und er trank doppelt so viel Wein wie alle anderen. Die Musketierinnen und Musketiere, die Pursuivants und die Mitglieder der Wache gingen außerhalb der Höhle umher, sprachen jeweils nur miteinander oder um den verschiedenen Schaulustigen, die immer wieder auftauchten, zu befehlen, wieder an die Arbeit zu gehen.

»Ich bitte um Entschuldigung, Sers«, sagte Henri, nachdem das Schweigen noch ein paar Minuten länger angedauert hatte. »Es ist gut möglich, dass die Architektin sich fragt ... das heißt, dass Ser Dutremblay meine Anwesenheit benötigt. Wenn Ihr mir also erlauben würdet ...«

»Nein«, sagte Rochefort.

»Man wird Euch brauchen, auf die eine oder andere Weise«, sagte Sesturo freundlich. »Dutremblay weiß, dass wir hier sind und dass Ihr bei uns seid. Ich gehe davon aus, dass halb Lutace es mittlerweile weiß.«

Simeon versuchte, ein Stirnrunzeln zu unterdrücken.

»Nicht von meinen Pursuivants«, sagte Rochefort.

»Oder meinen Musketieren«, sagte Franzonne. »Aber so etwas spricht sich herum. Fasst Mut, Ihr jungen Leute, und seid geduldig. Ich denke, sowohl die Königin als auch die Kardinalin werden sehr zufrieden mit Euch sein, dass Ihr diese Schätze zurückgebracht habt.«

Henri sah Agnez an, die jetzt einen sauberen weißen Verband am Arm hatte, und zog die Augenbrauen hoch; sein Blick war fröhlich. Sie nickte ihm leicht zu und schaute zu Simeon, der den Kopf geneigt hatte und die Stirn runzelte, als würde er angestrengt nachdenken, und dann sah er Dorotea an, die die Symbole anstarrte, die auf dem Tisch ausgebreitet waren, während das Gold in dem Kästchen verblieben war.

»Ich frage mich, wie diese beiden Symbole ...«

Sie verstummte plötzlich und jaulte leise, als Simeon ihr auf den Fuß trat.

»Wie meinen, Ser Imsel?«, fragte Franzonne.

»Nichts«, piepste Dorotea.

»Nun ja«, sagte Sesturo, als sich abermals Stille herabzusenken drohte. »Wir haben Wein. Und ich bin mir sicher, dass Ihre Majestät uns nicht missgönnen würde, diese Goldmünzen zu nutzen, um Karten zu spielen, vorausgesetzt, wir geben sie zurück.« Er beugte sich vor und zog ein Metallkästchen aus seinem riesigen Stiefel, öffnete es und nahm einen Stapel häufig benutzter Spielkarten heraus.

»Ich spiele keine Spiele«, sagte Rochefort. Sie stand auf und ging steifbeinig zum Höhleneingang. »Ich werde den Tunnel unter der Brücke untersuchen. Sagt mir Bescheid, wenn die Botinnen zurückkehren.«

»Natürlich«, rief Sesturo. Er wandte sich an die Leutnantin der Wache. »Ser?«

»Was spielen wir?«

»Was auch immer Ihr wollt, da es nicht um mein Geld gehen wird«, sagte Sesturo. »Vielleicht Triple? Franzonne?«

Franzonne machte eine zustimmende Geste und schenkte sich noch einen Becher Wein ein. »Wir müssen zu viert sein ...«

Der große Musketier sah zu den vieren. Anfangs reagierte niemand, dann trat Henri widerstrebend vor, als würde er von irgendeiner unsichtbaren Kraft zum Tisch gezogen.

»Ich spiele«, erklärte er. »Ein bisschen.«

»Dann setzt Euch zu uns«, sagte Sesturo.

Henri setzte sich hin, und Sesturo teilte allen am Tisch vier Karten aus, während die Leutnantin der Wache jeweils zwölf Münzen von den Stapeln in dem Kästchen abzählte. Es schien ihr wehzutun, sich von ihnen trennen zu müssen. Sie zählte sehr langsam, und ihre Finger verweilten über jeder einzelnen Münze, wenn sie sie hinlegte.

»Acht«, sagte sie und platzierte eine Münze vor Franzonne. »Neun ... zehn ...«

»Darf ich mir die Symbole noch einmal anschauen?«, fragte Dorotea.

»Macht das«, antwortete Franzonne, während sie ihre Karten aufnahm. Ihre natürliche Autorität sorgte dafür, dass alle zu ihr hingeblickt hatten, als Dorotea ihre Frage gestellt hatte. Die Musketierin seufzte, als sie die Karten betrachtete, die sie auf der Hand hatte. »Ich bin mir sicher, dass Ihre Majestät ...

und Ihre Eminenz jede Erkenntnis, die Ihr vielleicht gewinnt, begrüßen werden. Vielleicht möchtet Ihr mich auch erhellen, warum Ihr ›Gast‹ der Kardinalin seid.«

»Ich habe eine Technik vorgeführt, wie man Symbole zeichnet, was rasch geht, aber unzuverlässig ist«, antwortete Dorotea. Sie betrachtete sehr intensiv das mittlere Symbol, bewunderte die detaillierte Ausführung, die feiner als möglich zu sein schien, selbst mit dem schärfsten Stichel und dem besten Vergrößerungsglas. Aus der Nähe sah sie, dass Samhazael als geflügelte Frau ganz aus Rauch dargestellt war, der aus winzigen Wirbeln und Strömungen bestand, die nicht größer als Sandkörner waren. »Ich dachte, ich sei die Erste, die diese Art zu zeichnen praktiziert, aber anscheinend hat Chalconte das schon lange vor mir getan, und die Kardinalin scheint zu glauben, dass es dazu führen muss, Statuen zu machen und Häresie zu betreiben. Oh, und die Maid von Ellanda hat anscheinend auch Symbole gezeichnet, und vielleicht war sie ebenfalls eine Häretikerin, obwohl ich mir darüber nicht ganz im Klaren bin oder auch darüber, warum die Kardinalin sich Sorgen über Leute macht, die schon so lange tot sind.«

»Oh, ich weiß, um was es da geht«, sagte die Leutnantin der Wache mit einem säuerlichen Lächeln. »Die Kardinalin hält immer *danach* Ausschau, wir werden regelmäßig darüber befragt, oh ja, was daran liegt, dass wir am meisten mit dem Nachttrupp zu tun haben … das sind diese Verweigernden, die nichts Gutes im Schilde führen.«

»Worüber befragt?«

»Über die Maid von Ellanda!«, rief die Leutnantin. Sie betrachtete finster ihre Karten, arrangierte sie neu und brachte sie dann doch wieder in die alte Reihenfolge. »Viele Verweigernde glauben, dass sie wiedergeboren oder zurückkommen und ihr Schicksal verbessern wird, dass sie ›Ich werde zurückkommen, wartet einfach‹ oder so was Ähnliches gesagt hat, nachdem sie sie alle aus Ystara geführt hatte … und dann ist sie verschwunden.«

»Und?«, fragte Sesturo.

»Und nur für den Fall, dass an der Sache was dran ist und die Verweigernden Amok laufen oder rebellieren, sollen wir über alle Anzeichen Bericht erstatten«, sagte die Leutnantin. »Dass wir nicht wissen, was das für Anzeichen sein werden, macht das alles natürlich schwierig. Aber wenn eine anfängt, die gleiche Magie zu wirken, die Liliath ausgeübt hat, dann ist sie vielleicht die wiedergeborene Maid – versteht Ihr, was ich damit sagen will?«

»Aber das ist Blödsinn!«, rief Dorotea. »Ich bin ich, nicht irgendeine wiedergeborene ystaranische Erlöserin, selbst wenn das möglich wäre! Und ich werde auch nicht wahnsinnig werden wie Chalconte!«

»Ich glaube Euch«, sagte die Leutnantin. »Aber ich wette, dass Ihr deswegen im Turm seid. Liliath.« Sie kicherte und arrangierte ihre Karten erneut um.

»Das ist lächerlich«, wiederholte Dorotea ziemlich verärgert. »Ich bin Dorotea Imsel, sonst niemand.«

»Wir haben daran keinen Zweifel«, beschwichtigte Franzonne sie. Sie legte drei Karten aus und sagte: »Die Blume, der Zweig und der Baum, ein Dreier.«

»Fluss, Brücke, Straße«, sagte Sesturo sofort und legte seinerseits drei Karten aus. »Ein höherer Dreier.«

»Ich habe nichts«, sagte die Leutnantin der Wache. »Ich riskiere keine Münzen.«

Sie legte ihre Karten zurück unter den Stapel mit den nicht ausgeteilten Karten.

Franzonne und Sesturo nahmen jeweils drei neue Karten auf und sahen Henri an, der die Karten in seiner Hand neu arrangierte, an seiner Unterlippe sog und sich höchst auffällig am Kopf kratzte.

»Mir wird ganz bang«, sagte Franzonne. »Wer so ein schlechter Schauspieler ist, kann nicht auch noch schlecht im Kartenspielen sein.«

»Eine Biene auf Eure Blume, eine Kutsche auf Eure Straße

und die Sonne und der Mond *und* der Himmel«, sagte Henri und legte alle seine Karten aus. »Eure beiden Sätze übertroffen und einen übergreifenden Satz ausgelegt, daher wird der Einsatz verdoppelt. Mein Spiel, Sers.«

»Pah!«, rief Sesturo und warf seine Karten auf den Tisch. Franzonne legte ihre sanfter hin und schob zwei Münzen von ihrem Stapel zu Henri. Sesturo machte mit einem großen Finger das Gleiche.

Dann war die Leutnantin der Wache an der Reihe, die Karten auszuteilen, und sie spielten mehrere Runden Triple; die Goldmünzen wanderten hin und her, aber meistens landeten sie am Ende bei Henri.

Schließlich kamen die Botinnen zurück; sie schritten nebeneinanderher, wie es vielleicht ausgemacht worden war, ehe sie aufgebrochen waren. Auch Rochefort tauchte wieder auf; ihre Stiefel tropften, da sie im See herumgewatet war. Sie lehnte sich an eine der Wände.

»Nun?«, fragte Franzonne.

»Die Objekte sollen zum Palast der Königin gebracht werden«, sagte die Botin der Musketiere. »Ihre Majestät wünscht sie unverzüglich zu sehen.«

»Die Kardinalin wird dort sein«, fügte die Pursuivant mit einem Blick auf Rochefort hinzu. »Außerdem wünscht Ihre Eminenz mit den vier jungen Leuten zu sprechen, die den Schatz wiedergefunden haben.«

»Genau wie Ihre Majestät«, sagte die Musketierin. »Der Schatz und die vier sollen zur Orangerie gebracht werden. Kapitänin Dartagnan hat gesagt, die vier sollen durch die Tür zum Gartenlabyrinth hineingebracht werden, der Schatz durch das Ausfallstor an der nördlichen Mauer.«

»Die Adlige aus Albia – Fürstin Dehiems – ist ebenfalls einbestellt worden«, sagte die Pursuivant. »Und die Leichen sollen ins Krankenhaus gebracht und dort gründlich untersucht werden. Alles Gegenständliche, das an ihnen gefunden wurde, ist an Kapitänin Dartagnan im Palast der Königin zu schicken.«

»Sie hatten nichts«, erwiderte die Leutnantin der Wache. »Ich habe Euch gesagt, diese anderen zwei waren noch nicht mal Kanalratten. Ich schätze, sie waren schon vorher von den Kanalratten ausgeraubt worden, die sie erledigt haben.«

»An diesem Tumult letzte Nacht, in der Kiesgrube außerhalb der Stadt, waren Verweigernde beteiligt, die sich bekämpft haben, auch wenn da noch ein Magier oder eine Magierin gewesen sein muss, weil ein Scheusal geschaffen wurde«, sagte Rochefort. Sie sah Dorotea an und dann wieder weg, das Gesicht ausdruckslos. »In letzter Zeit haben sich ein paar von den Verweigernden merkwürdig verhalten. Ich denke, dieses Rätsel wird sich vielleicht leichter lösen lassen, wenn wir bekannte Mitglieder des Nachttrupps gefangen nehmen, um herauszubekommen, was sie wissen.«

»Wir helfen den Pursuivants Ihrer Eminenz jederzeit gern«, sagte die Leutnantin der Wache säuerlich, die einen großen Berg zusätzliche Arbeit auf sich zukommen sah.

»Welches Rätsel?«, fragte Dorotea. »Ich bin wirklich kein Teil irgendeines Rätsels oder einer Verschwörung. Und ich bin ganz bestimmt nicht die wiedergeborene Maid von Ellanda.«

»Oh«, sagte Rochefort. »Wer hat Euch das gesagt?«

»Das spielt keine Rolle«, erwiderte Dorotea. »Außer dass ich denke, dass es ein sehr dummer Grund ist, jemanden ins Gefängnis zu stecken.«

»Irgendetwas bekümmert Ashalael, und infolgedessen ist Ihre Eminenz beunruhigt, und wir müssen alle Möglichkeiten überprüfen«, sagte Rochefort. Sie zögerte kurz und fügte dann ruhig hinzu: »Ihr wisst, wenn es nach mir ginge, würdet Ihr freigelassen werden.«

Weder Rochefort noch Dorotea bemerkten, dass alle anderen sehr an ihrer Unterhaltung interessiert waren, obwohl sie so taten, als wären sie es nicht. Als Rochefort zu sprechen aufhörte, packte Sesturo seine Karten zusammen und machte eine große Schau daraus.

»Verstaut die Münzen wieder, Dupallidin«, wies Franzonne

Henri an. Sie sah zur Leutnantin der Wache. »Wenn ich mich recht erinnere, hatten wir achtundvierzig herausgenommen.«

»Ja, Ser«, erwiderte Henri. Er warf einen Blick auf die Stapel, ehe er fortfuhr: »Achtundvierzig. Allerdings liegen nur siebenundvierzig auf dem Tisch.«

»Ihr scheint mir sehr versiert im Umgang mit Zahlen«, polterte Sesturo. »Ich vermute, eine Münze könnte auf den Fußboden gefallen sein, neben unsere Freundin von der Wache. Da.«

Henri bückte sich und hob die verirrte Münze auf, die dicht neben dem Stiefel der Leutnantin lag und sich tatsächlich einen Augenblick zuvor noch unter ihm befunden haben mochte. Er legte sie zu den anderen und packte dann alle in das Kästchen. Dorotea legte die Diamantsymbole obenauf; sie ging dabei sehr vorsichtig mit ihnen um, berührte sie nur mit den Fingerspitzen.

Der Brief blieb auf dem Tisch liegen.

Rochefort beugte sich vor und nahm ihn an sich. Schlagartig versuchten die vier, anderswo hinzusehen, bis ihnen klar wurde, dass das verdächtig wirken könnte, woraufhin sie wieder hinsahen. Alles zusammen wirkte sogar noch verdächtiger.

Rochefort bemerkte es entweder nicht oder achtete nicht auf ihre unterbrochenen Bewegungen. Sie legte den Brief auf die Symbole, klappte das Kästchen zu und schloss den Riegel. Dann richtete sie sich auf und sah Franzonne an. »Ich habe keine Lust, eine lächerliche Figur abzugeben, indem wir beide etwas so Kleines und Schweres tragen«, sagte sie. »Werdet Ihr daher erlauben, dass es jemand von den Pursuivants trägt?«

»Nein«, sagte Franzonne. »Aber soweit ich weiß, hat unser großer, kräftiger Doktor hier es vom See in die Höhle getragen. Wäre es annehmbar, wenn er es nach draußen tragen würde? Er ist weder Pursuivant noch Musketier.«

»Also gut«, sagte Rochefort und warf der Leutnantin der Wache, deren Mund halb offen stand, weil sie zweifellos gerade anbieten wollte, das Kästchen zu tragen, einen scharfen Blick zu, um sie zum Schweigen zu bringen. »Ich habe angeordnet, dass zwei Kutschen hierher zum Südtor gebracht werden, soweit es vorhanden ist. Ich verstehe die Gepflogenheiten von Architektinnen und Architekten nicht, hier und da etwas zu bauen, aber die Verbindung zwischen den Teilen erst viele Jahre später oder vielleicht auch niemals herzustellen. Tore und Kamine – und noch keine Mauern!« Sie schüttelte den Kopf und wandte sich wieder dem eigentlichen Thema zu. »Ich schlage vor, dass wir beide – Ihr, Franzonne, und ich – und jeweils zwei von unseren Leuten mit dem Kästchen in der ersten Kutsche mitfahren und die vier in der zweiten?«

»Wenn Sesturo sie begleiten darf, gewiss.«

»Und mein Depernon.«

Franzonne lächelte und neigte zustimmend den Kopf.

»Damit wäre das erledigt«, sagte Rochefort. Sie machte eine kurze Pause, ehe sie hinzufügte: »Ich glaube nicht, dass irgendwelche Verweigernden oder andere dreist genug sein werden zu versuchen, sich den Schatz zu holen, aber wir sollten trotzdem wachsam sein.«

»Ich habe einem Trupp befohlen, aufzusitzen und sich bereitzumachen, uns zu begleiten, ebenfalls am Südtor«, sagte Franzonne. »Ich glaube, das wird ausreichen, um egal wie viele … äh … Kanalratten und dergleichen zu entmutigen.«

»Zufällig habe ich dort auch einen Trupp in Wartestellung«, sagte Rochefort. Ihre Lippen verzogen sich zur Andeutung eines Lächelns.

»Ich könnte einen Trupp von unseren Leuten aus der Kaserne holen«, sagte die Leutnantin der Wache. »Das würde nur eine Stunde oder …«

»Wir brechen sofort auf«, erklärte Rochefort.

»Ja«, stimmte Franzonne ihr zu. »Je eher wir dieses Kästchen sicher im Palast haben, desto besser. Machen wir, dass wir loskommen.«

Zwanzig

Der Palast der Königin war eine Ansammlung großer Gebäude von deutlich unterschiedlichem Alter – zwischen dem, das zuerst gebaut worden war, und dem letzten lagen sechshundert Jahre –, die durch ein regelrechtes Labyrinth kleinerer Gebäude miteinander verbunden waren. Letztere unterschieden sich stilistisch sogar noch mehr voneinander, da jedes Bauwerk auf dem Palastgelände gemäß den Launen der jeweiligen Herrscherin in einem anderen architektonischen Stil ausgeführt worden war, wobei die Umsetzung sich manchmal Verteidigungsbedenken hatte unterordnen müssen, die normalerweise eher dem Mob von Lutace als irgendwelchen äußeren Feinden galten.

Es gab mehrere Dutzend verschiedene Eingänge in den Palast, manche direkt von den umliegenden Straßen oder vom Fluss, in Außengebäude oder Klöster. Hauptsächlich wurde das Osttor benutzt, durch das Bittsteller von angemessenem Rang in den größeren äußeren Hof gelassen wurden, um dort mit Kegeln, Lesen, Trinken und Essen ihre Tage zu vertrödeln und mit andauerndem Reden, Reden, Reden, immer in der Hoffnung, weiter in den Palast eingelassen zu werden, um dort Pfründe, Posten oder eine Entscheidung von den Ministerinnen und Ministern oder sogar der Königin selbst zu erbitten.

Während die Kutschen durch die gepflasterten Straßen von Lutace holperten und Musketiere und Pursuivants die Menge auseinandertrieben, sodass selbst über die Brücken ein gleichmäßiges Tempo beibehalten werden konnte, wurde nicht viel gesprochen. Dabei wollten die vier sich eigentlich unterhalten, das war anhand der Art, wie sie sich ansahen, wie ihre Münder sich öffneten, nur um sich wieder zu schließen, und wie ihre Blicke zwischen Sesturo und Depernon, dem Pursuivant, hin- und herhuschten, deutlich zu erkennen.

Als sie den Palast der Königin fast erreicht hatten, bog die mit Rochefort, Franzonne und dem Schatz vorausfahrende Kutsche ab, um der Sägerallee zur Nordseite des Palastes zu folgen, und die Musketiere und Pursuivants blieben bei ihr.

Man ging davon aus, dass es so nah beim Palast sicher war, daher wurde die zweite Kutsche, die auf der Flusspromenade weiterrumpelte, nur noch von zwei Vorreitern begleitet. Sesturo öffnete die Tür, lehnte sich nach draußen und musterte die Szene vor ihm, so gut er konnte. Als sie das Gelände des Neuen Palastes verlassen hatten, war die Sonne gerade im Begriff gewesen, hinter dem Horizont zu verschwinden, und jetzt war sie endgültig untergegangen. Die vier Laternen der Kutsche, eine an jeder Ecke, verbreiteten einen eng begrenzten Lichtschein um das Gefährt, und die Straße vor ihnen war dunkel; nur eine einzige Fackel brannte hoch oben in einer Halterung an der großen, fensterlosen Mauer, die mehrere hundert Schritt weit rechter Hand der Straße verlief, ein Zeugnis einer jener Phasen, in denen der Wunsch irgendeiner früheren Königin nach einer zum Fluss hin offenen Terrasse sich der Vorsicht hatte unterordnen müssen.

Die Mauer diente als Barriere gegen Unzufriedene oder Aufständische, die vom Wasser her kommen mochten, aber auch gegen den Nebel, der typischerweise vom Fluss aufzusteigen begann, wenn es auf den Winter zuging und kühler wurde. Er stieg auch jetzt empor, Nebelschwaden rollten über die Straße und wogten in Wirbeln gegen die Backsteinmauer. Der Nebel war ein Vorbote des jahreszeitlichen Wechsels. Schon bald würden die Herbstregen einsetzen, kälter und stärker als die kurzen Sommerschauer.

Im Moment machte der Nebel die Straße dunkler, und Sesturos Augen verengten sich, als er knapp zwei Dutzend Gestalten um die einzige Tür in der Mauer herumstehen sah.

Aber als die Kutsche näher herankam, entspannte er sich und schwang sich wieder ins Innere, um sich hinzusetzen.

»Die Kapitänin benutzt uns, um vom Schatz abzulenken. Sie hat dafür gesorgt, dass sich die Nachricht bei den am Hof um Gunst nachsuchenden Dummköpfen herumgesprochen hat. Jetzt glauben sie, dass alle, die auf einem unüblichen Weg reingelassen werden, wichtig sein müssen. Zieht Eure Hüte herunter … oder ja, Eure Kappe, Scholarin Imsel … lasst nicht zu, dass sie Euch richtig ansehen können, Euch etwas geben oder Euch aufhalten. Geht rasch hinein.«

»Ich bleibe bei der Kutsche«, sagte der melancholische Depernon.

»Und ich werde die Nachhut bilden«, sagte Sesturo und bewegte die riesigen, in Handschuhen steckenden Hände. »Es hat mir immer Spaß gemacht, diese Möchtegernhöflinge durch die Gegend zu werfen, und ein paar von ihnen werden bestimmt versuchen, uns zu folgen.«

Sie hörten, wie der Kutscher etwas brüllte, und Rufe von den Vorreitern erklangen, gefolgt von antwortendem Geschrei; Leute riefen, wollten wissen, wer in der Kutsche war, kreischten Forderungen und riefen Wünsche, bestanden darauf, dass sie ebenfalls hineingelassen oder ihre Briefe mitgenommen werden sollten, und trugen weitere unverständliche Bitten vor.

Der Kutscher rief noch einmal, und die Kutsche kam rumpelnd zum Stillstand; Depernon riss die Tür auf und sprang nach draußen, überraschte alle, als er mit sehr lauter und durchdringender Stimme rief: »Angelegenheiten der Kardinalin! Macht Platz!«

Agnez war die Erste, die dem Pursuivant folgte, und wehrte dabei einen Versuch von Simeon ab, ihr zu helfen. Ihre Wunde war schließlich nur ein Kratzer, und sie hatte sie fast schon wieder vergessen.

Obwohl die Vorreiter ihre Pferde gewendet hatten, um eine schmale Gasse zwischen der Kutsche und der Tür in der Mauer zu schaffen, und bereitwillig mit ihren Reitgerten zuschlugen, glitten die mutigeren und gesellschaftlich weniger angesehenen Bittsteller herein, krochen sogar zwischen den Beinen der Pferde hindurch, riefen und versuchten, sich an Agnez' Stiefeln festzuklammern. Sie trat einen weg und hastete zur Tür, die Depernon halb offen hielt.

Die anderen folgten hektisch, mit Sesturo hinter ihnen, dem ein Dutzend gierige Schleimer dicht auf den Fersen waren. Er drehte sich im Türrahmen um und brüllte laut. Seine bärenähnliche Silhouette erwies sich als ausreichend, die ungewollten Nachfolgenden von ihrem Vorhaben abzubringen. Hinter ihm wurde das Tor zugeschlagen und der Riegel vorgelegt.

»Was ist das für ein Ort?«, fragte Henri und sah sich um. Sie standen dicht beieinander auf einem winzigen äußeren Hof. An allen Seiten wuchsen enorm hohe Buchsbaumhecken. Im Dunkeln war unmöglich zu erkennen, ob es irgendeine Lücke oder einen Weg zwischen ihnen hindurch gab.

»Das Heckenlabyrinth«, sagte Sesturo. Er drehte sich zu einer Musketierin um – eine von mehreren, die drinnen gewesen waren und die Tür geöffnet hatten – und sah sie genau an. »Deranagh, oder? Sie wird uns da hindurchführen.«

»Werde ich nicht«, kicherte die Musketierin. »Aber Errastiel macht das bestimmt.« Sie berührte ein Symbol an ihrem Hutband und murmelte etwas, und ein schwacher Glockenton war zu hören, klar und unglaublich weit entfernt. Ein winziges blaues Licht schwebte plötzlich vor der Musketierin in der Luft. Deranagh murmelte erneut etwas, und der Funke flitzte auf eine Hecke zu. »Also, los mit Euch«, sagte die Musketierin. »Errastiel verweilt niemals sehr lange.«

Sesturo ging voraus, fand eine Lücke in der Hecke, die erst aus allernächster Nähe sichtbar war. Selbst bei Tageslicht wäre sie kaum zu sehen gewesen, so dicht, wie die Hecken zusammenwuchsen. Und er musste sich tief bücken, genau wie Simeon, während alle anderen sich nur ducken mussten.

Dorotea war die Letzte, und sie blieb stehen, um mit der Musketierin zu sprechen.

»Ich kenne Errastiel nicht«, sagte sie. »Was ist sein Bereich?«

»Wege finden«, antwortete die Musketierin. »Oder sie zeigen. Bleibt nicht hinter den anderen zurück, Ser!«

»Oh, ja …«, sagte Dorotea. Sie blickte sich um, sah aber weder den glühenden Funken des Engels noch irgendeine menschliche Silhouette, bis Henri den Kopf aus der Lücke in der Buchsbaumheckenmauer steckte.

»Kommt schon!«, sagte er drängend. »Wenn wir uns verirren, werden wir mindestens bis zum Morgen hier feststecken.«

Die Pfade durch das Labyrinth waren sehr schmal, und es gab viele plötzliche Biegungen. Sesturo – eine fast körperlose Stimme bereits mehrere Ecken voraus – ermunterte sie, sich an den Händen zu halten, und wer auch immer direkt hinter ihm war, sollte sich an seinem Gürtel festhalten.

Schließlich kamen sie aus dem Labyrinth heraus und auf einen größeren Hof zwischen zwei Hauptpalastgebäuden, dem Alten Palast und der Orangerie, die in dieser Nacht ihr Ziel war. Die Orangerie war nur dreiundsechzig Jahre alt, ihre dicken roten Backsteinmauern und großen Fenster aus mit der Hilfe von Engeln geklärtem Glas bildeten einen deutlichen Kontrast zu den jahrhundertealten Steinen des ursprünglichen Palastes.

Sesturo führte sie nicht zu den verzierten, vergoldeten Haupttüren, sondern um die Ecke herum und dann an der Seite des Gebäudes entlang; dort hatte die Mauer keine Fenster und war besonders dick, um die Hitze im Innern zu halten. Nach ungefähr hundertzwanzig Schritten kamen sie zu einer sehr gewöhnlichen Tür. Sesturo machte sich mit einem komplizierten, geheimen Klopfzeichen bemerkbar. Einen Augenblick später öffnete sich ein Guckloch, sein Gesicht wurde gemustert, die gut geölte Tür öffnete sich lautlos, und ihnen wurde Zutritt in die Orangerie gewährt.

Das Innere des riesigen Gebäudes war ein einziger offener Raum, in dem nur die sich in regelmäßigen Abständen erhebenden Bögen störten, die das aus sich abwechselnden vergipsten Holz- und Glasplatten bestehende Dach stützten; auch diese Glasplatten waren mit Hilfe von Engeln erschaffen worden. Große Öllampen aus Bronze und noch mehr Engelsglas hingen an Ketten von der Decke, und die südliche Mauer, an der sie entlanggegangen waren, wurde von sechs gewaltigen, jeweils vierzig Schritt voneinander entfernten Feuerstellen beherrscht. Um diese großen Öfen kümmerten sich sechs Verweigernde, die schwere Stücke aus irgendeinem dunklen, harten Holz, das ganz in der Nähe säuberlich zu Pyramiden aufgestapelt war, in die Öfen schoben. Die Verweigernden trugen ihre übliche aschgraue Kleidung, aber mit gelben Bändern an den Ärmeln, ein Hinweis darauf, dass sie der königlichen Familie dienten und man ihnen mehr vertraute als den meisten anderen.

Dank der lodernden Feuer war es in dem Raum sehr warm, besonders nach der feuchten, nebligen Luft draußen. Die Hitze war für die Orangen-, Limonen-, Limetten- und Zitronenbäume nötig, die sehr dicht beieinanderstanden. Es waren zwanzig Reihen, die sich über die gesamte Länge der Orangerie erstreckten, mit einem kleinen zentralen Platz und einem Pavillon genau in der Mitte des Gebäudes, in dem sich ein Podest und ein Thron für die Königin befanden.

Die Besucher konnten nur das vergoldete Dach des Pavillons sehen, aber durch die Baumreihen war leises Stimmengemurmel zu hören. Sesturo wechselte ein paar leise Worte mit den Musketieren, die die Seitentür bewachten und die Gruppe rasch und höflich durchsuchten, um sicherzustellen, dass sie keine Feuerwaffen bei sich hatten – mit Ausnahme von Agnez' Pistolen, aber sie als Musketierin war vertrauenswürdig.

Nachdem das erledigt war, winkte Sesturo den vier, ihm zu folgen, und führte sie einen der Gänge zwischen den Baumreihen entlang in Richtung des Pavillons, aber zur Seite versetzt und durch drei Reihen Limettenbäume von ihm getrennt.

Sie waren noch ungefähr fünfzig Schritt entfernt, als plötzlich Trompeten losschmetterten, eine Fanfare aus fünf Tönen spielten. Sesturo verzog das Gesicht und blieb stehen, hob die Hand, um anzuzeigen, dass sie haltmachen sollten.

»Was passiert gerade?«, fragte Agnez, die ihm am nächsten war. Die anderen versammelten sich um sie, um Sesturos Antwort ebenfalls zu hören.

»Der König«, sagte er. »Er muss von dem Schatz gehört haben. Ihre Majestät wird wütend sein. Sie würde nicht wollen, dass er euch sieht.«

»Können wir näher heran?«, fragte Henri. »Ich habe den König noch nie gesehen. Oder die Königin, was das betrifft.«

»Ich auch nicht«, fügte Simeon hinzu. »Und es hätte mir auch nichts ausgemacht, wenn es dabei geblieben wäre.«

»Ihr verfügt über eine gewisse Weisheit, Doktor«, sagte Sesturo und lachte leise in sich hinein. »Doch jetzt ist es zu spät. Ihr habt mittlerweile die Blicke aller Mächtigen auf Euch gezogen. Folgt mir, aber verhaltet Euch ruhig!«

Er ging wieder voran, dieses Mal jedoch viel langsamer, kreuzte an der nächsten Lücke mehrere Reihen, kam dem Pavillon so näher. Hier gab es ausschließlich Orangenbäume, die jede Menge reifende Früchte trugen, während die, an denen sie zuvor vorbeigekommen waren, entweder gerade erst ausschlugen oder nur ganz junge grüne Früchte hatten.

An der nächsten offenen Kreuzung standen zwei Musketiere Wache, die sich rasch umdrehten, als Sesturo sich näherte, wobei ihre Degen mehrere Zoll aus den Scheiden glitten. Sie entspannten sich, als sie ihn erkannten, und wieder fand eine Unterhaltung im Flüsterton statt, bevor sie weitergingen.

»Ich werde hier bald Dienst tun«, flüsterte Agnez Henri zu. »In höchstens ein paar Wochen. Und in einem Jahr werde ich keine Kadettin mehr sein.«

Henri nickte und lächelte. Auch wenn er nicht so pessimistisch wie Simeon oder vielleicht auch Dorotea war – allerdings war es schwer zu sagen, was Dorotea wirklich dachte –, war er sich nicht so ganz sicher, ob die Aufmerksamkeit, die ihnen die Hohen und Mächtigen neuerdings schenkten, sich so gut auswirken würde, wie sie hofften. In einem Jahr mochten sie alle im Turm oder noch schlimmer dran sein …

Sesturo führte sie zur letzten Baumreihe, ehe der gepflasterte Platz um den Pavillon begann, und winkte ihnen, dass sie dicht zu ihm kommen sollten. Sie konnten jetzt gedämpfte Stimmen hören, und auch wenn die Bäume so lückenlos beieinanderstanden, dass sie fast eine Hecke bildeten, erhaschten sie immer mal wieder einen Blick auf die Höflinge und den Thronpavillon.

»Von hier aus schleichen wir uns ran«, flüsterte er. »Seht Ihr den großen Baum da, direkt hinter dem Pavillon, an dem die sehr großen Orangen hängen?« Er deutete in die entsprechende Richtung.

Die vier nickten, alle mehr oder weniger erstaunt, da die Orangen mindestens doppelt so groß waren wie alle anderen, die sie jemals gesehen hatten …

»Magie, nehme ich an«, murmelte Agnez.

»Nein«, sagte Sesturo. »Kunst. Sie sind aus Gold und Kupfer. Das ist der erste Baum, der hier gepflanzt wurde, von Königin Louise VI. mit ihren eigenen Händen. Bleibt hinter diesem Baum und wartet, bis Ihr gerufen werdet.«

»Wo geht Ihr hin?«, fragte Henri.

»Ich erstatte der Kapitänin Bericht«, antwortete Sesturo. Er deutete durch eine kleine Lücke im Laub. »Sie steht ein Stück hinter der Königin, zu ihrer Linken, wie sie es normalerweise tut. Seht Ihr?«

Alle drängten sich zusammen, um zu schauen, stießen fast mit den Köpfen gegeneinander, und es gab einen kurzen Moment stummen, freundschaftlichen Gerangels, ehe sie zu der unausgesprochenen Vereinbarung kamen, nacheinander durch die Lücke zu blicken. Henri war der Erste.

Durch die handflächengroße Lücke im Laub konnte er den größten Teil des Pavillons sehen. Der Thron in der Mitte war nicht besonders prächtig, eher ein Stuhl mit hoher Lehne, auch wenn er vergoldet war und die Polster aus goldgesäumtem purpurnem Samt bestanden. Auf ihm saß Königin Sofia XIII.; sie hatte sich leicht zurückgelehnt und neigte den Kopf zur Seite, während sie einer älteren Frau mit scharlachrot geschminktem Gesicht lauschte. Die ältere Frau trug eine goldene Kappe und eine lange scharlachrote, hermelinbesetzte Robe – Kardinalin Duplessis, wie Henri sofort erkannte. Es war leichter, sie aus der Ferne anzusehen, als damals, als er ihr vorgestellt worden war. Jetzt verspürte er keinen so großen Drang, auf den Boden zu starren. Die Kardinalin trug das Symbol Ashalaels nicht; er vermutete, dass es zu viel Unruhe bei den geringeren Symbolen derjenigen verursachen würde, die in der Nähe standen.

Die Königin war zumindest für Henri eine gewisse Enttäuschung. Sie war viel kleiner als die Kardinalin und trug eine lange, sehr üppige und lockige Perücke, in die viele Dutzend Goldbänder eingeflochten waren und die den größten Teil ihres Gesichts verdeckte. Auf der Perücke saß eine kleine flache Krone aus Gold und Smaragden, die mit einer sehr schmalen juwelenbesetzten Klinge statt mit einer Hutnadel befestigt war.

Sie trug keine Staatskleidung – seit dem letzten Jahrhundert trugen Frauen von adliger Geburt Kleider nur auf Bällen und zu ähnlichen Gelegenheiten –, sondern hatte sich an die derzeitige Mode romantisch verklärter Jagdkleidung angepasst, trug ein weißes Leinenhemd, eine Weste aus eierschalenblauem Rehleder mit einem flachen Rüschenkragen und Manschetten aus goldener Spitze und – als Nachahmung von Jagdleder – eine Kniehose aus dunklem Leinen, die an den Seiten dekorativ mit goldenen Litzen geschnürt war. Ihre Stiefel waren auf Hochglanz poliert und burgunderfarben, oberschenkelhoch, wobei der obere Teil bis unters Knie heruntergerollt war. Ihr Degen lehnte am Thron, ein gerader Zierdegen, der mit Edelsteinen förmlich überkrustet war, sodass er nicht leicht zu schwingen sein würde, aber wer scharfe Augen hatte, mochte bemerken, dass die Scheide mit vier kleinen Symbolen besetzt war; somit diente er wahrscheinlich mehr für Engelsmagie als für irgendwelche weltlichen Kämpfe, auch wenn Königin Sofia nicht gerade als Magierin bekannt war.

Nach dem bisschen, was Henri von dem Gesicht unter der Perücke erkennen konnte, sah sie ziemlich gewöhnlich aus, hatte aber eine ziemlich scharf geschnittene Nase. Ihre Haut war braun, ziemlich dunkel und sehr glatt, aber er vermutete, dass es sich um Schminke handelte wie beim Scharlachrot der Kardinalin. Sie trug Handschuhe, die mit vielen kleinen Juwelen besetzt waren.

Zur Linken der Königin stand Kapitänin Dartagnan in entspannter Habtachtstellung, auch wenn sie die Höflinge um den Pavillon herum aus leicht verschleierten Augen beobachtete. Sie war zwar schon in den späten Vierzigern, aber schlank und drahtig; ihre Hand, über deren Rücken sich eine blasse Narbe zog, die sich deutlich von der dunkelolivenfarbenen Haut abhob, ruhte auf dem Heft eines abgewetzten Degens. Im Gegensatz zum Degen der Königin war ihrer vollkommen schmucklos. Ihr Wappenrock, ihr Wams und ihre Kniehose waren im für Musketierinnen und Musketiere üblichen Schwarz und Silber gehalten, aber die goldene Schärpe ihres Rangs trug sie nicht wie gewöhnlich über der Schulter, sondern einfach um die Taille geschlungen; nur der Knoten an der Seite war durch den Schlitz im Wappenrock zu sehen. Sie hatte keine Symbolringe, Broschen oder sonst irgendetwas an sich, das ein Symbol sein könnte. Da sie im Gegensatz zu Duplessis keine königliche Herzogin war, trug sie in Gegenwart der Königin keinen Hut; ihre kurz geschnittenen Haare waren so silbern wie die Stickereien auf ihrem Wappenrock, ihre Haut so dunkel wie der Stoff.

Alles in allem sah sie wie eine ältere Krähe aus, die in einen Haufen farbenprächtiger Papageien geraten war.

Nur diese drei Personen befanden sich auf dem Podest des Pavillons; sonst stand niemand in der Nähe der Königin. Henri bewegte sich ein bisschen, versuchte, die Zuschauer besser zu sehen, aber der Winkel war falsch.

»Ich bin dran«, flüsterte Simeon. Widerstrebend wich Henri zur Seite, und nachdem Simeon durch die Lücke geschaut hatte, kamen die anderen an die Reihe und musterten die Königin, die Kardinalin und die Generalkapitänin der Musketiere.

»Ich frage mich, wie sie wirklich aussieht«, murmelte Dorotea.

»Wer?«, fragte Simeon.

»Die Königin. Ich meine, ohne Perücke?«

»Seht Euch eine Münze an«, sagte Henri. »Einen Livre oder eine Goldkrone.«

»Bei beiden wird ein altes Porträt verwendet«, flüsterte Dorotea. »Mindestens zehn Jahre alt. Außerdem war Depuisne bekannt für seine schmeichelhaften Gravuren.«

»Wer?«, fragte Agnez.

»Depuisne«, sagte Dorotea. »Der Symbolmacher und Münzer der Königin. Jetzt nicht mehr, jetzt hat Delisieux dieses Amt inne.«

»Woher wisst Ihr all diese Dinge?«, fragte Agnez.

»Wie könnte ich nicht? Ich nehme an, Ihr wisst Dinge, die mit … dem Kriegshandwerk und so was zu tun haben.«

»Warum trägt sie überhaupt eine Perücke?«, fragte Simeon.

»Ich vermute, ihre Haare sind grau geworden«, antwortete Dorotea. »Obwohl es mehrere Engel gibt, die das in Ordnung bringen könnten … Vielleicht mag sie auch einfach Perücken?«

»Still!«, flüsterte Henri, so laut er es wagte. Er spähte wieder durch die Lücke. »Der König kommt.«

Erneut gab es ein kleines Gerangel, aber Henri gab seine Position nicht auf. Allerdings gelang es Simeon, einen Zweig so weit nach unten zu drücken, dass die Lücke groß genug für

sie alle war – wenn er über Henri hinwegschaute, Dorotea ihr
Kinn auf Henris Schulter legte und Agnez von der Seite her
den Kopf reckte.

»Er sieht ziemlich gut aus«, bemerkte Dorotea. »Die Zwei-
Livre-Münze, die anlässlich ihrer Hochzeit geprägt wurde,
lügt nicht völlig …«

Der König war ein Prinz aus den Sechsundachtzig Königreichen, fünf Jahre jünger als die Königin und für seine Liebe
zum Luxus und zu Zerstreuungen bekannt. Trotz des Lotter-
lebens, das er in einem Dutzend Ehejahren geführt hatte, hatte
er sich die Figur und das Aussehen bewahrt, die zumindest
teilweise dafür verantwortlich gewesen waren, weshalb die da-
malige Prinzessin Sofia ihn sich ausgesucht hatte; seither hatte
er allerdings längst ihre Zuneigung verloren. Er war ungefähr
so groß wie die Königin – was bedeutete, dass er nicht sehr
groß war –, und seine engen Kringellocken waren immer noch
vollkommen schwarz, seine reine Haut schimmerte wie das
polierte Ebenholz von jemandem, der Jahre jünger war. Er
hatte es nicht nötig, irgendwelche Schminke zu benutzen.

Auch er war wie für die Jagd gekleidet, aber in seinem Gold-
brokatmantel mit den klimpernden Mondsteinknöpfen, seiner
zweilagigen Kniehose mit Schlitzen, um Schwarz und Gold
sichtbar werden zu lassen, und seinen schwarzen, am oberen
Rand mit Golddraht umwundenen Lederstiefeln erinnerte er
mehr an einen aufwändig herausgeputzten Jongleur als an
einen Jäger. Dieser Eindruck wurde noch durch die rein als
Zierde dienende Cister auf seinem Rücken verstärkt, deren
Gurt ebenfalls golden war. Er spielte schlecht und sang nicht
besonders ausdrucksvoll, aber er mochte Musik sehr. Genau
wie die Königin war er kein sonderlich guter Magier, und er
trug nur einen einzigen Symbolring.

Die Höflinge hörten auf zu sprechen, als der König sich
dem Pavillon näherte und sich elegant vor der Königin verbeugte. Sie wandte sich von der Kardinalin ab, um ihn anzusehen, und auch wenn der Schatten ihrer großen Perücke es

315

mehr oder weniger verbarg, war ihr Gesichtsausdruck eindeutig. Sie war nicht erfreut, ihn zu sehen.

»Ein unerwarteter Besuch, Ferdinand. Wie habt Ihr es geschafft, Euch von der Premiere von Lamarinas *Drei Schäferinnen aus Yore* loszureißen?«

Der König verbeugte sich erneut, lüpfte den Hut, der unglücklicherweise passend zu seinen Stiefeln aus schwarzem, mit Golddraht umwundenem Leder bestand; die Feder war ein raffiniertes Gebilde aus Blattgold.

»Ich habe von einer bemerkenswerten Entdeckung gehört, Eure Majestät«, sagte er laut. »Und wollte Euch unverzüglich zur Wiedererlangung eines Staatsschatzes gratulieren, der, wie man mir gesagt hat, viele Millionen Livres wert ist.«

Die Königin antwortete nicht sofort, sondern starrte ihn einfach nur an; der Blick ihrer leicht vorquellenden Augen war grimmig. In dieser Stimmung hatte ihre Nase etwas von einem Pfeil mit scharfer Spitze, der gleich abgeschossen werden würde. Der König bewegte sich wie ein Schuljunge, der dabei ertappt worden war, nach Honig auf seinem Frühstücksbrot zu fragen, wo es nicht sehr wahrscheinlich war, dass es auch nur Butter gab.

»Er hat es auf Geld abgesehen«, flüsterte Henri. »Ich habe gehört, dass er überall verschuldet ist. Einer seiner Leute ist sogar zur Architektin gegangen und hat versucht, etwas von ihr zu bekommen, mit der Geschichte, dass er seine geplanten Gemächer im Neuen Palast aufgeben würde im Gegenzug für eine sofortige Bezahlung. Nur dass er einfach bloß das Geld nehmen und die Gemächer natürlich nicht aufgeben würde.«

»Ich weiß nicht, wie die Königin ihn erträgt«, sagte Agnez ablehnend. »Ich meine, was macht er denn überhaupt?«

»Seit sie die beiden Erben haben, meint Ihr?«, fragte Simeon.

»Nein, *das* habe ich nicht … ist nicht wichtig«, sagte Agnez.

Die Königin beugte sich dicht zu Dartagnan und flüsterte etwas. Die Generalkapitänin nickte, trat dann vor und hob die

Hand. Auch wenn es zuvor – von leisem Gemurmel einmal abgesehen – ziemlich ruhig gewesen war, wurde es jetzt vollkommen still.

»Ihre Majestät wünscht, allein zu sein«, verkündete Dartagnan.

Sofort war das Schlurfen von Füßen zu hören, und auch das Gemurmel setzte wieder ein. Außer Sicht der vier begannen die Höflinge wegzugehen; auf den gepflasterten Gehwegen zwischen den Orangenbaumreihen waren Schritte zu hören.

Allein zu sein bedeutete für Königinnen etwas ganz anderes als für normale Menschen; zu diesem Schluss kam Henri, als er bemerkte, dass die Kardinalin, Dartagnan und der König dablieben, genau wie etliche Bedienstete und auch Musketiere, die er im hinteren Teil des Pavillons stehen sah. Zu ihnen gehörte auch Sesturo, der – so gut ein Riese wie er das tun konnte – zu Dartagnan schlich, um ihr etwas zuzuflüstern, die daraufhin genau dorthin blickte, wo die vier sich befanden und beobachteten. Aber die Kapitänin gab durch nichts zu erkennen, dass sie sie sehen konnte – oder wünschte, dass sie irgendetwas taten.

Die Kardinalin wandte ebenfalls den Kopf, und obwohl sie sie wahrscheinlich nicht sehen konnte, duckten sich die vier alle gleichzeitig.

»Sollen wir auch gehen?«, flüsterte Simeon.

»Nein«, erwiderte Agnez. »Sesturo hat uns befohlen zu bleiben, bis man uns etwas anderes sagt.«

»Wo sind Franzonne und Rochefort mit dem Kästchen?«, fragte Henri.

»Die sind wahrscheinlich auch hier«, antwortete Agnez. »Und warten auf der anderen Seite des Pavillons genauso wie wir.«

»Früher habe ich Orangen gemocht«, sagte Simeon traurig. »Ich wünschte, wir wären alle woanders.«

»Es ist besser als im Turm«, sagte Dorotea.

Darauf erübrigte sich jede Antwort.

»Also, wo ist dieser neu entdeckte Schatz?«, fragte der König, strich sich über den Schnurrbart und sah sich um, als würde gleich jemand etwas vor ihm abstellen.

Die Königin wurde sogar noch wütender. »Ich sagte, ich wünsche, allein zu sein!«

»Oh, ja, am besten, wir warten, bis der ganze Haufen außer Sicht ist«, sagte der König höchst selbstbewusst und winkte den sich zurückziehenden Höflingen mit seiner stark beringten Hand nach. »Geier!«

Die Königin seufzte hörbar und winkte Dartagnan wieder zu sich, die sich zu ihr beugte und nickend Anweisungen entgegennahm. Sie ging zurück und sprach ihrerseits mit Sesturo, der den Pavillon verließ und auf der gegenüberliegenden Seite zwischen den Orangenbäumen verschwand, aber kurze Zeit später begleitet von Rochefort und Franzonne wieder auftauchte; ihnen folgten ein Pursuivant und ein Musketier, die das Bronzekästchen trugen.

»Sieht schwer aus!«, bemerkte der König sehr zufrieden.

Einundzwanzig

Rochefort und Franzonne näherten sich dem Pavillon und verbeugten sich tief, ehe sie beiseitetraten, um den Pursuivant und den Musketier durchzulassen, die das Kästchen bis zum Thron trugen. Sie stellten es zu Füßen der Königin ab und zogen sich, mit gebeugten Köpfen rückwärtsgehend, zurück. Der König schlich vorwärts, rieb sich dabei die Hände, blieb aber stehen, als er den durchdringenden Blick der Königin bemerkte.

»Öffnet es bitte, Dartagnan«, sagte die Königin leise.

Dartagnan kniete sich hin und öffnete das Kästchen. Die Königin beugte sich vor und sah nach unten. Auch die Kardinalin machte einen Schritt nach vorn und neigte den Kopf.

Dartagnan holte die Symbole aus dem Kästchen und hielt sie der Königin entgegen, als würde sie ihr bei einem Festmahl einen Teller präsentieren.

»Dies sind tatsächlich drei der zwölf Diamantsymbole, Kardinalin?«

»Ja, Eure Majestät«, erwiderte die Kardinalin. »Ich habe mir die Freiheit genommen, sie zu untersuchen, ehe sie hier hereingebracht wurden. Der Brief in dem Kästchen bestätigt es ebenfalls. Aber seit ich die Symbole gesehen habe, gibt es für mich keinen Zweifel mehr daran.«

»Aber Ihr habt gesagt, der Brief sei verschlüsselt?«

»Ein sehr einfacher Code«, entgegnete die Kardinalin. »Ich habe ihn mit Leichtigkeit entziffern können.«

Henri schnaubte, glücklicherweise nicht so laut, dass irgendjemand jenseits des Orangenbaums, der ihm Schutz gewährte, es hätte hören können.

»Trotzdem habe ich meinem Schattenzimmer eine Kopie geschickt, für den manchmal durchaus vorkommenden Fall, dass es noch eine zusätzliche Bedeutungsebene gibt«, fuhr die Kardinalin fort. »Das Einfache verbirgt das Komplexe.«

»Daran habt Ihr nicht gedacht, oder?«, flüsterte Agnez und stieß Henri scharf den Ellbogen in die Rippen. Da sie es mit ihrem verwundeten Arm tat, mussten beide einen Schmerzensschrei unterdrücken.

»Sieh an, sind das ystaranische Doppeldelfine?«, fragte der König gierig. Er hatte sich inzwischen dicht an das Kästchen herangeschoben und lehnte am Rand des Pavillons. »Und was ist das für ein Brief?«

Die Kardinalin warf der Königin einen Blick zu, die langsam nickte und damit andeutete, dass die Frage des Königs beantwortet werden sollte.

»Der Brief scheint an den Dieb gerichtet zu sein, der die Symbole von Königin Anne, der ruhmreichen Vorfahrin Ihrer Majestät, gestohlen hat«, erwiderte die Kardinalin. »Es scheint, er hat neun der zwölf Diamantsymbole abgeliefert, aber die drei, die Ihr hier seht, behalten. Die Person, die den Diebstahl in Auftrag gegeben hatte, hat gefordert, dass auch die restlichen Symbole ausgehändigt werden sollen.«

»Ich verstehe«, sagte der König. Wie immer, wenn es um Geld ging, kam er direkt zur Sache. »Legt dieser Brief denn dar, wo die anderen neun Diamantsymbole sind? Oder noch mehr Gold?«

Die Königin schüttelte ganz leicht den Kopf. Der König bemerkte es nicht, sein Blick war auf die Diamantsymbole und das Gold fixiert.

»Das ist etwas, das untersucht werden muss«, sagte die Kardinalin ruhig. »Von deutlich größerer Bedeutung ist die Tatsache, dass zwei der Symbole, sehr mächtige Symbole von Fürstentümern von Ashalaels Heer, erloschen sind, ohne dass sie zerstört wurden.«

»Das ist in der Tat von höchstem Interesse«, sagte die Königin. »Eine ernste Staatsangelegenheit, die wir diskutieren müssen. Ihr dürft jetzt gehen, Ferdinand.«

»Natürlich, Euer Majestät«, sagte der König. Er zögerte und deutete auf das Kästchen. »Könnte ich vielleicht einen von diesen Doppeldelfinen als Andenken haben? Es ist lange her, dass ich eine … so wundervolle Münze gesehen … oder in der Hand gehabt habe.«

Die Königin seufzte und blickte zu einem ihrer Diener, der bei den Musketierinnen und Musketieren auf der einen Seite des Pavillons stand.

»Deruyter, fülle die Hälfte des Goldes in dem Kästchen in eine … eine Börse oder eine Tasche … für Seine Hoheit.«

»Ah! Ihr seid zu gut zu mir, Euer Majestät!«, rief der König. »Ihr wisst, wie sehr ich mich an schönen Goldmünzen erfreue.«

»Ich wette, er erfreut sich an allem Möglichen aus Gold«, sagte Henri leise zu den anderen. Es schmerzte ihn, zu sehen, wie das Gold, von dem er kurz gedacht hatte, es könnte sein eigenes sein, an jemand anderen ging, ganz besonders an diesen Prasser von einem König.

»Still«, flüsterte Agnez.

Deruyter, ganz offensichtlich ein hochrangiger Diener angesichts seines extravaganten Rüschenwamses und seiner langen, kreuzweise blau und golden geschnürten Seidenstrümpfe, winkte einer niedereren Dienerin, die einer noch niedereren Dienerin winkte, die ihren Umhang abnahm, aus ihm eine Tasche machte, indem sie die Ecken verknotete, und sich in gebückter Haltung dem Kästchen näherte und rasch die Hälfte des Inhalts umfüllte. Der König nahm die Umhang-Tasche mit großer Freude von ihr entgegen, strich sich den Schnurrbart glatt, verbeugte sich leicht und schlenderte davon.

Die Königin sah ihm mit einem leicht melancholischen Blick nach. Er war immer noch ein gut aussehender Mann, wenn auch nicht viel mehr.

»Also, was soll mit diesen Symbolen geschehen?«

»Ich würde die beiden, die still geworden sind, gerne mitnehmen, um sie mit meinen Leuten und den Magistras und

Magistern der Belhalle zu untersuchen«, sagte die Kardinalin. »Das Symbol von Samhazael, das noch immer mächtig ist, sollte selbstverständlich in Euer Schatzhaus gebracht werden, Eure Majestät.«

»Und das Gold? Ich habe mich gerade daran erinnert, dass es vielleicht von Rechts wegen der Frau aus Albia gehört, die Ihr erwähnt habt.«

»Das muss überprüft werden«, sagte die Kardinalin. »Ich bin neugierig, wie sie an die Symbole gekommen ist. Vielleicht stammt sie von dem Dieb ab.«

»Sodass sie vielleicht weiß, wer die anderen Symbole hat oder wo sie sind?«, fragte die Königin und sah die Kardinalin direkt an. »Mit weiteren Schätzen, wie Ferdinand vermutet ... nein hofft!«

»Dazu hat der Brief etwas zu sagen«, erklärte die Kardinalin. Sie sah sich um und senkte die Stimme, dieses Mal zu einem Flüstern, das außerhalb des Pavillons nicht zu verstehen war. Was auch immer sie sagte, es sorgte dafür, dass die Königin sich aufrecht hinsetzte, und ihre Antwort war kein Flüstern.

»In Ystara? Nah der Grenze?«

Die Kardinalin flüsterte erneut, und die Königin senkte ihre Stimme. Ein oder zwei Minuten lang unterhielten sie sich so, ohne die brennende Neugier all derer zu bemerken, die um den Pavillon herumstanden – und ganz besonders der vier, die sich zwischen den Obstbäumen verbargen.

Während sie noch miteinander flüsterten, erschien ein Musketier und überbrachte Sesturo eine Nachricht. Der große Mann nickte und wandte sich an Dartagnan, die ihm einen Moment lang zuhörte und dann das, was auch immer er gesagt hatte, an die Königin weitergab. Sie nickte, sagte noch ein paar Worte zur Kardinalin, hob dann die Hand und setzte sich wieder aufrecht auf den Thron.

»Bringt Fürstin Dehiems herein«, befahl sie.

Für die Audienz bei der Königin kleidete Liliath sich züchtig. Sie hatte damit gerechnet, dass sie in den Palast gerufen werden würde, und brauchte daher nicht lange, um sich vorzubereiten, als die Musketierin und die Pursuivant mit der entsprechenden Aufforderung kamen. Um ihre Rolle als albianische Adlige zu untermauern, folgte sie der Vorliebe der Mode zu falschen Jagdkleidern, aber auf maßvolle Weise, entschied sich für ein Leinenhemd unter einer primelgelben Jacke, die als spielerische Version einer Brigantine mit matten, wie Blütenblätter geformten Eisennieten gesprenkelt war, eine Kniehose aus dem merkwürdig karierten Stoff des albianischen Nordens in Gelb, Grün und Schwarz und Jagdstiefel aus weichem Rehleder, die bei einer echten Jagd keine zwei Stunden halten würden, mit einem einzelnen silbernen Sporn an der linken Ferse. Ein juwelenbesetzter Gürtel und ein breitkrempiger gelber Filzhut mit einer Rubinnadel vervollständigten das Ensemble.

Sie trug keinerlei sichtbare Symbole, um die Vorstellung zu untermauern, dass sie keine Magierin war, hatte allerdings drei an dem Armreif, der unter ihrem Ärmel verborgen war. Keine besonders mächtigen, aber durchaus nützlich für jemanden, der ihren Bereich voll und ganz kannte.

Als sie gerade mit Ankleiden fertig war, kam Bisc durch die nur für vertrauliche Zwecke genutzte Tür.

»Wilbe und Raoul sind tatsächlich von Kanalratten getötet worden«, sagte er. »Die sind dem Wurm gegenüber immer noch loyal, verflucht sollen sie sein. Sie sind den beiden vom Fluss in die Festung gefolgt.«

»Glücklicherweise haben Wilbe und die anderen ihre Aufgabe erfüllt, bevor sie sich so unachtsam haben töten lassen«, sagte Liliath und griff nach einem Paar Handschuhen. »Ich wäre überaus … unglücklich gewesen, wenn meine Pläne aufgrund einer derartigen Nachlässigkeit gescheitert wären. Glücklicherweise bin ich zur Königin gerufen worden … und zur Kardinalin.«

»Ja, mit nur einer Musketierin und einer Pursuivant zu Eurem Schutz!«, rief Bisc. »Die Leute des Wurms kämpfen immer noch gegen uns! Wenn irgendjemand von ihnen Euch als Biscarays Schlange erkennt ... sie wissen sich durch die Abwasserkanäle unter der Stadt zu bewegen, und Ihr könntet aus dem Hinterhalt erschossen werden ...«

»Es ist sehr unwahrscheinlich, dass sie in der Lage sein werden, Biscarays Schlange mit Fürstin Dehiems in Verbindung zu bringen ...«, begann Liliath und verstummte, als sie Biscs Gesicht sah. »Was ist?«

»Saumann. Der Kerl mit dem krummen Rücken, der mit uns an der Nepkreuzung war. Sie haben ihn sich geschnappt, vor ein paar Stunden. Er ist nicht stark; er wird geredet haben. Er weiß, dass Ihr die Schlange seid.«

Liliath fletschte die Zähne wie ein in die Enge getriebenes Tier, und ihre Hände verkrampften sich zu Klauen, ehe sie sich dazu zwang, zumindest äußerlich wieder ruhig zu erscheinen. »Du musst deine Anstrengungen verdoppeln, diese verderblichen Kanalratten zu vernichten.«

»Das ist bereits geschehen«, erwiderte Bisc. »Aber das braucht Zeit, Ihr müsst in Sicherheit bleiben ...«

»Ich muss zum Palast. Lass deine Leute vorangehen und uns folgen, so nah, wie es ihnen möglich ist, ohne entdeckt zu werden. Ich werde Sevrin als meine Zofe mitnehmen.«

»Verweigernde haben keinen Zutritt zum Palast«, sagte Bisc. »Jedenfalls dann nicht, wenn sie nicht in Diensten der Königin stehen. Und die wiederum glauben, sie sind was Besseres als wir.«

»Im Palast werde ich gewiss sicher sein«, sagte Liliath.

»Das nehme ich an«, grummelte Bisc. »Aber auch unter dem Palast gibt es Abwasserkanäle, oder? Ich habe diesen Kloakenkriechern nie getraut. Die Dunkelheit kriecht in ihre Köpfe.«

»Der Wurm hatte noch andere Anhänger und Anhängerinnen, oder? Nicht nur die Kanalratten. Was ist mit denen?«

Bisc schnaubte. »Die wissen inzwischen, woher der Wind weht. Aber die Kanalratten … die sind eine echte Gefahr.«

Es klopfte an der Tür, und Hatty kam herein. Sie war nervös und aufgeregt.

»Herrin, die Musketierin und die Pursuivant bestehen darauf, dass Ihr unverzüglich zum Palast aufbrecht!«

»Ich bin bereit«, antwortete Liliath. »Ich werde sofort hinunterkommen. Hat Hänschen das Kästchen runtergebracht, wie ich es befohlen habe?«

»Ja, Herrin. Die Musketierin und die Pursuivant haben darauf bestanden, es zu inspizieren, ehe Ihr es zum Palast bringen könnt, falls irgendwelche infernalischen Vorrichtungen darin sind, haben sie gesagt, aber seit sie hineingesehen haben, sind sie sehr still.«

»Sag Sevrin, dass sie mit mir kommen wird, wenn auch nicht in den Palast«, sagte Liliath. »Ich werde in wenigen Augenblicken unten sein.«

Hatty floh, und Liliath drehte sich zu Bisc um.

»Seid Ihr Euch sicher, dass sie sich von dem Brief und der Karte täuschen lassen?«, fragte er. »Die Kardinalin gebietet über viele Engel und alle Arten von Kunsthandwerkern.«

»Solange sie nicht Ashalael höchstpersönlich beschwört … Alle geringeren Engel werden nur sagen können, dass Liliath den Brief geschrieben und die Karte gezeichnet hat.«

»Aber Ihr habt es heute Morgen getan!«, protestierte Bisc. »Werden sie nicht merken, dass die Sachen nicht alt sind?«

»Sämtliche Engel, die sie am ehesten beschwören, werden sagen, dass das sehr alte Dokumente sind«, unterbrach ihn Liliath. »Ich habe Azriel beschworen, einen von den Fürstentümern, dessen Bereich die Zeit und das Unbelebte sind. Sollten sie einen Priester haben, der es wagt, ungeachtet des Preises eine Gewalt anzurufen, werden sie möglicherweise herausfinden, dass beide Papiere in der Tat von einem hohen Engel manipuliert wurden. Aber das wird nur bestätigen, dass beide von der seit langem toten Liliath, der Maid von Ellanda, stammen und uns dadurch sogar noch mehr dienen. Du machst dir zu viele Sorgen, mein Biscaray.« Sie zog ihn dicht an sich heran und strich ihm sanft über die glatte Wange, erinnerte ihn damit daran, was sie für ihn getan hatte ... und an mehr. »Du wirst auf mich aufpassen, wenn ich gehe und ... komme?«

Bisc zog ihre Hand nach unten und bedeckte sie mit fiebrigen Küssen, bis Liliath lachte und sie wegzog.

»Ich verstehe deine Antwort, Ser«, sagte sie. »Zum Palast ... und dem ersten Schritt auf unserer Reise nach Hause, nach Ystara!«

»Diese Leutnantin von der Wache hatte recht«, sagte Simeon flüsternd. »Sie ist außerordentlich schön.«

»Da ist ein zweites Kästchen!«, rief Henri, fast schon zu laut. »Seht doch, da, hinter ihr!«

Die Pursuivant und die Musketierin, die Fürstin Dehiems zum Palast eskortiert hatten, trugen ein kleines Bronzekästchen, das genauso aussah wie das, das sie beim Wurm gefunden hatten und das offensichtlich genauso schwer war.

Henri war nicht der Einzige, der aufkeuchte. Und während viele dieser unwillkürlichen Geräusche Fürstin Dehiems' Schönheit galten, waren noch mehr dem Auftauchen eines zweiten Kästchens geschuldet. Selbst die Königin saß vorgebeugt auf ihrem Stuhl, auch wenn es schwer war zu sagen, worauf sie reagierte – auf die Frau oder den potenziellen Schatz. Dehiems war nicht das, was sie gewöhnlich in ihren Favoritinnen suchte. Die verblichene Deluynes, die überaus bewunderte, aber traurigerweise verräterische Geliebte der Königin, war groß und blond gewesen, wenn auch, auf eine andere Weise, ebenso schön.

Fürstin Dehiems verbeugte sich sehr tief und nahm den Hut ab, den sie an der Seite hielt, als sie sich wieder aufrichtete. Ihr Kopf war immer noch leicht gesenkt, der Blick ordnungsgemäß auf die schimmernden Stiefelspitzen der Königin gerichtet.

»Willkommen, mein Kind«, sagte die Königin. »Ihr habt meinem Hof unerwartete Begeisterung beschert, sowohl in Eurer Person als auch mit Eurem Gefolge.«

»Ich bedaure, dass ich Eurer Majestät das erste Kästchen nicht persönlich überbracht habe«, sagte Dehiems. Ihr albianischer Akzent war sehr deutlich am gerollten »R« zu hören. »Sobald mir klar wurde, dass diese Kästchen meiner Vorfahren ordnungsgemäß der Königin von Sarance gehören, wollte ich das zweite unverzüglich hierherbringen. Darf ich es Euch überreichen, Eure Majestät?«

»Das dürft Ihr«, sagte die Königin und klatschte erfreut in die Hände. Sie winkte der Musketierin und der Pursuivant, die das Kästchen nach vorn brachten und öffneten. Die Königin sah nach unten, und wieder einmal beugten sich die Kardinalin und Dartagnan langsam vor und taten dabei so, als würden sie genau das nicht tun.

»Noch mehr goldene Doppeldelfine«, sagte die Königin. »Und Symbole, ja, aber, wie ich glaube, keine weiteren Diamantsymbole ...«

»Nein«, sagte die Kardinalin düster. »Ich fürchte nicht. Bitte, Dartagnan ...«

Dartagnan reichte ihr mehrere ziemlich normal aussehende Symbole; die Kardinalin betrachtete sie und seufzte.

»Geringere Symbole. Aus Ystara, nicht von großer Macht.«

»Oh, nun«, seufzte die Königin. »Wir haben schon Glück gehabt.«

»Da ist ein Papier ... eine Zeichnung«, sagte Dartagnan. Sie schob ein paar Münzen zur Seite und zog ein zusammengefaltetes Pergament aus der Kiste, faltete es vorsichtig auseinander. »Scheint eine Karte zu sein.« Sie sah Dehiems durchdringend an, die den Blick immer noch gesenkt hielt. »Diese Kästchen haben Eurer Großmutter gehört ... und sie sind seit fünf Generationen im Besitz Eurer Familie?«

»Vielleicht auch sechs, Ser«, erwiderte Dehiems. »Meine Mutter war sich nicht sicher, und unsere Ahnenaufzeichnungen sind vor hundert Jahren in den Kriegen zwischen den Nachfolgern von Atheling Henry verloren gegangen.«

»Was wisst Ihr über Eure Vorfahren?«, fragte die Kardinalin. »Oder was hat man Euch erzählt?«

»Sehr wenig, Eminenz. Ich habe die Kästchen nur einmal als Kind gesehen und dann noch einmal, kurz bevor ich ... verheiratet wurde. Damals wurde eine Inventur meiner Besitztümer für den Heiratsvertrag durchgeführt ...« Sie machte eine Pause, und ihre vollkommenen Lippen zitterten einen Moment lang leicht, dann sprach sie tapfer weiter. »Mutter hat gesagt, dass unsere Vorfahrin – ihr Name war Isabella – sehr reich war, aber eine geheimnisvolle Vergangenheit hatte. Der Familiengeschichte zufolge, wie ihre Mutter – meine Großmutter – sie erzählt hat, ist Isabella kurz vor dem Untergang von Ystara von dort weggegangen. Sie war damals kaum fünfzehn und hat dabei viele Reichtümer zurückgelassen. Aber sie muss trotzdem großen Reichtum mitgebracht haben, denn sie hat den Grafen von Merewich geheiratet, der später zum Herzog ernannt wurde. Und er war ein Cousin von Atheling Edward III. ...«

»Und jetzt wissen alle, dass sie königliches Blut hat, selbst wenn es das von Albia ist«, murmelte Dorotea, die noch keinen einzigen Blick auf das Kästchen geworfen hatte, sondern ausschließlich Dehiems musterte. Aber nicht bewundernd, lüstern oder auch nur fasziniert. Eher berechnend, als wäre sie sich nicht ganz sicher, was sie da ansah, und würde versuchen, es herauszufinden.

»Von königlicher Abstammung, reich, schön, jung«, sagte Henri. Er seufzte sehnsüchtig. »Und so weit außerhalb meiner Reichweite wie ... wie diese goldenen Orangen.«

»Für die Orangen könntet Ihr Euch eine Leiter besorgen«, sagte Agnez.

»Ich könnte den Kopf abgeschlagen bekommen«, erwiderte Henri.

»Wir sehen möglicherweise gerade die neue Favoritin der Königin«, sagte Simeon langsam, während er beobachtete, wie die Königin Dehiems anlächelte und wie die junge Frau mit einem kunstvollen Blick durch die Wimpern darauf antwortete. »Sie ist wirklich erstaunlich schön und sogar noch mehr ... sie ist verführerisch.«

»Was?«, fragte Agnez.

»Diese zwei Eigenschaften stimmen nicht notwendigerweise überein«, erwiderte Simeon.

»Psst«, flüsterte Dorotea drängend. »Ich will hören, was sie sagt.«

»Das ist alles, was ich weiß«, erklärte Dehiems. »Ihr Name, die Familienlegende bezüglich des gewaltigen Reichtums, den sie zurückgelassen hat. Und diese beiden Kästchen, die nur im äußersten Notfall benutzt werden sollten, wie meine Mutter mir gesagt hat. Glücklicherweise hat es meiner Familie nie an Geld gemangelt, und daher sind sie ungestört geblieben und können ihrer wahren Eigentümerin zurückgegeben werden. Ich hatte wirklich keine Ahnung, dass dies die berühmten Symbole waren, die Eurer königlichen Vorfahrin gestohlen wurden, Eure Majestät ...«

»Natürlich, wie könntet Ihr auch?«, sagte die Königin besänftigend.

»Und abgesehen von dem Gold und den Symbolen, dem unsinnigen Brief und dieser Zeichnung – vielleicht ist es tatsächlich eine Karte, jetzt, da Ihr es gesagt habt, Kapitänin – ist der einzige andere Besitz, den meine Mutter von Isabella gehabt hat, verloren.«

»Was war das für ein Besitz?«, fragte die Königin.

»Ein merkwürdiges Paar fingerlose Handschuhe, aus dickem, aber geschmeidigem Leder, die in der Handfläche mit winzigen, scharfen Nieten besetzt waren. Aber sie waren sehr alt. Ich weiß nicht, was mit ihnen passiert ist.«

»Kletterhandschuhe«, sagte Dartagnan langsam. »Wie sie von den geschicktesten Diebinnen und Dieben benutzt werden.«

»Oh nein!«, rief Dehiems. Sie schlug die lieblichen, langfingrigen Hände vors Gesicht, völlig aufgelöst. »Meine Vorfahrin war doch gewiss nicht die Person, die Eure Symbole gestohlen hat, Majestät!«

»Ich wette, das war sie«, flüsterte Henri.

»Kommt, Kind. Beruhigt Euch«, sagte die Königin. Sie tippte mit dem Stiefel auf den Boden des Pavillons. »Setzt Euch hierher zu mir. Ihr seid nicht für die Missetaten irgendeiner fernen Vorfahrin verantwortlich, genauso wenig wie ich für die Taten Henriettas, der Verrückten Königin. Ihr habt dem Reich einen großen Dienst erwiesen, indem Ihr diese Kästchen zurück nach Sarance gebracht habt, und auch wenn das erste zufällig zu mir gelangt ist, kommt das zweite aus Eurer Hand. Wischt die Tränen ab. Eure Wangen sind zu hübsch für Tränenspuren!«

»An dieser Fürstin Dehiems ist etwas sehr merkwürdig«, sagte Dorotea stirnrunzelnd.

»Abgesehen davon, dass sie unglaublich schön, reich und halb königlich ist?«, fragte Henri. »Sie kommt aus Albia. Das ist ein Fehler, da stimme ich zu.«

»Das meine ich nicht«, sagte Dorotea.

»Was dann?«

»Ich bin mir nicht sicher«, erwiderte Dorotea. »Ich kann es nicht ganz ...«

»Du bist neidisch auf sie«, sagte Agnez in einem Tonfall, der zumindest versuchte nahezulegen, dass sie selbst es nicht war. Auch wenn sie dies mit ihren nächsten Worten ruinierte. »Sie trägt keinen Degen. Hat wahrscheinlich Angst vor einer blanken Klinge.«

»Ich glaube nicht, dass ich neidisch bin«, sagte Dorotea. Sie schüttelte den Kopf. »Vielleicht bin ich auch einfach nur müde. Wenn ich sie ansehe ... ich weiß nicht ... es ist schwierig, im Turm gut zu schlafen. Ich bin erschöpft.«

»Sie reden über uns!«, rief Simeon, der sich weiter auf das konzentriert hatte, was im Pavillon geschah. »Bitte lass, was immer auch geschieht, schnell geschehen und ... nicht schlimm

330

sein, sodass wir zu unserer gesegneten Unbedeutendheit zurückkehren können!«

Agnez und Henri sahen ihn misstrauisch an, aber Dorotea nickte verständnisvoll. Dann beugten sich alle vier vor, erpicht darauf zu hören, was gesagt wurde.

»Soweit ich weiß, habe ich vier jungen Leuten dafür zu danken, dass sie gerettet haben, was ich für mein Eigentum gehalten habe, was aber – und das ist viel wichtiger – das Eigentum Eurer Majestät ist«, sagte Dehiems zur Königin. Sie saß jetzt zu ihren Füßen, das liebliche Gesicht erhoben und bewundernd der Herrscherin zugewandt.

»Ja«, erwiderte die Königin. Sie sah sich um. »Wo sind sie?«

Dartagnan gestikulierte in Richtung Sesturo, der aus dem Pavillon eilte, weiter durch eine Lücke zwischen den Bäumen und dann auf die vier zutrampelte, die sich hastig von ihrem Guckloch zurückzogen, aufstanden, sich die Kleider abklopften und glattstrichen, was auch immer glattgestrichen oder präsentabler gemacht werden konnte. Sie würden gleich der Königin begegnen, und ihr Leben würde sich verändern. Zum Besseren oder Schlechteren.

Zweiundzwanzig

»Ich werde mit Euch kommen. Wir nähern uns in einer Reihe, bleiben sechs Schritte vor Ihrer Majestät stehen, verbeugen uns und nehmen die Hüte ab«, instruierte Sesturo sie. »Die Hüte bleiben abgenommen. Schaut zu Boden, es sei denn, Ihre Majestät fordert Euch auf, etwas anderes zu tun. Wenn Ihr entlassen werdet, geht vier oder fünf Schritte rückwärts, bevor Ihr Euch umdreht. Ich werde Euch hinausführen. Alles klar?«

»Ja«, sagte Agnez, während die anderen nickten – außer Dorotea, die durch die Lücke in den Bäumen zurückschaute.

»Scholarin Imsel?«

»Was? Oh, ja …«, murmelte Dorotea und schloss sich dem großen Musketier an. Er führte sie den Weg zurück, den sie gekommen waren, und durch eine weiter vom Pavillon entfernte Lücke, sodass sie auf der entgegengesetzten Seite auf die freie Fläche hinaustraten, als ob sie gerade angekommen wären oder irgendwo anders außer Hörweite gewartet hätten.

Simeon warf einen kurzen Blick auf Sesturo, während sie weitergingen, und fragte sich, warum der Musketier sie hatte lauschen lassen, es ihnen sogar erleichtert hatte. Er war sehr nervös, ja ängstlich angesichts der Tatsache, dass er gleich der Königin gegenübertreten würde, nicht zuletzt, weil er wusste, dass hier, wie immer, politische Rivalitäten zwischen der Kardinalin und Dartagnan und ihren jeweiligen Pursuivants und Musketieren im Spiel waren. Ganz zu schweigen von dieser Fürstin Dehiems, die ihn gleichermaßen anzog und verunsicherte, wenn auch nicht in dem Ausmaß, wie sie offensichtlich Dorotea auf irgendeine Weise aufbrachte. Allerdings war Dorotea sehr ungewöhnlich …

332

Dorotea dachte nicht an die Königin oder gar die Kardinalin und ganz sicher nicht an Dartagnan. All ihre Gedanken konzentrierten sich auf die junge Frau mit den goldbraunen Haaren, die zu Füßen der Königin saß und auf zurückhaltende, aber liebliche Weise über etwas lachte, das Sofia gerade gesagt hatte. Jedes Mal wenn Dorotea den Blick auf die Frau richtete, verschwamm sie ihr leicht vor den Augen, und sie sah in ihrem Körper oder an der gleichen Stelle mehrere andere Gestalten. Doch wenn sie blinzelte, verschwanden sie ...

Agnez war einfach nur glücklich. Sie war eine Musketierin der Königin, die einen hervorragenden Dienst geleistet hatte, der ihr die Aufmerksamkeit der Königin eingebracht hatte. Das war alles, was sie immer gewollt hatte, oder es brachte sie zumindest ihren höchsten Zielen näher. Eines Tages würde sie als Generalkapitänin der Musketierinnen und Musketiere an der Seite der Königin stehen. Vielleicht nicht an der Seite dieser Königin, sondern an der ihrer Erbin Prinzessin Henrietta, die zwölf war ...

Henri fragte sich, ob es am Ende vielleicht doch eine Belohnung geben würde, und verfluchte den König dafür, dass er aufgetaucht und die Hälfte des Goldes im ersten Kästchen mitgenommen hatte. Vielleicht würde das, was noch übrig war, unter ihnen geteilt werden? Das wäre immer noch ein großer Geldsegen.

Sie näherten sich dicht beieinander dem Pavillon, mit Sesturo zur Linken, der die Art und das Tempo ihres Vormarsches vorgab. Als er stehen blieb, schafften sie es, das auch fast zur gleichen Zeit zu tun, verbeugten sich gemeinsam mit schwungvoll geschwenkten Hüten (und einer Scholarinkappe) und gingen auf die Knie.

»Dies sind also unsere Schatzfinder!«, rief die Königin. »Stell sie mir vor, Sesturo.«

»Eure Majestät«, polterte der Musketier. Er deutete auf die vier. »Das ganz rechts ist unsere Agnez Descaray, eine Kadettin, die – wenn sie überlebt – allem Anschein nach den Musketieren Ihrer Majestät einen guten Schwertarm hinzufügen kann.«

Agnez senkte den Kopf noch mehr, allerdings nicht ohne Rochefort zuvor einen ganz kurzen Blick zuzuwerfen. Die schien ihr allerdings keinerlei Aufmerksamkeit zu schenken und betrachtete die Orangenbäume und nicht die Menschen, die der Königin vorgestellt wurden. Eines Tages würden sie die Klingen wieder kreuzen, das wusste Agnez, mit einem anderen Ergebnis …

»Sieh mich an, Musketierin, und sag mir, wie ich dich für deine Dienste belohnen kann«, sagte die Königin.

Agnez sah auf und begegnete dem Blick der Königin, dann senkte sie ihren rasch wieder, wie Sesturo sie angewiesen hatte. »Ich wünsche mir nichts mehr, als Eurer Majestät auch weiterhin mit meinem Degen zu dienen – und wenn es notwendig sein sollte, auch mit meinem Leben.«

Sofia klatschte erfreut in die Hände. »Schön gesagt! Genau wie es eine von meinen Musketierinnen sollte.« Sie deutete auf den Verband an Agnez' Arm. »Aber du bist bei der Wiederbeschaffung des Schatzes verwundet worden?«

»Das ist nichts, Eure Majestät«, sagte Agnez und widerstand dem Drang, Rochefort erneut einen kurzen Blick zuzuwerfen. »Ich heile rasch, und wie Ihr seht, ist die Wunde fachmännisch verbunden worden.«

»Verbunden von dem Riesen neben Descaray, Eure Majestät, einem Mann, der fast so groß ist wie ich, was ich beleidigend, aber verschmerzbar finde, da auch ich ihn eines Tages vielleicht brauchen werde, um meine Wunden versorgen zu lassen. Simeon MacNeel ist angehender Doktor-Magister und steht in Diensten Eurer eigenen Ärztin Hazurain im Krankenhaus.«

»Und was ist mit dir, Doktor MacNeel? Welche Belohnung möchtest du?«

»Auch ich brauche nicht mehr, als ich habe«, antwortete Simeon, dem Sofias Entzücken über Agnez' Antwort auf die gleiche Frage nicht entgangen war. »Von einer der größten Doktorinnen unserer Zeit, der persönlichen Ärztin Eurer Majestät, lernen zu können ist alles, was ich jemals gewollt habe.«

Die Königin klatschte erneut in die Hände und lächelte. Sie mochte diese öffentlichen Beweise der Ergebenheit, vor allem wenn sie sie nichts kosteten.

»Der Bursche neben dem Doktor, der neben ihm möglicherweise nur wie ein halber Mann wirkt, ist einer der Schreiber Ihrer Eminenz, augenblicklich abgestellt, um der Architektin Eurer Majestät zu dienen, was er mit großem Nachdruck tut.«

»Und wie könnte die Königin von Sarance dich belohnen, mein Schreiber?«

Henri öffnete den Mund, um »mit Gold« oder »mit Reichtum« zu sagen, schaffte es aber irgendwie, sich zu bremsen. Innerlich war er zugleich wütend und niedergeschlagen – wütend auf seine »Freundin« und seinen »Freund«, die die Chance, etwas zu bekommen, hatten verstreichen lassen, als sie sie gehabt hatten, und niedergeschlagen, weil sie – was noch schlimmer war – es ihm dadurch unmöglich gemacht hatten, seinerseits um etwas zu bitten. Er konnte jetzt keine geldliche Belohnung erbitten, nachdem sie törichterweise verkündet hatten, dass es ihnen genügte, der Königin zu dienen.

Er räusperte sich und sagte mit so viel Inbrunst, wie er vortäuschen konnte: »Auch ich wünsche nichts weiter, als Eurer Majestät auf meine eigene dürftige Weise dienen zu können, so gut es mir möglich ist.«

»Und du, junge Ser? Sesturo muss mir nicht sagen, dass du eine Scholarin der Belhalle bist. Wie heißt du, und weist auch du jegliche Belohnung zurück?«

»Ich bin Dorotea Imsel, Eure Majestät. Ich bin in der Tat eine Scholarin der Belhalle, auch wenn ich im Augenblick nicht dort wohne oder studiere. Und was die Belohnung angeht, so brauche ich nichts … aber ich fände es schön, wenn ich nicht wieder zurück in den Turm müsste.«

»In den Turm!«

»Ich bin dort ›Gast‹, Euer Majestät«, erklärte Dorotea und sah erst zur Kardinalin und dann zur Seite, wo Rochefort stand. »Ich bin mir nicht ganz sicher, warum.«

»Eminenz? Was bedeutet das?«, fragte die Königin.

»Scholarin Imsel ist zu ihrem eigenen Schutz in den Turm gebracht worden«, erklärte die Kardinalin ruhig. »Sie hat eine außergewöhnliche Begabung im raschen Erstellen von Symbolen gezeigt, für die zuvor nur zwei Personen bekannt waren: der Häretiker Chalconte und Liliath aus Ystara, die manchmal die Maid von Ellanda genannt wird. Bei den Verweigernden gibt es einen Kult, dessen Mitglieder glauben, dass Liliath wiedergeboren werden und sie zu neuer Größe führen wird, doch wozu dieser Glaube sie führt, sind Verrat und Rebellion gegen Eure gütige Majestät. In Anbetracht der Tatsache, dass sie es für möglich halten könnten, bei Scholarin Imsel handele es sich um die wiedergeborene Liliath, musste sie in die Sternfestung gebracht werden, um ihre Sicherheit zu gewährleisten. Dass Fürstin Dehiems etwas geraubt wurde, von dem die Verweigernden annehmen, dass es Liliath gehört, lässt erkennen, dass sie heute noch genauso aktiv sind wie immer, und somit besteht eine beträchtliche Gefahr.«

»Nun denn«, sagte die Königin. »Es ist zu deinem Besten, Kind.«

Dorotea senkte den Kopf noch mehr, kämpfte gegen den starken Drang an zu sagen, dass das eine Menge Unsinn war. Aber sie hatte durch ihren Aufenthalt im Turm ein bisschen was gelernt. Gerade genug, um zu schweigen, während sie früher vielleicht den Mund aufgemacht hätte.

»Wenn es hierbei nur um die Sicherheit von Scholarin Imsel geht, könnte sie vielleicht anderswo gemütlicher untergebracht werden«, ertönte eine kühle, befehlsgewohnte Stimme. Dorotea blickte auf. Dartagnan hatte die Worte gesprochen, die Kapitänin der Musketiere der Königin.

»Die Musketierinnen und Musketiere der Königin wären

erfreut, ihr eine sichere Unterkunft in unserer Kaserne in der Sternfestung anzubieten«, fuhr Dartagnan fort. Sie kam allem, was die Kardinalin möglicherweise sagen wollte, durch eine direkte Bitte an die Königin zuvor. »Vielleicht allen diesen vier jungen Leuten? Wenn Euer Majestät glaubt, dass das angemessen ist?«

»Ja, natürlich, Dartagnan. Eine hervorragende Idee. Aber was ist mit diesem Kult der Verweigernden, Kardinalin?«, fragte die Königin. »Diese Diebe und Mörder erregen mein Missfallen! Was wird dagegen getan?«

Die Kardinalin sah Dartagnan ausdruckslos an, richtete dann den Blick wieder auf die Königin. Alle Anwesenden wussten, dass sie gerade ein kurzes Geplänkel der Mächte gesehen hatten, die den Thron umschwirrten, und dieses Mal hatte Dartagnan gewonnen. Auch wenn es schien, als hätte sie einen unbedeutenden Preis gewonnen, lediglich die Verlegung einer belanglosen Gefangenen.

Dorotea bedeutete es sehr viel.

»Das Zentrum dieses Kults liegt in der kriminellen Verschwörung, die allgemein als der Nachttrupp bekannt ist. Morgen früh bei Anbruch der Dämmerung werden alle Verweigernden, von denen man weiß, dass sie Mitglieder dieser Bande sind, verhaftet werden, Euer Majestät«, sagte die Kardinalin mit absoluter Gewissheit. »Unter der Leitung von Kapitänin Rochefort und mit Unterstützung der Stadtwache.«

Rochefort neigte den Kopf, ihre Narbe trat deutlich hervor, ihre Augen glitzerten. Sie sah aus, als wäre sie bereit, jeden Moment zu ihrer Aufgabe aufzubrechen, darauf erpicht, Verweigernde zusammenzutreiben und in Ketten zu legen.

»Und was wird mit ihnen geschehen, Ser Rochefort?«, fragte die Königin.

»Die Anführerinnen und Anführer werden zur Sternfestung gebracht werden, um sie dort zu befragen, Euer Majestät«, erwiderte Rochefort. »Diejenigen, die körperlich dazu in der Lage scheinen, werden in Malarche auf die Galeeren gehen, die anderen werden auf die Stadtgefängnisse von Loutain und Mouen verteilt werden.«

»Werden viele verhaftet werden?«, fragte die Königin und wandte sich mit dieser Frage wieder an die Kardinalin. »Ich vertraue darauf, dass Ihr berücksichtigt, dass viele Verweigernde nützliche Arbeiten verrichten, Eminenz, und auch wenn ich will, dass alle Verräter ausgeschaltet werden, dürfen wir unsere willigen Arbeiterinnen und Arbeiter nicht verlieren.«

»Euer Majestät, Ihr wisst, dass ich schon lange dazu rate, *alle* Verweigernden aus dem Königreich zu werfen«, sagte die Kardinalin; ihre Stimme klang hart. »Sie ... oder ihre Vorfahren ... haben ihrem Erzengel getrotzt und sind dafür bestraft worden, bis zu den Kindern ihrer Kinder und darüber hinaus. Aber wie immer beuge ich mich dem Mitgefühl Eurer Majestät.«

»Wie viele, Kardinalin?«, fragte die Königin; ihre Stimme klang jetzt mürrisch.

»Ein-, vielleicht zweitausend«, antwortete Duplessis. »Von den mehr als zwanzigtausend, die bei der letzten Volkszählung – die schon ein Jahrzehnt her ist – gezählt wurden. Da ihnen die durch Hereniel oder Shapanael gewährte Gnade fehlt, eine Empfängnis zu verhindern oder zu hemmen, und sie sich daher schnell fortpflanzen, sind es inzwischen sicherlich mehr.«

Die Königin saß einen Moment lang schweigend da. Unter ihrer Perücke war ihr Stirnrunzeln nicht zu sehen, aber die Falten um ihre Augen vertieften sich. Sie schaute nach unten, begegnete Dehiems' Blick. »Und was ratet Ihr, Fürstin Dehiems? Euch ist durch diese in den Abwasserkanälen hausenden Verweigernden Leid zugefügt worden.«

»Ich bin dafür, dass sie für ihre Verbrechen geradestehen sollten«, sagte Dehiems. »Die ganze Welt weiß, dass Ihr zu Eurem ganzen Volk die Güte selbst seid, Euer Majestät – sogar zu den Verweigernden, die eine solche Aufmerksamkeit gar nicht verdienen. Wenn sie sich wie Kriminelle verhalten, sollten sie auch als solche behandelt werden.«

»Ja«, antwortete die Königin. »Ja, Ihr habt recht.«

Sie legte Dehiems eine Hand auf die Schulter, und die junge Frau blickte erneut zu ihr auf; beide lächelten. Die Königin wollte etwas sagen, wurde aber vom Obersten Diener Deruyter durch ein leichtes Hüsteln unterbrochen. Es war eine vertraute und bekannte Unterbrechung.

»Ja, ja, was ist, Deruyter?«

»Der Botschafter von Menorco wartet im Bernstein-Audienzzimmer, Euer Majestät, wie Ihr es angewiesen habt.«

»Pah!«, rief die Königin. »Das hatte ich vergessen.« Sie sah erneut zu Dehiems hinunter. »Ihr müsst morgen zu meinem Morgenempfang kommen, meine Liebe, aber einstweilen … Staatsangelegenheiten. Kardinalin, Ihr werdet vermutlich wünschen, den Botschafter zu sehen?«

»Natürlich, Euer Majestät.«

Dehiems glitt irgendwie vom Fußboden des Pavillons und auf die Beine und in eine tiefe Verbeugung, alles in einer einzigen anmutigen Bewegung, bevor sie sich rückwärtsgehend entfernte.

Die Königin sah die vier an, die immer noch vor ihr knieten.

»Wir danken euch noch einmal, Sers, für euren Dienst am Königreich.«

Die Worte klangen wie Routine, wie etwas, das sie tausend Mal, zehntausend Mal gesagt hatte. Genau wie die Worte, die als nächste kamen.

»Deruyter! Die Börsen!«

Deruyter winkte noch einmal einer niedereren Dienerin, aber dieses Mal gab diese die Aufgabe nicht an eine noch niederere Dienerin weiter. Stattdessen brachte sie der Königin eine vergoldete Schachtel.

Die Königin griff hinein und zog eine kleine samtene Börse heraus. »Descaray.«

Agnez blickte auf, bewegte sich aber nicht.

»Tritt näher. Ich beiße nicht, meine tapfere Musketierin!«
Agnez trat langsam vor, verbeugte sich über die ausgestreckte Hand der Königin und nahm die Börse, schritt dann rückwärts und kniete sich wieder hin. Dieser Vorgang wiederholte sich noch dreimal, aber als Dorotea, die die Letzte war, zurückkam, machte Sesturo eine Handbewegung, als wollte er sie verscheuchen, und begann sich seinerseits zurückzuziehen.

Die Audienz war vorüber. Die vier jungen Leute gingen wie angewiesen rückwärts und drehten sich erst um, als sie weit genug weg waren. Vor ihnen war Fürstin Dehiems, die von zwei Musketierinnen zu den aus Bronze geschmiedeten Haupttüren geführt wurde. Sie waren überaus höflich zu ihr, wahrscheinlich ebenso sehr aufgrund der Erkenntnis, dass sie die Königin bereits bezaubert hatte, wie auch wegen ihrer nicht zu leugnenden Reize.

Sesturo nahm mit den vier einen anderen Weg, durch eine Lücke zwischen den Bäumen und dann einen weiteren Gang zwischen Zitronenbäumen entlang. Schließlich deutete er auf eine Tür, die von einer Musketierin und einem Musketier bewacht wurde. »Derossignol und Rotrou werden euch den Weg um das Registerhaus herum nach draußen und zum Osthof zeigen«, sagte er.

Er verbeugte sich höflich und kehrte zum Pavillon zurück. Die vier erwiderten die Verbeugung und sahen ihm ein paar Augenblicke nach, marschierten dann auf die Tür zu, wo der dort postierte Musketier grüßend die Hand hob. Seine Kameradin hatte das ganze Gewicht auf ein Bein verlagert und schrieb in ein kleines Notizbuch. Sie schaute nicht auf.

Während sie weitergingen, warf Henri einen Blick in seine Börse, seufzte und schloss sie wieder. Simeon, der ihm am nächsten war, zog eine Augenbraue hoch.

»Silber«, flüsterte Henri. »Wir bringen Gold und die sagenhaften Diamantsymbole und bekommen jeweils sechzig Livres, wenn ich das Gewicht richtig einschätze. Und das kann ich. Ich kann nicht glauben, dass niemand von Euch gefragt hat, ob …«

»Ich bin einfach nur froh, dass ich wieder weggehen kann, ohne dass mein Kopf der Axt versprochen wurde«, sagte Simeon. »Je eher ich zurück im Krankenhaus bin, desto glücklicher werde ich sein.«

»Für Euch ist das in Ordnung«, grummelte Henri. »Ich nehme an, Ihr habt es sogar gemeint, als Ihr gesagt habt, dass Ihr nichts lieber wollt, als Leute aufzuschneiden und Euch mit Engeln über nässenden Wunden zu besprechen oder …«

»Wir haben doch eigentlich gar nicht wirklich etwas getan, Henri«, sagte Agnez. »Wir waren einfach nur am richtigen Ort, sodass wir die Leiche finden konnten.«

»Ja«, sagte Dorotea nachdenklich. »Man sollte die Wege des Schicksals nie unterschätzen, aber ich frage mich …«

Sie unterbrach sich, als sie plötzlich ein Geräusch hörte, das von oben, von den Glasplatten im Dach, kam. Jetzt hörten es auch die anderen und sahen hoch. Aber es war nur Regen, der in schweren Tropfen herabprasselte. Anfangs bloß ein paar, begleitet von einem *Tap-tap-tap,* das zu einem schnellen Trommelschlag wurde, als der Regen stärker wurde.

»Wir haben unsere Mäntel nicht dabei«, sagte Henri säuerlich. »Und ich wette, dass wir nicht in einer der Kutschen zur Sternfestung zurückgebracht werden.«

»Was das betrifft, könntet Ihr Euch irren«, sagte Simeon, der einen Blick über die Schulter nach hinten warf. »Wir werden verfolgt.«

Rochefort kam auf sie zugeschritten; ihre roten Absätze klackten auf dem Boden, schufen einen Kontrapunkt zum Getrommel des Regens auf dem Dach über ihnen. Sie nickte Sesturo leicht zu, als sie aneinander vorbeigingen. Er salutierte, was vielleicht ironisch gemeint war.

»Zumindest eine von uns«, flüsterte Henri Agnez zu.

Agnez antwortete nicht, richtete sich steif zu ihrer vollen Größe auf, als Rochefort näher kam, wie eine Katze, die den

Rücken krümmt, wenn ein Eindringling sich ihrem Territorium nähert. Wie nicht anders zu erwarten, ignorierte die Pursuivant das und wandte sich an Dorotea.

»Ich bin erfreut, dass Ihr den Turm verlasst, Ser Imsel«, sagte sie steif. »Ihre Eminenz hat mich gebeten, Euch zu sagen, dass in der Kaserne der Pursuivants ein Gästezimmer verfügbar ist, sollte Euch die Unterkunft der Musketiere nicht zusagen. Ihre Eminenz hat außerdem eine ihrer Kutschen bereitstellen lassen, um Euch alle zurück zur Sternfestung zu bringen.«

»Das ist bei diesem Wetter sehr freundlich von Euch, Ser«, sagte Simeon.

»Mit Freundlichkeit hat das nichts zu tun, Doktor«, erwiderte Rochefort. »Ihre Eminenz nimmt an, dass Ihr in Gefahr seid. Wir wissen nicht, warum die Verweigernden gegeneinander kämpfen, warum der Wurm den Schatz hatte oder was es für Folgen haben kann, dass Ihr den Schatz zurückgeholt habt. Es könnte sein, dass Ihr das Ziel ihrer Vergeltung werdet. Oder, im Fall von Scholarin Imsel, einer Entführung, wenn sie tatsächlich glauben, dass sie die wiedergekehrte Liliath ist.«

»Ich bin nicht Liliath! Wie viele Male muss ich das noch sagen?«

»Ich glaube Euch«, antwortete Rochefort. »Und ich glaube, dass sogar die Kardinalin das denkt. Aber … äh … Ihre Eminenz wünscht … dies morgen um die Mittagszeit mit Euch zu … besprechen. Ich werde Euch um elf Uhr von Eurer Unterkunft abholen und zu ihr geleiten. Seid bitte bereit.«

»Ich habe keine Uhr«, entgegnete Dorotea störrisch.

»Ihr könnt problemlos die Tempelglocken hören«, sagte Rochefort, unerschüttert von diesem Versuch. Sie streckte ihre in einem roten Handschuh steckende Hand aus. »Kommt! Es freut mich, dass Ihr aus dem Turm heraus seid, selbst wenn es bedeutet, dass Ihr stattdessen bei den Musketieren sein werdet.«

Dorotea nahm Rocheforts Hand und verbeugte sich über

sie, sehr korrekt. »Ich werde glücklich sein, wenn ich wieder in der Belhalle bin, hinter einem Wall aus Büchern, mit meinen Pinseln, meinen Farben und Tafeln, und dieser Liliath-Unsinn vorbei ist«, sagte sie. »Aber ich danke Euch, Kapitänin.«

»Ich muss zu Ihrer Eminenz zurückkehren«, erklärte Rochefort. Sie ließ den Blick über die vier schweifen und schnaubte. »Nur die Musketierin hat einen Degen? Tragt in Zukunft Eure Klingen; Vorsicht ist erforderlich. Ich wage die vielleicht ungerechtfertigte Vermutung, dass Ihr sie zu benutzen wisst.«

Während Henri und Agnez noch Erwiderungen hinunterschluckten, machte sie auf dem Absatz kehrt und schritt davon.

Derossignol grüßte sie mit der Freundlichkeit eines gelangweilten Wachpostens und trat Rotrou gegen das Bein, auf das sie ihr Gewicht verlagert hatte, wodurch diese beinahe hingefallen wäre. Sie klappte das Buch zu und täuschte mit ihrem Simonio-Stift einen Stich gegen Derossignols Gesicht vor, einem besonders schönen Stift, dessen Graphitkern von Holz umschlossen wurde, das wiederum in eine silberne Hülle eingepasst worden war, in die Szenen aus berühmten Stücken eingraviert waren.

»Descaray, stimmt's? Und die, die den Schatz gesucht haben?«

»Die den Schatz gefunden haben«, erwiderte Agnez und wechselte einen Gruß mit ihm, während Rotrou damit beschäftigt war, ihr Buch unter ihren Kürass zu schieben. »Sesturo hat gesagt, jemand von Euch würde uns zum Osthof führen, wo unsere Kutsche wartet.«

»›Wo unsere Kutsche wartet‹!«, rief Derossignol und stieß Rotrou an. »Was es heutzutage heißt, eine Kadettin der Musketiere zu sein! Ich hätte gedacht, ein langer Marsch durch die Nässe wäre genau das Richtige für dich, Descaray. Aber ich nehme an, deine Kameradin und deine Kameraden, die du mir bestimmt vorstellen willst, würden es nicht so sehr mögen.«

»Nein, das würden wir nicht«, sagte Henri mit einer flüchtigen Verbeugung. »Ich bin Dupallidin. Das ist Scholarin Imsel und das Doktor MacNeel.«

»Freut mich, Eure Bekanntschaft zu machen«, entgegnete Derossignol, der weiterhin in bester Stimmung war. »Viele sagen, ich rede zu viel und mache zu wenig. Ich werde jetzt Wiedergutmachung leisten, indem ich Euch zu Eurem Ziel führe, was auch Rotrou gefallen wird, weil sie dann weiter an ihrem Stück schreiben kann.«

»Ich schreibe ein Gedicht, kein Stück«, sagte Rotrou. »Und da ich jetzt ohnehin unterbrochen wurde, kann ich genauso gut auch unsere Besucherinnen und Besucher übernehmen, die jung sind und binnen einer kurzen Zeitspanne in näherer Nähe zu dir korrumpiert werden könnten.«

»›Nähere Nähe‹ ist gewiss redundant«, sagte Dorotea.

»Oh, eine wahre Scholarin!«, rief Rotrou, die allenfalls drei oder vier Jahre älter als die vier war. Sie hakte sich bei Dorotea unter und gestikulierte zu Derossignol. »Entriegle die Tür, lass die kalten Winde herein und uns hinaus, guter Derossignol.«

»Wie gewöhnlich werde ich kurz vor dem Sieg umgeleitet«, grummelte Derossignol. Er öffnete ein Guckloch und sah prüfend hinaus, bevor er die Tür entriegelte und aufzog. Ein kalter Wind heulte herein; die Temperatur draußen war deutlich gefallen, was nach der Treibhaushitze der Orangerie ein Schock war.

»Schnell jetzt!«, spornte Derossignol sie an, der bereits begann, die Tür wieder zuzuschieben. »Lasst die Wärme nicht entweichen!«

Dreiundzwanzig

Der Regen war sehr kalt. Die Gruppe eilte an der Mauer der Orangerie entlang, wo Sturmlaternen, die alle zwanzig Schritt an Haken hingen, trübe Teiche aus Licht schufen. Sie versuchten, unter dem Dachvorsprung zu bleiben, da immer wieder Wasser von den überlaufenden Regenrinnen herabplatschte, doch das war unmöglich, und nach und nach wurden sie alle von einem plötzlichen Schwall durchnässt.

Zitternd bogen sie um die Ecke des Registerhauses und erreichten das verschlossene Gitter am westlichen Ende der Südgasse, wo zwei dick in Umhänge und Decken gehüllte, aber dennoch unglückliche Musketiere das Losungswort mit der entsprechenden Antwort bestätigten und ihnen Einlass gewährten, während Rotrou in die Wärme der Orangerie zurückeilte.

Die Gasse war eine schmale Lücke zwischen dem Registerhaus und dem Kontor der Königin, und glücklicherweise überlappten sich die Dächer, die sich etwa sechs Stockwerke über ihnen befanden, sodass sie vorübergehend vor dem Regen geschützt waren. Allerdings war es – abgesehen von einer einzelnen Fackel auf halbem Weg – dunkel.

»Vielleicht machen die Zuiss es richtig, indem sie eine Republik werden«, grummelte Henri, aber er sagte es nicht laut genug, dass Agnez es hören konnte, da sie zweifellos jede noch so kleine Beleidigung der Königin übelnehmen würde.

Am anderen Ende der Gasse befanden sich ein weiteres Gitter und weitere durchnässte, vermummte Musketiere. Sie ließen die jetzt ebenfalls durchnässten und frierenden vier hinaus auf den Osthof, wo sie sofort in den nächsten Säulengang rannten, einen der Kreuzgänge, die den Hof auf drei Seiten

345

umgaben. In denen drängten sich zurzeit all jene Höflinge, die entweder nicht die notwendigen Geldmittel oder die Energie besaßen, sich anderswo eine angemessene Unterkunft zu besorgen, oder die fürchteten, dass sie nicht mehr hereingelassen würden, wenn sie erst einmal gegangen waren. Die meisten kauerten um das halbe Dutzend große, eiserne Kohlebecken, die in unregelmäßigen Abständen von Dienern mit neuem Brennstoff versorgt wurden – noch mehr Verweigernde mit Goldlitzen, die Körbe mit Feuerholz auf dem Rücken trugen.

Normalerweise wäre der Hof selbst um diese Uhrzeit voller Höflinge gewesen, die sich unterhielten und tanzten und Musik machten, sich im Fechten übten oder vorführten, wie gut sie reiten konnten. Aber der kalte Regen hatte dafür gesorgt, dass alle entweder gegangen waren oder sich in die Säulengänge zurückgezogen hatten. Der große offene gepflasterte Platz war verlassen, abgesehen von zwei Kutschen der Kardinalin; den jeweils sechs dampfenden Pferden davor waren eilends – und eigentlich einen Monat zu früh – ihre leuchtend scharlachroten Winterdecken übergeworfen worden.

»Da ist Fürstin Dehiems«, sagte Agnez und deutete in die entsprechende Richtung. Die albianische Adlige war auf einem anderen und offensichtlich sehr viel trockeneren Weg hierhergekommen; sie trug einen Umhang aus dunkelblauer Wolle – pelzgefüttert und mit Kapuze –, der augenblicklich die Vorstellung von Wärme vermittelte. Eine Musketierin und eine Pursuivant halfen ihr, sich zwischen den Höflingen hindurchzudrängen, die sich um sie scharten wie Mücken um ein Picknick im Sumpf und versuchten, mit eindringlichen Verbeugungen und schnörkeligem Gestikulieren ihre Aufmerksamkeit zu erringen, ohne von ihr sonderlich beachtet zu werden.

Ein Verweigernder mit Goldlitzen an seiner grauen Kleidung kam zu Agnez und bot den vier eingeölte Lederschirme für den Weg zu ihrer Kutsche an. Aber gerade als sie sie nahmen und aufspannten, wurde der Regen erst ein bisschen lauter und dann noch einmal sehr viel lauter. Es wurde auch deutlich kälter, und die schweren Tropfen verwandelten sich in Hagelkörner.

»Schnell!«, rief Agnez, die voranging. Inzwischen waren Pferdeknechte, die zuvor unter den Kutschen Schutz gesucht hatten, wieder herausgekommen und hielten die Pferde dicht am Kopf an den Zugriemen, aber selbst die hervorragend dressierten Rosse der Kardinalin wurden durch den Hagel ängstlich.

Fürstin Dehiems war zur näheren Kutsche unterwegs; die sie begleitende Pursuivant hielt ihr einen Schirm über den Kopf, nachdem sie die Musketierin beim Wettstreit um diese Ehre geschlagen hatte. Sie hatten vielleicht die Hälfte des Weges zurückgelegt, und die vier waren noch ein gutes Stück hinter ihnen, als der Hagel plötzlich aufhörte. Ein paar letzte Eisklumpen hüpften und schlitterten noch über den Boden, bevor sie zur Ruhe kamen und der ganze Hof jetzt weiß wie Schnee dalag; dort, wo der Hagel von den Dächern der Säulengänge heruntergekommen war, bildeten die Körner Reihen wie Schneewehen.

In der plötzlichen Stille erklang ein überlautes Ächzen und Kreischen von Metall auf Stein, als ein großes, mit Grünspan überzogenes Gitter in der Mitte des Hofes erst nach oben gestoßen und zur Seite geschoben und dann seitlich umgekippt wurde, sodass es mit nachhallendem Dröhnen auf den Boden fiel. Eine Sekunde später folgte ihm eine Horde zerlumpter, grau gekleideter Gestalten, die mit Haken bewehrte Kanalrattenstangen, Hackbeile, rostige Äxte und aus den Kieferknochen von Eseln gemachte Keulen schwangen.

Sie griffen diejenigen an, die ihnen am nächsten waren: Fürstin Dehiems und ihre kleine Eskorte.

Agnez reagierte als Erste; in einer einzigen raschen Bewegung warf sie den Schirm beiseite, zog eine Pistole aus dem Gürtel und feuerte sie ab. Aber das Zündhütchen war nass geworden, und die Pistole spuckte nur Funken und zischte. Sie warf sie beiseite, zog ihren Degen und stürmte voran. Die anderen hatten keine Degen, aber ihre Schirme waren schwer und besaßen eiserne Rippen. Sie schlossen sie rasch, machten sie bereit, um sie als behelfsmäßige Keulen zu benutzen.

Fürstin Dehiems drehte sich um und rannte zurück, vorbei an den vier, während die Pursuivant und die Musketierin sich dem Ansturm der Kanalratten entgegenstellten. Es waren zwanzig oder mehr, und nach ein paar schnellen Stößen und Hieben mit Degen und Stangen rannten sie weiter, während die Musketierin und die Pursuivant tot oder sterbend hinter ihnen zurückblieben; um die beiden herum lagen auch mehrere Kanalratten, deren Blutlachen sich vereinigten, das makellose Weiß der Hagelschicht befleckten.

»Alarm! Alarm!«, riefen die Musketiere an den verschiedenen Türen und Toren, aber statt sich in den Kampf gegen die Kanalratten zu stürzen, taten sie, was sie tun sollten: Sie schlossen und verriegelten Tore und Gitter, um den Zutritt zum eigentlichen Palast zu verwehren, und machten ihre Musketen bereit.

Die meisten Höflinge wichen zu den Wänden der Säulengänge zurück, aber einige eilten auf den Platz, schlitterten und rutschten in ihren besten Stiefeln mit den roten Absätzen durch die stellenweise sechs Zoll hohe Schicht aus Hagelkörnern, zogen Zierdegen und stumpfe Zierdolche. Genau wie in der Orangerie war es niemandem außer den Musketieren erlaubt, Schießpulverwaffen mit in den Palast zu bringen.

Fürstin Dehiems war sehr schnell, obwohl sie über von Hagelkörnern bedeckte Pflastersteine rannte. Sie machte hinter Agnez und den anderen halt, als Gewehrfeuer aus den über ihnen liegenden Fenstern des Kontors dröhnte; die dort stationierten Musketierinnen und Musketiere hatten zu schießen begonnen. Drei Kanalratten stürzten zu Boden, und zwei weitere fielen über sie und krochen in den Hagelkörnern herum, aber der Rest rückte weiter vor, ihr unheimliches Schweigen genauso entnervend wie ihr plötzlicher Angriff.

»Bleibt dicht beisammen!«, rief Agnez. »Vorsicht vor den Stangen!«

Als die vordersten Kanalratten angriffen, mit ihren Stangen zustießen und versuchten, mit den Hackbeilen und Keulen in den Nahkampf zu kommen, war plötzlich der helle Klang von Harfensaiten zu hören.

»Nein!«, schrie Dorotea und parierte den Stoß einer Stange mit ihrem Schirm. »Das sind Verweigernde! Keine Magie!«

Aber es war zu spät. Irgendeiner von den Höflingen war in Panik verfallen, und ein Donnerschlag ertönte, als Engelsschwingen zusammenschlugen, und dann strich eine nach Sandelholz duftende Brise über den Hof.

Die Kanalratten verharrten einen Augenblick, als wären sie von einem viel schärferen Windstoß getroffen worden. Sie verharrten lange genug, dass es Agnez gelang, eine von ihnen mit einem Stich ins Herz zu töten, ihren Degen zurückzuziehen, herumzuwirbeln und einer anderen die Kehle aufzuschlitzen. Simeon konnte einem der Verweigernden seine Stange entreißen, sie umdrehen und dem, der sie zuvor geschwungen hatte, auf den Schädel schlagen. Henri rettete es das Leben, da es ihm die lebenswichtige halbe Sekunde gab, dem Schlag eines Hackbeils auszuweichen, der ihn sonst ausgeweidet hätte.

Der Augenblick verstrich, und die Verweigernden rückten wieder vor, um erneut anzugreifen. Die vier drängten sich jetzt dicht zusammen; bei ihnen waren mittlerweile auch ein paar Höflinge, und gemeinsam versuchten sie verzweifelt zu verhindern, dass die Kanalratten die kleine Gruppe der Verteidiger an der Flanke umgingen.

Was auch immer der Engel tun sollte – Dorotea glaubte, die Präsenz von Sarpentiel zu erkennen, dessen Bereich es war, das Bewusstsein entweder zu heben oder zu senken, Letzteres typischerweise, um zu schlafen –, geschah natürlich nicht. Doch die Verweigernden wurden langsamer, ihre Stöße gingen fehl, ihre Hiebe daneben, und dann …

... dann fingen sie an, graue Asche zu bluten. Erst langsam, aus Ohren und Mündern, aber dann auch aus den Augen und vorhandenen Wunden, und als ihnen klar wurde, was geschah, gaben sie zum ersten Mal Geräusche von sich, stießen Schmerzensschreie aus und brüllten vor Angst und Wut. Ein paar verstärkten ihre Angriffe, als wollten sie in ihren letzten Augenblicken möglichst viele Feinde mit sich nehmen, doch sie waren bereits zu geschwächt. Die meisten brachen an Ort und Stelle zusammen, und binnen einer halben Minute lagen alle Kanalratten am Boden, wanden sich in den Hagelkörnern und starben, während Ströme aus Asche langsam aus ihnen herausflossen.

»Zurück! Tretet zurück!«, befahl Agnez und machte genau das auch selbst. Sie hielt ihren Degen bereit.

»Vorsicht vor Scheusalen!«, rief Simeon, der entsetzliche Angst davor hatte, dass eines oder mehr sich erheben könnten, so schrecklich wie das, das in der Kiste im Hospital gewesen war.

Für ein paar Sekunden schien es, als würden alle Verweigernden einfach an der Aschblut-Plage sterben. Simeon war der Erste, der bemerkte, dass noch etwas anderes passierte, und er deutete mit seiner Kanalrattenstange in die betreffende Richtung.

»Da!«

Zwei Kanalratten lagen halb übereinander, wanden sich scheinbar in ihren Todeszuckungen. Aber wie Simeon richtig gesehen hatte, waren dies nicht die verblassenden Bewegungen eines sterbenden Geistes, der verzweifelt versuchte, seinem Körper Anweisungen zu geben. Das Aschblut floss nicht *aus* diesen Körpern heraus; es floss um sie herum und über sie hinweg, und als es sich ausbreitete, wurde es dicker und fester, fing an zu erstarren, veränderte seine Farbe und seine Konsistenz.

Die beiden Leichen verschmolzen miteinander, und Ranken aus schwarzer Asche griffen aus, um kleine Häufchen aus Hagelkörnern zusammenzuscharren und in den neuen, vereinigten Körper zu ziehen, der sich immer noch rasch veränderte – größer wurde, Gliedmaßen verlängerte, Klauen entwickelte.

Eine aus der Gruppe der Höflinge – eine überaus tapfere junge Frau, die dem im Entstehen begriffenen Monster am nächsten war – stach mit ihrem Zierdegen zu, aber eine Hand, die bereits viel breiter und ledrig geworden war, schnappte sich die Klinge und brach sie ab, schleuderte sie zurück auf die Frau. Die spitze Klinge bohrte sich in ihr Auge. Sie stürzte zu Boden, und alle wichen zurück, verspürten den Drang zu fliehen. Panik lag plötzlich in der Luft – dies war einer dieser Augenblicke, in denen eine Schlacht gewonnen oder verloren wird.

»Haltet stand!«, rief Agnez. Sie versuchte, nach oben zum Kontor zu sehen, aber im Laufe des Kampfes waren sie bis fast unter das Dach des Säulengangs zurückgedrängt worden, und die Musketiere dort oben hatten jetzt kein Schussfeld mehr, genauso wenig wie die hinter den Eisengittern des Nord- und des Süd-Durchgangs.

Irgendwo im Palast verkündeten Trompetensignale den Alarm, rasch gefolgt von lautem Getrommel.

Henri warf seinen Schirm weg und schnappte sich eine Kanalrattenstange, und Dorotea und die wenigen Höflinge, die mit ihnen gekämpft und überlebt hatten, folgten seinem Beispiel. Vor ihnen erhob sich das Scheusal auf die Hinterbeine – die jetzt eher denen eines kräftigen Hundes und nicht mehr menschlichen Beinen glichen –, und sein Körper richtete sich auf, die Brust schwoll an, die Arme streckten sich. Sein Kopf vergrößerte sich langsam, wie ein sich aufblähender Heißluftballon, und die Schädelplatten darunter knirschten entsetzlich. Das Scheusal bewegte seine lange Schnauze von einer Seite zur anderen und schnappte in die Luft, als würde es die neuen Kiefer ausprobieren, zeigte dabei frisch gewachsene Zähne.

Ringsum schrien Höflinge und schlugen gegen Türen und Tore, bettelten darum, hinausgelassen zu werden. Oben und in den Durchgängen sowie am Haupttor im Osten wurden Befehle gebrüllt. Aber für die wenigen, die dem Scheusal gegenüberstanden und sich auf seinen unausweichlichen Angriff vorbereiteten, hätte das alles auch auf dem Mond passieren können.

»Auf meinen Befehl greifen wir alle zusammen an!«, rief Agnez. »Angriff!«

Sie raste vorwärts und zielte mitten auf den Oberkörper des Scheusals, wo sich – wie sie hoffte – sein Herz befinden würde. Die anderen umzingelten es, stießen mit Kanalrattenstangen und Zierdegen zu. Aber Agnez' so liebevoll geschärfter Degen richtete kaum Schaden an. Immerhin ritzte er leicht die Haut, die sich zu so etwas wie einem Plattenpanzer verhärtet hatte, wohingegen die stumpfen Haken der Kanalrattenstangen und der spröde Stahl der Zierdegen sie überhaupt nicht durchdringen konnten, sodass mehrere der Klingen einfach abbrachen.

Mit einem schrillen Schrei – wie der eines Falken, aber viel lauter und furchterregender – machte das Scheusal einen Satz auf Agnez zu, versuchte sie mit seinen Klauen zu packen und in eine Umarmung zu ziehen. Seine Arme waren so überraschend lang, dass es das fast geschafft hätte, doch Agnez warf sich nach hinten und entkam ihm; eine weniger durchtrainierte Person als Agnez wäre verloren gewesen.

Bei seinem nächsten Versuch hätte es sie dennoch erwischt, aber Henri stieß dem Scheusal eine Kanalrattenstange zwischen die Beine, und er und Dorotea drückten mit ihrem ganzen Gewicht und all ihrer Kraft, wobei Letztere durch schieres Entsetzen verstärkt wurde. Die Stange brach ab, aber erst nachdem das Scheusal gestürzt war. Es kreischte erneut und stieß sich halb hoch, rutschte auf den vom Hagel nassen Pflastersteinen weg, achtete nicht auf weitere Angriffe durch Waffen, die seine Haut nach wie vor nicht durchdringen konnten.

»Versucht, es nicht aufstehen zu lassen!«, rief Simeon. Er warf seine Kanalrattenstange beiseite und rannte zur nächsten Pfanne mit heißen Kohlen, zögerte einen winzigen Moment und hob sie dann an ihrem dreibeinigen Untergestell hoch, ohne auf die Glutstücke zu achten, die an der Vorderseite seines Mantels hinunterrollten. Vor Anstrengung ächzend, trug und zerrte er die Pfanne dorthin, wo die anderen verzweifelt versuchten, das Scheusal am Boden festzunageln, auch wenn es ihre Kanalrattenstangen und Zierdegen abbrach.

Simeon erreichte das Scheusal gerade, als es wieder hochkam, gemächlich einen Arm ausstreckte, einen der Höflinge packte, ihn zerquetschte und ihm zur gleichen Zeit den Kopf abbiss. Mit einem Schrei warf Simeon unter äußerster Kraftanstrengung die Kohlenpfanne um, schleuderte dem Monster einen Zentner brennendes Holz und Glut in Maul und Augen.

Danach warf er sich unverzüglich zur Seite, in einen Haufen Hagelkörner, da sein Doktorenmantel Feuer gefangen hatte. Er rollte sich weg, Rauch und Dampf stiegen von ihm auf, während das geblendete Scheusal wild um sich schlug und dabei ein schrecklich schrilles Geschrei und Geheul ausstieß, bei dem die Pferde wie wahnsinnig und schäumend vor Angst über den Hof zu rasen begannen; die Pferdeknechte hingen noch immer an den Zugriemen, und ihre Schreie und Rufe fügten sich in die allgemeine Kakofonie des Entsetzens.

Alle wichen ein gutes Stück von dem Scheusal zurück, hoben mehr Kanalrattenstangen oder jede andere Waffe auf, die ihnen in die Finger kam. Alle außer Agnez, die zehn Fuß entfernt stand, sorgfältig die Zündpfanne ihrer zweiten Pistole mit einem Taschentuch trockenrieb, bevor sie sie vorbereitete und das Zündhütchen hineinlegte. Ihre Bewegungen waren rasch und sicher.

Als sie die Kugel festrammte, sagte jemand, der wie Dorotea klang, hinter ihr drängend: »Schieß unter das Maul, wenn es den Kopf hebt.«

Agnez nickte, spannte den Hahn und machte einen Schritt vorwärts, die rechte Hand an der Hüfte, den Schussarm ausgestreckt, ruhig wie immer. Das Scheusal musste die Bewegung gespürt oder gehört haben, denn es wandte sich ihr zu und sprang vorwärts, hob den Kopf, um zu kreischen, entblößte weiche Haut unter seinem Maul. Agnez feuerte. Dieses Mal folgte dem Funken und dem Blitz unverzüglich ein widerhallender Knall.

Sie wich zur Seite aus, als das Scheusal näher kam, aber es wurde nur noch von seinem Schwung vorwärtsgetragen. Es ging ein paar Schritte an ihr vorbei und brach dann in einem grässlichen Morast aus geschmolzenen Hagelkörnern, Schlamm und Blut inmitten der Leichen von Kanalratten und Höflingen zusammen. Graue Asche sprudelte aus der Wunde in seiner Kehle.

Agnez holte tief Luft, beruhigte ihre leicht zitternde Hand und machte sich unverzüglich daran, ihre Pistole wieder zu laden. Henri und Dorotea eilten zu Simeon, der sich gerade seinen rauchenden Doktorenmantel über den Kopf zog.

»Hast du dich verbrannt?«, fragte Dorotea.

»Nichts Ernstes«, sagte Simeon, während er seine Hände betrachtete, die jede Menge Funken und Glutstückchen abbekommen hatten. »Es geht nichts über einen guten Doktorenmantel. Aber es müssen noch andere ... wir müssen die Verwundeten sofort in Sicherheit bringen ...«

Henri schüttelte den Kopf. »Es gibt keine Verwundeten«, sagte er. »Ich glaube, sie sind alle tot.«

Simeon sah sich um. Keine der Gestalten auf dem Boden bewegte sich oder gab irgendein Geräusch von sich. Vorn in der Nähe des Tores war es den Pferdeknechten gelungen, die durchgegangenen Pferde zu beruhigen, und jetzt führten sie sie wieder an den Zugriemen. Alle waren entweder am Leben und praktisch unverletzt oder tot.

»Ich werde mich vergewissern«, sagte er, während er kopfschüttelnd zum nächsten Gefallenen ging und sich bei ihm hinkniete. Man hatte ihn gelehrt, dass es in Schlachten immer sehr viel mehr Verwundete als Tote gab, normalerweise mindestens im Verhältnis zehn zu eins. Aber die scharfen Klauen und Zähne des Scheusals und seine unglaubliche Kraft hatten

354

dafür gesorgt, dass selbst Schläge, die nur jemanden gestreift hatten, tödlich gewesen waren.

Ein schneller Blick reichte ihm, um Henris Einschätzung bestätigt zu sehen, aber noch während er den letzten reglos auf dem Boden Liegenden untersuchte, rief jemand, dass die Musketierin, die Fürstin Dehiems begleitet hatte, noch am Leben war. Simeon machte seine Tasche bereit und rannte hin; seine großen Stiefel platschten durch die Pfützen aus geschmolzenem Hagel.

Die Höflinge trauten sich allmählich wieder aus den Säulengängen heraus. Ein paar von ihnen stolzierten sogar umher, als wären sie selbst an dem kurzen Kampf beteiligt gewesen.

Agnez trat zu Dorotea und Henri. Sie packte die Scholarin an der Schulter und sagte:»Danke, dass du mir gesagt hast, ich soll unter das Maul schießen; ich hätte sonst auf das ...«

»Ich habe nichts zu dir gesagt«, erklärte Dorotea.

»Nun, wer war es dann?«, fragte Agnez und sah sich um. Ein paar von den Höflingen, die mit ihnen zusammen gekämpft hatten, waren ganz in der Nähe und betrachteten die Leichen der Kanalratten; sie fassten sie nicht an, rührten nur mit ihren Degen in den merkwürdigen Pfützen aus Aschblut. Noch mehr drängten sich um Fürstin Dehiems, die nicht allzu weit entfernt stand, reglos und anscheinend wie betäubt von ihrer Begegnung mit einem drohenden gewaltsamen Tod.

»Ich weiß es nicht«, sagte Dorotea. Sie blickte sich um, konnte aber niemanden sehen, der offensichtlich ein Symbol in der Hand hielt oder berührte.»Ich würde auch gerne wissen, wer Sarpentiel beschworen hat. Wir haben sehr viel Glück gehabt, dass nur ein einziges Scheusal entstanden ist. Es hätte auch mit allen anderen passieren können.«

Agnez öffnete den Mund, aber es kamen keine Worte heraus. Sie schloss ihn, schluckte und versuchte es noch einmal. Ihre Stimme war nicht so kräftig und befehlsgewohnt, wie sie es sich gewünscht hätte.»Sehr viel Glück.«

Eisen klirrte, kündete davon, dass die Türen des Gitters sich öffneten, und eine Flut von Musketierinnen und Musketieren strömte auf den Hof. Offensichtlich war die Nachricht von einem Scheusal zu ihnen gedrungen, denn die meisten trugen Hellebarden, und Franzonne, die sie anführte, hatte eine Granate in der einen und ein brennendes Stück Zündschnur in der anderen Hand. Sesturo war direkt hinter ihr. Er trug eine gewaltige Streitaxt, die aussah, als wäre sie von einer Wand gerissen worden, wo sie rein dekorativen Zwecken gedient hatte, da am Schaft und am Dorn noch Silberdrähte hingen.

Befehle wurden gebellt, und Musketiere rannten über den Hof; eine große Zahl sammelte sich um den offenen Ablauf in der Mitte. Franzonne und Sesturo näherten sich der geschwärzten und verbrannten Leiche des Scheusals, neben dem die zerbrochene Kohlenpfanne und das verbogene Dreibein lagen. Sie betrachteten die Leiche einen Moment. Sesturo stupste sie mit dem Dorn seiner Streitaxt an und murmelte etwas. Franzonne nickte, beugte sich nach unten und stieß das glimmende Ende der Zündschnur in einen Haufen halb geschmolzener Hagelkörner, löschte sie. Dabei bildete ihr Atem ein Wölkchen vor ihrem Gesicht, und Agnez spürte plötzlich, wie durchnässt sie war, und erschauerte. Franzonne, die die Bewegung vielleicht gespürt hatte, sah sie an und winkte, ging dann mit Sesturo zu der jungen Musketierin.

»Ich könnte jetzt etwas zu essen und eine Decke brauchen«, sagte Henri. »Nein, drei Decken.«

»Bevor du das gesagt hast, war ich nicht hungrig«, sagte Dorotea. »Jetzt bin ich es.«

»Ihr müsst zum Haus Demaselle kommen; es ist ganz in der Nähe«, sagte die albianische Adlige, die ihren durch Angst oder was auch immer erzeugten tranceähnlichen Zustand inzwischen abgeschüttelt hatte. »Gestattet mir, Euch festlich zu bewirten, mit Glühwein und ...«

»Sie haben Anweisung, zur Sternfestung zurückzukehren, Fürstin«, sagte Franzonne. Sie verbeugte sich, hielt dabei die Granate hinter dem Rücken. »Sesturo und ein Trupp Musketierinnen und Musketiere werden Euch zu Eurer Kutsche und anschließend zu Eurem Haus geleiten.«

Für einen kurzen Moment verengten sich Fürstin Dehiems Augen, als wäre sie wütend, aber der Moment ging so rasch vorbei, dass niemand außer Dorotea es gesehen hatte, denn niemand beobachtete die Frau aus Albia so sorgsam wie sie.

»Oh, natürlich, Ser Franzonne«, sagte Dehiems. »Ich fürchte, Ihre Eminenz hat recht, dass diese ... wie nennt Ihr sie ... *Kanalratten?* ... einen Groll gegen meine Freunde hier hegen, weil sie meinen ... oder besser ... den Schatz Ihrer Majestät zurückgebracht haben.«

»So scheint es, Fürstin«, antwortete Franzonne leichthin. »Sesturo?«

Der große Musketier winkte in Richtung der nächsten Kutsche, die jetzt vorsichtig zu ihnen gefahren wurde, wobei sie einen großen Bogen um die menschlichen Leichen und den Kadaver des Scheusals machte.

»Ich danke Euch noch einmal«, sagte Fürstin Dehiems zu den vier und sah alle nacheinander eingehend an. Alle erwiderten den Blick, mit einem unterschiedlichen Grad an Bewunderung und Interesse: Agnez ein bisschen verächtlich, denn die Adlige aus Albia hatte noch nicht einmal versucht zu kämpfen, aber ihre Gedanken waren größtenteils anderswo, denn sie fragte sich, was sie anders hätte machen können, um das Scheusal früher zu töten, oder welche anderen Taktiken sie hätte anwenden können, sofern es mehr als eine gegeben hatte; Henri dachte, dass eine reiche und schöne Gemahlin möglicherweise der Weg war, seine Zukunft zu sichern, dass jedoch Fürstin Dehiems bereits weit außerhalb seiner Reichweite war und wahrscheinlich die Favoritin der Königin werden würde; Simeon fühlte sich ebenfalls von ihrer Schönheit angezogen, war aber auch verwirrt, was seine Wahrnehmung betraf – da war etwas an der Art und Weise, wie sie sich bewegte, das nicht ganz normal war, auch wenn er nicht glaubte, dass es eine Verletzung war, sondern eher so etwas wie Doppelgelenkigkeit; und Dorotea schließlich bewegte weiterhin den Kopf leicht von einer Seite zur anderen, denn wenn sie Fürstin Dehiems aus dem Augenwinkel betrachtete, sah sie gar keine erstaunlich schöne junge Frau, sondern erhaschte kurze Eindrücke von einer Vielzahl sich merkwürdig überlagernder und verschwommener Gestalten aus Feuer und hellem Licht mit gewaltigen Schwingen ...

Vierundzwanzig

Es war fast Mitternacht, als die vier zur Sternfestung zurück-
kehrten und – da Franzonne darauf bestand – direkt zum Badehaus der Musketierinnen und Musketiere in der Mitte der
Kaserne gingen. Die luxuriöse Einrichtung befand sich auf
den Überresten eines viel älteren und größeren Badekomple-
xes, einem Überbleibsel des alten Reiches. Etliche Becken waren kaputt und leer, aber um das ursprüngliche zentrale Becken herum, das am heißesten gehalten wurde, gab es immer
noch vier kleine. Speziell dafür vorgesehenes, aus Verweigernden bestehendes Personal heizte den Ofen und mischte das
Wasser, und man hatte den vier versichert, dass sie alle bereits
lang und treu ihre Dienste leisteten und eindeutig nichts mit
den Kanalratten des Nachttrupps zu tun hatten.

Trotz dieser Beteuerung und der Anwesenheit von mindestens einem Dutzend anderer Musketiere in den anderen Becken legte Agnez ihren Degen und ihre Pistolen auf einen Hocker direkt am Rand des heißen Beckens, und Henri lieh sich
einen Degen und behielt ihn ebenfalls in der Nähe. Man bot
ihnen lange weiße Badehemden an, dünne Kleidungsstücke,
die manche Leute in den Bädern trugen, aber sie lehnten ab,
auch wenn Agnez darauf achtete, ihre Stiefel zu den Waffen zu
stellen. Nacktheit in einem Badehaus oder zu Hause unter
Freunden und Freundinnen war für Saranceser etwas vollkommen Akzeptiertes und kein Tabu, wie es das für die Menschen aus Albia und manche andere war. Der Gedanke, nackt
gegen Kanalratten kämpfen zu müssen, störte Agnez nicht im
Geringsten, aber Stiefel waren eine praktische Notwendigkeit.

Die vier wärmten sich erst eine Weile im heißen Becken auf,
ließen sich ganz ins Wasser sinken, bespritzten und tauchten

sich gegenseitig freundschaftlich unter, ehe sie an eine Seite paddelten, um sich auf den Sims zu setzen, der es ihnen ermöglichte, bis zu den Achseln im Wasser zu bleiben. Abgesehen von Simeon, dem es nur bis knapp über die Taille reichte. Sogar die Luft im Raum war warm, nicht nur von den heißen Becken, sondern auch von den Kübeln voller heißer Steine, die die Verweigernden mit kaltem Wasser bespritzten, was Dampf aufsteigen ließ.

Auch wenn – soweit sie wussten – niemand den anderen Musketieren befohlen hatte, ihnen das Hauptbecken zu überlassen, sprang sonst niemand hinein, obwohl andauernd Musketiere das Badehaus betraten oder verließen und in den anderen Becken ziemlich viel los war.

Fast alle Neuankömmlinge riefen den vier Glückwünsche dafür zu, dass sie gegen die Kanalratten und das Scheusal gekämpft hatten, gefolgt von besonderen Bemerkungen, die Agnez und ihrem tödlichen Schuss galten und Simeon dafür, dass er die enorm schwere Kohlenpfanne geworfen hatte. Viele sagten ihm, er solle ein Musketier werden und sich nicht damit herumplagen, ein Doktor zu sein, aber wenn er denn darauf bestand, wollten sie ihn um sich haben, denn er hatte das Leben der Musketierin gerettet, die bei Fürstin Dehiems gewesen war; sie hieß Jannos und war offensichtlich im Regiment sehr beliebt.

Doch über diese Worte hinaus blieb keiner von den Musketieren bei ihnen und unterhielt sich mit ihnen. Da die vier immer mal wieder etwas von den Gesprächen in den anderen Becken aufschnappten, erfuhren sie trotzdem, dass nach dem ungeheuerlichen und beispiellosen Angriff auf dem Palastgelände die Verhaftung der bekannten Mitglieder des Nachttrupps vorgezogen worden und bereits im Gange war, mit mehr Truppen als geplant, zu denen nicht nur die Pursuivants der Kardinalin und die Stadtwache gehörten, sondern auch Musketierinnen und Musketiere. Sogar drei Schwadronen von Obristin Derohans Grünmänteln, dem nächstgelegenen

Armeeregiment, waren aus ihrem sechs Wegstunden entfernten Quartier in Charolle in die Hauptstadt unterwegs.

Sie hörten auch, dass Franzonne höchstpersönlich einen Trupp in das Entwässerungsrohr auf dem Osthof und weiter in die Abwasserkanäle geführt und dabei entdeckt hatte, dass die Karten, über die mehrere städtische Behörden verfügten, hoffnungslos ungenau waren; dies galt sowohl für das Netzwerk aus Entwässerungs- und Abwasserkanälen, die in den letzten dreihundert Jahren gebaut worden waren, als auch für die viel älteren Durchgänge, die durch den Fels verliefen, der, wie bei der Sternfestung, den Untergrund des größten Teils der Stadt bildete. Es hatte mehrere kleine Kämpfe mit den Kanalratten gegeben, und es schien gut möglich, dass die Kampagne, mit der die vermuteten kriminellen Elemente der Verweigernden gefangen genommen und weggeschafft werden sollten, deutlich umfangreicher und blutiger werden würde, als irgendwer sich vorgestellt hatte.

»Es war ein sehr merkwürdiger Tag«, sagte Simeon und spritzte sich heißes Wasser gegen die fassähnliche, stark behaarte Brust. Für einen so jungen Mann hatte er eine erstaunlich starke Körperbehaarung, vor allem da sein Gesicht relativ glatt war und er keinen Bart trug.

»Tun deine Hände nicht weh im Wasser?«, fragte Agnez.

»Nein. Hast du es nicht gesehen? Ich muss zugeben, ich habe in meiner Tasche rumgekramt. Das Krankenhaus hat mir ein paar Symbole gegeben, die ich benutzen kann, und ich habe Innenael angerufen, dessen Bereich Schmerz ist. Jedenfalls sind diese Verbrennungen nicht schlimm; es wird noch nicht mal Blasen geben«, erklärte Simeon.

»Irgendetwas stimmt mit Fürstin Dehiems ganz und gar nicht«, sagte Dorotea plötzlich; ihre Worte ließen die anderen zusammenzucken.

Henri plantschte laut im Wasser und schaute sich rasch um, um sich zu vergewissern, dass die Musketiere im nächsten Becken ihnen nicht zuhörten. »Psst!«, flüsterte er drängend. »Du hast gesehen, wie die Königin sie behandelt hat! Sie ist praktisch jetzt schon ihre neue Favoritin.«

»Sie … sie hat einen oder mehrere Engel *in sich*. Sie sind immer da.«

»Woher weißt du das?«, fragte Simeon. Alle rückten dichter zusammen, und Agnez rutschte von dem Absatz und trat Wasser, machte weiter platschende Geräusche, um die Unterhaltung zu übertönen.

»Ich habe sie gesehen«, sagte Dorotea. »Aus dem Augenwinkel. Ihr wisst schon, wenn man so von der Seite schaut.«

Henri und Simeon wechselten einen beunruhigten Blick.

»Wie meinst du das?«, fragte Agnez.

»Nun ja, wenn ich sie mit leicht zugekniffenen Augen ein bisschen von der Seite gemustert habe, habe ich Gestalten aus Feuer und Licht an der gleichen Stelle gesehen, an der ihr Körper war«, sagte Dorotea. »Und die Andeutung von Schwingen …«

»Ich kann alles Mögliche sehen, wenn ich die Augen zukneife und zur Seite schaue!«, rief Agnez. »Das ist bei allen so!«

»Hmmm«, machte Dorotea. Sie kniff die Augen ein wenig zu und sah die anderen nacheinander sehr langsam an. »Jetzt, da du es erwähnst … ich glaube, in uns ist ein ähnliches Feuer. Wie ein umgekehrter Schatten … hell, nicht dunkel … von Engelsschwingen.«

»In uns!«, rief Simeon lauter, als er es vorgehabt hatte.

Sie sahen sich alle um, aber die anderen Musketiere unterhielten sich immer noch miteinander, und die im nächsten Becken ließen inzwischen einen Weinschlauch kreisen, dem ihre ganze Aufmerksamkeit galt.

»Hast du dir den Kopf angeschlagen?«, fuhr Simeon fort. »Es ist viel passiert … Bist du nicht auf den Hagelkörnern ausgerutscht?«

»Doch«, sagte Dorotea ehrlich, was zu einem allgemeinen Seufzer der Erleichterung führte, der schlagartig aufhörte, als sie hinzufügte: »Aber nicht genug, um hinzufallen. Das ist sehr interessant, denn ich konnte diesen … Schatten … in euch drei nicht sehen, ehe ich ihn in der Fürstin gesehen habe. Und es ist nicht das Gleiche … ähnlich, aber nicht das Gleiche. Ich frage mich …«

»Dorotea, du steckst bereits in Schwierigkeiten, weil die Kardinalin denkt, dass du die wiedergeborene Liliath sein könntest«, sagte Henri. »Wenn du jetzt rumläufst und sagst, du kannst Engel in Menschen sehen, denken sie womöglich, dass du auch der wiedergeborene Chalconte bist! Und auf keinen Fall darfst du sagen, dass mit Fürstin Dehiems etwas nicht stimmt!«

»Hat irgendjemand von euch einen Spiegel?«, fragte Dorotea.

»Was?«

»Bist du dir sicher, dass du dir nicht den Kopf angeschlagen hast?«, fragte Henri. »Und nur falls du es nicht bemerkt haben solltest, aber wir sind hier alle nackt im Bad. Wie könnten wir da einen Spiegel haben?«

»Ich meinte, irgendwo in der Nähe«, sagte Dorotea. »Ich möchte mich selbst mit zugekniffenen Augen ansehen.«

»Dich mit zugekniffenen Augen ansehen?«, fragte Agnez.

»Simeon, du musst ihren Kopf abtasten. Sie muss hingefallen sein. Oder … womöglich … hat dich das Scheusal oder eine von den Kanalratten getroffen?«

»Nein!«

»Lass mich sehen«, sagte Simeon. Er glitt vom Sims, trat dicht an Dorotea heran und fing an, ihren Kopf zu untersuchen, drückte mit den Fingerspitzen gegen bestimmte Stellen, aber sie wich zurück.

»Ich habe euch schon ein paarmal gesagt, dass ich mir den Kopf nicht angeschlagen habe und dass mich auch niemand am Kopf getroffen hat«, protestierte Dorotea. »Ich weiß nicht, was es bedeutet, dass ich sehen kann, was ich sehe. Ich brauche einen Spiegel, um zu sehen, ob ich es auch in mir sehen kann, weil das vielleicht erklären könnte, warum wir alle uns so fühlen, als ob wir nahe Familienangehörige wären.«

»Kannst du irgendetwas in den Musketierinnen und Musketieren da drüben sehen?«, fragte Simeon.

Dorotea sah hinüber, hüpfte im Becken auf und ab, sah die Musketierinnen und Musketiere im nächsten Becken mit zugekniffenen Augen und von der Seite an; es waren vier Frauen und drei Männer, die immer noch Wein aus dem Weinschlauch tranken, der von Hand zu Hand wanderte.

»Nein«, sagte sie, schüttelte den Kopf und ließ sich in die Wärme zurücksinken.

Die anderen drei sahen sie an. Simeon stirnrunzelnd und nachdenklich, Henri besorgt und Agnez mit zugekniffenen Augen und von der Seite, um herauszufinden, ob sie selbst auch etwas sehen konnte.

»In meiner Tasche ist ein kleiner Rachenspiegel«, sagte Simeon. »Ich werde ihn holen.«

Er kletterte aus dem Becken und tapste zu seiner Ausrüstung; Wasser lief an ihm hinunter. Er öffnete seine Tasche und breitete sie auf der Bank aus, nahm schließlich einen kleinen ovalen Spiegel, der auf das Ende eines kurzen Metallstabs montiert war; er benutzte ihn, um seinen Patientinnen und Patienten in den Rachen zu schauen.

»Was habt Ihr mit dem Ding vor, Doktor?«, rief eine der Musketierinnen, die plötzlich darauf aufmerksam geworden war, dass da ein nasses Mammut zwischen den Becken herumlief. Sie war fast so groß wie Simeon und sehr muskulös, aber nicht annähernd so massig. Niemand außer Sesturo war das.

»Meldet Ihr Euch freiwillig, um es herauszufinden?«, fragte Simeon.

»Nein, nein!«, sagte die Musketierin lachend. Sie hatte freundliche Augen und war sehr attraktiv.

Simeon nahm sich auch eine Pinzette. »Ich muss einen Steinsplitter entfernen, der wahrscheinlich von einem der Pflastersteine auf dem Osthof stammt und von einer schwer danebengegangenen Musketenkugel hochgeschleudert wurde«, sagte er mit vorgetäuschter Ernsthaftigkeit. »Wart Ihr eine von denen, die von oben aus dem Kontor geschossen haben?« »Nein, war ich nicht«, erwiderte die Musketierin. Sie lächelte Simeon erneut an. »Den Kampf habe ich verpasst; ich hatte nur die Ehre, an einem langen Marsch durch einen Abwasserkanal teilzunehmen, mit einem unbedeutenden Gerangel mit ein paar Kanalratten unterwegs. Aber wenn ich mich matt fühle, würdet Ihr dann kommen und mir die Hand auf die ... Stirn legen, Doktor?«

Die anderen Musketierinnen und Musketiere lachten ebenso wie Agnez, Dorotea und Henri. Simeon lächelte selbst und zuckte mit den Schultern, wie um zu sagen, dass er das vielleicht tun würde, und begab sich schnell zurück zu seinem Becken, wobei er versuchte, nicht an den nackten Körper der Musketierin zu denken. Es war merkwürdig, dachte er wieder einmal, dass er keinerlei körperliche Gefühle für Agnez oder Dorotea empfand, obwohl beide auf ihre Weise genauso attraktiv waren wie diese Musketierin. Oder auch Henri, was das betraf, der ein gut aussehender Mann war. Auch wenn Simeon normalerweise Partnerinnen bevorzugte, hatte er durchaus mit den Kapiteln vier bis sechs von Janossas *Wege der Liebe* experimentiert.

Er stieg wieder ins Wasser und trat dicht an Dorotea heran; sein massiger Körper schützte sie vor den Blicken aus den anderen besetzten Becken.

»Hier«, sagte er und reichte ihr den kleinen Spiegel. »Sieh hinein, während ich so tue, als würde ich dir einen Splitter aus dem Ohr ziehen. Es ist am besten, ihnen einen Grund dafür zu geben, dass ich hier so stehe.«

»Sie sehen nicht mehr her«, sagte Agnez. »Du hast da gerade eine Eroberung gemacht, Simeon. Ich habe gehört, dass es Demesnil gefallen soll, wenn ihre Liebhaber größer sind als sie, und hier gibt es nur wenige, die ...«

»Ja, nun … ich habe … wir haben … uns um andere wichtige Dinge zu kümmern«, erwiderte Simeon rasch.

»Ja«, sagte Henri. »Wie zum Beispiel, nicht wegen … wegen was auch immer exekutiert zu werden … Ich meine, wenn Dorotea diesen ›Schatten‹ in … in uns sehen kann … was ist, wenn andere das auch können? Was, wenn die Kardinalin es kann? Oder Rochefort?«

»Ich habe noch nie von irgendjemand sonst gehört, der in der Lage gewesen wäre, so zu sehen«, sagte Dorotea leise. »Es ist, als würde man die Präsenz eines Symbols spüren. Ich habe auch noch nie jemanden gekannt oder auch nur von jemandem gelesen, der das tun konnte.«

»Was?«, fragten Simeon, Henri und Agnez zugleich.

Simeon sprach weiter: »Aber als wir diese Verweigernde … den Wurm … gefunden haben, hast du uns etwas anderes erzählt. Du hast gesagt, dass es für eine Scholarin wie dich normal wäre, die Präsenz mächtiger Symbole zu spüren!«

»Nun ja, ich habe so etwas für möglich gehalten«, erwiderte Dorotea. »Nur dass es bei genauerer Betrachtung nicht so ist. Obwohl ich vermute, dass wahrscheinlich noch jemand so sehen kann wie ich.«

»Wer?«, fragte Agnez.

»Die Fürstin.«

»Ich verstehe das alles nicht«, sagte Agnez. »Ist sie so eine Art albianische Spionin? Eine besonders begabte Magierin? Sie ist keine *Assassine*, oder?«

»Nein, nein, ganz bestimmt nicht«, sagte Henri beschwichtigend, als es so aussah, als wäre Agnez kurz davor, aus dem Bad zu schweben, sich Degen und Stiefel zu schnappen und halb nackt zum Palast der Königin zu stürmen. »Die Kardinalin und Dartagnan und alle anderen müssen sie überprüft haben, und sie hatte bereits jede Menge Gelegenheiten, hat aber nichts getan.«

»Außerdem«, fügte Simeon hinzu, »warum sollte sie eine sein? Die Königin und der Atheling mögen ihre Dispute haben, und dann war da noch die Sache mit Deluynes Briefen, aber sie sind schließlich Verwandte, und wir haben seit ... wie lange? ... fünfzig Jahren keinen Krieg mehr gegen Albia geführt.«

»Sechsundvierzig«, sagte Agnez. »Der Kabeljaukopf-Krieg.«

»Ich weiß noch nicht mal, was ...«

»Er hat nur eine Woche gedauert und eine Schlacht lang, eine ergebnislose, was das betrifft. Alles hat damit angefangen, dass eines unserer Fischerboote von einer albianischen Brigantine aufgebracht ...«

»Ich dachte, eine Brigantine ist ein Schuppenpanzer ...«

»Der heißt nur einfach genauso«, sagte Agnez. »Wie auch immer, sie hatten den Laderaum voller Kabeljau und ...«

»Erzähl uns das doch später«, sagte Henri diplomatisch. »Ich glaube, wir können außer Acht lassen, dass die Fürstin eine albianische Assassine sein könnte. Allerdings könnte sie sehr wohl eine Spionin sein. Aber warum kann Dorotea den gleichen Schatten sehen, den sie auch in uns sieht? Und was ist es? Es gefällt mir nicht ...«

»Es ist nicht das Gleiche«, unterbrach ihn Dorotea. »In uns ist es ... irgendwie schwächer. Es ist schwer zu erklären.«

»Versuch es.«

Dorotea schürzte die Lippen und dachte nach. »Nun ...«, sagte sie zögernd. »Ihr kennt das Gefühl, das die meisten Menschen haben, wenn sie Engel beschwören oder in ihrer Nähe Engel beschworen werden? Die Harfenklänge, das Flügelschlagen, das Donnern? Manchmal Wärme ... oder Kälte?«

»Ja«, bestätigten die anderen.

»Ich sehe die Dinge auch«, betonte Dorotea. »Das habe ich schon immer getan. Wenn ein Engel präsent ist, angefangen von der Beschwörung bis zur Entlassung oder Verbannung. Bei den meisten Engeln sind das nur Sekunden, vielleicht Minuten, mit ein paar Ausnahmen – das sind die vorbeugenden Engel, die Beschützer und so weiter. Wie dein Requaniel, Simeon.«

»Sehen sie tatsächlich wie ihre Symbole aus?«, fragte Simeon neugierig.

»Nein«, erwiderte Dorotea. »Sie ... sind viel formloser, Gestalten, die sich verändern und flackern. Auch wenn es da immer eine Art visuellen Hinweis auf Schwingen oder Heiligenscheine gibt. Ich kann erkennen, wie die allerersten Symbolmacherinnen versucht haben, das zu zeigen, was sie gesehen haben, und das wurde dann eben zu Heiligenscheinen und Schwingen. Dann, im Laufe der Zeit ... haben sich gewisse Illustrationen als am erfolgreichsten erwiesen, die ... die Essenz eines Engels ... einzufangen, und daher wurden sie wieder und wieder verwendet.«

»Dann glaubst du also, dass das Anfertigen von Symbolen damit angefangen hat, dass Leute Engel gesehen haben?«, fragte Simeon. »Aber jetzt sehen die meisten Symbolmacherinnen die Engel gar nicht mehr? Sie illustrieren nur einfach das, was Leute vorher schon getan haben?«

»Ja«, sagte Dorotea. Sie runzelte nachdenklich die Stirn. »Obwohl ... jetzt, da ich darüber nachdenke ... Ich habe nie darüber gesprochen, dass ich Engel sehen kann, weil es auch sonst niemand getan hat, und ich habe auch nie etwas darüber gelesen. Aber das bedeutet nicht, dass andere Leute sie nicht sehen können. Sie sagen es vermutlich nur einfach nicht, genau wie ich.«

»Ich habe die Grundlagen des Symbolmachens gelernt«, sagte Simeon. »Und bei der Arbeit beschwöre ich andauernd unbedeutendere Engel. Ich höre und spüre sie. Aber ich habe nie etwas gesehen.«

»Ich auch nicht«, sagte Henri. »Und mein Vater beschwört Huaravael einmal in der Woche. Niemand in meiner Familie hat jemals erwähnt, dass er Engel sehen kann. Sie können nur das unheimliche Geräusch hören, das ihre Schwingen machen und das nach einem verkrüppelten Vogel klingt.«

»Das Geräusch, das nach einem verkrüppelten Vogel klingt?«

»So was wie im Kreis herumflattern«, erwiderte Henri. »Huaravael hat nicht viel von einem Engel …«

»Wir müssen über diese Dinge Stillschweigen bewahren«, sagte Simeon entschieden.

»Aber es ist wichtig«, protestierte Dorotea. »Wir alle haben die Präsenz irgendeines Engels in uns, das ist das, was uns verbindet! Und dann tauchen diese Diamantsymbole vor uns auf, und es stellt sich heraus, dass sie Fürstin Dehiems gehört haben, und auch sie hat einen Engel … mehrere Engel … in sich. Das muss etwas bedeuten!«

»Ich habe nicht das Gefühl, als hätte ich einen Engel in mir«, sagte Agnez zweifelnd. »Wenn dem so wäre, würde es doch sicher mehr Hinweise geben? Nicht einfach nur, dass du Dinge siehst, wenn du mich mit zugekniffenen Augen von der Seite anschaust?«

»Was denkt ihr, würde die Kardinalin tun, wenn sie glauben würde, dass wir Engel in uns haben?«, fragte Henri.

Alle sahen ihn an. Nach einem Augenblick zog Simeon sich einen Finger quer über die Kehle.

»Genau das vermute ich auch«, sagte Henri. Er blickte zu Dorotea. »Und daher darfst du niemandem erzählen, was du zu sehen glaubst.«

»Wir müssen es wissen«, sagte Dorotea. »Wer ist dieser Engel in uns?«

»Müssen wir das wirklich wissen?«, fragte Agnez. »Wie ich schon gesagt habe, selbst wenn er da ist, wovon ich immer noch nicht überzeugt bin, was spielt das dann für eine Rolle? Vorausgesetzt, niemand weiß es.«

»Ich vermute, dass Fürstin Dehiems es weiß«, sagte Dorotea, die aus dem Becken starrte. Plötzlich verengten sich ihre Augen, und sie hielt sich erschrocken eine Hand vor den Mund. »Oh, Himmel!«

»Was?«

Ganz in der Nähe goss eine Verweigernde Wasser aus einem Bronzekübel auf die Steine. Dorotea starrte sie an, ihre Augen

369

zu winzigen Schlitzen zusammengekniffen. »Diese Verweigernde ... in ihr ist der gleiche schwache Schatten eines Engels ...«

Eine Zeit lang, die sich wie mehrere Minuten anfühlte, aber tatsächlich nur ein paar Sekunden dauerte, sagte niemand ein Wort. Schließlich flüsterte Henri: »Wir sind verdammt.«

»Nein, das sind wir nicht!«, sagte Agnez reflexhaft.

»Nein ...«, sagte Simeon. »Bist du dir absolut sicher, dass du tatsächlich Engel siehst, Dorotea?«

»Echos und Fragmente«, sagte Dorotea abwesend; sie kniff immer noch die Augen zusammen, sah jetzt eine andere Verweigernde von der Seite an. »In dieser Verweigernden ... ist es sehr schwach, wie flackerndes Licht und ferne Schatten. Bei uns ist es stärker, das Licht reiner, aber immer noch ... fern. Und Fürstin Dehiems hat viele Schichten aus Licht und Schatten, die sich dicht drängen ...«

»Aber was können wir mit den Verweigernden zu tun haben?«, fragte Agnez verwirrt. »Wir sind keine Verweigernden! Wir nutzen Engelsmagie, sie ist schon bei uns allen angewandt worden. Wir wären tot, an der Aschblut-Plage gestorben ... oder wir wären Scheusale geworden.«

»Nein, wir können keine Verweigernden sein«, sagte Dorotea. »Ich verstehe das nicht. Auch die Vision nicht, die ich jetzt habe. Ich muss mit Fürstin Dehiems sprechen ...«

»Nein!«, riefen Simeon und Henri, und einen Augenblick später auch Agnez.

»Aber ...«

»Nein, nein«, sagte Simeon. »Wir wissen nicht, ob sie eine albianische Spionin ist, wir wissen nicht, was sie will. Sie hat bereits das Ohr der Königin. Was, wenn sie es der Königin erzählt, die es dann der Kardinalin erzählt? Verstehst du nicht, Dorotea? All dies lässt es mehr und mehr wahrscheinlich erscheinen, dass du tatsächlich die wiedergeborene Liliath bist.«

»Das bist du nicht, oder?«, fügte Agnez hinzu. »Ich meine, *uns* wäre das egal, aber ...«

»Ich bin nicht Liliath! Ich würde das alles nur gern verstehen! Das ist das, was ich tue, was ich tun soll, ich bin eine Scholarin der Belhalle!«

»Du wirst eine tote Scholarin sein«, sagte Henri.

»Und wir werden auch tot sein«, fügte Simeon hinzu.

»Dann tun wir also nichts?«, fragte Dorotea.

»Wir sollten vermutlich fliehen«, sagte Henri düster. »In die Sechsundachtzig Königreiche oder sogar nach Albia …«

»Wir können nicht fliehen«, unterbrach ihn Agnez. »Ich bin eine Musketierin der Königin. Wir fliehen nicht. Ich würde damit meine Pflichten vernachlässigen. Und warum sollten wir? Wenn wir Stillschweigen darüber bewahren, dass Dorotea Engel in Menschen sehen kann …«

»Dorotea wird morgen von der Kardinalin befragt«, sagte Simeon ernst. »Nein, heute. In ungefähr zehn Stunden.«

»Dann sind wir erledigt«, murmelte Henri.

»Nicht unbedingt«, sagte Dorotea.

»Wie meinst du das?«, fragte Henri. »Ich habe dir gesagt, dass sie einen Engel in meinen Kopf hat schauen lassen, als sie mich befragt hat.«

»Aber nur einen Cherub oder schlimmstenfalls einen Thron«, sagte Dorotea. »Sie ist alt. Sie wird es nicht riskieren, einen mächtigeren Engel zu beschwören.«

»Was spielt das für eine Rolle?«, fragte Simeon. Er beobachtete Dorotea genau, und sie wich seinem Blick aus.

»Nun ja, ich … Wenn ein geringerer Engel mich befragt … kann ich ihn wahrscheinlich irreführen oder verwirren«, erklärte Dorotea. »Engelsmagie hat viel mit dem Ausdruck und der Fokussierung des Willens zu tun … Was?«

»Du kannst Symbole zeichnen, mächtige Symbole spüren und Engel sehen«, sagte Simeon. »Und jetzt hören wir, dass du dich Engelsmagie *widersetzen* kannst.«

»Du *bist* die wiedergeborene Liliath, oder?«, sagte Agnez.

»Nein, das bin ich nicht!«, schrie Dorotea sehr laut. Alle Musketierinnen und Musketiere in dem riesigen Raum sahen zu ihnen hin, und viele erhoben sich aus ihren Becken und bewegten sich zu ihren Waffen.

»Lacht«, flüsterte Henri drängend. »Lacht alle!«

Er begann zu lachen, warf den Kopf zurück. Simeon machte mit, dann Agnez. Schließlich kicherte auch Dorotea ein bisschen. Die Musketiere um sie herum lachten ebenfalls, als hätten sie alle den gleichen Witz gehört, setzten sich unten wieder hin und unterhielten sich weiter.

»Wir wissen, dass du nicht die wiedergeborene Liliath bist«, erklärte Henri. »Zumindest ich glaube dir, wenn du sagst, dass du es nicht bist. Und wenn du dir sicher bist, dass du die Befragung der Kardinalin in die Irre lenken kannst, dann sind wir vielleicht doch nicht verdammt.«

Dorotea sah Agnez und Simeon für ihre Verhältnisse sehr grimmig an.

»Ich glaube, dass du nicht die wiedergeborene Liliath bist«, sagte Simeon schnell.

»Ich habe niemals wirklich geglaubt, dass du es bist«, erklärte Agnez, was nicht ganz der Wahrheit entsprach.

»Dann hört auf, mich zu fragen, ob ich es bin«, sagte Dorotea. »Und ich werde mein Bestes tun, der Kardinalin gegenüber nichts preiszugeben; ich werde auch nicht mit Fürstin Dehiems sprechen oder sonst etwas tun, das Probleme verursachen könnte.«

»Gut«, sagte Simeon. »Denn ich glaube, den Kopf einzuziehen, so gut wir können, ist das Beste, was wir alle tun können. Einfach nur unsere Arbeit machen. Außer Sicht bleiben. Keinen Ärger verursachen.«

»Ich wünschte, wir könnten die Stadt für eine Weile verlassen«, sagte Henri. »Ihr kennt doch das alte Sprichwort: ›Was man nicht sieht, existiert nicht‹?«

»Nein«, erwiderten die anderen.

»Das ergibt noch nicht mal einen Sinn«, sagte Agnez. »Es gibt jede Menge Dinge, die ich nicht sehe, aber von denen ich weiß, dass sie existieren. Gerade jetzt können wir zum Beispiel den Regen auf dem Dach hören, ihn aber nicht sehen.«

»Schau, es bedeutet einfach nur … Ich denke einfach, dass die Kardinalin und alle anderen uns vergessen würden, wenn wir nicht hier wären …«

»Ich will nicht vergessen werden«, protestierte Agnez. »Wie kann ich jemals Generalkapitänin der Musketierinnen und Musketiere der Königin werden, wenn ich vergessen werde? Das würde überhaupt nichts bringen.«

»Schon gut«, erwiderte Henri leise. »Wir müssen einfach grundsätzlich den Kopf einziehen. Einfach unsere Arbeit machen, wie Simeon sagt. Da wir gerade dabei sind … ich sollte besser zurück zum Neuen Palast gehen.«

»Was?«, fragte Agnez. »Du hast es vergessen! Die Kapitänin hat die Königin darum gebeten, dass du hier untergebracht wirst.«

»Oh«, sagte Henri. »Ich hatte es tatsächlich vergessen. Bei allem, was heute Nacht passiert ist …«

»Du schläfst von jetzt an hier in der Kaserne«, sagte Agnez. »Wir alle vier tun das, in meinem Zimmer. Derangue, Delamapan und Desouscarn werden wütend sein, dass sie umziehen müssen. Aber Dartagnan hat es angeordnet, damit ihr alle sicher vor den Kanalratten seid.« Sie schlug Henri kräftig auf den nackten Rücken, was ihn aufschreien ließ, und fügte hinzu: »Du bist schon halbwegs ein Musketier! Näher als das wirst du zwar vermutlich nie rankommen, aber immerhin!«

Im Haus Demaselle lag Liliath im königlichen Bett und beobachtete Bisc, der vor dem Feuer hin und her ging; die flackernden roten und orangefarbenen Flammen warfen interessante Schatten auf die Wand und die halb geschlossenen Vorhänge des Himmelbettes.

»Wir haben so viele gewarnt, wie wir konnten, aber inzwischen sind schon mindestens fünfzig meiner besten Leute verhaftet worden!«

»Mach dir keine Sorgen, mein Bisc«, sagte Liliath und klopfte träge neben sich auf das Bett, ließ die Decke von ihren Schultern gleiten, um zu zeigen, dass sie darunter nackt war. Wie aufgebracht Bisc war, zeigte sich nicht zuletzt daran, dass er trotzdem weiter hin und her ging und erst stehen blieb, als Liliath fortfuhr: »Ich habe einen Plan, wie wir sie den Klauen der Kardinalin entreißen können. Zumindest die meisten von ihnen.«

»Tatsächlich?«

Liliath nickte und krümmte einen Finger. Bisc zögerte, näherte sich dann aber langsam dem Bett.

»Natürlich«, sagte Liliath. Sie streckte eine Hand aus und zog Bisc zu sich, schlanke Finger schnürten seine Kniehose auf, als er sich neben sie aufs Bett legte. »Du *hast* doch diesen Mann getötet, der den Kanalratten erzählt hat, dass Fürstin Dehiems und deine Schlange ein und dieselbe Person sind?«, fragte Liliath und fuhr langsam mit einem Finger an Biscs Wange hinunter und über seinen Mund, während sie mit der anderen Hand interessante Dinge mit ihm machte. »Wenn sie auch noch das tiefere Geheimnis kennen, dass die Schlange, die Dehiems ist, in Wirklichkeit Liliath ist, könnte alles verloren sein.«

»Er wusste ansonsten nicht mehr«, keuchte Bisc. »Es war nur … ein Zufall, dass er Euch sowohl als Dehiems als auch als die Schlange gesehen hat … Sie haben ihn getötet … wir haben seine Leiche …«

»Ich war sehr ungehalten«, sagte Liliath. »Die vier waren da, die vier, die ich brauche. Eine oder einer von ihnen hätte getötet oder schwer verletzt werden können.«

»Ich habe … ich habe gehört, dass ein Scheusal da war …«

»Ja, das war es«, sagte Liliath; ihre Augen funkelten wütend, doch ihr Körper war ruhig, zielstrebig. »Ich habe unauffällig Sarpentiel angerufen und den Fluch des Aschbluts gelenkt. Eigentlich hätte kein Scheusal entstehen dürfen, aber … aber ich konnte nicht voll und ganz von meinem Willen Gebrauch machen, nicht ausgerechnet dort, wo so viele Magier ganz in der Nähe waren. Glücklicherweise konnte ich Descaray mitteilen, wo der Schwachpunkt der Kreatur war, ohne dass sie weiß, wer es ihr gesagt hat. Doch ich hätte gar nicht erst in diese Situation kommen dürfen!«

»Nein … nein, das ist … das ist mein Fehler«, sagte Bisc und schluckte schwer.

Liliath bewegte sich auf ihm, schloss halb die Augen, auch wenn das wütende Funkeln immer noch da war. Bisc stöhnte und versuchte, den Oberkörper aufzurichten, aber Liliath drückte ihm einen Finger gegen die Stirn.

»Bleib still liegen, mein Biscaray«, befahl sie, während sie sich sehr langsam bewegte. »Ich habe dir gesagt, dass ich ungehalten bin. Glücklicherweise sieht es so aus, als ob sich die Bediensteten der lieblichen Königin jetzt mit Nachdruck um die Kanalratten kümmern werden.«

»Sie … sie … hat an Euch … Gefallen gefunden … sie will Euch …«

»Ja«, schnurrte Liliath. »Das tut sie. Und das ist das Zweite, was ich ihr eingegeben habe.«

»Was … ist … das … oh … das andere?«

»Das weißt du«, flüsterte Liliath, beugte sich dicht zu ihm, ihre Lippen streiften sein Ohr, während ihre unglaublich starken Hände ihn nach unten drückten. »Ein Schatz in Ystara. Ein großer Schatz, nah an der Grenze, sehr nah … sehr nah …«

»Ja!«

»Sie will ihn, und sie wird ihn bekommen«, flüsterte Liliath. »Das glaubt sie zumindest. Aber alles, was sie tun wird, ist, mir zu helfen …«

Genau wie Bisc das in diesem Augenblick tat.

Fünfundzwanzig

Wie versprochen kam Rochefort am nächsten Morgen um elf, um Dorotea zur Kardinalin zu begleiten. Sie ließ sich nicht dazu herab, die Kaserne der Musketiere zu betreten, sondern wartete vor dem Tor, während Dorotea gerufen wurde. Die Scholarin war bereit und ging hinaus, lüpfte ihre Kappe, als Rochefort näher kam.

»Keine Kutsche?«, fragte Dorotea. »Nehmen wir den Fluss?«

»Die Kardinalin besucht den Turm«, sagte Rochefort. Sie sah müde und verärgert aus und trug immer noch den gleichen Mantel wie in der Nacht zuvor, auf dessen Ärmeln sich halb abgewischte Blutflecken befanden. »Ihre Eminenz erwartet dich dort.«

»Der Turm«, seufzte Dorotea. »Dann muss ich also doch wieder dorthin.«

»Vorübergehend«, erwiderte Rochefort. »Wo sind die anderen drei?«

»Meine Freunde aus der Bascony?«, fragte Dorotea. »Agnez Descaray ist mit ihrem Trupp losgezogen, um Kanalratten zu jagen, Doktor MacNeel ist ins Krankenhaus gegangen, um die Kranken zu heilen, und Henri Dupallidin, um nach den Launen der Architektin der Königin in der Gegend herumzurennen. Ich bin die Einzige, die sich nicht um ihre Arbeit kümmern kann.«

»Du dienst Ihrer Eminenz und damit der Königin und Sarance«, sagte Rochefort und bot ihr den Arm. Nach kurzem Zögern schob Dorotea ihre Hand in die Ellbogenbeuge der größeren Frau, und sie gingen gemeinsam davon. Dorotea blickte zurück und sah die mitleidigen Blicke der Musketiere, die am Tor Wache hielten. Sie hatten gehört, dass sie zum Turm gehen würde, um dort die Kardinalin zu treffen. Sie erwarteten wahrscheinlich nicht, sie noch einmal wiederzusehen.

Rochefort überraschte Dorotea damit, ausschließlich über unwichtige Dinge zu reden, während sie dahinschritten. Der Tag war für die Jahreszeit ungewöhnlich kalt, aber klar, und sie sprach vom Wetter, dem ungewöhnlich frühen Hagelsturm in der Nacht zuvor, ohne den Kampf im Hof des Palastes zu erwähnen. Sie erkundigte sich nach dem Essen in der Kaserne der Musketiere, das gerüchteweise besser als das der Pursuivants sein sollte, und fragte, ob Dorotea im berühmten Badehaus gewesen war.

»Versucht Ihr, mich zu beruhigen?«, fragte Dorotea, als sie um die Ecke der Kaserne der Pursuivants bogen und freien Blick auf den Eingang zum Turm hatten. Eine Reihe Kanalratten in Ketten, die fürchterlich nach Abwasserkanal stanken, wurde unter der strengen Aufsicht von einem Dutzend Pursuivants ins Innere geführt. Eine schwang eine Peitsche und schlug mit ihr der letzten Verweigernden, die nur langsam die Stufen hinaufstieg, auf den Rücken. Der Peitschenhieb ließ die Frau nicht schneller gehen. Stattdessen fiel sie, rutschte mehrere Stufen nach unten. Selbst aus fünfzig Schritt Entfernung hörte Dorotea den Wutschrei der Pursuivant, die der Verweigernden noch einen wirkungslosen Peitschenhieb versetzte, bevor sie die Stufen hinaufstieg, um die Kanalratte hochzuheben und zur Eile anzutreiben. »Weil Eure Pursuivants den gegenteiligen Effekt haben«, fügte Dorotea hinzu.

»Das sind nur Verweigernde«, sagte Rochefort schulterzuckend. »Kanalratten des Nachttrupps, Diebesgesindel und Schlimmeres. Du bist niemals so behandelt worden. Und wirst auch zukünftig nicht so behandelt werden.«

»Ich bin nicht anders als diese Verweigernde, die hingefallen ist«, sagte Dorotea leise. »Wir sind einander gleich.«

»Was redest du da?«, fragte Rochefort. »Du bist … wie ein heller Stern am Himmel, und diese Verweigernde ist eine schlammige Spiegelung in einem dreckigen Teich. Sie wurden von ihrem Erzengel aufgegeben; sie hätten genau wie die anderen in Ystara sterben sollen.«

»Oder Scheusale werden?«, fragte Dorotea traurig und sah zu Rochefort auf.

»Die Verwandlung in ein Scheusal ist eine Strafe der anderen Erzengel«, sagte Rochefort sehr bestimmt. »Die Verweigernden haben sie sich selbst eingebrockt.«

Dorotea antwortete nicht, schluckte ihre abweichende Meinung hinunter. Sie hatte diese Erklärung schon früher gehört, normalerweise als Teil einer Argumentation, dass die Verweigernden verdienten, was über sie kam, besonders wenn es schlechte Behandlung oder nicht entlohnte Arbeit oder etwas Ähnliches war.

Sie gingen schweigend weiter, Dorotea stumm und bedrückt, Rochefort mit steinernem Gesicht; ihre Narbe war blasser als je zuvor. Auf der ersten Stufe sprach die Kapitänin der Pursuivants wieder, beugte sich dabei dicht zu Dorotea. Ihre Stimme war leise.

»Ihre Eminenz ist heute Morgen in keiner guten Stimmung«, sagte sie. »Bitte verärgere sie nicht.«

»Warum?«

»Warum? Weil ich nicht will, dass dir ein Leid geschieht, weil du Ihre Eminenz wütend gemacht hast!«

»Nein«, sagte Dorotea. »Warum hat sie schlechte Stimmung?«

Ein paar Stufen lang antwortete Rochefort nicht. Dann seufzte sie und erklärte: »Diese Adlige aus Albia. Fürstin Dehiems. Die Königin ist bereits in sie vernarrt. Sie hat alle aus ihrem Morgenempfang weggeschickt. Einschließlich Ihrer Eminenz. Das ist noch nie zuvor geschehen.«

»Sie *ist* sehr schön«, sagte Dorotea. Sie beobachtete Rochefort so genau, dass ihr Fuß von einer Stufe abrutschte und sie den muskulösen Arm der Pursuivant fester packen musste. »Denkt Ihr das nicht auch?«

»Das ist sie«, stimmte Rochefort ihr zu. »Auf ihre Weise.«
Danach murmelte sie noch etwas, das Dorotea nicht verstehen konnte. Es standen viel mehr Pursuivants Wache als zu der Zeit, als sie hier gewohnt hatte. Sie nahmen Haltung an, und eine stieß die kleinere Tür in dem großen, eisenbeschlagenen Portal auf.

»Was habt Ihr gesagt?«

»Nicht so schön wie du«, sagte Rochefort und entzog ihr sanft den Arm, damit sie den Gruß der Pursuivants erwidern konnte. Dann führte sie sie weiter, in die Düsternis des Turms.

»Sagt das nicht«, flüsterte Dorotea. »Ihr bringt mich in ein Gefängnis, um befragt zu werden. Das kann ich nicht vergessen, und Ihr solltet es auch nicht.«

Zum ersten Mal, seit Dorotea Rochefort kennengelernt hatte, wirkte diese, als wäre sie auf dem falschen Fuß erwischt worden und unsicher.

»Es … es tut mir leid … Ich habe mich darin geübt, nichts zu sagen. Aber ich möchte, dass du weißt, dass ich mein Bestes tun werde, um jegliches Leid von dir fernzuhalten …«

Warum nur von mir?, dachte Dorotea. *Was ist mit den Verweigernden? Was ist mit allen anderen?*

Aber sie sagte nichts. Rochefort sprach noch immer.

»Aber … ich kann nicht viel tun, wenn die Kardinalin dagegen ist.«

»Habt Ihr seit gestern geschlafen?«

»Nein … nein, dafür war keine Zeit. Es ist nicht wichtig. Komm, wir dürfen Ihre Eminenz nicht warten lassen. Wie ich schon gesagt habe, sie ist bereits missgestimmt.«

Nach dem Raum mit den Wachen stiegen sie nicht die Treppe hinauf, wie Dorotea erwartet hatte; stattdessen führte eine Pursuivant sie die Stufen hinunter, während ein weiterer Pursuivant sich ihnen anschloss. Die Scholarin konnte nicht verhindern, dass sie trocken schlucken musste, als es nach unten ging. Als sie zum ersten Mal in den Turm gekommen war, hatte sie keine Angst gehabt, aber das war ebenso sehr der Unwissenheit geschuldet gewesen wie allem anderen. Jetzt wusste Dorotea mehr, und sie hatte mehr Grund, Angst zu haben.

Sie waren ein gutes Stück unter dem Felsen, als die vorausgehende Pursuivant auf einem halb beleuchteten Treppenabsatz haltmachte und an die Tür klopfte, die sich dort befand. Die Stufen führten noch weiter nach unten – es sah wie ein sehr langer Weg aus. Nach einem kurzen Moment öffnete eine andere Pursuivant die Tür. Sie nickte Rochefort zu.

»Ist das Scholarin Imsel?«

Rochefort neigte den Kopf und winkte Dorotea vorzutreten. Sie tat wie geheißen, während sie versuchte, ihre Atemzüge zu verlangsamen und ruhig zu bleiben.

»Ich muss Euch durchsuchen, Ser«, sagte die Pursuivant und hob die Hände rasch an Doroteas Kopf, strich ihr mit den Fingern durch die Haare und dann an ihrem Körper entlang, suchte nach irgendwelchen Waffen. Rochefort drehte sich um und starrte die Wand an.

»Ihr habt keine Symbole?«

»Nein«, antwortete Dorotea. Ihre Stimme klang ein bisschen kratzig, war aber kräftiger, als sie erwartet hatte.

Hinter der Pursuivant, die gerade damit fertig war, Dorotea zu durchsuchen, tauchte ein eleganter Mann in einer prächtigen Livree der Kardinalin mit einer Goldkette auf seiner Tunika auf.

»Kapitänin Rochefort, Ihre Eminenz wünscht, dass Ihr die Verweigernden des Nachttrupps überprüft, die gerade hereingebracht worden sind«, sagte der Mann. »Es besteht der Verdacht, dass einer von ihnen der Nachtkönig ist.«

Dorotea warf Rochefort einen Blick zu, aber diese sah die Scholarin nicht an.

»Das bezweifle ich, Robard«, sagte Rochefort müde. »Neun oder zehn Leute haben inzwischen behauptet, dass sie uns den Nachtkönig zeigen können, weil sie gehofft haben, dass wir dann ihnen gegenüber Nachsicht walten lassen. Keine ihrer

Beschreibungen hat gepasst, und ich bezweifle, dass wir überhaupt jemanden von den oberen Rängen erwischt haben. Aber ich werde gehen wie befohlen.« Sie stieg mit klackenden Schritten die Stufen hinunter.

»Was ist denn mit der los?«, murmelte die Pursuivant zu Robard. Die Worte waren nicht für Dorotea gedacht, aber sie hatte sie dennoch gehört.

Robard ignorierte die Frage. Er verbeugte sich leicht vor Dorotea. »Bitte folgt mir, Scholarin Imsel«, sagte er.

Dorotea folgte dem Ersten Sekretär der Kardinalin in den Raum, der sich als überraschend groß und schlecht beleuchtet erwies. Letzteres lag daran, dass es nur zwei anscheinend willkürlich platzierte Kandelaber gab, die jeweils ein Dutzend Kerzen in schmiedeeisernen Klauen hielten. Das aus dem Fels gehauene Zimmer war durch etliche dicke Teppiche wohnlicher gemacht worden, die kreuz und quer und einander überlappend auf dem Boden lagen, und an den Wänden hingen Gobelins. Alte Gobelins, von denen die meisten im Schatten lagen, aber auf denen, die Dorotea sehen konnte, waren Szenen aus der sarancesischen Geschichte dargestellt. Derjenige, der der Tür am nächsten war, zeigte einen stilisierten Überblick über die Große Flut von 1309 und Kardinalin Sankt Erharn, wie sie eine sich kräuselnde Woge zurückwies. Oder eher vor ihr stand, während in der Luft über ihr Ashalael die Lippen schürzte, die Wangen aufblies und das Wasser zurückpustete. Doroteas Blick blieb einen Moment länger an dem Bild hängen, weil Ashalael anders als sonst dargestellt war. Normalerweise wurde der Erzengel als Mann mit roter Haut gezeigt, aber auf diesem Bild hatte er einen in Wolken gehüllten Busen, das Gesicht war feminin und die Haut silbern. Doch die siebenspitzigen Schwingen machten deutlich, wer das sein sollte.

»Komm.«

Der Befehl war kompromisslos, die Stimme furchteinflößend. Dorotea wandte den Blick von dem Gobelin ab und schaute zum hinteren Ende des Raums. Es befand sich weit außerhalb des Lichtscheins des hinteren Kandelabers, aber sie sah eine verhüllte Laterne auf einem langen Schreibtisch und daneben die große Gestalt der Kardinalin. Sie stand, trug eine mit Pelz besetzte Robe, ganz in Schwarz, und war daher – abgesehen von ihrem scharlachroten Gesicht – im Halbdunkel kaum zu erkennen.

Dorotea ging auf sie zu. Robard blieb unweit der Tür stehen, doch in den Ecken des Zimmers hinter der Kardinalin waren zwei Pursuivants, die jetzt mit der Hand am Degengriff vortraten, als könnte die Besucherin gefährlich sein.

Als sie nur noch ein paar Schritte von der Kardinalin entfernt war, blieb Dorotea stehen und verbeugte sich tief, fast so tief, wie sie sich vor der Königin verbeugt hatte.

»Eminenz«, sagte sie, »ich bin Scholarin Dorotea Imsel und bin gekommen, wie Ihr befohlen habt.«

Die Kardinalin streckte eine Hand aus und enthüllte die Laterne. Sie trug Handschuhe zu der schweren, pelzbesetzten Robe und eine eng anliegende Wollmütze statt der Mitra oder der Herzoginkappe. Es schien, als würde sie die Kälte spüren, aber im Raum war es ziemlich warm – zumindest kam es Dorotea so vor, auch wenn sie weder einen Kamin noch einen Ofen sehen konnte.

Das Licht der Laterne fiel jetzt ungehindert auf den Schreibtisch, bei dem es sich nicht um so etwas wie den sagenhaften Elfenbeinschreibtisch im Palast der Kardinalin handelte; dieser hier war aus altem schwerem Holz, und in der einen Ecke waren Kerben von Axt- oder Schwerthieben. Auf der Dorotea zugewandten Stirnseite des Schreibtisches lagen sechs Symbole, alle in einer Reihe. Die meisten waren gemalt und vergoldet, aber zwei waren aus graviertem Metall und das sechste aus emailliertem Glas. Sie musste nicht genau hinsehen, um zu wissen, dass keines davon besonders mächtig war.

»Sag mir, welche Engel diese Symbole beschwören, Scholarin Imsel, und auch, welchen Bereich sie haben«, verlangte die Kardinalin. Sie trat aus dem Lichtschein und bewegte ihre Hand. Dorotea wusste, dass sie ein Symbol berührte, denn sie spürte die heraufziehende Präsenz eines Engels, und einen Augenblick später hörte sie die Harfensaiten und das Rauschen von Schwingen. Sie hielt den Blick gesenkt, sah direkt auf den Schreibtisch, und doch erhaschte sie einen kurzen Blick auf die merkwürdigen Gestalten aus Licht, die sie immer sah, wenn Engel präsent waren.

»Darf ich sie mir genauer anschauen, Eminenz?«, fragte Dorotea; ihre Kehle war trocken. Sie konnte spüren, wie der Engel an ihrem Geist herumschnüffelte. Es war Pereastor. Sie kannte ihn und machte ihren Geist leer, konzentrierte sich ausschließlich auf die Symbole vor ihr.

»Orgentiel«, sagte sie. »Ein Seraph, dessen Bereich die Formbarkeit von Metall ist, mit Ausnahme von Gold und Silber.«

Die Kardinalin nickte. In der Düsternis waren nur ihr Gesicht und ihre Augen sichtbar. Sie beobachtete Dorotea aufmerksam, den Kopf leicht zur Seite geneigt. Zweifellos lauschte sie dem, was Pereastor zu berichten hatte.

»Beherael. Ein Seraph. Schließen und Stilllegen.«

Beim dritten Symbol verharrte sie länger. Es war das Bild von drei verschränkten Rädern, die jeweils Speichen hatten, die über den Rand hinausreichten, und darüber einen vergoldeten Heiligenschein. Es erinnerte an mehrere Symbole, die sie kannte, aber dieses kannte sie nicht.

»Ein Thron«, sagte Dorotea. »Einer, den ich nicht kenne.«

Pereastor überprüfte in ihrem Geist, ob sie die Wahrheit sagte, und die Kardinalin nickte erneut.

»Er gehört zum Heer von Ystara«, sagte sie. »Xaniatiel, dessen Bereich Huftiere sind.«

»Das vierte habe ich selbst gemacht«, sagte Dorotea. »Horcinael, dessen Bereich es ist, Flüssiges fest zu machen oder Festes flüssig. Das fünfte ist Gloranael, deren Bereich … ungewiss ist, doch sie wird eingesetzt, um den Verfall aufzuhalten, im Belebten wie auch im Unbelebten. Manche sagen daher, dass ihr Bereich die Zeit ist, aber ich stimme nicht mit ihnen überein.«

»Und das sechste?«

Dorotea beugte sich vor, um sich das Symbol aus emailliertem Glas noch genauer anzusehen. Es war unglaublich fein gearbeitet, und auch wenn sie selbst nur wenig mit Glas oder Emaille gearbeitet hatte, wusste sie, dass es sowohl außerordentlich als auch ungewöhnlich war. Es dauerte ein paar Sekunden länger, bis ihr klar wurde, dass es ihr auch vertraut erschien, nicht aufgrund des Engels – der das ziemlich charakteristische Gesicht einer älteren Frau hatte, mit goldenen Augen und einem ebensolchen Mund, brauner Haut und einem himmelblauen Heiligenschein –, sondern aufgrund des Stils der Abbildung.

»Den Engel kenne ich nicht«, erklärte sie. »Aber ich würde sagen, dass Chalconte das gemacht hat. Ich habe nicht gewusst, dass er auch mit Glas gearbeitet hat oder mit Emaille.«

»Wo hast du Arbeiten von Chalconte gesehen?«

»An der Belhalle«, antwortete Dorotea, und wieder spürte sie, dass Pereastor überprüfte, ob sie die Wahrheit sagte, spürte den kalten Dorn der Macht des Engels in ihrem Kopf, der nach mehr suchte, der wusste, dass es mehr zu finden gab. »Und mein Freund Doktor MacNeel hat ein Familienerbstück, ein Symbol von Requaniel, das angeblich auch Chalconte gemacht haben soll. Ich habe es untersucht, und meiner Meinung nach stimmt das. Außerdem habe ich mir die Diamantsymbole sehr genau angesehen, als wir sie gefunden haben.«

»Aber du hast niemals andere gesehen?«

»Nein, Eminenz«, antwortete Dorotea und zuckte zusammen, als Pereastor sich vergewisserte, dass dies der Wahrheit entsprach.

»Hast du jemals ein Symbol gesehen, das Liliath, die sogenannte Maid von Ellanda, geschaffen hat?«

»Nein«, sagte Dorotea wahrheitsgemäß.»Nicht soweit ich weiß.«

»Du bist nicht die wiedergeborene Liliath?«

»Nein«, sagte Dorotea und kämpfte gegen die Wut an, die sofort in ihr aufstieg, da ihr schon wieder diese lächerliche Frage gestellt wurde.

»Was bedeutet für dich der Ausdruck ›mörderische Magierin‹?«

»Nichts, ich meine, nichts Besonderes«, antwortete Dorotea, die über die Frage verblüfft war.

Sie spürte, wie Pereastors Präsenz sich aus ihrem Geist zurückzog, hörte die schwachen, schwindenden Klänge von Harfensaiten, die seinen Abgang anzeigten. Die Kardinalin schwankte und streckte eine Hand aus, woraufhin die nächste Pursuivant rasch vortrat, um sie zu stützen.

»Dann bist du also auf ehrliche Weise zu deiner Begabung für das Symbolmachen gekommen«, sagte die Kardinalin langsam. Ihre Stimme klang müde.»Auch wenn es dich immer noch zur Häresie führen könnte wie Chalconte.«

Dorotea sagte nichts. Sie hielt den Kopf weiterhin gesenkt und atmete langsam, hoffte, dass auch ihr rasend schnell schlagendes Herz langsamer werden würde. Sie spürte die Gegenwart der Kardinalin wie eine scharfe Klinge.

»Kapitänin Rochefort hat sich für dich verwendet«, sagte die Kardinalin.»Sie wünscht, dass du dich meinen Pursuivants anschließt.«

»Was?«, brach es aus Dorotea heraus.

»Du bist eine sehr mächtige und begabte Magierin«, sagte die Kardinalin.»Voll und ganz dafür geeignet, in meine Dienste zu treten. Und in die von Ashalael.«

»Ich … ich bin eine Scholarin«, sagte Dorotea. Ihre Gedanken rasten. War dies eine Wahl zwischen dem Dienst für die Kardinalin und einer Hinrichtung? Oder Gefangenschaft?

»Komm, nimm meine Hand«, sagte die Kardinalin. Sie zog ihren rechten Handschuh aus.»Ich reiche sie dir, und wenn du sie nimmst, ist jeglicher Verdacht der Häresie beseitigt. Du kannst Symbole machen, wie du willst, in meinen Diensten.«

Dorotea schluckte eine schnelle Antwort hinunter, versuchte verzweifelt, eine Lösung zu finden, wie sie sich weigern könnte. Eine Pursuivant werden? Alle Launen der Kardinalin in die Tat umsetzen, selbst wenn das bedeutete, Menschen in den Turm zu bringen, die dort dann befragt werden würden ... oder vielleicht gefoltert ... oder sogar hingerichtet?

»Ich danke Eurer Eminenz«, sagte sie. »Dies ist eine große Ehre ... aber eine, die ich nicht annehmen kann ...«

»Du kannst es nicht?«, fauchte die Kardinalin und zog ihre Hand zurück. »Oder willst du es nicht? Wir kämpfen einen nie endenden Kampf gegen die Feinde von Ashalael und Sarance, einen, der die Dienste der begabtesten Magierinnen erfordert, wie du eine bist. Du entziehst dich deinen Pflichten.«

»Ich bin wirklich nur eine Scholarin, Eure Eminenz«, sagte Dorotea. »Ich kann der Königin und dem Königreich am besten an der Belhalle dienen.«

Sie riskierte es, den Blick ein wenig zu heben, erwartete, dass die Kardinalin sie finster ansah. Aber die ältere Frau schüttelte den Kopf und wirkte mehr frustriert als wütend – und sehr, sehr müde. Die Pursuivant stützte sie noch immer am linken Ellbogen.

»Wahrlich, es wäre so viel einfacher, wenn du tatsächlich die wiedergeborene Liliath wärst«, grummelte die Kardinalin. »Der Henkersblock ist hier nicht weit, und ich muss erst noch einer Person begegnen, die Magie beherrscht und die Engel beschwören könnte, nachdem sie das Henkersbeil kennengelernt hat. Aber du bist nicht Liliath, was ich, wie ich annehme, schon die ganze Zeit gewusst habe. Wie hätte sie auch zurückkehren sollen? Sie ist lange tot. Und die Königin hat dich gesehen, hat eine gute Meinung von dir ... sie ist zu gutherzig ... wenn ich alle Verweigernden aus dem Königreich entfernen, sie vielleicht ins Meer werfen lassen könnte ... und jetzt diese Versuchung durch den Schatz, die Diamantsymbole ...«

Dorotea verhielt sich so ruhig, wie sie konnte; eine neue Furcht stieg in ihr auf. Die Kardinalin murmelte jetzt vor sich hin, ihre Worte wurden unzusammenhängend, als ob sie vergessen hätte, dass Dorotea da war.

»Ystara ist von Scheusalen verseucht, die Kosten einer Expedition, die Risiken eines Fehlschlags ... doch der Schatz wäre von Nutzen ... der König ... so ein Abfluss aus der Staatskasse, und er kann immer ihre Schuldgefühle ausnutzen ... selbst diese kleine Menge Gold hätte sich als nützlich erwiesen ... und dann ist da noch diese Frau aus Albia ... zweifellos eine Agentin des Atheling ...«

Das Gemurmel der Kardinal wurde zu einem keuchenden Stöhnen. Die zweite Pursuivant eilte zu ihr und packte die gealterte Priesterin unter dem rechten Ellbogen, als ihre Beine nachgaben und ihr Kopf nach vorn rollte ...

Dorotea schreckte zusammen, als jemand anders ihre Schulter berührte. Sie blickte zu schnell nach hinten und verrenkte sich dabei fast den Hals, aber es war nur Robard, der Erste Sekretär, der nichts sagte, sondern ihr mit einer Geste zu verstehen gab, dass sie aufstehen sollte. Er packte sie unverzüglich am Arm und zog sie aus dem Raum.

»Sag nichts von alledem!«, zischte er eindringlich, als sie auf dem Treppenabsatz ankamen; die Pursuivant, die Wache stand, schlug die Tür hinter ihnen zu. »Ihre Eminenz hat sich überanstrengt, sie wird sich schon bald erholen. Aber du darfst kein Wort davon erzählen, sonst werde ich persönlich dafür sorgen, dass du auf dem Henkersblock endest!«

»Ich verstehe«, sagte Dorotea, zutiefst erschüttert. »Darf ich ... darf ich an die Belhalle zurückkehren?«

»Nein!« Robard spuckte das Wort förmlich aus. »Du musst innerhalb der Sternfestung bleiben, bis Ihre Eminenz etwas anderes anordnet. Solange sie es nicht befiehlt, ändert sich nichts.«

»Dann gehe ich zurück zur Kaserne der Musketiere?«

Robard zögerte, warf einen Blick auf die geschlossene Tür.

»Ich nehme es an«, sagte er widerwillig. Er winkte einer Pursuivant. »Geleite Scholarin Imsel aus dem Turm.«

»Ja, Ser.«

»Vergiss nicht«, mahnte Robard, »sag nichts von alledem ... zu niemandem!«

»Ich hatte mich schon gefragt, warum Magistra Hazurain so eilends im Turm gebraucht wurde«, sagte Simeon leise. Er und Dorotea standen in einer Ecke des Heilpflanzengartens des Krankenhauses, und sie hatte ihm gerade erzählt, was passiert war. »Ich nehme an, wir sind jetzt sicherer. Eine Weile.«

»Wird sie sich erholen?«, fragte Dorotea.

»Ich weiß es nicht«, antwortete Simeon. »Es könnte einfach die Anstrengung der Beschwörung sein, die zu einer allgemeinen Müdigkeit dazukommt. In dem Fall wird sie sich erholen. Aber es könnte auch eine apoplektische Gehirnblutung sein. Wenn es Letzteres ist, hängt es davon ab, wie schnell Magistra Hazurain die Sache untersuchen und etwas tun kann. Und ob sie es für lohnenswert hält, die Engel zu beschwören, die notwendig sind, denn das würde einen bedenkenswerten Preis erfordern.«

»Es geht um die Kardinalin!«, sagte Dorotea. »Sie würde doch sicher alles tun, was notwendig ist.«

»Hazurains eigene Lebensspanne würde sich um Monate oder mehr verringern«, sinnierte Simeon. »Es hängt von den Erfolgsaussichten ab. Wir fangen mit geringeren Engeln an, um abzuschätzen, was getan werden könnte, bevor wir die größeren anrufen. Wenn es nur geringe Erfolgsaussichten gibt, wird Hazurain nicht eingreifen. Nicht einmal für die Kardinalin.«

»Wie auch immer – ich habe jedenfalls dafür gesorgt, dass mein Kopf noch immer auf meinem Hals sitzt«, sagte Dorotea. »Und eure auch, nehme ich an.«

»Danke«, sagte Simeon ernst. »Henri wird erleichtert sein. Ich glaube, er war am nervösesten. Agnez hat anscheinend gedacht, ihr kann eigentlich nichts passieren, weil sie eine Musketierin ist.«

Beide lachten.

»Siehst du immer noch den Engel in mir?«, fragte Simeon sehr leise.

Dorotea kniff die Augen zu und sah zur Seite. »Ja.«

»Kannst du mir sagen, welcher Engel es ist?«

»Nein«, erwiderte Dorotea. »Er hat nicht genug ... Gestalt, nehme ich an. Und es ist kein Teil eines Engels, den ich jemals zuvor gesehen habe, egal ob als Symbol oder manifestiert. Obwohl ... wenn ich zur Belhalle gehen und ein paar Bücher durchsehen könnte ... Marcew und Depremival ... und vielleicht Alarazon ...«

»Es sollte am besten ein Geheimnis bleiben«, warnte Simeon.

»Ich habe nicht vor, etwas zu tun«, protestierte Dorotea. »Ich hab's versprochen.«

»Neugier hat den Löwenwärter getötet«, sagte Simeon. »Ich muss zurück zu meinen Patienten. Heute sind viele Musketiere und Pursuivants mit unbedeutenden Wunden reingekommen. Meistens vom Hinfallen in den Abwasserkanälen, nicht von Kämpfen gegen die Kanalratten.«

»Ich habe gesehen, wie ein paar in den Turm gebracht wurden«, sagte Dorotea. »Verweigernde, meine ich. Hat schon irgendjemand herausgefunden, warum diese Kanalratten uns im Palast angegriffen haben?«

Simeon schwieg einen Moment. Er blickte über die Mauern des Gartens und dann nach oben, zum blauen Himmel. »Ich glaube nicht, dass sie uns angegriffen haben«, erklärte er. »Ich glaube, sie haben Fürstin Dehiems angegriffen. Sie haben gewartet, bis sie nahe heran war.«

»Aber warum ...?«

Simeon hob eine große Hand. »Wie wir zuvor gesagt haben, wir sollten am besten den Kopf unten behalten. Unsere Arbeit machen. Die Geheimnisse denen überlassen, die es sich leisten können, mit den Konsequenzen klarzukommen, die damit verbunden sind, sie aufzudecken.«

»Ich darf nicht zur Belhalle zurückkehren«, sagte Dorotea. »Was soll ich also tun?«

»Das Schild über dem Gasthaus fertig malen?«, schlug Simeon vor. »Sehen, ob es irgendetwas Ähnliches zu tun gibt? Ich muss gehen. Wir sehen uns heute Abend bei der Kaserne.«

Fünfter Teil

DIE EXPEDITION NACH YSTARA

Sechsundzwanzig

Dorotea war gerade von der Leiter heruntergestiegen und schaute nach oben, betrachtete das fertige Gasthausschild mit kritischem Blick, als ihre Freunde ankamen. Henri und Simeon näherten sich ziemlich vorsichtig, denn es war Donnerstag, und wieder einmal machte sich die Königsgarde im Gasthaus breit. Aber von den grün gekleideten Soldatinnen und Soldaten war niemand draußen, und das halbe Dutzend, das sich im Innern befand, schenkte den Neuankömmlingen keine Beachtung.

»Ich dachte eigentlich, es sollten sechs goldene Becher sein«, sagte Henri. »Ich meine, vorher waren da sechs Flecken.«

»Sieben verteilen sich besser auf dem vorhandenen Platz«, erwiderte Dorotea.

»Aber das Gasthaus *heißt* Sechs Becher …«, sagte Henri.

»Ob da sechs oder sieben auf dem Schild sind, ist mir egal; mich interessiert nur, dass ich einen richtigen Becher in die Hand kriege!«, rief Agnez und setzte sich auf einen roh gefertigten Hocker bei einem der großen Fässer. Sie winkte einer der Verweigernden, die hier bedienten. »Wein!«

Das Mädchen nickte und eilte nach drinnen. Aber bevor sie mit dem Wein wieder auftauchen konnte, nach dem Agnez sich so sehr sehnte, um den fauligen Geschmack wegzuspülen, den einen ganzen Tag durch die Abwasserkanäle zu marschieren in ihrem Mund hinterlassen hatte, ließ eine vertraute, dröhnende Stimme sie aufspringen und alle anderen zusammenzucken.

»Du trinkst außer der Reihe, Descaray! Heute haben Musketierinnen und Musketiere im Gasthaus nichts zu suchen!« Sesturo stand auf der Straße und lachte. »Ihr werdet gerufen – ihr alle«, fuhr er fort.

»Gerufen? Von wem?«, fragte Dorotea.

»Von der Königin«, sagte Sesturo. »Habt ihr es nicht mitbekommen? Ihr nehmt an der Expedition teil!«

Die vier redeten alle zugleich, stellten alle die gleiche Frage.

»Welche Expedition?«

Sesturo seufzte. »Was ist nur heutzutage mit euch Jungvolk los? Ihr passt nie auf, verschwindet allen Vorschriften zum Trotz in Gasthäusern ...«

»Welche Expedition?«

»Die Expedition nach Ystara. Ist natürlich alles eure Schuld. Ihr findet drei von den Diamantsymbolen, und alle freuen sich. Jetzt müsst ihr losziehen und den Rest beibringen. Es wird 'ne leichte Sache sein, hat man mir zumindest gesagt ... ein kleiner Ausflug in die Berge an unserer Grenze zu Ystara, ein paar Kämpfe gegen ein paar Scheusale – vielleicht auch ein paar Dutzend Scheusale –, die Schätze einsammeln und zurück nach Hause. Kommt, wir müssen los und alle anderen zusammentrommeln.«

»Alle anderen?«, fragte Agnez.

»Nun ja, ihr vier geht ja nicht allein«, sagte Sesturo. »Ein paar von uns Musketieren werden dabei sein, um sicherzustellen, dass ihr nicht verloren geht. Und ein gemischter Haufen von den anderen, über die wir an diesem Ort von Zeit zu Zeit stolpern. Wie die Betrunkenen da drinnen.«

»Ich nehme an, Ihr meint die Königsgarde, die Pursuivants der Kardinalin und die Stadtwache?«, fragte Simeon mit einem leichten Lächeln.

»Ach, die sind das«, antwortete Sesturo. »Ich hatte mich schon gefragt. Oh, und noch ein paar Kanonen und so was, von unseren Freunden vom Loyalen Königlichen Artillerieregiment. Es gibt Leute, die glauben, dass diese Dinger notwendig sein könnten, wenn man es mit Scheusalen zu tun bekommt.«

»Es wird wirklich eine Expedition nach Ystara geben?«, fragte Agnez mit funkelnden Augen. »Und wir sollen mit?«

»Ihr geht mit«, bestätigte Sesturo und machte ein finsteres Gesicht. »Während bessere Leute hierbleiben müssen.«

»Ihr meint …«

»Die Königin bleibt in Lutace, und ich muss bei Ihrer Majestät bleiben«, sagte Sesturo. »Aber ihr seid für diese Expedition besonders erforderlich, wie es scheint.«

»Und keine Zeit für ein einziges Glas Wein?«, fragte Agnez.

Sesturo lächelte und marschierte pfeifend davon. Die vier sahen einander an und folgten ihm, rannten, um ihn einzuholen. Sesturos Schritte waren lang.

»Ihr seid nicht wirklich von der Königin gerufen worden«, erklärte Sesturo, als sie sich ein Stück vom Gasthaus entfernt hatten. »Das habe ich nur gesagt, um die Gardisten drinnen zu beeindrucken.«

»Was?«, fragte Agnez. »Ihr meint, diese ganze Sache mit der Expedition ist …«

»Nein, das stimmt schon, ihr werdet euer Abenteuer bekommen«, sagte Sesturo. »Aber mit euch darüber sprechen möchte die Kapitänin. Hier, in unserer Kaserne, nicht drüben im Palast der Königin.«

»Die Kapitänin?«, fragte Agnez. Sie straffte die Schultern und holte besorgt Luft. »Dartagnan?«

»Genau die«, sagte Sesturo sanft. »Sie wird euch schon nicht bei lebendigem Leib verspeisen. Sondern wahrscheinlich erst ein bisschen kochen.«

»Diese Expedition … sie führt vermutlich zu dem Ort, der in dem Brief, den wir gefunden haben, näher beschrieben ist … und auf der gezeichneten Karte in Fürstin Dehiems' zweitem Kästchen?«, fragte Simeon.

»Das geht mich nichts an«, antwortete Sesturo. »Fragt die Kapitänin.«

»Warum sollen *wir* an dieser Expedition teilnehmen?«, fragte Dorotea.

»Weil wir die Diamantsymbole gefunden haben, stimmt's?«, schlug Agnez vor.

Sesturo zuckte die Achseln, weigerte sich, weitere Fragen zu beantworten, und marschierte weiter. Der Tag war fast vorüber, daher waren viele Menschen unterwegs, die ihre Arbeitsstätte verließen. Die meisten waren spezialisierte Arbeiter, Steinmetze und Zimmerleute, aber es gab auch mehrere Gruppen aus einfachen Arbeitern, bei denen es sich natürlich um Verweigernde handelte, die jetzt von der Stadtwache eskortiert wurden, während sie zuvor unbeaufsichtigt herumgelaufen waren. Das taten allerdings immer noch viele Kinder der Verweigernden, erledigten vermutlich kleinere Aufgaben, übernahmen Botengänge und Ähnliches und sicherten sich auf diese Weise ein bescheidenes Einkommen.

Dartagnan erwartete die vier in ihrem Arbeitszimmer im dritten Stock der Kaserne. Sesturo führte sie die zentrale Treppe hinauf, vorbei an Musketieren, die auf Befehle warteten, an Musketieren, die darauf warteten, Bericht erstatten zu können, an Musketieren, die einfach so herumlungerten, an Musketieren, die übten, eine Treppe gegen mehrere von unten kommende Angreifer zu verteidigen, an Musketieren, die auf die Bewegungen eines Kinderkreisels auf einem Treppenabsatz wetteten, vorbei also an dem ganzen üblichen Trubel, der typisch für diesen Ort war.

Verglichen mit dem Rest der Kaserne war Dartagnans Arbeitszimmer eine Oase der Ruhe. Der lange, breite Raum mit den großen Fenstern, die auf die Baustelle des Neuen Palastes hinausgingen, war sparsam möbliert; es gab nur einen zwölf Fuß langen Tisch, ein Gestell für mehrere Degen und ein halbes Dutzend Stühle, die größtenteils an die Wand zurückgeschoben waren. Der Tisch war im Moment mit Landkarten, Papieren und Hauptbüchern übersät. Am einen Ende arbeiteten zwei Schreiber, beides ältere Musketiere, die sich in diesen Tagen mehr mit dem Stift als mit dem Degen abmühten, während Dartagnan in der Mitte stand und die Karten betrachtete. Als Sesturo eintrat, drehte sie sich schnell um, hielt sich dabei sehr gerade; ihre silbernen Haare glänzten im Licht mehrerer Öllampen, die an kurzen Bronzeketten von der Decke hingen.

»Ah, Sesturo. Du hast sie gebracht. Bitte, Sers, kommt zum Tisch, verteilt euch; da, da, mir gegenüber. Nein, nein, macht euch nicht die Mühe zu salutieren, ich weiß, wer ihr alle seid; und ihr wisst, wer ich bin. Es gibt wichtige Dinge zu besprechen, und die Zeit drängt.«

Hüte, die gerade gelüftet werden sollten, wurden wieder aufgesetzt, und alle rückten dicht zusammen, sahen Dartagnan aufmerksam an. Sie wartete kaum, bis sie richtig saßen, ehe sie fortfuhr.

»Ihre Majestät hat sich zu einer Expedition nach Ystara entschlossen, um die verbliebenen neun Diamantsymbole zurückzuholen und was auch immer sonst noch an Schätzen im Tempel von Palleniel Erhaben – den Liliath, die sogenannte Maid von Ellanda, gegründet hat – gefunden werden kann. Dieser Tempel ist zwar nur sieben Wegstunden von unserer Grenze entfernt, doch in Ystara wimmelt es von Scheusalen, und es ist unbekannt, wie viele es dort gibt und über welche Besonderheiten, Stärken und Schwächen sie verfügen. Folglich wird dies eine militärische Expedition sein, deren Oberbefehl ich mir mit Kapitänin Rochefort von den Pursuivants teile und die aus zwei Trupps Musketieren, zwei Trupps Pursuivants, zwei Kompanien der Stadtwache und zwei Kompanien der Königsgarde sowie einem Anhang aus leichter Artillerie von der Loyalen Königlichen Artilleriekompanie bestehen wird. Zusätzlich hat Ihre Majestät angeordnet, dass die Verweigernden, bei denen der Verdacht besteht, dass sie Mitglieder des Nachttrupps sind, und die im Laufe des letzten Tages und der letzten Nacht verhaftet wurden, nicht auf die Galeeren geschickt werden, sondern der Expedition als Träger und Arbeiter und so weiter dienen sollen, um dann – wenn sie es wünschen und es sich als möglich erweist – in Ystara bleiben zu können, ihrer angestammten Heimat.«

Dartagnan machte eine Pause, erlaubte ihren Zuhörerinnen

und Zuhörern, sich über das klar zu werden, was sie ihnen gerade mitgeteilt hatte. Schock, Verwirrung und Sorge waren in verschiedenen Abstufungen in den Gesichtern zu sehen.

»Wie ich schon gesagt habe, wird dies eine militärische Expedition sein. Wir werden in den Regimentern nach Freiwilligen suchen und unsere Auswahl treffen. Aber Ihre Majestät hat entschieden, dass euch vier als Belohnung für die Auffindung der Diamantsymbole die Gelegenheit gegeben werden soll, ebenfalls an der Expedition teilzunehmen. Ich sollte vielleicht noch hinzufügen, dass – abgesehen von den wiedergewonnenen Familienerbstücken aus dem Hause Ihrer Majestät – ein Teil der Schätze, die gefunden werden, unter denjenigen aufgeteilt wird, die sich an der Expedition beteiligen.«

»Uns soll die Gelegenheit gegeben werden, Kapitänin?«, fragte Simeon vorsichtig nach. »Wir *müssen* nicht gehen?«

»Es ist eine Gelegenheit«, sagte Dartagnan. »Allerdings eine zweischneidige. Ich vermute, Ihre Majestät wäre überaus ungehalten, sollte dieses großzügige Angebot zurückgewiesen werden.«

Simeon nickte. Es war, wie er gedacht hatte. Sie waren in die Angelegenheiten der Großen hineingezogen worden und konnten dem nicht leicht entkommen.

»Ich gehe davon aus, dass ihr alle an der Expedition teilnehmen werdet?«

Die vier nickten. Henri enthusiastisch, denn er sah bereits große Stapel ystaranischer Doppeldelfine und haufenweise Juwelen vor seinem geistigen Auge. Dorotea langsam und nachdenklich, denn sie war aus Gründen, die viel mit dem zu tun hatten, was sie in den Verweigernden und in sich selbst und den anderen drei sah, neugierig auf Ystara und die Scheusale und Palleniel. Simeon zögernd, denn es würde ihn aus dem Krankenhaus wegführen, wo er eine Menge lernte, und er hatte Angst vor Scheusalen und fürchtete das Schlimmste. Agnez einfach nur akzeptierend, denn Musketierinnen zogen nun mal in den Kampf, und sie war eine Musketierin.

»Sehr gut. Damit ergibt sich eine andere Frage. Wie ich schon gesagt habe, ist dies eine militärische Expedition. Ich werde nicht zulassen, dass irgendjemand an diesem Feldzug teilnimmt, der nicht befehlsgebunden ist. Descaray ist natürlich bereits eine Musketierin. Aber für die Dauer dieses Unternehmens müssen die Sers Dupallidin, Imsel und MacNeel ebenso Soldaten eines der beteiligten Regimenter werden. Ich habe mit Franzonne und Sesturo gesprochen, und sie sagen, dass meine Musketiere nicht abgeneigt wären, euch einen speziellen, zeitweiligen Status unter ihnen zu gewähren. Aber wenn ihr aus irgendwelchen seltsamen Gründen lieber mit den Pursuivants oder einem der anderen Regimenter marschieren und möglicherweise sterben wollt, könnte dies, wie ich annehme, arrangiert werden.«

Agnez wollte etwas sagen, sich höchstwahrscheinlich darüber empören, dass es irgendjemandem erlaubt werden könnte, sich ohne die Tests, die sie hatte absolvieren müssen, den Musketieren – wenn auch nur zeitweilig – anzuschließen, aber Sesturo trat ihr auf den Fuß und erstickte, was auch immer sie hatte kundtun wollen, da sie stattdessen ein schmerzhaftes Aufkeuchen unterdrücken musste.

Die anderen starrten Dartagnan mehrere Sekunden lang ausdruckslos an, bis Simeon als Erster auf diesen Vorschlag antwortete.

»Kapitänin, ich bin mir … voll und ganz bewusst«, begann er zögernd, »welche hohe Ehre Ihr uns … damit erweisen würdet. Aber ich bin ein Doktor und Magister, kein Soldat, kein Fechter …«

»Und du wirst unser Doktor sein«, erklärte Dartagnan. »Ich hätte noch sagen sollen, dass ihr zwar zeitweilig unseren Wappenrock tragen werdet, ich euch jedoch dort einsetzen werde, wo ihr jeweils am nützlichsten seid. Jedes Regiment wird einen eigenen Doktor haben; du wirst unserer sein. Dupallidin, ich glaube, du bist extrem bewandert im Umgang mit Zahlen, Geld und Hauptbüchern und wirst daher zweifellos für meine

Schreiber und meine Quartiermeisterin nützlich sein. Und Scholarin Imsel, dich würde ich bitten, zu forschen ... so viel wie möglich über diesen verborgenen Tempel von Palleniel Erhaben herauszufinden und aufzustöbern, was auch immer in den königlichen Archiven oder den Bibliotheken der Belhalle über dieses Thema vorhanden sein könnte. Das gilt auch – und vielleicht sogar am meisten – für alle Schriften über die Natur der Scheusale, denen wir uns gegenübersehen werden, da wir so wenig über die Scheusale von Ystara wissen, im Gegensatz zu denen, die hier irrtümlich geschaffen wurden, weil Magie bei Verweigernden angewandt wurde.«

»Wir wissen, dass sie getötet werden können«, sagte Agnez kühn.

»Ah, die ungestüme Jugend!«, rief Dartagnan, schien aber nicht ungehalten zu sein. »In der Tat, du hast eines getötet. Doch ich wage zu behaupten, dass du nicht weißt, dass jedes Scheusal anders ist. Keine zwei Scheusale haben die gleiche Schwäche, die gleiche Schwachstelle. Du hast Glück gehabt, dass du das im Palast an einer Stelle getroffen hast, an der es nicht gepanzert war, aber das nächste Scheusal könnte eine Kehle haben, die gegen eine Pistolenkugel geschützt ist.«

»Oh ... das ... das wusste ich nicht«, sagte Agnez. »Aber es war nicht einfach nur Glück. Jemand hat mir gesagt, wo ich hinschießen soll.«

»Jemand hat es dir gesagt?«, fragte Dartagnan schnell. »Wer?«

»Ich weiß es nicht«, antwortete Agnez. »Ich dachte, es wäre Dorotea gewesen, doch sie hat gesagt, dass sie es nicht war. Ich nehme an, es war einer von den Höflingen.«

»Schade«, sagte Dartagnan. »Vielleicht haben sie nur geraten. Wenn wir uns an jemanden mit größeren Kenntnissen über die Scheusale wenden könnten, wäre das für uns von beträchtlichem Vorteil.«

»Magister Delazan, der im Hospital getötet wurde ... er hatte eine ganze Büchersammlung über Scheusale«, sagte

Simeon. »Sezierungen und so weiter. Ich hatte nicht bedacht, dass ihre Unterschiede es schwierig machen, gegen sie zu kämpfen. Allerdings handelten die Bücher, die er hatte, nur von Scheusalen, die hier durch Engelsmagie entstanden sind, nicht von den ursprünglichen Verwandelten von Ystara. Oder ihren Nachkommen.«

»Wenn sie denn Nachkommen haben«, sagte Dartagnan. »Die Leute an der Grenze, die von Zeit zu Zeit Scheusale sehen, behaupten, dass es keine Jungen gibt; die Scheusale vermehren sich nicht, und sie altern auch nicht. Und es stimmt, einige scheinen die gleichen Individuen zu sein, ohne sich im Laufe der Zeit zu verändern. Ich bin auch eine Bascon, wie ihr vielleicht wisst, aus Acques, direkt an der Grenze. Ich habe Scheusale auf dem Gebirgspfad oberhalb meines Dorfes gesehen. Eines haben wir Gelbkopf genannt, weil es einen Federschmuck auf dem Kopf hatte ... oder etwas, das wie Federn ausgesehen hat. Ich habe es als Kind gesehen, und ich habe es in nicht so weit zurückliegenden Jahren gesehen. Es hat immer noch genauso ausgesehen wie früher, war unverändert.«

»Wird auch Fürstin Dehiems an der Expedition teilnehmen?«, fragte Dorotea.

»Nein«, antwortete Dartagnan.

»Ich habe nur gefragt, weil sie letzte Nacht genau so etwas vorzuschlagen schien ...«

»Und hat es auch heute getan«, sagte Dartagnan. Sie machte eine kurze Pause, ehe sie fortfuhr: »Fürstin Dehiems ist seit dem Morgenempfang bei der Königin. Tatsächlich war es ihr Vorschlag, die Verweigernden als Arbeiter auf die Expedition mitzunehmen, statt sie auf die Galeeren zu schicken. Aber sie hat nie vorgeschlagen, dass sie selbst ein Teil der Expedition sein könnte, sondern es vielmehr für unmöglich erklärt, weil sie bei schlechter Gesundheit ist und das Reisen sie zu sehr mitnehmen würde.« Ohne jede Gefühlsregung in ihrem Gesicht oder in ihrer Stimme fügte Dartagnan hinzu: »Außerdem ... obwohl Fürstin Dehiems noch neu am Hof ist, hat die

Königin bereits eine hohe Meinung von ihr und ist ihr sehr zugetan. Sie würde nicht wollen, dass sie längere Zeit nicht an ihrer Seite ist, und schon gar nicht, dass sie sich auf eine überaus gefährliche Mission begibt, wie es diese zweifellos sein wird.«

»Wo genau gehen wir denn hin?«, fragte Henri. »Wo ist Baranais?«

Dartagnan sah ihn scharf an. »Dann habt ihr den Brief also entschlüsselt. Ich hatte mich schon gefragt …«

Henri schluckte und errötete zur gleichen Zeit, und dann quiekte er, als Simeon ihm auf den Fuß trat. »Äh … ja, ja, das haben wir, Ser«, sagte er. »Aber wir haben gedacht, es … es wäre das Beste … die Aufmerksamkeit nicht auf uns …«

»Ich verstehe«, sagte Dartagnan. »Habt ihr beschlossen, sonst noch etwas nicht zu erwähnen? Irgendjemand von euch?«

Ein allgemeines Gescharre und Geraschel antwortete ihr, begleitet von rasch ausgetauschten niedergeschlagenen Blicken.

»Na gut.« Dartagnan beugte sich über die Karte und legte ihren Finger auf eine bestimmte Stelle. »Baranais ist hier, im Süden von Monthallard. Es ist einer der unbedeutenderen Pässe über das Gebirge. Die ›Zwillingsgipfel‹, auf die Bezug genommen wird, sind wahrscheinlich der größere und der kleinere Gipfel des Cabiromera, mit dem Tempel im Bergsattel dazwischen. Es ist unklar, ob es vom Pass aus einen Pfad oder eine Straße gibt oder dahinter. All dies wird vorsichtig ausgekundschaftet werden müssen, zweifellos umgeben von Scheusalen. Wir werden vorsichtig vorrücken und, sobald wir die Grenze überquert haben, jede Nacht ein befestigtes Lager aufschlagen. Dafür werden die Verweigernden nützlich sein. So werden wir zwar nur langsam vorankommen, aber lieber sicher als tot.«

»Wie lange wird das alles dauern?«, fragte Simeon, dem man die Verunsicherung anmerkte.

»Wir brauchen zehn Tage, um hier die Vorbereitungen zu treffen, vielleicht auch länger«, sagte Dartagnan. »Oder nur die Hälfte der Zeit, wenn es lediglich um uns Musketiere ginge. Aber so ist es nicht, und ich weiß, dass zum Beispiel die Stadtwache nicht genug Pferde oder Maultiere oder Karren hat. Diese werden erst noch beschafft werden müssen, genauso wie viele Vorräte. Wenn wir dann unterwegs sind, werden wir selbst in unserem Land nur langsam vorankommen. Zwanzig Tage bis zur Grenze, wenn das Wetter nicht schlechter wird. Dann einen Tag oder vielleicht auch mehr, um bis zur Passhöhe aufzusteigen, danach vielleicht einen weiteren Tag, um den Tempel ausfindig zu machen und zu ihm zu gelangen ... einen Tag oder zwei, um die Karren zu beladen, falls es dort einen großen Schatz gibt, und eine ähnliche Zeitspanne, um zurückzukehren. Wobei das alles auch noch vom Wetter, der Beschaffenheit des Bodens und den Scheusalen abhängt. Und natürlich auch von uns selbst. Ich werde euch als Musketiere betrachten und euch viel mehr zumuten als allen anderen. Die Pursuivants sind keine üblen Kämpfer, aber sie verlassen sich viel zu sehr auf ihre Symbole, auf Engel und Magie. Was die Mitglieder der Königsgarde angeht, sind im besten Fall ein paar Einzelne von ihnen tapfer. Die Stadtwache ... nun, wie es ihr Name schon sagt, werden sie von Nutzen sein, um die Verweigernden zu bewachen ... und für sonst nicht viel. Die Artilleristen sind zuverlässig und verstehen ihr Geschäft. Aber es könnte sich als zu schwierig erweisen, auch nur ihre leichten Saker und Falkonette durch den Pass zu bekommen. Wenn es dazu kommt, gegen die Scheusale zu kämpfen, sind es die Musketierinnen und Musketiere, die den Sieg davontragen müssen. Vergesst das nicht.«

Niemand sagte etwas. Sie alle dachten an das Scheusal im Hof des Palastes. Wie würde es sein, mehr als einer solchen Kreatur gegenüberzustehen?

»Descaray, kümmere dich darum, dass sie ausgestattet werden. Ihr könnt euch mit euren Pflichten morgen vertraut machen, Sers. Ihr wisst, was ich von euch will. Findet heraus, wie es getan werden kann.«

»Ich darf zur Belhalle?«, fragte Dorotea. »Die Sternfestung verlassen? Es ist nur so, dass mir das von der Kardinalin verboten wurde …«

»Ich glaube, Ihre Eminenz fühlt sich nicht wohl und sollte wegen solcher Kleinigkeiten nicht gestört werden«, sagte Dartagnan. »Aber um sicherzugehen, wird Kapitänin Rochefort darüber informiert werden, dass du die Erlaubnis hast, das Tor zu passieren. Ich glaube nicht, dass noch Gefahr von den Kanalratten droht – wenn für euch vier überhaupt jemals eine bestanden hat. Wie auch immer, sorge dafür, dass dich jemand begleitet, wann immer du die Festung verlässt. Und ihr alle – tragt eure Degen!«

Diese letzte Anweisung war offensichtlich auch eine Entlassung, die noch von Sesturo unterstrichen wurde, der mit einem großen Arm zur Tür deutete. Die vier Freunde gingen hinaus, ins Getümmel, und ihr Platz im Zimmer wurde unverzüglich von Leutnantin Decastries eingenommen, die eine Augenbraue hochzog, als sie an ihnen vorbeikam.

»Dann scheint es also, als hätten wir drei neue Musketiere!«, rief Sesturo und rieb sich die Hände. »Gewissermaßen.«

»Der Fisch hat den Köder geschluckt, und jetzt ist der Haken in seinem gierigen Bauch«, sagte Liliath zufrieden zu Biscaray. Sie standen auf einer kleinen Plattform zwischen den Firsten zweier Dächer von Haus Demaselle, sodass Liliath die Himmel studieren konnte. Wie immer musterte sie den Teil des Nachthimmels, der sich auf die ystaranischen Engel bezog, und bemerkte voller Zufriedenheit, dass es dort oben keine Veränderungen gab, die die Bewegungen auf der Erde hätten verraten können, die dazu bestimmt waren, Palleniel wiederherzustellen; und was besonders wichtig war: Der Stern des Erzengels war nicht plötzlich wieder aufgetaucht. Sie erwartete nicht, irgendetwas zu sehen, aber es war wie ein Zahn, der einem zu schaffen machte. Sie wollte keine Veränderungen sehen, konnte aber der Verlockung nachzusehen nicht widerstehen. Nur für den Fall …

»Ihr wart den ganzen Tag bei der Königin«, sagte Bisc. »Auch in ihrem Schlafzimmer … habe ich gehört.«

»Was denn – bist du eifersüchtig, mein Bisc?«, fragte Liliath und strich ihm mit einem Finger über die Wange.

»Ich weiß, dass ich dazu kein Recht habe«, sagte Bisc. »Aber ja … ich bin eifersüchtig.«

»Das ist unnötig«, erwiderte Liliath. »Du wirst mit mir nach Ystara kommen, du wirst bei mir sein – und sie nicht. Und mit der Zeit wird es Sarance so nicht mehr geben, es wird keine Königin mehr geben. Vielleicht einen Gouverneur. Würde dir das gefallen? Dort zu herrschen, wo du einst beschimpft worden bist?«

»Ich will dort sein, wo auch immer Ihr seid«, sagte Bisc und zog sie dicht zu sich heran. Sie küssten sich, und Liliath schob ihre Hände unter Biscarays Mantel und Hemd.

»Eure Hände sind immer warm«, murmelte er. »Eure Haut hat Hitze … ganz egal, wie kalt die Luft ist …«

»Ich bin nicht wie andere Sterbliche«, flüsterte Liliath.

Es klopfte an der Tür zum Dachboden, der zu ihrer schmalen Plattform führte, und sie lösten sich voneinander. Liliath berührte mit ihrer warmen Hand ihren Ärmel, unter dem sie noch immer das Armband mit den drei Symbolen trug.

»Ja«, rief Biscaray. Seine Hand lag auf dem Griff des Dolches an seinem Gürtel. Er hatte Anweisungen gegeben, dass sie nicht gestört werden sollten.

»Ich bin's, Sevrin«, sagte die Türwächterin, nachdem sie die Tür einen Spalt geöffnet hatte. »Neuigkeiten, Bisc.«

»Was für Neuigkeiten?«

»Der Schließer, den wir im Flussrand gekauft haben, sagt, dass die Gefangenen … unsere Leute … nicht nach Malarche auf die Galeeren geschickt werden. Sie werden nach Ystara gehen! Es wird eine Expedition geben!«

»Ich weiß«, sagte Bisc. Er sah Liliath an, und sie nickte. »Wir werden auch gehen.«

»Wir?«, fragte Sevrin, steckte ihren Kopf durch den Türspalt, die Augen vor Erstaunen weit aufgerissen. »Ihr auch, Herrin?«

»Nun, die häufig kränkelnde *Fürstin* wird hierbleiben«, sagte Liliath lächelnd. »Bedauerlicherweise wird sie auch zu krank sein, um die Königin zu besuchen und Besuch zu empfangen. Aber *ich* werde eine Verweigernde werden, voller Narben oder sonst wie heimgesucht, und ja … wir werden zusammen nach Ystara zurückkehren. Wir werden Palleniel wiederherstellen. Und alles wird wieder ganz werden!«

»Wir hätten es Dartagnan sagen sollen«, sagte Agnez zu Dorotea. Sie waren in ihrem gemeinsamen Zimmer in der Kaserne, machten sich zum Schlafen bereit, zumindest theoretisch. Dorotea zeichnete etwas sehr Kleines auf einen Fetzen Papier, Simeon machte sich Notizen aus Deraouls *Übersicht über die Einrichtung eines Feldlazaretts und die Bereitstellung von Medikamenten, Symbolen und Zubehör*, und Henri lehnte an der Tür, um sicherzustellen, dass niemand hereinkam. »Über das, was du in der Fürstin siehst … und in den Verweigernden.«

»Und in uns?«, fragte Simeon. »Nein, das sollten wir nicht!«

»Es spielt sicherlich gar keine Rolle«, sagte Henri hoffnungsvoll. »Ich meine, Dehiems geht nicht mit auf die Expedition. Wenn wir mit dem Schatz zurückkommen, haben sich die Dinge vielleicht schon geändert. Vielleicht wird dann das, was auch immer Dorotea sieht, nicht mehr da sein.«

»Ich mache mir Sorgen um die Sicherheit der Königin«, sagte Agnez. »Wenn die Fürstin nicht das ist, was sie zu sein scheint …«

»Die Kardinalin wird hier sein, ebenso wie Franzonne und Sesturo«, sagte Henri.

»Wir sollten uns auf das konzentrieren, von dem wir wissen, dass es uns bevorsteht«, sagte Simeon und hielt sein Buch schräg, damit mehr Licht von der herabhängenden Lampe darauf fallen konnte. »Diese Expedition. Ich glaube, dass es gut ist, dass wir aus der Stadt raus sein werden, außer Sichtweite der Kardinalin und der Königin.«

»Sofern wir nicht von Scheusalen getötet werden«, sagte Henri.

»Von dem abgesehen«, räumte Simeon ein.

»Rochefort teilt sich den Oberbefehl mit Dartagnan«, gab Agnez zu bedenken. »Sie wird uns nicht vergessen. Sie war schon misstrauisch, als wir noch nicht einmal selbst gewusst haben, dass es da etwas gibt, weswegen man misstrauisch sein könnte.«

»Da ist vielleicht überhaupt nichts!«, protestierte Henri. »Wir wissen nur, dass Dorotea etwas sehen kann! Vielleicht … vielleicht ist das schon alles. Eine Halluzination!«

Dorotea schaute von ihrer Zeichnung auf, einem abstrakten Etwas aus dicken, raschen Strichen, die jeweils nicht viel zu sein schienen, die aber – wenn man sie alle zusammen und schräg von der Seite anblickte – sehr stark nach den hoch aufragenden Schwingen eines Engels aussahen.

»Die Verweigernden haben definitiv den gleichen … Überrest oder Fleck … wie wir«, sagte sie unverblümt. »Vom gleichen einzigartigen Engel. Aber Dehiems ist anders. Mir scheint, der Überrest in ihr kommt von *vielen* Engeln.«

»Wir sind keine Verweigernden!«, rief Henri. »Noch einmal: Wir alle haben Engel beschworen. An uns allen ist Engelsmagie praktiziert worden! Doch wir leben, und wir sind keine Scheusale!«

»Ich weiß«, sagte Dorotea seufzend. Sie kniff die Augen zu und sah Henri von der Seite an. »Ich bin mir sicher, dass es der gleiche Engel ist, doch die … die Qualität des Überrests ist unterschiedlich. In uns ist er eine helle Flamme, in ihnen trüber Schlamm, bewegt sich aber wie Feuer … Ach, ich kann es nicht richtig beschreiben. Ich weiß, dass ich Dehiems nicht

danach fragen kann … aber vielleicht die Rektorin der Belhalle …«

»Nein!«

Dorotea sah die anderen an, die wie aus einem Mund geantwortet hatten. »Ich habe nicht gesagt, dass ich es tun werde«,
erklärte sie und legte den Papierfetzen und den Holzkohlestift
seufzend beiseite. »Nur dass ich es gern tun würde.«

»Wir sollten schlafen«, sagte Agnez. »Morgen wird es viel
zu tun geben. Sehr viel.« Sie stand auf, hob das Glas der Laterne und spitzte schon die Lippen, um sie auszublasen.

»Ich lese noch«, sagte Simeon, ohne aufzublicken.

»Richtig, wer hat dir den Befehl übertragen?«, fragte Henri.
Er war müde, wollte es aber nicht zugeben.

»Ich bin hier die *echte* Musketierin«, sagte Agnez überrascht darüber, in Frage gestellt zu werden. »Natürlich habe
ich das Sagen.«

Und mit diesen Worten löschte sie die Laterne, begleitet
von einem kleinen Chor aus Klagen und dem scharfen Geräusch, mit dem Simeon wütend sein Buch zuklappte, sowie
einem Scheppern, als Henri auf dem Weg zu seinem Bett über
eine Degenscheide stolperte.

Siebenundzwanzig

Obwohl sie jetzt die Hüte und Wappenröcke der Musketiere trugen und gezwungen waren, ihre Degen bei sich zu haben, wurden Simeon, Henri und Dorotea nicht in Soldaten verwandelt und auf die fortdauernden Patrouillen gegen die Kanalratten in den unterirdischen Gefilden der Stadt geschickt und mussten sich auch nicht wie Agnez mit Franzonne und Grupp im Fechten üben, wobei Letztere eine Expertin in Schlägereien und unkonventionellen Techniken war. Wie Dartagnan gesagt hatte, wurden die »zeitweiligen Musketiere« dort eingesetzt, wo sie mit ihren besonderen Fähigkeiten und Erfahrungen für die Expedition am nützlichsten waren.

Simeon war wieder im Krankenhaus, auch wenn er jetzt wenig Zeit mit Patienten verbrachte – oder damit, Magistra Hazurain zu assistieren. Stattdessen war er meistens mit Verteilern, Verbandmachern und Schreiberinnen im hinteren Teil und arbeitete präzise aus, welche Medikamente, Instrumente, Verbandsmaterialien und anderen Dinge auf zwei Pferdefuhrwerke oder sechs Maultiere gepackt werden konnten, die die medizinischen Einheiten der Regimenter sich teilen würden.

Am vierten Tag nach der Ankündigung der Expedition, als die ursprüngliche Aufregung in einem gewissen Maß dumpfer Routine gewichen war, brachte ein Gerücht Simeon dazu, das Lager der Apotheke zu verlassen – wo unter seiner Aufsicht Flaschen mit Galmeilotion in strohgefüllte Schachteln gepackt wurden – und sich auf die Suche nach Magistra Hazurain zu begeben. Er fand sie schließlich bei der Untersuchung einer schwer verletzten Gardistin der Königsgarde; ihre Muskete war losgegangen, nachdem deren Lauf mit Erde verstopft war, weil sie sie in betrunkenem Zustand achtlos als Krücke benutzt hatte.

»Wir werden ihr die Hand abnehmen müssen«, sagte Hazurain im Plauderton zu Simeon. Sie hatte bereits Sarpentiel eingesetzt, der die Gardistin in einen sehr tiefen Schlaf versetzt hatte.

»Würde Gwethiniel nicht …«

»Vielleicht«, sagte Hazurain. »Aber ich habe sie diesen Monat schon einmal angerufen, und das ist meine Obergrenze. Du kennst meine Methodik, Simeon. Ich muss kalkulieren, wie sich das auf meine eigene Lebensspanne auswirkt, die ich nicht planlos verplempern darf. Ich denke, sie wird die Amputation überleben. Setze einen Engel nur ein, wenn es notwendig ist, sofern du es nicht dein ganzes Leben lang bereuen willst.«

Simeon nickte. Gwethiniel, die Fleisch und Knochen wieder heil machen konnte, war eine Macht, deren Beschwörung gemäß den Berechnungen Handurans einen Magier zwei Monate seines Lebens kosten würde.

»Ich werde die Sägen Nummer zwei und drei und meine Turingen-Messer benutzen«, sagte Hazurain zu einer ihrer Helferinnen. »Detheren soll sie vorbereiten. Sag ihr, ich wünsche, dass sie mein Symbol von Charysylth für die Säuberung benutzt. Und jetzt – was kann ich für dich tun, Simeon? Ich gehe davon aus, dass du dir noch mehr von meiner essenziellen Ausrüstung für deine Expedition borgen willst?«

»Nein, Magistra«, sagte Simeon. »Nun ja, vielleicht will ich das doch … später. Aber ich habe etwas gehört und wollte Euch danach fragen.«

»Frag«, sagte Hazurain. Sie saß am Fußende des Bettes, in dem die verwundete Gardistin lag, und rieb sich die Augen. »Oh, ich bin müde. Ich nehme nicht an, dass du die Hand dieser Gardistin an meiner Stelle amputieren möchtest, oder?«

»Wenn Ihr wollt, dass ich es tue, Magistra!«, antwortete Simeon erfreut, dass ihm so viel Verantwortung übertragen wurde. Daher dachte er auch gar nicht mehr an seine Frage, während sie gemeinsam die furchtbar zermalmte Hand untersuchten und die technischen Aspekte der Amputation besprachen, welchen Seraph oder Cherub er am besten anrufen sollte und so fort. Erst als der Helfer mit einer Schachtel mit Knochensägen und Simeons Mitstudentin Detheren zurückkam und Hazurain sich bereits zurückziehen wollte, damit er mit der Operation beginnen konnte, fiel ihm die Frage wieder ein.

»Oh, Ser! Was ich fragen wollte … Ich habe gehört, dass Ihr zu Fürstin Dehiems, der albianischen Adligen, gerufen worden seid, um sie Euch anzusehen?«

Hazurain wischte sich die Stirn ab. »Oh, ja«, sagte sie. »Ihre Majestät war besorgt, da Fürstin Dehiems nicht in der Lage war, sie im Palast aufzusuchen. Aber es ist nur ein Flussfieber, ein albianischer Erregerstamm, für den Dehiems anfällig ist. Nichts Ernstes, nur sitzen die Erreger in der Lunge. Die geeignetste Medizin besteht einfach nur aus Ruhe und Stille, außer in besonders extremen Fällen oder Situationen, wenn jemand unbedingt bewegt werden muss; dann ist das Eingreifen eines Engels erforderlich. Dehiems war fest davon überzeugt, dass sie sich bald erholen würde, und ich denke, das stimmt, wenn auch vielleicht nicht so schnell, wie sie hofft. Es wird eher ein paar Wochen als ein paar Tage dauern.«

»Was hatte Dehiems für Symptome, Magistra?«, fragte Simeon. Er hätte gern nach dem seltsamen inneren Feuer gefragt, das Dorotea sehen konnte, wagte es aber nicht. Wahrscheinlich konnte Hazurain es genauso wenig sehen wie er. Doch vielleicht gab es irgendwelche anderen Merkwürdigkeiten.

»Oh, nur das Fieber. Sie hat sich sehr warm angefühlt, und sie war sehr matt«, sagte Hazurain und gähnte. »Alles absolut typisch für die Krankheit. Ich muss mich hinlegen, Simeon.«

»Danke, Magistra«, sagte Simeon, während er die ältere Ärztin ein paar Schritte aus dem Zimmer geleitete. Er senkte die Stimme, beugte sich dicht zu ihr und fragte: »Und Ihre Eminenz, die Kardinalin? Erholt sie sich gut?«

Hazurain sah Simeon überrascht an. »Du bist sehr an den Hohen und Mächtigen interessiert«, sagte sie. »Erst die neue Favoritin der Königin – oh, ich weiß, wer Dehiems ist, auch wenn es sich noch nicht überall herumgesprochen hat – und dann auch noch die Kardinalin. Warum fragst du?«

»Äh … aus Neugier«, stotterte Simeon. »Und … äh … Eigeninteresse, um ehrlich zu sein. Diese ganze Sache mit der Expedition … die wurde in Gang gesetzt, als die Kardinalin sich unwohl gefühlt hat und nicht an der Seite der Königin war, und ich dachte, wenn sie sich wieder erholt hat, dann kommt sie möglicherweise zu dem Schluss, dass das alles doch keine so gute Idee ist …«

»Ich verstehe«, sagte Hazurain. Sie zögerte, und als sie weitersprach, tat sie es sehr leise. »Ihre Eminenz ist körperlich bedeutend älter als an Lebensjahren, weil sie sich unbarmherzig verbraucht und Engel beschworen hat, um Sarance zu dienen. Sie erholt sich, aber langsam. Sehr viel langsamer als Fürstin Dehiems, die die Jugend auf ihrer Seite hat und keine Magierin ist. Ich gehe davon aus, dass die albianische Favoritin sehr viel früher wieder an der Seite der Königin sein wird als die Kardinalin. Beantwortet das deine Frage?«

»Ja, das tut es«, antwortete Simeon. »Die Expedition wird stattfinden.«

»Ich wünsche dir viel Glück«, sagte Hazurain und ging.

Simeon wusste, dass sie damit nicht die Amputation gemeint hatte.

Dorotea, der erlaubt worden war, zur Belhalle zurückzukehren, stürzte sich mit großem Enthusiasmus in die erforderlichen Recherchen. Stets von einem schweigsamen, zurückhaltenden Musketier namens Huro begleitet, dessen Gesellschaft sie schätzte, weil er kaum da zu sein schien, fuhr sie auf einem Boot täglich zur Belhalle und zurück.

Ihre anfängliche Suche, die sich darauf konzentrierte, Karten des Grenzgebiets zu Ystara zu finden, lief halbwegs gut, auch wenn sich auf den ersten Blick viele zu widersprechen schienen, was die Verortung geografischer Formationen betraf. Abgesehen davon war keine einzige der außergewöhnlich wertvollen Karten dabei, die von fliegenden Engeln in Verbindung mit erfahrenen Kartografen gemacht wurden – was generell eher selten vorkam.

Als Dorotea die Suche nach ein paar Tagen auf nützliche Referenzen zu Scheusalen, Liliath, Palleniel und dem Untergang von Ystara verlagerte, konnte sie die meisten Bände, die sie brauchte, nicht finden. Und das, obwohl sie in den großen Bibliografien aufgeführt waren, die mit Ketten an den Tischen im Oberen Lesesaal der Hauptbibliothek der Belhalle befestigt waren (die umgangssprachlich als »Kronblatt« bekannt war, da sich das florale Motiv überall in der Eichentäfelung wiederholte).

Es gab viele Titel wie *Flucht aus Ystara und der Sturz von Palleniel* von Villeska oder *Eine Untersuchung der fünf Scheusale, die aus dem Agros gefischt wurden* oder *Briefe einer Marschierenden aus der Bascony an ihren ystaranischen Kontrahenten in der Zeit der Aschblut-Plage*, die in den Bibliografien aufgelistet, in den Regalen aber nicht vorhanden waren. Anfangs hatte Dorotea angenommen, dass es sich nur um ein übliches Problem handelte und daran lag, dass Bücher nach dem Benutzen nicht wieder dorthin zurückgestellt worden waren, wo sie hingehörten. Aber nachdem sie sich mit mehreren Jungbibliothekarinnen unterhalten hatte, viele Köpfe geschüttelt und viele Bücherstapel bewegt worden waren, die seit mindestens mehreren Jahrzehnten darauf warteten, einsortiert oder katalogisiert zu werden, wurde offensichtlich, dass die Bücher, Tagebücher und Papiere nicht mehr in den Bibliotheken der Belhalle waren.

Eine der ältesten Bibliothekarinnen erklärte ihr schließlich, was geschehen war. »Sie wurden von Kardinalin Dumauron konfisziert«, sagte sie, als sie sich den bibliografischen Eintrag ansah, den Dorotea ihr zeigte. »Seht Ihr das Zeichen da?«

Dorotea beugte sich näher heran. Die Bibliografien waren über Jahrhunderte von vielen verschiedenen Händen geschrieben worden, und es gab viele Flecken, Streichungen und andere Zeichen, die ganz oder nicht ganz zufällig sein mochten. Über dem dritten Buchstaben des Titels war ein Fleck, den man als vorsätzlich angebracht auslegen konnte.

»Grüne Tinte«, sagte die Bibliothekarin.

Dorotea ging noch näher heran. Auch der Lesesaal hatte – wie die Rotunda – geklärte Glasflächen im Dach, die von Engeln geschaffen worden waren. Allerdings war dies kein heller Tag.

»Ich nehme an, das ist es«, stimmte sie zu. Ein sehr dunkles Grün, das sich kaum von der purpurschwarzen Eisengallustinte unterschied, die zumeist verwendet wurde.

»Ein grüner Punkt«, sagte die Bibliothekarin und rümpfte die Nase. »Entfernt auf Befehl von Kardinalin Dumauron. Was … lasst mich nachdenken … vor ungefähr achtzig Jahren war.«

»Und wohin ist es gebracht worden?«, fragte Dorotea.

Die Bibliothekarin zuckte mit den Schultern. »Fragt die Pursuivants. Allerdings nehme ich nicht an, dass Ihr das tun werdet, da Ihr eine Musketierin seid.«

»Ich bin keine richtige Musketierin«, protestierte Dorotea und sah leicht angewidert an ihrem Wappenrock hinunter. Sie hatte ihren Degen bei Huro an der Eingangstür gelassen. »Nur vorübergehend, für die Expedition. Ich bin eigentlich als Scholarin hier.«

»Oh, Ihr geht mit auf die Expedition!«, rief die Bibliothekarin. »Ihr werdet Euch dort nach Büchern umsehen, ja? Der König von Ystara soll dem Vernehmen nach ein Exemplar von Mallegres *Mysterienspiele* gehabt haben, das letzte, das noch existiert. Wenn Ihr das finden könntet!«

»Ich werde ganz bestimmt nachsehen«, versprach Dorotea. Der Gedanke, dass in Liliaths Tempel immer noch Bücher existieren könnten, die seit langem verschollen waren, hellte ihre Stimmung beträchtlich auf. »Ich habe noch gar nicht daran gedacht, dass da Bücher sein könnten! Alle waren so aufgeregt wegen der Diamantsymbole und des Goldes und so weiter.«

»Pah! Wertloser Kram, verglichen mit *Wissen*. Bitte, bitte, sorgt dafür, dass alles, was irgendwie interessant sein könnte, mit zurückgebracht wird.«

»Ich werde mein Bestes tun«, sagte Dorotea. »Und ich werde auch sehen, ob ich herausfinden kann, wo die Bücher, die hier entfernt wurden, hingekommen sind. Ich werde Rochefort fragen, sie wird es wissen.«

»Kapitänin Rochefort?«, murmelte die Bibliothekarin. Sie hustete und wich ein wenig zurück. »Nun ja, viel Glück. Und erwähnt bitte meinen Namen nicht.«

»Ich kenne Euren Namen überhaupt …«

Aber die Bibliothekarin war bereits wieder zwischen den Regalreihen verschwunden.

Als eine Art Musketier-Schreiber hatte Henri viel mehr Spaß, als er es jemals als einer der Assistenten der Architektin gehabt hatte. Statt überall in und unter der Sternfestung herumzuhasten und zu versuchen, Widerspenstige aller Art dazu zu bringen zu tun, was sie tun sollten, arbeitete er mit geeigneten Unterlagen und aussagekräftigen Zahlen, und er wurde wegen seiner Begabung und harten Arbeit geschätzt.

Er hatte bereits abgefeimte Machenschaften aufgedeckt, denen zufolge der Brauer der Musketiere jedes zehnte Fass unter der Hand an den Engelsturm verkaufte, ein Gasthaus in der Stadt, das sehr stark von Musketierinnen und Musketieren besucht wurde – was vielleicht daran lag, dass das Bier dort überraschend ähnlich schmeckte wie das in der Kaserne. Henri hatte sich darüber gewundert, und seine Berechnungen ergaben, dass die Menge, die produziert wurde, nicht der entsprach, die in der Kaserne getrunken wurde; danach war es relativ leicht gewesen, sich der Unterstützung von Decastries zu versichern, um die Fässer heimlich markieren zu lassen. Und einen Tag später war die ganze Sache aufgeflogen.

Decastries bat Henri auch, sich mit Leutnantin Deramillies von der Artillerie hinsichtlich der Mengen an Pulver, Kugeln und vorgefüllten Patronengurten zu beraten, die die Musketiere für die Expedition benötigen würden, sowie bezüglich des sicheren Transports dieser Dinge und der Frage, wie sie verteilt werden sollten, während sie unterwegs waren.

Henri hatte schon lange Interesse an der Artillerie und daran, Dinge in die Luft zu jagen. Jetzt, da er die Uniform eines Musketiers trug und in Sachen Expedition unterwegs war, bezogen Deramillies und ihre Mitartilleristen ihn fröhlich in ihre Angelegenheiten mit ein und adoptierten ihn beinahe als einen der ihren.

Er interessierte sich vor allem für die sechs Falkonette, die auf die Expedition mitgenommen werden sollten. Es waren leichte Kanonen mit schlanken Bronzerohren, die etwa so lang waren wie er groß, und sie feuerten etwas, das doppelt so groß war wie eine Musketenkugel, ungefähr zweimal so weit, wie eine Muskete schießen konnte. Auf Lafetten montiert, wurden sie von zwei Pferden gezogen und konnten leicht von einem Kanonier und ein oder zwei Helfern geladen und abgefeuert werden.

Moderne Artillerie, so erzählte Henri seinen Freunden, war die Antwort auf jegliche Bedrohung durch Scheusale. Nicht einmal ihre gepanzerte oder robuste Haut konnte die Kugel eines Falkonetts abwehren. Außerdem stellten die Artilleristen Granaten her wie diejenige, die Franzonne im Palast bei sich gehabt hatte, mit Schwarzpulver vollgestopfte Gusseisenkugeln mit einer kurzen Lunte. Jeder Musketier sollte zwei oder drei davon bei sich tragen, und die anfänglichen Übungen – die außerhalb von Lutace auf dem Übungsfeld stattfanden – hatten angedeutet, dass sie wirksam sein könnten, allerdings auch gefährlich für Freund und Feind.

Einige Musketiere hatten leichte Vorbehalte, weil Simeon,

Henri und Dorotea drei Plätze in der Expedition bekommen hatten, die sonst vielleicht an jemand von ihren Kameraden gegangen wären. Aber selbst diese Nörgler und Querulanten mussten schließlich zugeben, dass diese drei sich das Privileg verdient hatten, zum einen dadurch, dass sie das Kästchen des Wurms gefunden hatten, und zum anderen, weil sie das Scheusal im Palasthof besiegt hatten. Als sie sich dann auf ihre Weise als nützlich erwiesen, schwanden die Vorbehalte oder wurden zumindest nicht mehr öffentlich geäußert.

Henri kehrte gerade von einem seiner Ausflüge mit den Artilleristen zurück, als er in einer Seitenstraße Musketiere eine Reihe frisch gefangener Kanalratten eskortieren sah, denen man die Hände auf dem Rücken gefesselt und die Füße mit Wildlederriemen so aneinandergebunden hatte, dass sie nur ganz kleine Schritte machen konnten. Auch Agnez gehörte zu dieser Eskorte; sie befand sich in der Nachhut und bot einen traurigen Anblick, denn sie war über und über mit etwas bedeckt, von dem er hoffte, dass es einfach nur Schlamm war.

Er ließ sich vom Pferd gleiten, sagte den Artilleristen Lebewohl und bewegte sich rasch durch die vorbeiziehende Menge, die ihm, als sie seinen Hut und seinen Wappenrock bemerkte, genauso viel Platz machte wie den anderen Musketieren und ihren Gefangenen. Die Stadt als Ganzes war immer noch beunruhigt; es hatte Ausschreitungen gegeben, die sich teils gegen die Verweigernden gerichtet hatten, teils gegen jene, die den Verweigernden gegenüber negativ eingestellt waren, und alle waren gegenüber Soldatinnen und Soldaten vorsichtig.

»He, Agnez!«, rief Henri, als er sich ihr näherte.

Agnez drehte sich um, die Hand am Degengriff. »So wie du nach verbranntem Pulver riechst, hast du dich vor deiner Arbeit gedrückt und warst unterwegs, um Kanonen abzufeuern.«

»Ich sage lieber nichts dazu, wie *du* riechst«, erwiderte Henri freundschaftlich und rümpfte die Nase, als er neben Agnez herzugehen begann, die wieder den Gefangenen folgte.

»Außerdem musste ich sehen, ob wir in unseren Musketen das gleiche Pulver verwenden wie das, das für die Falkonette benutzt wird.«

»Und?«

»Es ist nicht das gleiche, aber es könnte und sollte es sein«, sagte Henri. »Die Artilleristen stimmen mir zu; ich muss nur noch die Kapitänin überzeugen. Wo habt ihr die da gefangen genommen?«

»Unter dem Garten von Ashalael«, antwortete Agnez. »Dort gibt es natürliche Höhlen im Fels. Die da haben sich in einer davon versteckt. Sie hat eine Öffnung zum Fluss hin und war halb überflutet; ich nehme an, dass deshalb nie jemand vorher nachgeschaut hat. Aber einer der Priester hat sie nachts rein- und rausschleichen sehen.«

»Hat es einen Kampf gegeben?«

Agnez schüttelte den Kopf. »Schau sie dir an! Ich bin mir nicht sicher, ob das überhaupt echte Kanalratten sind oder ob sie zum Nachttrupp gehören. Es sind gewiss keine Kämpfer wie die, mit denen wir es zuvor zu tun hatten. Ein paar davon sind kaum mehr als Kinder, und die Hälfte ist auf die eine oder andere Weise verkrüppelt. Zwei davon sind blind! Und sie hatten sowieso keine Waffen.«

Sie gingen einige Zeit schweigend weiter. Henri konnte sehen, dass ihre derzeitige Aufgabe Agnez entmutigte; im Prinzip agierte sie als gewöhnliche Gefängniswärterin, schüchterte die niedergeschlagenen und armselig aussehenden Verweigernden ein, die mit gesenkten Köpfen weitertrotteten und gelegentlich aufgrund ihrer Fußfesseln ins Stolpern gerieten.

»In Flussrand verpassen sie ihnen ein Brandzeichen«, sagte Agnez nach einer Weile. »Ein ›V‹ auf dem linken Handrücken. Damit sind sie für die Expedition gekennzeichnet und werden nicht in der Lage sein, jemals in die Stadt zurückzukehren.«

»Aber sie könnten in der Lage sein, in Ystara ein neues Leben zu beginnen«, schlug Henri vor.

Agnez sah ihn verächtlich an. »Das Land ist voller Scheusale! Alle, die fliehen konnten, als die ganze Sache angefangen hat, sind geflohen. Oder sie sind gestorben. Niemand ist seither zurückgekehrt, um darüber reden zu können. Wie kommst du darauf, dieser Haufen könnte gegen die Art Scheusal kämpfen wie das, das ich erschossen habe?«

»Ich nehme nicht an, dass wir sie einfach dort zurücklassen«, sagte Henri schwach.

»Aber genau das ist geplant«, antwortete Agnez knapp. »Wir benutzen sie auf dem Hinweg als Arbeiter – und ich vermute, auch auf dem Rückweg – und schicken sie dann an der Grenze nach Ystara zurück, überlassen sie ihrem wie auch immer gearteten Schicksal.«

»Das auch unser Schicksal sein könnte«, sagte Henri nachdenklich.

»Unseres nicht«, erwiderte Agnez mit viel größerer Gewissheit, als Henri sie empfand. »Wir können kämpfen!«

»Ich kann nicht glauben, dass Kapitänin Dartagnan sie einfach im Stich lassen würde, wenn die Scheusale uns bedrängen.«

»Es wird nicht die alleinige Entscheidung der Kapitänin sein, hast du das vergessen? Rochefort teilt sich mit ihr den Oberbefehl. Und erinnere dich daran, was Dorotea uns darüber erzählt hat, was die Kardinalin gesagt hat. Ihre Eminenz würde am liebsten *alle* Verweigernden ins Meer werfen, nicht nur den Nachttrupp und die Kanalratten, und Rochefort ist die rechte Hand der Kardinalin.«

»Die Kardinalin war allerdings nicht ganz sie selbst«, entgegnete Henri. »Ich meine, Dorotea hat gesagt, dass sie vor sich hin gemurmelt hat und praktisch umgefallen ist …«

»Jede Menge Leute denken das Gleiche«, sagte Agnez. Sie sah nach vorn, auf die dahintrottenden Gefangenen. »Ich muss zugeben, dass ich nicht über die Sache nachgedacht habe, bis ich dabei mitmachen musste, sie einzusammeln.«

»Nun, sie haben es sich selbst zuzuschreiben«, sagte Henri. »Oder ihre Vorfahren haben das Unheil über sie gebracht.«

»Tatsächlich?«, fragte Agnez. »Dorotea glaubt das nicht. Und erinnerst du dich an das, was die Königin darüber gesagt hat, nicht verantwortlich für verrückte Vorfahren zu sein?«

»Nun, ich weiß nicht«, sagte Henri unbehaglich. »Ich meine, es ... es ist einfach so. Wir können nichts tun. Außerdem ...« Er sah sich um und beugte sich dicht zu Agnez. »Außerdem wollen wir mit Verweigernden nichts zu schaffen haben. Du weißt, nur für den Fall, dass das, was Dorotea in ihnen sieht, irgendetwas mit uns zu tun hat. Simeon hat recht. Wir sollten den Kopf einziehen und einfach nur unsere Arbeit erledigen.«

Agnez brummte, aber das war eigentlich nicht als Zustimmung gedacht. Sie beschleunigte ihre Schritte, schloss dichter zur letzten Reihe aus Verweigernden auf, und Henri musste darauf verzichten, noch irgendetwas dazu zu sagen, um Schritt zu halten. Auf dem restlichen Weg zum Flussrand sprachen sie nicht mehr miteinander, folgten den Verweigernden und den anderen Musketieren durch die weit aufgerissenen äußeren Tore und in den Schatten des langen Tunnels, der ins Innere führte.

Achtundzwanzig

Rochefort war nicht im Palast der Kardinalin, oder zumindest wollten die Torwachen einer scheinbaren Musketierin nicht sagen, dass sie drinnen war. Einen ähnlich wenig mitteilsamen Empfang erlebte Dorotea auch in der Kaserne der Pursuivants in der Sternfestung trotz der oft wiederholten Anweisung von ganz oben, dass angesichts der bevorstehenden Expedition auf alle Feindseligkeiten zwischen den Regimentern verzichtet werden sollte.

Damit blieb der Turm, dachte Dorotea. Huro wollte sie dorthin begleiten, aber sie bat ihn, es nicht zu tun, und da seine Befehle nur lauteten, außerhalb der Sternfestung bei ihr zu bleiben, nahm er widerstrebend ihren Degen entgegen und kehrte zur Kaserne der Musketiere zurück, während Dorotea weiter zum Turm schlenderte, wobei sie dann und wann stehen blieb, um sich Dinge anzusehen, die ihr Interesse weckten, entweder als potenzielle Objekte für Zeichnungen oder aus Gründen, die sie selbst nicht kannte. Dinge interessierten sie einfach, mochten es Menschen, Tiere, Insekten, Gegenstände oder Landschaften sein …

Kurz vor Sonnenuntergang kam sie schließlich beim Turm an und stieg die Treppe hinauf. Das Haupttor war geschlossen, daher klopfte sie an die kleinere, darin eingelassene Tür und betrachtete eine interessante Flechte auf dem Schlussstein, während sie wartete. Nach einiger Zeit ging die Ausfallpforte auf, und Mutter schaute heraus. Sie schien überrascht, Dorotea zu sehen, denn ihre Augenbrauen wanderten weit nach oben, und sie neigte sich nach hinten und dann wieder nach vorn, als würde sie von einem starken Wind durchgeschüttelt.

»Du!«, sagte sie. »Wo sind die Wachen, die dich gefangen

genommen haben? Und warum trägst du den Wappenrock einer Musketierin?«

»Nun, um deine zweite Frage zuerst zu beantworten: Ich bin jetzt eine Musketierin ... gewissermaßen«, erwiderte Dorotea. »Und was die erste Frage angeht ... ich bin keine Gefangene, ich komme nicht in meine Zelle zurück. Ich möchte Kapitänin Rochefort sprechen, wenn sie hier ist.«

»Die Kapitänin ist hier«, sagte Mutter zweifelnd. »Hat sie nach dir geschickt?«

»Nein«, antwortete Dorotea.

Ein Pursuivant schaute über Mutters Schulter nach draußen, ein mürrisch wirkender Bursche mit hellblonden Haaren und rötlichem Gesicht. Dorotea hatte ihn noch nie zuvor gesehen.

»Wenn du eine Nachricht für die Kapitänin hast, gib sie her, Musketierin«, sagte er höhnisch grinsend. »Und dann verschwinde. Der Turm ist kein Ort für deinesgleichen.«

»Genau das habe ich gedacht, als ich mich hier aufgehalten habe«, stimmte Dorotea ihm zu. »Auch wenn Mutter gesagt hat, ich hätte eine der besten Zellen. Ich habe keine Nachricht für Kapitänin Rochefort. Ich habe eine Frage. Könntet Ihr sie bitte wissen lassen, dass Dorotea Imsel hier ist?«

»Du? Du willst Rochefort Fragen stellen? Das glaube ich nicht«, sagte der Pursuivant, schob sich an Mutter vorbei, die eine Hand hob, um ihn aufzuhalten ... und sie dann wieder sinken ließ. Er war schwerer und größer als Dorotea und ganz offensichtlich schlecht gelaunt. Er schloss eine Hand um den Degengriff und begann die Waffe gerade zu ziehen, als er bemerkte, dass Dorotea keinen Degen trug.

»Wo ist dein Degen?«

»Den habe ich mit Huro zurückgeschickt«, antwortete Dorotea. »Wirklich, ich glaube, Rochefort wäre absolut erfreut, mit mir zu sprechen, sie war es ...«

Ihr letztes Wort kam ihr nicht mehr über die Lippen, weil sie der fleischigen Faust des Pursuivant ausweichen musste, die sie sonst im Gesicht getroffen hätte. Er hatte nicht er-

422

wartet, dass sie sich so schnell bewegen würde, und geriet deshalb aus dem Gleichgewicht. Dorotea half mit einem Tritt in den Hintern noch ein bisschen nach, sodass er gegen das Geländer des Treppenabsatzes taumelte. Er fluchte, als er hart dagegenprallte, und wirbelte herum – gerade rechtzeitig für Dorotea, um ihn fest an der Nase zu packen. Ihre Finger hatten jahrelang Holzblöcke geschnitzt, Kupfer graviert und andere überraschend anstrengende künstlerische Arbeiten bewältigt, daher drehte sie die Nase mit erstaunlicher Kraft erst in die eine, dann in die andere Richtung, und der Pursuivant bewegte den Kopf und versuchte, den Druck erträglicher zu machen.

»Au! Au! Au!«

Dorotea ließ in dem Moment los, als sie die Nase des Pursuivant ganz nach rechts gedreht hatte. Da er der Bewegung mit Schwung folgte, flog er durch die Luft und prallte auf der anderen Seite gegen das Geländer. Auf dem Boden zusammengesunken, den Wappenrock zwischen den Beinen verheddert, fluchte er erneut und berührte ein Symbol auf seinem Wams.

»Das wirst du büßen!«, rief er. Die Worte klangen ein bisschen merkwürdig, da seine Nase doch sehr in Mitleidenschaft gezogen worden war.

Dorotea hörte das Geräusch von rauschenden Schwingen und das Klingeln von Glöckchen, und sie sah, wie der Engel sich über dem Kopf des Pursuivant zu manifestieren begann. Sie erkannte ihn sofort: Mazrathiel, dessen Bereich Bewegung war, und ihr wurde auch klar, was ihr Kontrahent vorhatte. Mazrathiel würde ihr absichtlich keinen Schaden zufügen, aber er würde Dorotea von der Plattform stoßen, wenn der Pursuivant machtvoll genug war, den Engel zum Gehorsam zu zwingen, und der Sturz hinunter in den Graben würde den Rest erledigen.

Der Pursuivant murmelte seine Befehle. Dorotea trat dicht an ihn heran, stieß ihre Hand dorthin, wo sie die Gestalt aus

Feuer und Licht sah, und sprach ebenfalls zu Mazrathiel, aber nur in ihrem Geist. Sie richtete ihre ganze Willensstärke auf den Engel und gab ihm eine übergeordnete Anweisung.

Hinfort, Mazrathiel! Kehre in die Himmel zurück und antworte nicht mehr auf das Symbol, das dich hierhergebracht hat. Hinfort!

Das Symbol des Pursuivant zerbröckelte unter seinen Fingern zu Staub. Es gab einen Donnerschlag, einen Lichtblitz – und Mazrathiel war fort, noch bevor er sich vollständig manifestiert hatte.

Dorotea zog ihr Messer – das, welches sie benutzte, um ihre Federn zu spitzen – und beugte sich zu dem Pursuivant hinunter. Er starrte seine fleckigen Finger und die Überreste seines Symbols an: winzige Bruchstücke aus Holz, Gips und Goldauflage, die wie Brotkrumen an seinem Wams hingen.

»Was! Was bist du …?«

Dorotea schob ihm die Messerspitze in das linke Nasenloch und sagte: »Rühr dich nicht. Ich will dir nicht die Nase abschneiden, aber wenn es notwendig sein sollte, werde ich es tun. Ich will einfach nur mit Kapitänin Rochefort reden. Dein Angriff war vollkommen unnötig und unhöflich.«

»Ganz zu schweigen davon, dass er stümperhaft war«, sagte eine kalte Stimme vom Eingang her.

Dorotea zog ihr Messer zurück und stellte sich aufrecht hin, neigte leicht den Kopf.

Rochefort nickte zurück und sah dann auf den Pursuivant hinunter. »Du bist eine Schande für den Wappenrock Ihrer Eminenz«, sagte sie. »Geh mir aus den Augen.«

Der Pursuivant schluckte und senkte den Kopf. Dann kroch er an Rochefort vorbei und verschwand im Turm.

Rochefort sah Mutter an und sagte: »Mach die Tür zu.«

Wodurch die beiden Frauen jetzt allein auf dem Absatz standen.

»Der Engel«, sagte Rochefort. »Du hast seiner Macht widerstanden.«

Dorotea nickte langsam und dachte, dass sie es dieses Mal wirklich getan hatte. Nicht einfach nur schnelles Symbolmachen, sondern etwas potenziell deutlich Schlimmeres, das in Rocheforts Augen wahrscheinlich extrem ketzerisch war.

»Es ist eine seltene Gabe«, sagte Rochefort. »Ich habe es getan. Ich kenne zwei andere, die es ebenfalls tun können. Sie sind alle Pursuivants, wie auch du eine sein solltest. Ich ... Es ist ein Affront, dich in diesem Wappenrock einer Musketierin zu sehen. Du solltest bei *mir* sein.«

»Es ist nicht ketzerisch?«, fragte Dorotea. »Einen Engel zu vertreiben, den jemand anderer beschworen hat?«

»Nicht für eine Pursuivant«, antwortete Rochefort. »Ansonsten? Ich glaube nicht, dass Ihre Eminenz lächeln würde, wenn sie sähe, dass eine Musketierin eine solche Macht besitzt. Und sie könnte ihre jüngste Überzeugung, dass du nicht die wiedergeborene Liliath bist, noch einmal überdenken.«

»Dieser Pursuivant wird es erzählen«, sagte Dorotea. »Ich hätte es nicht tun sollen, aber ich hatte Angst und war wütend, und ich ...«

»Er wird es nicht erzählen«, sagte Rochefort mit grimmiger Überzeugung.

»Oh nein, tötet ihn nicht! Nicht dafür!«

Rochefort zog die rechte Augenbraue hoch. »Ihn töten? Ich töte doch nicht meine eigenen Pursuivants. Er wird noch heute Nacht zu einer unserer abseits gelegenen Ortsgruppen geschickt werden, ohne Hoffnung zurückzukehren, es sei denn, er hält den Mund. Darüber hinaus hat er seinen Platz in der Expedition verloren, was ihn zweifellos noch mehr schmerzen wird. Aber er war ein Idiot und verdient das Schicksal, das er sich selbst eingebrockt hat.« Rochefort runzelte die Stirn und fügte dann leise hinzu: »Aber was das darüber aussagt, wie du mich siehst ... bin ich für dich nur eine blutbefleckte Mörderin, Dorotea?«

»Ihr könnt sehr ... grausam sein«, antwortete Dorotea.

»In Diensten Ihrer Eminenz«, protestierte Rochefort. »Ich

tue, was für die Sicherheit des Staates getan werden muss, und nicht mehr.«

»Ich glaube, es ist vielleicht zu einfach, etwas damit zu erklären, dass es der Sicherheit des Staates dient«, sagte Dorotea. »Dieses Einsammeln der Verweigernden zum Beispiel und ihre Ausweisung nach Ystara. Die meisten von ihnen sind keine Kanalratten, keine Mitglieder des Nachttrupps, sie sind einfach nur arm und leiden, und sie würden oder könnten niemanden angreifen, nicht einmal dann, wenn ihr Leben davon abhinge!«

»Ihre Einbeziehung in die Expedition und ihre ›Wiederansiedlung‹ in Ystara ist weder die Idee der Kardinalin noch meine«, sagte Rochefort gereizt.

»Wessen Idee ist es dann?«, fragte Dorotea. »Ihr wolltet sie verhaften!«

»Ich will herausfinden, was dahintersteckt, dass die Kanalratten andere Verweigernde angreifen!«, rief Rochefort. »Ich will herausfinden, warum diese drei Diamantsymbole jetzt auf einmal wieder aufgetaucht sind! Ich will herausfinden, warum ich dieses Licht in dir sehe …« Rochefort verstummte abrupt und sah sich rasch um, vergewisserte sich, dass niemand in Hörweite war, dann zog sie Dorotea dicht an sich heran.

»Ihr wisst es?«, flüsterte Dorotea.

»Seit ich Fürstin Dehiems gesehen habe«, antwortete Rochefort sehr leise. »In meinem Sehvermögen wurde irgendetwas … angeregt. Ich habe sie gesehen und dich und deine Freunde aus der Bascony … und dann den seltsamen Schatten oder was auch immer in den Verweigernden ist, in allen Verweigernden … aber ich weiß nicht, was das alles bedeutet.«

»Habt Ihr es der Kardinalin erzählt?«

»Nein«, antwortete Rochefort bedrückt. »Sie ist sehr schwach … und ich hatte Angst um d… ich hatte Angst, was sie tun würde, so geschwächt und voller Entsetzen. Ich muss mehr wissen, bevor ich handeln kann.«

»Meine Freunde wollen nichts tun«, sagte Dorotea. »Sie

hoffen, dass es einfach weggehen wird. Dass wir auf diese Expedition gehen und zurückkommen, reich und frei von … was auch immer es ist.«

»Diese Expedition ist heller Wahnsinn«, sagte Rochefort bitter. »Wir werden uns glücklich schätzen können, wenn wir es schaffen, lebend zurückzukehren. Aber zu beobachten und zu warten birgt eine gewisse Weisheit.«

»Was ist mit Fürstin Dehiems? Was ist sie?«

»Ich weiß es nicht«, sagte Rochefort. »Ich habe Nachforschungen angestellt. Meine Agenten in Albia bestätigen, dass ihr Mann gestorben ist, dass sie hierhergekommen ist, dass sie reich ist. Wenn ich sie doch nur verhaften und befragen könnte … aber das ist natürlich unmöglich. Stell dir vor, was die Königin … Und außerdem kann es immer noch sein, dass sie keine Ahnung von dem hat, was in ihr leuchtet, genau wie du es nicht weißt … oder weißt du es?«

Dorotea schüttelte den Kopf. »Nein. Wie ich schon gesagt habe, meine Freunde … wir waren uns einig, dass wir den Kopf einziehen und nichts tun sollten, was zu einer Überprüfung führen, die Aufmerksamkeit auf uns lenken könnte.«

»Es ist vermutlich ein Glücksfall, dass die Albianerin krank geworden ist«, erwiderte Rochefort. »Ihr Bett nicht verlassen kann. Ein Flussfieber, sagte Hazurain. Schwächend, aber nicht bedenklich. Die Königin ist außer sich vor Sorge … und … und brennt vor unerwiderter Sehnsucht. Ich hoffe, sie stirbt … Dehiems natürlich … Sie hat Ihrer Majestät zu schnell den Kopf verdreht, und sie hat die Idee zu dieser Expedition aufgebracht. Obwohl das vielleicht auch vom König gekommen ist. Aber es war eindeutig die Idee der Albianerin, die verhafteten Verweigernden nach Ystara zu schicken.«

»Warum?«

»Sie hat gesagt, um sie vor den Galeeren zu retten, wo die Kardinalin sie hinschicken wollte«, antwortete Rochefort. »Das mag stimmen. Oder es könnte ein großes, schreckliches Komplott sein. Aber ich kann nicht erkennen, was Dehiems durch die Expedition oder die Ausweisung der Verweigernden gewinnen kann. Und auch nicht, warum sie ihr Interesse an der Königin nicht jetzt, im ersten Überschwang der Verliebtheit, weiterverfolgt. Dehiems könnte Botschaften schicken ... Liebesbriefe, Bitten oder Forderungen. Ihre Majestät würde ihr jetzt fast alles geben, was sie will. Aber Dehiems bittet um nichts!«

»Ich spüre ... mehr, als ich es denke ... dass die Antworten auf all diese Fragen irgendwie in Ystara liegen und mit dem Sturz von Palleniel zu tun haben«, sagte Dorotea sehr vorsichtig. Sie hielt Rocheforts Arme; die Anspannung in den Muskeln der Pursuivant war offensichtlich. »Und deshalb bin ich zu Euch gekommen. Ich muss mir Bücher ansehen, in denen vielleicht etwas über diese Dinge steht, Bücher, die auf Befehl von Kardinalin Dumauron aus der Belhalle entfernt wurden. Wo könnten sie sein?«

»Weg«, sagte Rochefort niedergeschlagen. »In Asche verwandelt wie das Blut der Scheusale. Dumauron hat viele Bücher und Papiere verbrannt, nicht nur solche, die etwas mit Ystara und dem Sturz von Palleniel zu tun hatten, und auch nicht nur welche aus der Belhalle. Sie hatte Angst vor Wissen. Sie ist an einer Herzattacke gestorben, als sie Ashalael zum ersten Mal beschworen hat. Manche sagen, es war ein Wunder ... der Erzengel hat uns vor unserer eigenen Kardinalin gerettet. Eine andere Zeit ...«

»Vielleicht doch nicht so anders. Ich fürchte, unsere gegenwärtige Kardinalin würde gerne alles zerstören wollen, was sie nicht versteht«, flüsterte Dorotea und beugte sich noch näher zu Rochefort. Ihre Nase war beinahe in Rocheforts Halskuhle, ihre Lippen berührten beinahe die Haut, wo Rocheforts Hemd offen war, knapp oberhalb ihres Brustbeins.

»Ich werde nicht zulassen, dass dir etwas geschieht, Dorotea«, flüsterte Rochefort.

»Ich weiß, dass Ihr es *versuchen* werdet, Camille«, seufzte Dorotea. Sie trat aus der Beinaheumarmung zurück und lächelte. »Danke, dass Ihr mir von Dumauron und den Büchern erzählt habt. Ich sollte jetzt besser zur Kaserne zurückgehen. Agnez, Simeon und Henri werden sich schon Sorgen machen.«

Rochefort nickte langsam, ihr Blick war traurig. »Beobachte und warte«, sagte sie. »Wenn du irgendetwas herausfindest, kannst du mir alles erzählen ...«

»Das werde ich«, erwiderte Dorotea. »Das werde ich.«

Die Tür hinter Rochefort öffnete sich, und eine andere Pursuivant schaute heraus. Sie hielt ein Papierbündel in der Hand und wirkte gehetzt. »Kapitänin! Ihr habt gesagt, es würde nur einen Augenblick dauern, und wir haben so viel zu tun!«

»Die Expedition wartet weder für Pursuivants noch für Musketiere«, sagte Rochefort. Zur Überraschung der zusehenden Pursuivant verbeugte sie sich vor Dorotea und lüpfte den Hut.

Dorotea erwiderte die Verbeugung, drehte sich um und rannte die Stufen hinunter; ihre Gedanken rasten, kreisten um die Frage, was sie den anderen erzählen konnte und was sie ihnen nicht erzählen sollte.

Wie sich herausstellte, war es einfacher für Dorotea, das Treffen mit Rochefort überhaupt nicht zu erwähnen; das sagte sie sich zumindest. Der Trubel in der Kaserne und um sie herum hatte sich durch die Vorbereitungen für die Expedition bis zum Siedepunkt gesteigert. Als sie es durch das Durcheinander aus Musketieren, Verweigernden-Dienern, Pferden, Maultieren, Wagen, Fässern, Truhen, Kisten, Taschen und Säcken auf dem Hof geschafft hatte, waren die anderen bereits halb mit ihrem Abendessen im Refektorium fertig: weiße Bohnensuppe, dazu ein Probestück von dem harten »Feldzug«-Brot, das auf die Expedition mitgenommen werden würde und mit dem rauen, aber kräftigen Wein aus Berass hinuntergespült wurde. Agnez, Simeon und Henri drängten sich bereits mit vielen anderen Musketieren an einem der langen Tische, sodass es keine Gelegenheit für ein persönliches Gespräch gab.

Nach dem Abendessen wurde Henri abberufen, um eine verdächtige Rechnung von einem der Hufschmiede zu überprüfen, die die Pferde der Musketiere beschlugen; Agnez wurde zum Würfelspielen verlockt; und Simeon wurde gerufen, um mit den Doktoren der anderen Regimenter zu verhandeln; wie immer ging es um den nie endenden Kampf um Stauraum auf den gemeinsam genutzten Wagen. Dorotea zog sich allein in ihr gemeinsames Zimmer zurück und schlief rasch ein.

Auch am nächsten Morgen war keine Zeit. Die Anforderungen der Expedition riefen alle unverzüglich zu ihren Aufgaben, das Frühstück wurde im Vorbeigehen eingenommen. Nachdem Dorotea nachgedacht hatte, war sie zu dem Schluss gelangt, dass es die anderen nur beunruhigen würde, wenn sie wüssten, dass Rochefort den Engelsfleck sehen konnte, der sie alle vier mit der albianischen Adligen … und den Verweigernden verband. Die anderen wollten nicht, dass Dorotea Ärger machte. Henri hatte sie bereits wegen ihrer neuen Angewohnheit kritisiert, andere Leute indirekt mit zugekniffenen Augen anzusehen, um auf diese Weise herauszufinden, ob sie noch mehr Leute mit einem ähnlichen inneren Licht entdecken konnte.

Dorotea verbannte das Ganze aus ihren Gedanken, etwas, das sie immer sehr gut tun konnte, und kehrte in Begleitung des schweigsamen Huro zur Belhalle zurück, um weiter nach nützlichen Informationen über Ystara, Palleniel oder Scheusale zu suchen, die der Aufmerksamkeit von Kardinalin Dumauron vielleicht entgangen waren.

Im Haus Demaselle hörte sich Liliath die Berichte von Biscaray und Sevrin über den Fortschritt ihrer Vorbereitungen für die Expedition an, die ebenso vielfältig und komplex waren wie diejenigen, die in der Sternfestung stattfanden.

430

»Bei denen, die in Flussrand sitzen, waren drei von den Leutnantinnen des Wurms«, sagte Biscaray. »Man hat sich um sie gekümmert. Zwei andere sind im Turm. Sie kennen meinen Namen, diese Maske und mindestens zwei von unseren Häusern, die inzwischen natürlich aufgegeben wurden. Es gibt keinerlei Hinweise darauf, dass einer von ihnen mehr von Euch weiß als das, was sie von ›Biscarays Schlange‹ in der Grube gesehen haben.«

»Bist du davon überzeugt?«, fragte Liliath.

»Ich bin mir sicher, dass keine Kanalratten mehr am Leben sind, die Fürstin Dehiems mit der Schlange in Verbindung bringen können.«

»Gut«, erwiderte Liliath. »Wer ist noch in Flussrand?«

»Die meisten werden nutzlos sein«, sagte Bisc. »Momentan werden dort tausendachthundertzweiundsechzig Verweigernde gefangen gehalten, die mit der Expedition mitgeschickt werden. Von denen gehören nur zweihundertelf zum Nachttrupp, und hundert weitere wären nützlich, wenn es zu Kämpfen kommt.«

»Es wird zu Kämpfen kommen«, sagte Liliath. »Auf die eine oder andere Weise.«

»Wann mischen wir uns unter sie?«, fragte Sevrin.

»Das hängt davon ab, wie gut die Wärter ihre Zahlen im Griff haben«, sagte Liliath.

»Nicht gut«, antwortete Bisc. »Das Zählen bleibt der Stadtwache überlassen …«

Sevrin und Bisc kicherten; Liliath erlaubte sich ein schwaches Lächeln.

»Von daher wird es leicht sein, uns in Flussrand dazuzumogeln«, fuhr Bisc fort. »Da allerdings Dartagnan und Rochefort den Befehl haben, wird es zweifellos eine weitere, sorgfältigere Zählung geben, wenn alle zum Aufbruch versammelt werden.«

»Und das ist heute in drei Tagen?«

»Aktuell heißt es, in vier«, sagte Bisc. »Natürlich hat die Stadtwache es nicht geschafft, rechtzeitig fertig zu werden.«

»In der Nacht zuvor müssen wir in Flussrand sein«, sagte Liliath. »Am besten nicht früher, um das Risiko, dort entdeckt zu werden, so gering wie möglich zu halten. Du hast ausgetüftelt, wie wir das Brandzeichen nachmachen können, Sevrin?«

»Eine Teerfarbe … Mit ein wenig Scheuern und Kratzen, um drum herum ein bisschen Blut fließen zu lassen, sieht es genau wie die echten aus«, sagte Sevrin.

»Was ist mit Fürstin Dehiems?«, fragte Bisc. »Rochefort lässt das Haus von Spionen beobachten, und so ziemlich jede Lieferung für die Küche wird von ihren Agentinnen gebracht. Auch die Leute der Königin sind furchtbar neugierig. Das Geschenk gestern … die beiden Diener, die die Vase hereingetragen haben, waren Musketiere.«

»Ich habe mich von Zeit zu Zeit am Fenster meines Schlafzimmers gezeigt«, sagte Liliath lächelnd. »Und dabei angemessen schwach ausgesehen. Das wird so weitergehen.«

»Wie?«, fragte Bisc.

»Ein Simulakrum in meinen Kleidern, von Horvaniel belebt, dessen Bereich die Nachahmung von Leben ist«, erwiderte Liliath. »Was glaubt ihr, warum ich die letzten paar Tage die ganze Zeit geschnitzt und geschnippelt habe?«

Weder Bisc noch Sevrin antworteten auf ihre Frage, aber an ihren Gesichtern war unschwer zu erkennen, dass sie gedacht hatten, Liliath hätte etwas viel Furchterregenderes und Entsetzlicheres vorbereitet als ein hölzernes Modell von sich selbst.

»Die Kleider müssen jeden Tag gewechselt werden, so als ob das wirklich ich wäre. Auf Befehl wird das Simulakrum aufstehen und vor den Fenstern entlanggehen, mit müde aufgestütztem Kopf hinaussehen und so weiter. Aber einer näheren Überprüfung wird es nicht standhalten. Jemand muss hierbleiben, um das Haus zu sichern und Besucher abzuweisen. Das wirst du sein, Sevrin.«

»Oh nein, Herrin!«, protestierte Sevrin. »Ihr habt doch gesagt …«

»Es ist beschlossene Sache«, erklärte Liliath mit fester Stimme. »Aber keine Angst, Sevrin. Wenn Palleniel erst wiederhergestellt ist, werde ich alle Verweigernden zurück nach Ystara rufen. Du wirst geheilt werden.« Sie sagte dies voller Überzeugung, obwohl es eine schamlose Lüge war.

Bisc warf einen Blick auf Sevrin; er wirkte leicht verwirrt. Sevrin war eine der wenigen Verweigernden, die keine Anzeichen von irgendwelchen Gebrechen aufwies. Und sie hatte auch nie von irgendwelchen körperlichen Problemen gesprochen. Aber er dachte schnell, und er brauchte nur einen Moment, um zum richtigen Schluss zu kommen, denn Sevrins Leiden war aufgrund von Kinderkrankheiten oder Liebespocken bei vielen weiblichen Verweigernden verbreitet. Sie konnte keine Kinder bekommen und wünschte sich eins.

»Ich verstehe«, murmelte Sevrin und verneigte sich.

»Ihr habt Euch keine Sorgen gemacht, dass die Beschwörung von Horvaniel ungewollte Aufmerksamkeit auf sich ziehen könnte?«, fragte Bisc.

Liliath lachte. »Nein«, sagte sie. »Es ist ein großes Glück, dass die Kardinalin sich übernommen hat und im Krankenbett liegt. Ashalael mag in den Himmeln meckern, aber niemand hier wird es wissen. Ich hatte überlegt, zur Unterstützung meiner Tarnung auch noch Darestriel anzurufen, aber die wäre dahin, sobald wir Ystara betreten. Daher werden wir beide weltlichere Änderungen unserer äußeren Erscheinung brauchen, mein Bisc.«

Bisc wedelte mit einer Hand, tat dies als nicht besonders schwierig ab. »Bei solchen Sachen sind die Bettlerinnen und Bettler sehr gut«, sagte er. »Ich werde bemalten Lehm an meine Wange geklebt bekommen. Außerdem werden meine Zähne geschwärzt, meine Haare in Streifen abrasiert und die Reste gefärbt werden. Und dann wird man mir die Hand verbinden, mit zwei an die Handfläche angelegten Fingern, die ein altes Stück Kalbsleber halten. Ich bin mir sicher, für Euch können sie etwas Ähnliches tun.«

Liliath rümpfte die Nase. »Ohne das faulende Fleisch, möchte ich meinen. Du hast dir die Karte genau angesehen, die ich für dich gezeichnet habe?«

»Ja«, antwortete Bisc. »Aber was genau plant Ihr?«

»Meine Pläne hängen von mehreren Umständen ab«, sagte Liliath. Sie dachte einen Augenblick nach. »Zunächst einmal denke ich, dass du mit den zwölf besten Kämpferinnen und Kämpfern dicht bei mir bleiben musst. Den Rest teilst du in Vierergruppen ein. Beauftrage vier dieser Gruppen, Descaray, Imsel, MacNeel und Dupallidin zu beobachten. Sie zu schützen, wenn es notwendig werden sollte, aber sie später auch für uns zu sichern. Die anderen Gruppen werden die Stadtwache ins Visier nehmen, die sie bewacht. Wenn es an der Zeit ist zuzuschlagen, müssen sie Chaos erzeugen, während sie sich zur Sammelstelle begeben. Ich gehe davon aus, dass das oben auf der Passhöhe passieren muss, von wo der geheime Tempelpfad abzweigt.«

»Wann sagen wir ihnen, wer Ihr seid?«, fragte Bisc. »Es wird einen Unterschied machen. Sie werden viel härter kämpfen, als sie es für das Versprechen eines Schatzes tun würden.«

»Ja«, erwiderte Liliath nachdenklich. »Aber wenn auch andere es erfahren, könnte alles verloren sein.«

»Also am betreffenden Tag?«, fragte Bisc.

Liliath zögerte. Sie wusste, dass Bisc recht hatte, und es war notwendig, dass sein Nachttrupp mit voller Überzeugung kämpfte.

»Nur den Kämpfern«, erklärte sie. »Am betreffenden Tag, wenn ihnen auch gesagt wird, wo die Sammelstelle ist. Und sie dürfen *nicht* darüber sprechen, wer ich bin, auch nicht miteinander. Sie müssen nur zusammenbleiben, sich still verhalten und handeln, wenn sie das Zeichen sehen.«

»Und das Zeichen? Was wird das sein?«

»Eine große Feuersäule«, antwortete Liliath, und sie lächelte ihr kaltes Lächeln, das ihre schönen braunen Augen niemals erreichte.

Neunundzwanzig

Der entscheidende Tag kam schließlich nicht vier, sondern sechs Tage nachdem Bisc Liliath Bericht erstattet hatte. Als die Stadtwache endlich so bereit war, wie sie es jemals werden würde, verließ die Expedition Lutace.

Agnez, Simeon, Dorotea und Henri ritten auf guten Pferden in der Vorhut, und zwar dank Henris Einsatz bei den Quartiermeistern, Säumern und Pferdehändlern. Außerdem hatten sie alle noch jeweils zwei Ersatzpferde weiter hinten in der langen, langen Kolonne, die sich, ausgehend vom Südtor der Stadt, bereits zwei Wegstunden weit die Straße entlangzog.

Ganz vorne war die berittene Vorhut, die aus jeweils einem Trupp der teilnehmenden Regimenter – mit Ausnahme der Stadtwache – bestand; ihr folgte die Hälfte der Verweigernden, die in grob organisierten Grüppchen dahintrotteten und auf beiden Seiten von einer dünnen Marschkolonne der Stadtwache flankiert wurden. Danach kamen die vierundvierzig Verpflegungswagen, langsame, schwerfällige Vehikel, jeweils mit vier oder fünf berittenen Wachen aus dem Regiment, das sie später versorgen würden; danach kam eine Viehherde – Essen auf Hufen – mit ihren Treibern; dann die sechs Falkonette, wobei die Artilleristen jeweils auf dem linken Zugpferd der Lafette ritten, und dahinter sechs sehr großzügig ausgelegte Wagen, die mit Pulver und Kugeln beladen waren und von den überaus disziplinierten Trosswachen der Artilleriekompanie bewacht wurden; danach kam ein kleines Kontingent nicht gerade schrecklich nützlicher Priesterinnen und Priester aus dem Ashalael-Tempel, von denen niemand der geringsten Magierin oder dem geringsten Magier unter den Pursuivants ebenbürtig war; dann die vier medizinischen Wagen, ebenfalls bewacht von Soldaten und Soldatinnen, die hofften, dass sie die Dienste, für die sie standen, oder die darin transportierten Dinge niemals persönlich brauchen würden; dann noch mehr Verweigernde, locker beobachtet und bewacht von den restlichen Truppen der Stadtwache; dann die Ersatzpferde, in Reihen aneinandergeschirrt und zumeist von zuverlässigen Verweigernden aus der Sternfestung am Zügel geführt, die nicht mit nach Ystara hineingehen würden; und schließlich der letzte offizielle Bestandteil der Expedition, die Nachhut, bestehend aus noch mehr Musketieren, Pursuivants und Mitgliedern der Königsgarde, alle beritten, auch wenn sie angesichts des Staus vor ihnen nur im Schritt reiten konnten und immer wieder haltmachen mussten.

Aber hinter der Nachhut befand sich noch eine größere Menschenmenge, die sich ohne erkennbare Ordnung oder Form noch einmal ein ganzes Stück in die Länge zog. Lagerbummler aller Art, von echten Ehepartnern, Gefährtinnen und Gefährten und Kindern bis hin zu männlichen und weiblichen Huren, die bei ihren besten Kunden bleiben wollten; ambulante Händler, Halsabschneider und Diebe; in all diesen Kategorien gab es auch viele Verweigernde, die nicht gefangen genommen worden waren und denen man kein Brandzeichen verpasst hatte, die aber Lutace dennoch verließen, weil sie hofften, im Schlepptau der Expedition irgendwo ihr Glück zu finden.

Inmitten des üblichen Gesindels gab es auch Kaufleute mit eigenen bewachten Karren und beladenen Eseln, die auf die sehr wahrscheinliche Möglichkeit setzten, dass die Vorräte auf den Wagen der Expedition ausgehen und die Städte und Dörfer entlang des Weges nicht in der Lage sein würden, die Bedürfnisse der Expeditionsteilnehmer zu erfüllen.

Und ganz am Ende, hinter allen anderen, streiften schließlich noch Kinder umher, die alt genug waren, um nach Abenteuern zu suchen, oder ungewollt genug, um auf eigene Faust loszuziehen, oder eine Kombination von beidem.

»Endlich sind wir unterwegs«, sagte Agnez fröhlich. »Und wir fressen keinen Staub. Bist du nicht froh, dass du nicht dahinten bei den anderen Doktoren und Doktorinnen bist, Simeon?«

»Ich bin mir nicht sicher, ob der Staub nicht doch diesem Pferd vorzuziehen wäre«, antwortete Simeon, der längere Zeit nicht mehr auf einem Pferderücken gesessen hatte und jetzt schon davon ausging, dass er sich die Innenseite seiner Oberschenkel wundreiten würde. »Mit den anderen würde ich zumindest auf einem Wagen fahren.«

»Also wenn ich daran denke, wie schwierig es war, Pferde zu organisieren, die mit deinem Gewicht klarkommen ...«, protestierte Henri. »Ohne meine Bemühungen würdest du jetzt auf einem Karrengaul reiten.«

»Ich würde hinten im Wagen liegen und schlafen«, erwiderte Simeon.

»Nein, das würdest du nicht«, sagte Agnez. »Vergiss nicht, dass du jetzt ein Musketier bist, zumindest zum Teil. Die Kapitänin würde niemals erlauben, dass der *Musketier*-Doktor hinten auf einem Wagen schläft.«

»Hmmph«, grunzte Simeon. Er zuckte missmutig die Achseln, was seinen riesigen schwarz-silbernen Wappenrock flattern ließ.

»Was liest du da, Dorotea?«, fragte Henri. Dorotea hielt ein kleines, in Leder gebundenes Buch in den Händen und las konzentriert; die Zügel hatte sie achtlos um den Sattelknopf geschlungen, vertraute offensichtlich darauf, dass ihre Freunde, die beiderseits von ihr ritten, ihr zu Hilfe eilen würden, sollte das Pferd auf die Idee kommen, durchzugehen oder sich danebenzubenehmen.

»Was?«

»Was liest du?«

»Ein Tagebuch«, antwortete Dorotea. »Das angeblich von einer albanischen Jägerin und Bergsteigerin mit dem ungewöhnlichen Namen ... Cecily Jenkins stammen soll; sie ist vor etwa hundert Jahren mehrere Wochen durch Ystara gereist und hat überlebt.«

»Angeblich?«, fragte Simeon.

»Ich bin mir nicht sicher, ob das alles echt ist«, antwortete Dorotea. »Ich kann Albianisch zwar einigermaßen gut lesen, aber es gibt Nuancen, die dem Ganzen entweder mehr Glaubwürdigkeit verleihen oder das genaue Gegenteil bewirken. Ich bin mir nicht sicher, ob sie manche Sachen erfindet oder einfach nur unterhaltsam sein will. Oder einfach eine Albianerin ist. Ständig erwähnt sie die Wichtigkeit von sauberer Unterwäsche und jammert darüber, dass es ihr nicht möglich war, vor dem Überschreiten der Grenze in Troumiere gepökeltes Rindfleisch anstelle von Schweinefleisch zu kaufen.«

»Klingt nach einer Albianerin«, sagte Agnez.

»Dann hast du in der Belhalle also tatsächlich etwas gefunden?«, fragte Henri.

»Nein …«, erwiderte Dorotea und stopfte das kleine Bändchen in die nützliche Tasche auf der Innenseite ihres Wappenrocks, worin die meisten Musketiere kleine Dolche, Dietriche und Ähnliches aufbewahrten. »Rochefort hat es mir geschickt. Sie hat es in der persönlichen Bibliothek der Kardinalin gefunden. Es ist so ziemlich das einzige nützliche Referenzwerk, das die Bücherverbrennungen von Kardinalin Dumauron überstanden hat.«

Niemand sagte etwas dazu, und Dorotea bekam nicht mit, dass Henri und Agnez sich mit hochgezogenen Augenbrauen ansahen.

»Wenn es ein echter Bericht ist, könnte es nützlich sein«, fuhr Dorotea fort. »Beispielsweise sagt Jenkins, dass die Scheusale im Allgemeinen die höheren Erhebungen meiden, denn sie fürchten sich vor der Nähe zu den Himmeln. So ist sie ihnen mehrere Male entkommen: indem sie auf Gipfel geklettert ist.«

»Es ist einfacher, sie zu töten«, brummte Agnez. Sie deutete auf die Straße hinter ihnen. »Eine Armee wie die hier kann nicht auf Gipfel klettern. Der Pass wird schon schlimm genug werden. Wir werden wahrscheinlich so oder so die Pferde zurücklassen müssen.«

»Was schreibt sie sonst noch?«, fragte Simeon.

»Sie sagt, dass die meisten Scheusale Einzelgänger sind«, antwortete Dorotea. »Bei manchen Gelegenheiten konnte sie nur entkommen, weil sie lediglich von einem einzigen Scheusal verfolgt wurde oder höchstens mal von zwei; wenn es mehr gewesen wären, hätten sie sie erwischt und gefressen.«

»Ich frage mich, was sie überhaupt fressen«, sagte Simeon nachdenklich. »Albianische Tagebuchschreiberinnen dürften selten sein, und es kommen wahrscheinlich nur wenige Menschen in ihr Territorium.«

»Darüber hat Jenkins auch geschrieben«, sagte Dorotea. »Zumindest als sie dort war, hat es jede Menge Ziegen, Schafe und Vieh gegeben, die vermutlich von den Herden aus der Zeit vor dem Untergang abstammen. Die Scheusale jagen und fressen sie. Und einmal hat sie von weit oben beobachtet, wie ein Scheusal und ein Wolfsrudel gegeneinander gekämpft haben.«

»Mit welchem Ergebnis?«, fragte Agnez.

»Das Scheusal hat drei Wölfe getötet, und der Rest ist geflohen«, sagte Dorotea nachdenklich. »Das Scheusal hat dann die toten Wölfe gefressen. Das scheint mir alles glaubwürdig … Ich werde die hervorstechenden Punkte aus diesem Buch für die Kapitänin aufschreiben.«

»Für welche?«, stichelte Agnez. »Für Dartagnan oder für deine *Freundin* Rochefort?«

»Für Dartagnan natürlich«, erwiderte Dorotea und ignorierte die Stichelei gelassen. »Aber ich gehe davon aus, dass Rochefort es ebenfalls lesen wird.«

»Wo machen wir heute Nacht halt, Henri?«, fragte Simeon.

Henri hatte sehr viel Zeit mit den Offizierinnen und Offizieren verbracht, die die Route der Expedition organisiert hatten, und er hatte besonders darauf geachtet, denen zu helfen und sich bei denen beliebt zu machen, die für die Unterbringung auf dem Marsch und die Verteilung der höherwertigen Vorräte an Essen, Wein und anderen Annehmlichkeiten verantwortlich waren.

»Für heute war der Plan, Charolle zu erreichen«, sagte er, während er nach hinten zu der Marschkolonne blickte, deren hinteres Ende in Staubwolken gehüllt und daher kaum zu sehen war. »Aber wir sind spät aufgebrochen, und bei diesem Tempo … ich nehme an, dass wir heute Nacht auf einer Wiese schlafen und die wie auch immer gearteten Rationen knabbern werden, die sich in unseren Satteltaschen befinden. Dabei hatte ich tatsächlich für uns arrangiert, dass wir im zweitbesten Gasthaus von Charolle, der Silbergarbe, untergebracht werden. Das beste ist den höheren Offizieren vorbehalten.«

»Vielleicht können wir ein Bauernhaus finden, in dem wir übernachten können …«, begann Simeon, der keinen sonderlich großen Gefallen an der Aussicht fand, unter freiem Himmel schlafen zu müssen, obwohl er wusste, dass es früher oder später dazu kommen würde.

»Kapitänin Dartagnan hat uns verboten, private Unterkünfte in Beschlag zu nehmen«, sagte Agnez.

»Nur Gasthäuser, Mietställe, Bierstuben und die Häuser von Weinhändlern dürfen requiriert werden, und die Besitzer müssen dafür ordentlich bezahlt werden«, rezitierte Henri. »Auch wenn ich anmerken will, dass die Betroffenen Münzen gewiss dem Berechtigungsschein vorziehen würden, den unsere Quartiermeister ihnen aushändigen werden. Ein Versprechen, bei der Rückkehr der Expedition bezahlt zu werden … Mir würde so etwas nicht gefallen.«

»Das ist immer noch besser, als wenn wir überhaupt nicht bezahlen, sondern alles einfach nur in Beschlag nehmen, wie es uns gerade passt. Meine Mutter hat gesagt, das ist die sicherste Methode, um dafür zu sorgen, dass alle sich gegen uns stellen«, erklärte Agnez. »Besser, lebendig unter den Sternen zu liegen, als im Schlaf in einem gestohlenen Bett erstochen zu werden.«

»Ich frage mich, ob ich in meinem Lazarettwagen schlafen kann«, sagte Simeon. »Dagegen würde die Kapitänin doch bestimmt nichts einzuwenden haben?«

»Wir haben ein Zelt für die Nächte, in denen wir unterwegs keine Stadt und kein Dorf mit geeigneten Unterkünften finden«, sagte Henri. »Und jede Menge Verweigernde, die es auf- und wieder abbauen können. Aber heute Abend wird dafür keine Zeit sein. Es ist für später, für kürzere Tage, wenn wir früh genug aufbrechen und vor Einbruch der Abenddämmerung ankommen. Der heutige Tag wird lang werden.«

»Sehr lang, glaube ich. Wenn das Wetter gut bleibt und die Nacht nicht zu dunkel ist, denke ich, die Kapitänin … die Kapitäninnen … werden weitermarschieren lassen«, sagte Agnez. »Dartagnan hat davon gesprochen, wie wichtig es ist, dass es am ersten Tag gut losgeht. Und sie könnten die Vorhut vorausschicken … in dem Fall würden zumindest wir vor Einbruch der Nacht in Charolle sein.«

»Ashalael, bewahre uns vor Dienst in der Nachhut«, sagte Henri. »Wo auch immer *wir* haltmachen, werden sie drei oder vier Stunden hintendran sein.«

»Das mögen die Himmel verhüten«, murmelte Simeon. »Gibt es in dieser Silbergarbe, von der du erzählt hast, ein Bad?«

»Bäder, guten Wein, hervorragendes Essen«, antwortete Henri. Er sah zurück auf die langgestreckte Marschkolonne, deren hinteres Ende jetzt vollkommen von Staubwolken verschluckt wurde, und dann nach vorn, wo – gerade einmal fünfzig oder sechzig Schritt vor ihnen – die beiden Kapitäninnen an der Spitze der Vorhut ritten, begleitet von rangniedereren Offizieren sowie berittenen Boten, die ständig zu ihnen kamen oder von ihnen wegritten und am Straßenrand in beiden Richtungen an der Marschkolonne entlanggaloppierten. »Aber wir werden dafür sorgen müssen, dass wir zu den Ersten gehören, die in Charolle ankommen. Ungeachtet der vorab getroffenen Arrangements wird es sicher Pursuivants und vor allem Mitglieder der Königsgarde geben, die versuchen werden, durch Bestechung an unser Zimmer zu kommen und unsere auserlesenen Lebensmittel zu essen. Wobei mir einfällt ... wie viel Geld habt ihr noch?«

»Ich habe nichts von der Belohnung der Königin ausgegeben«, antwortete Simeon, griff unter seinen Wappenrock und befühlte mehrere Objekte, bevor er die kleine Lederbörse herauszog und sich dann – begleitet vom beunruhigenden Knirschen der Sattelriemen – zur Seite beugte, um sie Henri zu geben. »Hier hast du es. Ich habe außerdem noch ein bisschen was von meinem eigenen Geld.«

»Ich habe mein ganzes Geld beim Würfeln verloren«, sagte Agnez. »Aber wir werden unsere Börsen schon bald mit ystaranischem Gold auffüllen können!«

»Was im Augenblick nicht gerade schrecklich hilfreich ist«, beklagte sich Henri. »Ich bin froh, dass zumindest ich mein Geld für unser Wohlergehen ausgegeben habe.«

»Ich habe die Börse noch«, sagte Dorotea und klopfte auf ihre linke Satteltasche. »Aber ich habe ihren Inhalt für Papier, Holzkohlestifte, Farben und Blattgold ausgegeben. Ich dachte, wir würden kein Geld brauchen, da wir uns jetzt als Musketiere auf einem Feldzug befinden. Damit warst du dann also so beschäftigt, Henri, mit den Schreiberinnen und Schreibern der Kapitäninnen und dieser einäugigen Quartiermeisterin? Um Essen und Unterkunft und so weiter zu organisieren?«

»Bis zu einem gewissen Grad«, sagte Henri. »Die ... äh ... grundlegende Versorgungsstufe besteht aus einer Decke auf einem schlammigen Feld, der Wein ist mit neun Teilen Wasser verdünnt, und zum Essen gibt es dieses Feldzug-Brot, an dem man sich die Zähne abbricht. Nun ja, ich nehme an, ich werde mit Simeons Börse mein Bestes tun. Aber wir haben zwanzig Tage oder mehr auf der Straße vor uns ...«

»Gib es mir«, schlug Agnez vor. »Ich habe jetzt genug Pech beim Würfeln gehabt. Das wird sich ändern, wenn ich es mit Triple versuche. Ich werde genug gewinnen, damit wir uns all den Luxus kaufen können, von dem du zu glauben scheinst, dass wir ihn unterwegs brauchen.«

Henri schüttelte den Kopf und vergrub Simeons Börse tiefer unter seinem Wappenrock. »Deine Worte verraten, dass du nicht die geringste Ahnung von der Mathematik des Zufalls hast, Agnez«, sagte er. »Ganz zu schweigen von den Fähigkeiten von zu vielen unserer Mitmusketiere … und erst recht von denen der Pursuivants und der Mitglieder der Königsgarde. Klug benutzt, wird Simeons Börse reichen, wie ich glaube. Auch wenn ich einmal mehr mit Bedauern an die ystaranischen Doppeldelfine denke …«

»Die haben uns niemals gehört«, sagte Agnez.

»Sie hätten uns gehören können«, entgegnete Henri.

Sich darüber streitend, ritten sie weiter.

Fast eine ganze Wegstunde hinter den vier marschierte ein junger Verweigernder, der traurigerweise durch eine teilweise von einem Halstuch verborgene, klumpige, vorspringende Narbe in seinem Gesicht entstellt war, neben einer viel älteren Frau, die zwar einen langen Stock hatte, auf den sie sich aber kaum stützte. Oder genauer gesagt, sie stützte sich nur dann darauf, wenn sie von dem jungen Mann leise daran erinnert wurde, dass sie zwar wie eine mittelaltrige, niedergeschlagene Verweigernde aussah, sich jedoch nicht immer entsprechend verhielt.

»Pah! Niemand achtet auch nur im Geringsten auf mich«, sagte Liliath. Sie war verärgert, weil ihr raues graues Hemdkleid kratzig und hässlich war; wütend über die verschiedenen Beleidigungen, die sie sich von der Stadtwache hatte anhören müssen, seit sie sich am Tag zuvor zu den Insassen des Gefängnisses gesellt hatten; gelangweilt vom Marsch und angewidert von dem Haferschleim und dem dünnen Bier, das man ihnen zum Frühstück gegeben hatte.

»Eine Verkleidung muss die ganze Zeit beibehalten werden«, besänftigte Bisc sie. »Wenn sie funktionieren soll.«

»Ich weiß, ich weiß«, murmelte Liliath. Sie krümmte den

Rücken und stützte sich auf den Stock, der in Wirklichkeit ein Behälter für mehr als ein Dutzend sorgfältig ausgewählte und ebenso sorgfältig versteckte Symbole war. »Es ist notwendig. Es ist mein eigener Plan. Aber ich wünschte, ich hätte über eine bequemere Möglichkeit nachgedacht, die Expedition begleiten zu können, ohne Verdacht zu erregen.«

»Es ist nicht für lange«, sagte Bisc. In seinen Augen leuchtete das Licht eines wahren Gläubigen, als er fortfuhr: »Was sind schon zwanzig Tage Unannehmlichkeiten, wenn am Ende Ystara wiederhergestellt ist und Palleniel kommt, um unser gebrochenes Volk zu heilen?«

»Ja«, sagte Liliath. Sie lächelte. Dieses Lächeln hatte Bisc zuvor noch nie gesehen, es wirkte beinahe schon verzückt. »Ja. *Palleniel.*«

Die Expedition erreichte Charolle tatsächlich noch in dieser ersten Nacht, auch wenn die Nachhut – wie Henri es vorhergesagt hatte – erst kurz vor Mitternacht ankam und ein gutes Stück im Mondlicht marschiert war. Wie ebenfalls von ihm vorhergesagt, gab es vor der Silbergarbe ein bisschen Gerangel mit ein paar Mitgliedern der Königsgarde, aber die vier setzten sich durch und sicherten sich sowohl ihr Zimmer als auch ihr Essen.

Dieses Glück schien ein Vorbote für die weitere Reise zu sein. Am nächsten Morgen wurde früh aufgebrochen und auch am darauffolgenden, und sie entfernten sich immer weiter von Lutace, während Monthallard näher rückte. Die Herbstregen, die jeden Moment erwartet wurden, kamen nicht in voller Stärke, beschränkten sich auf abendliche Schauer und gelegentlichen Nieselregen kurz vor der Morgendämmerung. Das Wetter war tatsächlich so gut, dass man allgemein davon ausging, dass die Kardinalin Ashalael angerufen haben musste, um es der Expedition leichter zu machen.

Aber die beiden Kapitäninnen sowie ein paar Auserwählte wie die vier wussten von den Depeschenreitern, die beständig zwischen Lutace und der Expedition hin- und hergaloppierten, dass dem nicht so war. Die Kardinalin war noch immer dabei, sich zu erholen, genau wie Fürstin Dehiems.

Außer dem guten Wetter und der Überzeugung, dass Ashalael ihnen half, trug noch ein Faktor zum zügigen Vorankommen der Expedition bei. Jeder Tag brachte sie dem sagenhaften Schatz näher, und überall wurde spekuliert, wie viel am Ziel wohl zu finden sein würde und wie viel unter den gewöhnlichen Soldatinnen und Soldaten verteilt werden würde.

Merkwürdigerweise wirkten auch die Verweigernden munterer und weniger bedrückt, je mehr die Entfernung nach Ystara abnahm, auch wenn sie nicht die Aussicht hatten, einen Anteil vom Schatz zu bekommen. Doch als Rochefort einige der besonders Fröhlichen befragen ließ, warum sich ihre Haltung geändert hatte, konnte niemand von ihnen erklären, warum genau sie ihre Köpfe etwas höher trugen oder manchmal lachten, während sie doch sonst nie gelacht hatten. Und kurz nachdem die Befragten wieder zu ihresgleichen zurückgekehrt waren, kehrte auch die übliche düstere Stimmung der Verweigernden zurück, als ob sie alle gemeinsam ein zeitweiliges Glück empfunden hätten, das jetzt verschwunden war. Die Offiziere der Stadtwache, die dafür zuständig waren, sie zu bewachen, führten es auf die Herbstsonne zurück, die jetzt nicht mehr von Hüttenwänden oder der Decke der Abwasserkanäle abgehalten wurde. Was immer Rochefort darüber dachte, teilte sie niemandem mit.

Zwei Wochen nachdem sie Lutace verlassen hatten, stellte Dorotea fest, dass die merkwürdigen Lichterscheinungen, die sie in Agnez, Henri und Simeon erkennen konnte, deutlicher wurden und für sie leichter zu sehen waren, und das galt auch in Bezug auf die Verweigernden. Aber ihre Freunde wollten nichts davon wissen und weigerten sich, mit ihr darüber zu sprechen, wann immer sie das Thema aufbrachte. So blieb nur eine einzige Person übrig, mit der sie darüber reden konnte.

Als am Ende eines Tages ein weiteres vorübergehendes Lager aufgeschlagen wurde (ohne den Palisadenzaun und den Graben, die später, wenn sie Ystara erreichten, nötig sein würden), begab sich Dorotea zu Rochefort, um mit ihr ein vertrauliches Gespräch zu führen; beides war nicht so leicht umzusetzen, wie sie gedacht hatte.

Das Lager war – genau wie in den Nächten zuvor – eigentlich ein Sammelsurium von mehreren kleineren Lagern, die sich gegenseitig überlappten und selten nach dem gleichen Muster oder der gleichen Ordnung angelegt waren, trotz ständiger Versuche, eine solche Ordnung durchzusetzen. Denn unabhängig vom Plan erhoben die Musketiere, die Pursuivants und die Königsgarde Anspruch auf die besonders guten Plätze; neben ihnen wurden die Küchen aufgebaut, wobei die der besseren Regimenter immer wieder »Gäste« abweisen mussten, die nach besserer Verpflegung suchten; auf den etwas weniger einladenden Flächen wurden die Kanonen oder die Wagen abgestellt, oder sie wurden für die Feldlazarette und Vorratslager benutzt; und die Verweigernden bekamen, was noch übrig war, und das war immer das am wenigsten gesunde verfügbare Areal. Und weil die Stadtwache sie bewachte, teilte sie dieses Schicksal.

Logischerweise war es daher eine schwierige und jeden Tag etwas anders geartete Aufgabe, in diesem Lager jemanden zu finden, auch wenn zumindest die Zelte der Kapitäninnen größer und auffälliger als alle anderen waren. Dorotea verließ die höher gelegene Wiese, auf der die Musketiere ihr Lager aufgeschlagen hatten, und ging zu der niedrigen Steinmauer hinunter, die es vom nächsten, viel schlammigeren Feld trennte, wo die Lazarettwagen im Kreis standen. Sie winkte Simeon zu, dessen Wappenrock von einem Helfer gehalten wurde, während er sich seinen Doktorenmantel anzog, da er draußen im letzten Licht des Nachmittags gleich noch eine Operation durchführen wollte.

Sie ging am Lazarettplatz vorbei und gesellte sich zu dem

Menschenstrom, der entlang einer Hecke einen Pfad in den Morast trampelte, bis sie eine Lücke erreichte, die gerade von Verweigernden mit Äxten erweitert wurde, was den Bauern, dem das Gelände gehörte, ganz bestimmt verärgern würde. Auch wenn er es nicht wagen würde zu protestieren, solange die Expedition vor Ort war.

Durch die Lücke konnte Dorotea eine weitere angenehme, etwas höher gelegene Wiese sehen, auf der sich die graubraunen Zelte der Pursuivants – jeweils mit einer scharlachroten Flagge geschmückt – in ordentlichen Reihen erhoben, und genau in der Mitte davon das größere, beeindruckendere und vollständig scharlachrote Zelt von Rochefort, das an allen Seiten von Pursuivants bewacht wurde.

Dorotea zögerte, bevor sie durch die Lücke schritt, denn sie erinnerte sich noch gut an ihren Empfang im Turm. Die wachhabenden Pursuivants beobachteten sie, griffen aber nicht zu ihren Degen, Pistolen oder Symbolen, und als sie näher trat, kam einer ihr sogar entgegen und lüpfte den Hut. Dorotea erkannte ihn als Dubois; er war bei Rocheforts Truppe gewesen, als sie in der Belhalle abgeholt worden war.

»Scholarin Imsel«, begrüßte der Pursuivant sie. »Oder sollte ich jetzt Musketierin Imsel sagen?«

»Irgendwas von beidem, nehme ich an«, erwiderte Dorotea. »Ich würde mich gern mit Kapitänin Rochefort unterhalten.«

»Sie hat in der Tat Anweisung gegeben, dass Euch immer Zutritt gestattet werden soll«, erklärte Dubois. »Aber darf ich Euch bitten, ein paar Minuten zu warten? Die Kapitänin lässt sich gerade Bericht erstatten. Möchtet Ihr einen Becher Wein?«

»Gerne«, antwortete Dorotea, die plötzlich feststellte, dass sie Durst hatte. Sie hatte sich nicht die Zeit genommen, etwas zu essen oder zu trinken, bevor sie sich auf die Suche nach Rochefort begeben hatte, und nach einem langen Tagesritt war sie wie immer ausgedörrt und hungrig.

Dubois winkte, und eine Pursuivant ging davon und kehrte

wenig später mit einem Becher sehr guten Weins zurück, der besser war als alles, was Dorotea bislang trotz Henris Bemühungen auf dieser Reise genossen hatte. Sie trank langsam, überlegte sich, was genau sie zu Rochefort sagen würde und was nicht, und stellte fest, dass sie für ihre Verhältnisse ungewöhnlich nervös war. Sie hatte keine Angst vor Rochefort an sich, aber sie hatte Angst vor etwas, das mit Rochefort zu tun hatte. Oder mit ihr selbst. Es war verwirrend.

»Ich sollte vielleicht ein anderes Mal wiederkommen«, sagte sie, nachdem sie den Becher leer getrunken hatte. »Morgen, oder …«

»Nein, nein, die Kapitänin wird mit Euch sprechen wollen«, sagte Dubois. »Hört doch, die beiden kommen jetzt raus.«

Dorotea hörte Sporen klirren und Stimmen, die Lebewohl sagten. Dann wurde die Zeltklappe angehoben, und zwei unauffällige Leute – ein Mann und eine Frau –, die in ihrer schmutzigen, blutbefleckten Wildlederkleidung wie Jäger aussahen, humpelten heraus. Nur die scharlachroten Tücher, die um ihre Arme geschlungen waren, machten deutlich, dass sie tatsächlich Pursuivants der Kardinalin waren.

Rochefort war hinter ihnen, überragte die beiden, wie sie fast alle anderen mit Ausnahme von Simeon und Sesturo überragte, auch wenn die beiden Letztgenannten deutlich breiter waren. Als sie Dorotea sah, leuchteten ihre Augen.

»Dubois«, sagte Rochefort. »Vautier und Dufresne bekommen jeweils einen Schlauch vom guten Wein, und finde ein bequemes Zelt für sie, wenn das möglich ist.«

»Wie Ihr befehlt«, erwiderte Dubois. Er deutete auf Dorotea und sagte: »Musketierin-Scholarin Imsel ist hier, um mit Euch zu sprechen, Kapitänin.«

»Komm rein«, sagte Rochefort. »Du bist wie immer höchst willkommen. Ich hatte gehofft, du würdest mich schon früher besuchen.«

»Ich … ich wollte mit Euch über etwas sprechen, über das

wir schon früher einmal gesprochen haben … im Turm«, sagte Dorotea vorsichtig, während sie Rochefort ins Zelt folgte. Auch wenn es nur sparsam möbliert war, war es doch bei weitem luxuriöser als das, das sie sich mit Agnez, Henri und Simeon teilte. Es gab einen Klapptisch, einen Teppich, der über den Klee gelegt worden war, drei Stühle mit offener Rückenlehne und ein Feldbett.

»Ich verstehe«, erwiderte Rochefort. Sie wandte sich an die Pursuivant, die hier im Innenraum Wache stand. »Derambouillet, du kannst nach draußen zu den anderen gehen.«

Derambouillet neigte den Kopf und verschwand nach draußen. Einen Augenblick später zog sie die Schnüre zu, die die Zeltklappe fest verschlossen, sodass Rochefort und Dorotea ungestörter waren.

Rochefort deutete auf einen Stuhl und setzte sich selbst. Dorotea folgte ihrem Beispiel, und ein paar Sekunden lang sahen sie einander nur über den Tisch hinweg an.

»Was ich in … in Agnez, Henri und Simeon gesehen habe … es scheint jetzt stärker, eindeutiger zu sein«, erklärte Dorotea. »Das Gleiche gilt für das, was auch immer in den Verweigernden ist.«

Rocheforts Augen verengten sich, und sie sah leicht links an Dorotea vorbei. »Ja«, sagte sie. »Ich hatte es noch nicht bemerkt … ich muss mich um so viel kümmern … Hast du eine Erklärung dafür?«

»Nein«, antwortete Dorotea. »Weil ich ja noch nicht einmal weiß, was ich da überhaupt sehe! Ist es ein richtiger Engel, der sich in unseren Körpern versteckt hält … oder auch mehrere? Oder der Überrest eines Engels?«

»Ich weiß es nicht«, sagte Rochefort. »Aber wenn es stärker geworden ist, während wir uns Ystara nähern, mag die Antwort sehr wohl dort zu finden sein.«

»Das hoffe ich«, erwiderte Dorotea. »Ich mag es nicht, etwas nicht zu wissen, nicht in der Lage zu sein, etwas zu verstehen! Und meine … meine Freunde wollen nicht mit mir darüber sprechen oder darüber diskutieren, was diese seltsamen ... Schatten sein könnten.«

Rochefort nickte und drückte sich die langen Finger gegen die Schläfen. »Und deshalb bist du zu mir gekommen. Aber ich fürchte, auch ich kann keinen Gedanken für irgendetwas anderes als die Expedition erübrigen.«

»Ich weiß«, sagte Dorotea. »Ich wollte nur, dass Ihr Bescheid wisst ...«

»Ja«, sagte Rochefort. Sie lächelte Dorotea an; es war das erste Mal, dass sie sie richtig lächeln sah. »Danke, dass du an mich gedacht hast. Und ich danke dir auch dafür, dass du das Tagebuch dieser albianischen Abenteurerin so gründlich gelesen hast. Ich hatte gehofft, dass es sich als nützlich erweisen würde. Aber ich hatte nicht die Zeit, es selbst zu lesen.«

»Ihr haltet es für echt?«

»Ja«, antwortete Rochefort. Sie sah Dorotea immer noch an und griff dabei nach dem Weinbecher, der neben ihrer Hand stand – und hätte ihn fast umgeworfen, erwischte ihn aber gerade noch und stellte ihn wieder hin, ohne dass ein einziger Tropfen verschüttet worden wäre. »Die beiden Pursuivants, die du gerade gesehen hast, zählen zu meinen besten Leuten, wenn es ums Kundschaften geht. Ich habe sie vor einer Woche vorausgeschickt, um die Grenze zu überqueren und den Pass hochzugehen, zum höchsten Punkt, bevor er sich wieder senkt. Sie sagen, dass das Land ziemlich genauso aussieht wie in dem Tagebuch beschrieben. Sie haben aus der Ferne ein paar Scheusale gesehen, ein paar wilde Ziegen ... und sonst nicht viel. Die Straße durch den Pass hat sich natürlich verschlechtert, aber sie wurde zu Zeiten des Imperiums gebaut und ist daher besser erhalten als manche neueren Arbeiten. Wenn es nicht schneit – was zu dieser Jahreszeit extrem unwahrscheinlich ist –, sollten wir gut vorankommen, und ich bin sehr erleichtert, dass die Scheusale wohl eher selten sind.«

»Ich hoffe, das bleibt so«, sagte Dorotea inbrünstig. Sie rutschte unruhig auf ihrem Stuhl herum und fügte dann hinzu:

»Ich habe mich gefragt, ob ich vielleicht die Erlaubnis haben könnte, mit … mit ein paar Verweigernden zu sprechen. Denn mir scheint, als könnten manche von *ihnen* in der Lage sein zu sehen, was …«

»Verweigernde können keinen wie auch immer gearteten Umgang mit Engeln pflegen«, erwiderte Rochefort wegwerfend. »Der kleinste Hauch Engelsmagie, und sie sterben an der Aschblut-Plage oder werden zu Scheusalen.«

»Ja, aber vielleicht wissen sie mehr darüber, warum das so ist«, sagte Dorotea drängend. »Vielleicht gibt es bei ihnen Geschichten darüber, wie Engel in Menschen gesehen wurden, ystaranische Fabeln … irgendein unklares Wissen, als Kindergeschichten getarnt, Ihr wisst schon, die Art wie …«

»Das ist alles untersucht worden, als sie aus Ystara geflohen und in Scharen nach Sarance gekommen sind!«, unterbrach Rochefort sie. »Niemand hat gewusst, wo das Aschblut hergekommen ist, warum manche gestorben sind und manche sich verwandelt haben. Klar war nur, dass Palleniel es getan haben musste, und das wurde durch den Bann bestätigt, den die Erzengel über Ystara verhängt haben.«

»Welchen Bann?«, fragte Dorotea.

Rochefort nippte an ihrem Wein und runzelte die Stirn. »Es ist so etwas wie ein Geheimnis des Tempels«, sagte sie. »Unterdrücktes Wissen, wie bei den Büchern, die Dumauron verbrannt hat. Die Erzengel der Staaten, die an Ystara grenzen – Ashalael von Sarance und Turikishan von Menorco –, haben einen Bann ausgesprochen, der die Scheusale einsperrt. Darum haben sie sich nicht weiter ausgebreitet.« Sie nahm einen größeren Schluck, leerte ihren Becher, den sie dann unverzüglich wieder aus der Flasche auffüllte. Anschließend sprach sie weiter. »Unglücklicherweise hat dieser den Scheusalen auferlegte Bann noch eine andere Auswirkung. Es ist schon lange bekannt, dass kein Engel die Grenzen überqueren und sich nach Ystara begeben kann. Sonst hätte ich Reahabiel losschicken können, um den Tempel auszukundschaften, und Quarandael, um jedweden Schatz zurückzuholen. Was ebenfalls vermutet wurde, aber bislang nicht bewiesen war, ist, dass dort auch keine Engel *beschworen* werden können. Zumindest keine Engel, die nicht aus den Heerscharen von Ystara stammen.«

Dorotea verarbeitete diese Neuigkeiten.

»Bis jetzt war es unbewiesen«, sagte Rochefort bitter und trank wieder einen Schluck. »Aber es ist mir gerade von meinen Kundschafterinnen bestätigt worden. Die Symbole, die sie dort getragen haben, waren einfach nur Bilder, stumpf und leblos.«

»Das ist es also, was Dartagnan angedeutet hat ...«, sagte Dorotea.

»Was?«

»Oh ... nur ... dass sie glaubt, dass ihr Pursuivants euch zu sehr auf Symbole und Engel verlasst«, sagte Dorotea errötend. »Aber ich denke, sie hat vermutet, dass eure Symbole in Ystara nicht funktionieren werden.«

»Dartagnan war schon immer sehr schlau«, murmelte Rochefort und nahm noch einen großen Schluck aus ihrem Becher, der ihre Lippen rot färbte.

»Aber was bedeutet das?«, fragte Dorotea. »Dass Ashalael keinem seiner Engel erlaubt, Ystara zu betreten, und dass dort keiner beschworen werden darf?«

»Es spielt keine Rolle, was es bedeutet! Wir hätten dieses verfluchte Land in Ruhe lassen sollen«, erwiderte Rochefort und trank erneut. »Aber wir haben andere Befehle, ohne die Möglichkeit, dass sie widerrufen werden. Ihre Eminenz hat sich einen schlechten Zeitpunkt ausgesucht, sich zu verausgaben, wovor ich sie auch gewarnt habe! Sie hätte dich niemals selbst befragen dürfen.«

»Meint Ihr, Ihr hättet mich stattdessen befragen sollen?«, fragte Dorotea. »*Ihr* wolltet mich der Befragung unterziehen? Wolltet Ihr, dass Pereastor für *Euch* in meinem Verstand herumtastet?«

»Nein!«, protestierte Rochefort. Sie stellte den Becher so

hart auf dem Tisch ab, dass roter Wein herausspritzte und die Tischbeine nachgaben. »Nein! Ich wollte es nicht, und ich hätte es nicht getan … es sei denn, auf direkten Befehl Ihrer Eminenz. Aber sie war bereits erschöpft. Sie hätte jemand anders …«

»Ich glaube, ich werde jetzt gehen«, sagte Dorotea, das Kinn gereckt. Sie stieß ihren Stuhl zurück. Rochefort sprang ebenfalls auf, und einen kurzen, schrecklichen Moment lang dachte Dorotea, die Pursuivant würde versuchen, sie zurückzuhalten. Aber das tat sie nicht. Sie stand nur da, schwankend, und ihre Arme hingen locker an ihren Seiten.

»Ich habe dir gesagt, dass ich nicht will, dass dir etwas geschieht«, murmelte Rochefort. »Ich halte mich daran.«

»Ihr habt auch gesagt, dass Ihr hofft, dass ich Euch niemals fürchten werde«, erwiderte Dorotea. »Aber gerade hatte ich einen Moment lang Angst.«

»Ich will nicht sein, was ich …«, begann Rochefort, aber sie unterbrach sich und sagte nichts mehr, als Dorotea sie wartend ansah.

»Ja?«, fragte Dorotea.

Rochefort schüttelte sehr langsam den Kopf, als wäre er aus Stein, zu schwer, um ihn leicht zu bewegen. Sie deutete niedergeschlagen auf die Zeltöffnung. Dorotea ging hin, löste die Schnüre und schritt hinaus in die Abenddämmerung; ihre Gedanken kreisten vor allem um die Tatsache, dass Rochefort ihr nicht direkt verboten hatte, Verweigernde zu befragen …

453

Dreißig

»Eine von den vier hat unseren Leuten Fragen gestellt«, sagte Biscaray leise zu Liliath, als sie ihre groben Decken im Windschatten eines großen Felsblocks auf den Boden legten. Sie waren jetzt dicht vor Monthallard, würden es am nächsten Tag erreichen. Die Straße war die ganze letzte Woche langsam, aber stetig angestiegen, während sie den Bergen, die die Grenze nach Ystara kennzeichneten, immer näher kamen. Zudem war es merklich kälter geworden, vor allem im Wind. Die Verweigernden hatten angefangen, dicht zusammengedrängt auf dem Boden zu schlafen, der jetzt häufiger aus kahler Erde oder blankem Fels bestand, nicht mehr aus schlammigen Feldern. »Die Scholarin, Dorotea Imsel.«

»Was fragt sie?«, wollte Liliath wissen. Sie sprach leise, obwohl sie ringsum von Biscs Kämpfern umgeben waren.

»Sie möchte Geschichten hören, die Sachen, die wir unseren Kindern erzählen oder die man uns als Kindern erzählt hat«, sagte Bisc. »Über den Untergang von Ystara, über Palleniel.«

»Was hat man ihr erzählt?«

»Die üblichen beiden Geschichten, die sie eigentlich schon kennen muss, sonst nichts. Dass wir zu viel gesündigt haben, um erlöst zu werden, Palleniel alle Ystaraner verflucht hat und wir diesen Fluch für immer tragen. Oder die andere, die die Saranceser nicht mögen und der zufolge es einen Krieg in den Himmeln gegeben hat, feindliche Engel uns verflucht haben und Palleniel uns nicht retten konnte. In beiden sind wir für immer verdammt. Ich muss zugeben, dass ich neugierig bin, wie die Wahrheit aussieht …«

»Wie ich dir früher schon gesagt habe, hat Palleniel niemanden verflucht. Seine Feinde haben die Aschblut-Plage und die

Scheusale erzeugt«, sagte Liliath wütend, während sie sich verdrehte, um einen Dorn oder eine Klette von ihrer Seite zu entfernen. »Die anderen Erzengel haben Palleniel angegriffen, gelenkt von ihren Kardinalinnen und Hohepriestern. Er ist verbannt worden ... doch wir werden ihn zurückbringen. Alles wird wiederhergestellt werden, Bisc.«

»Aber werden die feindlichen Erzengel dann nicht erneut angreifen?«

»Palleniel ist überrascht worden«, sagte Liliath. Sie hatte diese Lüge schon zuvor erzählt, vor langer Zeit, und sie kam ihr leicht über die Lippen. »Sein Symbol hat damals einer schwachen alten Frau gehört, Kardinalin Alsysheron. Palleniel wird zurückkehren, weil *ich* ihn beschwöre, und *ich* werde ihn gegen unsere Feinde lenken. Es wird anders sein. Alles wird geheilt werden, die Scheusale werden verschwinden, Ystara wird in all seiner Größe wiederhergestellt werden.«

Bisc nickte. Sein Gesicht war in der herabsinkenden Dunkelheit und im Schatten des Felsblocks kaum auszumachen. Noch nicht einmal Liliath konnte seinen Gesichtsausdruck erkennen.

»Aber warum braucht Ihr diese vier?«, fragte er. »Descaray. MacNeel. Dupallidin. Imsel. Sie stammen nicht aus Ystara ...«

»Schluss mit diesen Fragen«, sagte Liliath unwirsch. »Einstweilen genügt es, wenn du begreifst, dass ich sie im Tempel brauche, lebendig und unversehrt.«

»Aber ...«

»Ich habe gesprochen«, sagte Liliath mit zusammengebissenen Zähnen. »Sorge dafür, dass meinen Befehlen gehorcht wird.«

»Wie immer«, erwiderte Bisc. »Euer Wille wird geschehen.«

»Ich habe schon höhere Pässe gesehen«, sagte Agnez schnaubend.

»Es sieht kalt aus«, sagte Henri, der die letzten drei Tage seinen schweren Umhang getragen hatte. Er war aus schwarzer Wolle mit Silberfuchspelzbesätzen, wie ihn alle Musketiere trugen, und er hatte ihn eng um sich geschlungen. Die Sonne war gerade erst aufgegangen, und obwohl der Himmel klar war und der Tag begonnen hatte, lag keine Wärme in der Luft. »Da oben scheint es mir sogar noch kälter zu sein.«

»Sei dankbar dafür, dass du deinen Umhang hast«, sagte Dorotea. »Die Verweigernden haben nichts, was so warm ist.«

»Und sei dankbar für das Wetter«, fügte Simeon hinzu. »Es könnte leicht noch sehr viel kälter sein. Und nasser. Bis jetzt hatten wir Glück.«

Sie standen gemeinsam auf der Kuppe einer niedrigen Anhöhe, die parallel zu einem schmalen, namenlosen Fluss verlief, der die Grenze zwischen Sarance und Ystara kennzeichnete. Es gab eine breite, kiesige Furt, die teilweise von den Resten einiger zerstörter Pfeiler begrenzt wurde, die alles waren, was von der alten Imperialen Brücke übriggeblieben war. Die Straße – oder besser, die Überreste der alten Straße – stieg in gerader Linie von der Furt zu einer Lücke in den Bergen im Südwesten auf, zwei Drittel so hoch wie die Gipfel auf beiden Seiten, große Spitzen aus grauem Stein, die nur ganz oben von Schnee und Eis bedeckt waren.

Die vier waren zu Fuß; ihre Pferde befanden sich zusammen mit den anderen Reittieren der Expedition ein kleines Stück entfernt auf einer Koppel, die Teil des letzten Lagers in Sarance war, beim Dorf Monthallard. Um diese längst nicht mehr idyllische Siedlung herum war ein anderes, viel größeres, aber nur vorübergehendes Dorf aus dem Boden gewachsen, da die Marketenderinnen nicht nach Ystara weiterziehen durften, sondern sich hier niederlassen mussten, um die Rückkehr ihrer Geliebten, Kunden und Opfer zu erwarten.

Die alte Straße, die hinauf zum Pass und durch ihn hindurchführte, war zu aufgerissen und an manchen Stellen auch zu schwierig für Pferde, daher hatten Dartagnan und Rochefort beschlossen, dass die Expedition von nun an zu Fuß weitergehen würde. Die sechs Falkonette und eine Menge Pulver und Kugeln würden in Einzelteilen von Maultieren hochgetragen werden, genau wie andere Vorräte. Die Verweigernden mussten ihnen auf ähnliche Weise wie die Maultiere dienen und waren mit Zelten, zugespitzten Pfählen für die Palisaden, Essen, Wasser, Pulver, Kugeln, Feuerholzbündeln und vielen anderen Dingen beladen worden.

Agnez, die sich an die Geschichten erinnerte, die ihre Mutter ihr über ihre Feldzüge erzählt hatte, hatte die anderen drei dazu gebracht, deutlich mehr zu tragen, als sie es sonst getan hätten, und sie alle waren jetzt – zusätzlich zu ihren Degen, Musketen und Patronengurten – schwer mit Essen für mehrere Tage, einem Wasserschlauch, einem zweiten Satz Kleidung und zwei dicken Decken beladen.

Nichtsdestotrotz konnten sie sich glücklich schätzen, dass sie nicht Hellebarden statt Musketen hatten, wie es bei der Hälfte der Musketiere, der Pursuivants und der Königsgarde der Fall war. Auch wenn diese Soldaten für größtenteils zeremonielle Zwecke im Palast der Königin oder dem der Kardinalin oder im Haus des Königs den Umgang mit den Hellebarden übten, ging es dieses Mal darum, dass sie eine schwere Nahkampfwaffe gegen gepanzerte Scheusale zur Verfügung hatten.

Einige Personen erhielten auch Granaten, aber nur solche, die ein ruhiges Naturell und einen sehr guten Wurfarm hatten. Henri gehörte nicht zu ihnen, was ihn enttäuscht hatte, doch es hatte letztlich nur damit zu tun, dass man nichts von seinen entsprechenden Fähigkeiten wusste, und keineswegs damit, dass man davon überzeugt war, dass er sie nicht besaß.

Simeon hatte sich geweigert, eine Muskete anzunehmen, da er bereits sein Chirurgenbesteck und allerlei andere medizinische Ausrüstungsgegenstände trug. Das hatte dazu geführt, dass ein Gardist der Königsgarde gespottet hatte, ein Musketier ohne Muskete wäre eine Art Eunuch, aber das sagte er nur

457

ein einziges Mal, und es sagte auch sonst niemand; man ging davon aus, dass der betroffene Gardist sich von seiner Gehirnerschütterung wieder erholen würde.

Henri erschauerte, als er zusah, wie die Kundschafter der Musketiere und der Pursuivants ins Wasser wateten, um als Erste den Fluss zu durchqueren. Die Stiefel hatten sie sich um den Hals gebunden, die von ihnen bevorzugten langläufigen Vogelflinten hielten sie hoch über den Kopf gereckt. Das Wasser war an keiner Stelle tief, sondern reichte ihnen nur bis zu den Knien, aber er wusste, dass es eiskalt sein würde. Und er wusste, dass er den Fluss binnen der nächsten halben Stunde selbst durchqueren würde, da sie wieder der Vorhut zugeteilt worden waren.

»Irgendwie seltsam, sich vorzustellen, dass da drüben Ystara ist«, sagte Dorotea und deutete auf die Berge, die nur spärlich mit Birken und Ebereschen bewachsen waren. »Sie sehen nicht anders aus als andere Berge auch. Aber dort werden unsere Engel nicht zu uns kommen, und vor langer Zeit hat der Erzengel dieses Landes sein Volk vernichtet.«

»Hast du gedacht, es würde irgendwelche sichtbaren Anzeichen des Untergangs geben?«, fragte Simeon.

»Nein«, sagte Dorotea seufzend. »Es ist einfach nur interessant. Bereiche und Grenzen sind tief miteinander verflochten. Ich bin mir sicher, dass *beides* menschliche Erfindungen sind. Vielleicht drücken wir einem Engel viel eher einen Bereich auf, statt ihn zu entdecken …«

»Pssst!«, rief Simeon. Er sah sich rasch um, aber niemand schien Doroteas Worte gehört oder von dem, was sie gesagt hatte, Notiz genommen zu haben.

»Was denn?«, fragte Dorotea. »Ich habe nur laut gedacht.«

»Nun ja, lass es lieber«, sagte Henri. »Es hat sich ketzerisch angehört.«

»Es ist nicht ketzerisch«, protestierte Dorotea zu laut, womit sie sich ein erneutes allgemeines *Pssst* einhandelte.

»Na ja, es hat sich so angehört, als könnte es das sein«, sagte

Simeon. »Wir haben beschlossen, dass es am besten ist, wenn wir uns aus all dem heraushalten – erinnerst du dich?«

»Ja, ja«, stimmte Dorotea ihm zu. Sie stieß einen langen Seufzer aus. »Aber ich wünschte, ich wäre wieder an der Belhalle, wo die Menschen vernünftig miteinander reden können.«

»Ich hätte noch nicht einmal etwas gegen meinen Stall in den Stallungen des Neuen Palastes«, sagte Henri.

»Oder das Krankenhaus«, sagte Simeon.

»Was stimmt mit euch nicht?«, fragte Agnez. »Ihr seid Musketiere geworden! Wir sind auf einem Feldzug! Reichtum und Ruhm warten auf uns.«

»Das hoffe ich«, sagte Henri. Seine Stimmung hellte sich ein bisschen auf. Das Kästchen mit den Doppeldelfinen erschien wieder vor seinem geistigen Auge, und die Erinnerung an das Gewicht des Goldes in seiner Hand war so deutlich, dass er es beinahe spüren konnte ...

»Vermutlich könnte es da tatsächlich einen *echten* Schatz geben«, räumte Dorotea ein. »Wie eine Bibliothekarin es zu mir gesagt hat. Lang verschollene Bücher und Papiere ...«

»Nun, wir werden es schon bald sehen, auf die eine oder andere Weise«, sagte Simeon pragmatisch. Er deutete dorthin, wo Dartagnans Trompeter sein Instrument bereitmachte, um vermutlich gleich der Vorhut das Signal zu geben, sich zu sammeln, woran sich zweifellos kurz danach das nächste Signal anschließen würde: »Vorwärts marsch!«

Drei Stunden später war Liliath an der Reihe, inmitten der Menge der schwer beladenen Verweigernden den Fluss zu durchqueren. Sie hatte die Grenze gespürt, lange bevor sie die Anhöhe erreicht hatte und in der Lage gewesen war, über den Staub all derer hinweg, die vor ihr gingen, auf die andere Seite zu blicken. Auch wenn es nicht so sehr die Nähe zu Ystara war, die ihre Haut prickeln und ihr Herz schneller schlagen ließ. Es war Palleniel, der in dem Land vor ihr weit mehr präsent war als sonst irgendwo – auch wenn er gebrochen und zerstreut war –, und er würde noch präsenter werden, sobald dieser Pulk aus Verweigernden sich dem Tempel näherte.

Schon bald würde sie wieder mit ihm sprechen, zum ersten Mal, seit sie im Grab von Sankt Marguerite erwacht war. Und bald danach würden sie zusammen sein. Sie lächelte, doch dieses Lächeln wurde schlagartig abgeschnitten …

»Macht schon! Hebt die Füße!«, rief eine der schlechter gelaunten Wachen der Stadtwache, eine Frau mit misstrauischem Blick, die von den anderen Wachen Reinette genannt wurde, während die Verweigernden sie einfach »Ser« nennen und dabei den Kopf senken mussten.

Reinette trug keinen der großen Weidenkörbe, die jetzt fast alle Verweigernden in der Nähe auf dem Rücken trugen. Gefüllt mit Bleikugeln und Papierpatronen für Musketen, waren sie sogar noch schwerer als die zugespitzten Pfähle, mit denen die Gruppe voraus sich abschleppte, aber möglicherweise leichter als die Last der Wasserträger hinter ihnen. Liliath, die aufgrund ihres anscheinend fortgeschrittenen Alters und ihrer Gebrechlichkeit keinen dieser Weidenkörbe tragen musste, hatte zumindest eine Tasche mit Kugelpflaster für die Musketen über der Schulter hängen.

»Beeilung, Beeilung!«, rief Reinette und schlug der nächsten Verweigernden beiläufig mit dem Schaft ihrer Hellebarde von hinten gegen die Beine, ein Schlag, der anspornen und wehtun sollte, ohne ernsthaft zu verletzen. »Wir müssen heute einen weiten Weg zurücklegen, bis ganz nach oben zum Pass! Es wird euch dort gefallen, soll sehr erfrischend sein, hat man mir gesagt! Weiter!«

»Sie wird als Erste sterben«, murmelte Bisc und machte kurz halt, um seine Last neu auszubalancieren und seinen zerfetzten grauen Kittel vorne neu zuzubinden. »Vielleicht nehme ich ihr ihren Umhang weg und pfähle sie draußen im Schnee, lasse sie langsam sterben. Ihr habt gesagt, es wird schneien?«

»Oh ja«, erwiderte Liliath lächelnd. Ein Glücksgefühl wallte in ihr auf, als sie mit jedem Schritt der verweilenden Präsenz von Palleniel näher kam – und der Aussicht darauf, ihr Lebensziel zu erreichen. »Wenn Schnee gebraucht wird, wird es welchen geben.«

Etwas von ihrer Stimmung übertrug sich auf die Verweigernden um sie herum, und sie gingen schneller, mit federnden Schritten. Dies wiederum verbreitete sich unter den Verweigernden weiter vorn und hinter ihnen, sodass die ganze große Masse grau gekleideter Trägerinnen und Träger sich schneller bewegte. Die, die sie bewachten, mussten ebenfalls schneller gehen, und manche wurden darüber wütend, drangsalierten die Verweigernden sogar noch mehr mit Fausthieben, Tritten und Schlägen ihrer Hellebardenschäfte. Aber sie konnten auch nicht »Macht langsamer« rufen, ohne die ungewollte Aufmerksamkeit ihrer Offiziere auf sich zu ziehen oder, was noch schlimmer wäre, die der Soldatinnen und Soldaten der anderen Regimenter.

Als die vordersten Verweigernden sich der Furt näherten, breitete sich ein murmelndes Geflüster aus. Es war nichts Rebellisches daran, denn alle marschierten weiter und machten keine Anstalten, ihre Wachen anzugreifen oder nicht das zu tun, was ihnen aufgetragen worden war. Es war nur ein Wort, das unaufhörlich wiederholt wurde, sanft wie ein Atemzug, an sich kaum zu hören, aber durch die Wiederholung in fünfzehnhundert Mündern schließlich verstärkt.

»Ystara. Ystara. Ystara.«

Liliath hörte es und lächelte erneut, als sie sich dem Fluss näherte. Sie konnte all die kleinen Splitter von Palleniel in den Verweigernden um sie herum spüren – und in den Scheusalen auf den Berghängen auf der anderen Seite, auch wenn diese noch nicht sehr zahlreich und weit weg waren. Die Kreaturen würden kommen, würden von ihr angezogen werden, wie sie zu ihrem Leidwesen wusste. Sie war vor hundertsiebenunddreißig Jahren über diesen Pass geflohen, auf

461

dieser Straße, durch diese Furt, während die Wachen ihrer Nachhut gegen die gleichen Scheusale, die sich zu sammeln begonnen hatten, heldenhaft gefochten und den Kampf doch verloren hatten.

Sie würden ihre Anwesenheit spüren, sobald sie ystaranischen Boden betrat. Für die Scheusale war Liliath ein lebendes Leuchtfeuer, das heller und heller werden würde, wenn sie ihre Magie wirkte. Ein Feuer, das sie aus allen Ecken von Ystara zusammenrufen würde. Sie würden kommen, um diejenige zu töten, die sie zu dem gemacht hatte, was sie waren. Sie besaßen kaum Intelligenz, aber ihre Instinkte waren stark. Sie wussten, dass sie etwas mit der Qual ihres langen, unnatürlichen Lebens zu tun hatte und dass es enden würde, wenn sie sie irgendwie töten könnten.

Liliath kicherte im Stillen angesichts dieser falschen Hoffnung der gefallenen Kreaturen und begann, durch den Fluss zu waten. Sie ignorierte die Kälte des eisigen Wassers, die schockierten Schreie der Verweigernden um sie herum und die Rufe der Wachen. In der Mitte des Flusses wurde Liliath plötzlich von den Zehen bis zum Kopf von Wärme erfüllt, und obwohl das Wasser um sie herum rauschte, hörte sie das Läuten silberner Glocken, das nur an sie gerichtet war.

Ich bin hier, sagte Palleniel in ihrem Geist. Seine Stimme war sehr schwach, aber sie war da. *Ich warte auf dich.*

Liliath schloss einen flüchtigen Moment lang die Augen und umarmte sich selbst, schwelgte in dem Kontakt.

Die Maid von Ellanda war nach Ystara zurückgekehrt, und bald würde alles gut sein.

Zumindest für sie.

Weit weg in Lutace hörte Kardinalin Duplessis erneut das entsetzliche Geklapper und Geraschel des Symbols von Ashalael und den tiefen, warnenden Ton einer misstönenden Harfe. Sie mühte sich von ihrem Krankenbett hoch und blinzelte, als sie in die Sonnenstrahlen trat, die durch das Fenster in ihr Zimmer fielen. Sie versuchte zu rufen, konnte ihre Zunge aber nicht dazu bringen, sich zu bewegen, und ihre Kehle war trocken.

Sie kroch zu dem Sekretär und versuchte, sich hochzuziehen. Ashalaels Symbol vibrierte und summte nicht nur, es strahlte auch in einem harten weißen Licht, heller noch als der Sonnenschein, etwas, das die Kardinalin nie zuvor gesehen hatte.

»Ashalael.«

Sie brachte ein krächzendes Flüstern heraus, konnte sich aber nicht weit genug aufrichten, um das Symbol zu berühren. Nichtsdestotrotz spürte sie die Präsenz des Erzengels heraufziehen und sich im Zimmer manifestieren. Es gab einen fürchterlichen Donnerschlag seiner riesigen Schwingen, wie ein Kanonenschuss, der die Fensterrahmen erzittern und Glas bersten ließ, und dann das Dröhnen von tausend Trompeten, das die Alarmrufe und Schreie vor ihrer Tür übertönte.

Die mörderische Magierin! Die mörderische Magierin!, schrie Ashalael im Geist der Kardinalin, und jedes Wort war wie der Stich eines schmalen Messers, das ihr Gehirn durchbohrte.

»Ich verstehe nicht«, flüsterte Duplessis.

Sie tötet Engel! Halte sie auf! Halte sie auf! Halte sie auf!

Die Kardinalin antwortete nicht, konnte nicht antworten. Ihre Finger rutschten vom Rand des Sekretärs. Muskeln und Sehnen erschlafften, waren nicht mehr fähig, sie aufrecht zu halten. Mit einem dumpfen Geräusch, das nach dem Lärm des Erzengels leise klang, fiel sie seitlich auf den Fußboden. Hellrotes Blut strömte ihr aus den Augen, den Ohren, der Nase und dem Mund, das sichtbare Zeichen, dass ihr bereits geschwächter Geist von der Macht des Schreis des Erzengels vollkommen zerstört worden war.

Ashalael, seiner Beschwörerin beraubt, zog sich in die Himmel zurück, während die Tür zum Zimmer der Kardinalin aufgerissen wurde. Anton, Robard und drei ihrer Degen schwingende Pursuivants stürmten herein, nur um abrupt stehen zu bleiben, als wären sie gegen eine Wand gelaufen – denn vor ihnen lag die Herrin ihres Schicksals, die Frau, die jahrzehntelang über Engel und Sterbliche gleichermaßen geherrscht hatte, tot auf dem Boden.

Einunddreißig

Beim Aufstieg zum Pass kam die ganze Marschkolonne immer wieder zum Stillstand, und es gab etliche Scharmützel zwischen der Vorhut und einzelnen Scheusalen. Im Nahkampf waren sie furchtbare Gegner, aber in dem nur aus Felsen und nackter Erde bestehenden Pass war es leicht, sie schon aus der Ferne zu sehen. Sobald ein Scheusal in Sicht kam, machten die Soldaten halt, bildeten Reihen und feuerten mehrere Salven ab. Bei den seltenen Gelegenheiten, bei denen das Monster nicht durch massives Musketenfeuer getötet wurde, war es immerhin schwer genug verwundet, dass ein halbes Dutzend Hellebardiere leicht mit ihm fertigwerden konnte.

Vier oder fünf dieser erfolgreichen Begegnungen munterten alle auf, von Dartagnan und Rochefort und ein paar anderen Veteraninnen und Veteranen vielleicht einmal abgesehen, die dem allgemein anerkannten Wissen, dass sie immer nur gegen ein einzelnes Scheusal oder im schlimmsten Fall gegen zwei würden kämpfen müssen, nicht so recht trauten. Sicher, hundert Musketiere konnten ein einzelnes Scheusal erledigen, wenn es in dreihundert Schritt Entfernung ausgemacht wurde. Aber was würde passieren, wenn es hundert Scheusale waren? Oder tausend?

Wie alle anderen, die der kämpfenden Vorhut folgten, machte auch Dorotea halt, um sich die gefallenen Scheusale anzusehen. Es war eine Entschuldigung, um sich kurz von dem anstrengenden Anstieg zur Passhöhe auszuruhen, und sie war fasziniert davon, wie unterschiedlich sie alle waren. Einige waren aufrecht auf zwei Beinen gegangen, andere auf allen vieren, eines hatte viele Beine; Dorotea hatte nicht gesehen, wie es sich bewegt hatte, doch es musste wie ein Insekt gekrabbelt sein. Einige waren mit Schuppen in den unterschiedlichsten Farbtönen gepanzert, manche hatten eine höckerige, graue oder dunkelpurpurne Haut, andere ein mattes Fell in Weiß, Braun und Rostrot. Aber alle schienen gleichermaßen gut darin, Kugeln oder Stahl abzuwehren. Die meisten ihrer Wunden waren unbedeutend. Es war einfach nur die Menge an Schüssen oder Hellebardenhieben, die sie erledigt oder zufällig eine Schwachstelle getroffen und größeren Schaden angerichtet hatten.

Ein Stück weiter unten auf dem Passweg betrachtete auch Simeon die Wunden eines Scheusals, benutzte eine Sonde, ein Lineal und eine Zange sowie gelegentlich ein Messer, um eine Wunde ein bisschen weiter zu öffnen, auch wenn es seine ganze Kraft erforderte und er sich wünschte, er hätte die größte der vier Sägen, die sich jedoch im Moment zusammen mit anderen Vorräten für das Lazarett auf dem Rücken eines Maultieres weiter vorn befand.

Er hätte sehr gerne ein Scheusal vollständig seziert, doch dafür war keine Zeit. Seine begrenzte Untersuchung bestätigte, was Dartagnan ihnen erzählt hatte: Jedes Scheusal war anders, und sie alle hatten eine andere Schwachstelle. Manche hatten Knochenpanzer, andere waren mit Chitin gepanzert wie Insekten, und wenn sie eine Haut hatten, war sie bei jedem anders – etwa an unterschiedlichen Stellen dicker –, und die Skelettstruktur darunter war bei keinen zwei Scheusalen gleich. Selbst ihre inneren Organe waren vollkommen unterschiedlich angeordnet. Und obwohl sie alle etwas hatten, das einem Herz ähnelte, unterschieden sich auch diese Organe darin, wie sie den grauen Staub, der ihr Blut war, durch ihre Körper pumpten.

»Komm, lass uns weitergehen, Simeon«, sagte Henri. »Du wirst wahrscheinlich später noch mehr bekommen, die du aufschneiden kannst.«

»Ich brauche nur noch ein paar Minuten«, erwiderte Simeon. Er untersuchte das linke Auge des Scheusals; das harte, durchsichtige Lid ließ sich mit der Spitze seines Messers vor und zurück bewegen.

Henri schüttelte den Kopf. »Alle außer der Nachhut sind schon vorbei. Willst du auf eigene Faust hierbleiben?«

»Was?«

Simeon sah sich um, zuckte zusammen, als die Echos einer neuerlichen Musketensalve von weiter oben zu ihnen herabdrangen und von den Bergflanken widerhallten. Außer Henri war niemand mehr in der Nähe. Ein paar Wachen führten ein Stück weiter oben eine kleine Gruppe Verweigernde den Pass hinauf, und es waren vielleicht fünfzig oder sechzig Musketiere und Pursuivants ein Stück unterhalb von ihnen, ziemlich weit verteilt. Die Nachhut.

»Nein, ich will nicht hierbleiben!«, sagte Simeon, sammelte rasch seine Instrumente ein und packte sie zurück in ihren Behälter.

»Hab ich auch nicht gedacht«, erwiderte Henri. Er zog seinen Umhang wieder eng um sich und machte sich daran, den Hang hinaufzustapfen. Simeon folgte dicht hinter ihm.

Trotz etlicher Scharmützel erreichte die Expedition die Passhöhe anders als erwartet bereits am frühen Nachmittag. Unverzüglich machten sich alle daran, das Lager aufzuschlagen und die Verteidigungsanlagen zu errichten; nur zwölf Kundschafter zogen weiter, suchten nach Seitenpfaden oder anderen Anhaltspunkten, die Hinweise dafür bieten könnten, wo sich Liliaths Tempel von Palleniel Erhaben befand und wie man dorthin gelangte. Während des Aufstiegs war in dieser Hinsicht nichts entdeckt worden.

Oben auf der Passhöhe war das Gelände überraschend flach, ehe der Passweg sich wieder abzusenken begann; wahrscheinlich war es vor langer Zeit von den Baumeistern des alten Imperiums eingeebnet worden. Von Vorteil war, dass es etwa hundertfünfzig Schritt unterhalb der Passhöhe auf beiden Seiten Überreste alter Mauern gab, daher mussten die

Palisadenbauer nur die Lücken ausfüllen und die Restmauern mit zusammengesuchten Steinen erhöhen. Der Versuch, einen Graben anzulegen, wurde allerdings rasch aufgegeben, da Erde und Geröll nur einen oder zwei Fuß tief waren und darunter nackter Fels lag. Das reichte, um die Pfähle für die Palisaden hineinzurammen, aber nicht für einen Graben.

Die Expedition ließ sich zwischen der westlichen und östlichen Verteidigungslinie nieder, und zum ersten Mal wurde rigoros darauf bestanden, dass das Lager genau nach Plan angelegt wurde.

Die Zelte von Dartagnan und Rochefort standen genau in der Mitte des flachen Geländes nebeneinander, und ein paar handverlesene Soldatinnen und Soldaten ihrer jeweiligen Regimenter lagerten ganz in der Nähe als Leibwachen. Der größte Teil der Zelte der Musketiere und Pursuivants erstreckte sich jedoch in einer Reihe etwa fünfzig Fuß hinter der westlichen Verteidigungslinie. Dies war die gefährdete Seite, weil sie Ystara zugewandt war und somit alles, was von dort kommen mochte, abfangen musste. Hier wurden auch – etwas weiter oben und somit näher an der eigentlichen Passhöhe – vier der sechs Falkonette aufgestellt, zusätzlich erhöht auf Hügeln aus festgetretener Erde und Steinen, die mit übriggebliebenen Palisadenpfählen verkleidet waren. Auf der gegenüberliegenden Seite – Richtung Sarance – standen die Zelte der Königsgarde in einer Reihe, die entlang der östlichen Palisade und Mauer verlief. Die restlichen beiden Falkonette wurden so in Stellung gebracht, dass sie den Anstieg abdeckten; allerdings galt ein Angriff von dieser Seite als eher unwahrscheinlich.

Die Stadtwache wurde nicht zur Bemannung der Verteidigungsanlagen eingesetzt. Ihre Zelte befanden sich näher an denen der beiden Kapitäninnen im Zentrum des ebenen Geländes und umschlossen eine große Fläche, auf der die Verweigernden schlafen würden. Sofern diese denn schlafen konnten, ganz ohne Zelte oder sonstigen Schutz – abgesehen davon, dass sie inzwischen alle jeweils *zwei* kratzige Decken bekommen hatten.

Das Lazarett und die Vorratszelte wurden auf der Nordseite des Lagers errichtet, direkt vor der fast senkrecht ansteigenden Bergflanke. Das Schießpulverlager befand sich auf der Südseite, unter einem felsigen Überhang. Wachposten der Artilleriekompanie steckten fünfzig Schritt entfernt davon eine Linie ab, die niemand mit einem brennenden Streichholz, einer brennenden Pfeife, über den Boden streifenden Sporen und anderen Feuer- oder Funkenquellen übertreten durfte.

Während noch die letzten Abschnitte der beiden Palisaden aufgestellt wurden, begann man damit, Feuerholz zu verteilen, und schon bald loderten und knisterten fast überall im Lager Kochfeuer. Es gab meist gutartige Streitereien darüber, wer was kochen würde, es wurden Versuche unternommen, sich Rationen zu verschaffen, und es wurden Postenlisten aufgestellt, umgeändert und mit unterschiedlicher Begeisterung in Empfang genommen.

Doch obwohl die Verteidigungsanlagen und das eigentliche Lager so rasch und ordentlich errichtet worden waren, fühlte sich an diesem Ort niemand wirklich wohl. Vor allem die Pursuivants waren unglücklich, dass sie ihre Feuer nicht mit Hilfe von Ximithael entzünden oder Horcinael damit beauftragen konnten, die Blasen an ihren Füßen auszutrocknen, und generell nichts von all den Dingen tun konnten, bei denen sie sich an die Unterstützung der Engel gewöhnt hatten.

Bevor sie den Strom überquert hatten, der die Grenze markierte, war allen mitgeteilt worden, dass ihre Engel nicht antworten würden. Aber beim Weitergeben war die von Dartagnan und Rochefort ausgesprochene klare Wahrheit irgendwie zu einer reinen Möglichkeit verwässert worden, und niemanden von den Sarancesern freute es zu entdecken, dass sie sich ganz eindeutig außerhalb der Reichweite ihrer Engel befanden.

Dorotea fand es natürlich sehr interessant. Während Simeon den Aufbau seines Teils des Feldlazaretts beaufsichtigte,

Agnez mit ihrer Truppe Palisaden bauende Verweigernde bewachte und nach Scheusalen Ausschau hielt und Henri sozu-
sagen nebenberuflich mit der Mannschaft eines Falkonetts
arbeitete, wo er doch eigentlich die Zuteilung von Feuerholz
überprüfen sollte, zog sich Dorotea in das Zelt im Lagerbe-
reich der Musketiere zurück, das sie sich mit den drei anderen
teilte. Dort experimentierte sie mit ihren Symbolen, die
Rochefort ihr zurückgegeben hatte, zusammen mit dem Tagebuch von Cecily Jenkins.

Weder Dramhiel noch Horcinael antworteten, sosehr sie
auch versuchte, sie zu beschwören, und unabhängig von den
Techniken, die sie anwandte. Ihre Symbole waren einfach nur
noch bemalte Rechtecke. Dorotea packte sie weg und verbrachte einige Zeit damit, sich einen ystaranischen Engel in
Erinnerung zu rufen, ging in Gedanken einen Katalog mit
himmlischen Geschöpfen durch. Aber sie konnte sich nicht
erinnern, jemals den Namen eines ystaranischen Engels gehört
zu haben, abgesehen von Palleniel. Das wiederum brachte
sie dazu, sich zu fragen, wie die ersten Magierinnen und
Magier Engel überhaupt beschworen hatten. Sie hatten keine
gekannt, die sie hätten beschwören können, sie hatten weder
gewusst, wie sie aussahen, noch, wie sie sich anfühlten, um daraufhin Symbole zu machen … also wie hatte das funktioniert?

Sie grübelte darüber und mochte dabei tatsächlich eingedöst
sein, als plötzlich ganz in der Nähe ein Trompetenstoß erklang, Leute draußen herumrannten und etwas riefen. Der
laute Knall des nächsten Falkonetts war zu hören, ebenso wie
jede Menge Musketenfeuer und schnelle Trommelwirbel, mit
denen alle zu den Waffen gerufen wurden.

Dorotea streckte den Kopf aus dem Zelt und sah die Artilleristen des nächsten Falkonetts, die – wenig überraschend –
von Henri unterstützt wurden, hektisch ihre rauchende Kanone auswischen, damit sie sie neu laden konnten. Die aus
Musketieren bestehenden Wachposten, die gerade gefeuert

hatten – und zu denen auch Agnez gehörte –, luden nach, Ladestöcke bewegten sich auf und ab, während zig weitere Musketiere zur Palisade eilten. Verweigernde rannten in die entgegengesetzte Richtung, und alles war ein einziges Durcheinander aus Rauch, Lärm und Bewegung.

Dorotea rannte zur Falkonett-Plattform und kletterte nach oben, achtete sorgsam darauf, nicht im Weg zu stehen. Während sie sich hochzog, sprang ein Artilleriehelfer von oben herunter und rannte in Richtung Pulverlager, wobei er irgendetwas rief. Henri warf Dorotea noch nicht einmal einen Blick zu. Er sah den Passweg hinunter, schirmte mit vorgehaltener Hand die Augen vor den rötlich gefärbten Strahlen der untergehenden Sonne ab.

Die zwölf Kundschafter, die ein paar Stunden zuvor so zuversichtlich aufgebrochen waren, kamen die Steigung heraufgerannt, kletterten über Felsblöcke und sprangen über Risse in der Erde, als würde ihr Leben einzig und allein von ihrer Geschwindigkeit abhängen. Niemand trug mehr eine Muskete oder andere Waffen, und als Dorotea sie zählte, stellte sie fest, dass es nur noch acht und nicht mehr zwölf waren.

Der Grund für ihre Eile und die vier fehlenden Kundschafter war knapp hundert Schritt hinter ihnen.

Eine Flutwelle aus Scheusalen.

Viele Dutzend Scheusale schwärmten den Passanstieg herauf. Manche aufrecht auf zwei Beinen, andere auf vier, eines mit vielen Beinen, das krabbelte. Viele waren größer als Simeon, ein Drittel ungefähr genauso groß, aber die meisten hatten etwa menschliche Größe, wobei ein paar auch kleiner und sehniger waren. Alle hatten übergroße Schnauzen und viele scharfe Zähne, Klauen oder Krallen, und bei den meisten waren Sporne oder zackige Knochenauswüchse an den Gliedmaßen zu erkennen.

Sie heulten, schrien und zischten, während sie vorwärtsrannten; es klang weder tierisch noch menschlich, eher wie das Geräusch von heißem Metall, das in Wasser gehärtet wird, oder Zähne, die an Knochen nagten, tausendfach vervielfältigt und entsetzlicher gemacht.

Drei der hintersten Kundschafter waren nicht schnell genug. Mehrere Scheusale packten sie, rissen sie in Stücke und kämpften dann gegeneinander um die menschlichen Überreste. Mehr und mehr Scheusale beteiligten sich an dem Festmahl, eine große brüllende wimmelnde Masse aus Monstern, die ein perfektes Ziel für jede Muskete und die vier Falkonette abgaben. Musketenfeuer ertönte wie prasselnder Regen, gefolgt von mehreren lauter dröhnenden Schüssen und einer großen Wolke aus weißem Rauch, die sich aufblähend durch die Luft trieb.

Aber all das schien für die Scheusale kaum mehr als eine Belästigung zu sein. Nicht eines von ihnen fiel, obwohl sie alle graue Asche aus vielen Wunden bluteten. Die vorderen schluckten große Bissen menschlichen Fleisches hinunter, beobachteten einander und die Soldaten ein Stück voraus. Gelbe, orangefarbene, schwarze und grüne Augen, manche rund, manche fast rechteckig, manche oval, alle feindselig und fremdartig.

Zumindest war es eine Atempause, auch wenn sie kurz sein würde.

»Musketiere, Feuer einstellen! Ladet und wartet auf den Befehl zum Salvenfeuer! Hellebardiere, nehmt eure Positionen ein! Falkonette, feuert nach eigenem Ermessen!«

Das war Dartagnan, die jetzt auf der Plattform neben einem der beiden mittleren Falkonette stand. Ihre Stimme war laut und fest, beruhigte bereits alle Soldaten in Hörweite, und ihre Befehle wurden von Offizieren entlang der Linien wiederholt.

Rochefort machte das Gleiche auf der rechten Seite für die Pursuivants. Dorotea konnte sie sehen und fast ihre Worte aufschnappen, die wahrscheinlich denen von Dartagnan ziemlich ähnelten.

Fünf von den Kundschaftern schafften es bis zur Palisade, rannten ein kurzes Stück an ihr entlang, bis sie zu einer Stelle

kamen, wo noch die alte Mauer stand; dort wurde ihnen hoch-
und über die Mauer geholfen. Drei brachen auf der Stelle zusammen, einer sank auf die Knie und übergab sich, aber der
fünfte rannte zu Dartagnan, um Bericht zu erstatten.

Aus dem Augenwinkel erhaschte Dorotea eine Bewegung
bei den Scheusalen. Sie drehte sich um, um hinzusehen, und
erkannte, dass es gar keine Bewegung war. Es war diese seltsame Vision, die sie hatte. Sie hatte zufällig den richtigen Winkel erwischt und die Augen gegen die sinkende Sonne zuge-
kniffen. Sie bewegte den Kopf, kniff die Augen noch mehr zu
und sah leicht seitlich an den Scheusalen vorbei. Sie konnte es
jetzt klar sehen. Die Scheusale hatten die gleichen Umrisse in
ihrem Innern wie die Verweigernden, die brodelnde Dunkelheit, die Flecken aus Licht und Schatten … in verschiedenen
Teilen ihrer Körper waren sie dichter, und dazwischen bewegten sich kleinere Fetzen …

»Oh!«, rief Dorotea. »Ich kann ihre Schwachstellen sehen!«

»Was?«, fragte Henri, der ein paar Schritte nach hinten gemacht hatte und jetzt neben ihr stand. »Du kannst sie sehen?«

»Oder ihre starken Punkte«, sagte Dorotea. »Ich bin mir
nicht sicher, Licht oder Schatten. Schau, das da mit den gelben Schuppen und dem Stachelkamm, schieß auf eine Stelle
nah beim Schwanz, wo die Beine am Rumpf angewachsen
sind.«

Henri sah die Kanonierin an, die den Kopf schüttelte. Sie
blickte am Rohr entlang und hielt eine brennende Lunte in
einem Zündeisen ein gutes Stück zur Seite.

»Wenn es stillsitzen würde, würden wir so ein Ziel vielleicht
treffen«, sagte sie schnell, schulterte das schlanke Bronzerohr,
um es einen oder zwei Zoll zu verrücken. »Mit dem hier muss
ich auf die Masse der Scheusale zielen. Eine Vogelflinte mit
'nem gezogenen Lauf, das wär's. Haltet Abstand!«

Sie bewegte sich zur Seite, sah sich um, um sich zu vergewissern, dass alle Abstand hielten, und legte die Lunte an. Es
gab ein Zischen, eine Rauchwolke, ein scharfes Krachen, und

die Kanone rollte auf den Speichenrädern ihrer Lafette mehrere Fuß zurück und prallte gegen die Felsbrocken, die aufgeschichtet worden waren, um zu verhindern, dass sie rücklings von der Plattform fiel.

»Durchwischen!«, rief die Kanonierin.

»Geh, erzähl Dartagnan, worauf sie schießen sollen!«, rief Henri. Er hob den langen Schwamm auf und tauchte ihn in den Wasserkübel, bevor er ihn rasch in das Rohr des Falkonetts rammte und ein paarmal drehte, um irgendwelche noch übrigen Funken oder brennenden Fetzen von der Papierumhüllung der Kartusche zu löschen.

Dorotea sprang nach unten und rannte zu Dartagnan. Die Kapitänin bellte etwas, und es gab einen organisierten Knall von Musketenfeuer, der sich sehr von den vereinzelten Schüssen zuvor unterschied, und das schreckliche Kreischen der Scheusale wurde lauter und schriller.

Die Monster ließen fallen, was sie gerade fraßen, und griffen an, und es kamen immer weitere Scheusale dazu.

»Ruhig!«, brüllte Dartagnan. »Ruhig! Wartet auf meinen Befehl!«

»Sie sind alle am Leben«, berichtete Bisc.

Liliath seufzte erleichtert, denn das war ihre größte Sorge. Am Ende würde sie vielleicht nur einen brauchen, aber besser war es, alle vier zu haben …

»Die Musketierin wurde niedergeschlagen, hat aber nur blaue Flecken. Kommen … kommen noch mehr Scheusale?«

»Ja«, antwortete Liliath. »Aber nicht so bald, und der Schnee wird dafür sorgen, dass sie nur langsam zum Pass hochkommen. Für uns wird das jedoch keine Rolle spielen … nicht mehr.«

»Es gibt keinerlei Hinweise auf Schnee«, sagte Bisc, der zum Nachthimmel aufschaute. Er war klar und kalt, und auf dem schmalen Streifen zwischen den dunklen, hoch aufragenden Bergen, die den Pass einschlossen, glitzerten viele Sterne.

»Es wird Schnee geben«, sagte Liliath. »Zweifelst du an mir, Bisc?«

»Nein, nein«, murmelte Biscaray. Er war ein Stadtbewohner und fühlte sich in dieser Wildnis und dem kalten Wind, der den Pass hochwehte, überfordert, wozu natürlich auch die Scheusale beitrugen, die gerade erst besiegt worden waren. Sie hatten wieder und wieder angegriffen, und am Ende hatten sich fast alle Soldaten von der Ostseite zu denen auf der Westseite gesellen müssen. Kein einziges Scheusal hatte sich jemals abgewandt oder zurückgezogen. Sie griffen einfach immer weiter an, bis sie tot waren.

»Wer ist am Tor?«

»Ich habe Karabin und Alizon T dort gelassen; sie arbeiten als Träger für das Lazarett«, sagte Bisc. »Aber es gibt jetzt so viele Verwundete, dass sie nach draußen bis hin zur Felswand gelegt werden, und ein paar liegen direkt vor dem Tor. Und wie geht es überhaupt auf? Ich konnte es nur sehen, als Ihr es mir gezeigt habt, aber es gibt keinen Riegel, keinen Griff und kein Schlüsselloch …«

»Es wird sich öffnen, wenn ich es brauche«, antwortete Liliath. »Wo sind die vier jetzt?«

»MacNcel ist im Lazarett, amputiert Gliedmaßen und so«, sagte Bisc. »Er wünscht sich, dass seine Symbole funktionieren würden, denn die Verwundeten rufen nach ihren Engeln …«

»Hat dir das gefallen, Bisc?«, fragte Liliath. »Die Verwundeten, die nach der Hilfe eines Engels rufen, die sie nicht haben können? Sie alle sind jetzt nicht besser dran als Verweigernde.«

»Ich hatte gedacht, es würde mir gefallen«, sagte Bisc langsam. »Aber das hat es nicht.«

Liliath sah ihn scharf an, aber er sagte nichts mehr. Er stand einfach nur da, den Kopf wie immer gesenkt, voller Ehrerbietung und Respekt.

»Und die anderen?«

»Dupallidin und Imsel sind in ihrem Zelt. Sie schlafen erschöpft. Dupallidin hat den ganzen Abend mit einer Geschützmannschaft gekämpft. Imsel ... sie konnte die Schwachstellen in den Scheusalen sehen. Sie hat sie Dartagnan gezeigt, die die Feuerbefehle gegeben hat. Später hat ihr jemand eine Vogelflinte gegeben; sie hat gut geschossen. Ich bin mir nicht sicher, ob sie ohne sie standgehalten hätten ...«

»Dann hat sie also diese Sicht«, sinnierte Liliath. »Das ist selten, aber nicht ganz unerwartet, vor allem bei ihr. Sie hat auch die Begabung des schnellen Symbolmachens. Vielleicht wird sie diejenige sein ... so sehr wie ich ...«

»Diejenige?«

»Das betrifft dich nicht«, sagte Liliath. »Gib Bescheid, dass sich alle vorbereiten sollen, und wenn ...«

»He, ihr beiden! Kommt da raus!«

Liliath und Bisc standen zwischen den Zeltreihen der Stadtwache. Grau gekleidet, im Schatten eines Zeltes vom Sternenlicht abgeschirmt, waren sie kaum zu sehen. Aber irgendeine kleine Bewegung hatte die Aufmerksamkeit einer der Wachen geweckt, die an den Zeltreihen vorbeigegangen war. Sie trat jetzt über Zeltleinen und kam auf sie zu, und alles an der Art, wie sie sich bewegte und ihre Hellebarde hielt, deutete darauf hin, dass sie nur darauf wartete, einen Grund zum Zuschlagen zu bekommen.

Es war Reinette, die Unausstehliche, die Bisc im Schnee hatte pfählen wollen.

»Es gibt Arbeit zu tun! Die Palisade muss repariert werden. Hier wird nicht krank gespielt und sich vor der Arbeit gedrückt, ihr Graurücken!«

Bisc hatte plötzlich ein schlankes Messer in der Hand. Liliath lächelte. Reinette zögerte, öffnete den Mund, um nach Unterstützung zu rufen, doch da warf Bisc sein Messer bereits. Es flog gerade und sicher und traf die Wache in die Kehle. Sie ließ ihre Hellebarde fallen und hob die Hände zu der Waffe, während sie keuchte und Blut hustete. Ein zweites

Messer erschien in Biscs Hand, aber er warf es nicht. Reinette verdrehte die Augen und fiel gegen die Seitenwand eines Zeltes, glitt in einem Blutschwall daran herunter und ließ einen langen Fleck auf der Leinwand zurück, der im fahlen Licht der Sterne schwarz wirkte.

»Gut gemacht, mein Bisc«, sagte Liliath anerkennend und küsste ihn sanft auf die Stirn. »Wie ich gesagt habe, gib allen Bescheid, dass sie sich bereithalten sollen. Achtet auf das Zeichen.«

»Ihr solltet nicht hierbleiben«, sagte Bisc warnend, dann ging er zu der Wache, um sich sein Messer zurückzuholen. Er musste es ein paarmal hin und her bewegen, ehe er es aus der Kehle der Frau ziehen konnte. Sie war immer noch nicht ganz tot, und er tänzelte ein bisschen herum, um nicht mit Blut bespritzt zu werden.

»Ich werde in der Nähe des Tores sein, dort, wo das Lazarett ist«, sagte Liliath. Sie schraubte ihren Stab auf, trennte die beiden Hälften voneinander, kippte beide, sodass eine Kaskade aus Symbolringen und Broschen herausfiel, die sie auffing und in eine Tasche unter ihrem zerfetzten Kittel stopfte. Wie alle anderen Verweigernden trug auch sie eine der Decken, die man ihr gegeben hatte, eng um sich gewickelt wie einen Mantel, auch wenn sie ihn nicht brauchte, um sich warm zu halten. »Achtet auf das Zeichen.«

Sie ging an einem Zelt vorbei ins Freie, Bisc bei einem anderen – einfach nur zwei von den vielen Verweigernden, die jetzt überall arbeiteten oder sich irgendwo herumdrückten oder sogar den Pass hinunter zurück in Richtung Sarance geflohen waren. Die Stadtwache machte nur halbherzige Versuche, Ordnung in das Durcheinander zu bringen. Zu viele von ihnen waren tot oder verwundet oder zitterten an der westlichen Palisade und hofften, dass keine Scheusale mehr kommen würden.

Liliath hob einen weggeworfenen Korb hinter den Zelten auf. Tief gebeugt trug sie ihn zur nördlichen Seite der ebenen

Fläche, wo das Feldlazarett aufgebaut worden war. Es war leicht zu erkennen, da es im Gegensatz zum ansonsten eher dunklen Lager hell erleuchtet war. Etliche Öllaternen waren dort aufgehängt worden, wo die Doktoren und Doktorinnen sich alle Mühe gaben, ohne die Hilfe der Engel zu arbeiten.

Als Liliath sich der Felswand näherte, musste sie einen Bogen um die Toten machen, die an einer Stelle möglichst weit weg vom Licht auf den Boden gelegt worden waren, bis sie begraben werden konnten oder – was wahrscheinlicher war – mit Felsbrocken bedeckt werden würden. Der Boden war hier zu hart, um Gräber auszuheben, und es mangelte schon jetzt an Feuerholz. Liliath lächelte erneut, dachte daran, wie sie mit Irraminiel helfen könnte, dem ystaranischen Engel, dessen Bereich Feuer war und der oft bei Verbrennungen eingesetzt wurde.

Näher bei den Lichtern und den Doktoren lagen die Verwundeten in Reihen nebeneinander; manche warteten noch darauf, versorgt zu werden, andere waren bereits behandelt worden. Viele lagen vollkommen reglos da, dem Tode nahe, aber viele andere wanden sich und keuchten und schrien und griffen nach allen, die vorbeigingen, flehten um Hilfe.

Viele riefen Engel an, vor allem Ashalael, weil sie vergessen hatten, wo sie waren.

Liliath wich dem zentralen Bereich aus, wo die Doktoren blutbespritzt an ihren aufgebockten Tischen arbeiteten, und ging an noch mehr toten oder verwundeten Menschen vorbei in Richtung der Felswand weiter.

Diese schien aus einer massiven Platte aus gräulichem Stein zu bestehen, die viele hundert Fuß steil nach oben ragte, bis sie mit einer anderen, etwas weiter zurückgesetzten verschmolz, sich gegenseitig stützend, wie viele andere Steinplatten es ebenfalls taten, bis ganz hinauf zum Gipfel.

Liliath setzte sich hin, den Rücken an den Felsen gelehnt, den Korb an ihrer Seite, und begann, ihre Symbolringe anzulegen und die Broschen an ihrem Kittel zu befestigen. Eine verwundete Pursuivant, die ganz in der Nähe lag, beobachtete sie; ihre Augen reflektierten das Sternenlicht, der Rest von ihr war nur eine dunkle Silhouette auf dem Boden. Sie versuchte zu rufen, Alarm zu schlagen, aber aus ihrer Kehle kam nur ein trauriges Rasseln.

Liliath beachtete die Verwundete nicht. Sie berührte das Symbol des ersten Engels, den sie brauchte, eine Gewalt namens Hayrael, deren Bereich das Zusammenspiel von Luft und Wasser war und die geografisch auf die nordöstlichen Marschen von Ystara beschränkt war.

Hayrael antwortete, sehr widerstrebend, denn sie wusste, von wem sie beschworen wurde. Aber wie immer setzte Liliath sich durch. Der Engel versuchte, Alarmtrompeten erklingen zu lassen, alle zu alarmieren, die in der Nähe waren, aber das wurde unterdrückt. Sie breitete ihre Schwingen aus – oder das metaphysische Äquivalent, das die Menschen als Schwingen verstanden –, und auch das wurde durch Liliaths eisernen Willen verhindert.

Hayrael konnte nur gehorchen und begann, Wind und Feuchtigkeit zu arrangieren, indem sie da und dort über den Himmel flitzte.

Schon bald würde es schneien.

Zweiunddreißig

Gegen Mitternacht trafen sich Dartagnan und Rochefort in der Mitte der westlichen Palisade, unweit des zerstörten Falkonetts Nummer drei, dessen bronzene Mündung gerade noch unter der Leiche eines riesigen Scheusals zu sehen war, das es sich kurz geschnappt und das Rohr wie eine Keule geschwungen hatte. Seine aufgeschwollene, von Warzen bedeckte Haut war mit Löchern von Musketenkugeln gesprenkelt und kreuz und quer von tiefen Stich- und Schnittwunden von Degen und Hellebarden überzogen, aus denen teilweise immer noch langsam Asche rann.

»Ich bin eine halbe Meile den Pass runtergegangen, hinein nach Ystara«, sagte Rochefort. »Keine Scheusale und auch keine Bewegungen, soweit ich mit bloßem Auge und dem Fernglas sehen konnte. Auch wenn sie sich sehr schnell bewegen, bezweifle ich, dass es vor Anbruch der Morgendämmerung einen neuen Angriff geben wird. Sofern es dann einen geben sollte.«

»Noch so ein Angriff wie der letzte, und wir sind erledigt«, sagte Dartagnan leise. Sie trug einen Verband um den linken Oberarm; verglichen mit den Aschepfützen des Scheusals wirkte der rote Blutfleck umso heller. »Sobald die Truppen sich ein paar Stunden ausgeruht haben, sollten wir uns hinter die Grenze zurückziehen.«

Rochefort, die unverletzt war, nickte müde. »Dufresne … eine meiner Kundschafterinnen … sie sagt, sie hat den Tempel gesehen.«

»Ach!«

»Ein paar Minuten bevor sie auf die Scheusale gestoßen sind. Sie hat sich umgedreht und zum Lager zurückgeschaut und dabei eine kupferbeschlagene Turmspitze hoch oben am Berg gesehen. Er ist da oben, fast direkt über uns.« Rochefort deutete auf die nördliche Bergflanke. »Dufresne hat keinen Weg gesehen, der dort hinführt«, fuhr sie fort. »Es scheint so, als würde der Pfad oder die Straße auf der anderen Seite des Passes beginnen.«

»Rochefort, wir werden unmöglich durchbrechen können«, sagte Dartagnan. »Rückzug ist die einzige ...«

»Ich bin ja gar nicht anderer Meinung«, sagte Rochefort sanft. »Ich dachte nur, Ihr solltet es wissen. Um ehrlich zu sein, bin ich einigermaßen überrascht, dass die Stadtwache noch nicht weggelaufen ist oder die Königsgarde.«

»Ein paar von den Verweigernden sind weggelaufen«, sagte Dartagnan und seufzte. »Ich kann es ihnen nicht verübeln.«

Rochefort antwortete nicht. Sie schnupperte in der Luft und beobachtete ihr Atemwölkchen, als sie ausatmete. Dann nahm sie einen Handschuh ab und streckte die Hand aus, drehte sie mehrmals um. »Die Luft verändert sich, aber es wird nicht kälter ...«

Sie sah zum Himmel hinauf, und Dartagnan machte das Gleiche. Die Nacht war klar gewesen, die Sterne hell. Aber jetzt zog sich eine dunkle, sich schnell bewegende Front über den Himmel: eine gewaltige Masse aus Wolken, die das Licht auslöschte. In den wenigen Sekunden, die sie nach oben sahen, rollte sie über sie hinweg, und die Welt wurde sehr viel dunkler; das einzige Licht war der flackernde orangefarbene Schimmer von den nahegelegenen Wachfeuern.

»Wir sollten *jetzt* gehen«, sagte Dartagnan plötzlich, die immer noch nach oben sah. »Bevor es schneit ...«

Eine Schneeflocke fiel ihr in den Mund, und dann traf eine andere ihr Auge. Sie blinzelte, und im nächsten Moment war der ganze Himmel voller Schneeflocken, dicken Schneeflocken, die rasch herabfielen.

»Der Schnee wird alle Scheusale langsamer machen, die auf der westlichen Seite hochkommen«, sagte Rochefort.

»Er wird auch uns langsamer machen, aber wenigstens bewegen wir uns bergab«, erwiderte Dartagnan. »Seid Ihr damit einverstanden, dass wir Musketiere die Nachhut bilden, Rochefort? Es könnte gut sein, dass bereits Scheusale zwischen uns und der Heimat sind, daher würde ich es vorziehen, wenn Ihr mit Euren Pursuivants auf dem Rückweg vorangeht, eher als die Stadtwache. Die Verweigernden können die Verwundeten tragen. Wir sollten die Kanonen und alle Vorräte hierlassen. Wir können immer noch die Pferde essen, wenn wir es bis Monthallard schaffen.«

»Einverstanden«, sagte Rochefort. »Vorausgesetzt, wir essen nicht mein Pferd.« Sie tippte sich zum Gruß an die Hutkrempe und ging davon, erteilte den Pursuivants, die sie begleiteten, bereits Befehle. Doch dann blieb sie plötzlich mitten im Schritt stehen, verstummte abrupt und lauschte, immer noch unweit der Stelle, an der sie zuvor mit Dartagnan gestanden hatte.

Weit entfernt und gedämpft und doch auch, wie sie instinktiv wusste, sehr nah hörte sie den Klang von Harfensaiten, das Rauschen von Schwingen, das Dröhnen einer Messingtrompete, fast wie eine Warnung ... und hatte ein Gefühl drohender Hitze, wie aus den Türen einer Schmiede, die aufgerissen wurden ...

»Dartagnan! Lauft!«, schrie Rochefort. »Springt zur Seite!«

Die Kapitänin der Musketiere gehorchte unverzüglich, warf sich zu Boden, Schnee wirbelte um ihren Umhang herum. Dort, wo sie gewesen war – wo sie beide noch ein paar Augenblicke zuvor gestanden hatten –, loderte jetzt eine unglaublich helle, brodelnde Feuersäule, so heiß, dass Rochefort zusammenzuckte und ihr Gesicht abschirmte, obwohl sie gut zwölf Fuß davon entfernt war. Das Feuer stieg höher und höher, Schnee wirbelte und schmolz darum herum, und dann erlosch es, als wäre es nie da gewesen, ließ nicht einmal Rauch zurück.

Und als die blendende Feuersäule erstarb, schlug der Nachttrupp zu.

Simeon wurde von hinten gepackt, von einer Trägerin und einem Träger, die unermüdlich die ganze Nacht mit ihm gearbeitet und die Verwundeten von der Palisade herangeschleppt hatten. Vollkommen überrascht und erschöpft, weil er Stunde um Stunde schreckliche Operationen ohne Hilfe der Engel hatte durchführen müssen, wurde ihm erst klar, was passierte, als ihm die Arme auf den Rücken gebunden wurden. Und noch während er dagegen ankämpfte, stülpte ihm jemand einen Sack über den Kopf, und er spürte eine Klinge knapp unterhalb seiner Rippen.

»Tut, was man Euch sagt, und Ihr werdet leben, Doktor«, sagte eine raue, nicht vertraute Stimme. »Geht und macht keine Dummheiten.«

»Meine Patienten …«, setzte Simeon an, aber er konnte bereits Schreie und Rufe hören, Schüsse und das Klirren von Stahl auf Stahl. Wieder die Geräusche einer Schlacht, aber dieses Mal war es eine andere, denn es fehlten die schrillen Schreie der Scheusale.

»Geht schon!«, befahl die Stimme erneut, und jemand stieß ihm in den Rücken.

Simeon setzte sich in Bewegung.

Henri und Dorotea wurden weniger überrascht, als eher aufgrund schierer Erschöpfung erwischt. Beide schliefen in ihrem Zelt, eingewickelt in Umhänge und Decken, einschließlich derer, die eigentlich Agnez und Simeon gehörten.

Das Tosen der Feuersäule und das plötzliche Waffengeklirr weckten sie, aber sie waren immer noch schläfrig damit beschäftigt, sich aus den Decken zu schälen, die sie mehrmals um sich gewickelt hatten, als die vier Mitglieder des Nachttrupps in das Zelt glitten und ihre Decken einfach wieder enger wickelten und mit einem Seil verschnürten, und dann schnappten sich die beiden größten und stärksten Raufbolde die eingewickelten Gefangenen, warfen sie sich über die Schulter und rannten zum Treffpunkt.

Denjenigen, die versuchten, Agnez zu ergreifen, erging es weniger gut. Sie saß inmitten eines Kreises aus gehfähigen Verwundeten, die sich unweit des Lazaretts um ein Lagerfeuer scharten, auf einem Felsen. Alle warteten darauf, dass ein Verweigernder endlich einen Topf mit Wein erhitzt hatte, dessen Sorte nicht herauszufinden war, weil alle die letzten Tropfen ihrer eigenen Flaschen oder Weinhäute hineingeschüttet hatten. Außerdem hatte eine Gardistin der Königsgarde noch eine Handvoll Zimtstangen beigesteuert. Die Frau lehnte an dem gleichen Felsen, auf dem Agnez saß. Das gebrochene, geschiente Bein der Gardistin war zum Feuer hin ausgestreckt, und ihr großer Zeh schaute durch ein Loch aus dem Wollstrumpf. Agnez war um die Taille herum stramm bandagiert worden. Simeon hatte sich persönlich vergewissert, dass sie nur Prellungen erlitten hatte, als sie von einem Scheusal umgerannt worden war; möglicherweise waren auch ein paar Rippen angebrochen, aber mehr war nicht passiert.

Als die Feuersäule hochschoss, war Agnez binnen eines Augenblicks auf den Beinen, den Degen in der Hand. Die vier vom Nachttrupp, die ganz in der Nähe waren und sie einsammeln sollten, waren langsamer, und Agnez sah, wie sie die Trage mit dem toten Pursuivant fallen ließen, die sie die letzte halbe Stunde hin und her getragen hatten, ehe sie ihre Waffen zogen.

Der Erste hatte seine Keule kaum unter der Decke hervorgeholt, die er wie einen Mantel trug, als er auch schon zu Boden ging, von Agnez' Degen in die Brust getroffen. Die Zweite sprang zurück, um einem ähnlichen Schicksal zu entgehen, fiel über die Gardistin mit dem gebrochenen Bein und versuchte wegzukrabbeln, nur um von ebendieser Gardistin, die zwar nicht aufstehen, aber sehr gut auf dem Boden kämpfen konnte, gepackt und in den Hals gestochen zu werden.

Die dritte Schlägerin kannte sich gut mit Hinterhofprügeleien und überraschenden Morden aus dem Hinterhalt aus, war aber überhaupt nicht darauf vorbereitet, sich einer wütenden Degenkämpferin gegenüberzusehen. Sie wich, so schnell sie konnte, zurück, parierte einen Stoß mit ihrem Dolch, ehe sie es riskierte, sich umzudrehen, um wegzulaufen. Aber sie hatte Agnez' Reichweite auf tödliche Weise unterschätzt und fiel, als Agnez' Degen ihren Oberkörper durchbohrte; die Spitze trat knapp unterhalb des Brustbeins wieder aus.

Doch letztlich erwies sich dieser Stoß für Agnez als Fehler. Als sie den Stiefel auf ihre Feindin stellte, um ihren Degen herauszuziehen, stürmte das letzte noch verbliebene Mitglied des Nachttrupps vor und verpasste ihr mit einem der zugespitzten Pfähle, die es nie zur Palisade geschafft hatten, einen kräftigen Schlag gegen den Hinterkopf.

Agnez brach zusammen. Sie versuchte, wieder aufzustehen, den Degen fester zu packen, aber mittlerweile war ein zweites Quartett des Nachttrupps zu ihnen geeilt. Die Neuankömmlinge hielten die verwundeten Soldatinnen und Soldaten davon ab, sich einzumischen. Agnez wurden rasch die Hände zusammengebunden, und sie wurde hochgehoben und eilig zur Bergflanke getragen.

Sie tat so, als sei sie bewusstlos, während sie weggebracht wurde, und musste sich schwer zusammenreißen, ihre Täuschung nicht zu verraten, als sie durch die Reihen der lang ausgestreckt Daliegenden getragen wurde und durch halb geschlossene Augen *Fürstin Dehiems* sah, in die Lumpen der Verweigernden gehüllt. Sie stand bei einem klaffenden Loch in der Felswand, in dem viele grob aus dem Fels gehauene Stufen nach oben in die Dunkelheit führten.

Allerdings war das nicht ganz genau Fürstin Dehiems, denn die Augen dieser jungen Frau leuchteten vor gebieterischer Intelligenz, sie sprach ohne jeden albianischen Akzent, und sie hatte Symbolringe an sämtlichen Fingern und noch mehr Symbole als Broschen an ihrem Kittel.

»Beeilt euch! Ihr seid die Letzten!«

Agnez spürte die Angst ihrer Träger, ihren unverzüglichen Gehorsam, und dann hoben sie sie höher, damit ihre Füße nicht die Stufen streiften, und ihr wurde klar, dass sie sie eine Treppe innerhalb der Bergflanke hochtrugen.

Hinter sich hörte sie das Läuten von Glocken und drei perfekte Harfenklänge, gefolgt von einem schwachen Rumpeln, als würde sich tief unten die Erde bewegen. Die Stufen unter den Füßen ihrer Träger bebten, und sie wurden langsamer und setzten sie einen Augenblick ab, aber dann hörte das Rumpeln und Zittern auf, und sie hoben sie wieder hoch.

»Sie ist wach«, sagte die Frau, die nicht Dehiems war. »Sie soll laufen.«

Die Träger setzten Agnez ab, doch sie blieb bei ihrer Täuschung, sackte auf den Stufen zusammen.

»Was für ein Unsinn«, sagte die Frau. »Wenn du unbedingt bewusstlos sein und wie ein Sack Mehl herumgetragen werden willst, werde ich meine Leute anweisen, dass sie dafür sorgen. Es ist besser, wenn du selbst gehst.«

Agnez dachte kurz darüber nach und stand dann langsam auf, was nicht ganz einfach war, da ihr die Hände hinter dem Rücken zusammengebunden worden waren.

»Wer seid Ihr?«, krächzte sie. Sie musste sich auf die Zunge gebissen haben, als sie den Schlag auf den Hinterkopf bekommen hatte, denn ihr Mund war voller geronnenem Blut.

»Liliath, die Maid von Ellanda.«

Agnez hustete und keuchte, brachte nur ein einziges Wort heraus. »Was?«

Liliath antwortete ihr nicht. »Geht zur Seite«, wies sie die beiden Schläger an. »Ich gehe voraus. Achtet gut auf sie, sie könnte die Gefährlichste von den vier sein.«

Der Durchgang war schmal, daher mussten die Verweigernden sich zur Seite drehen, wobei sie Agnez eng zwischen sich festhielten, damit Liliath vorbeigehen konnte. Agnez betrachtete sie genau, bemerkte den Nimbus aus Licht um sie herum, der von einer ihrer Symbolbroschen ausging. Sie benutzte einen Engel, um für Licht zu sorgen, und sie hatte ganz gewiss einen wesentlich mächtigeren angerufen, um die Tür im Fels zu öffnen und zu schließen. Doch sie sah kein bisschen müde aus oder irgendwie gealtert. Sie hatte keinerlei Falten und noch nicht mal ein einziges weißes Haar.

Hinter ihr führten die Stufen in einer sehr geraden Linie immer weiter, in einem gleichbleibenden Winkel von etwa dreißig Grad, was darauf hindeutete, dass dieser Tunnel das Werk von Engeln war. Vor ihnen stiegen viele weitere Verweigernde die Stufen hinauf; ein paar trugen Laternen, und Agnez biss die Zähne zusammen, als sie die massige Gestalt Simeons ausmachte, der alle um ihn herum weit überragte. Etwas Vertrautes an den beiden in Decken gehüllten Gefangenen vor ihm deutete darauf hin, dass es sich bei ihnen um Dorotea und Henri handelte.

»Warum habt ihr uns gefangen genommen?«, fragte Agnez die beiden vom Nachttrupp. »Wo bringt ihr uns hin?«

»Sei still und geh!«

Agnez wurde auf die nächste Stufe gehoben und setzte ihre Füße ab. Bei der Bewegung schmerzten ihre Rippen, und sie wusste, dass sie schon bald sehr steif sein würde. Nicht dass sie das daran hindern würde zu kämpfen, wenn sich die Gelegenheit ergab.

Vielleicht würde es an ihrem Ziel eine solche Gelegenheit geben, dachte sie, denn die Frage »Wo bringt ihr uns hin?« war tatsächlich unnötig gewesen. Da diese Frau wirklich Liliath war, die nach all der Zeit immer noch irgendwie am Leben oder wiedergeboren war, und der Tunnel ganz offensichtlich im Innern des Berges nach oben führte, glaubte Agnez, ihr Ziel zu kennen.

Der Tempel von Palleniel Erhaben.

Es geschah alles so schnell, noch dazu in der Dunkelheit, dass einige Zeit verstrich, ehe allen klar wurde, dass dies kein neuerlicher Angriff der Scheusale war: Es war der Nachttrupp. Aber die meisten Soldaten wussten nicht und konnten auch nicht wissen, dass sie lediglich von einem kleinen Teil der Verweigernden angegriffen wurden und die Angriffe nur dazu dienten, sie zu verwirren und abzulenken, während es eigentlich um etwas ganz anderes ging, nämlich die Entführung der vier.

Die Männer und Frauen der Stadtwache begannen mit dem Gemetzel. Da sie sich schon immer am meisten vor einer Situation gefürchtet hatten, in der die Verweigernden sich gegen sie wandten, schlugen sie mit Degen und Hellebarden zu. Musketiere, Pursuivants und Mitglieder der Königsgarde erwiderten das Feuer, als Angehörige des Nachttrupps aus dem Hinterhalt auf sie schossen, und begannen dann auf alle Verweigernden zu schießen, die sich bewegten.

»Tötet die Graurücken!«

»Es sind die Verweigernden!«

»Tötet sie!«

»Tötet die Verweigernden! Tötet sie!«

Die Schreie waren wütend und voller Angst, und sie kamen aus allen Ecken, übertönten fast die Trommeln, die die Soldaten aufforderten, ihre Posten an der Palisade einzunehmen, und die Befehle von Dartagnan, Rochefort und den rangniedereren Offizierinnen und Offizieren, die versuchten, die Ordnung wiederherzustellen.

Es dauerte fast eine Stunde und kostete noch viel mehr Tote, bis ihnen das gelang und die überlebenden Verweigernden zu ihrem Schlafplatz gebracht worden waren. Dort wurden sie von der Stadtwache umzingelt, unter die sich die vertrauenswürdigsten Musketiere, Pursuivants und Mitglieder der Königsgarde mischten, um sicherzustellen, dass sie nicht wieder außer sich gerieten. Währenddessen standen fast alle anderen Soldatinnen und Soldaten an den Palisaden bereit, sofern sie körperlich dazu in der Lage waren.

Zu diesem Zeitpunkt befanden sich Dartagnan und Rochefort unweit des Lazaretts, knieten beide an der Seite einer sterbenden Pursuivant, die dicht bei der steilen Bergflanke lag. Sie waren von Geschichten dorthin geführt worden, die so einheitlich waren, dass sie wahr sein mussten. Die Verweigernden, die plötzlich die Stadtwache angegriffen, sich ihre Waffen geschnappt und im Lager gewütet hatten, waren alle hierhergekommen. Sie waren nicht nach Osten oder Westen geflohen und hatten sich auch nirgendwo sonst innerhalb des Lagers hinbegeben.

Und sie hatten vier Leute entführt. Viele hatten gesehen, wie Agnez gekämpft hatte und überwältigt worden war; zwei Doktoren hatten mitbekommen, wie Simeon weggeschleppt worden war; eine Menge Soldaten hatte bemerkt, dass die Verweigernden zwei Bündel zappelnder Decken weggetragen hatten.

Die auf dem Boden liegende Pursuivant hatte gesehen, wo alle hingegangen waren, aber sie konnte kaum sprechen. Ihre Stimme war so schwach, dass Rochefort sich flach neben sie legen und ein Ohr so nahe wie möglich an ihren Mund bringen musste, während Dartagnan wild gestikulierend die anderen anherrschte: »Seid still!«

Es wurde sehr still, aber dennoch konnte nur Rochefort die Sterbende hören. Sie lauschte ihr dreißig Sekunden ... fünfundvierzig ... eine Minute, dann stand sie langsam wieder auf, starrte die Bergflanke an und blickte schließlich erneut hinunter zu der Pursuivant, die nie wieder etwas sagen würde.

»Sie hat einen Engel beschworen, der einen großen Stein weggerollt hat«, erklärte Rochefort. Sie beugte sich nah an den Felsen, winkte einem der Doktoren mit einer Lampe in der Hand, sie ihr zu bringen. »Dahinter war ein Tunnel, der nach oben führte. Sie sind alle durchgegangen, die Magierin zuletzt. Dann hat sie dem Engel befohlen, den Weg wieder zu verschließen.«

»Sie? Die Magierin, die das Feuer herabgerufen hat?«

»Fürstin Dehiems, ihrem Aussehen nach«, antwortete Rochefort. »Das hat Dangenne gesagt.«

»Dehiems? Die Albianerin? Aber sie ist doch daheim in Lutace!«

»Wir sind reingelegt worden«, sagte Rochefort. Ihre Augenbrauen waren finster zusammengezogen, ihre Narbe so weiß wie der Schnee, der immer noch fiel. Sie senkte das Kinn fast bis zum Brustbein, holte tief Luft und hob den Kopf mit deutlich sichtbarer Anstrengung wieder. »Ich muss annehmen, dass Liliath *tatsächlich* zurückgekehrt ist. Es ist genau so, wie die Kardinalin befürchtet hat. Ich kann es nicht glauben … aber es muss so sein … Dehiems ist Liliath, Liliath ist Dehiems. Und wir haben ihr geholfen.«

Dartagnan antwortete nicht. Sie trat dicht an den Felsen heran, betastete ihn mit den Fingern, fuhr die feinen Umrisse nach, die tatsächlich eine verborgene Tür kennzeichnen mochten.

»Was nützt es, die Tür zu erkennen? Dangenne hat gesagt, es war ein *großer* Stein! Wir haben keine Engel, um etwas so Großes zu bewegen«, sagte Rochefort. Sie schlug mit der Hand gegen die Felswand. »Ah, ich war langsam … und dumm!«

»Hol Deramillies«, blaffte Dartagnan den Musketier an, der am nächsten bei ihr stand. Der Angesprochene drehte sich um und rannte los.

»Wozu könnten wir Deramillies brauchen?«, fragte Rochefort. »Wir müssen einen anderen Weg nach oben …«

»Deramillies ist Belagerungsexpertin, sie kann meisterhaft mit Pulver umgehen, und viele von ihren Kanonierinnen waren Bergleute«, sagte Dartagnan. »Ich kann die schwachen Umrisse einer Tür ertasten. Wir meißeln sie aus und jagen sie dann in die Luft.«

»Und verfolgen Liliath?«

»Natürlich«, antwortete Dartagnan. »Die Musketiere werden die Verfolgung aufnehmen. Die Stadtwache, die Königsgarde und Eure Pursuivants werden die Verweigernden eskortieren und sich mit ihnen den Pass hinunter zurückziehen.«

»Nein! Erlaubt mir und meinen Leuten, die Verfolgung zu übernehmen!«, sagte Rochefort. »Befehligt Ihr den Rückzug!«

»Die vier, die sie mitgenommen haben, waren Musketiere«, erwiderte Dartagnan. »Wir werden sie verfolgen. *Ihr* werdet den Rückzug befehligen.«

»Nein!«, rief Rochefort. »Das ist eine Angelegenheit des Tempels! Wenn es wirklich Liliath ist ... ich weiß nicht, was sie vorhat, aber was auch immer es ist, es kann nur verheerend für uns alle sein. Und Dorotea ... das heißt Scholarin Imsel ... sie war in meiner Obhut, war meine Gefangene ... ich meine, sie war mein Gast. Ich habe gesagt, ich würde dafür sorgen, dass ihr nichts geschieht ... und dass ... und dass ... Es ist gewiss, dass die Kardinalin und die Königin darauf bestehen würden, dass wir – ich und meine Pursuivants – uns um Liliath kümmern sollen. Wir sind am besten dafür geeignet!«

Dartagnan neigte den Kopf verwundert zur Seite und musterte Rochefort genauer. »Ich glaube nicht, dass ich Euch jemals so zusammenhanglos habe sprechen hören, Rochefort«, sagte sie. »Allerdings ist an Euren Argumenten etwas dran ... wobei das alles im Augenblick noch bedeutungslos ist. Vielleicht ist Deramillies gar nicht in der Lage, den Weg zu öffnen, oder der ganze Berg kommt runter. Auch wenn wir wissen, wo wir das Pulver hintun müssen, kann es gut sein, dass sie zu viel davon nimmt.«

»Bitte, Dartagnan«, bat Rochefort inständig. »Kümmert Ihr Euch um den Rückzug. Nehmt alle mit außer meinen Pursuivants. Überlasst diese Verfolgung uns.«

»Die Scheusale *werden* den Pass einnehmen«, erklärte Dartagnan. »Ihr werdet auf diesem Weg nicht zurückkommen können.«

»Das ist mir egal«, sagte Rochefort kalt. Ihr Gesicht war wieder völlig emotionslos.

Dartagnan wollte etwas sagen, hielt inne, runzelte die Stirn und blaffte dann vier Worte: »Ihr übernehmt die Verfolgung.«

Dreiunddreißig

Der Nachttrupp verließ den Tunnel ungefähr vierzig Minuten später und tauchte auf einer Straße, die sich von irgendwo tiefer in Ystara emporwand und in die Höhen weiterführte, in ein Schneegestöber ein. Liliath klatschte in die Hände und schrie triumphierend auf. Sie waren jetzt fast da und würden den Tempel von Palleniel Erhaben bei Sonnenaufgang erreichen.

»Wir müssen Rast machen und uns um unsere Verwundeten kümmern, Herrin«, sagte Bisc; er rannte, um sie einzuholen, als sie begann, die Straße hinaufzuschreiten.

Der Engel – welcher auch immer –, den sie beschworen hatte, um Licht zu haben, hüllte sie noch immer in eine perlmuttfarbene Aura, die viel heller war als die flackernden Laternen, die einige der Verweigernden trugen.

»Wir müssen Rast machen!«, wiederholte Bisc, als Liliath keinerlei Anzeichen erkennen ließ, stehen zu bleiben und ihm zuzuhören.

Der Aufstieg hatte am Ende eines langen, anstrengenden Tages stattgefunden, und viele vom Nachttrupp setzten mehr oder weniger schlafend einen Fuß vor den anderen. Manche waren vor Erschöpfung oder Schwäche ein paar Stufen die Treppe hinuntergefallen. Viele hatten kleine Wunden, die sie sich entweder in der Schlacht mit den Scheusalen oder bei ihrer Flucht aus dem Lager und dem damit verbundenen Rückzugsgefecht zugezogen hatten. Die schwerer Verwundeten waren zurückgelassen worden.

»Aber wir sind so nah!«, rief Liliath. Sie ballte die Fäuste und versuchte die Aufregung zu beherrschen, die sie empfand, die Wut, dass irgendjemand sie jetzt noch aufhalten könnte!

All die Jahre, in denen sie alles geplant hatte, der erste Fehlschlag, der lange Schlaf … all das führte zu einem Augenblick, der schon bald kommen würde. Sie *mussten* zum Tempel …

»Wir *müssen* uns ein bisschen ausruhen«, wiederholte Bisc. Er wischte sich Schnee aus dem Gesicht und fügte hinzu: »Und wir brauchen einen Unterschlupf. Gibt es auf dieser Straße so etwas? Bevor wir den Tempel erreichen?«

»Dies ist die Straße der Pilger«, sagte Liliath mürrisch. »Es gibt … es hat unterwegs Karawansereien gegeben … eine ist ein kleines Stück weiter oben, ich weiß aber nicht mehr, wie weit. Oder in welchem Zustand sie jetzt ist. Wenn wir einfach weitergehen, könnten wir den Tempel im Morgengrauen erreichen.«

Bisc schüttelte den Kopf. »Nicht in diesem Schneetreiben. Nicht jetzt. Wir müssen uns ausruhen.«

Liliaths Mund wurde zu einer schmalen, grimmigen Linie. Bisc sah es und fügte hinzu: »Die vier Gefangenen brauchen die Ruhepause nötiger als alle anderen.«

Liliath entspannte sich leicht, öffnete die Fäuste. »Na schön«, sagte sie widerstrebend. »Wir werden an der Karawanserei Rast machen. Aber nicht mehr als zwei Stunden, Bisc. Wir müssen weiter!«

»Danke, Herrin!«, sagte Bisc.

Er drehte sich wieder zu den Mitgliedern des Nachttrupps um, verschwommenen Gestalten im nächtlichen Schneefall, viele davon außerhalb der flackernden Teiche aus Laternenlicht nahezu unsichtbar. Die letzten Verweigernden verließen gerade den Tunnel. An diesem Ende war er nicht mit einem Felsblock verschlossen, sondern nur von einer raffiniert verborgenen Klappe, die sie wieder herunterließen.

»Es gibt einen Unterschlupf, einen Platz, an dem wir uns ausruhen können, nicht weit voraus!«, rief er. Der Schnee verschluckte seine Worte. »Helft einander! Es ist nicht weit! Ystara!«

Ein Chor schwacher Stimmen antwortete ihm. »Ystara!«

Die Verweigernden rappelten sich wieder auf, schulterten diejenigen, die es nötig hatten, und machten sich daran, die Straße entlangzugehen, mit Liliath voraus, die vor Ungeduld brannte. Bisc rannte wieder los, um sie einzuholen.

»Nicht so schnell, Herrin«, sagte er keuchend. »Was ist, wenn in der Karawanserei Scheusale sind?«

Liliath blieb einen Moment stehen und schloss die Augen. Sie spürte den Schnee auf ihr Gesicht fallen, leichte Berührungen aus Kälte, die auf ihrer immer warmen Haut sofort schmolzen und Spuren aus Nässe zurückließen, die sie an eine lange zurückliegende Zeit erinnerten, als sie noch weinen konnte. Vor langer, langer Zeit, als sie als Kind zum ersten Mal die Maid von Ellanda genannt worden war, die wundersam begabte Beschwörerin von Engeln. Manche hatten sie sogar die *Engelsmagierin* genannt, aber die Priester hatten dafür gesorgt, dass das aufhörte. Während sie immer noch jede Macht darüber hatten, was sie tat.

»Scheusale …«, murmelte Liliath. Sie blieb stehen, drehte sich langsam im Kreis und öffnete ihren Geist für die Welt um sie herum. Sie konnte all die kleinen Fragmente von Palleniel spüren, die überall verstreut waren, auch wenn sie unterschiedlicher Natur waren. Die Verweigernden um sie herum, die vier Gefangenen, die Scheusale … Sie kräuselte die Lippen, als sie feststellte, dass ganze Horden dieser Kreaturen den Pass und den Berg hochkamen, und es waren tatsächlich welche auf der alten Pilgerstraße, aber viel weiter unten … Sie hasste die Scheusale so sehr, diese Beweise ihres Versagens …

»Es sind keine in der Nähe«, sagte sie. »Sie werden von mir angezogen, aber noch mehr von den Stellen, an denen ich Engel beschworen habe. Am frühen Morgen wird eine ganze Horde unten auf der Passhöhe sein. Sie werden die Expedition erledigen.«

»Aber was …«

»Sie werden bald alle dahin sein«, sagte Liliath und wedelte mit der Hand, als wollte sie ein paar lästige Insekten verscheuchen, während Schneeflocken feuchte Spuren auf ihr hinterließen. »Bald.«

Sie ging wieder weiter, immer noch zu schnell. Bisc rannte hinter ihr her und packte sie am Ellbogen, und sie wirbelte herum, als wäre sie selbst ein Scheusal, eine Hand erhoben, bereit, die Klauen gegen ihn auszufahren, aber im letzten Moment entspannte sie ihre Finger und tätschelte Bisc nur seitlich den Kopf.

»Ich bin ungeduldig, ich weiß«, sagte sie. Sie schaute zurück und bemerkte, dass der Nachttrupp sich auseinanderzog; das matte Schimmern der Laternen war im nächtlichen Schneetreiben kaum zu sehen, beleuchtete dahintrottende Gestalten, die in der Dunkelheit verschwanden. Aber was für sie am wichtigsten war: Die vier Gefangenen waren fast außer Sicht.

Noch während sie zurückblickte, erbebte der Boden unter ihren Füßen, und man hörte das gedämpfte Geräusch einer fernen Explosion. Sie sah Bisc an.

»Sie haben ihr Pulverdepot in die Luft gejagt«, sagte Bisc. »Anscheinend wollen sie sich wieder in Richtung Sarance zurückziehen. Oder es war ein Unfall.«

Liliath nickte langsam und hob die Hand, betrachtete die Symbolringe an ihren Fingern. Sie dachte kurz daran, Esperaviel loszuschicken, um zu sehen, was passiert war, verwarf den Gedanken jedoch wieder. Eine Beschwörung würde mehr Scheusale zum oberen Teil der Straße locken, und obwohl sie bezweifelte, dass auch nur eines rechtzeitig ankommen würde, wäre es doch am besten, es nicht zu riskieren …

»Die Zeit drängt«, sagte sie laut. »Wir müssen uns beeilen.«

»Ja, Herrin«, erwiderte Bisc beunruhigt. Liliath schien so fixiert darauf, den Tempel zu erreichen, dass sie ihr Gespräch darüber, dass alle dringend eine Rast benötigten, vergessen hatte. »Die Karawanserei?«

»Ja … ja«, erwiderte Liliath. Sie schüttelte den Kopf, wischte sich Schnee vom Gesicht und spähte durch die weiße Düsternis. »Ich erinnere mich … da ist eine … es ist nicht weit … hinter der Biegung da vorn.«

Bisc nickte. Er konnte auf der Straße vor ihnen keine Biegung sehen. Es war zu dunkel, und der Schnee fiel zu dicht. Aber wie immer glaubte er seiner Herrin. Er stampfte mit den Füßen, versuchte so, sie zu wärmen, und folgte Liliath die Straße hinauf, und der Nachttrupp und seine Gefangenen folgten ihm.

Ein gutes Stück hinter Liliath rutschte Henri aus und stürzte schwer in den Schnee. Die Verweigernden hatten ihm seine vielen Decken weggenommen und ihm am Fuß der Treppe die Hände gefesselt; immerhin hatten sie ihm seinen Umhang gelassen, auch wenn der mit winzigen Brandlöchern von Funken gesprenkelt und der Pelzbesatz abgesengt war. Er lag einen Moment stöhnend im Schnee, zu erschöpft, um auch nur zu versuchen aufzustehen, und fragte sich, ob ihm wohl jemals wieder warm werden würde. Obwohl am Leben zu bleiben sich vielleicht als größeres Problem erweisen könnte, als wieder Wärme zu spüren …

Verweigernde hoben ihn hoch, nicht gerade sanft, und stießen ihn zu Dorotea, die sich mit der dumpfen Gleichmäßigkeit eines Wasserrads bewegte, das nur noch von einem Rinnsal angetrieben wurde statt wie üblich vom rauschenden Mühlbach. Sie hob kaum die Füße und hinterließ daher keine Fußspuren im Schnee, sondern lange Linien, die aussahen wie eine Schlittenspur.

Als Henris Schulter gegen ihre stieß, sah Dorotea ihn übernächtigt an und lächelte. »Schatz«, krächzte sie. »Und kaum Scheusale.«

Henri schaffte es nicht ganz zu lächeln. Er sah sich um. Die Verweigernde, die ihm den Stoß versetzt hatte, war ein halbes Dutzend Schritte weiter hinten stehen geblieben und versuchte, ihre Laterne irgendwie dazu zu bringen, mehr Licht zu spenden.

»Weißt du, was los ist?«, fragte er im Flüsterton. Sprechen war schwierig; seine Kehle war schrecklich ausgetrocknet. Er streckte die Zunge heraus, um ein paar Schneeflocken aufzufangen, während er wartete, dass Dorotea die Kraft für eine Antwort sammelte.

»Nein«, sagte sie leise. »Aber sie haben auch Simeon und Agnez erwischt. Sie sind hinter uns.«

Henri drehte den Kopf, um nachzuschauen, doch er konnte nur die Verweigernde mit der Laterne sehen und ein paar verschwommene Umrisse hinter ihr, halb verborgen vom Schnee. Er versuchte, sich richtig umzudrehen, um besser sehen zu können, rutschte aus und fiel wieder hin, dieses Mal gegen Dorotea, mit dem Effekt, dass sie beide im Schnee landeten.

Aber auch dieses Mal wurden sie wieder aufgehoben, und mit einem Stoß in den Rücken machte man ihnen klar, dass sie weitertrotten sollten.

Agnez sah sie fallen, erkannte sie an ihrer Gestalt und ihren Bewegungen, denn sie waren kaum mehr als Silhouetten. Sie hatte es geschafft, zu Simeon aufzuschließen, der jetzt unerschütterlich an ihrer Seite dahinstapfte. Eine Verweigernde mit einer Laterne war dicht hinter ihnen gewesen, hatte aber nicht mit ihnen Schritt halten können, und jetzt gingen sie in fast völliger Dunkelheit. Henri und Dorotea, die von einer Laternenträgerin in ihrer Nähe beleuchtet wurden, waren vierzig oder fünfzig Schritt vor ihnen.

»Ich bin mir ziemlich sicher, dass ich meine Fesseln sprengen kann«, flüsterte Simeon. »Sie haben nur eine Binde benutzt. Es ist niemand dicht hinter uns – nicht dicht genug, um etwas zu sehen.«

»Wir sollten besser noch warten«, riet ihm Agnez. »Es sind zu viele von ihnen. Außerdem befiehlt sie vielen Engeln, und wir können nirgendwohin.«

»Sie?«

»Hast du sie nicht gesehen?«, fragte Agnez.

»Nein.«

»Fürstin Dehiems. Oder, wie sie mir gesagt hat, Liliath, die Maid von Ellanda.«

»Oh«, sagte Simeon, was möglicherweise die untertriebenste Antwort auf eine Enthüllung von derartiger Tragweite war, die Agnez jemals gehört hatte. »Henri wird überrascht sein. Er hat immer noch gedacht, es könnte Dorotea sein …«

Agnez hätte beinahe gelacht. Sie hätte es getan, wenn ihr nicht die Rippen wehgetan hätten, ihre Hände nicht so fest zusammengebunden gewesen wären und der Schnee ihr nicht am Hals unter den Umhang gerutscht wäre.

»Kannst du dir vorstellen, warum sie uns vier mitgenommen haben?«, fragte Agnez ein Dutzend Schritte später. »Und niemanden sonst?«

Simeon ließ sich Zeit mit der Antwort. Aber nach mehreren Dutzend weiteren Schritten kam sie dann doch. »Ich fürchte, es hat etwas mit dem zu tun, was Dorotea in uns sehen kann. Wir sind irgendwie mit den Verweigernden verbunden. Mit Ystara. Und daher auch mit Liliath.«

»Ich werde sie töten«, sagte Agnez sehr entschieden.

»Weißt du, auch wenn du keinerlei Waffen hast und dir die Hände auf den Rücken gefesselt sind, glaube ich dir das fast«, erwiderte Simeon.

»Da wir gerade von Fesseln sprechen«, sagte Agnez. »Ich habe meine Meinung geändert. Wir sollten den Vorteil nutzen, den uns die Dunkelheit bietet. Wenn du deine Fesseln sprengen kannst, dann mach es.«

Simeon ächzte. Agnez konnte nicht sehen, was er tat. Sie konnte kaum ausmachen, wo sein Gesicht war, so dunkel war es, und so dicht fiel jetzt der Schnee. Aber sie hörte ihn noch einmal ächzen, und dann war da ein leises, reißendes Geräusch.

»Binde mich los«, sagte sie. »Aber wickle mir die Fesseln dann wieder um die Handgelenke; ich werde es mit deinen genauso machen, damit es so aussieht, als ob wir immer noch gefesselt wären.«

Dicht nebeneinanderher gehend, tat Simeon wie geheißen. Agnez erwiderte den Gefallen, fesselte seine Hände locker wieder, und beide rutschten und stolperten dabei so sehr, dass die Laternenträgerin, die hinter ihnen zurückgefallen war, die Lücke wieder schloss. Als ihr Licht auf sie fiel, marschierten sie wieder Seite an Seite weiter, die Köpfe tief gesenkt.

Das Dach der Karawanserei war eingestürzt, aber die Wände waren größtenteils intakt und boten einen gewissen Schutz vor Schnee und Wind. Die Verweigernden machten sich rasch an die Arbeit, schichteten die heruntergefallenen Holzstücke des Daches auf und schon kurz danach brannten in allen vier Ecken des Hofes helle Feuer. Essen und Wasser wurden ausgeteilt, aber viele Verweigernde legten sich einfach nur so nah wie möglich an eines der Feuer und schliefen.

Agnez und Simeon gingen zu Henri und Dorotea, und ihre direkten Bewacher waren entweder zu müde, um sie daran zu hindern, oder hielten es für unwichtig. Die vier wechselten erschöpfte Blicke und setzten sich zusammen hin, um sich vom nordöstlichen Feuer wärmen zu lassen.

Sie saßen erst ein paar Augenblicke, als der junge Anführer des Nachttrupps zu ihnen kam. Sie hatten gehört, dass die Verweigernden ihn manchmal Bisc nannten und manchmal König. Er sah ziemlich gut aus, strahlte eine Art natürlicher Autorität aus und hatte – was für einen Verweigernden ungewöhnlich war – keinerlei sichtbare Zeichen vergangener Krankheiten oder gegenwärtiger Gebrechen.

»Wisst ihr, was sie von euch will?«, fragte er und sah auf sie herunter, den Rücken dem Feuer zugewandt.

Es war keine Frage, wer »sie« war, auch ohne dass er einen Blick hinüber zu dem eingestürzten Torbogen warf, wo der Eingang zur Karawanserei gewesen war. Dort stand Liliath, eingehüllt in helles Engelslicht, und starrte die Straße hoch, ohne sich darum zu kümmern, dass es im Innern Wärme, Essen und Wasser gab.

»Nein«, antwortete Dorotea nach einigen Augenblicken, als klar wurde, dass niemand von den anderen antworten würde. »Du auch nicht?«

Bisc antwortete nicht. Er sah sie einfach nur weiter an.

»Ist sie wirklich Liliath?«, fragte Agnez.

»Was?«, rief Henri und richtete sich kerzengerade auf. Aber Dorotea nickte nur stumm, als ob das, was sie gerade gehört hatte, vollkommen passen würde.

»Sie ist die Maid von Ellanda«, bestätigte Bisc.

»Und wer bist du?«, fragte Henri.

»Ich bin der Nachtkönig von Lutace«, antwortete Bisc mit einem schwachen Lächeln. »Ein bisschen außerhalb von meinem Königreich, wie ich zugeben muss. Ich schlage vor, ihr versucht jetzt zu schlafen, denn wir werden schon bald weiterziehen.«

»Zum Tempel von Palleniel Erhaben?«, fragte Dorotea. »Was hat sie dort vor?«

Bisc zuckte mit den Schultern und wandte sich ab, nicht ohne vorher noch zu den in der Nähe sitzenden Mitgliedern des Nachttrupps zu sagen: »Wechselt euch mit Schlafen und Wachen ab. Ich will, dass sie beobachtet werden.«

Die vier sahen, dass er danach zu Liliath ging, die immer noch die Straße hochstarrte.

»Ich denke, wir sollten uns am besten ausruhen«, sagte Agnez. Sie warf einen Blick auf die Verweigernden, von denen anscheinend keiner Biscs Befehl sonderlich viel Beachtung zu schenken schien, vielleicht weil er niemanden direkt angesprochen hatte. Sie legten sich bereits hin, um zu schlafen. »Wenn wir uns Rücken an Rücken hinsetzen, können wir uns aneinanderlehnen.«

Sie rutschten auf ihren Hintern herum und lehnten sich Rücken an Rücken. Ein paar Augenblicke später kämpfte Agnez stumm mit Doroteas Fesseln, während Simeon die von Henri bereits gelöst hatte.

»Beweg dich nicht«, flüsterte Agnez. »Wir binden sie wieder locker zu, damit es so aussieht, als wärst du immer noch gefesselt. Vergiss das nicht und wedle nicht mit den Armen oder so was. Dann müssen wir nur noch auf die richtige Gelegenheit warten, um zu fliehen.«

»Ich würde das nie vergessen!«, protestierte Dorotea.

»Weißt du, was Liliath von uns will, Dorotea?«, fragte Henri ängstlich. »Ich meine, warum wir?«

»Ich denke, es hat etwas mit dem zu tun, was ich sehen kann«, flüsterte Dorotea.

Simeon nickte zustimmend.

»In uns und den Verweigernden«, fuhr Dorotea fort. Sie machte eine Pause, als der Wind sich drehte und den Rauch vom Feuer aufwirbelte, der kurz über sie hinwegstrich, ihnen in den Augen brannte und sie zum Husten brachte, ehe er wieder woanders hingeweht wurde. »Es ist auch in den Scheusalen.«

»Tatsächlich? Das Gleiche?«, flüsterte Simeon.

»Variationen eines Themas.«

»Und Liliath?«

»Nein. Sie ist anders«, sagte Dorotea. »Ganz anders. Sie hat ganze Engel in sich. Viele Engel.«

»Und was ist dann in uns? Und in den Verweigernden und den Scheusalen und in wem auch immer sonst noch? Andere Engel?«

Dorotea holte tief Luft. »Nein. Ich glaube, das ist alles der gleiche Engel oder eher Stücke von einem Engel. Scherben eines zerbrochenen Engels ... über uns alle verteilt ... oder eher Scherben eines zerbrochenen *Erzengels*.«

Eine schreckliche Stille folgte. Alle dachten es, doch niemand wollte es sagen, bis Simeon schließlich das Wort flüsterte, aber so, dass es wie eine Frage klang, als würde er immer noch nicht recht glauben, dass es wahr sein könnte.

»Palleniel?«

Vierunddreißig

»Da sind Glutstückchen und Kohlen; sie sind vor nicht mehr als einer Viertelstunde aufgebrochen«, sagte Vautier. Die Kundschafterin stieß das Holzscheit, das sie teilweise aus dem Feuer gezogen hatte, wieder hinein, und sofort leckten frische Flammen daran.

Rochefort nickte. Sie sah sich um, registrierte, dass die vier großen Feuer bereits wieder zu neuem Leben erweckt wurden, da ihre Pursuivants den Vorteil nutzen wollten, hier Wärme und Schutz zu finden. Sie waren erschöpft. Es war sinnlos, gleich weiterzumarschieren, so gern sie das auch getan hätte.

»Wir werden hier eine Stunde rasten«, verkündete sie. »Derambouillet, sorge dafür, dass alle etwas zu essen und warmen Wein bekommen. Vautier, kümmere dich um Wachposten auf der Straße bergauf und bergab. Immer zu dritt, Ablösung alle zwanzig Minuten. Ich will, dass *wir* die Überraschung sind, nicht umgekehrt.«

Rochefort zog ihre Taschenuhr heraus, öffnete sie und hielt sie in den Feuerschein, sodass sie die übereinander angeordneten Zwillingsziffernblätter lesen konnte; das obere zeigte die Stunden an, das untere Minuten. Fünf und zwanzig, was bedeutete, dass es vielleicht noch zwei Stunden bis zur Morgendämmerung dauerte; sollte die Wolkendecke jedoch so dicht bleiben, würde es wohl nur theoretisch heller werden.

Der Schneefall wurde allerdings schwächer. Als sie der Ruine näher gekommen waren, hatte sie tatsächlich geglaubt, eine wärmere Brise spüren zu können, die gegen die ankämpfte, die die Kälte gebracht hatte. Sie blickte nach oben, und ihr Eindruck bestätigte sich. Da war ein kleiner Fleck freien Himmels, mit mehreren funkelnden Sternen, der merklich größer wurde, noch während sie hinsah.

Gut, dachte Rochefort und klopfte gegen den Kolben ihrer Pistole. Solange sie nicht ihre eigenen Engel zur Verfügung hatten, würden sie den Vorteil nutzen müssen, den ihre Feuerwaffen ihnen boten, und ihre Pursuivants waren allesamt hervorragende Schützen. Was sie daran erinnerte, dass sie sich die Zeit nehmen sollten, die Waffen zu entladen, das Pulver und die Kugel zu entfernen und sie dann wieder neu zu laden, denn sämtliche Waffen waren nass vom Schnee.

»Ihr solltet Euch ebenfalls ausruhen, Kapitänin«, sagte Derambouillet. »Kommt zum Feuer … ich bringe Euch Wein, sobald er warm ist.«

»Du hast recht«, sagte Rochefort. Sie ließ sich am Feuer nieder und nahm den Hut ab, um den Schnee abzuschütteln.

Aber sie legte sich nicht hin. Stattdessen starrte sie in die Flammen und hörte sich wieder und wieder flüstern: »Ich werde nicht zulassen, dass dir etwas geschieht.«

Die Straße wand sich ein letztes Mal um die Bergflanke herum, erreichte den Sattel zwischen zwei Gipfeln und führte dann pfeilgerade nach Norden. Es wurde bereits allmählich heller, und im Osten war der erste rosige Schimmer der Sonne zu sehen. Schon vor einiger Zeit hatte es aufgehört zu schneien und der Himmel begonnen aufzuklaren. Was es noch an Wolken gab, lag unter ihnen, denn sie waren weit nach oben gestiegen.

Liliath starrte den Tempel von Palleniel Erhaben an. *Ihren* Tempel, denn ein halbes Dutzend Jahre lang war er ihr Zuhause gewesen. Sie war als Kind dorthin gekommen, unter der Herrschaft von anderen, die sie zu ihren Sklaven gemacht hatte. Der Tempel war der Ort, an dem sie ihre größten Werke mit der Engelsmagie hervorgebracht hatte, und auch der ihres größten Versagens. Das sie schon bald wiedergutmachen würde.

Der Tempel war immer noch eine Meile entfernt, auf der anderen Seite eines zugefrorenen Sees, dessen Wasser in einem bizarren Wasserfall aus Eis über den rechten Rand in die Tiefe stürzte. Er schmiegte sich an die Flanke des gegenüberliegenden Berges, ein modern aussehendes, L-förmiges, fünfstöckiges Haus aus cremefarbenem Stein, der inzwischen etwas nachgedunkelt war, mit großen, von Läden verschlossenen Fenstern; die Fensterläden, die einst rot gewesen waren, waren verblasst und wirkten jetzt fast rosa. Am einen Ende befand sich ein deutlich höherer, ebenfalls rechteckiger Turm mit dem für Tempelturmspitzen typischen Dach aus getriebenen Kupferschindeln, die hell in der Sonne leuchteten.

Irgendwo an einem anderen Ort und umgeben von einem Garten wäre es ein schönes Haus gewesen. Hier, inmitten von nacktem Fels und Eis, wirkte es einfach nur fehl am Platz. Einzig der Turm bot einen Hinweis darauf, dass es sich um einen Tempel handelte.

Im Licht des frühen Morgens bemerkten die vier, dass sie alle schrecklich aussahen. Simeon trug noch immer seinen Doktorenmantel, der voller Blutflecken war, und eine Decke hing noch als eine Art Umhang über seinen Schultern. Agnez' eine Gesichtshälfte war von blauen Flecken gezeichnet, ihr Umhang an einer Seite völlig aufgerissen; außerdem sah sie mit ihrer leeren Degenscheide und ohne Pistolen und Dolche im Gürtel einfach merkwürdig aus. Henri sah aus wie der Lehrling eines Schmieds, der Reißaus genommen hatte, oder wie jemand, der die Explosion einer Pulvermühle überlebt hatte. Er hatte überall Pulverflecken, im Gesicht, an den Händen, auf dem Wappenrock, und der Pelzbesatz seines Umhangs war völlig abgesengt. Nur Dorotea wirkte relativ ordentlich, auch wenn ihr Gesicht wie bei den anderen von Erschöpfung gezeichnet war.

Sie wagten es nicht, miteinander zu sprechen, denn Bisc und Liliath standen ganz in der Nähe. Alle sahen Liliath an, die nur auf den Tempel starrte ... und weiter starrte. Schließlich wandte sie den Blick ab, aber immer noch sagte niemand etwas.

»Wir gehen über den See«, erklärte Liliath schließlich. »Zu dieser Jahreszeit ist er immer gefroren, auch in der Mitte. Es besteht keine Gefahr.«

»Was habt Ihr mit uns vor?«, traute Dorotea sich zu fragen.

»Das werdet ihr sehen«, antwortete Liliath. Sie blickte wieder zum Tempel. »Bald. Oh ja, bald …« Ohne ein weiteres Wort marschierte sie los.

Bisc sah ihr nach, dann winkte er den Verweigernden, dass sie weitergehen sollten. »Alizon T, du und deine Leute, ihr bleibt bei den Gefangenen«, sagte er. »Behaltet sie im Auge. Denkt an eure Befehle.«

»In Ordnung, König«, erwiderte Alizon, eine große, nervöse Frau. Ihr linker Arm endete oberhalb des Ellbogens in einem Stumpf, über den eine Socke gezogen worden war. Sie hatte allerdings dicht bei ihrer rechten Hand ein langes Messer im Gürtel stecken, und die Narben in ihrem Gesicht deuteten darauf hin, dass sie in ihren vielleicht dreißig Jahren viele Kämpfe überlebt hatte. Sie war eine der älteren Verweigernden. Verweigernde lebten generell nicht sehr lang, aber das Leben der Mitglieder des Nachttrupps endete meist noch früher als das der anderen.

»Dann mal los«, sagte Alizon zu den vier. Sie zog ihr Messer, und ihre Leute rückten näher. Sie alle hatten lange Messer, und zwei hatten Pistolen. »Gebt mir keinen Grund, euer Blut zu vergießen. Die Befehle lauten, dass ihr nicht verletzt werden sollt. Das heißt, wenn es nicht notwendig ist.«

»Wir werden dir keine Schwierigkeiten machen«, sagte Agnez kalt. Sie sah die anderen drei an. »Gehen wir?«, fragte sie und fügte praktisch unhörbar »langsam« hinzu, wandte dabei den Kopf, sodass Alizon und ihre Leute es nicht sehen konnten.

Sie setzten sich dicht beieinander in Bewegung, gefolgt von Alizon und ihren Gehilfen, allerdings nicht zu dicht. Die meisten Verweigernden befanden sich vor ihnen bei Liliath, mit der sie unbedingt Schritt halten wollten, als würde ihre

Gegenwart sie vor den Scheusalen schützen. Es waren aber auch noch etliche hinter den vier. Zu viele, um einen Fluchtversuch riskieren zu können. Ohnehin konnten sie nirgendwo hinrennen, sich nirgendwo für ein letztes Gefecht verschanzen. Hier gab es nur Schnee, Eis und Steine und voraus den gefrorenen See und den erstarrten Wasserfall.

Eine halbe Stunde später erreichten sie das Seeufer. Der Wind war abgeflaut, der Himmel jetzt vollkommen klar, erstrahlte in einem wunderbaren Blau, und die Sonne schien warm und golden. Ein bisschen von ihrer Wärme kam auch bei ihnen an; immerhin genug, dass manche Verweigernden die überzähligen Decken abnahmen und zusammenrollten, statt sie weiter über den Schultern zu tragen. Die Wärme schien auch die Stimmung zu heben, die bisher von Verzweiflung, Erschöpfung und Angst gekennzeichnet gewesen war.

Die Gefangenen, die das Tempo verschleppt hatten, so gut sie konnten, ohne dass es allzu offensichtlich wurde, fanden sich näher und näher beim Ende der langgezogenen Marschkolonne. Auf dem Eis war es sogar noch einfacher, das Vorankommen zu verlangsamen, und binnen weniger Schritte rutschten Dorotea die Füße in unterschiedlichen Richtungen weg, und sie ging zu Boden, prallte dabei so gegen Henris Beine, dass auch er stürzte. Prompt landete auch Simeon auf dem Hosenboden, brachte fast das Eis zum Bersten. Agnez lachte, womit sie Alizons Aufmerksamkeit auf sich zog, während die anderen drei Mitglieder des Nachttrupps sich daranmachten, den gestürzten Gefangenen aufzuhelfen.

Liliath hatte inzwischen die andere Seite des Sees erreicht, war leichtfüßig über das Eis gelaufen, ja fast geglitten. Die Verweigernden hinter ihr bewegten sich größtenteils nicht so elegant; sie rutschten immer wieder aus, fielen hin und fluchten.

Kurz vor dem Ufer machte Liliath halt. Sie hatte sich wie ein Hund verhalten, der zu seiner Hundehütte und seinem Fressen zurückkehrte, die Schnauze schnüffelnd in den Wind gereckt, den Blick auf den Tempel gerichtet. Jetzt stand sie still da, drehte sich dann einmal um sich selbst, die Augen geschlossen. Ein paar Sekunden später öffnete sie sie wieder und starrte nach Westen, wo der See im Hochsommer abfloss.

»Scheusale!« Liliath spuckte das Wort förmlich aus. Sie hob wütend die Arme. »Scheusale!«

»Wo?«, fragte Bisc und sah ängstlich in alle Richtungen.

»Sie klettern den Wasserfall hoch!«, sagte Liliath. »Ich hätte nicht gedacht, dass sie das können …« Sie starrte nach hinten über das Eis, nahm die lange Reihe der Verweigernden in sich auf, sah die Gefangenen fast noch am anderen Ende des Sees hinfallen. Liliaths Mund verzog sich zu einem wütenden Knurren. »Beeilt euch! Bringt die vier her! Macht schon!«

Bisc rief, und seine Stimme trug weit über das Eis. »Bewegt euch! Helft ihnen auf! Sie müssen rennen!«

Dann sah er etwas anderes, und die Kinnlade fiel ihm nach unten. Er drehte sich zu Liliath um, um es ihr zu sagen, aber sie hatte es ebenfalls bemerkt.

Agnez warf einen Blick über die Schulter, wollte sehen, wie viele Verweigernde noch dicht bei ihnen waren. Dies war ihre Chance, ganz egal, wie klein sie auch sein mochte. Nur Alizon und ihre drei Schläger waren da und ein paar echte Nachzügler noch ganz weit hinten … und dann verengten sich ihre Augen. Das waren keine Nachzügler, und das waren auch keine Scheusale. Das waren etliche Soldaten in scharlachroten, mit Rotfuchspelz besetzten Umhängen und ein Stück davor vier in Wildleder gekleidete Kundschafter, die knieten, langläufige Vogelflinten hoben …

»Unten bleiben!«, rief Agnez, zog die Hände aus ihren Fesseln und warf sich auf das Eis.

Dem durchdringenden Krachen von Vogelflinten folgten die dumpfen Geräusche, mit denen die Geschosse trafen, und die Schreie derer, die getroffen worden waren. Der Verweigernde, der Agnez am nächsten war, fiel, hielt die Hände vor den Bauch. Agnez rannte auf allen vieren zu ihm, schnappte sich sein Messer und seine Pistole, die sie sofort spannte und auf Alizon T richtete, die wiederum mit offenem Mund auf die Pursuivants starrte, die die Straße heraufkamen und angriffen. Agnes drückte ab, aber es kam nur ein Klicken, ein feuchtes, stotterndes Zischen … die Pistole versagte. Alizon wirbelte herum, zog ihr eigenes Messer und ging auf Agnes los, nur um von Simeon zu Fall gebracht zu werden, der einen großen Fuß ausstreckte.

Agnes erstach Alizon, ließ das Messer einfach stecken und nahm stattdessen der Verweigernden ihres aus der sich langsam öffnenden Hand. Sie stand auf, rannte und rutschte über das Eis dorthin, wo Henri mit einem Verweigernden rang; er hielt das Handgelenk des jungen Mannes fest, der versuchte, ihm einen Dolch in die Brust zu stoßen. Agnes stach ihm zwischen die Rippen und stieß ihn weg, während Simeon den letzten Verweigernden packte, der versuchte, die Zündpfanne seiner Pistole zu öffnen, und über das Eis schleuderte.

»Sind alle erledigt?«, fragte Agnes keuchend und schaute sich um. Die nächsten Verweigernden waren gut dreißig oder vierzig Schritt von ihnen entfernt.

»Tot oder bewusstlos«, bestätigte Simeon. Er nahm den Hut ab und winkte damit den Pursuivants zu. Es war überaus unwahrscheinlich, dass man ihn mit jemand anderem verwechselte.

Die Kundschafter feuerten kein zweites Mal, aber sie stürmten auch nicht vorwärts. Aus irgendeinem Grund verteilten sich die Pursuivants entlang der Straße und verharrten dort. Dann nahmen sie ihre Musketen zur Hand, zielten aber nicht auf die Hauptmasse der Verweigernden in der Nähe des Sees, die ohnehin bereits außerhalb ihrer Schussweite waren.

»Was tun sie …?«, setzte Dorotea an, aber ihr Blick war auf das gerichtet, worauf die Musketen zielten, und so sah sie es selbst.

Scheusale tauchten über dem Rand des gefrorenen Wasserfalls auf. Dutzende. Auch diese hatten unterschiedliche Gestalten und waren unterschiedlich groß, aber alle hatten

Klauen, Sporne oder Krallen, die es ihnen nicht nur leichter machten, den gefrorenen Wasserfall hochzuklettern, sondern auch, sich über das Eis zu bewegen. Sie verteilten sich in einer breiten Linie und bewegten sich sehr schnell vorwärts.

»Verflucht!«, fauchte Agnez. Sie sah zu den Scheusalen, zu den Pursuivants, zu Liliath und dem Nachttrupp am anderen Ufer des Sees und fand binnen eines Augenblicks die geeignete Taktik. Es gab nur eine Chance, den Scheusalen zu entgehen, und zwar, indem sie zu ihren Feinden auf der anderen Seite des Sees rannten und zu der potenziellen Zuflucht, die der Tempel dahinter bieten mochte, sofern es möglich war, ihn zu verbarrikadieren und zu halten.

Was bedeutete, in die Gefangenschaft zurückzurennen …

»Lauft!«

Liliath gab ein Geräusch von sich, das Bisc noch nie zuvor bei ihr gehört hatte. Sie stieß eine Art keuchenden Schrei aus, als wäre sie erstochen oder schwer verwundet worden.

»Geht zum Tempel«, sagte sie zu Bisc. »Bereitet die unteren Stockwerke für die Verteidigung vor. Ich weiß nicht, in welchem Zustand er sich befindet.«

»Ich werde Euch nicht verlassen«, sagte Bisc.

»Ich werde die vier holen«, erklärte Liliath.

»Aber … sie … die Scheusale werden sie erwischen«, sagte Bisc. Die vier ehemaligen Gefangenen rannten über das Eis, so schnell sie konnten, doch die Scheusale holten auf. Ein paar der hinteren Monster waren unter dem Musketenfeuer der Pursuivants gefallen, und Rocheforts Streitmacht rückte immer weiter vor, indem die vordere Reihe feuerte und dann neu lud, während die hintere Reihe vorwärtsrannte, um zu feuern, und sich das Ganze andauernd wiederholte. Aber das sorgte natürlich auch dafür, dass sie nur langsam vorankamen, und sie würden nie in der Lage sein, die vordersten Scheusale einzuholen, und auch nicht, genügend zu erschießen, dass es wirklich etwas bewirken würde.

»Geh«, wiederholte Liliath. »Ich werde einen Engel beschwören.«

Bisc ging, rief seinen Nachttrupp. Sie mussten angesichts so vieler und so schnell näher kommender Scheusale nicht sonderlich angetrieben werden, aber sie sahen zurück zu Liliath, die immer noch auf dem Eis stand. Bisc war beruhigt, als er sah, wie sie die Hand hob und einen Finger auf einen ihrer Symbolringe legte, auch wenn er nicht die geringste Ahnung hatte, was sie vorhatte. Gegen Scheusale konnte Engelsmagie nicht eingesetzt werden, oder zumindest hatte bislang noch niemand einen Engel dazu zwingen können, etwas gegen sie zu tun ...

Das Symbol, das Liliath aussuchte, war das einer Macht, deren Bereich die Bewegung von Luft war. Die Plakette zeigte eine Frau mit goldenen Augen und aufgeblasenen Wangen, die mit gespitzten Lippen blies.

»Mairaraille, Mairaraille, komm zu mir«, flüsterte Liliath, wiederholte den Namen in ihrem Geist mit mehr Nachdruck. Sie hatte nicht vorgehabt, hier Magie zu benutzen, denn damit würde sie nur noch mehr Scheusale anziehen. Jetzt war es jedoch zu spät dafür.

Der Engel hörte sie sofort, aber er versuchte auszuweichen, sich weiter in die Himmel zurückzuziehen. Liliath verzog das Gesicht und knirschte mit den Zähnen, sprach dann lauter und fokussierte ihren Geist auf ihr Opfer; die Welt um sie herum war vergessen.

Der Engel kämpfte noch immer. Liliath spürte, wie sich Falten um ihre Augen bildeten und wieder glätteten. Glühender Zorn stieg in ihr auf, begleitet von dem Wunsch, den Engel nicht nur zu beschwören, sondern ihn zu zerstören. Mairaraille spürte diesen Zorn, und sie bekam Angst, gab schlagartig nach und manifestierte sich mit dem Läuten misstönender Glocken und falsch geblasener Trompeten; die Winde, die sie beherrschte, wirbelten um Liliath herum, ohne es zu wagen, sie zu berühren.

»Geh zu den vier, die über das Eis rennen«, instruierte Liliath unbeugsam. »Umhülle sie sanft und hebe sie in die Luft, wobei du sicherstellst, dass sie auf keine Weise verletzt werden, und flieg mit ihnen hierher. Dann wirst du auch mich hochheben, genauso sanft und mit genauso viel Sorgfalt, und uns alle zur Vorderseite des Tempels bringen, auf den ich jetzt deute. Du wirst uns sanft absetzen und uns kein Leid zufügen.«

So viele kann ich nicht tragen, protestierte der Engel.

»Das musst du aber!«, befahl Liliath.

Es ist zu schwierig, die Luft ist zu kalt, zu dünn ...

»Geh, oder ich werde dir ein Ende bereiten!«, schrie Liliath. »Geh!«

Schwingen schlugen dröhnend, und eine Trompetenfanfare ertönte, Eissplitter flogen in engen Kreisen, wurden in einen Wirbelwind gezogen, der über den gefrorenen See heulte, auf die vier zu.

Dorotea spürte Mairaraille, ehe sie sie aus dem Augenwinkel sah. Eine wirbelnde Säule aus Licht und Schatten, Sekunden später auch mit normalem Blick zu erkennen, als der Engel immer mehr Eis einsammelte und es in kleinere Bruchstücke und Wasserdampf zerstückelte, um eine hoch aufragende Säule aus Weiß zu formen. Sie wusste nicht, welcher Engel es genau war, aber sie kannte seine Art und vermutete, dass er zu ihnen geschickt werden würde, da es keinen Sinn ergab, die Pursuivants anzugreifen, wenn die Scheusale deutlich näher waren, und kein Engel würde etwas gegen die Scheusale von Ystara unternehmen.

»Zusammenschließen!«, rief sie und klammerte sich an Simeons Schulter. »Zusammenschließen!«

Simeon sah den sich weitenden Wirbel aus Weiß auf sie zustürzen. Er packte Henri und zog ihn dicht an sich heran, und auch Agnez bemerkte, was kam, und drängte sich an sie, legte einen Arm um Henris Schultern, und sie alle kamen rutschend zum Stehen und wären beinahe hingefallen.

»Schließt die Augen!«, schrie Dorotea.

Eine Sekunde später traf der Wirbelwind sie, und sie wurden gewaltsam nach hinten geblasen – aber nicht aufs Eis geschleudert. Mairaraille hob sie höher und höher, und sie verloren den Halt aneinander und wurden wild herumgewirbelt, doch der Engel hielt sie voneinander getrennt, daher fielen ihre Waffen und alles, was sie in Taschen und Börsen hatten, in die Tiefe, ohne irgendwelchen Schaden anzurichten, und Mairaraille gab sich alle Mühe, ihnen die Umhänge nicht vollständig von den Schultern zu reißen, nahm nur einen von Agnez' Stiefeln und alle ihre Hüte.

Der Engel trug sie in wenigen Sekunden über das Eis und wirbelte dann schwächer, der eisige Wirbelwind beugte sich nach unten, um Liliath mitzunehmen, die sich zu einem Ball zusammenrollte und die Fäuste vor dem Bauch ballte und dadurch fast alle ihre Symbole behielt – außer den beiden, die an ihrem Kittel angesteckt waren und davonflogen, als der Stoff zerfetzt wurde.

Ein paar eiskalte und von Kreischen erfüllte Augenblicke später wurden sie alle in eine tiefe Schneewehe vor der Eingangstür des Tempels geworfen. Mairaraille floh, bevor Liliath sie entlassen konnte, nutzte es aus, dass Liliaths Finger vom Symbol abrutschte, als sie in den Schnee fiel und tief darin versank. Während Liliath sich wütend wieder herauskämpfte, sah sie, dass Bisc sich durch den Schnee schob, um ihr zu helfen. Die Verweigernden hatten den Tempel erreicht, während der Engel über ihren Köpfen davongewirbelt war.

»Sichert die Gefangenen!«, fauchte Liliath, und die Verweigernden gehorchten unverzüglich und zogen die blinzelnden, benommenen vier aus dem Schnee. Genau wie Liliath hatten sie alle kleine schmerzende Schnitte an den Händen und im Gesicht, die von fliegenden Eissplittern stammten, waren aber ansonsten unversehrt.

Doch bei Liliath heilten die winzigen Schnitte bereits, und ihr auffallend silbriges Blut verblasste, als ihre Haut wieder ihre normale, makellos schöne braune Glätte annahm.

Der Tempel ragte über ihnen auf. Im Erdgeschoss gab es keine Fenster in dem dicken Stein der Mauern, während die in den Stockwerken darüber alle mit Läden verschlossen waren. Als ein Verweigernder versuchte, die massive Tür aus eisenbeschlagener Eiche zu öffnen, bewegte sie sich nicht. Auf der rechten Seite gab es ein Schlüsselloch von der Größe einer Kinderfaust, aber keinen Schlüssel.

Als die Tür auch den Versuchen mehrerer kräftigerer Verweigernder widerstand, sie einzutreten, wallte Panik in den meisten auf, und viele schauten zurück zum See.

Die Scheusale hatten ihn fast überquert, waren nicht allzu weit hinter ihnen. Sie schrien und kreischten noch nicht einmal, sondern waren stumm, was fast noch schlimmer war. Das einzige Geräusch war der rollende Donner der Musketensalven der Pursuivants, die in gleichmäßigen Abständen kamen. Aber Rocheforts Truppe hatte das Ufer des Sees noch nicht erreicht. Sie rückten immer noch abwechselnd feuernd und sich bewegend weiter vor, und auch wenn ihr gehäuftes Feuer in den hinteren Reihen der Scheusale seinen Tribut forderte, blieben immer noch mindestens hundert Monster, die außer Schussweite waren und den Tempel erreichen würden.

Keines hatte umgedreht, um die Pursuivants anzugreifen. Die Aufmerksamkeit der Scheusale war einzig und allein auf Liliath gerichtet. Oder – wie die Verweigernden es sahen – auf sie.

»Am Fuß des Turms befindet sich eine Tür«, fauchte Liliath. »Sie ist – oder war – nicht abgeschlossen. Folgt mir und bringt die Gefangenen mit. Ich brauche sie lebend! Geht kein Risiko ein.«

Sie rannte an der Hauswand entlang, auf den Turm zu. Mehrere Verweigernde packten Agnez, Simeon, Henri und Dorotea, führten Liliaths Befehl auf übertriebene Weise aus. Alle vier wurden jeweils links und rechts von Verweigernden festgehalten, während einer hinter ihnen ging und einen Dolchknauf oder Pistolenkolben bereithielt.

Die Tür zum Turm bestand aus verrostetem Eisen, und die Rostschicht war aufgeplatzt und blätterte hier und da ab. Liliath drehte den Ring, der den Riegel auf der Innenseite heben würde. Er brach in ihrer Hand ab, aber sie packte den Bolzen direkt mit ihren unglaublich starken Fingern und drehte ihn. Der Riegel drinnen ächzte, als sie ihn nach oben zwang. Auch die Tür klemmte, doch sie drückte dagegen, und sie konnte ihr nicht standhalten, glitt mit dem schrillen Geräusch von Eisen auf Stein zurück.

Liliath verharrte nicht, sondern rannte sofort nach drinnen. »Bringt die Gefangenen!«, rief sie. »Verriegelt und verbarrikadiert die Tür!«

Fünfunddreißig

Das Innere des rechteckigen Turms war größer, als es aus der Ferne ausgesehen hatte; das Eingangszimmer maß an jeder Seite mindestens fünfzig Fuß. Im Licht, das durch die offene Tür fiel, war nur schwer zu erkennen, dass es sich um eine Art Wachraum handelte, mit schlichten hölzernen Stühlen und einem Tisch, einem Degenständer und ein paar Fässern. Alles fiel auseinander und war mit grünlichem Schimmel bedeckt. Liliath rannte bereits die Steinstufen auf der linken Seite hoch, auf eine schwere Holztür zu, die sich leicht öffnen ließ.

Agnez schleuderte ihren noch vorhandenen Stiefel weg, als sie die Schwelle übertraten, was ihr einen Schlag von einem Pistolenkolben einbrachte. Genau wie die anderen wurde sie ein Stück hinter Liliath die Treppe hinaufgestoßen; vor und hinter ihnen drängten sich Verweigernde. Über allem hing das Gefühl mühsam unterdrückter Panik.

»Wer zuletzt reinkommt, legt den Riegel vor!«, rief Bisc. »Grandin, Rattler, ihr übernehmt hier das Kommando. Zerschlagt den Tisch da, verrammelt die Tür. Ihr müsst sie unbedingt halten. Wir müssen Liliath Zeit geben, Palleniel zu beschwören – er wird die Scheusale vernichten! Alles wird gut werden! Ystara!«

Die Verweigernden antworteten mit einem schwachen Chor: »Ystara!« Schimmelwolken flogen durch die Luft, als sie anfingen, den Tisch auseinanderzunehmen, Bretter von ihm abrissen, die sie schräg gegen die Tür verkeilen konnten, sobald alle drin waren. Bisc sah ihnen einen Moment lang zu und eilte dann ebenfalls nach oben.

Der Raum im nächsten Stockwerk war eine Art Vorzimmer und direkt mit dem eigentlichen Haus verbunden; er öffnete sich in eine große Halle mit geschlossen Fenstern, in der ein langer Tisch und gepolsterte Stühle standen, die sich in einem weit besseren Zustand befanden als die Möbel unten im Wachraum. An den Wänden hingen staubige, verblasste Gemälde, die alle Liliath darzustellen schienen oder Szenen, in denen Engelsmacht eingesetzt wurde.

»Alle mit einer Pistole oder Muskete an die Fenster da!«, befahl Bisc. »Macht sie auf und fangt an zu schießen! Alle anderen, ladet die Feuerwaffen nach und steht mit Degen oder Messer bereit! Vergesst nicht – diese Scheusale können klettern! Ihr geht auch, Kreel, Basco und Jevens.«

Die meisten noch übrigen Mitglieder des Nachttrupps – vielleicht fünfzig oder sechzig – strömten vom Turmzimmer in die Halle, sodass die vier jeweils nur noch von zwei Verweigernden bewacht wurden. Es gab jetzt keine »Ystara«-Rufe mehr, keine Witze, kein Geplapper. Nur noch grimmige Männer und Frauen, die hofften, am Leben zu bleiben. Die Läden ließen sich nicht leicht öffnen, und manche fielen ab, als an ihnen gezogen wurde; niemand verschwendete Zeit damit zu versuchen, die Fenster zu öffnen. Das Glas wurde einfach zerschlagen.

Die Gefangenen und ihre Eskorte stiegen zusammen mit Bisc hinter Liliath ins nächste Stockwerk hinauf.

Der nächsthöhere Raum war eine Bibliothek, und Dorotea, die sich instinktiv dem nächsten Regal zuwandte, um zu sehen, was sich darin befand, wurde fast der rechte Arm ausgekugelt, als sie heftig zurückgerissen wurde. Die Regale aus dunklem Holz mit langen, von Engeln gemachten Glastüren standen an drei der vier Wände und reichten vom Boden bis zur Decke; an der vierten Wand befand sich die Treppe, aber auch unter ihr waren sauber eingepasste Regale.

Unzählige Scheusale kreischten, Pistolen und Musketen krachten, und die Eisentür ganz unten dröhnte wie ein riesiger Gong, als irgendetwas auf sie einschlug – das alles ertönte gleichzeitig, als sie den nächsten Raum erreichten. Dies war ein Schlafzimmer gewesen; überall im Raum lagen die verstreuten Überreste einer von Nagetieren und Insekten mehr oder weniger zerfressenen Matratze. Das Bett, aus dem sie ursprünglich stammte, war nur noch ein matter Überrest aus Bronze und Holz in der Ecke. Daneben standen zwei Kommoden, die so verstaubt waren, dass man unmöglich sagen konnte, aus welchem Holz sie gemacht waren. Ein großer Spiegel ihnen gegenüber befand sich in einem ähnlichen Zustand. In einer Ecke gab es eine grün verfärbte Kupferbadewanne, neben der Haufen von etwas zerfielen, das vermutlich einmal Kleider gewesen waren.

Sie stiegen weiter die Treppe hinauf und traten in Helligkeit hinaus. Dieser Raum hatte vom Boden bis zur Decke reichende Fenster aus reinem, von Engeln geklärtem Glas, das niemals geputzt werden musste, und es war warm, weil die Sonne hereinschien. Ringsum standen Dreibeine mit Teleskopen und niedrige Sofas, die etwas heruntergekommen aussahen; auf ihnen konnten diejenigen warten, die die Teleskope nicht benutzten, bis sie an der Reihe waren, über den See, den Wasserfall und die Berge und weiter bis in die Tieflande von Ystara oder, im Osten, nach Sarance zu schauen.

Aber jetzt schauten alle zum Wasserfall. Die weißen spitzen Zacken aus gefrorenem Wasser waren kaum noch zu sehen, so viele Scheusale schwärmten inzwischen diese breite Leiter herauf. Viele tausend, abertausend Scheusale.

»Palleniel beschütze uns«, flüsterte Bisc, dessen ganze Aufmerksamkeit dem schrecklichen Anblick dort unten galt. Die anderen Verweigernden waren ebenfalls abgelenkt, starrten mit offenen Mündern auf die riesige Horde aus Scheusalen.

Simeon handelte als Erster. Er riss sich von den Männern los, die seine Arme hielten, packte sie an den Köpfen und schleuderte sie gegen das Fenster. Da es aus Engelsglas bestand, bekam es zwar Sprünge, aber es zerbrach nicht. Die beiden Verweigernden prallten von dem Fenster ab und stürzten zu Boden. Simeon drehte sich um und riss ein Teleskop von seinem Dreibein, schwang es wie eine Keule.

517

Agnez beugte sich nach hinten und zur Seite, versetzte der Verweigernden zur Linken einen Kopfstoß, während sie der Frau zur Rechten einen kräftigen Tritt in den Bauch verpasste. Beide gingen zu Boden, und Agnez schnappte sich einen Dolch, um auf die Frau loszugehen, die Henris rechten Arm festhielt, ihn aber sogleich losließ, um ihren eigenen Dolch zu ziehen, während Henri mit dem Verweigernden auf der anderen Seite rang, beide bemüht, den anderen zu Boden zu werfen.

Dorotea, die den Stufen, die nach oben führten, am nächsten war, bekam ein Bein hinter eine ihrer Wachen, konnte sie aber nicht umwerfen und landete selbst auf dem Boden.

Ihre andere Wache, die sah, dass sie keine Bedrohung war, zog ihren Degen und rannte los, um Simeon anzugreifen.

Agnez bemerkte sie und drehte sich um, parierte den ersten Angriff, ließ ihren Dolch an der Degenklinge entlanggleiten, als die Verweigernde versuchte, sich zurückzuziehen, trat so schnell näher an sie heran, dass sie ihr einen Hieb auf die Nase verpassen und ihr den Degen wegnehmen konnte. Dann schlug sie ihr den Knauf auf den Kopf, um sie endgültig zu Boden zu schicken.

Bisc kam wieder die Treppe herunter, zog seinen eigenen Degen. Liliath, die oben bereits halb durch die Tür war, wirbelte herum. Im gleichen Augenblick barst die Glasscheibe, die gesprungen war, als Simeon seine beiden Bewacher dagegen geworfen hatte, und ein Scheusal sprang in den Raum. Es war größer als Simeon, aber dünn wie ein Schössling und vollkommen von schwarzen, schillernden Schuppen bedeckt, stand auf vier stacheligen Beinen und hatte zwei Vorderbeine mit langen Klauen, die denen einer Krabbe glichen. Sein Kopf war groteskerweise immer noch auf unmögliche Weise menschenähnlich, außer dem Mund, der ein klaffendes, rundes Loch voller winziger Zähne war.

Es kreischte und packte einen Verweigernden mit seinen Klauen, senkte den Kopf und biss ihm in die Schulter.

»Sie klettern die Wände hoch! Sie klettern ...«

Der Schrei kam von irgendwo weiter unten. Die Verweigernden und die vier gingen zugleich auf das Scheusal los. Simeon versetzte ihm einen Schlag mit dem Teleskop, bei dem das Bronzerohr abbrach, sodass die Linsen durch den Raum flogen. Agnez stach mit ihrem Degen auf seine Augen ein, und Henri nahm die Pistole, die ihm der Verweigernde, der wenige Augenblicke zuvor noch gegen ihn gekämpft hatte, wortlos anbot, und feuerte sie ab, wobei sich beide duckten, um auf die unteren Gelenke des Scheusals zu zielen, damit sie niemanden sonst verletzten.

»Bring sie her!«, schrie Liliath und deutete auf Dorotea. »Bring sie her!«

Die Verweigernde, die Dorotea festgehalten hatte, hatte sie losgelassen, um an ihrer Pistole herumzufummeln. Dorotea wollte ihr gerade einen Dolch aus dem Gürtel stibitzen, als Bisc ihren Arm packte und ihn ihr auf den Rücken bog, sie die Stufen hochdrängte, beinahe schon trug, während sie versuchte, sich freizukämpfen.

Liliath schlug die Tür hinter ihnen zu und legte den Riegel vor.

Auch dieser Raum war voller Licht und Wärme, aber er hatte keine Fenster. Zumindest nicht an den Wänden. Dorotea schaute nach oben und erkannte, dass das, was von außen wie ein Kupferdach gewirkt hatte, etwas ganz anderes war – etwas, das Engel geschaffen hatten und das sie so noch nie gesehen hatte. Es war eine Variante des von Engeln geklärten Glases der Rotunda der Belhalle; Licht strömte hindurch, als ob da überhaupt nichts wäre. Sie konnte den Rahmen sehen, der das Dach trug, aber nichts zwischen den Balken.

Der Raum war das Arbeitszimmer einer Symbolmacherin, wie es besser kaum sein konnte. Es gab vier Werkbänke und viele Regale für Farbe, Papier und Goldblatt; für Plaketten aus Holz, Elfenbein und Metall; für Pinsel und Werkzeuge, Glasstäbe, Messer und Stichel, für alle Utensilien, die man für die Kunst brauchte.

Genau in der Mitte des Raums stand eine Staffelei, auf der ein Symbol lag. Ein großes Symbol, so groß wie Doroteas Hand. Sie spürte schwach seine Präsenz und war überrascht, dass es nicht das überwältigende Gefühl von Macht verströmte, das sie erwartet hatte.

Es war ganz eindeutig Palleniel. Da waren die siebenspitzigen gewaltigen Schwingen, die eine Gestalt umgaben, die strukturlos war, ganz poliertes, schimmerndes Gold, so hell, dass es schwer war, sie anzusehen. Aber der Heiligenschein über seinem Kopf war grau, nicht golden, etwas, das Dorotea noch nie zuvor in einem Symbol gesehen hatte.

Es war das gleiche Grau wie das Blut der Scheusale.

Dorotea war so sehr auf das Symbol fixiert, dass sie einen Augenblick brauchte, um die Gestalt zu bemerken, die neben der Staffelei auf dem Boden lag. Ein vertrockneter Leichnam auf einer Pritsche. Irgendeine Art Priester oder Priesterin, denn die Überreste eines Habits umgaben teilweise die vergilbte Haut und die vorspringenden Knochen, und unter dem Kopf, der noch kein richtiger Totenschädel war, befand sich eine zurückgeschlagene Kapuze.

»Bring sie her«, sagte Liliath, die zu der Staffelei gerannt war. Sie war von fiebriger Vorfreude und Besorgnis erfüllt, ihre Hände zitterten, ihre Augen leuchteten. »Setz sie da hin. Halt sie fest.« Sie deutete neben die Leiche, dicht bei der Staffelei.

Bisc stieß Dorotea mit Wucht zu Boden, aber sein Gesicht zeigte eine Mischung aus Verwirrung und Beklommenheit. »Was …?«, setzte er an, überlegte es sich aber anders, als Liliath eine Hand auf Doroteas Kopf legte und die andere auf das Symbol und dann zu lachen begann; ein erleichtertes, freudiges Lachen, das einen seltsamen Kontrapunkt zu den gedämpften Schreien und dem Kreischen bildete, zu den Schüssen und dem allgemeinen Kampflärm, der von unten zu hören war.

»Was tut Ihr da?«, fragte Dorotea. Sie versuchte, ruhig zu klingen, aber ihr Herz hämmerte wild. »Dieses Symbol … es ist nicht fertig …«

»Es ist fertig«, sagte Liliath. Sie sah auf Dorotea herunter. »Du weißt so viel, aber andererseits so wenig.«

Ein widerhallendes Dröhnen an der Tür ließ Bisc zusammenzucken, und er drückte Dorotea noch stärker nach unten, ehe ihm klar wurde, dass das ein Querschläger gewesen war und kein Scheusal, das versuchte, die Tür einzuschlagen. Aber die Erleichterung war kurzlebig, als ein Schatten auf sie fiel. Sie schauten nach oben und sahen ein Scheusal über das Dach klettern – ein schlangenähnliches Scheusal mit vielen Gelenken und verlängerten, fast menschlichen Händen, aber mit nur vier Fingern, die in Haken endeten.

»Auf diesem Weg wird es nicht hereinkommen«, sagte Liliath. Sie lachte erneut. »Sie kommen zu spät. So dicht dran, aber zu spät.«

»Beschwört Palleniel«, sagte Bisc drängend. »Bringt alles wieder in Ordnung!«

»Nicht mit dem Symbol da«, sagte Dorotea.

»Tatsächlich?«, fragte Liliath. »Hast du denn den Kern der Sache nicht gesehen, Dorotea? Man hat mir gesagt, dass du sehen kannst, was sich in den Verweigernden und den Scheusalen befindet, in deinen Freunden und …«

»Beschwört Palleniel!«, unterbrach Bisc sie. »Vergeudet keine …«

»Still!«, befahl Liliath. »Ich wollte sagen, und in *mir*.«

»Ihr habt Engel in Euch«, sagte Dorotea langsam. »Ganze Engel. Während wir anderen … zerbrochene Splitter … in uns haben. Ich vermute, von Palleniel …«

»Dann siehst du also tatsächlich«, sagte Liliath. »Vielleicht war es dir von Anfang an bestimmt, die eine zu sein. Du musst die eine sein. Du musst es sein.«

»Liliath …«, bettelte Bisc.

Die Kampfgeräusche wurden lauter, und irgendjemand schrie direkt vor der Tür – es war ein Schmerzensschrei. Das Scheusal oben auf dem Dach kratzte mit den schrecklichen Hakenfingern am Glas.

»Ich werde Palleniel nicht aus den *Himmeln* beschwören«, sagte Liliath. »Das ist der Grund, warum du zu spüren glaubst, das Symbol sei verkehrt. In ihm ist kaum etwas von Palleniel enthalten. Er ist in der Welt der Sterblichen. Weit verstreut, in den Verweigernden und den Scheusalen. Und ein kleines, ein sehr kleines Fragment, aber das mächtigste und echteste von allen ist in dir – in dir und deinen Freunden.«

»Dann werdet Ihr ihn also wieder zusammensetzen«, sagte Dorotea. »Aber Ihr habt doch vor hundertsiebenunddreißig Jahren Palleniel überhaupt erst zerbrochen, oder?«

»Ja«, antwortete Liliath. Einen kurzen Moment lang huschte ein schmerzerfüllter Ausdruck über ihr Gesicht. »Ich habe einen schrecklichen Irrtum begangen, einen Fehler gemacht, der jetzt korrigiert wird.«

»Das verstehe ich nicht«, flüsterte Bisc. Er ließ Dorotea los und richtete sich auf, sah Liliath an. »*Ihr* habt Palleniel zerbrochen, Liliath?«

»Ja«, sagte Liliath. »Ich *wollte nicht*, dass es passiert, es sollte nicht so ...«

»Aber dann ... die Aschblut-Plage ... die Scheusale ... Ihr ...«

»Ja! Ich habe es dir doch gesagt! Aber jetzt werde ich ... jetzt werde ich alles in Ordnung bringen.«

Liliath hob eine Hand, berührte Biscs Gesicht, strich ihm über die Wange, um ihn daran zu erinnern, was sie für ihn getan hatte, und um ihn zu besänftigen. »Es tut mir leid, mein lieber Bisc. Ich werde alles wieder in Ordnung bringen. Du wirst bei mir sein, Biscaray, mein teurer Biscaray, wir werden immer zusammen sein ...«

In ihren Worten lag keinerlei Aufrichtigkeit. Sie sah ihn kaum an, ihre Blicke ruhten vielmehr auf dem Symbol auf der Staffelei.

Biscs Gesicht verzerrte sich vor Kummer und Wut. Seine Finger krümmten sich, sodass der Dolch aus seinem Ärmel in seine Hand fiel, aber Liliath war viel schneller, packte ihn mit stählernen Fingern an der Kehle. Bisc würgte und keuchte, als sie ihn hochhob und dann zur Seite schleuderte.

Ein Diener, der benutzt, weggeworfen und sofort vergessen wurde.

»Was habt Ihr vorgehabt?«, fragte Dorotea; sie schluckte ihre Angst hinunter. »Damals, meine ich.«

Sie versuchte, nicht zu Biscs Dolch hinzusehen. Die Waffe lag vier oder fünf Fuß entfernt, außerhalb ihrer unmittelbaren Reichweite.

»Wir waren dazu bestimmt, zusammen zu sein«, sagte Liliath, die wieder eine Hand auf das Symbol legte und die andere auf Doroteas Kopf. Die Scholarin spürte das Gewicht von Liliaths Fingern, die viel schwerer waren, als sie sein sollten.

»Ihr und Bisc?«

»Palleniel«, fauchte Liliath. Das Symbol unter ihrer Hand blitzte auf, und auch Dorotea hörte den Erzengel antworten, von weit weg und doch sehr nah.

Ich beginne.

Dorotea machte einen Satz zu dem Dolch. Oder zumindest war das der Befehl, den ihr Verstand ihrem Körper erteilte. Aber sie rührte sich nicht. Sie war gelähmt, niedergehalten von der Macht, die von Palleniel zum Symbol zu Liliath zu Doroteas Kopf strömte.

»Auf immer meine wahre Liebe«, flüsterte Liliath. »Ich wollte ihn von den Himmeln herunter auf die Erde bringen, ihn in den Körper eines Sterblichen kleiden … seine Küsse spüren, seine Liebe …«

Dorotea konnte sich nicht rühren, aber sie atmete noch, und ihre Augen hatten einen eigenen Willen. Sie spähte seitwärts zu der Leiche auf der Pritsche.

»Ihr habt versucht, Palleniel *in* jemanden hineinzuversetzen!«

»Den besten meiner menschlichen Liebhaber«, sagte Liliath. »Ich habe ihn gestärkt. Habe ihn mit kleinen Engeln gefüttert, so vielen, wie er in sich behalten konnte. Aber es war nicht genug. Damals wusste ich nicht, dass es niemals genug sein würde, dass das nicht der richtige Weg ist. Und ich habe Palleniel beschworen ...«

Ja.

»Und er ist gekommen. Aber ein Gefäß, das zu klein ist, wird überfließen, und dieser Körper da konnte ihn nicht in sich aufnehmen. Mein Geliebter suchte nach anderen Körpern, floss in den einen, dann in einen anderen und noch einen und noch einen und noch einen, überall in ganz Ystara. Aber keiner konnte *Palleniel* halten, und er wurde so dünn und weit verteilt, und ich konnte, ich konnte ihn nicht zurückholen, und mein Geliebter wurde auseinandergerissen, in tausende und abertausende Stücke zerbrochen, rein menschliche Stücke, die noch nicht einmal das kleinste bisschen von ihm aufnehmen konnten, und so hat das Aschblut zu fließen begonnen ... und die Verwandlung in Scheusale ... und alles war *verdorben.*« Sie sah auf Dorotea herunter; Tränen quollen aus ihren lieblichen Augen, die ersten Tränen seit hundertvierzig Jahren. »Aber es hat Hoffnung gegeben«, sagte sie, und dann, mit scharfer Stimme als Reaktion auf irgendeine Ablenkung seitens des Erzengels, die Dorotea nicht spüren konnte: »Palleniel!«

Ich sammle mich. Ich gehorche.

»Es hat Hoffnung gegeben«, wiederholte Liliath. »Ein paar Sterbliche waren fast stark genug, um meinen teuren Geliebten zu halten, ihm einen Körper zu geben. Aber sie mussten verändert werden, mussten noch stärker gemacht, mit jeder Generation weiter gestärkt werden. Ihre Enkel, dachte ich, würden zahlreich und stark sein, und ich würde auswählen können, wer von ihnen meinen Geliebten in sich aufnimmt. Ich habe mich schlafen gelegt, denn ich wusste, dass ich aufwachen würde, wenn dieses Werk ...« Sie machte eine Pause, fauchte dann ein Wort: »Palleniel!«

Ich gehorche. Ich gehorche!

»Wenn dieses Werk vollbracht ist«, sagte Liliath. Sie legte

den Kopf schräg, lauschte, und Dorotea bemerkte, dass die Kampfgeräusche schwächer wurden. Das Geschrei vor der Tür hatte aufgehört, das Musketenfeuer abgenommen. Es gab kein Kreischen der Scheusale mehr. Sie konnte nicht nach oben sehen, aber es schien ihr, als wäre das oben auf dem Dach auch nicht mehr da oder würde sich zumindest nicht mehr bewegen.

»Die nächsten Scheusale werden als Erste eingesammelt werden«, sagte Liliath mit einem schwachen Lächeln. »Und auch die Verweigernden.«

»Was ... was wird mit ihnen passieren?«, flüsterte Dorotea. Sie konnte ihre Zunge bewegen, aber nur mit Mühe. Sie versuchte, sich auf die Zungenspitze zu beißen, um zu sehen, ob der Schmerz ihr helfen würde, sich zu befreien, aber sie konnte den Mund nicht schließen.

»Das spielt keine Rolle. Ich nehme an, die Scheusale werden sterben; sie sind so sehr verwandelt worden, sind so lange von der Macht meines Geliebten am Leben erhalten worden«, sagte Liliath. »Die Verweigernden ... in ihnen ist der Überrest klein. Vielleicht überleben sie ... Palleniel!«

Bald. Bald.

»Und ich?«, flüsterte Dorotea, obwohl sie die Antwort bereits kannte.

»Nicht die Enkel, sondern erst die siebte Generation wurde endlich zu dem, was nötig ist«, sagte Liliath. »Und so wenige ... Ich hätte nicht gedacht, dass die Ystaraner, die geflohen sind, Angst haben würden, sich fortzupflanzen ... Palleniel!«

Bin kurz davor.

»Ich habe es nicht gewusst«, sagte Dorotea. Aber ihre Gedanken waren nicht bei ihren Worten. Sie stählte sich für den Kampf, der kommen würde, holte Luft, nicht um zu sprechen, sondern um ihren Willen zu festigen. »Ein Vorfahr aus Ystara und kein Verweigernder. Meine Mutter wird schockiert sein.«

»Sie wird es nie erfahren«, fauchte Liliath. »Oh, mein Geliebter, mein Geliebter, es hat so lange gedauert, aber wir werden zusammen sein! Palleniel!«

Ich bin hier.

Palleniel manifestierte sich mit einem krachenden Donnerschlag seiner Schwingen, der so laut war, dass Dorotea glaubte, taub zu werden; ihre Zähne klapperten, ihre Haare wurden zurückgeweht. Aber sie war vorbereitet, war weder benommen noch überrascht. Sie spürte die Hitze seiner Präsenz, das Licht, das so viel heller als die Sonne war, so hell, dass sie es durch die geschlossenen Augen sah; jedes Blutgefäß in ihren Lidern zeichnete sich deutlich ab.

Engelsmacht drückte gegen ihre Haut, drang in ihr Blut. Schwach war sie sich des Willens von Liliath bewusst, der den Erzengel weiterdrängte, Palleniel anwies, sich in ihr zu bewegen, ihren Körper zu bewohnen, ihren Geist zu eliminieren und sich alles zu eigen zu machen.

Nein, sagte Dorotea ruhig, eine winzige Stimme im tiefsten Zentrum ihres Selbst, auf irgendeine Weise klar und deutlich in den tobenden Sturzfluten der Macht.

Nein. Ich ergebe mich nicht.

Nimm sie! Nimm sie! Nimm sie!, drängte Liliath. *Wir müssen zusammen sein! Wir müssen zusammen sein!*

Palleniel packte Dorotea sogar noch fester, stieß sie tiefer und tiefer in ihr Selbst zurück. Sie verlor jegliches Gefühl in den Armen und Beinen, und dann verschwanden ihr Sehvermögen und ihr Gehör, sodass nur die winzige Stimme blieb, ganz tief in ihrem Innern, in einer Leere aus unverbundener Dunkelheit. Nur dieses kleine Überbleibsel ihres Selbst war noch da und der Erzengel und Liliath.

Nein, verkündete Dorotea. *Nein.*

Nimm sie!, kreischte Liliath in Doroteas Kopf. *Wir müssen zusammen sein! Du verstehst das nicht!*

Dorotea lachte, als Palleniel begann, gegen die letzte Bastion ihres Geistes zu drücken.

Warum widersetzt du dich? Du musst dich ergeben!
Du hast das alles falsch verstanden, du dummes Mädchen.
Was?
Du bist es verkehrt herum angegangen.
Nein, du willst mich reinlegen, aber es ist zu spät, wir müs-
sen zusammen …
Ihr könnt zusammen sein. Aber wie ich schon gesagt habe,
du hast es umgedreht.
Ich … ich … wir müssen …
Palleniel muss in die Himmel zurückkehren. Und du solltest
mit ihm gehen, Liliath.

Dorotea spürte, wie der Druck von Palleniel plötzlich nach-
ließ, spürte die aufkommenden Zweifel in Liliath. Das Sehvermögen der Scholarin kehrte zurück, die Dunkelheit wich zu
den Rändern ihres Blickfelds.

»Seid zusammen«, sagte Dorotea laut. Ihr Mund fühlte sich
betäubt und seltsam an, aber er funktionierte wieder. Ihre
Arme und Beine kribbelten, aber sie konnte sie wieder bewegen, als der Erzengel sich aus ihrem Körper zurückzog, da er
von Liliath nicht mehr gezwungen wurde, etwas zu tun, das
er – oder eher es, Doroteas Meinung nach – gar nicht tun
wollte.

»Seid zusammen *in den Himmeln*.«

Dorotea tränkte ihre Worte mit einem starken Richtigkeits-
gefühl. Erde und Himmel waren von Liliath durcheinander-
gestoßen worden, und jetzt mussten sie wieder ins Gleichgewicht gebracht werden. Dorotea redete sich ein, dass es keine
andere Lösung gab. Sie konnte sich keinen Zweifel erlauben,
durfte nichts bieten, an dem Liliath einhaken könnte, sodass
sie ihre Meinung änderte.

Langsam nahm Liliath ihre Hand von Doroteas Kopf. Un-
verzüglich verließen auch die letzten zerbrochenen Überreste
Palleniels den Geist und den Körper der kleinen Scholarin.
Aber die körperliche Manifestation des Erzengels verblieb im
Raum, ein überwältigendes, sich verlagerndes Schattenspiel

aus hellstem Licht und tiefster Dunkelheit, das sich bewegte und wirbelte und in dem man – wenn man wollte – große, ausladende Schwingen, einen blendenden Heiligenschein und ein glühendes Schwert sehen konnte ...

»Ja«, sagte Liliath sehr langsam. »Ja. Wir werden zusammen sein. In den *Himmeln*.«

Die Spitze von einer der großen Schwingen des Erzengels wirbelte um Liliath herum. Ihre Haut nahm die gleiche Helligkeit an, und die Umrisse aus Licht und Dunkelheit, die Dorotea in Liliath gesehen hatte, die restliche Macht der Engel, die sie getötet hatte, begannen aus ihren Augen und ihrem Mund zu strömen, sich mit den sogar noch helleren und dunkleren Schwaden Palleniels zu vereinigen und zu vermischen.

Dorotea stolperte zur nächsten Werkbank. Sie griff blind nach einem Holzkohlestift, eine Hand vor den Augen, durch die Finger spähend, sich vor dem entsetzlichen Licht des Engels schützend. Mit dem Stift in der Hand ging sie zurück zur Staffelei, den Kopf gesenkt. Jeder Schritt war ein Kampf, als würde sie sich gegen eine Flutwelle bewegen.

Liliath war jetzt nur ein Umriss, eine vage menschliche Gestalt in den wirbelnden Strömungen Palleniels. Aber ihre Hand, die sich seltsam aus dem Nebel aus Licht und Dunkelheit herausdrückte, der der Erzengel war, berührte immer noch das Symbol, auch wenn ihre Handfläche und die Finger durchsichtig geworden waren. Zu sehen waren allerdings weder Knochen noch Blut, sondern Streifen aus Sonnenschein und sternenklarer Nacht.

»Seid zusammen!«, sagte Dorotea noch einmal.

Liliaths Hand fiel von dem Symbol, und sie wurde in das weiß glühende Herz Palleniels gezogen, mit einem lauten Schrei, der teils eine schallende Trompetenfanfare, teils ein Seufzer menschlicher Ekstase war.

Dorotea warf das existierende, unbezahlbare Symbol Palleniels von der Staffelei und zeichnete rasch mit ihrem Holzkohlestift auf dem blanken Brett, erschuf das schnellste und reinste Werk, das sie jemals hervorgebracht hatte.

Blut war leicht zu bekommen. Sie zog den Stift wild über ihren Handrücken, öffnete all die winzigen Schnitte von den Eissplittern aufs Neue und zeichnete weiter mit der jetzt blutverschmierten Holzkohle. Der Erzengel, der hinter ihr aufragte, wurde still, Licht und Schatten wurden langsamer, als er seine Essenz – seine neue Essenz – so einfach und doch so gründlich eingefangen sah.

Dorotea berührte das Symbol und sprach mit grenzenloser Entschlossenheit.

»Hinfort, *Palleniath*.«

Epilog

Von oben ertönte ein Klopfen. Dorotea blickte auf und sah, dass das Scheusal, das noch wenige Augenblicke zuvor versucht hatte, sich den Weg ins Innere zu erzwingen, immer noch am Leben war. Aber die Hakenfinger schrumpften, graue Asche fiel von ... von menschlichen Fingern ... graue Asche verkochte in einer Wolke, wurde unverzüglich vom Wind hochgerissen und davongetragen. Und oben auf dem durchsichtigen Dach lag jetzt eine gänzlich menschliche, nackte Frau. Eine junge, braunhäutige Frau mit lebendigen grünen Augen, die jetzt voller Schock herunterstarrte ...

Auch Bisc war am Leben und unversehrt. Er starrte zu der Frau auf dem Dach hoch; Tränen rannen ihm über die Wangen.

»Sie hat sich zurückverwandelt!«, rief er. »Ein Scheusal, das sich zurückverwandelt hat! Liliath hatte unrecht! Genau wie mein Volk ...«

»Ja«, sagte Dorotea.

»Ich wusste nicht, was sie mit dir vorhatte«, sagte Bisc. »Sie hat mich geheilt. Ich habe ihr geglaubt; ich habe ihr geglaubt, was sie mir über den Untergang erzählt hat ... darüber, wie sie Ystara wiederherstellen wollte. Sie hat gesagt, wir würden alle geheilt werden, wir würden nach Hause kommen. Engelsmagie würde uns nicht länger verwehrt sein ...« Er unterdrückte ein Schluchzen und wischte sich die Augen.

Dorotea sah ihn aus dem Augenwinkel an und kniff die Augen zusammen.

»Das zumindest wird wahr werden«, sagte sie. »Für diejenigen aus deinem Volk, die es brauchen. In dir ist kein Fleck mehr ... da ist nichts mehr, was eine Heilung durch Engelsmagie verhindern könnte.«

»Liliath war so schön …«

»Sie war so *jung*«, sagte Dorotea und schüttelte den Kopf. »Sie hatte so viel Macht, schon von Kindheit an … es war so leicht für alle zu vergessen, dass sie erst neunzehn war. Ich zähle die über hundert Jahre jetzt nicht mit, die sie geschlafen hat. Und sie war besessen … bis über den Punkt hinaus, an dem Besessenheit zu Wahnsinn wird. Nun ja, sie ist jetzt bei ihrem Geliebten.« Sie ging zur Tür und entriegelte sie, fügte stirnrunzelnd hinzu: »Wobei ich mir nicht sicher bin, ob sie tatsächlich noch als Person existiert. Wenn dem so ist, wird es eine interessante Erfahrung für sie sein, tun zu müssen, was jemand anderer will. Weißt du, jetzt, da ich darüber nachdenke, frage ich mich, ob sie die erste Sterbliche ist, die zu einem Engel geworden ist … Wie Engel überhaupt entstehen …?«

»Ich weiß es nicht«, sagte Bisc unbehaglich. Er sah zu der Frau oben auf dem Dach hoch und winkte. Sie hob zögernd die Hand und winkte zurück. Er deutete auf den oberen Rand der Wand unterhalb von ihr, wo sich in dem merkwürdigen, durchsichtigen Material des Daches ganz schwach die Umrisse einer Art Dachluke abzeichneten. Sie nickte und begann, darauf zuzukriechen.

Dorotea trat von der Tür zurück, als Agnez, Henri und Simeon hereinstürmten, ihre Waffen bereit. Agnez hatte es natürlich irgendwie geschafft, sich einen Degen zu besorgen; Henri hielt eine leer geschossene Pistole am Lauf, um sie als Keule zu benutzen, und Simeon schwang ein sehr verbogenes Teleskop. Sie sahen Bisc nach oben starren, eine sehr selbstzufrieden dreinblickende Dorotea an der Tür – und sonst niemanden.

Keine Liliath.

»Die Scheusale verwandeln sich wieder in Menschen!«, rief Agnez. Sie ließ den Blick auf der Suche nach Feinden durch den Raum schweifen, schaute dann auch vorsichtig nach oben. »Oh, hier auch, wie ich sehe. Sie scheinen alle ziemlich verblüfft zu sein, wie ein Fisch, der ans Ufer geschleudert wird. Auch die Verweigernden.«

»Du hast das getan, nehme ich an?«, fragte Simeon und blickte dabei wohlwollend auf Dorotea herab. Er drückte abwesend einen Finger auf einen tiefen Schnitt unter seinem Auge, um die Blutung dort zu stoppen.

»Schau sie dir doch an«, sagte Henri voller vorgetäuschter Entrüstung. »Natürlich hat sie das getan. Den Himmeln sei Dank.« Sein Blick glitt über die Werkbänke und Regale, das Brett der Staffelei mit der Zeichnung aus Holzkohle und schmierigem Blut ... und registrierte das völlige Nichtvorhandensein von kleinen Bronzekästchen. Oder auch großen Kisten, was das betraf. »Ich nehme nicht an, dass es hier irgendeinen Schatz gibt, oder?«

»Unten ist ein großer Schatz«, sagte Dorotea.

Henri begann erwartungsvoll zu lächeln – und stöhnte auf, als sie weitersprach.

»In der Bibliothek. Ich glaube, ich habe sogar ein Exemplar von Mallegres *Mysterienspiele* gesehen.«

»Aber wo ist Liliath?«, fragte Agnez, wie immer auf das konzentriert, um das es eigentlich ging. Sie war bereit, jeden Feind anzugreifen, der plötzlich auftauchen mochte. »Was ist passiert?«

»Ich habe Liliath dabei *geholfen* ... ein Engel zu werden«, sagte Dorotea und deutete auf das Symbol auf der Staffelei. Sie machte eine kurze Pause, damit die anderen das in sich aufnehmen konnten. »Zumindest ein Teil von einem. Gemeinsam haben wir den Erzengel von Ystara wiederhergestellt ... aus all den zerbrochenen Stückchen, die in den Scheusalen waren und in den Verweigernden ... und ... in uns ...«

»Dann hattest du also recht, was das betrifft«, sagte Simeon.

»Bis zu einem gewissen Punkt«, erwiderte Dorotea. »Ich habe nicht gewusst, dass wir dafür gedacht waren, Liliath als Gefäße zu dienen, damit sie ihren Engelsgeliebten zu einem irdischen Geliebten machen konnte ...«

»Was?«

Dorotea erklärte es ihnen und musste immer wieder inne-
halten, da ihre Enthüllungen für erstaunte und entsetzte
Schreie sorgten. Während sie sprach, hatte sie die ganze Zeit
ein Auge auf das Fenster und beobachtete, wie die Pursuivants
sich über das Eis näherten. Ganz vorn war eine große, dunkle
Frau, die vorwärtsrannte, als könnte sie nicht die geringste
Verzögerung ertragen.

»Ich sollte gehen und Rochefort alles erzählen«, sagte sie
schließlich. »Um sicherzustellen, dass es keinen Kampf mit
den Verweigernden gibt. Das heißt mit den Ystaranern.«

»Den Ystaranern?«, fragte Bisc. Auch wenn er im Gegensatz zu den ehemaligen Scheusalen nicht halb betäubt zu sein
schien, sprach er langsam – und anscheinend auch mit großer
Mühe. »Du meinst … ihr werdet uns nicht mit zurückneh-
men? Uns nicht als Verbrecher für das, was wir getan haben,
hinrichten lassen?«

»Wieso siehst du mich an?«, fragte Dorotea. »Diese Entscheidung liegt nicht bei mir.«

»Du besitzt das Symbol des Erzengels von Ystara«, sagte
Agnez. »Auch wenn du es im Moment auf der Staffelei gelassen hast.«

»Ich bleibe nicht hier«, sagte Dorotea schnell. »Ich gehe
zurück zur Belhalle. Ich bin mir sicher, dass jemand von den
Ystaranern lernen wird, Palleniath zu beschwören. Oder ein
anderes Symbol anfertigen wird.« Sie machte eine Pause und
fügte dann an Bisc gewandt freundlich hinzu: »Aber ich
werde mit Rochefort darüber sprechen, ob ihr Verweigernden
nicht hierbleiben und … na ja … echte Ystaraner werden
könnt wie auch die ehemaligen Scheusale. Ihr werdet euch um
sie kümmern müssen. Ich denke, Rochefort wird auf mich
hören.«

»Da bin ich mir sicher«, sagte Henri trocken, und die anderen beiden nickten.

Dorotea errötete.

»Danke«, sagte Bisc. Er verbeugte sich verlegen. Dann blickte er auf und rief: »Ich besorge eine Leiter!«

»Gute Idee«, sagte Henri.

Bisc ging zur Tür, sprach dabei ebenso sehr mit sich selbst wie mit den vier. »Äh … ich … ich werde eine Leiter besorgen … wir müssen die Scheu… ich meine, unsere Leute einsammeln, die mal Scheusale waren … müssen ihnen als Erstes was zum Anziehen besorgen, die werden halb durchgefroren sein … und dann etwas zu essen …« Er blieb im Türrahmen stehen und sagte vor allem an Henri gewandt: »Du hast einen Schatz erwähnt … die anderen neun Diamantsymbole … sie sind immer noch in Lutace. *Sie* hat sie in Haus Demaselle zurückgelassen. Im Tresorraum dort gibt es große Reichtümer.«

»Ich bin zwar froh, dass ich nach all dem, was passiert ist, jetzt weiß, wo die Diamantsymbole sind«, sagte Henri, »aber ich werde trotzdem *hier* nach einem anderen Schatz suchen. Irgendwo in diesem Tempel muss einfach einer sein!«

»Ich muss ein Paar Stiefel finden«, bemerkte Agnez. »Und meinen eigenen Degen. Ich vermute, er ist da draußen auf dem Eis …«

»Und ich muss jemanden finden, der diesen Schnitt nähen kann«, sagte Simeon. »Oder einen Spiegel, damit ich es selbst tun kann. Nicht den unten, bevor jemand ihn erwähnt. Ich bezweifle, dass der überhaupt ein Spiegelbild zeigt.«

Aber trotz dieser Absichtserklärungen rührte sich niemand von den vier von der Stelle. Sie standen im Kreis, sahen einander an, der Doktor, die Scholarin, der zum Artilleristen gewordene ehemalige Schreiber und die echte Musketierin.

»Ich fühle mich nicht anders als vorher, auch ohne den Engel, von dem du sagst, dass wir ihn geteilt haben, Dorotea, und der uns zueinander hingezogen hat«, erklärte Agnez. »Du bist meine Schwester, ihr seid meine Brüder. Und immer Musketiere, ob ihr wollt oder nicht.«

»Auch ich habe mich nicht verändert, ungeachtet der Amputation der Engelsanteile in meinem Innern«, polterte Simeon. »Ihr seid meine merkwürdigen Geschwister, von denen ich nie geglaubt habe, dass sie haben würde, und die ich überaus schätze. Auch wenn ich die Sache mit dem Musketier nur als Rat verstehe, denn ich habe absolut vor, zum Krankenhaus zurückzukehren und von Magistra Hazurain zu lernen. Aber ich nehme an, es wird mir nie an Patientinnen und Patienten aus dem Regiment mangeln.«

»Wenn die Musketiere sich Kanonen anschaffen sollten, werde ich diesen Wappenrock auch weiterhin nur zu gern tragen«, sagte Henri. »Aber ich glaube, ich sehe eine Zukunft vor mir, die ich niemals für möglich gehalten hätte. Ausgerechnet in der Sternfestung, mit Feldschlangen und Sakern und natürlich den Falkonetten. Was den Rest angeht, könnt ihr mir als jemandem glauben, der jede Menge blutsverwandte Brüder und Schwestern hat: Ihr seid für mich bessere Freunde, als sie es jemals waren oder jemals sein werden.«

»Liebe ist etwas Seltsames«, sinnierte Dorotea. »Ich liebe die Belhalle, ich liebe es, im goldenen Licht der Rotunda Symbole anzufertigen. Aber die Menschen benutzen das Wort für so viele verschiedene Dinge. Liliaths Liebe war in Wirklichkeit eine Obsession, der Grund für so viele Tote, so viel Elend. Und dann gibt es noch die Liebe, die einfach nur auf körperlicher Anziehungskraft beruht, die Begierden des Fleisches, die vielleicht, vielleicht auch nicht Teil einer größeren Liebe sein können, wie wir sie füreinander empfinden … doch wie dieses Gefühl überlebt hat, obwohl sein Katalysator – die Splitter von Palleniel in uns – entfernt wurde … Es gibt so vieles, über das nachgedacht werden sollte, das untersucht werden sollte, die ganze Natur der Engel und Symbole. Ich denke, Rochefort würde es ebenfalls gefallen, das weiterzuverfolgen … in der Belhalle. Sie hat der Kardinalin zu lange gedient, hat zu viel dafür bezahlt …«

Agnez stieß sie an und deutete aus dem Fenster. »Da du gerade von Rochefort sprichst – sie hat den Turm fast erreicht.

Und sie hat meinen Degen aufgehoben. Ich frage mich, ob ein Duell jetzt ...«

»Nein«, sagten Dorotea, Simeon und Henri gleichzeitig. Einen Moment lang schien es, als würde Agnez Anstoß daran nehmen, doch dann fing sie an zu lachen.

Lachend gingen die vier zur Tür und weiter die Treppe hinunter. Ihr erstes Abenteuer war zu Ende, ihre neuen fingen gerade erst an.

Danksagung

Die eigentliche Arbeit eines Autors – das Schreiben – ist größtenteils eine einsame Angelegenheit, und was am Ende dabei herauskommt, ist ein Manuskript, kein fertiges Buch. Ich habe das Glück gehabt, mit sehr klugen, aufmerksamen und erfahrenen Profis aus der Verlagswelt zusammenzuarbeiten, die mich dabei unterstützt haben, aus meinen Strohbündeln Gold zu spinnen.

Meine Agentinnen und mein Agent sind immer da, ganz am Anfang und auch während ich an der Arbeit sitze: Jill Grinberg und ihr Team bei Jill Grinberg Literary Management in New York; Fiona Inglis und die Gang bei Curtis Brown Australia; und Matthew Snyder, der sich bei CAA in Los Angeles um Film/TV kümmert.

Meine Verlegerinnen machen wunderbare Bücher, und ich fühle mich geehrt, zu ihren Autoren zu zählen: Katherine Tegen und die Crew von HarperCollins; Eva Mills und alle bei Allen & Unwin; und Gillian Redfearn und das Team bei Gollancz.

Viele Buchhändlerinnen und Buchhändler haben maßgeblich dazu beigetragen, dass meine Bücher ihre Leserinnen und Leser erreichen. Ich bin ihnen allen dankbar, nicht nur weil sie meine Bücher unterstützt haben, sondern für alles, was sie tun, um Menschen und Lesen miteinander zu verbinden.

Ein großes Dankeschön gebührt auch Anne, meiner Frau, die als Verlegerin während ihrer Arbeitszeit schon genug mit Autorinnen und Autoren zu tun hat und zudem mich zu Hause hat und mich trotzdem unaufhörlich unterstützt; und meinen Söhnen Thomas und Edward, die sehr nachsichtig mit mir sind, wenn ich tief in einem Buch stecke.

Zu guter Letzt möchte ich Sam, unserem Familienhund, danken und gleichzeitig auch an ihn erinnern, denn er ist kürzlich gestorben. Während ich dieses Buch geschrieben habe, haben Sam und ich viele gemeinsame nächtliche Spaziergänge unternommen, wenn ich Probleme mit der Geschichte hatte und gründlich über alles nachdenken musste.

Tritt dem Bund der magischen Buchhändler bei! Denn wie jeder weiß: Nur Bücher (und Magie!) können die Welt retten ...

416 Seiten. ISBN 978-3-7645-3251-2

Schon immer waren Buchhändler Hüter und Verbreiter von Wissen. Besonders gilt dies für die Mitglieder des Geheimbunds der magischen Buchhändler. Sie wissen um die übernatürliche Welt und beschützen die normalen Menschen vor ihren Schrecken. Einer dieser Buchhändler ist der junge Merlin. Klug, charmant und hervorragend ausgebildet ist er vielleicht der beste Buchhändler Londons – allerdings von der kämpfenden Sorte. Doch als er eine junge Frau vor einer Bestie rettet, ahnt er noch nicht, dass die Suche nach ihrem Vater auch ihn seinem größten Ziel näher bringt: Rache an den Mördern seiner Mutter zu nehmen.

Lesen Sie mehr unter: **www.penhaligon.de**

Die Fantasy-Sensation des Jahres: Die neue Saga von Platz-1-SPIEGEL-Bestsellerautorin Victoria Aveyard!

608 Seiten, 978-3-7645-3270-3

In Coraynes Adern fließt das Blut eines Helden. Doch sie verabscheut ihre Herkunft und will nichts mit dem Vater zu tun haben, für den Heldentaten stets wichtiger waren als seine Tochter. Nun ist Coraynes Vater tot, gefallen durch die Hand seines eigenen machthungrigen Bruders. Um den Untergang ihrer Heimat zu verhindern, ist sie gezwungen, das Schwert ihres Vaters zu ergreifen. Zusammen mit nur sechs Gefährten, die ebenfalls keine strahlenden Helden sind, bricht Corayne auf, um eine Armee aus Aschekriegern zu bekämpfen. Doch wie soll sie eine Dunkelheit besiegen, gegen die sogar wahre Helden machtlos waren?

Lesen Sie mehr unter: **www.penhaligon.de**